não sei como ela dá conta

ALLISON PEARSON

não sei como ela dá conta

Tradução
Andréia Barboza

1ª edição
Rio de Janeiro-RJ / Campinas-SP, 2021

VERUS
EDITORA

Editora
Raïssa Castro

Coordenadora editorial
Ana Paula Gomes

Copidesque
Maria Lúcia A. Maier

Revisão
Manoela Alves

Diagramação
Mayara Kelly

Design de capa
Lorena A. Z. Munoz

Título original
How Hard Can It Be

ISBN: 978-65-5924-035-7

Copyright © Allison Pearson, 2017
Todos os direitos reservados.

Tradução © Verus Editora, 2021
Direitos reservados em língua portuguesa, no Brasil, por Verus Editora.
Nenhuma parte desta obra pode ser reproduzida ou transmitida por qualquer forma
e/ou quaisquer meios (eletrônico ou mecânico, incluindo fotocópia e gravação) ou arquivada
em qualquer sistema ou banco de dados sem permissão escrita da editora.

Verus Editora Ltda.
Rua Benedicto Aristides Ribeiro, 41, Jd. Santa Genebra II, Campinas/SP, 13084-753
Fone/Fax: (19) 3249-0001 | www.veruseditora.com.br

CIP-BRASIL. CATALOGAÇÃO NA FONTE
SINDICATO NACIONAL DOS EDITORES DE LIVROS, RJ

P375n

Pearson, Allison, 1960-
    Não sei como ela dá conta / Allison Pearson ; tradução
Andréia Barboza. – 1. ed. – Rio de Janeiro : Verus, 2021.

    Tradução de: How Hard Can It Be
    ISBN 978-65-5924-035-7

    1. Ficção inglesa. I. Barboza, Andréia. II. Título.

21-72234
CDD: 823
CDU: 82-3(410.1)

Leandra Felix da Cruz Candido – Bibliotecária – CRB-7/6135

Revisado conforme o novo acordo ortográfico.

Seja um leitor preferencial Record.
Cadastre-se no site www.record.com.br e receba
informações sobre nossos lançamentos e nossas promoções.

Atendimento e venda direta ao leitor:
sac@record.com.br

Para Awen e Evie,
minha mãe e minha filha

Esconde de todos quem eu sou, e sê meu ajudante,
pois esse disfarce, se der certo,
vai tornar-se a própria forma de meu intento.

WILLIAM SHAKESPEARE, *Noite de reis*

Ninguém te fala sobre a vulva careca.

WHOOPI GOLDBERG

Prólogo

Prazo para a invisibilidade: seis meses e dois dias

O engraçado é que eu nunca me preocupei em envelhecer. A juventude não foi muito gentil comigo a ponto de me importar com o fato de perdê-la. Eu achava que mulheres que mentiam a idade fossem superficiais e iludidas, mas isso não significava que eu não tinha vaidade. Eu sabia que os dermatologistas estavam certos quando diziam que um creme barato era tão bom quanto aqueles elixires da juventude em embalagens extravagantes, mas eu comprava o caro mesmo assim. Digamos que por segurança. Eu era uma mulher competente e só queria ter uma boa aparência para a minha idade, mais nada — a idade realmente não importava. Pelo menos era o que dizia a mim mesma. E então eu envelheci.

Veja bem, estudei os mercados financeiros durante metade da vida. Esse é o meu trabalho. Conheço o negócio: meu valor sexual estava caindo, rumo ao colapso total, a menos que eu fizesse algo para reerguê-lo. A outrora orgulhosa e bastante atraente Kate Reddy Inc. lutava contra uma aquisição hostil de seus encantos. Para piorar a situação, o mercado emergente esfregava isso na minha cara todos os dias no cômodo mais bagunçado da casa. O estoque de feminilidade da minha filha adolescente aumentava, enquanto o meu diminuía. Era exatamente o que a Mãe Natureza pretendia, e eu me orgulhava da minha linda menina, de verdade. Mas às vezes essa perda podia ser dolorosa — terrivelmente dolorosa. Como na manhã em que topei com um cara de cabelo incrível e desgrenhado como o do Roger Federer na linha do metrô Circle Line (existe algum tipo melhor?), e juro que algo se acendeu entre nós, um tipo de estática, um frisson de flerte antes que ele me oferecesse seu lugar. Não seu número de telefone, seu *lugar*.

"Humilhação total", como diria Emily. O fato de ele nem me considerar digna de interesse foi como um tapa na cara. Infelizmente, a jovem apaixonada que vive dentro de mim e que, na verdade, pensou que Roger estivesse flertando com ela ainda não entende. Ela se vê como seu antigo eu enquanto olha para o mundo e presume que aquela é a imagem que o mundo vê quando olha para ela. Ela está loucamente esperançosa de que possa ser atraente para Roger (idade provável: trinta e um anos) porque não percebe que ela/nós agora temos uma cintura mais larga, paredes vaginais mais finas (quem poderia imaginar?) e estamos começando a pensar com muito mais entusiasmo em jardinagem e calçados confortáveis do que, digamos, na última coleção de calcinhas fio-dental da Agent Provocateur. Provavelmente, o radar erótico de Roger pôde detectar a presença da minha calcinha bege de longe.

Olha, eu estava bem. Estava mesmo. Passei pelo derramamento de óleo na estrada que foi completar quarenta anos. Perdi um pouco do controle, mas dirigi pelo trecho escorregadio como os instrutores ensinaram, e depois tudo ficou bem de novo. Não, ficou mais que bem. A Santíssima Trindade da meia--idade — bom marido, casa legal, ótimos filhos — era minha.

Então, não necessariamente nesta ordem, meu marido perdeu o emprego e entrou em sintonia com seu dalai-lama interior. Não ganhou nada por dois anos, enquanto estudava para ser terapeuta (ah, que ótimo!). As crianças entraram no furacão da adolescência exatamente na mesma época em que os avós passaram pelo que poderia se chamar de "segunda infância". Minha sogra comprou uma motosserra com um cartão de crédito roubado (não foi tão engraçado quanto parece). Depois de se recuperar de um ataque cardíaco, minha mãe caiu e quebrou a bacia. Fiquei preocupada achando que eu estava perdendo a cabeça, mas ela provavelmente só estava escondida no mesmo lugar que as chaves do carro, os óculos de leitura e os brincos. E aqueles ingressos do show.

Em março faço cinquenta anos. Não, não vou comemorar com uma festa, e, sim, receio admitir que estou com medo ou apreensiva (não tenho certeza de como estou, mas definitivamente não gosto disso). Prefiro não pensar na minha idade, mas aniversários importantes — do tipo que se colocam números chamativos e em relevo na frente dos cartões para sinalizar "o caminho da morte" — acabam forçando a barra. Dizem que cinquenta são os novos quarenta, mas, para o mundo corporativo, no meu tipo de trabalho, cinquenta pode ser o mesmo que sessenta, setenta ou oitenta. Por uma questão de urgência, preciso ficar mais jovem, não mais velha. Tem a ver com sobrevivência: conseguir trabalho, manter minha posição no mundo, permanecer comercializável e dentro do prazo de validade. Não deixar o barco afundar e seguir com o espetáculo. Para atender às necessidades dos que parecem precisar de mim mais do que nunca, devo fazer o tempo retroceder ou, pelo menos, obrigar essa porcaria a parar.

Com esse objetivo em mente, a preparação para o meu meio século será tranquila e totalmente previsível. Não vou demonstrar nenhum sinal de pânico. Vou deslizar em direção a ele de forma serena, sem desvios ou solavancos repentinos no caminho.

Bom, o plano era esse. Mas então Emily me acordou.

1
Loucuras na belfie

SETEMBRO

Segunda-feira, 1h37: Que sonho esquisito. Emily está chorando, está muito chateada. Tem algo a ver com uma selfie. Um menino quer vir aqui em casa por causa da sua selfie. Ela fica dizendo que está arrependida, que foi um erro, que não quis fazer aquilo. Estranho. Ultimamente a maioria dos pesadelos que tenho se passa no meu inominável aniversário e eu sempre estou invisível, conversando com pessoas que não podem me ver nem me ouvir.

— Mas nós não fizemos nenhuma selfie — digo, e no momento em que pronuncio as palavras em voz alta, sei que estou acordada.

Emily está do meu lado da cama, curvada como se estivesse orando ou protegendo um machucado.

— Por favor, não conta pro papai — ela implora. — Você não pode contar pra ele, mamãe.

— O quê? Contar o que pra ele?

Tateio às cegas a mesa de cabeceira, e minha mão encontra os óculos de leitura, óculos para longe, um hidratante e três cartelas de comprimidos antes de localizar meu celular. A tela luminosa revela minha filha usando um shortinho cor-de-rosa e uma camisola da Victoria's Secret. De um jeito bem idiota, aceitei comprá-la depois de uma briga horrível que tivemos.

— O que foi, Em? O que você não quer que eu fale para o seu pai?

Não é preciso olhar para saber que Richard ainda está dormindo. Consigo ouvir. A cada ano, o ronco do meu marido fica mais alto. Algo que começou parecendo um bando de leitões vinte anos atrás, agora é uma sinfonia completa de porcos acompanhada por instrumentos de sopro. Às vezes, quando o barulho do ronco aumenta, Rich acorda assustado, vira e começa tudo de novo. Mesmo assim, é mais difícil acordá-lo do que a um santo em um túmulo.

Richard tinha essa mesma surdez noturna seletiva quando Emily era bebê, por isso era eu que acordava duas ou três vezes de madrugada para atender às necessidades dela, achar seu paninho, trocar sua fralda e acalmá-la, só para aquele martírio recomeçar e recomeçar. Infelizmente, a intuição materna não vem com um interruptor.

— Mãe — Emily implora, segurando meu pulso.

Eu me sinto drogada. Estou drogada. Tomei um antialérgico antes de dormir porque tenho acordado na maioria das noites entre duas e três horas da manhã, toda suada, e ingeri-lo me ajuda a dormir. O remédio funciona muito bem, mas agora um pensamento, qualquer um na verdade, teima em atrapalhar aquele sono profundo. Meu corpo se recusa a se mover. Sinto meus membros pesados como chumbo.

— Maaaa-nhêêêê, por favor.

Deus, estou velha demais para isso.

— Desculpe, só um minuto, amor. Já estou indo.

Saio da cama com os pés duros protestando e abraço o corpo esguio da minha filha. Encosto a mão em sua testa. Sem febre, mas seu rosto está molhado de lágrimas. Assim como sua camisola. Sinto a umidade — uma mistura de tristeza e pele quente — através da minha, e recuo. Na escuridão, dou um beijo na testa de Em e batidinhas em seu nariz. Emily já está mais alta do que eu. Cada vez que a vejo, levo alguns segundos para me acostumar com esse fato incrível. Quero que ela seja mais alta do que eu, porque, no mundo feminino, ser alta e ter pernas longas é bom, mas ao mesmo tempo quero que ela tenha quatro anos e seja pequena para eu pegá-la no colo e protegê-la em meus braços.

— É TPM, querida?

Ela balança a cabeça e sinto o cheiro do meu condicionador em seus cabelos, aquele caro que eu disse claramente para ela não usar.

— Não, eu fiz uma coisa muito ruuuuuiiim. Ele falou que está vindo para cá. — Emily começa a chorar de novo.

— Não se preocupe, querida. Tudo bem — digo, nos guiando de forma desajeitada em direção à porta, seguindo o feixe de luz do corredor. — Seja o que for, vamos resolver, eu prometo. Vai ficar tudo bem.

E eu realmente achei que ficaria tudo bem, porque o que poderia ser tão ruim na vida de uma adolescente que sua mãe não pudesse consertar?

2h11: — Você enviou. Uma foto. Da sua bunda. Para um garoto. Ou garotos. Que você não conhece?

Emily assente, inconsolável. Ela senta em seu lugar na mesa da cozinha, segurando o telefone em uma das mãos e uma caneca dos Simpsons de leite quente na outra enquanto eu tomo chá verde, desejando que fosse uísque. Ou cianureto. *Pense, Kate, PENSE.*

O problema é que eu nem sei o que não entendi. Emily também pode estar falando outra língua. Quer dizer, estou no Facebook, em um grupo da família no WhatsApp, que as crianças criaram para nós, e tuitei ao todo oito vezes (uma, vergonhosamente, sobre Pasha Kovalev no *Dança dos famosos* depois de algumas taças de vinho), mas não conheço as outras redes sociais. Até agora, isso tem sido engraçado — uma piada familiar, algo que as crianças podiam usar para me provocar. "Você é do passado?" Essa era a piada que Emily e Ben faziam no ritmo de uma música irlandesa que haviam aprendido em uma série que eles adoram. "Você é do passado, mãe?"

Eles simplesmente não acreditavam que permaneci fiel ao meu primeiro celular durante anos: um objeto pequeno, verde-acinzentado, que vibrava no bolso como um filhotinho de rato. Ele mal conseguia enviar mensagens de texto — não que eu imaginasse que as mandaria de hora em hora — e era preciso segurar um número para uma letra aparecer. Três letras atribuídas para cada número. Demorava vinte minutos só para digitar "Olá". A tela era do tamanho da unha do dedão e você só precisava carregá-lo uma vez por semana. O "celular Flintstone" da mamãe, como as crianças o chamavam. Fiquei feliz em participar da gozação deles. Isso me fez sentir feliz por um momento, como a mãe relaxada e descontraída que eu sabia que nunca poderia ser. Acho que fiquei orgulhosa por esses pequenos seres aos quais dei a vida, tão pequenos e indefesos, terem se tornado tão competentes, verdadeiros especialistas nessa nova língua que parecia mandarim para mim. Provavelmente achei que fosse uma maneira inofensiva de Emily e Ben se sentirem superiores à mãe obcecada por controle, que ainda era a chefe quando se tratava de todas as coisas importantes como segurança e decência, certo?

Errado. Cara, entendi tudo muito errado. Na meia hora em que estamos sentadas à mesa da cozinha, entre soluços desesperados, Emily conseguiu me dizer que mandou uma foto do seu traseiro para a amiga Lizzy Knowles no Snapchat, porque Lizzy disse a ela que as garotas do grupo iam comparar as marcas de biquíni depois das férias de verão.

— O que é Snapchat?

— É como uma foto que desaparece depois de uns dez segundos, mãe.

— Ótimo, acabou. Então qual é o problema?

A Lizzy printou a tela do Snapchat e disse que queria colocar a foto no nosso bate-papo no Facebook, mas colocou na timeline por engano e agora essa foto *nunca, nunca mais* vai sair de lá. — Ela fala com tanto exagero que não posso evitar revirar os olhos. — *Para sempre* — Emily repete. Ao pensar nessa terrível imortalidade, sua boca se transforma em um angustiado e pesaroso O.

Demora alguns minutos para eu traduzir o que ela disse. Posso estar errada (e espero estar), mas acho que isso significa que minha amada filha tirou uma foto do seu traseiro. E, com o passe de mágica das mídias sociais, valendo-se da maldade de outra garota, essa imagem foi disseminada — se for essa a palavra que quero usar, da qual morro de medo — para todos na escola, na rua, no mundo. Todos, na verdade, inclusive o próprio pai, que está lá em cima, roncando para toda a Inglaterra.

— As pessoas acharam superengraçado — Emily fala —, porque as minhas costas ainda estão queimadas do sol que eu tomei na Grécia, então estão bem vermelhas, e o meu bumbum está megabranco, então pareço uma bandeira. A Lizzy falou que tentou excluir, mas muitas pessoas já compartilharam.

— Calma, querida, calma. Quando isso aconteceu?

— Mais ou menos umas sete e meia, mas demorei *séculos* para perceber. Você me falou para guardar o telefone durante o jantar, lembra? Meu nome estava no alto da tela, então todo mundo sabe que sou eu. A Lizzy disse que tentou apagar, mas viralizou. E ela falou: "Em, eu achei engraçado. Me desculpe". Não quero demonstrar que estou chateada, porque todo mundo achou hilário. Mas agora todas essas pessoas descobriram o meu Face e não paro de receber mensagens terríveis. — Tudo isso sai em um grande soluço.

Eu levanto e vou até o balcão buscar um rolo de papel-toalha para Em assoar o nariz. Parei de comprar lenços de papel como parte dos recentes cortes no orçamento familiar. Medidas econômicas severas são adotadas em todo o país, e também em nossa casa, o que significa que as caixas de lenço de papel suavizados com *Aloe vera*, em tons pastel, estão fora da lista de compras. Amaldiçoo silenciosamente a decisão de Richard de aproveitar o fato de ter sido demitido da empresa de arquitetura como "uma oportunidade de crescer em algo que faça mais sentido" — ou "algo não remunerado e muito egoísta", para ser mais dura, o que, me desculpe, é exatamente o que estou fazendo neste exato momento, pois não tenho nenhuma caixa de Kleenex para enxugar as lágrimas da nossa filha. Só quando faço uma bagunça ao rasgar o papel-toalha da cozinha na borda serrilhada, noto que minha mão está tremendo. Junto a mão direita, trêmula, com a esquerda e entrelaço os dedos de uma maneira que não faço há anos. "Aqui é a igreja. Aqui está o sino. Olhe para dentro e veja todas as pessoas." Em costumava repetir essa frase várias vezes, pois ela adorava ver os dedos balançando na igreja.

Novo, mamãe. Faz isso novo.

Quantos anos ela tinha? Três? Quatro? Parece tão recente ainda e, ao mesmo tempo, tão distante. Meu bebê. Ainda estou tentando me orientar nesse estranho e novo país para onde minha filha me levou, mas os sentimentos não cessam. Descrença, aversão, um vestígio de medo.

— Compartilhar uma foto da sua bunda? Ah, Emily, como você pôde ser tão idiota? — (Esse é o medo que se transforma em raiva ali mesmo.)

Ela assoa o nariz no papel-toalha, o amassa e me entrega de volta.

— É uma belfie, mãe.

— O que é uma belfie, pelo amor de Deus?

— É uma selfie do bumbum — Emily responde, como se isso fosse uma parte normal da vida, como um pedaço de pão ou um sabonete. — Uma BELFIE — ela diz, mais alto desta vez, como um turista fora de seu país, erguendo a voz para o estrangeiro burro entender.

Ah, uma belfie, não uma selfie. No meu sonho, pensei que ela havia dito "selfie". Selfie eu conheço um pouco. Certa vez, quando meu celular virou para o modo selfie e me vi olhando para o meu rosto, recuei. Não era algo natural. Eu simpatizava com aquela tribo que se recusava a ser fotografada por medo de que a câmera roubasse a alma dela. Sei que garotas como Em vivem tirando selfies. Mas *belfies*?

— A Rihanna faz isso. A Kim Kardashian. Todo mundo faz — Emily diz, sem rodeios, com uma conhecida nota de mau humor surgindo na voz. Esse é o tipo de resposta da minha filha ultimamente. Entrar em uma boate com identidade falsa? Não fica chocada, mãe, todo mundo faz isso. Dormir na casa de uma "melhor amiga" que nunca conheci, cujos pais parecem indiferentes aos movimentos noturnos de seus filhos? Comportamento muito normal, ao que parece. Seja o que for que eu vá contestar, preciso relaxar, porque todo mundo faz. Será que estou tão por fora de tudo que sair por aí distribuindo fotos da bunda se tornou algo socialmente aceitável?

— Emily, pare de mandar mensagens, tudo bem? Me dê esse telefone. Você já está com bastante problemas. — Arranco a porcaria das mãos dela, e Em se inclina na mesa para pegá-lo de volta, mas não antes de ver uma mensagem de alguém chamado Tyler:

Vc tem uma bunda perfeita pra me deixar duro!!! 😂

Meu Deus, um idiota aqui do bairro está falando sacanagem para o meu bebê. E escreve "vc" em vez de "você"? O garoto não é só indecente, mas também analfabeto. A professora de gramática que mora dentro de mim aperta suas pérolas e estremece. *Pare com isso, Kate. Que tipo de pensamento é esse? Algum babão está enviando mensagens de texto pornográficas para sua filha de dezesseis anos e você está preocupada com a ortografia dele?*

— Olha, querida, acho melhor ligar para a mãe da Lizzy para falar sobre o que...

— Nããããooo. — O grito de Emily é tão penetrante que Lenny sai da cesta e começa a latir para ver quem a machucou. — Você não pode fazer isso — ela choraminga. — Ela é minha melhor amiga. Você não pode ferrar a Lizzy.

Olho para o rosto inchado da minha filha, o lábio inferior em carne viva de tanto mordiscar. Ela realmente acha que a Lizzy é a sua melhor amiga? Está mais para bruxinha manipuladora. Não confio em Lizzy Knowles desde que ela disse para Emily que ela podia levar dois amigos para ver Justin Bieber na O2 no aniversário dela. Minha filha estava superanimada. Então a garota avisou que ela era a primeira reserva. Eu mesma comprei um ingresso para a Em ir ao show a um preço absurdo para protegê-la daquela lenta hemorragia de exclusão, aquele sangramento de autoconfiança que só garotas podem fazer umas com as outras. Garotos são muito amadores quando se trata de rancor.

Penso tudo isso, mas não falo. Não posso esperar que minha filha lide com a humilhação e a traição em uma mesma noite.

— Lenny, volte para o cesto, garoto. Ainda não está na hora de levantar. Deite. Isso, bom garoto. Bom garoto.

Eu me acalmo e tranquilizo o cachorro — é mais fácil lidar com ele do que acalmar e tranquilizar minha filha — e Emily vai até ele e deita ao lado do cão, enterrando a cabeça no pescoço dele. Completamente sem noção, ela empina o bumbum. O shortinho rosa da Victoria's Secret não esconde mais do que a calcinha, e eu recebo o efeito das duas luas cheias do seu traseiro — o mesmo que, Deus nos ajude, agora está preservado para a posteridade em um bilhão de pixels. O corpo de Emily pode ser o de uma adolescente, mas sua confiança ainda é da criança que não faz muito tempo deixou de ser. E ainda é, de muitas maneiras. Aqui estamos nós, Em e eu, seguras em nossa cozinha, aquecidas por um fogão velho e esquisito, abraçadas ao nosso amado cão, mas, fora desses muros, existem forças que não podemos controlar. Como devo protegê-la de coisas que não consigo ver ou ouvir? Preciso saber. Lenny fica encantado com o fato de as duas garotas da sua vida estarem acordadas a essa hora da noite. Ele vira a cabeça e começa a lamber a orelha de Em, com sua língua comprida e rosada.

O cachorro, cuja compra foi estritamente proibida por Richard, é meu terceiro filho, também estritamente proibido por Richard. (Os dois, eu admito, não possuem nenhum parentesco.) Eu peguei essa confusão de patas macias e grandes olhos castanhos logo após nos mudarmos para essa casa antiga, caindo aos pedaços. Um pouco de incontinência não poderia fazer mal ao lugar, pensei. Os tapetes que herdamos dos proprietários anteriores estavam imundos e enviavam sinais de poeira enquanto atravessávamos os cômodos. Eles teriam que ser substituídos, embora só depois da cozinha, do banheiro e de todas as outras coisas que precisavam ser substituídas primeiro. Eu sabia que Rich ficaria chateado pelas razões acima, mas eu não me importava. A mudança de casa tinha sido desgastante para todos nós, e Ben implorava por um cachorro havia muito tempo — ele me mandava cartões de aniversário todos os anos, apresentando uma lista de cães adoráveis e suplicantes. E agora que já tinha idade suficiente para não querer que sua mãe o abraçasse, concluí que ele acariciaria o filhote, e eu também abraçaria o filhote, e de alguma forma, em algum lugar no meio disso tudo, eu tocaria meu filho.

A estratégia foi um pouco fofa e não muito organizada, assim como o recém-chegado, mas funcionou lindamente. Qualquer que seja o oposto de um saco de pancadas, esse é o papel de Lenny em nossa família. Ele recebe todos os cuidados das crianças. Para um adolescente, cuja sorte diária é descobrir o quão antipáticos e esquisitos eles são, ganhar um cão é algo adorável e descomplicado. E eu também amo o Lenny, realmente o amo tanto que tenho até vergonha de admitir. É muito provável que ele preencha alguma lacuna na minha vida na qual nem quero pensar.

— A Lizzy disse que foi um acidente — Em fala, estendendo a mão para eu puxá-la. — A belfie seria só para as garotas do nosso grupo, mas ela postou por engano onde todos os outros amigos puderam ver. Ela apagou assim que percebeu, mas era tarde demais, muita gente já tinha compartilhado.

— E o garoto que você disse que estava vindo? O nome dele é Tyler? — Fecho e abro os olhos rapidamente para apagar da minha memória a mensagem de texto obscena do garoto.

— Ele viu no Face. A Lizzy marcou o meu bumbum com a hashtag #BumbumBandeira, e agora todo mundo pode ver e saber que ele é meu, então agora as pessoas acham que eu sou uma daquelas garotas que tiram a roupa à toa.

— Não, não, querida. — Puxo Em para os meus braços. Ela deita a cabeça no meu ombro e ficamos no centro da cozinha, meio abraçadas, meio dançando lentamente. — As pessoas vão falar sobre isso um dia ou dois, e depois tudo vai acabar, você vai ver.

Quero mesmo acreditar nisso. Mas é como uma doença contagiosa, não é? Os imunologistas teriam que pesquisar a disseminação de fotos comprometedoras nas mídias sociais. Eu me arrisco a dizer que nem a gripe espanhola e o ebola juntos seriam capazes de se multiplicar tão rápido quanto essas fotos terríveis que se espalham pelo ciberespaço.

Por meio desse vírus que dissemina pornografia na internet, num piscar de olhos o bumbum da minha menina viajou setenta e cinco quilômetros para além dos arredores de Londres, até a área de Elephant and Castle, e chegou a Tyler, que é o que a polícia chama de "um comparsa" do irmão da companheira da prima de Lizzy. Tudo porque, de acordo com Em, a querida Lizzy tinha as configurações dela ajustadas para permitir que "amigos de amigos" vissem o que ela postasse. Ótimo, por que não enviar a foto direto para a ala pedófila da Prisão Wormwood Scrubs?

4h19: Emily finalmente pega no sono. Lá fora está escuro e frio, o primeiro frio do começo do outono. Ainda estou me acostumando à noite no subúrbio — tão diferente da noite em uma cidade, onde nunca é realmente escuro. Não como esta escuridão profunda. Muito perto, em algum lugar nos fundos do jardim, ouço o grito de algo matando ou sendo morto. Quando nos mudamos para cá, confundi esses ruídos com os de uma pessoa em apuros e quis chamar a polícia. Agora acho que é só uma raposa de novo.

Prometi a Em que ficaria na cama dela para o caso de Tyler ou qualquer outro garoto querer entrar. É por isso que estou sentada na cadeira com estofamento de ursinho de pelúcia, meu traseiro de quase cinquenta anos amassado entre os braços de madeira estreitos e riscados. Penso em todas as vezes que fiquei de vigília nesta cadeira. Rezando para ela dormir (praticamente todas as noites, de 1998 a 2000). Rezando para ela acordar (suspeita de concussão depois de cair de um castelo inflável, em 2004). E agora estou aqui, pensando em seu traseiro, aquele que cobri com Pampers e que agora está viajando pela internet, sem dúvida excitando um bando de Tylers depravados. *Argh.*

Eu me sinto constrangida por minha filha não ter pudor, mas de quem é a culpa? Da mãe dela, obviamente. A minha — a avó de Emily, Jean — incutiu um medo de nudez em mim quase vitoriano, que veio da sua própria educação batista. Nossa família era a única na praia que transformava roupa de banho em uma espécie de burca com tecido atoalhado, um cordão no pescoço que a minha mãe tinha adaptado de uma cortina. Até hoje, quase não olho para o meu próprio traseiro, muito menos o ofereço à vista pública. Como, em nome de Deus, nossa família foi em apenas duas gerações do puritanismo ao pornô?

Preciso desesperadamente falar com alguém, mas quem? Não posso contar a Richard, porque ele morreria só de pensar que sua princesa poderia ter sido profanada. Repasso na mente meus amigos, interrompendo-me em certos nomes e tentando avaliar quem me julgaria, quem seria solidário, mas depois espalharia as fofocas — com um espírito de profunda preocupação, naturalmente. ("Pobre Kate, você não vai *acreditar* no que a filha dela fez.") Não é como rir com outras mães sobre algo embaraçoso que a Emily fez quando era criança, como aquela peça do nascimento de Jesus quando ela quebrou a auréola de Arabella porque estava muito irritada por ter ficado com o papel de esposa do dono da estalagem. (Um papel pouco importante, sem nenhuma fala e nenhum esplendor — entendi o lado dela.) Não posso expor minha filha à hipocrisia da máfia das mães, aquela gangue organizada de mães que se acham superiores. Então, para quem posso contar essa coisa tão angustiante e surreal que me faz sentir mal de verdade? Vou para a caixa de entrada, encontro um nome que significa "impossível ficar chocada" e começo a digitar.

De: Kate Reddy
Para: Candy Stratton
Assunto: Ajuda!

Oi, querida, você ainda está acordada? Não consigo lembrar a diferença de fuso horário. Tem sido uma noite e tanto aqui. Uma "amiga" da Emily a convenceu a postar uma foto do traseiro dela nu no Snapchat, e agora essa foto está circulando por toda a internet. Isso se chama "belfie", coisa que, na minha idade, eu poderia pensar como a abreviação de Harry Belafonte. Estou preocupada que stalkers excitados estejam prestes a formar uma fila do lado de fora da nossa casa. Sério, me sinto jurássica quando ela fala comigo. Não entendo nada de tecnologia, mas sei que isso é péssimo. Quero matar a idiotinha e protegê-la com a mesma intensidade.
    Achei que essa brincadeira de ser mãe ficaria mais fácil com o tempo. O que eu faço? Devo bani-la das redes sociais? Levá-la para um convento?
    Com amor, soluçando um montão,
    Bjo,
    K

Uma imagem colorida de Candy na Edwin Morgan Forster vem à minha mente: a companhia de investimentos internacionais em que nós duas trabalhamos, há cerca de oito ou nove anos. Ela estava usando um vestido vermelho tão apertado que era possível ver o sashimi que ela tinha comido no almoço descendo pelo esôfago. "O que você está olhando, cara?", ela zombaria de qualquer colega macho, tolo o suficiente para comentar sobre sua silhueta de Jessica Rabbit. Candace Marlene Stratton: orgulhosa exportação desbocada de New Jersey, especialista em internet e minha melhor amiga em um escritório onde o sexismo era o ar que respirávamos. Li sobre um caso de discriminação no jornal outro dia, uma estagiária de contabilidade reclamando que seu chefe não tinha sido educado o suficiente em seu modo de falar. Eu pensei: *Sério? Você não sabe que nasceu, meu bem.* Na EMF, se uma mulher simplesmente levantasse a voz, os operadores de ações gritavam: "Está de TPM, querida?" Não havia limites para nada, não respeitavam nem os ciclos menstruais. Eles gostavam de provocar as funcionárias nessa época do mês. Como reclamar só serviria para confirmar a opinião dos atrevidos de que não poderíamos mudar aquilo, então não nos importávamos. Candy, que naquela época era dependente de coca — do tipo que vem em lata *e* do tipo que vem em pó —, sentou a uns cinco metros de mim durante três anos, mas mal nos falávamos. Duas mulheres que conversassem no escritório estavam "fofocando". Dois homens que fizessem exatamente a mesma coisa estavam "em reunião". Nós conhecíamos as regras. Mas Candy e eu enviávamos e-mails o tempo todo, entrando e saindo da mente uma da outra, desabafando e brincando: membros da resistência em um país de homens.

Nunca pensei que me lembraria daquela época com carinho, muito menos com saudade. Só ultimamente andei pensando em como foi emocionante. Aquilo tudo me desafiou de um jeito que insistir para as crianças fazerem a lição de casa, cozinhar nove refeições por semana e fazer um homem consertar as calhas — a cansativa trama da vida — nunca foram capaz. É possível ser um sucesso como mãe? As pessoas só notam quando você não está fazendo as coisas direito.

Naquela época, eu tinha objetivos que poderia atingir e sabia que era boa, muito boa, no meu trabalho. Camaradagem sob pressão. Você não percebe como é prazeroso até não ter mais. E Candy, ela sempre me apoiou. Não muito tempo depois que deu à luz Seymour, ela foi para os Estados Unidos para ficar perto da mãe, que ansiava por tomar conta da primeira neta. Isso permitiu que Candy começasse um negócio de brinquedos sexuais de luxo. "Orgazma: para a mulher que está ocupada demais para gozar (ou talvez o contrário)." Só vi Candy uma vez desde que saímos da EMF, embora os laços que nos unem sejam muito fortes. Eu realmente gostaria que ela estivesse aqui agora. Não tenho certeza se posso fazer isso sozinha.

De: Candy Stratton
Para: Kate Reddy
Assunto: Ajuda!

Ei, Soluçando um Montão, este é o Serviço de Aconselhamento vinte e quatro horas do condado de Westchester. Se acalma, tá? O que a Emily fez é um comportamento adolescente perfeitamente normal. Pense nisso como o equivalente do século vinte e um de cartas de amor amarradas com uma fita vermelha em uma gaveta perfumada... só que agora são as gavetas dela.

Considere-se sortuda que é só a foto do traseiro dela. Uma menina da turma da Seymour compartilhou uma foto do seu jardim feminino porque o capitão do time de futebol pediu para ver. Essas crianças NÃO têm senso de privacidade. Elas acham que por estarem no celular ou no computador em casa estão seguras.

A Emily não percebe que está andando com a bunda de fora pela superestrada da informação, parecendo que está com o polegar levantado tentando pegar carona. Seu trabalho é apontar isso para ela. Com força, se necessário. Sugiro contratar algum nerd legal para ver se ele pode rastrear a foto e apagar. É possível pedir ao Facebook que apague o material obsceno, tenho certeza. E corte os privilégios dela — sem acesso à internet por algumas semanas até aprender a lição.

Você deveria dormir um pouco, querida, deve ser muito tarde aí.

Conte comigo sempre,

Beijos e abraços,

C

5h35: Já está tão tarde que amanheceu. Decido esvaziar a lava-louças em vez de voltar para a cama por uma hora para ficar olhando para o teto. Essa coisa de perimenopausa está atrapalhando meu sono. Você não vai acreditar, mas, quando a médica mencionou essa palavra para mim há alguns meses, a primeira coisa que surgiu na minha cabeça foi uma banda dos anos 60 com cabelo com corte tigelinha: "Perry e as Menopausas". *Dooby-dooby-doo.* A Perry estava sorrindo, nada ameaçador, e era quase certeza que estava usando um suéter de Natal tricotado à mão. Eu sei, eu sei, mas nunca ouvi falar disso antes e fiquei aliviada por finalmente ter um nome para uma condição que estava me tirando o sono e, depois, me deixando morta de cansaço logo após o almoço (me perguntei por alto se eu tinha alguma doença fatal e viajei pensando em cenas tocantes de um filme em que duas crianças choravam diante do túmulo e diziam que deviam ter me dado valor enquanto eu estava viva). Se você tem um nome para o que te faz ficar com medo, então você pode ter uma relação amigável com isso, certo? Sendo assim, a Perry e eu poderíamos ser amigas.

— Não posso me dar ao luxo de tirar uma soneca de tarde — expliquei à médica. — Gostaria de me sentir como era antigamente.

— Isso é comum — ela disse, digitando no meu prontuário que estava na tela. — Sintomas clássicos para a idade.

Fiquei aliviada por ter sintomas clássicos, pois havia segurança nos números. Lá fora, havia milhares, não, milhões de mulheres que também sentiam que estavam amarradas a um animal moribundo. Tudo o que queríamos era o nosso antigo eu de volta e, se esperássemos com paciência, ele viria. Enquanto isso, poderíamos fazer listas para combater outro dos deliciosos sintomas da Perry. Esquecimento. O que a Candy disse no e-mail? Encontrar algum cara nerd que possa rastrear a belfie da Emily e apagá-la? "Comportamento adolescente perfeitamente normal." Talvez não seja tão ruim assim. Eu me sento na cadeira ao lado do fogão, a que comprei no eBay por noventa e cinco libras (pechincha total, só precisa de molas, pés e estofamento novos) e começo a fazer uma lista de todas as coisas que não devo esquecer. A última coisa que me lembro é de um cachorro sem noção do próprio tamanho pulando no meu colo, o rabo batendo no meu braço, a cabeça sedosa descansando no meu ombro.

7h01: Assim que acordo, verifico meu celular. Duas chamadas perdidas da Julie. Minha irmã gosta de me manter atualizada sobre a aventura mais recente da nossa mãe — só para deixar claro que, morando a três ruas de distância em nossa cidade natal, no norte, é ela quem deve estar de plantão, já que, até agora, nossa mãe se recusou a adotar qualquer comportamento que possa ser chamado de "apropriado para a idade". Todas as quartas de manhã, minha mãe prepara os vegetais para o almoço comunitário, onde alguns dos frequentadores que ela chama de "os idosos" são quinze anos mais novos que ela. Isso me enche com uma mistura de orgulho (olhe para o espírito dela!) e irritação (pare de ser tão independente assim, vai?). Quando ela vai aceitar que também está velha?

Desde que decidi "partir", como minha irmã diz — também tomando a difícil decisão de mudar com a família para o sul para estar perto de Londres, o lugar que mais me possibilitaria ter um emprego bem remunerado —, Julie se tornou uma das grandes mártires inglesas, exalando um cheiro intoxicante de fogueira e uma falsa santidade. Nunca perde a chance de apontar que não estou dividindo o peso da responsabilidade. Mesmo assim, quando falo com minha mãe, quase todos os dias, ela me diz que não vê minha irmã mais nova há séculos. Acho terrível Julie não aparecer para vê-la, tendo em vista o quanto ela está perto, mas não posso dizer nada, porque, no elenco da peça da nossa família, eu sou a filha má que partiu, e Julie é a filha boa a que ninguém dá valor. Eu dou o meu melhor para mudar o roteiro, até comprei um computador de aniversário para mamãe e disse que o presente era de nós duas, Julie e eu. Mas me fazer sentir culpada é um dos poucos momentos de poder que minha irmã duas vezes divorciada e viciada em vodca consegue ter em sua vida dura e inútil.

Eu entendo. Racionalmente, eu entendo, e tento ser compreensiva, mas desde quando o poder da razão desfaz os nós da rivalidade entre irmãos? Eu deveria ligar de volta para Julie, e vou ligar, mas preciso resolver o problema da Emily. Emily primeiro, depois mamãe, depois me preparar para minha entrevista com o headhunter esta tarde. De qualquer forma, não preciso da ajuda da Julie para me fazer sentir culpada por não acertar minhas prioridades. Culpa é meu sobrenome.

7h11: No café da manhã, digo a Richard que Emily está dormindo porque teve uma noite ruim. O lado bom disso é que se trata de uma mentira que não deixa de ser verdade. Foi mesmo ruim, está entre as piores noites de todas. Completamente acabada, faço minhas tarefas matinais como um robô enferrujado. Até agachar para pegar a tigela de água de Lenny é um esforço tão grande que repito na mente frases como *Vamos lá, você pode fazer isso!* Estou preparando mingau quando Ben desce de sua toca parecendo um gnu preso a três tipos de aparelhos eletrônicos. Quando ele completou catorze anos, os ombros do meu adorável menino caíram durante a noite e ele perdeu o poder da fala, comunicando suas necessidades através de alguns poucos grunhidos. Esta manhã, no entanto, ele parece estranhamente animado — até mesmo falante.

— Mãe, adivinha só? Acabei de ver uma foto da Emily no Face. Uma foto chocante.

— Ben.

— Sério, o que não dá para acreditar é que a foto teve milhares de curtidas...

— BENJAMIN!

— Muito bem, meu jovem — Richard fala, olhando de relance para o iogurte de rã ou seja lá o que ele esteja comendo ultimamente —, é bom ouvir você dizer algo positivo sobre sua irmã para variar. Não é, Kate?

Lanço a Ben meu melhor olhar mortífero de Medusa e murmuro, quase sem voz:

— *Diga ao seu pai e você morre.*

Richard não percebe o diálogo nervoso entre mãe e filho porque ele está distraído, lendo um artigo em um site de ciclismo. Posso ver a manchete por cima do ombro dele: "Quinze gadgets de que você nunca soube que precisava".

O número de engenhocas de que os ciclistas não sabem que precisam é enorme, como nossa pequena área de serviço pode testemunhar. Chegar à lavadora de roupas, atualmente, é como competir numa pista com obstáculos, porque o equipamento de ciclismo do Rich ocupa cada centímetro do lugar. Existem vários tipos de capacete: um que toca música, um com uma lâmpada de minerador acoplada na parte da frente, tem um até com a própria bússola. Do varal, caem duas pesadas correntes de metal que mais parecem instrumentos utilizados durante a tortura de um nobre Tudor do que algo para prender uma bicicleta a um corrimão. Quando fui esvaziar a secadora ontem, encontrei a última compra do Rich: um objeto fálico preocupante, ainda na caixa, que afirmava ser "um distribuidor automático de lubrificantes". Isso é para a bicicleta ou para o traseiro inquieto do meu marido, que perdeu sua capa de gordura desde que se tornou uma cabra montesa? Com certeza não é para a nossa vida sexual.

— Vou chegar tarde hoje à noite. Eu e o Andy vamos para a Mongólia Exterior. — (Pelo menos é isso que eu acho que ele disse.) — Tudo bem para você?

É uma declaração, não uma pergunta. Richard não afasta o olhar do laptop, nem quando coloco uma tigela de mingau na frente dele.

— Querida, você sabe que não estou comendo glúten — ele murmura.

— Achei que aveia podia. Liberação lenta, baixo teor de açúcar, não é?

— Ele não responde.

O mesmo vale para Ben, que está navegando pelo Facebook, sorrindo e comungando com o mundo invisível, onde ele gasta muito do seu tempo. Provavelmente, mapeando as aventuras globais da bunda da irmã. Com uma pontada de angústia, penso em Emily dormindo no andar de cima. Eu disse a ela que tudo ficaria melhor de manhã e agora já é de manhã e preciso pensar em como melhorar. Primeiro, tenho que tirar o pai dela de casa.

Ao lado da porta dos fundos, Richard começa a colocar seu equipamento de ciclismo, um processo cheio de zíperes, tachas e abas. Imagine um cavaleiro se preparando para a Batalha de Azincourt, com uma bicicleta de fibra de carbono de duas mil e trezentas libras fazendo o papel do cavalo. Quando meu marido começou a pedalar, três anos atrás, eu era totalmente a favor. Exercício, ar puro, qualquer coisa para eu poder ficar em paz no eBay pegando "mais lixo que não precisamos entulhar nessa casa caindo aos pedaços", como Richard fala. Ou "promoções incríveis que terão um lugar na nossa incrível e velha casa", como eu prefiro.

Isso foi antes de ficar claro que Rich não estava pedalando apenas por diversão. Sério, a diversão não entrou nisso. Na minha inocência, ele se transformou em um desses "Homens de Meia-Idade Que Usam Macacões de Lycra" que passam pelo menos dez horas em cima de um selim toda semana, que a gente cansa de ver na seção de estilo de vida dos jornais. Em seu novo regime, Rich perdeu muito peso rapidamente. Achei difícil ficar feliz com isso, porque meus quilos extras se prendiam a mim obstinadamente a cada ano. Ao contrário dos pendurinhos que Richard leva atrelados à bicicleta, os meus já não eram mais removíveis (seria ótimo se fosse possível desprender as gordurinhas sobressalentes!). Até os meus trinta e tantos anos, juro que bastavam quatro dias comendo só ricota e bolacha de água e sal e eu podia sentir minhas costelas novamente. Mas esse truque não funciona mais.

Rich nunca foi gordo, mas ele sempre foi fofo de um jeitinho amarrotado, tipo Jeff Bridges, e havia algo sobre as curvas suaves do seu corpo que combinava com sua boa índole. Ele parecia com o que era: um homem amável e generoso. Esse estranho anguloso que ele analisa no espelho com intenso interesse tem um corpo firme e musculoso e um rosto muito marcado — nós dois chegamos àquela idade em que ser magro demais faz você parecer esquelético em vez de jovem. O novo Richard atrai muitos comentários de admiração dos nossos amigos, e eu sei que deveria achá-lo atraente, mas qualquer pensamento lascivo é interrompido no mesmo instante pelo equipamento de ciclismo. Quando Rich usa seu macacão de lycra, que vai do pescoço até o joelho, ele mais parece um daqueles preservativos gigantes azul-turquesa. Terrivelmente visíveis, o pênis e os testículos balançam como frutas maduras.

O velho Rich teria achado graça de como está ridículo e teria gostado de compartilhar a piada. Este novo não sorri muito, ou talvez eu não lhe dê muitos motivos para sorrir. Ele está sempre de mau humor a respeito das coisas que envolvem a casa ou "seu poço de dinheiro", como ele costuma chamar, nunca perdendo a oportunidade de falar de um jeito irônico com o construtor incrível que está me ajudando a trazer este velho e triste lugar de volta à vida.

Ao apertar o capacete, ele diz:

— Kate, você pode pedir para o Piotr dar uma olhada na torneira do banheiro? Acho que a arruela que ele usou foi mais um dos seus descartes poloneses do pós-guerra.

Entendeu o que eu quero dizer? Mais uma patada no pobre do Piotr. Eu diria algo irônico de volta, algo sobre estar espantada com o fato de Richard ter notado algum detalhe em nossa casa quando a cabeça dele está sempre focada em coisas muito mais importantes, mas, de repente, me sinto mal por não ter lhe contado sobre Emily e a belfie. Em vez de retrucar, vou até ele e lhe dou um abraço de despedida, me sentindo culpada, e então meu roupão fica preso em um bolso de velcro. Alguns segundos embaraçosos se passam quando ficamos presos. É o mais próximo que estivemos de algum tempo para cá. Será que eu devo contar para ele sobre a noite passada? A tentação de desabafar, de dividir o fardo, é quase esmagadora, mas prometi a Emily que não contaria nada ao Richard, então não vou contar.

7h54: Com Richard e Ben em segurança fora de casa, subo as escadas para ver como Em está, aproveitando para lhe levar uma caneca vermelha de chá com açúcar. Desde que começou o regime de sucos, ela não permite que nenhum açúcar passe pelos seus lábios, mas chá adoçado conta como remédio em uma emergência, certo? Mal abro a porta e ela já esbarra em uma pilha de roupas e sapatos. Eu me espremo através da abertura e me sinto em um daqueles quartos desocupados às pressas depois de um ataque aéreo. Há restos de comida espalhados por todos os lugares, e uma instalação artística feita de latas de Coca zero balança sobre a mesa de cabeceira.

O estado do quarto de uma adolescente é uma fonte consagrada pelo tempo de conflito entre mãe e filha, para o qual eu acho que deveria estar preparada, mas nossas brigas por esse disputado território nunca são menos do que lutas. A mais recente, depois da escola na sexta-feira, quando insisti que ela arrumasse o quarto, terminou em um impasse furioso:

Emily:

— Mas é o *meu quarto*.

Eu:

— Mas é a *minha casa*.

Nenhuma de nós estava preparada para recuar.

— Ela é muito teimosa — reclamei mais tarde para Richard.

— E isso te lembra quem? — ele perguntou.

Emily está atravessada na cama, esparramada, o edredom retorcido ao redor dela como um casulo. Ela sempre foi uma pessoa muito ativa, se mexendo pelo colchão como os ponteiros de um relógio. Quando está dormindo, como agora, ela se parece exatamente com a criança de que me lembro — aquela saliência determinada em seu queixo, o cabelo loiro que forma cachos úmidos no travesseiro quando está com calor. Ela nasceu com olhos enormes cuja cor não permaneceu durante muito tempo, como se ainda estivessem se decidindo. Quando a tirava do berço todas as manhãs, eu perguntava: "Qual é a cor dos seus olhos hoje? Castanho-azulado ou cinza-esverdeado?"

Eles acabaram ficando avelã, iguais aos meus, e eu me senti secretamente desapontada por eles não terem o tom perfeito de azul dos olhos de Paul Newman, embora ela carregasse o gene, então eles ainda podiam aparecer nos filhos dela. Inacreditavelmente, minha cabeça já começou a devanear com os netos. (Eu sabia que era possível ficar sonhando com um bebê, mas com o bebê do meu bebê? Sério?)

Posso dizer que Emily está sonhando. Tem um filme correndo atrás dessas pálpebras ativas e agitadas. Espero que não seja um filme de terror. Deitada no travesseiro ao lado da cabeça dela está a Baa-Sheep, seu primeiro brinquedo, e o maldito celular, a tela iluminada no modo noturno. "Trinta e sete mensagens não lidas", diz. Estremeço ao pensar o que elas contêm. Candy me disse que eu deveria confiscar o celular de Emily, mas, quando estendo a mão para pegá-lo, suas pernas se contorcem em protesto como um sapo de laboratório. A Bela Adormecida não vai desistir da vida online sem lutar.

— Emily, querida, você precisa acordar. Hora de se arrumar para a escola.

Enquanto ela geme e vira, afundando-se mais em seu casulo, o telefone toca várias vezes. É como uma porta de elevador que abre a cada poucos segundos.

— Em, amor, por favor, acorde. Eu trouxe um pouco de chá.

Ding. Ding. Ding. Que som odioso. O erro inocente de Emily começou isso e sabe-se lá onde vai acabar. Pego o celular e coloco no bolso antes que ela veja. *Ding. Ding.* A caminho da escada, paro no corredor. *Ding.* Olho através da antiga janela, para um jardim ainda nebuloso, e um verso poético vem, absurda e alarmantemente, à minha cabeça. "Não pergunte por quem a belfie dobra. Ela dobra por ti."

8h19: Na cozinha, ou o que é provisoriamente uma cozinha, já que Piotr está construindo uma de verdade, coloco rapidamente as louças do café da manhã na máquina e abro uma lata de ração para Lenny antes de verificar meus e-mails. O primeiro que vejo é de um nome que nunca apareceu antes na minha caixa de entrada. Ah, droga.

De: Jean Reddy
Para: Kate Reddy
Assunto: Surpresa!

Querida Kath,

Aqui é a mamãe. Meu primeiro e-mail de todos! Muito obrigada por você e a Julie comprarem esse laptop para mim. Vocês, garotas, me estragam. Comecei a fazer aulas de informática na biblioteca.

A internet parece muito interessante até agora. Muitas fotos engraçadas de gatos. Não vejo a hora de começar a seguir todos os netos. A Emily me disse que está em uma coisa chamada Facebook. Por favor, você pode me dar o endereço dela?

Com amor,
Beijos,
Mamãe

Então, ontem, eu pesquisei "perimenopausa". Se você está pensando em fazer isso, um conselho: não faça.

Sintomas da perimenopausa:
- Vermelhidão, suores noturnos e/ou sensação de sudorese
- Palpitações
- Pele seca e coceira
- Irritação!!! *Acredite em mim, sou o dragão-de-komodo da irritação!!*
- Dores de cabeça, que possivelmente vão virar enxaquecas
- Alterações de humor, crises súbitas de choro
- Perda de confiança, sentimentos de baixa autoestima
- Insônia
- Fluxos menstruais irregulares; fluxos mais curtos e mais intensos
- Perda da libido
- Secura vaginal + *púbis careca*
- Fadiga
- Sentimentos de pavor, apreensão, desgraça :(
- Dificuldade de concentração, desorientação, confusão mental
- Lapsos de memória perturbadores ✓✓
- Incontinência urinária, especialmente após rir ou espirrar
- Dores, articulações, músculos e tendões doloridos
- Distúrbio gastrointestinal, indigestão, flatulência, náusea
- Aumento de peso
- Diminuição ou queda de cabelo (cabeça, púbis ou corpo inteiro); aumento de pelos faciais
- Depressão — *Não é brincadeira!!*

O que sobra de tudo isso? Ah, certo. Morte. Acho que eles esqueceram de mencionar a morte.

2
A ultrapassada

Fiz Emily ir para a escola no dia seguinte à noite em que seu traseiro viralizou na rede. Talvez você ache que eu não tenha feito a escolha certa. Talvez eu concorde com você. Ela não queria, implorou, me deu todos os motivos pelos quais ela achava que seria melhor ficar em casa com o Lenny e fazer a lição (assistindo ao seriado *Girls*, não sou tão idiota assim). Ela até se ofereceu para arrumar o quarto — um claro sinal de desespero —, mas entendi como um daqueles momentos em que você tem que se impor e insistir para que a criança faça o que parece mais difícil. "Volte para a sela", não é aquela frase que a geração dos nossos pais usava antes de obrigar os filhos a fazer algo que eles não queriam e se tornou socialmente inaceitável?

Disse a mim mesma que seria melhor para ela lidar com as piadas grosseiras e os sussurros nos corredores do que fingir estar doente e esconder seu medo em casa. Assim como quando Emily, aos sete anos, caiu da bicicleta no parque, o cascalho incrustado no joelho machucado e cheio de sangue, eu me ajoelhei diante dela e limpei as pedrinhas do ferimento antes de insistir que ela voltasse a andar, caso a aversão instintiva a tentar fazer o que havia acabado de machucá-la florescesse em um medo sem limites.

— NÃO, pai, NÃO! — ela gritou, apelando para Richard, que já tinha vestido o papel de pai mais simpático e compreensivo do mundo, deixando para mim a tarefa de impor as regras da boa educação, do horário de dormir e de comer verduras, coisas tediosas que papais carinhosos não se importam em se envolver. Eu odiava Rich por me obrigar a ser o tipo de pessoa que eu nunca quis ser e, em outras circunstâncias, teria pago um bom dinheiro para evitar. Mas os moldes de nossos papéis parentais, dos quais lançamos mão quando nossos filhos são realmente muito pequenos, surgem diante de nós e ficam mais rígidos sem que percebamos, até que um dia você acorda e não está mais só usando a máscara de um chefe mandão e multitarefas. A máscara se fundiu ao seu rosto.

Se parar para pensar nisso, talvez você consiga notar tudo o que deu errado com a civilização moderna até o momento em que "ser pais" se tornou um verbo. Ser pai é agora um trabalho em tempo integral, além do seu outro trabalho, aquele que paga o financiamento da casa própria e as contas. Há dias em que acho que eu adoraria ter sido mãe na época em que os pais ainda eram adultos, conduziam a vida de forma egoísta e tomavam drinques à noite enquanto as crianças faziam o melhor que podiam para agradar e se adaptar. Quando chegou a minha vez, foi o contrário. Será que esse vasto exército de homens e mulheres dedicados à contínua tarefa de dar conforto e estimular seus descendentes causou uma euforia sem precedentes na geração mais jovem? Bem, leia os jornais e tire suas conclusões. Mas essa era a nossa história, a de Emily, minha, de Richard e a de Ben, e só posso dizer como é viver isso por dentro. A história vai dar seu veredicto sobre se a maternidade moderna é uma ciência ou uma terrível neurose que preencheu a lacuna antes ocupada pela religião.

Sim, eu fiz Emily ir para a escola naquele dia e quase me atrasei para a minha entrevista, porque a levei até lá em vez de fazê-la ir de bicicleta. Lembro como ela atravessou o portão, a cabeça e os ombros caídos, como se estivesse se protegendo de um vendaval, embora não houvesse vento algum. Ela se virou por um segundo e deu um pequeno aceno corajoso. Eu acenei de volta, fazendo um sinal de positivo, embora meu coração parecesse uma lata esmagada dentro do peito. Quase abri a janela e a mandei voltar, mas pensei que, como adulta, precisava transmitir confiança à minha filha, não mostrar que também estava ansiosa e apavorada.

Então foi assim que começou a coisa horrível que aconteceu depois? E se eu tivesse conduzido as coisas de um jeito diferente, deixado Em ficar em casa, cancelado a entrevista, e nós duas tivéssemos nos enrolado embaixo do edredom, assistido a quatro episódios de *Girls* inteiros e deixado o humor ácido de Lena Dunham espantar a vergonha dos dezesseis anos? Eu poderia ter ouvido muitos "e se".

Desculpe, eu não podia. Eu precisava arranjar urgentemente um emprego. Calculei que havia dinheiro suficiente na conta conjunta para durar três meses, quatro, no máximo. A pequena soma de dinheiro que guardamos depois de vender a casa em Londres e nos mudarmos do norte encolheu de forma alarmante, primeiro quando Richard perdeu o emprego, depois da mudança para cá, quando alugamos uma casa por um tempo até encontrarmos o lugar certo. Num domingo, na hora do almoço, Richard revelou que não só não ganharia quase nada durante dois anos, mas também que, como parte dos estudos para se tornar terapeuta, ele teria que fazer terapia duas vezes por semana, e teríamos de pagar por isso. Os valores eram monstruosos, agressivos: eu sentia vontade de chamar o terapeuta e oferecer a ele a história do meu marido em troca de um desconto de cinquenta por cento. Afinal, quem conhecia cada detalhe da personalidade dele melhor do que eu? O fato de Rich gastar nosso dinheiro do supermercado em sessões nas quais ele reclamava de mim só alimentava meu senso de injustiça. Para compensar a diferença, eu precisava de uma posição séria, de chefe de família, e precisava disso rápido, ou ficaríamos sem ter onde morar, comendo frango frito todos os dias. Então, fiz minha filha voltar à sela, assim como voltei ao trabalho quando ela tinha quatro meses e estava resfriada, o catarro borbulhando em seus minúsculos pulmões. Porque esse é o combinado, é isso que temos que fazer. Mesmo quando cada átomo do nosso ser grita: "Errado, errado, errado"? Mesmo assim.

10h12: No trem para Londres, eu deveria estar lendo meu currículo e as páginas financeiras para me preparar para o encontro com o headhunter, mas só consigo pensar em Emily e na mensagem nojenta que Tyler enviou a ela.

Qual a sensação de ser um objeto de desejo antes mesmo de ter perdido a virgindade? (Pelo menos, acho que Em ainda é virgem. Eu saberia se ela não fosse, não é?) Quantas mensagens iguais a essa ela anda recebendo? Será que devo avisar a escola? Como seria a conversa com o diretor da turma de ensino médio: "Hum, a minha filha compartilhou sem querer uma foto do traseiro dela com todos os alunos?" E quais outros problemas isso pode causar a Em? Não é melhor fingir que não aconteceu nada e tentar seguir com a vida? Talvez eu queira matar Lizzy Knowles. Posso, de fato, desejar que suas entranhas sejam penduradas no alto do portão da escola para desencorajar qualquer abuso futuro das redes sociais que humilhe uma menina doce e ingênua? Mas Emily disse que não queria que sua amiga se metesse em confusão. Melhor deixá-las resolver isso sozinhas.

Eu poderia ligar para Richard agora e contar a ele sobre a belfie, mas seria um problema para ele; e pensar em ter que consolá-lo e lidar com sua ansiedade, como fiz durante toda a nossa vida juntos, é desgastante demais. Não, mais fácil resolver isso sozinha, como sempre faço (seja uma casa nova, uma escola nova ou um carpete novo). Então, quando tudo estiver bem para Em, eu conto para ele.

Foi assim que acabei como uma mentirosa no escritório e em casa. Se o MI5 estivesse à procura de um agente duplo na perimenopausa que pudesse fazer tudo, exceto lembrar a senha (*Não, espere, só um tempinho, vou lembrar em um minuto*), eu seria a pessoa certa. Mas, acredite em mim, não foi fácil.

Você já deve ter notado que eu brinco muito sobre esquecimento, mas isso não é engraçado, é humilhante. Durante um tempo, eu disse a mim mesma que era só uma fase, como aquela pane que eu tive quando estava amamentando a Emily. Eu estava tão zumbi um dia, quando combinei de encontrar a Debra, minha amiga de faculdade, na Selfridges (ela estava em licença-maternidade do Felix, eu acho), que realmente coloquei papel higiênico molhado na bolsa e joguei as chaves do carro no lixo do banheiro. Bom, se você colocar isso em um livro, ninguém vai acreditar, não é mesmo?

No entanto o que aconteceu parece diferente desse novo tipo de esquecimento; menos como uma névoa que vai se extinguir e mais como uma parte vital do circuito que tenha pifado para sempre. Dezoito meses na perimenopausa e lamento dizer que a grande biblioteca da minha mente está reduzida a um romance antigo da Danielle Steel.

Todo mês, a cada semana, a cada dia, fica um pouco mais difícil recuperar as coisas que conheço. Corrigindo: as coisas que eu sei que conhecia. Aos quarenta e nove anos, a ponta da língua se torna um lugar muito cheio.

Fazendo uma retrospectiva, posso ver todas as vezes que minha memória me salvou. Em quantas provas eu teria fracassado se não tivesse sido abençoada com uma capacidade quase fotográfica de examinar vários capítulos de um livro, levar os fatos cautelosamente para a sala de aula — como um ovo de avestruz equilibrado em um disco — e colocar para fora ali mesmo, no papel? E, então, bingo! Esse fabuloso sistema de recuperação digital de última geração, que assumi inteiramente como garantido durante quatro décadas, é agora uma biblioteca provinciana empoeirada composta pelo Roy, como eu chamo o meu subconsciente. Ou é assim que penso nele, de qualquer maneira.

Algumas pessoas pedem a Deus para ele ouvir suas orações. Eu imploro ao Roy para vasculhar meu banco de memórias e rastrear um objeto/palavra/nome ou endereço perdido de alguém. O pobre Roy não é mais jovem. Bem, nenhum de nós é. Ele tem seu trabalho interrompido ao descobrir onde deixei meu celular ou minha bolsa ou, em alguns casos, para localizar uma cotação ou o nome daquele filme que pensei outro dia com a Demi Moore jovem e o Ally-Qualquer-Coisa.

Você lembra do Donald Rumsfeld quando ele era o secretário de Defesa dos Estados Unidos sendo ridicularizado por falar sobre "desconhecidos conhecidos" no Iraque? Caramba, como nós rimos da desculpa do rapaz. Bem, finalmente, tenho uma ideia do que o Rumsfeld quis dizer. Perimenopausa é uma luta diária com desconhecidos conhecidos.

Viu aquela mulher alta que veio na minha direção com um sorriso cheio de expectativa pelo corredor de laticínios do supermercado? Oh-oh... quem é essa mulher e por que ela me conhece?

Roy, por favor, pode encontrar o nome dela para mim? Sei que temos isso arquivado em algum lugar. É possível que esteja arquivado em "Mães Assustadoras da Escola" ou "Mulheres De Que Suspeito Estarem nas Fantasias do Richard"?

Roy tropeça em seus chinelos de ficar em casa enquanto a desconhecida, mas muito amigável mulher — *Gemma? Jemima? Julia?* — fala sobre outras mulheres que conhecemos. Ela deixa escapar que sua filha tirou A em tudo nos exames de certificação do ensino médio. Infelizmente, isso limita muito, notas perfeitas são o acessório indispensável para todas as crianças de classe média e seus pais ambiciosos.

Às vezes, quando o esquecimento é assustadoramente ruim — quer dizer, ruim mesmo, como para aquele peixinho naquele filme* (*Roy, olá?*) —, é como se eu estivesse tentando trazer de volta um pensamento que acabou de entrar na minha cabeça e partiu um milésimo de segundo depois, com um mínimo balançar da cauda do peixinho. Tentando recuperar o pensamento, me sinto como uma prisioneira que vislumbrou as as chaves de sua cela em um lugar superalto, mas não consegue alcançá-lo com a ponta dos dedos. Tento me aproximar do teclado, me estico ao máximo, afasto as teias de aranha, imploro a Roy para me lembrar do que vim buscar no escritório/cozinha/garagem. Mas a mente está em branco.

Foi por isso que comecei a mentir sobre a minha idade? Confie em mim, não foi vaidade, foi instinto de sobrevivência. Uma velha amiga dos meus tempos no mercado financeiro me disse que esse headhunter que ela conhecia estava ansioso para preencher sua cota feminina, como foi estabelecido pela Sociedade de Fundos de Investimento. Ele é o tipo de sujeito bem relacionado que pode sussurrar coisas no ouvido certo e conseguir uma diretoria não executiva. Um cargo altamente remunerado na diretoria de uma empresa, mas que exija apenas alguns dias por ano. Imaginei que, se eu tivesse alguns empregos desse tipo no meu currículo para complementar meu trabalho de consultoria financeira, poderia ganhar o suficiente para nos manter enquanto Richard estivesse estudando. Além do mais, ele poderia cuidar das crianças e ficar de olho na minha mãe e nos pais dele também. No papel, tudo parecia ótimo. Droga, nos meus sonhos eu conseguia assumir dois cargos não executivos. Cheia de esperança, fui conhecer Gerald Kerslaw.

11h45: O escritório de Kerslaw fica em uma daquelas casas brancas enormes que se parecem com um bolo de casamento no Holland Park. Os degraus da frente, pelo menos quinze, parecem escalar os penhascos brancos de Dover. Além de pequenas reuniões com clientes, não uso um par de sapatos decentes há algum tempo — é incrível a rapidez com que você perde a habilidade de andar de salto. Na curta jornada ao metrô, me sinto um filhote de gnu: cambaleando de pernas abertas, até que paro para me equilibrar com uma das mãos em uma banca de jornal.

— Tudo bem, moça? Cuidado para não cair. — O cara gargalha, e me sinto constrangida pelo quanto estou absurdamente grata por ele achar que ainda sou jovem o suficiente para ser chamada de moça. (Engraçado como machistas de carteirinha se tornam charmosos cavalheiros quando você está precisando de uma força, não é?)

É difícil entender como a confiança que você acumula ao longo de uma carreira some tão rapidamente. Anos de conhecimento desapareceram em minutos.

— Então, sra. Reddy, você está fora do mercado financeiro há quanto tempo... Sete anos?

Kerslaw tem um daqueles grunhidos extremamente altos que são projetados para trazer para a frente o soldado que está escondido na última fila do desfile. Ele berra para mim em uma mesa do tamanho da Suíça.

— Kate, por favor, me chame de Kate. Seis anos e meio, na verdade. Mas assumi muitas responsabilidades novas desde então. Mantive minhas habilidades, continuei prestando consultoria financeira a várias pessoas, acompanho diariamente notícias do mercado financeiro e...

— Entendo. — Kerslaw segura meu currículo de longe, como se sentisse um cheiro desagradável. Ex-militar de cabelo grisalho que parece um capacete de Lego: um homenzinho cujo rosto brilhante exibe a aparência de alguém esticado, que sempre quis ser uns oito centímetros mais alto. As riscas no paletó são largas demais, assim como as linhas de giz de um campo de tênis. É o tipo de traje usado apenas por um político de valores tradicionais, depois que a noitada regada a cocaína com duas prostitutas foi noticiada em um tabloide dominical.

— Tesoureira do CPI? — ele pergunta, erguendo uma sobrancelha.

— Sim, é o conselho paroquial da igreja do nosso bairro. Os livros estavam uma bagunça, mas foi difícil persuadir o vigário a confiar em mim para administrar suas mil e novecentas libras. Quer dizer, eu estava acostumada a administrar um fundo de quatrocentos milhões de libras, então foi muito engraçado na verdade e...

— Entendo. Agora, passando para o seu tempo como presidente dos Líderes no Beckles (é isso?) Community College. Qual a relevância disso, sra. Reddy?

— Kate, por favor. Bom, a escola estava falindo, e precisou de muito trabalho para dar a volta por cima. Tive que mudar a estrutura administrativa, o que foi um pesadelo diplomático. Você não acreditaria se eu lhe dissesse que as políticas de uma escola são muito piores que as de um banco, e havia toda a legislação a seguir e os relatórios de inspeção. A burocracia é enorme. Impossível para uma pessoa despreparada entender isso. Instiguei uma fusão com outra escola, assim teríamos dinheiro para investir na equipe da linha de frente e reduzir o tamanho das salas de aula. Isso fez as fusões e aquisições parecerem *Teletubbies*, francamente.

— Entendo — Kerslaw diz, sério. (Nunca assistiu aos *Teletubbies* com os filhos, obviamente.) — E você não estava trabalhando em período integral naquela época porque sua mãe não estava bem?

— Sim, a mamãe... minha mãe... teve um ataque cardíaco, mas está muito melhor agora, se recuperou totalmente, graças a Deus. Gostaria apenas de dizer, sr. Kerslaw, que o Beckles Community College é uma das escolas que mais se aprimora no país e tem um ótimo novo líder que...

— É o suficiente. Então, o que preciso perguntar é: se um dos seus filhos estivesse doente quando a reunião do conselho fosse agendada, o que você faria? É vital que, como diretora não executiva, você tenha tempo de se preparar para as reuniões e, é claro, a presença é obrigatória.

Não sei por quanto tempo fico sentada olhando para ele. Segundos? Minutos? Não posso garantir que meu queixo não está descansando na mesa de couro verde. Eu tenho mesmo que dignificar essa pergunta com uma resposta? Mesmo agora quando essas questões são supostamente ilegais? Parece que sim. Então, digo ao headhunter grisalho com sua jaqueta muito forçada de couro com forro vermelho que, sim, quando eu era uma gerente financeira bem-sucedida, meus filhos às vezes não passavam bem, e eu sempre tive uma rede de apoio para essas ocasiões como a profissional consciente que eu era, e que qualquer diretoria poderia confiar em mim e no meu discernimento.

O discurso poderia ter caído melhor se um celular não tivesse escolhido aquele exato momento para começar a tocar o tema de *A pantera cor-de-rosa*.

Olho para Kerslaw e ele olha para mim. É um tipo engraçado de toque para um headhunter velho e conservador, eu acho. Leva alguns instantes para perceber que a alegre melodia está, de fato, vindo da bolsa embaixo da minha cadeira. Ah, droga. O Ben deve ter mudado meu toque novamente. Ele acha engraçado.

— Sinto muitíssimo — digo, uma mão enfiada na bolsa, procurando freneticamente o celular enquanto o restante de mim tenta permanecer o mais ereta possível. Por que uma bolsa se transforma em uma tina de farelo quando você precisa encontrar algo rápido? Bolsa. Lenços. Pó compacto. Algo pegajoso. *Argh*. Óculos. Vamos *lá*! Tem que estar aqui em algum lugar. Consegui. Mudo o telefone que não para de tocar para o modo silencioso e olho para baixo para ver uma chamada perdida e uma mensagem de texto da minha mãe. Ela nunca manda mensagens. É tão preocupante quanto receber uma carta escrita à mão de um adolescente.

URGENTE! Preciso da sua ajuda. Mãe.

Espero que meu rosto permaneça, ao mesmo tempo, calmo e sorridente, e que Kerslaw veja apenas uma diretora não executiva altamente adequada à sua frente, mas minha imaginação começa a viajar. *Ah, Deus*. As possibilidades crescem:

1. Minha mãe teve outro ataque cardíaco e se arrastou pelo chão para pegar o celular, que só tem mais noventa segundos de bateria.
2. Minha mãe está perambulando pela Tesco, completamente desnorteada, com o cabelo despenteado, vestindo apenas uma camisola.
3. O que a minha mãe realmente quer dizer é: "Não se preocupe, eles são realmente bons em terapia intensiva".

— Veja bem, sra. Reddy — Kerslaw diz, cruzando os dedos como um arquidiácono em um romance de Trollope —, o nosso problema é que, embora tenha, sem dúvida, um histórico muito impressionante no mercado financeiro, com excelentes referências que atestam isso, você simplesmente não fez nada desde que deixou a Edwin Morgan Forster, nos últimos sete anos, que seria de algum interesse para os meus clientes. E então, receio dizer, tem a questão da idade. Quase cinquenta anos e se aproximando rapidamente do perfil menos procurado de candidatos, além do que...

Minha boca está seca. Não tenho certeza se vai sair alguma palavra quando eu for abri-la.

— Cinquenta é o novo trinta e cinco — resmungo. *Não desmorone, Kate, aconteça o que acontecer. Vamos sair daqui, por favor, não faça uma cena. Homens odeiam cenas, especialmente esse, ele não vale a pena.*

Eu me levanto rapidamente, fazendo parecer que a decisão de terminar a entrevista é minha.

— Obrigada pelo seu tempo, sr. Kerslaw. Fico realmente grata pela nossa conversa. Se surgir alguma coisa, não sou orgulhosa a ponto de não considerar assumir uma função menor.

A porta parece muito distante. E o pelo do carpete de Kerslaw é tão exuberante que dá a impressão de que meus saltos estão afundando em um gramado de verão.

12h41: De volta à calçada, ligo para a minha mãe e quase choro de alívio quando ouço sua voz. Ela está viva.

— Mãe, onde você está?

— Ah, olá, Kath. Estou na Rugworld.

— O quê?

— Na loja Rugworld. Os tapetes daqui são melhores que os da Allied.

— Mãe, você disse que era urgente.

— E é, amor. Qual você acha que eu devo escolher para a minha sala de estar? O cinza ou o bege? Eles também têm verde. Não se esqueça de que é muito caro. Dezessete libras e noventa e nove o metro quadrado! — Uma das entrevistas mais importantes de toda a minha vida foi por água abaixo porque minha mãe não consegue decidir que cor de tapete ela quer.

— Bege combina com tudo, mãe. — Mal sei o que estou dizendo. O estrondo do tráfego barulhento, meus pés gritando para serem liberados dos saltos, o baque doentio da rejeição. Sou muito velha. Fora do perfil mais procurado de candidatos. Velha.

— Você está bem, querida?

Não, não estou. Nada bem mesmo, muito desesperada, na verdade. Todas as minhas esperanças estavam nessa entrevista, mas não posso dizer isso a ela. Ela não entenderia e eu só a faria ficar preocupada. Os anos em que minha mãe conseguia lidar com meus problemas já passaram. Em algum momento que não sei precisar, em um dia como outro qualquer, as coisas mudam e torna-se a vez dos filhos tranquilizarem os pais. (Um dia, serei consolada por Emily, embora isso seja difícil de imaginar agora.) A morte do meu pai, cinco anos atrás, foi o ponto de inflexão. Mesmo que meus pais tenham se divorciado há muito tempo, acho que minha mãe secretamente pensava que ele voltaria rastejando quando já tivesse idade o suficiente ou, de forma mais realista, fosse estável o bastante para parar de conquistar namoradas mais jovens do que as próprias filhas. Desta vez, porém, seria ela que teria a vantagem. Depois que ele foi encontrado morto na cama de Jade, uma voluptuosa modelo que morava em um apartamento acima de sua loja de apostas favorita, se passaram apenas dez meses para minha mãe fazer uma cirurgia coronariana. Coração partido não é só uma metáfora. Por isso, ela não pode mais ser minha confidente ou meu braço direito, nem eu posso sobrecarregá-la, então sou cuidadosa com tudo o que digo.

— Acabei de sair de uma entrevista, mãe.

— É mesmo? Aposto que foi muito bem, querida. Eles não encontrariam alguém mais responsável, pode acreditar.

— Sim, foi tudo ótimo. Se for para o meu bem, vai dar certo.

— Você tem razão, querida. Vou levar o bege, não é? Mas lembre-se de que o bege pode ser um pouco sem graça. Acho que gosto mais do cinza.

Depois que minha mãe desliga, feliz e decidida a não comprar nenhum tapete, respiro fundo e tomo uma decisão. Eu disse a Kerslaw que não era orgulhosa, mas acontece que eu estava errada: sou orgulhosa, ele reacendeu isso. A ambição estava lá como uma luz dentro de mim, esperando para ser acesa. Se eu for muito velha, então vou ter que ficar mais jovem, não é? Se é isso que é preciso para conseguir um emprego de que eu possa dar conta enquanto durmo, então é o que vou fazer. No entanto, Kate Reddy não vai ser uma mulher acabada e uma profissional irrelevante de quarenta e nove anos. Ela não vai se aproximar dessa faixa etária pouco desejada, que não se aplica a babacas superpromovidos como Kerslaw ou outros homens de modo geral, apenas para mulheres engraçadas. Ela vai ter... ela vai ter quarenta e dois anos!

Sim, a idade ideal. Quarenta e dois. A resposta para a vida, o universo e tudo mais. Se Joan Collins pode tirar vinte anos da sua idade para conseguir um papel em *Dinasty*, com certeza posso tirar sete da minha para conseguir um emprego no mercado financeiro e manter a minha própria dinastia. De agora em diante, contra todo o meu bom senso, e tentando não imaginar o que minha mãe diria, vou me tornar uma mentirosa.

*Procurando Nemo. *O Roy finalmente lembrou o nome do filme sobre o peixinho com amnésia.*

3
O ponto de partida

Quinta-feira, 5h57: Minhas articulações estão sensíveis e doloridas. É como uma gripe que nunca desaparece. Deve ser a Perry e seus sintomas encantadores novamente. (Assim como quando eu acordei às três da manhã com uma poça de suor entre os seios, mesmo com o quarto gelado.) Gostaria de me virar e passar mais uma hora na cama, mas não dá. Após o meu calvário nas mãos do headhunter de risca de giz do mal, o Projeto de Volta ao Trabalho começa aqui.

Na academia, Conor concordou em burlar as regras e me ofereceu o pacote especial da noiva para mulheres que querem estar incríveis no grande dia. Expliquei que tinha praticamente os mesmos objetivos que qualquer mulher prestes a se casar: precisava convencer um homem, ou alguns homens, a se comprometer e me dar dinheiro suficiente para criar meus filhos e arrumar uma velha casa caindo aos pedaços. Haveria um período de lua de mel em que eu teria de convencê-los a pensar que eu sempre estaria animada, descontroladamente atraente e muito disposta.

— Basicamente, preciso perder quatro quilos, uns seis seria ainda melhor, e parecer alguém de quarenta e dois anos que é jovem para a sua idade — expliquei.

— Não se preocupe — Conor falou. Ele é neozelandês.

Então, este é o lugar onde eu me preparo para voltar a um trabalho real. Por real, quero dizer um cargo que pague bem, ao contrário da minha chamada "carreira de portfólio" dos últimos anos. As revistas femininas sempre fazem a carreira de portfólio parecer idílica: a mocinha, em um cardigã de cashmere longo e claro, vestida com uma camisa branca imaculada, flutua entre projetos freelance gratificantes enquanto prepara delícias para crianças adoráveis em uma cozinha cinza-claro.

Na prática, como eu logo descobri, isso significa fazer um trabalho de meio período para empresas que querem mantê-la longe de seus registros para evitar o pagamento de impostos — até mesmo para evitar te pagar. Muito tempo desperdiçado correndo atrás de pagamento. Para alguém que trabalha com serviços financeiros, tenho uma estranha fobia a pedir dinheiro para as pessoas — para mim, pelo menos. Acabei com uma série de projetos mal remunerados e cheios de exigências que tive de encaixar no meu papel principal como motorista/compradora/lavadeira/cuidadora/cozinheira/organizadora de festas/enfermeira/passeadora de cachorro/governanta/desmancha-prazeres da internet. Meu escritório, também conhecido como mesa da cozinha, ficava coberto de papéis, não de comidas saudáveis. Meus ganhos anuais não chegavam ao preço do cashmere, e as camisas brancas ficavam encardidas em meio à lavagem da roupa da família.

Todos os projetos bem-sucedidos começam com uma avaliação rigorosa do ponto de partida, seguida pelo estabelecimento de metas alcançáveis. Com todo mundo ainda dormindo, tranco a porta do banheiro, puxo a camisola sobre a cabeça em um único movimento ("um gesto de erotismo incomparável", um amante certa vez o classificou como tal) e examino o que vejo no espelho. É com isso que quarenta e nove anos e meio se parece. Meus seios, definitivamente, ficaram mais baixos e mais pesados. Analisando de forma crítica (e eu, certamente, estou), eles se parecem mais com um úbere de vaca do que com os filhotes alegres que eram antigamente. Na verdade, estão um pouco caídos. Os de algumas amigas caíram logo após o parto. Eles ficaram enormes, mas, assim que o leite secou, murcharam como balões de festa. Judith, do meu grupo de pré-natal, colocou implantes logo que os gêmeos terminaram de sugá-la e o marido não conseguiu suportar o que chamava de um jeito charmoso de "seios de bruxa". Ele foi embora com a secretária e Judith ficou com dois sacos de silício tão pesados que passou a ter problemas na coluna. Meus peitos mantiveram o formato e o tamanho, mas, ao longo dos anos, houve uma palpável perda de densidade. É a diferença entre um abacate perfeito e mingau dentro de um saco de couro. Suponho que seja isto o que a juventude signifique: maturidade é tudo.

Tremo involuntariamente. Aqui dentro está congelando ainda mais do que lá fora, porque Piotr não conseguiu melhorar a calefação. Para ser sincera, estou com medo do que ele vai encontrar quando levantar as tábuas do assoalho. O antigo aquecedor debaixo da janela emite uma quantidade pequena de calor e, pelo barulho, parece que não funciona nada bem.

Coloco uma toalha em volta dos ombros e me concentro novamente no corpo que vejo no espelho. As pernas ainda parecem ótimas: só um toque áspero nos joelhos, como se alguém tivesse pego uma agulha e puxado uma linha através deles. A cintura engrossou, o que me deixa bem mais reta do que aquela jovem curvilínea que nunca se esforçou para chamar atenção e que, nem por um momento, pensou na mágica maliciosa que seu corpo fazia para conseguir aquilo.

Sempre tive quadris pequenos, mas agora eles estão enormes. Belisco as gordurinhas e sei que é por ali que tenho que começar. A pele abaixo do meu pescoço e em minha clavícula está toda marcada. Dano solar. Nada a fazer quanto a isso — pelo menos, não acho que haja algo. (— *Roy, me lembre de perguntar para a Candy, ela conhece todos os procedimentos que existem.*) Também não posso consertar a cicatriz da cesariana. Ela ficou manchada e desbotada com o tempo, mas a rápida incisão da cirurgiã — ela estava com pressa para tirar a Emily — criou uma pequena saliência de barriga que pilates nenhum é capaz de mudar. Acredite, eu tentei. Eu sempre desdenhava das celebridades que agendavam a cesariana e a abdominoplastia juntas. Por que não ostentar suas cicatrizes de parto com orgulho? Agora não tenho tanta certeza, nem sou tão hipócrita. O abdome, em si, é bem reto, embora a pele esteja amarrotada em alguns pontos como um tecido anarruga.

E o traseiro? Eu me viro e tento dar uma olhada no espelho por cima do ombro. Bem, ainda parece estar no lugar certo e sem celulite, mas... bunda, bunda, bunda. Coloque desta forma: não vou tirar uma foto dela e compartilhá--la com meus amigos do Facebook.

Tudo isso não é surpresa, não é motivo de vergonha, é o que o tempo faz com um corpo. As mudanças de que não nos damos conta são tão pequenas, tão misericordiosamente mínimas, até que, um dia, nos vemos em uma foto de férias ou vislumbramos um reflexo em um espelho manchado atrás de um bar e, por uma fração de segundo, pensamos: "Quem *é* essa?"

Certas coisas sobre envelhecimento ainda têm o poder de chocar. Minha amiga Debra jura que encontrou seu primeiro pelo pubiano grisalho outro dia. Púbis grisalho, sério? *Argh*. Os meus ainda estão escuros, embora, definitivamente, mais escassos — devemos realmente incluir vagina careca à lista de humilhações da menopausa? — e os pelos das pernas crescem muito mais devagar hoje em dia. Pelo menos, economiza-se na depilação. Toda a atividade folicular foi para o queixo e o pescoço, onde sete ou oito pelos covardes teimam em aparecer. Eles são tão implacáveis quanto ervas daninhas. Apenas pinças e uma vigilância eterna os impedem de formar uma barba em homenagem a Rasputin.

O rosto. Guardei o rosto para o final. A luz aqui é boa. Suave, vem de trás, fraca como se ainda estivesse sonhando em um jardim. Muito gentil para meus propósitos. Acendo a desagradável faixa fluorescente acima do espelho. Uma vantagem da deterioração da visão causada pela idade é que você não consegue se ver muito bem; pelo menos nisso aquela cadela velha da Mãe Natureza acertou em cheio. Geralmente eu me consolo com o fato de que, como todo mundo continua dizendo, pareço jovem para a minha idade. É reconfortante ouvir isso quando se tem trinta e nove anos. Não tanto agora que tenho quase o número praticamente proibido de dizer.

Visto com um olhar mordaz e implacável, meu reflexo relata um caso incipiente de queixo murcho. Ele está um pouco enrugado, como uma mistura de bolo antes de a farinha estar completamente incorporada, embora, pelo menos, não sejam as temíveis rugas. Por alguma razão masoquista, pesquisei sobre elas no Google outro dia: "saliência carnuda pendurada em partes da cabeça ou do pescoço em vários grupos de pássaros e mamíferos". Meu pavor é que essas saliências estejam vindo me pegar. Com os dois polegares, pego a pele embaixo do queixo e puxo para trás. Por um segundo, meu eu mais novo me olha de volta: assustado, melancólico e bonito.

A área dos olhos não está nada mal — obrigada, creme Sisley Global Anti-Idade (e eu nunca fumei, o que ajuda) —, mas há dois sulcos tristes de cada lado da boca e um cenho franzido, com um pequeno, mas determinado, ponto de exclamação — ! — pontuando o espaço entre minhas sobrancelhas. Isso me faz parecer zangada. Traço as rugas verticais com a unha. Acho que é possível injetar Botox ou Restylane nestas aqui, não é? Nunca ousei. Não que eu tenha alguma objeção ética, nenhuma, é só superstição. Se você está bem, por que fazer isso e correr o risco de parecer esquisita?

Eu preferia ver um rosto familiar e levemente enrugado no espelho a parecer aquela atriz que vi em um café outro dia. Ela era muito popular na TV nos anos 70 e estrelou todas as adaptações de Dickens e Austen — o tipo de beleza simples e natural que os poetas colocam nos sonetos. Não sei o que ela fez, mas ficou parecendo que alguém tentou restaurar sua juventude nas maçãs do rosto e acabou fazendo com que ela parecesse ter a boca cheia de nozes. Suas bochechas estavam inchadas, mas de forma desigual, e um dos cantos daquele biquinho em formato de botão de rosa ficou virado como se estivesse tentando chorar e o restante do rosto não deixasse. Fiquei me esforçando para não olhar, mas meus olhos continuaram se movendo em sua direção para checar o desastre. Como aquelas pessoas que ficam encarando acidentes enquanto estão dirigindo, olhando para aquele triste rosto acidentado. Melhor ficar com o rosto que você conhece do que arriscar um que não conhece.

Apago a luz cruel e visto as roupas de ginástica.

Posso ouvir Lenny choramingando no andar de baixo, pois sabe que estou de pé. Preciso deixá-lo sair um pouco. Antes de descer, lanço à mulher no espelho um último olhar, sincero e avaliador. *Nada mal, Kate, acredite em você, garota.* Definitivamente será preciso fazer alguma coisa, mas nós vamos chegar lá. Nós, que já fomos sensuais, vamos voltar a ficar assim (bem, vamos tentar ficar indiferentes e ver o que acontece). Por enquanto, só preciso confiar na base e no corretivo, e na expectativa de que o personal trainer me ajude a passar para a minha nova idade.

6h14: Começo o dia com duas colheres de vinagre de maçã dissolvido em água quente (reduz o açúcar no sangue e diminui o apetite, provavelmente porque te faz vomitar). Hoje também é um dia de jejum, quando só posso ingerir um máximo de quinhentas calorias. Então aqui estou, preparando um suntuoso café da manhã com um solitário bolo de aveia, me perguntando se enlouqueci, e tomando uma colher de chá de homus. O teor calórico do bolo de aveia está escrito na lateral da caixa em letras tão pequenas que só minúsculos elfos equipados com microscópio eletrônico conseguem ler. Como devo seguir a "Dieta dos dois dias" quando não consigo ler as calorias? Vá buscar os óculos de leitura no lugar-onde-eles-sempre-ficam-para-a-Kate-não-esquecer-onde--estão. (* — *Roy, você já está acordado? Roy? Onde coloquei meus óculos? Preciso deles. Pode encontrar meus óculos, por favor?*)

Nenhuma resposta. Droga. Mordo um pedacinho de bolo de aveia e fico imaginando se vou conseguir me livrar daquela gosma verde que Emily fez e produziu uma quantidade enorme de detergente que está enchendo a pia. Abro a geladeira e pego vários itens tentadores, mas logo os coloco de volta. Pausa no pão que Richard trouxe ontem: um pão italiano artesanal crocante que pegou no Deli. Pão crocante, pão crocante, pare de me chamar!

Contenha-se, Kate. E não nos deixeis cair em tentação, mas livrai-nos do glúten. Preciso trocar o terreno improdutivo das leggings elásticas de meia--idade e o desespero silencioso pela cintura das saias lápis e a possibilidade de reinserção profissional.

De: Candy Stratton
Para: Kate Reddy
Assunto: Humilhação dos headhunters

Você vai para uma entrevista, e o Anão Espinhoso diz que porque você tem quarenta e nove anos precisa ser sacrificada e VOCÊ ACREDITA NELE? SÉ-RIO!? O que aconteceu com aquela mulher incrível com quem eu costumava trabalhar? Você precisa começar a mexer no seu currículo e mentir muito. Qualquer coisa que você sabe que pode fazer, diga que fez nos últimos dezoito meses, ok? Vou te dar uma ótima referência.

E peça para um cabeleireiro fazer algumas luzes. Não use o descolorante que fica ao lado da banheira. Me prometa.

Bjos, C

6h21: Estou prestes a ir para a academia quando, em algum lugar, ouço o som estranho de um telefone tocando. Demoro alguns minutos para perceber que é o telefone fixo. Leva o dobro disso para encontrá-lo, berrando atrás de algumas divisórias de gesso que Piotr colocou contra a parede da cozinha. Quem poderia ligar tão cedo? Só serviços de telemarketing e o que Richard insiste em chamar de "coroas" usam o telefone fixo hoje em dia, agora que todos têm celular. Sim, até o Ben tem. Foi impossível segurar mais tempo, depois que ele completou doze anos. Ele alegou que era "abuso infantil" negar um telefone a um garoto e que ele iria "ligar para o governo". Além disso, acrescentou que de jeito nenhum me mostraria como transferir meus arquivos para um novo laptop se não tivesse um celular. Difícil argumentar com isso.

O telefone está coberto por uma espessa camada de cal. Com certeza, o interlocutor é um idoso que fala muito educadamente com aquele que atende a chamada de forma indiferente. Donald. Ouço o sotaque de Yorkshire, outrora tão forte e vigoroso, agora fino e estridente em seu octogésimo nono ano. Quando o pai de Richard deixa uma mensagem, ele fala devagar e com cuidado, parando no final de cada frase para permitir que seu interlocutor silencioso responda. Suas mensagens levam uma eternidade. "Vamos, pai, coloca para fora!", Richard sempre grita da cozinha. Mas eu amo meu sogro, seu ar melancólico como do ator Sir Alec Guinness. Ele se dirige à máquina com tanta educação que parece um lembrete de um mundo perdido onde humanos falavam com humanos. Ouço Donald enquanto vasculho a fruteira em busca de um kiwi para o café da manhã. Melhor que banana, com certeza. Não pode ter mais de quarenta calorias. Por que isso sempre acontece?

Como granadas de mão quando as trouxe para casa do supermercado há dois dias, os kiwis se transformaram em mingau e parecem levemente obscenos, como se eu apalpasse o testículo de um babuíno.

— Sinto muito perturbar vocês tão cedo, Richard, Kate. É o Donald — meu sogro diz, sem necessidade. — Estou ligando a respeito da Barbara. Receio que ela tenha se desentendido com nossa nova cuidadora. Nada para se preocupar.

Não, por favor, Deus, não. Depois de dois meses de negociações com a agência de cuidadores, que teriam esgotado as habilidades diplomáticas de Kofi Annan e Amal Clooney, consegui garantir um pequeno pacote de cuidados para Donald e Barbara. Isso significava que alguém ajudaria na limpeza, daria banho em Barbara e trocaria o curativo em sua perna queimada. É um período tão curto que chega a ser lamentável que a cuidadora, às vezes, nem se dê ao trabalho de tirar o casaco, mas, pelo menos, alguém dá uma olhada neles todos os dias. Os pais de Richard insistem que não querem se mudar para uma casa menor — a casa deles é uma casa de pedra ao lado de uma colina —, porque isso significaria deixar o jardim que cuidaram e amaram por quarenta anos. Eles conhecem algumas árvores e arbustos como os próprios netos. Barbara sempre dizia que eles se mudariam "na hora certa", mas temo que tenham perdido aquele momento em particular, provavelmente sete anos atrás, e agora estão presos em um lugar que se recusam a esquentar ("Não posso gastar com aquecimento"), e com uma escada vertiginosa — onde Ben caiu na Páscoa, quando ele tinha três anos.

— Odiamos ser um fardo... — A voz continua enquanto amarro meus tênis de treino. Olhe as horas. Vai se atrasar para a primeira aula com Conor. Desculpe. Sei que, se eu fosse uma pessoa boa e dedicada, pegaria o telefone, mas simplesmente não posso enfrentar outra conversa do Dia da Marmota com Donald. — ... mas a Barbara parece tê-la ofendido quando disse que o inglês da Erna não era bom o suficiente para entender o que ela estava dizendo. Barbara preparou uma xícara de chá para Erna, que disse "Obrigada", e Barbara disse: "Disponha", mas Erna entendeu: "Toma", como se ela estivesse dando ordens, mas não foi isso, sabe? Receio que Erna tenha sido bastante rude com a Barbara. Ela foi embora muito irritada e não voltou mais. Estou feliz de trocar os curativos da Barbara, já que me lembro da época em que aprendi primeiros socorros, graças a Deus, mas ela não me deixa entrar no banheiro com ela, e você sabe como foi que ela queimou a perna. Ela liga a torneira quente e depois esquece de esfriar a água.

Um homem que, há quase setenta anos, percorreu em um bombardeiro Lancaster os céus traiçoeiros da Europa ocupada — ele era três anos mais velho que Emily hoje, um pensamento que sempre me faz querer chorar — soa resignado a seu destino: calmo, composto, estoico, absoluta e totalmente desamparado.

— Se não for muito problema...

Ah, tudo bem, tudo bem. Estou indo.

— Oi, Donald. Sim, é a Kate. Não, não mesmo. Você não é um problema. Desculpe, não, não recebemos suas mensagens. Nem sempre verificamos a...

Sim, é melhor ligar para o celular, se puder. Escrevi nossos números na agenda para você. Oh, céus. A Barbara pegou a cuidadora fumando na frente do bispo de Llandaff? — (Espera aí, o que um padre galês idoso está fazendo no jardim da casa da minha sogra?) — Ah, o bispo de Llandaff é um tipo de... Sim, entendi, e a Barbara acha que não se deve fumar perto das dálias. Não. Sim, sim. Entendi. Ela preferia uma cuidadora da região, se possível. Certo, vou dar outra ligada para a agência.

Então eles querem uma funcionária que não seja fumante, fale inglês e adore dálias, é isso?

Finalmente consigo desligar, depois de prometer a Donald que faremos uma visita assim que as crianças se adaptarem à escola, os exames da Emily tiverem passado, eu tiver um novo emprego, uma cozinha funcional e o Richard der um tempo das sessões de terapia duas vezes por semana e das provas de ciclismo. Muito bem, acho que isso será no Dia de São Nunca.

Envio uma mensagem a Conor para pedir desculpas, avisando que tive um problema familiar e, definitivamente, vou vê-lo na academia na sexta-feira. Se eu puder ter algum tempo para mim. Será que isso é realmente pedir muito?

7h17: — Meu Deus, ouça isso, Kate.

Rich está sentado à mesa da cozinha. Ele ergue os olhos do papel e olha a luz forte que entra pelas janelas. Lindas e grandes janelas georgianas, mas o mecanismo de guilhotina está quebrado, então é impossível abri-las e as soleiras estão imundas.

— Você acredita? — Rich suspira. — Dizem que hackers acessam cem mil fotos do Snapchat e se preparam para vazá-las, incluindo fotos de menores de idade nuas. Querida, as crianças têm essa coisa de Snapchat?

— Hum, *drner.* — Solto um grunhido ininteligível.

— Ainda bem que a Emily não posta fotos íntimas para todo mundo ver, mas muitos pais não têm ideia do que seus filhos estão fazendo nas mídias sociais.

— *Ingggmr...* — Repito a tática.

— Afinal, isso é totalmente inadequado.

— Hummm.

Desde a crise da meia-idade, meu marido começou a se inscrever em jornais progressistas de esquerda e usar palavras como "inadequado" e "questões em torno". Em vez de dizer "pobreza", ele diz "questões em torno da privação". Não sei por que ninguém mais diz "problemas", exceto pelo fato de que os "problemas" precisam ser resolvidos, mas não podem, e as "questões" parecem importantes, mas não exigem soluções.

— Consegui a primeira coisa da terapia — Rich diz. — Sou bom em palestras. A Joely, do centro de aconselhamento, quer que eu a ajude a pôr em prática o projeto sobre meditação. Estamos pensando em fazer um financiamento coletivo.

Seu homem na crise da meia-idade pode resolver comprar uma jaqueta de couro e contratar os serviços de loiras russas de um metro e oitenta. O meu compra um livro chamado *Consciência plena: um guia prático para acessar seu lado mais calmo e gentil.* Depois de ser demitido do escritório de arquitetura politicamente correto, ele decide aproveitar a oportunidade para estudar para ser terapeuta e começa a se preocupar com a falta de saúde e segurança nas minas de estanho bolivianas, quando não podemos nem consertar o cano de esgoto do banheiro do andar de baixo do nosso casebre estilo Tudor. (Como eu gostaria de nunca ter ouvido o termo "cano de esgoto", que é basicamente o termo vitoriano para "cano de merda".) Sinceramente, é horrível. Prefiro que ele tenha uma Harley-Davidson e uma namorada chamada Danka Vanka.

Richard está tão preocupado com os problemas mundiais insolúveis que não tem nem ideia do que está acontecendo dentro da própria casa.

— Nós colocamos esses controles parentais nos celulares e iPads das crianças, não é? — ele me pergunta.

(Por favor, observe o uso estratégico do pronome "nós". Richard não está querendo dizer que nós "colocamos" o controle parental nos aparelhos eletrônicos das crianças. Ele não conheceria isso nem se eu o socasse no nariz. O que ele quer dizer com "nós" sou eu, a esposa, que recebo crédito compartilhado quando as coisas vão bem. Mas, assim que as coisas dão errado, você pode apostar que a pergunta vai ser: "*Você* colocou esses controles parentais?")

— *É claro* que temos esse tipo de controle, querido. Quer bacon?

Richard olha para seu tanquinho coberto por uma calça de lycra antes de se render.

— Vá em frente, não vou recusar se você fizer.

Há mais de vinte anos, o sanduíche de bacon nunca falha como distração, suborno ou dardo tranquilizante para o meu parceiro. Dada a escolha entre um boquete e um sanduíche de bacon, digamos que Rich, definitivamente, ficaria em dúvida. Se ele decidir se tornar vegetariano ou vegano — como parece cada vez mais provável, a julgar pela trágica pulseira no pulso esquerdo —, nosso casamento estará condenado. Enfim, estou dizendo a verdade, para variar. As crianças têm controles parental em seus equipamentos tecnológicos. O que não contei a Richard é que, depois que o traseiro da Emily viralizou, liguei para Joshua Reynolds, o prodígio em computador do bairro, que tem só vinte e poucos anos e já está fazendo pós-graduação em física na Imperial. (A mãe dele, Elaine, disse ao nosso Grupo Feminino de Retorno ao Trabalho que o bebê Josh poderia redirecionar a marinha americana do seu carro ou algo assim.) Uma daquelas mulheres frustradas que só se animam quando seus descendentes alcançam a glória, Elaine ficou emocionada quando liguei para pedir o número de Josh, explicando que precisava de ajuda com alguns problemas da internet. Percebi que Josh era jovem o suficiente e, vamos encarar, bastante esperto para não pensar que era estranho que eu quisesse espionar minha própria filha ou que eu precisasse da ajuda dele para rastrear e destruir provas do traseiro nu de Emily por todos os cantos do planeta onde a foto tenha chegado.

Na verdade, ao telefone, Josh não ficou surpreso, o que imediatamente me fez sentir melhor. Ele disse que pensaria em algo, mas, enquanto isso, me ensinou como entrar no histórico do laptop de Emily. Olhei as compras recentes e descobri que a madame usou o *meu cartão de crédito* para fazer o download de "Como usar um proxy para ignorar os filtros de controle dos pais". Afinal, o que fazer numa situação dessas? É como se eu fosse uma pessoa da Idade da Pedra convivendo com Bill Gates.

7h23: Emily está chateada. Cometi o erro de dizer que, para fazer um litro do seu suco verde, ela produz um rastro de dez quilômetros de detergente na pia. Tem um monte de sobras de vegetais — caroços de maçã, talos de aipo, restos de beterraba — que alimentariam uma vara de porcos durante uma semana.

— É muita sujeira, querida. Você poderia, pelo menos, colocar o espremedor na lava-louça?

— Eu *sei* — ela diz — eu *sei*. Vou fazer isso, *tá*?

— E você não pode viver só com aquele suco verde, meu bem. Precisa de um pouco de comida sólida dentro do corpo. Por favor, coma pelo menos alguns ovos. Vou fazer para você.

— Que parte da *dieta de suco* você não entendeu, mãe? É uma limpeza de sete dias.

— Mas você não pode passar uma manhã na escola com um copo de limonada, amor.

— Você sempre faz uma dieta super-rigorosa, mas, quando eu faço, não é saudável. Não preciso mais dessa porcaria...

Há lágrimas em seus olhos enquanto ela se afasta da minha mão estendida e verifica seu telefone.

Depois da tragédia da belfie, confisquei seu celular por vinte e quatro horas, exatamente como Candy sugeriu, mas Em ficou desolada. Cortar seu acesso à internet pareceu angustiá-la ainda mais do que saber que seu traseiro tinha viralizado. Ela soluçou, inconsolável, e me implorou para devolver. Sei que eu devia ter ficado com minhas armas, eu sei, mas não aguentei deixá-la mais angustiada. Tire o celular de um adolescente e você acaba com a ameaça de perigos que são invisíveis para o olho materno, além da pressão constante sobre uma menina para se exibir em um grupo de amigas e depois ficar arrasada quando ela não conseguir curtidas suficientes. Infelizmente, você também tira a vida delas, ou a única parte da vida que elas se importam. Não pude fazer isso, não com ela tão agitada.

Emily sai da cozinha, batendo a porta no corredor com tanta raiva que a velha fechadura de latão estremece e fica pendurada ali, em dois pregos. Vou até lá e tento pressioná-la de volta, mas a madeira está tão podre que os pregos não têm nada para mantê-los no lugar. (*Roy, por favor, inclua um chaveiro na minha lista de tarefas.*)

É assim que nosso relacionamento tem sido nos últimos dezoito meses. A garotinha que estava desesperada para agradar, que era tão angelical e parecia ter saído de uma propaganda de sabonete infantil, aquela garotinha não existe mais. Em vez disso, há essa jovem irritadiça que se enfurece diante de todas as minhas sugestões — às vezes, até pelo fato de eu simplesmente existir. Ela me diz que eu sou "Muitooooo irritaaaaante", que eu preciso "recuar". "Relaxa, tá?", "Pare de se preocupar, mãe, não sou mais bebê."

Parar de me preocupar? Desculpe, querida, sou sua mãe e isso é meio que a descrição da minha função.

Enquanto meus hormônios estão cada vez mais em baixa, os da minha filha despontam. Ela é esbofeteada por eles, e todos nós temos que surfar aquela maré com ela. A coisa da belfie tornou tudo dez vezes pior. Emily mal falou comigo nos últimos três dias e toda vez que tento tocar no assunto, ela corre para cima, como fez agora, e se tranca no banheiro. Quando eu bato na porta, ela diz que ficou menstruada, que está se sentindo mal e com cólica, mas a observação atenta do estoque de absorvente interno me diz que ela acabou de menstruar. Eu nem comentei com ela que contratei Josh Reynolds para realizar o que ele chama de "missão de busca e destruição". Eu só gostaria de saber quais foram as repercussões para ela na escola, mas não posso descobrir isso a menos que a gente converse, não é? Obviamente, sou culpada por todo o ensino médio, o coro da escola e três milhões de pessoas no Facebook terem visto a foto que ela tirou do traseiro nu, com sua própria hashtag: #BumbumBandeira. Entendo que ela está descontando sua angústia e sua raiva em mim. Como diz o livro *Sendo pais de adolescentes na era digital*, a minha filha sabe que eu a amo incondicionalmente, por isso sou um porto seguro para ela desabafar esses sentimentos. Intelectualmente, entendo isso, mas isso não faz seu comportamento ser menos doloroso. Emily pode me ferir como ninguém.

7h30: Quando volta para o café da manhã, Em está usando uma maquiagem de Cleópatra, os olhos parecendo asas de corvos, pintados com delineador. Ela parece uma adolescente incrível ou uma vadia, dependendo do ponto de vista. *Escolha suas batalhas, Kate, escolha suas batalhas.*

— Mãe?

— Sim, querida.

— A Lizzy e algumas garotas vão ver a Taylor Swift no aniversário dela.

— Alguma relação com o Jonathan? — Richard pergunta, sem se incomodar de levantar os olhos do iPad.

— Quem é ele?

— Jonathan Swift. Um escritor satírico famoso do século XVIII. Escreveu as *Viagens de Gulliver* — Rich responde.

— Mãe, por favor, *posso* comprar um ingresso para o show da Taylor Swift? Ela é tão legal, é a melhor cantora de todos os tempos. A Izzy e a Bea vão. *Todo mundo* vai. Mã-nhê, *por favor.*

— Não é *seu* aniversário — Ben objeta, sem se incomodar em tirar os olhos do celular.

— Cala a boca, tá? Pirralho. Mã-nhê, fala para o Ben parar?

— Emily, não chute seu irmão.

— Jonathan Swift sugeriu que as crianças deviam ser cozidas e comidas — Rich reflete consigo mesmo.

Às vezes, apenas de vez em quando, meu marido me faz rir em voz alta e me lembra porque me apaixonei por ele.

— Acho que Swift, definitivamente, tem algo a ver — digo, colocando ovos mexidos na mesa. Richard está lavando o bacon com um copo de alguma bebida energética estranha que se parece com aquele medicamento roxo que demos para as crianças quando elas ficaram desidratadas por causa do vômito.

— Emily, você precisa comer alguma coisa, querida.

— Você simplesmente não entende — ela diz, empurrando o prato de ovo com raiva. Ele cai pela borda da mesa e se espatifa no chão, espalhando florzinhas amarelas e fofas sobre as lajotas. — *Todo mundo* vai no O2 para ver a Taylor Swift. Não é justo. Por que temos que ser pobres?

— Nós não somos pobres, Emily — Richard diz, naquela voz lenta e suave que adotou desde que começou seu curso. (Ah, por favor, a palestra sobre o Sudão do Sul, não.) — Existem crianças no interior da África, Emily...

— Tudo bem! — Pulo, antes que Rich possa erguer sua cabeça cheia de superioridade. — Logo, logo a mamãe vai conseguir um emprego em tempo integral, então você pode ir ver a Taylor Swift, querida.

— *Kate!!!* — Richard protesta. — O que dissemos sobre não negociar com terroristas?

— E eu, o que *eu* ganho? — Ben lamenta, erguendo os olhos do celular.

Aproveitando esse ótimo momento de atrito familiar, Lenny mastiga o ovo mexido e lambe o chão.

Rich tem razão em ficar zangado. Ingressos de shows conseguidos a base de chantagem não fazem parte dos nossos cortes orçamentais acordados, mas sinto que o sofrimento de Emily — pânico mesmo, detectei pânico em seus olhos? — é maior do que simplesmente não ir ao show da Taylor Swift. As garotas que ela mencionou fazem parte do grupo de Snapchat com quem Lizzy Knowles compartilhou a belfie. A última coisa que Emily precisa é perder o passeio. Se Rich pode gastar cento e cinquenta libras por semana falando sobre si mesmo, e os novos aparelhos de Ben vão exigir que façamos uma segunda hipoteca, então certamente vamos dar um jeito de arranjar dinheiro para deixar a Em feliz.

7h54: Quando as crianças sobem para escovar os dentes e arrumar as coisas, Richard rapidamente levanta os olhos do site de ciclismo e me percebe — eu como pessoa, ou seja, não como secretária e lavadeira de macacões de lycra. Então diz:

— Pensei que você fosse na academia hoje.

— Eu ia, mas seu pai ligou muito cedo. Não consegui desligar o telefone. Ele ficou falando por vinte minutos. Está muito preocupado com a sua mãe. Ela está irritada com a nova cuidadora. Disse a ela que o inglês dela não era bom o suficiente depois que a pegou fumando no bispo de Llandaff.

— O quê?

— É uma flor. Parece que fumar perto das dálias as prejudica. Você sabe como seus pais são com o jardim. E a cuidadora parece ser medonha. O Donald mencionou um machucado no pulso da Barbara, embora isso possa ter sido por causa de uma queda. A coisa toda está uma confusão, mas agora ninguém está indo lá.

— Puta merda. — Richard se permite uma reação muito diferente da de um dalai-lama e fico feliz. Como a maioria dos casais, nosso relacionamento se manteve por uma visão comum da vida, e por rir ou desprezar aqueles que não a compartilham. Não gosto muito, nem reconheço o sr. Natureba que atualmente está ocupando o corpo onde meu adorável e engraçado marido costumava viver. — A minha mãe é impossível — ele diz. — Quantos cuidadores eles recusaram? Três? Quatro?

— A Barbara realmente não está bem, Rich. Você precisa ir até lá e resolver as coisas.

— A Cheryl pode fazer isso. Ela está mais perto.

— Sua cunhada tem um emprego em tempo integral e três filhos que fazem vinte e sete atividades depois da escola. Ela não pode simplesmente largar tudo.

— Ela é nora deles.

— E você é filho. Assim como o Peter. — (Você não odeia o modo como as famílias presumem que são sempre as mulheres que devem cuidar dos pais idosos, mesmo que um filho more mais perto? Isso pode estar ligado ao fato de que sempre fazemos isso.)

Pelo menos, Rich tem a graça de parecer envergonhado.

— Eu sei, eu sei. — Ele suspira. — Achei que a minha mãe parecia bem na Cornualha. Isso faz só dois meses.

— Seu pai não se incomoda em lidar com as coisas.

— Que tipo de coisas?

— Você viu como ela se esquece das coisas.

— Isso é perfeitamente normal na idade dela, não é?

— Não é normal perguntar ao neto de catorze anos se ele precisa de um pinico. Ela realmente acha que o Ben está no jardim de infância. Sua mãe precisa de ajuda adequada. Não podemos simplesmente deixar seu pai lidar com isso, Rich. Ele é incrível, mas tem quase noventa anos, pelo amor de Deus.

— *Você* poderia? Quer dizer, *você* se importaria de ir, Kate? Eu iria, você sabe que sim, mas não posso parar com a terapia agora. Este é um momento decisivo no meu desenvolvimento pessoal. Sei que você está procurando emprego, e é um grande pedido, querida, mas você é muito boa nessas coisas.

— Você está de brincadeira?

É o que estou prestes a dizer, mas algo na expressão de Rich me faz parar. Por um momento, ele se parece com o Ben, da mesma forma como ele fez naquela vez, no meio da noite, quando estava ajoelhado no chão do banheiro, próximo ao vaso sanitário, e admitiu que estava com medo de vomitar.

Rich sempre ficou horrorizado com qualquer coisa relacionada a doenças ou médicos. Como a maioria dos homens, ele acredita que é imortal, e acho que não há nada melhor que testemunhar os pais doentes para diminuir essa crença. Apesar de sua fobia, se fico doente, Rich sempre se esforça para ser um bom enfermeiro. Quando peguei salmonela de um frango barato, pouco tempo depois de nos conhecermos, ele se recusou a me deixar sozinha no apartamento pobrezinho que eu dividia com outra pessoa, mesmo sabendo que uma combinação de paredes divisórias finas como papel e visitas barulhentas ao banheiro poderiam ser um golpe fatal para o nosso romance que estava começando. Lembro de pensar, entre as crises de ânsia, como aquele novo namorado era dedicado e carinhoso. Nada parecido com o estudante emocionalmente desligado que eu imaginava que ele fosse. Se a paixão de Rich sobrevivesse a explosões de todos os orifícios durante horas, ele deveria ser um cara protetor. Tive amantes melhores, homens que faziam meu corpo amolecer, mas querer alguém que também fosse gentil comigo? Esse foi o primeiro.

Quando eu e o Rich deixamos de ser gentis um com o outro? Toda a pressão e agitação dos últimos meses nos tornaram ríspidos e imprudentes. Tenho que melhorar isso.

— Tudo bem — respondo. — Vou ver se posso ir até Wrothly e dar uma olhada na Barbara e no Donald antes de eles me convidarem para ser entrevistada pelo novo diretor do Banco da Inglaterra.

Richard sorri (não via um desses há um bom tempo) e se inclina para um beijo.

— Brilhante. Você vai receber uma oferta de emprego, querida — ele diz.

— Assim que o headhunter enviar o seu currículo, você vai arrasar.

Não contei a ele como as coisas foram ruins com Kerslaw.

Não quero preocupá-lo.

Josh Reynolds para Kate
Oi, Kate, Josh aqui. Avisei o Facebook de que a foto da Emily viola os Padrões da Comunidade e deve ser deletada. Com dezesseis anos, ela não se qualifica mais como criança e não vai ter prioridade. Embora ela não esteja reconhecível na foto — só dá para ver ela de costas e o traseiro dela não a identifica —, eu apaguei tudo que pude encontrar e configurei notificações que vão me alertar a próxima vez que uma foto do bumbum dela for compartilhada.

Vou acabar com isso, pode acreditar. Existem maneiras de tornar a vida online da Lizzy Knowles muito complicada 😼, mas você não me ouviu dizer isso, ok? Se quiser que eu faça o que não pode ser dito, me avise. Você sabe, se isso for pornografia de vingança, pode envolver a polícia. Quer fazer isso? Obrigado por me chamar. Foi divertido!

Kate para Josh Reynolds
Muito obrigada, Josh. Ótimo trabalho. Obrigada de verdade. Não, nada de vingança pornô. Isso é só coisa de adolescente. Não é sério. Não quero a polícia envolvida!! Me diga quanto te devo.

9h47, Starbucks: Depois de terminar o café da manhã, o local do Massacre do Suco Verde limpo, a máquina de lavar louça chiando e os severos conselhos de Candy em mente, fui para o centro para trabalhar no meu currículo em um café. Posso fingir trabalhar fora do escritório em vez de ficar sentada à mesa da cozinha, à espera de que membros da família me armem uma emboscada.

A minha missão hoje é criar um currículo novo e atraente, omitindo minha data de nascimento e quaisquer outros detalhes incriminadores. Em vez de admitir "tempo fora do mercado", como futuros empregadores verão, tenho que remontar o que aprendi e realizei desde que saí da Edwin Morgan Forster, como mãe, esposa, filha, nora, amiga leal, líder estudantil, membro da Associação de Pais e Mestres, restauradora de casa sem dinheiro, mas com imaginação, viciada em eBay e inspiradora (e apenas ligeiramente contraventora), investidora de mil e novecentas libras da igreja (sou quase Bernie Madoff, presidente da sociedade de investimentos mais importante de Wall Street!). É uma coisa fácil. Aplique o modelo da Harvard Business School à posição de empregada doméstica e faz-tudo. Aqui vai:

- Nos últimos seis anos, construí um histórico impressionante em resolução de conflitos. (Tradução: Lutar para tirar o Xbox das mãos do Ben depois de três horas ligado direto no jogo *Grand Theft Auto IV*. Ele concordou em consumir, pelo menos, um vegetal por dia, além de uma cápsula de ômega-3 em troca de mais tempo no *GTA IV.*)

- **Gestão financeira e projetos de capital:** Tenho experiência considerável nesta área depois de dirigir vários esquemas desafiadores. (Pode-se dizer que sim. O buraco sem fundo, também chamado de nossa casa, está consumindo fatias gigantescas da nossa escassa conta-poupança, e estou pechinchando cada vez mais com os fornecedores para que o trabalho seja concluído.)
- **Capacidade de negociação internacional aprimorada em questões de domicílio no Reino Unido.** (Bancando a babá internacional da Natalia e do namorado dela, traficante de cocaína.)
- **Gerenciamento de tempo e priorização:** Equilibrei as complexas necessidades de diferentes indivíduos e desenvolvi rotinas enquanto aprendia a priorizar múltiplas tarefas e cumprir prazos rigorosos. (Claro que sim. Não sou mãe? Não administro a vida de dois adolescentes e de um homem na crise da meia-idade enquanto cuido de parentes idosos, saio com o cachorro, tento acompanhar os amigos, arranjo tempo para me exercitar, faço jardinagem e assisto *Homeland* e *Downton Abbey*? Sinta-se à vontade para adicionar coisas a esta lista, é interminável.)
- **Criação de uma empresa altamente produtiva.** (Plantei um lindo jardim de flores de corte, orientada pelo livro de Sarah Raven a esse respeito. Além disso, comprei uma enorme caixa de compostagem fedorenta e aprendi a identificar ervas daninhas. Para minha surpresa, me tornei jardineira.)
- **Trabalho com finanças sobre legislação britânica complexa.** (Lutei com unhas e dentes para conseguir um pacote de cuidados inexistente da autoridade local para Donald e Barbara, que ficam mais frágeis a cada dia.)
- **Pesquisa pioneira em Recursos Humanos com ênfase especial no desenvolvimento e motivação de pessoal.** (Passei dias procurando e contratando um professor particular altamente qualificado, lutando contra várias mães tigres, para colocar o Ben na única escola secundária local sem registro de tiroteios e resultados terríveis nos exames. Disse a Emily que ela poderia ganhar dois ingressos para o Festival de Leitura se ela tiver boas notas nos exames do ensino médio. Resultado!)
- **Construí uma forte base de conhecimento em transporte.** (Motorista pessoal para dois adolescentes com vida social, musical e esportiva ativa. Levava regularmente Ben e sua bateria para orquestra, grupo de jazz etc.

Carreguei Emily para eventos em todo o país até que ela decidiu que nadar a estava deixando com os ombros do Popeye. Meu conselho, nunca deixe seus filhos nadarem, você sempre tem que sair de madrugada, geralmente na neblina, e então tem que sentar em uma cadeira de plástico cor de laranja, em algum prédio nojento e quente cheirando a cloro e xixi — você pode realmente sentir as bactérias se multiplicando no ar quente. Além disso, você precisa manter um grande interesse durante os quarenta movimentos de nado borboleta. Sério, escolha qualquer outro esporte.)

— Ah, olá, Kate? Bom ver você aqui.
Olho para cima e encontro uma loira da minha idade, sorrindo com expectativa para mim.
** *Oh-oh. Roy, você está aí? Temos uma mulher na casa dos quarenta, possível mãe da escola, mas bem-vestida demais para um latte na Starbucks (casaco Missoni, óculos Chanel). Claramente ocupada, a julgar pelo número de sacolas que ela está carregando. De onde eu a conheço?*
— Ah, olá. — Sorrio de volta e espero que Roy apareça rápido com o nome dela. — Olá! Estou só atualizando meu currículo.
— Ah, sei. Muito impressionante. Caçando trabalho, não é? — (*ROY?? Vamos lá, por favor, me diga quem é ela.*)
— Hum. Sim, bem, com as crianças ficando um pouco mais velhas, pensei em testar o mercado. Ver o que tem por aí, sabe como é.
Ela sorri de novo, revelando batom nos dentes de cima, que custou caro para serem clareados. Brancos demais — mais para brilhosos, como a tinta Dulux, do que os tons pastel da loja de decoração Farrow and Ball.
Ah, aqui está o Roy, chegando da bagunça e um pouco sem fôlego. Graças a Deus. * Ele falou que eu coloquei meus óculos na gaveta ao lado do fogão.
O QUÊ? Não preciso saber onde estão meus óculos, Roy. Isso foi antes. O que eu gostaria agora é que você focasse em encontrar o nome dessa mulher.
— A propósito — a mulher diz —, fiquei muito feliz que a Emily vai poder ir no show da Taylor Swift.
** *É a mãe da Lizzy Knowles*, diz Roy. *A mãe daquela vaquinha que fez a bunda da Emily navegar por toda a internet. Cynthia Knowles.*
Bom trabalho, Roy!

Só encontrei Cynthia algumas vezes. Depois de um concerto na escola, quando nossas filhas cantaram no coro. E então, em um daqueles cafés da manhã de caridade, onde uma mamãe bem-nascida oferece biscoitos com gotas de chocolate, que ninguém come, porque todas nós estamos de regime ou comendo só proteína, e você paga de volta comprando algumas joias que não quer, e não pode pagar, mas não é mal-educada, porque a mãe, que é casada com Alguém-Bem-Sucedido, está tentando encontrar algo que possa fazer por conta própria. Então você entrega seu dinheiro para essa mulher extremamente rica, que ela dá para a caridade quando poderia perfeitamente ter feito um cheque generoso. Ah, e nove dias depois, os brincos "de prata" que você comprou ficam esverdeados e começa a sair pus do lóbulo da sua orelha esquerda.

— Vamos levá-las para o O2, é claro — Cynthia está dizendo. — O Christopher vai levá-los no Land Rover. Lizzy quer ir a uma churrascaria coreana depois. Ela disse que Emily confirmou. Ela mencionou o preço do ingresso?

Sabe de uma coisa? Ao encontrar Cynthia, a mãe da garota que magoou minha filha de um jeito tão horrível, não sinto vontade de ser educada. Meu dragão materno preferiria soprar fogo e queimar as luzes perfeitas em tons de caramelo de seus cabelos. Será que ela ao menos sabe sobre a belfie que a Lizzy *acidentalmente, de propósito,* compartilhou com toda a escola e todos os pedófilos da Inglaterra? Ou estamos brincando de "vamos fingir que tenho filhos perfeitos", que é o jogo favorito de mulheres como essa Cynthia, porque admitir o contrário seria admitir que toda a vida delas foi uma trágica perda de tempo?

— Sim, está tudo certo — minto. Quanto pode ser? Mais de cinquenta? Sessenta libras? Não é de admirar que a pobre Em estivesse tão agitada para fazer um acordo no café da manhã. Ela já havia aceitado o convite de Lizzy.

— Eu ouvi dizer que você está na lista de espera do nosso brilhante grupo de leitura, Kate? — Cynthia continua. — Serena disse que você ficou interessada. Gostamos de pensar que estamos um pouco acima do seu grupo de leitura mediano. Geralmente escolhemos um clássico. Muito ocasionalmente romances de um autor vivo. Lista restrita do Prêmio Man Booker. Nenhum chick lit. Um desperdício de tempo, todas aquelas compras e mulheres idiotas.

— Sim, é verdade. — Quem Cynthia Knowles com suas sacolas, duas da L.K. Bennett, uma da John Lewis e uma do Hotel Chocolat, pensa que é? Anna Perfeita Karenina?

— Foi muita sorte cruzar com você. Fale para Emily dar para Lizzy um cheque de noventa libras pelo ingresso.

Noventa libras! Faço um esforço monumental para não deixar o queixo cair ou fazer cara de desânimo.

— Acho que a Lizzy só quer vale-presentes da Topshop para o aniversário dela — ela continua. — Nenhum presente em especial. Boa sorte com a procura de emprego! — Cynthia vai até o canto mais distante do café para se juntar a um grupo das mais adoráveis mamãe imagináveis, levando consigo seu latte pobre em calorias e a maior parte da minha moral. Por que mulheres como ela chegam até mim? Provavelmente, porque bancam deusas domésticas no Amex platinum do marido. Não é uma vida que eu quis — embora, recentemente, eu deva admitir que a ideia de ser uma mulher sustentada desenvolveu um certo apelo.

Um pouco tarde para isso, Kate. A maioria dos caras que poderiam sustentá-la no estilo ao qual Cynthia está acostumada estão: a) no segundo casamento ou b) pagando estudantes endividadas nos sites de *Sugar Daddy* para esfregar seu corpo flácido e preguiçoso em carne jovem e de primeira. *Argh.* Para a esposa número um, ocupar sua posição é um trabalho de tempo integral: academia, Botox, ioga, nutricionista, até vaginoplastia para levar sua vagina de volta à era pré-bebê para o pênis do marido não se perder em um túnel de vento onde três cabeças já passaram. Não, obrigada.

E, no entanto, olhando através do café para Cynthia e seu bando de mães, sinto um nó de inveja no estômago. Sempre temi um pouco a coisa toda da escola. Na verdade, desconsiderei aquelas mulheres cuja vida girava em torno de cafés e brincadeiras. Mas agora que Ben está velho demais para ser pego, sinto falta da companhia pronta que aquele ritual proporcionava e de todas as mulheres agradáveis, ansiosas e preocupadas com as quais eu poderia falar sobre meus filhos. Elas eram um porto seguro contra a solidão dos pais, se eu soubesse disso. De qualquer forma, precisamos concluir este magnífico currículo. Só faltam mais alguns pontos.

- **Supervisionei o estabelecimento de uma grande hidrelétrica.** (Lavandaria semanal, lavar à mão o equipamento de ciclismo fedido do Rich para ele não "ficar cheio de bolinhas".)
- **Forneci suporte nutricional sustentável para o pessoal, de acordo com os padrões da indústria.** (Sempre mantinha lanches para as crianças comerem no carro a caminho da escola, evitando assim o colapso total. Pelo menos uma refeição por dia para quatro pessoas, fazendo aproximadamente dez mil jantares quentes nos últimos sete anos, sem nenhum agradecimento ou reconhecimento do que é preciso para proporcioná-los.)
- **Transformei empresa privada decadente valendo-me de um programa regular de cortes e simplificação agressiva para compensar a ameaça de uma dupla recessão.** (Fiz a Dieta dos Dois Dias e comecei a ir para a academia novamente. Tenho a esperança de estar a caminho de caber nas minhas roupas de escritório antigas.)
- **Lutei por uma melhoria consistente nos fundos.** (Traseiro ligeiramente menor como resultado de agachamentos excruciantes.)

Se alguma das situações acima lhe parecer vagamente fraudulenta ou antiética, bem, me desculpe, mas quais são as palavras que você usaria para descrever o fato de que as mulheres cuidam dos jovens e dos velhos, ano após ano, e nenhum desses trabalhos contam como habilidades, experiência ou até mesmo trabalho? Porque as mulheres estão fazendo isso de graça, é algo literalmente inútil. Como Kerslaw disse, não temos nada de interessante para oferecer, exceto tudo o que fazemos e tudo o que somos. Não sou, por natureza, uma pessoa política, mas juro que marcharia para protestar contra o vasto e incalculável trabalho realizado por todas as mulheres deste mundo.

15h15: Luto contra o desejo de subir e dormir. Dificilmente posso colocar "tarde cochilando" como parte do meu conjunto de habilidades no formulário de inscrição, embora seja a única coisa pela qual eu me destaque nesses dias. Provavelmente a culpa é da Perry. Com o meu currículo imensamente melhorado (embora não tenha certeza de que ousaria mostrá-lo ao Grupo Feminino de Retorno), me preparo para ligar para a agência de cuidadores. Infelizmente, é muito cedo para beber.

— Sua ligação pode ser avaliada para fins de treinamento.

Aqui vamos nós. Sabe quando você digita cinco para um departamento e depois digita um no intervalo de opções a seguir, embora pense que pode ter ouvido mal e talvez precise digitar três? Depois, você digita sete para "qualquer outro assunto", e suas esperanças são de que você possa estar prestes a interagir com um ser humano real quando uma voz gravada diz: "Desculpe. Estamos com um grande volume de chamadas. Sua ligação é importante para nós, por favor, fique na linha"? E o telefone toca sem parar e você imagina um escritório cheio de teias de aranha com um esqueleto sentado em uma cadeira e o telefone na mesa tocando o tempo todo? Bom, é essa a sensação de ligar para a agência de cuidadores.

— Alô? Posso ajudar?

A voz não parece nada útil. Na verdade, ela parece ter se formado recentemente em um curso de treinamento de grosseria sob medida — aquele para onde enviam o pessoal da segurança da fronteira americana.

Eu sei, vamos desconcertá-la com cortesia e amizade.

— Boa tarde, muito obrigada. É ótimo conversar com uma pessoa real.

Sem resposta.

— Bem, estou ligando em nome da minha sogra, ela sofreu uma queimadura...

— Barbara Shattock?

— Sim, isso mesmo. Ótimo. Muito obrigada. Falei com meu sogro mais cedo e ele disse que, infelizmente, houve um mal-entendido entre a Barbara e a Erna, a pessoa que vocês gentilmente enviaram para ajudá-los.

— Receio que sua sogra tenha sido denunciada por um possível crime de ódio — a voz diz.

— O quê? Não. Deve estar havendo um engano.

— A sra. Shattock cometeu um crime de racismo contra um dos nossos cuidadores.

— O quê? Não, você entendeu errado. Você não compreendeu. A Barbara tem oitenta e cinco anos. Ela está muito confusa. Não pode responder por si mesma.

— A sra. Shattock acusou a cuidadora dela de não ser capaz de falar inglês. Aqui nós levamos o crime de ódio muito a sério.

— Espere. Que crime de ódio? A Erna é lituana, não é? Ela não é de uma raça diferente para a Barbara. Você sabe o que é racismo?

— Não sou treinada para responder a essa pergunta — a voz diz, categoricamente.

— Mas você está fazendo uma acusação muito séria.

Há um silêncio gelado no qual continuo falando até implorar:

— Eu realmente sinto muito se houve um mal-entendido, mas simplesmente não é da natureza da Barbara perturbar alguém assim.

Isso é uma mentira descarada. Desde que a conheço, há mais de vinte anos, Barbara tem sido a princesa da agressão, a imperatriz da destruição. Para ela, o mundo está cheio de pessoas que simplesmente não estão à altura. A lista do "simplesmente não estão à altura" é longa e não para de crescer. Inclui âncoras de notícias com dicção ruim, mulheres que "se deixam levar", comerciantes com botas sujas que não demonstram respeito suficiente pelos tapetes Axminster, moças do tempo grávidas, políticos "basicamente comunistas" e o idiota responsável por um erro de impressão nas palavras cruzadas do *Daily Telegraph*. Um erro em suas palavras cruzadas favoritas, e Barbara certamente representará aquela cena maluca de *Lucia di Lammermoor*, pedindo a cabeça do imbecil que fez aquilo.

Como a menos importante de suas noras, estabeleceu-se, desde o início, que eu simplesmente não estava à altura. Dificilmente, eu era a garota que a mãe de Richard esperava que seu filho se casasse, e ela nem se preocupou em esconder sua decepção. Toda vez que a visitávamos, Barbara perguntava:

— De onde você tirou esse vestido/blusa/casaco, Kate? — E não de uma maneira que indicava que ela queria sair e comprar um igual para ela.

Certo Natal, eu estava na despensa procurando algumas latas de castanhas, quando ouvi Barbara dizer a Cheryl, a nora preferida:

— O problema da Kate é que ela não tem procedência.

Doeu, não apenas pelo esnobismo, mas porque Barbara estava certa. Em comparação com os bem estabelecidos Shattock, minha família não tinha antepassados. Éramos os Beverly Hillbillies, a linha básica do supermercado, e sei que ela sentiu isso desde o momento em que Rich me levou para casa. Por sorte, ele estava tão apaixonado que não notou a ironia dela sobre minhas unhas sem esmalte. (Eu estava decorando uma cômoda de brechó e o resíduo de tinta cinza-esverdeada parecia sujeira embaixo delas.) Eu podia tolerar que minha família fosse tratada com arrogância, que fizessem pouco caso da minha cozinha e que minha escolha de roupas fosse ridicularizada, mas a única coisa que eu nunca poderia perdoar é que Barbara sempre me fez sentir uma péssima mãe. E eu não sou.

No entanto, aqui estou, defendendo-a para a mulher da agência, porque minha sogra não está mais em condições de dizer a essa funcionária que ela simplesmente não está à altura do trabalho. O que ela, claramente, não está.

— Já lhe ocorreu que pode ser bastante perturbador se você for uma senhora idosa e a pessoa que te dá banho é um pouco rude e ela não consegue entender o que você está dizendo? Será que podemos dizer isso? Ah, entendo, não podemos dizer isso. Me perdoe.

Argh. Quando nos tornamos essa nação de autômatos odiosos, incapazes de nos desviar do roteiro oficial para responder à necessidade genuína e ao descontentamento? Agora, com toda a amabilidade, canalizo meu eu profissional e sugiro que a voz encontre outra cuidadora para ajudar Barbara e Donald o mais rápido possível.

— Caso contrário, a sra. Shattock poderá se machucar seriamente a um ponto em que vocês serão obrigado a se explicar. No noticiário das oito.

— Não sou treinada para responder a isso. — Ouço a voz dizer, seguida pelo tom de discagem.

Bom, isso foi bom.

Para: Candy Stratton
De: Kate Reddy
Assunto: Humilhação do Headhunter

Oi, querida. Obrigada pela conversa animadora. Fiz um novo currículo, como você sugeriu. Pode concorrer ao Pulitzer como uma obra de ficção experimental inovadora. Não é mentira se você sabe que pode fazer todas as coisas que não fez, não é?

Tenho ido às reuniões do Grupo Feminino de Retorno. Não ria. Elas são muito fofas e me fazem perceber o quanto sou mais sortuda do que aquelas que desistiram quando tiveram o primeiro bebê. Estou tentando desesperadamente perder peso e me colocar em forma, mas vivo cansada e tensa. Que difícil não recorrer ao pacote de biscoitos quando você está exausta! Não durmo por causa dos suores noturnos. Tenho pelos de porco brotando no meu queixo. Estou tão cega que não consigo ler a quantidade de calorias de nenhum alimento que eu não deveria comer, pois preciso entrar na minha roupa de magra, porque dei minha roupa de gorda para a loja de caridade da última vez que emagreci e jurei que nunca mais ficaria gorda. Além disso, preciso tirar uma soneca todas as tardes. Tenho a energia de uma preguiça fortemente sedada.

Perdi a sessão de ginástica hoje com Conan, o Bárbaro, porque fiquei conversando com o pai do Richard sobre a minha sogra, que claramente tem Alzheimer, mas ninguém pode enfrentar essa conversa, então fingimos que está tudo bem até que ela queime a casa. Ah, e o conselho está acusando a Barbara de ter cometido um CRIME DE ÓDIO, porque ela não gostou da "cuidadora" mal-humorada e que não fala inglês que eles enviaram para dar banho nela. Fala sério, ela tem oitenta e cinco anos! Se você não pode ser uma puta velha difícil, então quando pode ser?

Nunca sei quando minha menstruação está chegando e estou com medo do dilúvio que vai acontecer quando eu sair. Assim como senti medo quando eu tinha treze anos e minha menstruação desceu no meio de uma prova de química. Então prefiro ficar em casa e assistir a shows pornográficos domésticos e fantasiar sobre a vida em um esquecido castelo francês que está sendo reformado para mim por Gérard Depardieu (da época do filme *Green Card*, não depois que ele ficou maior do que um castelo de verdade), com suas mãos grandes e capazes, e ainda macias, TOTALMENTE DE GRAÇA.

Fala a verdade. Isso parece com o tipo de pessoa madura que alguém, em sã consciência, gostaria de empregar?

Sua (MUITO) velha amiga,

Bjos, K

4
Fantasmas

Grupo Feminino de Retorno. Isso soa como fantasmas em um filme de terror, não é? Você praticamente pode ver o trailer com aquela voz grave, apocalíptica e masculina de Hollywood, "Grupo Feminino de Retorno! Elas voltaram! Levantando-se dos mortos e reingressando ao mercado de trabalho! Se ao menos elas puderem escapar da Maldição da Múmia e confiar em outra pessoa para tirar a lasanha do freezer e dar as vitaminas para a vovó!"

Não sei sobre fantasmas, mas algumas mulheres do nosso grupo, definitivamente, têm um olhar assombrado. Assombradas pelas carreiras das quais desistiram — em alguns casos, há tantos anos que poderiam ser uma pessoa completamente diferente. Assombradas por todas aquelas ideias que começam com um "poderia ter sido". Sally, sentada à minha direita, trabalhava para um grande banco espanhol na Fenchurch Street. Uma pessoinha usando um enorme cardigã de tricô, Sally só tem que dizer Santander ou Banco de España com sotaque espanhol perfeito e você vê a pessoa espirituosa e sedutora que ela deve ter sido vinte anos atrás, quando dirigia o próprio departamento com um esquadrão de Juans e Julios que faziam o que ela queria. A saudade que

Sally sente dessa época é tão grande que, às vezes, não suporto ver os olhos brilhantes de raposa em seu rosto cheio de rugas. Durante as primeiras reuniões do grupo, ela estava tímida, quase dolorosamente reticente, envolta em uma lã extremamente quente enquanto o restante de nós ainda vestia calças de linho e vestidos de verão.

Kaylie, a líder do grupo — uma californiana grandalhona e expansiva com um guarda-roupa montado exclusivamente em tons de turquesa e laranja (para ser sincera, provavelmente isso funcionava melhor em San Diego do que em East Anglia) —, fez o possível para atrair Sally. Na quarta semana, ela disse que, uma vez que seus dois filhos e uma filha haviam deixado o ninho (Antonia se formou há dois anos em espanhol e história, na Royal Holloway), ela achou que seria "bom voltar a sair". Sally disse que conseguiu um emprego de meio período, que ainda tem, trabalhando como caixa no Lloyds Bank, na rua mais perigosa da bonita e próspera cidade mercantil onde estamos.

— Vocês sabem qual é, aquela cheia de lojas de caridade e churrascos gregos — Sally disse. Acenamos educadamente, mas não sabíamos.

Com o tempo, o gerente da filial começou a notar que ela era extraordinariamente competente. (A mulher minimizou seus anos em Londres na ficha de inscrição, porque ficou preocupada com o fato de parecer arrogante e eles não a empregarem.) Então ele lhe passava mais responsabilidades: ficar até mais tarde no fim do dia, lidar com moedas estrangeiras. Eles recebiam muitas liras turcas por causa das lojas de churrasco grego.

— Acho que é um pouco abaixo de mim — ela disse ao grupo, não soando nem um pouco convencida de que algo estava abaixo dela, exceto possivelmente o chão —, mas eu gosto dos meus colegas. Damos risada. Isso me tira de casa. E agora que o Mike está aposentado...

— Você gostaria de ficar mais tempo em casa? — Kaylie sorri com seu melhor sorriso de facilitadora.

— Ah, não — Sally se apressou em dizer —, agora que o Mike está aposentado, fico maluca de tê-lo em minha cozinha.

— Sei como você se sente — Andrea diz. — Às vezes, acho que vou enlouquecer se não sair de casa.

Quando Andrea Griffin se formou na universidade, ela ingressou no treinamento de pós-graduação de uma das quatro grandes empresas de contabilidade do Reino Unido. E quando tinha trinta e sete anos, se tornou sócia. Não muito tempo depois, seu marido John sofreu um acidente; um caminhão bateu em seu carro em um nevoeiro na M11. Por sorte, o helicóptero estava disponível — aquele mesmo que o príncipe William pilota agora — e o levaram direto para a unidade de traumatologia encefálica do St George. John levou um ano para aprender a falar de novo.

— As primeiras palavras que voltaram à cabeça dele foram os palavrões mais cabeludos que você possa imaginar — Andrea disse. Seu peito sardento corou um pouco ao pensar no marido, um tipo decente que costumava dizer "Caramba" e "Não acredito!" em momentos de grande surpresa, e que foi reduzido a uma pilha de nervos carrancuda que mandava a sogra ir se foder. A companhia de seguros finalmente pagou o que lhes devia em janeiro, após uma batalha judicial de dez anos, e agora eles podem pagar por assistência vinte e quatro horas, sete dias por semana para cuidar de John, e Andrea pode renunciar a algumas de suas responsabilidades. — Comecei a pensar que seria bom usar meu cérebro de novo — disse, enquanto Kaylie nos pedia para compartilhar o que esperávamos quando saíssemos do workshop do Grupo de Retorno. — Se eu ainda tiver cérebro. — Ela riu. — Ainda tem um esquema de avaliação. É tudo um pouco assustador, para ser sincera.

A sala onde estamos é no moderno anexo da biblioteca do centro antigo. O que falta na atmosfera compensa em incansáveis tentativas para remover livros reais do que um cartaz deprimente chama de "A experiência de leitura". Por que tudo aqui está na tela? Lembro de como Emily e Ben adoravam histórias para dormir, depois engoliram *Harry Potter*, chegando a fazer fila à meia-noite do lado de fora da livraria local para comprar o último volume. Agora, eles estão praticamente colados a seus teclados. Ocasionalmente, Emily ainda é capaz de pegar um romance e passar por setenta páginas antes que algo mais convincente ocorra — geralmente um tutorial de maquiagem no YouTube feito por Zooella, Cruella ou algo assim. Ela está obcecada com maquiagem. Ben tem medo de qualquer coisa longa demais para ler na tela de um celular.

A decoração aqui tem aquela aparência folclórica escandinava que parece ter tomado todos os espaços públicos britânicos. Há um piso barulhento de madeira clara e cadeiras desconfortáveis, inclinadas e finas com almofadas estampadas e braços de madeira clara. O café da máquina na entrada é nojento, então as pessoas compram no Caffè Nero ao lado. Sally traz um e o mesmo acontece com Elaine Reynolds (a mãe do rastreador de belfies, Josh). Nós nos encontramos aqui todas as quartas à tarde, há cinco semanas. No começo, éramos quinze, mas duas mulheres logo decidiram que não era para elas e, há duas semanas, uma terceira desistiu, porque a filha foi hospitalizada com anorexia após não atingir a meta semanal de meio quilo de ganho de peso estabelecido para pacientes ambulatoriais.

— Claro, não se descarta a possibilidade de Sophia ir para Oxford — Sadie falou, como se realmente houvesse alguém entre nós que precisasse se certificar disso com urgência. Sophia já estava coroada com nota dez nos exames de certificação de educação secundária, como nos falou várias vezes, e sua mãe viu a passagem da menina em uma unidade de distúrbios alimentares como um obstáculo menor no caminho da glória acadêmica, em vez de uma possível dica de que foi precisamente esse caminho que provocou seu recente problema. — Eles ainda podem fazer os exames lá dentro — Sadie continuou. — Não tem problema com relação a isso. Estou me certificando de que Soph faça o curso preparatório no horário certo. Comparar o livro *Reparação* com *O mensageiro*. Não é exatamente Shakespeare, é? Estou lendo os dois romances, é claro, assim posso ajudar a pobrezinha o máximo que puder.

Tudo em Sadie, desde o corpo até o cabelo escuro e ondulado, passando pela bolsa cinza e os mocassins combinando com o sotaque sul-africano, era rápido e sem desperdícios. Ela me fazia lembrar da Wallis Simpson, a duquesa de Windsor — imaculada, sem ser atraente. Ou humana. Eu me peguei imaginando como seria ter uma criatura tão controlada e controladora como mãe. Olhando o círculo, vi que Sally pensava exatamente a mesma coisa. Ela revirou os lábios como se estivesse colocando batom em um tecido invisível, os olhos brilhando com o que poderia facilmente ser confundido com preocupação, mas na verdade estava mais perto de desdém.

Para ser sincera, eu não tinha certeza sobre me juntar ao Grupo de Retorno. Quer dizer, eu nunca me importei com a suposição de que as mulheres compartilham preocupações e pontos de vista como se fôssemos algum tipo de grupo minoritário ameaçado de extinção. Há mulheres boas, decentes e com sentimentos, com certeza, milhões delas, mas também há Sadies que deixariam seu filho morto ao lado da estrada se isso significasse conseguir uma vantagem para elas. Por que insistimos em fingir o contrário? Só porque ela tem ovários e vagina (provavelmente, limpa a vapor), não faz de Sadie minha "irmã", muito obrigada.

Como muitos eventos femininos dos quais participei, há algo levemente lisonjeiro sobre o Grupo Feminino de Retorno. Sem homens na sala, somos livres para sermos nós mesmas, mas talvez estejamos tão sem prática que tendemos a passar por cima disso e acabamos rindo como crianças de nove anos ou, inevitavelmente, falando sobre as crianças que realmente temos. As mulheres se envolvem facilmente em piadas. Romancistas por instinto, buscamos o sentido de nossas vidas através de histórias e personagens. É maravilhoso, não me entenda mal, mas isso não nos torna boas em sermos sinceras, em mudar o cotidiano e buscar o que queremos. Imagine um grupo de homens falando sobre a ponte de safena da sogra. Isso nunca aconteceria, não é?

No entanto, hoje será diferente, porque um homem, um conhecido consultor de recursos humanos chamado Matthew Exley, está aqui para nos falar sobre a melhor forma de comercializar nossas habilidades. "Me chamem de Matt" está claramente gostando de ser o único carneiro no meio de um bando de ovelhas. Ele começa com uma pesquisa.

— Estudos mostram — Matt diz — que, se dez critérios são listados para um trabalho anunciado e um homem tem sete deles, ele estaria propenso a "se candidatar". Por outro lado, se uma mulher tiver oito, ela dirá: "Não, não posso me candidatar ao cargo porque não atendo a dois dos critérios".

— Agora, senhoras, o que acham que isso quer dizer? — Matt sorri de forma encorajadora para o seu rebanho. — Sim, Karen?

— Eu sou a Sharon — ela diz. — Isso nos diz que as mulheres tendem a se subestimar. Nós subestimamos nossas capacidades.

— Exatamente, Sharon, obrigado — Matt diz. — E o que mais podemos deduzir? Sim, a loira ali?

— Que geralmente os homens presumem que vão ser bons em coisas que são ruins, porque a experiência deles no local de trabalho prova que homens medíocres recebem posições consistentemente além de suas capacidades, enquanto mulheres altamente capazes têm que ser duas vezes melhores que um homem para ter alguma chance de conseguir uma posição superior para a qual elas são infinitamente mais bem qualificadas?

Lamento dizer que, no Grupo de Retorno, uma voz cínica, cansada do mundo e, francamente, áspera, rompe a feliz bolha da reinvenção do bem e da irmandade compartilhada.

— Ah. — Matt procura apoio em Kaylie para lidar com essa desmancha-prazeres.

— Vamos lá, Katie. — Kaylie sorri de forma valente com seus dentes brancos demais. (Você adivinhou que era eu, não é?) — Acho que você está focando só nos pontos negativos. Já falamos sobre como as mulheres são duras consigo mesmas. Sei como você é perfeccionista, Katie. O que o Matt está tentando dizer é que precisamos nos permitir pensar que, mesmo que a gente não seja a candidata perfeita para um trabalho, ser sete ou oito em vez de dez pode ser bom o suficiente.

— Isso mesmo — Matt diz, com evidente alívio. — Seu currículo não precisa ser perfeito para ter uma chance de trabalhar.

— Desculpe, mas acho que o que a Kate estava tentando dizer... — É Sally que toma a palavra agora. O grupo se interessa por seu membro mais tímido e intolerante. — Me corrija se eu estiver errada, mas acho que o que Kate estava dizendo é que a razão pela qual os homens têm muita confiança para se candidatar a empregos é porque as chances eram, e até certo ponto ainda são, muito maiores a favor deles. Eles acham que têm mais chance de sucesso porque, na verdade, têm mesmo. Você não pode culpar as mulheres mais velhas por terem uma autoconfiança baixa quando isso reflete a opinião que o mundo tem de nós.

— Entendo, Sally — Matt diz.

(Na minha experiência, "entendo" é uma frase usada apenas por aqueles que são completamente surdos a qualquer som que não seja a sua própria voz.)

— Mas as coisas são muito melhores do que eram há cinco anos — ele continua. — Os empregadores estão muito mais conscientes das qualidades que as mulheres que retornam ao mercado de trabalho podem trazer para o escritório. Vocês todas notaram que o equilíbrio entre trabalho e vida pessoal entrou na agenda política, e muitas empresas estão começando a ver que uma abordagem mais, digamos assim, clara, para aceitar mulheres mais velhas, que fizeram uma pausa em suas carreiras, pode não prejudicar seus negócios. Muito pelo contrário!

— Tenho certeza de que você está certo — Sally diz, hesitante. — A filha da minha amiga tirou nove meses de licença de um fundo de investimento quando teve o segundo filho e ninguém piscou. Isso seria inédito quando eu estava no banco. Até quatro meses de licença-maternidade... bem, seu trabalho ainda pode estar lá quando você voltar, mas outra pessoa teria o cargo. Você poderia ter permissão para ajudá-lo. O banco em que eu trabalhava me mandou para o Oriente Médio quando meus filhos eram muito pequenos, provavelmente para ver se eu desistiria.

— Quando eu contei para o meu chefe que estava grávida do segundo — Sharon fala — ele ficou maluco. Me disse: "Mas, Sharon, meu bem, você já teve um bebê".

Todas riem. O riso secreto e subversivo das criadas de *Downtown Abbey*, debatendo sobre as maneiras engraçadas de seus senhores.

— Escute, pessoal — Kaylie fala. — Acho que a Katie está sendo muito pessimista. Como o Matt falou, as empresas estão mais abertas do que nunca à ideia de que atividades fora do escritório podem lhes proporcionar muitas outras habilidades. Sério, o currículo de uma mãe agora é muito bem-visto no processo de seleção.

Olho para os rostos ansiosos das mulheres sentadas em círculo. Elas acenam e sorriem para Matt, gratas pelas garantias que ele lhes deu de que o emprego que elas deixaram durante os anos que criaram seus filhos as receberá de volta, que as "habilidades" de nutrir e administrar um pequeno país chamado "lar" serão levadas em consideração. Talvez isso seja verdade se você estiver fora do mercado há três anos, cinco no máximo. Particularmente, acho que as mulheres que estão na pior posição são aquelas que não mantêm nenhum trabalho, que desistiram de toda a independência pessoal. Quando os filhotes voam do ninho, aos dezoito anos, eles levam consigo a razão de ser da mãe. E as mulheres se voltam para os homens com quem conviveram nos últimos vinte e quatro anos e percebem que a única coisa que têm em comum são as crianças, que acabaram de sair de casa. Os anos que criaram os filhos foram tão ocupados e consumiram tanto que é fácil ignorar o fato de que seu casamento está falido porque está enterrado sob as peças de Lego, os macacões sujos e as mochilas de educação física. Uma vez que as crianças partiram, não há lugar para o relacionamento do casal se esconder. Isso é brutal.

Pelo menos, meu trabalho freelance me deu um suporte, ainda que frágil, para me segurar em um mercado de trabalho em rápida mutação. Além disso, sou uma das mais novas aqui, e até mesmo eu vou ter que mentir sobre a idade que tenho para ter uma chance de voltar ao meu segmento.

Penso em como me senti sentada no escritório de Gerald Kerslaw com meu "currículo de mãe". Observando seus olhos passarem por minhas atividades fora do escritório nos últimos seis anos e meio. Trabalhar para a escola, para a comunidade, para a igreja, ser espinha dorsal da sociedade, cuidar de jovens e idosos. Eu me senti pequena, diminuída, irrelevante, sem consideração. Pior de tudo, uma idiota. Talvez "Me chamem de Matt" esteja certo e as atitudes estejam mudando, mas, na minha área de negócios, uma pessoa de quarenta e nove anos que está fora do jogo há sete pode andar pela Square Mile tocando uma campainha e gritando "Clamídia!"

Matt abre espaço para uma última pergunta, e eu levanto a mão. Corajosamente, ele me escolhe.

— Como o preconceito de idade é claramente um grande problema no local de trabalho, gostemos ou não, você recomendaria que aquelas de nós com quarenta, cinquenta ou sessenta anos minta em nosso currículo?

Sua testa franze, não com genuína consideração, mas com aquela carranca madura que os homens adotam para indicar que estão ocupados, ponderando. Se ele estivesse usando óculos, ele os empurraria até o final do nariz e olharia na minha direção.

— Mentir? — Risada nervosa. — Não. Embora eu não mostraria sua idade. Não há mais necessidade de inserir data de nascimento. Coloque desta forma: com certeza, eu não faria da sua idade um problema se não precisa ser. Ou os anos específicos em que você estava na escola e na universidade. As pessoas podem contar, você sabe. Enfim — um sorriso consolador —, desejo a todas a melhor das sortes.

Estou colocando o cartão na máquina para pagar o estacionamento quando sinto uma mão no meu braço.

— Só queria dizer que você foi muito bem lá dentro. — É Sally, a tímida.
— Ah, obrigada. Você é muito gentil, mas fui horrível. Muito cínica. A Kaylie está tentando nos animar, e eu estou falando sobre sexismo como a Gloria Steinem com raiva. Não é disso que as pessoas precisam.

— Você só estava dizendo a verdade — Sally diz, inclinando a cabeça para um lado, daquele jeito inteligente e parecido com um pássaro que eu já havia notado que ela fazia.

— Talvez, mas quem está interessado na verdade? Na minha experiência, isso é superestimado. É só... ah, olha, eu fui a um headhunter em Londres outro dia para ver se ele podia conseguir alguma coisa para mim. Isso foi... bem, ele me fez sentir como uma velha camponesa horrível se transformando em bosta de cabra na Fortnum & Mason. Foi terrível. O engraçado é que eu nem queria vir ao nosso grupo. Sabe aquela coisa de não querer pertencer a nenhum clube? Achei que era tudo meio patético. Quer dizer, Grupo Feminino de Retorno?

— Revenant — Sally diz.

— O quê?

— Fantasma em francês é *revenant*, que significa "aquele que volta". Como se tivesse vindo do além — ela diz.

Falo que é assustador. Ela ri e diz que fantasmas, geralmente, são assustadores. Explico: "Não, eu quis dizer que é uma coincidência, porque antes eu estava pensando que Grupo de Retorno lembra algo como 'estamos voltando dos mortos'. Eu não sabia que a palavra significa 'fantasma', em francês". Ela diz que seu francês estava enferrujado — o que é vergonhoso, quando ela tinha meio que formação nisso. Então respondo: "Não se preocupe, para mim você parece a Christine Lagarde, a atual diretora-gerente do FMI". Digo também que às vezes me sinto como o fantasma do meu antigo eu.

Não havia como eu ser a mesma pessoa de antes. Estava tudo acabado para mim.

— Não, Kate — disse ela. E continuamos conversando e conversando, em algum momento queríamos tomar um chá, mas isso nos fez lembrar que nós duas tínhamos cães que precisavam passear, o que nos fez perceber que passeávamos com eles no mesmo parque, o que nos fez ir pegá-los para nossa caminhada favorita e depois sentarmos em nosso banco favorito no topo da colina. E foi assim que Sally Carter se tornou minha amiga querida.

5
Mais cinco minutos

7h44: — Mãe, você viu *Noite de reis?* — Emily está pálida e seu cabelo está sujo.

— Amor, acho que você estava com ele na sala de estar na noite passada quando estava fazendo a lição de casa. Ou podia estar naquela pilha na cadeira, embaixo dos brinquedos do Lenny. Vai tomar banho?

— Não dá tempo. — Ela dá de ombros. — Tem ensaio do coral, então estamos pegando nosso cronograma de revisão.

— O que, já? Você mal começou o curso. Não é um pouco cedo?

— Sim, eu sei, mas o sr. Young disse que duas garotas da série mais adiantada que a nossa receberam B no ano passado e não querem que isso aconteça de novo.

— Bem, você devia lavar o cabelo antes de sair. Vai fazer você se sentir mais fresquinha, querida. Parece um pouco...

— Eu sei.

— Em, meu bem, só estou tentando...

— Eu *sei, eu sei,* mãe. Mas tem muita coisa acontecendo. — Quando ela se vira para sair, percebo que a saia da escola está enfiada na calcinha na parte de trás, revelando uma série de cortes feios na coxa.

— Emily, o que há de errado com sua perna?
— Nada.
— Você se machucou, querida. Está horrível. Venha aqui. O que aconteceu?
— *Nada...* — Ela puxa furiosamente a parte de trás da saia.
— O que você quer dizer com *nada*? Posso ver daqui que está sangrando.
— Eu caí da bicicleta, mãe. Tá?
— Achei que você tinha dito que a sua bicicleta estava no conserto.
— E está. Eu usei a do papai.
— Você foi com a bicicleta Bradley Wiggins para a escola?
— Essa, não. Aquela antiga. Estava na garagem.
— Você caiu?
— Ãhã.
— O que aconteceu?
— Tinha cascalho na pista e eu derrapei.
— Ah, não. E você machucou a perna. E ralou a outra. Levanta a saia para eu ver direito. Por que não me contou, amor? Precisamos passar um pouco de antisséptico nisso. Está feio.
— Por favor, para, mãe, está bem?
— Me deixa só dar uma olhada. Fica quieta um minutinho. Puxa a saia para cima, não consigo ver direito.
— PARA. SIMPLESMENTE PARA. PORFAVOOOR! — Emily me ataca descontroladamente, derrubando meus óculos e fazendo-os voar no chão. Eu me abaixo para pegá-los. A lente esquerda saiu da armação. — Eu não aguento mais — Emily se queixa. — Você sempre diz a coisa errada, mãe. *Sempre.*
— O quê? Eu não disse nada, meu amor. Só quero olhar a sua perna, querida. Em. Emily, por favor, não vá embora. Emily, por favor, volta. Emily, você não pode ir para a escola sem comer nada. Emily, estou falando com você. EMILY?

Enquanto minha filha sai de casa irada, me deixando imaginar que crime eu cometi desta vez, Piotr entra. Ele está parado na porta dos fundos com a mochila de ferramentas. Coro ao pensar nele ouvindo nossa discussão e vendo Emily partir para cima de mim. Não posso acreditar que ela realmente me bateu. Ela não queria me bater. Foi um acidente.

— Desculpa. Não é um bom momento, Kate?
— Não, não, tudo bem. Sério. Entre. Desculpe, Piotr. A Emily sofreu um acidente, caiu da bicicleta, mas ela acha que estou fazendo barulho por nada.

Sem perguntar, ele tira os óculos da minha mão, recupera a lente que está no chão, ao lado da cesta de Lenny, e começa a encaixá-la de volta na armação.

— A Emily é adolescente. Mãe sempre diz as coisas erradas, não é?

Apesar de querer muito chorar, me vejo rindo.

— Isso é tão verdade. O lugar da mãe é no erro, Piotr. Errado é meu endereço permanente no momento. Você gostaria de um pouco de chá? Comprei um chá apropriado, você vai ficar feliz em saber.

Em sua nova encarnação espiritual, Richard adquiriu uma grande variedade de chás calmantes. Ruibarbo e alecrim, dente-de-leão, limão, urtiga e mel de Manuka, e algo em uma caixa cor de urina chamado Camomiconcentração. Por recomendação da Joely, do centro de aconselhamento, ele me presenteou em fevereiro com Panax Ginseng, considerado bom para vermelhidão e suores noturnos. Um presente preventivo, embora, se você fosse exigente, talvez não fosse o ideal para a mensagem do amante em brasas do Dia dos Namorados. (Depois de ganhar um conjunto de panelas do Jamie Oliver de Natal, pensei que havíamos chegado a um ponto baixo na história dos presentes de Rich para mim, mas, claramente, há muito chão para descer.) É preciso muito para perturbar Piotr, cujo temperamento parece tão generoso e fácil quanto seu semblante, mas até ele recuou quando eu disse que tínhamos acabado com o chá forte e lhe oferecemos dente-de-leão.

— No meu *paeis*, dente-de-*leaum* significa cama molhada como a das crianças. — Então sorriu, revelando uma boca de dentes característicos e irregulares, do tipo que praticamente desapareceu entre as classes médias britânicas.

O inglês de Piotr é ruim, mas estranhamente atraente. Eu não sinto necessidade de corrigi-lo, como faço com Ben e Em, porque: a) isso seria terrivelmente paternalista e b) eu amo os erros que ele comete, porque são muito expressivos (o que eu acho que é terrivelmente paternalista). Isso é o que acontece com as crianças, não é? Você corrige os erros e o discurso delas fica melhor até que, um dia, elas não dizem mais aquelas coisas fofas e engraçadas. Não posso rebobinar e ouvir Ben dizer: "Eu fui *ápido*, não fui, mamãe?", ou a Em de cinco anos perguntar se ela podia ir comigo para o *Egg Pie Snake Buding*

(Empire State soa tão maçante se for comparar) ou ter *piz-gueti* para o jantar. Ou me dizer: "Não sou um bebê, sou uma *quiança gan-de*". Às vezes, acho que desejei acelerar a infância deles para que a vida fosse mais fácil. Agora, tenho o resto da vida para desejá-la de volta.

Coloco água em uma panela, e azeite e manteiga em uma caçarola no fogão. A chaleira não está funcionando novamente, enquanto Piotr está com a eletricidade desligada. Metodicamente, começo a preparar cebolas, cenouras e aipo para o macarrão à bolonhesa, a comida favorita da nossa família. É a receita do livro de Marcella Hazan, e eu a conheço tão bem que suas palavras singularmente formais flutuam na minha cabeça enquanto fatio os legumes. A adição de leite "empresta uma doçura desejável". Perfeitamente verdade, é o ingrediente mágico que você nunca poderia imaginar. Na despensa — um minúsculo armário escuro que leva à área de serviço — tento encontrar latas de tomate no escuro e minha mão acha uma terrível teia de aranha. É do tamanho e da forma de uma raquete de tênis. *Argh*. Pego um pano de prato e começo a limpar as prateleiras de madeira.

Sempre sonhei em ter um fogão de ferro Aga. Visões de pão caseiro, deliciosos caldeirões murmurando ordenadamente e talvez até um cordeirinho órfão sendo gentilmente trazido de volta à vida na gaveta de aquecimento. Não estava claro onde eu iria encontrar um cordeiro, exceto no corredor de carnes do Waitrose, e, portanto, bem além do ponto de reviver, mas o devaneio persistiu. Agora, percebo que minha fantasia com o Aga era do tipo de revista imaculada que vem equipada com sua própria Mary Berry. O nosso é uma fera velha e malévola incrustada com gordura salpicada de meio século e só tem duas temperaturas: morna e crematória. Realmente não acho que ele goste de mim. Pouco depois de nos mudarmos, coloquei um suflê de couve-flor no forno de cima e, dez minutos depois, abri a pesada porta para dar uma olhada e encontrei uma floresta petrificada com pequenas florzinhas carbonizadas, parecendo carvalhos.

Richard, que estava zangado, faminto e não totalmente inclinado ao suflê de couve-flor, disse que parecia uma daquelas instalações de arte que teriam um título pretensioso como *A impossibilidade física do jantar na mente de alguém faminto*. Desde então, tornou-se uma das suas histórias favoritas da Kate

Calamidade, e não posso deixar de notar que ele acha muito mais engraçado quando está contando a outras pessoas do que na época.

Não que eu esteja em posição de reclamar. Ainda estou tentando convencer Rich de que essa casa foi uma compra fantástica. Concordamos que, em vez de mudarmos para a Commuterland para eu poder ir e voltar de Londres todos os dias, teríamos que ir para uma casa menor e encontrar um lugar com menos gastos. (De jeito nenhum poderíamos nos dar ao luxo de comprar algo na capital, não depois de um período no Norte. Verifiquei em uma imobiliária, e a nossa velha casa, a Hackney Heap, vale um milhão e duzentas mil libras agora.) Havíamos acabado de aceitar uma oferta em um quatro-quartos recém-construído, perto da estação de trem, quando aceitei o conselho do corretor de que eu deveria "só dar uma chegadinha" e ver uma "raridade de considerável potencial, precisando somente de uma pequena modernizada".

O destino e o clima conspiraram contra mim. Era um daqueles dias brilhantes e alegres, quando um céu de cobalto ligeiramente claro faz você sentir que sua alma deixou o corpo e está subindo em direção ao céu. Se, ao menos, estivesse chovendo. Talvez eu tivesse visto que uma colcha de retalhos de hera e musgo cobrindo três paredes externas, um teto frágil e duas chaminés, cada uma medindo quatro por quatro, não sugeria, como eu preferia acreditar, um castelo encantado esperando para ser libertado de um feitiço cruel.

— Exatamente quanto vai custar cortar a folhagem para libertar a Bela Adormecida, e como será que está a alvenaria embaixo dela quando a tirarmos? — Essas não estavam entre as perguntas que fiz enquanto estava no terraço nos fundos, maravilhada com a doce pedra onde a casa foi construída três séculos atrás. A vista do jardim era como uma pintura impressionista — um toque vívido de um gramado verde, adornado com toques de pinho e fagus. Eu praticamente podia ouvir as notas musicais de "The Lark Ascending", de Vaughan Williams, enquanto bebia dessa cena essencialmente inglesa: a música era tão potente que afogou o barulho da vizinha M11, que se tornaria um rugido quando as árvores perdessem suas folhas e tivéssemos assinado o contrato. A responsabilidade é sempre do comprador.

Rich e eu voltamos para conferir uma nova propriedade. Como era sem graça e apertada com sua mobília de casa de boneca feita especialmente para parecer pequena (um truque de desenvolvedor cínico para fazer as salas parecerem maiores, ou assim um amigo designer me disse). O corretor comentou que o empreiteiro estava pronto para chegar a um meio-termo e pagaria o imposto de transmissão, uma economia tão grande que Rich deu um assobio baixo e agradecido. Mas eu tinha perdido meu coração para a outra e encontrei só falhas onde havia barganhas e benefícios a receber. Eu queria aquela raridade, com suas proporções graciosas e sua bela escadaria antiga, seu corrimão de mogno visível apenas através de camadas de tinta lascada.

O corretor rival disse que, porque se tratava de um projeto de reforma que "pouquíssimas pessoas têm imaginação para assumir" (ou seja, ninguém além de você é louco o suficiente para tentar), o dono estava "preparado para considerar dar um desconto significativo" no preço pedido (estavam desesperados para vender, pois o imóvel estava no mercado havia mais de um ano e havia uma grave escassez de otários preparados para compartilhar a banheira com papai-de-pernas-compridas e seus dezenove filhos). Consegui fechar o negócio com Richard apontando que a casa ficava na área de captação de uma excelente escola secundária. Deu certo! É verdade que posso ter me valido de um pouco de sexo persuasivo, mas consegui a propriedade dos meus sonhos, e isso foi o suficiente para atingir o orgasmo.

Exceto que Richard praticamente odiou a casa desde o primeiro dia. Ele a chama de "Castelo de Greyskull", e o apelido não era nada carinhoso. Qualquer coisa que dê errado — ah, preciso dizer que são muitas! — serve para mostrar que tomei uma péssima decisão e o faz exultar de uma forma bastante desagradável. Na primeira noite que passamos aqui, ele colocou o DVD de um filme chamado *Um dia a casa cai*, que é sobre um casal que tenta reformar uma casa irremediavelmente caindo aos pedaços. Foi engraçado até que eu liguei um aquecedor elétrico para esquentar a sala e todas as luzes piscaram e a TV desligou.

Eu gostaria de provar que meu marido estava me subestimando. Apesar dos esforços heroicos de Piotr e das ligações quase constantes de poloneses que aparecem carregando escadas, martelos e serras, todos os dias parecem trazer mais más notícias sobre problemas de umidade e decadência. A notícia financeiramente devastadora de um chão de banheiro que estava afundando veio junto com a notícia emocionalmente devastadora de que minha bexiga estava caída, vinda da pessoa que uma vez chamei de obstetra e agora é só minha ginecologista.

— Kate, a panela está queimando.

— O quê? — Piotr me faz pular. Ele está bem ao meu lado na despensa.

— Fogão é fogo — ele diz. — Por favor, cuidado.

Corro para a cozinha. A caçarola está expelindo uma fumaça espessa. Droga, esqueci. Não sei onde eu estava com a cabeça.

Roy, sério, por que você não me lembrou que eu estava esquentando o óleo para o espaguete à bolonhesa? ROY! Não podemos esquecer de coisas assim. Na semana passada, foi a banheira que transbordou.

Eu enfiaria a panela dentro da pia, mas não tem mais pia, porque Piotr a tirou do lugar. Além disso, não falam que não se pode derramar água em óleo fervente, ou é o contrário? Pego a caçarola e corro para o jardim, onde uma leve garoa amortece o chiado. Antes de voltar para dentro de casa para começar de novo e aquecer mais óleo e manteiga, passo um minuto observando a vista. As folhas estão particularmente lindas este ano, tons de damasco e tímidas prímulas da coleção de outono da natureza que continuam a surpreender. (*Roy, por favor, me lembre de plantar aquelas tulipas e aqueles bulbos de narciso.*) Sim, estou preparada para admitir que teria sido melhor se eu tivesse usado o bom senso e comprado uma casa menor. Não só não podemos pagar tudo o que é preciso reformar até eu encontrar um emprego, como também usei todo o dinheiro que restava do casamento. De certa forma, um relacionamento é como uma conta-poupança: durante os bons momentos, vocês dois depositam e, nos difíceis, só há o suficiente para acompanhá-los. No momento, estou muito descoberta.

Eu devia ter escutado Richard. (*Talvez você devesse lhe dizer isso, Kate. Reconhecer o erro nunca foi fácil, não é mesmo? Esse orgulho estúpido de novo.*) Realmente não sei explicar por que compramos essa casa, exceto que algo dentro de mim protestava contra a ideia de encolher a vida, tornando-a menor em vez de maior. Antes que você se dê conta, está num lugarzinho com acesso para cadeiras de rodas, em acomodações protegidas, usando fraldas geriátricas. Já faço um pouquinho de xixi toda vez que espirro. Desculpe, mas eu não queria me resignar. Queria assumir mais um desafio, só para provar que ainda estou viva e capaz de pensar grande.

Na cozinha, Piotr me entrega os óculos remendados, não antes de respirar neles e enxugá-los com um lenço que ele tira do bolso da calça jeans com um floreio mágico como antigamente. Não vejo um lenço lavado assim desde que meu avô morreu. Quando ele se inclina para colocar a armação em meu rosto, recebo um cheiro pungente de cigarros e madeira serrada. Fico feliz quando ele está aqui, porque isso significa que estamos progredindo. Definitivamente, terei uma cozinha a tempo para o Natal. E porque ele empresta — *o quê mesmo, Roy?* — é isso: uma doçura desejável.

> Kate para Emily
> Olá, querida. Espero que você esteja bem. Acabei de fazer espaguete à bolonhesa para o jantar. Sinto muito pelo acidente em sua perna. Vamos ficar juntinhas esta noite e assistir ao seriado *Parks and Recreation*?
> Te amo, mamãe

> Emily para Kate
> Estou bem!!! A Lizzy e algumas amigas podem vir? Não se preocupe comigo. 🧸📱 Te amo. Bjos.

13h11: É uma verdade universalmente reconhecida que uma mulher solteira com mais de trinta e cinco anos em busca de um parceiro nunca deve revelar sua idade em um perfil de namoro. Pelo menos, é o que Debra me conta durante o almoço.

Acabei de confessar à minha amiga mais antiga que estou mentindo a idade para tentar conseguir um emprego. Deb relata que faz o mesmo, se quiser ter um homem.

— Sério, você nunca conta sua idade verdadeira?

— Nunca *mesmo* — Deb diz. Esfaqueando miseravelmente a última folha de rúcula do prato, ela a pega e coloca na boca antes de lamber o molho do dedo. Nós duas pedimos salada sem pão e água com gás, porque a nossa reunião de trinta anos na faculdade, que por tanto tempo parecia estar a uma distância segura, está se aproximando rapidamente. Mas agora, Deb começa a fazer sinal urgente com os braços, sorrindo para o garçom, indicando que quer vinho.

— E se você estiver incrível para a sua idade? — pergunto.

Ela dá uma risada amarga — um som áspero e estridente que não me lembro de ter ouvido antes.

— Isso é ainda pior. Se estiver bem para a sua idade, provavelmente você vai ser vaidosa o suficiente para desistir. Então você arranja um encontro, ele te leva para jantar, você toma algumas taças de vinho, velas, está ficando romântico, e ele diz: "Meu Deus, você é linda", e você está se sentindo relaxada e provavelmente um pouco bêbada. Você realmente gosta dele e acha que "ele é sensível, não é superficial como os outros", então você se empolga e diz: "Muito bem para cinquenta, hein?"

— Bem, é verdade que você está incrível — digo. (Ela está terrivelmente mudada desde a última vez que nos encontramos, no meu aniversário. Parece muito vermelha e inchada. É o rosto de quem costuma beber, percebo pela primeira vez. Ah, Deb.)

— Não importa — Debra diz, levantando um dedo em sinal de advertência. — Então o cara faz um charme engraçado, dá um assovio e concorda que você está incrivelmente bem conservada para cinquenta anos. Ninguém poderia adivinhar. Quer dizer, totalmente incrível. Então você percebe. O pânico surgindo nos olhos dele, que está pensando: "Meu Deus, como não percebi isso? As linhas ao redor da boca, o pescoço fino. Definitivamente, ela parece ter cinquenta. E eu tenho só quarenta e seis, então ela é mais velha. Além disso, ela mentiu no seu perfil". Ah, garçom, garçom, desculpe, pode servir uma taça de vinho aqui? Sauvignon blanc. Bebe comigo, Kate, por favor?

— Não posso, tenho reunião do Grupo Feminino de Retorno mais tarde.

— Então você precisa beber mesmo. Duas taças de vinho branco, por favor. Grandes? Sim, obrigada.

— E aí, o que acontece?

— Ele te joga de volta no mar e vai pescar um peixe mais novo.

— Bem, pelo menos você sabe que ele não é o homem para você se vai te rejeitar só por causa da sua idade.

— Ah, Kate, Kate, minha doce menina iludida, eles são todos assim. — Outro riso sem alegria. Deb se inclina na mesa e me toca carinhosamente no nariz, o que dói um pouco. É a parte do osso onde Ben me mordeu quando estava dando seus primeiros passos. Eu me ajoelhei para pegá-lo para ele não cair, e ele cambaleou na minha direção como um pequeno garotinho bêbado, tentou beijar minha boca, mas, em vez disso, mordeu meu nariz. Desde então, fiquei com uma pequena cicatriz em forma de dentes no local.

— O que você não entende, querida, na sua felicidade casada com o *Ricardo*, é que quando os caras chegam à nossa idade, eles seguram todas as cartas.

(É a abertura perfeita para dizer a ela como as coisas estão ruins entre mim e Richard, mas não falo nada, ainda não. Mal suporto dizer isso a mim mesma.)

Deb bebe o vinho e reclama que sua dose veio mal servida, então estende a mão e derrama a maior parte da minha, intocada, em sua taça.

— Um homem de quarenta e oito anos não está interessado em uma mulher da mesma idade. Por que ele estaria quando pode pegar alguém na faixa de vinte e nove a trinta e seis? Um homem de cinquenta anos ainda pode pensar: "Talvez eu ainda possa querer ter filhos um dia". E eu, o que eu posso pensar? "Talvez eu possa precisar de uma histerectomia se continuar sangrando como um porco quase todos os meses"? De qualquer forma, saúde, minha querida! — Ela bate uma taça na outra, me entrega a minha, quase vazia, e toma vários goles da sua.

Conheço Debra desde a nossa terceira semana na faculdade, quando conversamos no bar e descobrimos que tínhamos o mesmo namorado. Deveríamos ter sido inimigas juradas, mas decidimos que gostávamos uma da outra muito mais do que do garoto, que foi duplamente abandonado e seria para sempre conhecido como Ted Traidor.

Fui madrinha quando Deb se casou com Jim. E madrinha do seu primeiro filho e a ajudei no divórcio, depois que Jim saiu com uma corretora de vinte e sete anos de Hong Kong, quando Felix estava com seis anos, e Ruby com três. Deb se sente culpada porque Felix sofre de ansiedade e se culpa pelo término do casamento. Ele tem muitos problemas de adaptação na escola, e Deb o transfere regularmente (três vezes nos últimos cinco anos), provavelmente porque é mais fácil acreditar que o problema está na escola e não no seu filho. Ela sempre se refere ao diagnóstico de Felix como Transtorno do Déficit de Atenção com Hiperatividade, como se isso explicasse tudo. Acho (embora nunca diga) que, com Jim longe, ela achou difícil controlar o comportamento do garoto e gastou uma fortuna em PlayStations e todos os aparelhos que você possa imaginar para mantê-lo feliz enquanto trabalhava. Fiquei horrorizada, no último Natal, com o tamanho da TV que Deb deu a Felix, muito maior do que a da família. Ela não gasta quase nada consigo mesma. Agora com dezessete anos, Felix é a cara do Jim, o que não ajuda. Deb ama o filho, embora, cada vez mais, eu suspeite de que ela não goste muito do ex.

— Vá em frente, me fale sobre o Grupo Feminino de Retorno. — Posso ouvir as aspas irônicas que Deb usa ao falar do meu grupo de apoio.

— Sei que você acha que eu não preciso disso.

— Você não precisa, Kate. Só precisa sair e deixar de idealizar a sua ambição para reformar uma casa velha e maluca.

— Pensei que estava trazendo a vida de volta para uma raridade que precisa de uma pequena modernizada.

— É você ou a casa, querida?

— Os dois. Não dá para perceber?

Desta vez ela ri de um jeito espontâneo, um riso quente e generoso que não tem nada a ver com esse palácio elegante de aço e vidro. Eu amo a risada da Deb, pois ela me lembra os muitos momentos que compartilhamos coisas.

— Faça o que quiser — ela diz. — Não consigo pensar em nada pior do que me sentar em uma sala com um monte de mulheres se queixando do que já passaram e de que ninguém vai lhes dar emprego. Quer café? Quantas calorias você acha que tem em uma xícara com leite desnatado?

(Espera aí, eu li isso outro dia. Consultando o Roy. * *Roy, você pode, por favor, me informar o número de calorias em um café com leite desnatado? Leite integral e semidesnatado. Roy, olá? Você não tem permissão para tirar folga na hora do almoço. A propósito, ser meu assistente de memória é um trabalho de tempo integral.*)

Na última vez que falei com Richard sobre encontrar um emprego em uma boa empresa em Londres, ele disse:

— Fazer essa jornada duas vezes por dia vai te matar. Você não é mais tão jovem quanto antes. Por que você não encontra algo por aqui, como a Debra?

É isso mesmo o que ele quer para mim? Deb largou seu emprego em um dos principais escritórios de advocacia de Londres, alguns anos depois de Jim se casar com a Gatinha Asiática (que é boazinha, diplomática, fofa com as crianças e esplendorosa — basicamente seu pesadelo total). Felix acabou se tornando obcecado por não ter ervilhas perto demais do milho ou do ketchup em seu prato, e recusava qualquer babá que esquecia isso. Encontrar uma responsável por cuidados infantis que ficasse feliz em ser mordida regularmente se mostrou impossível.

— Eu não *desisti*, Kate, eu me entreguei muito bem ao inevitável — Debra diz em voz alta quando bebe muito, o que é bastante frequente ultimamente. Na meia-idade, todas as mulheres que conheço, além das altas sacerdotisas "Meu corpo é um templo", são íntimas do conde Chardonnay e do seu parceiro insolente, Pinot Grigio.

Todos os dias, por volta das seis e meia, quando o hábito me manda tirar vinho da geladeira, eu penso *Abaixo as calorias!* Às vezes sou boa e ouço esse alerta de saúde, mas outras vezes é mais fácil e gentil conceder a mim mesma o calor e a sensação instantânea de bem-estar.

— Deus, eu odeio quando eles chamam de desistir do trabalho — Deb sempre diz quando está na terceira taça.

Eu também. Assim, a lendária ruiva linda (rosto de Julianne Moore e curvas de Jennifer Lopez) formada em primeiro lugar em Cambridge, a caminho de se tornar sócia em uma firma de Londres, ganhando milhões, agora está apodrecendo em um escritório de advogados em cima do restaurante indiano Hot Stuff, na rua principal de uma cidade do interior, resolvendo disputas sobre pinheiros para octogenários homicidas e enchendo a cara para afogar as tristezas. Todos os e-mails recentes de Deb começam com um "Atire em mim!"

Preciso de algo melhor do que isso, certo?

Debra está ficando mais barulhenta e agressiva, então mudo de assunto e falo sobre a belfie de Emily. Nossos desastres são pequenos presentes que podemos dar a nossos amigos que sofrem, porque eles acreditam que nossa vida é mais fácil que a deles.

— Ah, todos eles estão fazendo isso — Deb bufa. — Sexo virtual. Um garoto da classe da Ruby foi suspenso. Enviou uma foto do pênis para uma garota de catorze anos. Foi uma confusão enorme na escola... falaram que ele era culpado de abuso infantil ou algo ridículo. Ele foi suspenso, pobrezinho. A garota nem se queixou. A professora a viu rindo e compartilhando a foto com as amigas e agora isso é um grande problema, porque ela é menor de idade.

— Acho que sou muito liberal — digo —, mas imagina uma coisa dessas?

— Claro, querida. Se você der aos filhos celulares que fazem essas coisas maliciosas, por que não? É muito tentador. Bom, eu mesma fiz.

— Você fez o quê? Deb. Não. Você *não* fez isso. Por favor, me diga que você não fez.

— Só os seios. — Ela sorri e cobre os seios com as mãos, erguendo-os com a blusa apertada até parecer dois pudins trêmulos. — Tirar foto dos seios é uma coisa básica para um namoro online querida Kate. Considere-se sortuda por estar fora do mercado e não precisar exibir seus atributos para os novos pretendentes.

— Sinto muito por eles — digo, de repente percebendo o quão impotente e irritada me sinto sobre a belfie. — Emily e Ruby são a geração mais livre de garotas que já existiram. Então, assim como a igualdade está à vista, elas decidem gastar cada minuto se maquiando e posando para selfies e belfies como se fossem cortesãs em algum bordel do *fin de siècle*. O que diabos aconteceu?

— Sei lá. — Deb tenta reprimir um arroto alto e falha. — Vamos pedir a conta? — Ela vira e acena para um garçom apressado. — Eu sei que Ruby sai mostrando quase o corpo inteiro, então, se algum pobre coitado assovia, de repente é "Ah, não, é assédio sexual". Tentei dizer a ela que o cérebro masculino é programado para responder a certas partes da anatomia feminina. A maioria dos garotos, como Felix e Ben, podem agir de forma civilizada se forem educados por mulheres como nós, mas muitos deles não vão agir assim e você estará em apuros, porque, surpresa, porra, o estuprador Rob não leu o guia do aluno sobre cantadas inadequadas.

Ficamos em silêncio por um momento.

— As crianças dizem que eu sou do passado — falo.

— Nós somos do passado, graças a Deus — Deb fala em voz alta. — Estou feliz por termos crescido antes das redes sociais, querida. Pelo menos quando saímos da escola, estávamos por conta própria ou com a família que nos tratava como parte da mobília. Não tinha ninguém nos cutucando a cada dez segundos para admirar a sua droga de vida perfeita. Imagine ter toda cadela que te odiava na escola se juntando a você no seu quarto pelo celular. Eu já me sentia uma porcaria o suficiente comigo mesma. Não precisava de um público, muito obrigada.

— Provavelmente, toda geração de pais deve se sentir assim — digo com cuidado. Tem muita coisa na minha cabeça, mas não tentei colocar em palavras antes. — É só isso... essa... esse *abismo* entre nós e as crianças, o mundo deles e aquele em que crescemos, é... não sei, Deb, tudo aconteceu muito rápido. Tudo mudou e acho que nem começamos a entender o que está acontecendo. Ou o que fazer com eles. Como Ben pode aprender a conviver com outras pessoas se ele passa metade da vida nesses games violentos numa realidade totalmente virtual? Eu te contei que descobri que Emily baixou alguma coisa para desfazer o controle dos pais nos dispositivos dela?

Tipicamente, Deb fica encantada, não chocada.

— Gênio! Ela parece uma garota muito esperta, assim como a mãe.

É hora de ir. Ela tomou minha taça de vinho e discutimos sobre a conta. (Não me lembro quem pagou da última vez. Pergunto a Roy, mas ele ainda está ocupado procurando o número de calorias do leite integral.)

Quando o cara da porta nos entrega nosso casaco, peço a Deb para ser sincera comigo.

— Você acha que posso passar por quarenta e dois anos?

Ela sorri.

— Deus, é claro que sim, sem problemas. Tenho trinta e seis, querida. Se eu trouxer um namorado para te conhecer, precisamos combinar o que vamos dizer, tudo bem? Ou ele vai pensar "como é que essas duas foram do mesmo ano na faculdade se existe uma diferença de idade de seis anos entre elas? Agora, fala a verdade, Kate. Você acha que posso passar por trinta e seis?

(Não, acho que não. Qualquer que seja a aparência dos trinta e seis, a Deb não tem mais essa idade, assim como eu também não.)

— Claro que sim. Você nunca esteve tão bem. Amei o que você fez no cabelo.

Debra está na metade da rua quando se vira e grita para mim:

— Reunião da faculdade! Não esquece, vou estar uns doze quilos mais magra.

— E quinze anos mais nova! — grito de volta, mas o tráfego abafa minha resposta, e ela se vai.

17h21: Fiz uma longa e adorável caminhada com Lenny para me livrar da reunião do Grupo Feminino de Retorno. Ele estava desesperado para sair quando voltei do almoço e agora está dormindo, deitado de costas em sua cesta, junto do fogão Aga, as quatro patas afastadas, a barriga branca fofa desprotegida. Existe algo quase insuportavelmente comovente na total confiança do animal. Nenhum sinal de Richard. O Ben tem futebol, mas tenho certeza de que a Em disse que ia trazer algumas amigas.

Lá em cima, encontro três garotas sentadas na cama de Emily em completo silêncio, as cabeças inclinadas sobre os celulares, como se estivessem tentando decodificar o significado do I Ching. Uma delas é Lizzy Knowles, a filha de Cynthia e partidária odiosa da belfie. A outra — pele clara, bonita, ruiva — é Izzy, eu acho.

— Olá, meninas. Por que vocês não conversam? Cara a cara, olhando umas para as outras? — pergunto, com certa ironia, observando da porta para esse estranho show idiota. Emily olha para cima e me encara com o seu olhar especial, que diz: "Desculpem a minha mãe, ela está com problemas mentais".

— Nós *estamos* conversando. Estamos enviando *mensagens de texto* — ela sussurra.

Eu me sinto como Charles Darwin observando passarinhos nas ilhas Galápagos. Onde toda essa comunicação muda vai acabar? Meus tataranetos vão nascer com polegares que enviam mensagens, sem cordas vocais e capacidade zero para ler as expressões faciais humanas. Estou lutando para ver isso como evolução da nossa espécie, se evolução significa progresso, mas, pelo menos, Em não está sozinha. Seja qual for o atrito que a belfie causou no grupo, deve ter sido resolvido. Pelo menos, é isso que espero. Digo às garotas que tem espaguete à bolonhesa lá embaixo, se quiserem. Apenas Lizzy responde.

— Obrigada, Kate, vamos descer mais tarde — ela diz de uma forma fria e condescendente que se assemelha a lady Mary Crawley dirigindo-se à sra. Patmore, a cozinheira de *Downtown Abbey*. Dou a Lizzy meu melhor e mais insinuante sorriso, pois a frágil felicidade da minha filha está nas mãos dela.

17h42: Quando Ben entra, coloco palitos de cenoura e humus na mesa da cozinha para ele comer. Piotr removeu todas as bancadas antigas. É como viver em um galpão, mas deve acabar logo. Ben grunhe, ignora o lanche saudável, pega as batatas fritas no armário (quem as comprou?) e desaparece na sala de estar. Alguns minutos depois, ouço a voz de outro menino lá dentro. De onde ele surgiu?

17h53: — Benjamin, hora do jantar. Ben? *Agora,* por favor. O espaguete está na mesa.
— Mais cinco minutos. Estamos quase no intervalo.
— Quem?
— Nós.
— Nós quem?
— Eu e o Eddie.
— Quando ele chegou? Não ouvi ninguém entrar. — Vou até a sala de estar, adotando a voz da severidade materna. — Você conhece a regra, Ben. Se quiser que seus amigos...
Ben está sozinho, debruçado no sofá, segurando um aparelho, os polegares são um borrão. Na TV, alguém de vermelho faz uma curva. Os jogadores se levantam de qualquer jeito, a bola entra e a multidão explode. Ben se inclina para o lado como se estivesse atirando, rindo em uma almofada. Outras gargalhadas lhe respondem do nada, e reconheço a voz de Eddie, dizendo: "Que bizarro", mas não sei de onde vem.
— Isso é real? — pergunto, genuinamente sem saber se é uma partida de futebol na tela, com os fãs xingando e mandando o árbitro se foder, ou se são milhões de pontos digitais. Não tenho certeza de como eu sou real, na maioria dos dias. Talvez eu devesse arranjar alguém para projetar um eu digital, que comece a cozinhar, pedir azulejos para o banheiro e todos os trabalhos chatos que ninguém percebe que estou fazendo enquanto a verdadeira Kate se concentra na vida que realmente quer, com tempo para ir à manicure, resolver aquele antigo problema de bexiga caída, e muito menos palavrão, juro.
— Mais ou menos
— Onde está o Eddie?
— Em casa, mãe, não seja idiota.

— Por favor, não me chame de idiota, Benjamin. Seu jantar está na mesa e está esfriando.

— Já vou. Mais cinco minutos.

— Já passaram cinco minutos dez minutos atrás.

— Prorrogação. Talvez pênaltis. Não posso parar agora ou vamos perder todo o jogo.

Desisto. Emily está lá em cima com as amigas. Todas mudas. Ben está lá embaixo conversando com amigos, mas eles não estão aqui. Estão a quilômetros de distância, em outra parte da cidade. As crianças estão certas: sou do passado. Mas eles são de algum futuro pós-apocalíptico tipo *Mad Max*, quando a humanidade dispensou as civilidades e a interação física de todos os séculos anteriores. Isso me assusta, de verdade, mas tentar afastá-los do vício da tela parece inútil. Como desligar o vento ou a chuva. Se houver um paraíso e meus filhos chegarem lá, a primeira pergunta para são Pedro deverá ser: "qual é a senha?"

Finalmente a fome atrai Ben para a mesa, onde ele se acomoda com gratificante entusiasmo. Adoro ver meu garoto comer sua refeição favorita. Deve ser alguma coisa ancestral. Entre bocados de espaguete, que ele amassa em vez de girar em um garfo — a batalha pela educação à mesa foi perdida —, ele explica que no andar de cima, Emily e suas amigas estão navegando no Facebook e no Instagram, compartilhando todos os vídeos e fotos de que elas gostam. Pelo jeito, falar é estritamente opcional nesse processo. Significa mostrar uma para a outra algo que alguém disse, escreveu ou fotografou, sem estabelecer ideias próprias ou histórias originais. Não posso deixar de pensar em Julie e eu criando um universo inteiro em nosso quarto só com Lego e uma única boneca Sindy.

— Você pode encontrar algumas pessoas da VR — Ben diz. — Tem mais parmesão?

— Vou pegar. O que é VR?

— Ma-nhê, você sabe o que é VR.

— Desculpe, mas não sei.

— Vida real.

— Entendo. Vida real?

— É, mas não é VR, porque, basicamente, você está online o tempo todo.

— E a escola? É VR?

— É proibido usar celular na classe — Ben admite com cautela —, mas as pessoas usam. É assim que funciona a vida social para a minha geração. — (Nunca o ouvi sair com algo tão filosófico ou adulto antes. Não sabia nem que ele conhecia a palavra "geração". Resultado: pare de pensar nele como se ele tivesse sete anos.)

Quando está deixando a mesa, Ben pergunta se eu sei que os garotos da escola deram a Emily o prêmio de "Traseiro do Ano" por causa da foto do bumbum dela que viralizou e porque ela teve que ir para a enfermaria porque vomitou na reunião.

Não, eu não sabia.

21h37: O quarto está escuro, mas o rosto da minha filha está iluminado pela tela do celular. Ela está vendo fotos. Tem muitas, uma infinidade delas, tela após tela. De perto, vejo que quase todas são selfies, e em nenhuma ela está sorrindo. Ela está fazendo aquela estranha cara de pato que todas as garotas fazem agora. A meio caminho entre um beicinho e um franzido, faz os lábios parecerem enormes no rosto. E suga as bochechas — uma pose de top model. Emily está constantemente assistindo a esses tutoriais de maquiagem online. Ela é muito habilidosa nisso, muito mais do que eu, na verdade. Mas parece que está maquiando uma mulher mais velha e sofisticada naquele rosto doce em forma de coração.

Eu realmente não gosto de selfies, essa galeria de narcisismo e do modo como Em as encara tão avidamente, como se fosse uma viciada e a droga fosse ela mesma. No álbum de família da minha mãe em casa, tem apenas três ou quatro fotos minhas na idade de Emily: uma com Julie de férias em Colywn Bay, uma como dama de honra em um vestido de cetim fúcsia muito apertado (meus seios cresceram entre a prova de roupa e o casamento) e uma minha com meu pai no canteiro de flores no jardim dos fundos, ele sem camisa e sorrindo para a câmera, tão fofo quanto Errol Flynn, e eu desajeitada ao lado dele, com uma blusa de tricô por cima de uma camisa de algodão com uma franja reta e especificações da National Health (você nunca pensaria que éramos parentes).

— Aooh, você está linda. Olhe só para você, princesa!

Em dá de ombros para o elogio, virando de lado e puxando o edredom por cima do ombro.

— Está tudo bem na escola, amor? Você sabe que contratei o filho de uma senhora simpática do meu Grupo Feminino de Retorno para tirar sua belfie da internet? Josh Reynolds. Ele é um gênio da computação. Estudou na sua escola há dez anos. Ele falou que apagou tudo que conseguiu encontrar.

— Por favor, não, mãe.

— Eu sei que você não quer falar sobre isso, meu bem. Eu compreendo. Só quero que você saiba que o Josh vai bloquear a belfie se alguém tentar compartilhar de novo.

— Você não contou para o pai?

— Não, claro que não.

Posso ver os ombros de Em começarem a se erguer debaixo do edredom.

— Ah, querida, tudo bem. Não chore. — Sento na cama ao lado dela e acaricio seu rosto molhado. — O que foi? É a belfie? As pessoas foram más com você?

— Não. Só estou muito estressada, mãe. A escola é muito difícil. Não sou a mais esperta, a mais bonita, nem sou boa nos esportes. Não sou a top.

— Ah, meu amor. Você é boa em outras coisas, sabe que é. É muito boa em música e inglês. É natural se sentir assim. E as garotas vieram hoje, não foi? E todas vocês vão para o show da Taylor Swift. Vai ser muito legal. Você deu o cheque para Lizzy?

Ela balança a cabeça.

— Não podemos pagar por isso.

— É claro que podemos. Só estamos sendo um pouco cuidadosos até a mamãe encontrar um emprego.

Ela vira e enterra o rosto em meu pescoço.

— Sinto muito ter derrubado seus óculos, mãe.

— Tudo bem, amor. Eu estava preocupada de você ter se machucado. Sei que estava sendo chata. Sua perna está melhor?

— Está ótima.

— Posso dar uma olhada?

— Nãoooo. — Seu corpo endurece e ela se afasta novamente.

— Tudo bem, tudo bem. Mas me avise se precisar de uma pomada para passar nela, tá? Ah, olha quem está aqui! Béé-Carneiro.

O amado companheiro de Emily — ela o carregou para cima e para baixo durante seus três primeiros anos — definitivamente está mostrando sinais de idade. Sua lã branca é agora cinza-escura, embora, felizmente, o poder do Béé-Carneiro para consolar não tenha diminuído. Coloco o bichinho ao lado do rosto dela, que o beija, e eu a beijo. Ah, meu Deus. Todos os problemas que ela tinha quando era pequena parecem brincadeira de criança agora.

— Boa noite. Durma bem.

— Você também — Emily sussurra.

23h01: Estou acabada, mas tenho muito o que fazer antes de me deitar. Tiro o uniforme de futebol do Ben da lavadora e o coloco na secadora para deixar pronto para amanhã cedo. Pelo menos, ele conseguiu trazer um par de meias para casa dessa vez, que é uma grande coisa, embora a inscrição revele que uma das meias é de um outro menino — um gigante, pela aparência dela. Penso na mãe de Joe Barnes em algum lugar, lavando a meia do Ben, com o mesmo dar de ombros.

Deixei Lenny sair para o jardim para uma última refeição. Isso demora um pouco, porque ele adora sair à noite. Será que o olfato dele é melhor à noite? Preciso perguntar isso para a Sally, porque ela conhece tudo sobre esse tipo de coisa. (*Roy, por favor, por favor, me lembra de plantar esses bulbos?*) O cachorro está seguindo uma de suas trilhas urgentes de perfume ao redor dos vasos no quintal, depois dá uma corrida quando chega no gramado. Eu logo o perco de vista e tudo o que meus olhos conseguem distinguir é a silhueta distante de três pinheiros escoceses e uma única bétula prateada cintilante que parece um raio contra o céu cor de chumbo.

— Lenny, LENNY! — chamo sem parar, examinando o gramado escuro por um lampejo de movimento. — Lenny, não faça isso comigo, por favor. Já tenho problemas o suficiente com a sua irmã. — (Eu realmente penso no Lenny como o irmãozinho travesso da Emily? Receio que sim.) Ah, por favor, Deus, faça com que ele volte. Não vou aguentar se o Lenny se perder, não agora, quando já tenho tantas coisas para resolver.

Sinto um golpe de ar frio e tento assobiar. O som mais parece o "apito" de Lauren Bacall e não há nada sobre "apenas" assobiar, na minha experiência. Lenny é muito menos dócil que Humphrey Bogart e tem um fascínio pelo rio do outro lado da floresta, nos fundos do nosso jardim. Franzo os lábios e emito um som fraco. Só então Lenny está a meus pés. Ele está mordendo uma velha bola de tênis, suja de baba e grama. Visivelmente satisfeito consigo mesmo, bate o rabo como se estivesse se aplaudindo.

— Ah, bom garoto. Menino esperto! Vamos dar um jeito na Emily, não vamos, garoto? Vai ficar tudo bem.

Meia-noite: Rich está dormindo: ele disse que pedalou quase vinte quilômetros. A seção de fagote da Snore Orchestra está se aquecendo bem, o que não é uma boa trilha sonora para relaxar. Ponho o celular para carregar e estou prestes a apertar o botão do "Silencioso", quando um acorde doce anuncia a entrada de um novo e-mail. Reconheço o nome do remetente, um antigo contato de quando eu trabalhava. Que estranho. Por que será que ela me escreveu?

De: Miranda Cullen
Para: Kate Reddy
Assunto: Olá, estranha

Olá, Kate,

Há quanto tempo. Estava em Nova York na semana passada e encontrei Candy Stratton em uma coisa de relacionamento feminino. Ela disse que você estava procurando emprego e me deu seu e-mail. Curiosamente, almocei com alguém hoje que disse que a amiga estava saindo de licença-maternidade justamente da Edwin Morgan Forster! Novo nome, novo edifício, nova equipe, mas o mesmo de antes, a mesma coisa, basicamente. É marketing, desenvolvimento de negócios, um pouco de administração. Muito júnior para você, mas pode ser uma maneira de recomeçar. Acho que a Maggie disse que a pessoa que você precisa contatar no RH é uma tal de Claire Ashley. Vale a pena tentar?
Boa sorte.
Bjs, Miranda

* *Existem cento e cinquenta e três calorias em um café com leite semidesnatado (duzentas e catorze na opção integral). Você precisa andar quarenta minutos para queimar cento e cinquenta e três calorias. Roy me dá essa informação cerca de dez horas depois de eu tomar o café. Ele precisa ser mais rápido.*

6

Sobre ratos e menopausa*

Hoje é a minha sétima sessão na academia esta semana. Até Deus descansou no sétimo dia, mas ele só estava tentando criar o mundo, não restaurar um corpo feminino de meia-idade a um estado de prontidão para a batalha. Eu gostaria de ver quanto tempo ele levaria para isso.

O que eu posso dizer? Tudo dói. Sinto dores em partes que eu não sabia que tinha. Mas isso é uma coisa boa. Encontrar a antiga Kate, mais magra, mais esperta, mais presente, dentro desse corpo triste e flácido que é objeto de exercícios, e, cara, estou me exercitando... Quando Conor, meu personal, disse que faríamos Tabitha, pensei: *Ah, isso parece ser legal. Talvez uns alongamentos parecidos com os dos gatos (gatos malhados, suponho)?* Acontece que era Tabata, uma nova tortura japonesa fitness em que você faz uma série de exercícios oito vezes por vinte segundos, com dez segundos de descanso entre eles.

O pior é o impulso, em que você tem que dobrar um joelho e esticar a outra perna para trás em uma espécie de reverência ao masoquista. As instruções

---

* Referência ao livro *Sobre ratos e homens*, de John Steinbeck. (N. da T.)

de Conor para "deitar no chão" parecem relaxantes, mas agora percebo que isso é um código para o trabalho do abdome, ainda mais infernal que o dos pulmões, se é que isso era possível.

— Puuuxe seu umbigo até as coxxtas, Keite — (É um sotaque da Nova Zelândia, você precisa ouvir isso.)

Estou tentando, estou tentando. Meu umbigo não está conectado à minha coluna há muitos anos. Na verdade, a protuberância que aparece na lycra quando examino o tamanho do meu abdome deitada de barriga para cima sugere que essas duas partes do corpo podem não estar mais no mesmo local.

No entanto, Conor é ótimo. Um soldado neozelandês de poucas palavras, ele é excelente em ignorar minhas desculpas ofegantes e meus ganidos de angústia. Todas as manhãs, ele diz uma combinação de três coisas: "Impressionante", "Foco" e "Defina seus objetivos que te ajudo a chegar lá". Meu objetivo é ser capaz de me levantar do banco do motorista quando cada músculo grita: "Você só pode estar brincando comigo!" Vendo pelo lado positivo, devo estar perto de conseguir uma plaquinha de deficiente para o estacionamento.

Todos os itens acima trabalham em conjunto, em preparação para minha entrevista na quinta-feira. Claire Ashley, chefe do Departamento de Recursos Humanos da EM Royal, como a Edwin Morgan Forster agora é chamada, disse que eles estavam "muito interessados" em me considerar para o cargo e gratos pelo meu e-mail. (Quantas vezes li e reli o e-mail de três linhas da Claire, em busca de qualquer detalhe que eu possa ter perdido.) Ao mesmo tempo, digo a mim mesma para não ficar muito animada (não é um ótimo trabalho), então eu fico empolgada (é um trabalho!). Um serviço de marketing um tanto modesto, a fim de captar novos negócios, foi exatamente isso que Miranda disse em seu e-mail, na minha antiga empresa de administração de investimentos, mas é uma chance.

Em algum lugar, uma pesada porta de vidro está prestes a bater, e uma mulher com cerca de cinquenta anos se apressa para impedi-la de se fechar.

7h48: Chego da academia. Absolutamente agoniada e, graças aos agachamentos, agora estou andando com as pernas abertas como John Wayne em um tiroteio. Até abaixar para me sentar no banheiro é insuportável, então logo, logo terei que fazer xixi em pé. Tomo um banho tão quente quanto posso suportar para aliviar os músculos doloridos. Decido que não tenho tempo para ir ao cabeleireiro retocar a cor do cabelo e fazer uma depilação com cera nas pernas antes da entrevista. Então, pela primeira vez em muito tempo, eu mesma terei que depilá-las, arriscando a ira de Michelle, minha esteticista, que acredita que a autodepilação é trabalho do diabo e promove o crescimento desenfreado dos pelos. Encontro a lâmina perdida embaixo da pia e grito. Será que um pirata esteve no meu banheiro? A lâmina está cheia de pelos negros e grossos. Uma barba inteira. Confie em mim, existem poucas visões mais perturbadoras do que pelos desconhecidos em sua lâmina.

Richard aparece na porta do banheiro em um novo roupão e pergunta porque estou fazendo tanto barulho. Digo que minha gilete foi usada por um lobisomem.

Rich dá uma risadinha antes de explicar que o culpado não é outro senão ele.

— Você usou a *minha* gilete? Que tal usar seu barbeador?

— Não foi para o meu rosto, querida — Rich diz, apontando para baixo. Meu Deus. As pernas do meu marido parecem coxinhas de frango: a pele pálida, quase azulada e mortal, com pontos escuros onde os pelos costumavam ficar.

— Você raspou as *pernas*? — Por um segundo, me pergunto se isso anuncia o início da transição de sexo de Rich. Sinceramente, neste momento nada me surpreenderia.

— Ganhos marginais — meu marido diz.

Aparentemente, alguns estudos mostraram que a melhoria aerodinâmica oferecida por pernas sem pelos poderia economizar cinco segundos em uma corrida de quarenta quilômetros na velocidade de trinta e sete quilômetros por hora ou algo assim. Além disso, se ele cair, é mais fácil tratar a ferida.

Por alguma razão, Rich acha que essa explicação será reconfortante. Seu entusiasmo pelo ciclismo parece estar mudando de algo obsessivamente preocupante para desequilibrado. Só quando meu marido de pernas lisas deixa o banheiro, eu percebo outra coisa. Estive nua durante toda a nossa conversa e isso não teve nenhum efeito perceptível nele ou na frente do seu novo roupão de banho. Nenhum. Nem mesmo um lampejo de interesse do meu velho amigo, que dançava esperançoso diante da visão de um mero pedacinho do meu mamilo que escapava do roupão.

De: Candy Stratton
Para: Kate Reddy
Assunto: Sexo

Oi, querida. Só verificando se você recebeu os adesivos de testosterona. Confie em mim, são os melhores. Toda essa porcaria de perimenopausa vai embora. Confie mais no seu taco quando voltar ao escritório. Isso funciona para os caras, certo?
    O melhor é que você não precisa se juntar a todas as que têm cinquenta anos na fila do médico para fazer reposição hormonal para mantê-los funcionando!
    Bjos, C

P.S. Quis dizer pessários, mas gostei de putários. O que você acha? Devo solicitar uma patente?

    Sim, eu recebi os adesivos de testosterona da Candy. Ela os enviou assim que soube que eu tinha conseguido uma entrevista. Um gesto tipicamente maluco e generoso. A caixa amarela fechada com o rótulo da More Mojo e a foto de uma mulher tipo a Cindy Crawford extasiada em uma praia americana perfeita, ostentando um suéter branco perfeito e um sorriso branco como teclas de um piano Steinway estão na gaveta (quebrada), ao lado do velho e furioso fogão Aga. Toda vez que a abro para puxar uma colher de pau, vejo a "Cindy" sorrindo para mim. "Pegue a sua poção mágica!", diz a pequena impressão. "Pequenos adesivos transparentes usados na pele podem ajudar em uma série de problemas, incluindo depressão, ansiedade, cansaço persistente, redução do desejo sexual, baixa sensação de bem-estar e perda de confiança."
    Isso é tudo? Que tal levantar adolescentes que se recusam a acordar para ir à escola, ensinar um cachorro a não mastigar seu sofá recém-estofado, andar na ponta dos pés com uma filha estressada, pagar um pedreiro para descobrir problemas ainda mais sérios em sua casa velha caindo aos pedaços, ah, e chamar a atenção de um marido que está mais sem pelos do que um travesti tailandês e não fica mais excitado ao ver os seios da esposa? Você pode me ajudar com isso, Cindy Mágica?

Eu realmente vacilei quando abri o pacote da Candy pela primeira vez e vi todos os meus sintomas descritos ali. Será que sou realmente tão clichê? O mamífero de meia-idade que uma vez teve uma tigresa dentro de si e agora tem só uma ratazana ligeiramente hesitante.

Pensar em todos aqueles hormônios vazando como a maré, deixando meu corpo árido e seco. *Argh*. "Estéril" era a palavra que minha avó usava quando uma mulher não conseguia engravidar. Uma palavra tão cruel, "estéril" — bíblica em sua dureza. Como uma terra que não pode ser cultivada. Uma semente que não pode ser semeada. Você não pensa em ser fértil quando está fértil, não é? Nem uma vez, nos últimos trinta e cinco anos, acordei e pensei: *Sim, eu sou fértil!* Períodos menstruais eram uma tarefa mensal, uma dor de cabeça em todos os aspectos — no meu caso, uma enxaqueca que rachava o crânio, a exemplo da minha mãe — e a deixa para frequentes explosões de humor. Eu era um monstro pré-menstrual. Ficava furiosa se alguém derrubasse uma colher no chão de ladrilhos. Ruídos altos e repentinos eu achava particularmente intoleráveis. Que felicidade estar livre de toda essa biologia idiota. E ainda assim... baixa sensação de bem-estar? Ok. Ganho de peso? Infelizmente. Depressão? Não. Só estou cansada, é isso. Redução do desejo sexual?

Que desejo sexual? Sinais vindos de baixo são agora tão intermitentes como aquelas caixas-pretas perdidas no fundo do Pacífico. Equipes de homens com sistemas avançados de radar poderiam ser enviadas para localizar minha libido e nunca mais serem vistos. Falando nisso, quando o Richard e eu transamos pela última vez?

Ah, por favor, não. Não pode ser, não é? Sim. Foi na véspera de Ano-Novo. Outro clichê. Começando o ano como pretendíamos continuar, exceto que não continuamos. Rich nunca parou de querer, mas, eventualmente, ele parou de tentar, porque sempre que ele vinha para o meu lado da cama dificilmente eu lhe oferecia uma recepção calorosa. Não sentia mais que um pequeno pulsar de desejo. O que aconteceu com aquela mágica, aquela onda de eletricidade entre os lábios e a espinha?

— Desde que não haja nada de errado nesse departamento, um casamento vai sobreviver — Barbara, minha sogra, disse para mim inesperadamente, quando apareceu certo dia no setor de lingerie da M & S. Lembro que ri bastante, tão absurda era a ideia de que Rich e eu teríamos problemas naquele departamento. Eu nunca teria acreditado que meu corpo jovem e faminto fecharia o departamento e a loja inteira.

Então em junho, seis meses desde a última vez que fiz sexo, fui ao médico como todas as bruxas secas que Candy mencionou no e-mail de hoje. Eu nunca tinha ido a essa médica. Ela estava usando uma daquelas blusas listradas da Bretanha que não agradam a ninguém, exceto a um pescador da região. Ficou olhando para a tela por algum tempo, depois disse:

— Tem quarenta e nove anos? Ciclos menstruais?

— Sim. Quero dizer, intermitentes. Nada por uns dois meses, depois um ou dois. Então nada novamente.

— Perfeitamente normal na sua idade. Quando sua mãe entrou na menopausa?

— Não tenho certeza.

— Ela ainda está viva?

— Sim. Sim, bem viva.

— Melhor perguntar a ela. Então, algum desconforto durante a relação sexual?

— Hã, bem, não tentamos há bastante tempo. — Riso envergonhado. — Mas acho que não.

— *Tsk tsk tks.* — A médica estalou a língua e acho que balançou o dedo para mim como uma professora diante de um aluno repetente. Então vira para o computador e começa a digitar. — Sabe o que dizem, sra. Reddy? Use-o ou perca-o.

Quarta-feira, 15h15: Às vezes, quando Kaylie está no meio de um dos seus sermões pomposos que parecem saídos de um cartão da Hallmark na reunião do nosso grupo, eu me divirto pensando em transformações para todos dali. Elaine Reynolds, por exemplo. Belo rosto, boa postura, mas precisa dar um jeito no cabelo desgrenhado e grisalho que vai até o meio das costas e fazer um corte decente. Ela acha que o cabelo comprido, quase que com certeza o mesmo desde os tempos de estudante, mantém sua juventude, mas infelizmente, depois de um certo tempo, tem o efeito contrário. Imagino que ela não queira pedir ao cabeleireiro para cortá-lo — estamos em uma idade na qual o cabelo cai em quantidades assustadoras se você simplesmente passar as mãos nele. Ou talvez isso aconteça só comigo. Desisti do meu ritual de penteá-lo na cama na esperança não comprovada de que os fios que ainda estão na cabeça vão ficar parados ali se eu não mexer neles.

Lembro da minha incrível amiga Jill Cooper-Clark me dizendo que era capaz de suportar o câncer e a mastectomia, mas foi a perda da sua gloriosa cabeleira ruiva que a devastou. Na próxima primavera, vai fazer oito anos que Jill faleceu. Ela era casada com Robin — meu chefe naquela época. Ela está sempre em meus pensamentos, com mais frequência nesses últimos tempos, porque ela havia desistido da carreira para cuidar do Robin e dos meninos e estava pensando em voltar em tempo integral quando descobriu o tumor. Atualmente Robin está aposentado, mas ainda trabalha como administrador nas ilhas do Canal. Pensando nisso, Jill estava com quarenta e nove anos quando recebeu o diagnóstico. Aquilo, na verdade, foi uma sentença de morte. O câncer se espalhou como um incêndio florestal incontrolável. Se a força de vontade fosse suficiente para sobreviver ao câncer, ela estaria viva até hoje. Jill era uma daquelas pessoas que você carrega no coração, independentemente do tempo e da morte. Talvez o nosso coração fique mais cheio à medida que envelhecemos.

— Kate, você quer compartilhar com a gente suas expectativas e planos para a entrevista de amanhã? Estamos todas muito animadas por você, Katie.

Kaylie está olhando para mim com a mesma expectativa brilhante que vejo nos olhos de Lenny quando ele sabe que estou comendo torradas e um pedaço logo estará indo em sua direção — porque a sua dona acha que se der um pedaço para o cão ela não terá comido nem uma torrada. Normalmente sou alérgica à determinação da líder californiana, mas essa tarde me sinto estranhamente tocada, até chorosa, enquanto Kaylie e as outras mulheres do grupo sorriem e murmuram palavras de encorajamento.

As únicas que tiveram sucesso em nosso grupo até agora foram Janice, que, antes do curso ter começado, foi aceita de volta em uma empresa de contabilidade, e Diane, que, depois de dezessete entrevistas, conseguiu um emprego na área de administração, quando o candidato que era a primeira opção recusou. Quando Diane descobriu quanto era o salário (dezoito mil libras por ano), ela também recusou, mas agora não tinha tanta certeza de que havia tomado a atitude certa.

— Mendigos não podem escolher — ela diz, categórica.

Para falar a verdade, sou a primeira da nossa irmandade que tem uma chance concreta de conseguir um trabalho em tempo integral.

— Bem, Kaylie — devolvo os sorrisos esperançosos com um igual —, o meu plano é estar magra amanhã às seis, para entrar no meu vestido azul-marinho da Paule KA, que eu usei pela última vez para fazer uma apresentação em 2007. Então, infelizmente, não vou poder comer um desses brownies deliciosos que a Sharon trouxe hoje. Por favor, guarde um para mim, Sharon! Vou pensar nas coisas que conversamos no grupo: não vou me desculpar pelas experiências e habilidades que desenvolvi fora do ambiente de trabalho e vou me sentir confiante de que uma pausa na carreira me deu uma nova perspectiva que será muito valiosa, especialmente para os colegas do sexo masculino que nunca tiveram que criar uma fantasia da Mary Poppins para o Dia Mundial do Livro com dez minutos de antecedência. Ah, e finalmente, caso isso não seja o bastante para conseguir o cargo, vou tirar sete anos da minha idade.

Há uma explosão de risos, seguida de aplausos e gritos animados.

— Muito bem, Katie — Kaylie diz. — Muito bem!

— Elas não acreditaram em mim. A mentirinha sobre a idade. Pensaram que eu estava brincando.

Sally e eu estamos sentadas no nosso banco, no topo da colina. É praticamente a única em East Anglia, então não dá para se perder. É lindo aqui em cima. Viemos aqui na maior parte dos dias para passear com os cães. A vista se estende diante de nós como uma colcha de retalhos gigante, com bordados de árvores, casas e, bem distante, a torre da igreja. Observamos Lenny e Coco, o border terrier de Sally, interagirem. Lenny é todo entusiasmo e Coco é mais exigente e responsável. Ela finge estar irritada quando Lenny fica descontrolado, mas olha com ansiedade se ele bate em retirada. Os cães estão se familiarizando, construindo laços de confiança, suas donas também. Pouco a pouco, Sally e eu colorimos o contorno da nossa vida.

Não faço uma nova amiga há muito tempo, não alguém realmente bom, e estou impaciente para Sally saber tudo sobre mim, minha família, minha vida, então quase não paro de falar. Ela é mais reservada, uma qualidade que notei na primeira vez que a vi no Grupo Feminino de Retorno. E se revela lentamente em observações perspicazes, ironias e sugestões gentis.

— Tem certeza, Kate? Falo sobre mentir a idade. Não pode causar problemas no futuro?

— Sim, pode — respondo. — Mas pensei sobre isso e acho que não tenho muita escolha. Sinceramente, quarenta e dois anos é o limite máximo de idade para se colocar numa ficha de emprego na minha área depois de um longo intervalo, mesmo porque tenho que entrar em um nível mais júnior, em que a maioria dos funcionários vai estar na faixa dos trinta. Se eu disser que tenho quarenta e dois, eles só vão me ver como uma pessoa mais velha. Acho que beirar os cinquenta já é sinônimo de "estar morta".

Sally assente.

— Eu amava o filme *A mocidade é assim mesmo* quando era pequena. Você lembra da Elizabeth Taylor fingindo ser um jóquei e ganhando o Grand National? E da Barbra Streisand vestida de menino, lembra? Que filme era esse?

Há um momento de silêncio enquanto Sally e eu pedimos aos nossos respectivos arquivistas idosos que procurem a resposta. (*Roy? Filme em que a Streisand se veste de menino? Alô?*)

— Não consigo lembrar de nenhum filme em que alguém precise mentir a idade, e você? — Sally pergunta.

— Também não, mas o Dustin Hoffman interpretou um ator que se vestia de mulher na menopausa, em *Tootsie*, porque ele precisava de um emprego, então pense em mim fazendo a mesma coisa ao contrário. Não sei se eu conseguiria fingir ser homem. Mas, se eu não for contratada na EM Royal, talvez eu deva tentar. Eu poderia deixar os pelos do queixo crescerem em vez de arrancá-los. Não demoraria muito para ter uma boa barba. O que você acha?

Sally e eu estamos rindo tanto que Coco e Lenny voltam para o banco e começam a latir, confundindo nossa alegria com aflição.

— Você seria um cara lindo, Kate — Sally fala.

— Bom, nunca diga nunca.

Na semana passada, liguei para o suporte ao cliente do Conselho de Analistas Financeiros para verificar se o meu Certificado de Gerenciamento de Investimentos ainda era válido. Preciso que essa qualificação esteja em ordem para trabalhar em finanças. A mulher que atendeu o telefone perguntou:

— Em que ano você nasceu? — Quando falei 1965, ela fez um barulho parecido com um suspiro de descrença.

— Sou um pouco velha para fazer isso? — perguntei à mulher, esperando que ela dissesse algo gentil para me tranquilizar.

Mas ela simplesmente disse:

— Já atendemos algumas pessoas mais velhas que você. — Como se eu fosse uma daquelas pessoas de sessenta anos que vão à Espanha para engravidar.

Não era culpa da mulher. Ela estava sendo sincera. Pelos padrões dela, sou quase um monumento antigo. Se eu conseguir o emprego — um grande "se" —, posso começar imediatamente, porque meu registro ainda está atualizado, mesmo que a dona esteja um pouco enferrujada. Se a empresa me der algo mais permanente, vou precisar do certificado de Conselho e Administração de Investimentos do Cliente Particular, mas posso estudar para a prova à noite e nos fins de semana. Não preciso disso no momento, pois não vou fazer meu antigo trabalho. Se eu ainda fosse uma administradora de fundos, não estaria legalizada.

Começamos a andar de novo, agora do outro lado da colina e ao longo do caminho que contorna o campo arado. As folhas são de um castanho--chocolate, do tamanho e do formato de mãos. A cor das árvores ainda é esplêndida, porque tivemos um outono muito seco, Sally fala, mas em alguns dias os galhos estarão nus. À minha frente, em fila única com Coco, Sally diz que odeia aqueles formulários de empresas de viagens que fazem você rolar o campo do ano de nascimento até encontrar o seu.

— Fico vendo até onde os anos vão, até 1920, e até onde eu tenho que voltar para chegar ao meu, até 1953. Imagino que em algum momento sua data de nascimento vai ficando tão para trás que os anos vão sumindo, e as pessoas também. — Ela se vira e sorri para mim. — Meu Deus, que pensamento alegre. Vamos mudar de assunto?

Percebo que hesito em falar sobre a Perry para Sally. Que besteira. Afinal, ela mesma deve ter passado por tudo isso. Mas ainda parece um tipo de tabu. Por que não podemos ser sinceras sobre essa enorme mudança em nosso corpo? Quer dizer, eu sei por que não se deve contar a um homem sobre isso; eles se afastam das partes femininas na maioria das vezes. Mas eu não falei sobre isso com nenhuma amiga além da Candy, por e-mail. É quase como se temêssemos admitir a outras mulheres que perdemos o poder sexual, que estamos fora do concurso em que estivemos desde a adolescência. Mas claro que posso falar sobre isso com Sally, não é?

— Tenho me sentido muito mal ultimamente — digo com um sorriso precavido. — Acho que é aquela chatice de quando deixamos de menstruar com regularidade.

Sally se vira para me olhar.

— Ah, coitadinha. Não precisa sofrer em silêncio, Kate. Vou te dar o número de um ginecologista que fui na Harley Street. Na sua idade eu me senti terrível e ela me prescreveu reposição hormonal.

— Ah, eu não quero fazer reposição hormonal — digo rapidamente. — Não é tão ruim assim, estou bem. Sinceramente, posso lidar com isso.

— Ele vai fazer você se sentir muito melhor — Sally fala, puxando Coco para longe de uma pilha de estrume de cavalo. — É chamado de dr. Libido, se não me engano.

— Ah, Deus, ele teria que ser um explorador da Antártica para encontrar a minha libido. Provavelmente está tão gelada quanto o navio de sir Shackleton. Posso te pagar um café, Sal?

— Não, é a minha vez. Não foi ele quem disse: "Dificuldades são apenas coisas para se superar?" Agora, vamos ao café e você pode me contar mais sobre o que vai usar amanhã. Não trabalho fora há tanto tempo que mal consigo lembrar como se faz.

Às vezes, quando Sally fala sobre a época em que trabalhava no banco espanhol, vislumbro uma mulher diferente. Claramente não foi fácil se manter em um ambiente altamente machista, mesmo pelos padrões bancários. Eles a enviaram de propósito para o Oriente Médio quando Will e Oscar ainda eram muito pequenos.

— Eu costumava voltar para o meu quarto de hotel e chorar. Acho que meu chefe me mandou para lá esperando que eu falhasse, para eles se livrarem de mim depois que eu tive os meninos, mas eu estava determinada a vencer e fechei muitos negócios, o que os surpreendeu. — Sally menciona uma colega espanhola do banco que estava com ela no Egito e no Líbano. — Eles achavam que eu precisava de um homem para me acompanhar, mas esses países eram muito mais liberais do que eles. A gente não via mulheres usando véu, certamente não nas cidades. Beirute era um sonho, muito sofisticada, nós a adorávamos. — Ela pega o telefone e me mostra uma foto de uma morena charmosa, no estilo de Audrey Hepburn, usando short e uma blusa com bordado inglês amarrada em um nó duplo na cintura fina e bronzeada. Ela está apoiada em um muro perto do mar, lançando um olhar de alegria travessa para a câmera. — Acho que essa foi tirada em Jieh, em 1985 ou 86.

Claro. A mulher é Sally. Levei alguns segundos para ligar aquela fada alegre com a mulher sentada na minha frente, com agasalho de lã e boné, levando o cachorro para passear. Sal tem sessenta e um agora.

— Você parece superfeliz — falo, e ela concorda.

— Eu adoro o calor.

Mal nos sentamos no café, uma estrutura de madeira baixa que fica logo no começo da colina, quando o telefone de Sally começa a tocar sem parar. Mensagens de texto e de voz exigem sua atenção. Como não havia sinal, todas vêm de uma só vez.

— Você se importa se eu der uma olhadinha nisso, Kate? Desculpe, aposto que são os garotos. — Ela diz que uma mensagem é de Will, não, duas são de Will, perguntando o que ele deve fazer porque perdeu seu passaporte e onde ele pode encontrar cuecas limpas. Ah, e uma mensagem de Oscar: ele está sofrendo de estresse pós-traumático depois de ter sido abandonado por sua namorada de longa data. Ele se atrasou para o trabalho, então o demitiram. E uma é de Antonia. Sally lê para mim: "Mãe, você procura minhas botas marrons, por favor? Acho que estão no fundo do meu guarda-roupa. Te amo. Bj".

Ela põe a palma da mão brevemente na testa, como se estivesse verificando a temperatura.

— Acho que vou surtar — ela fala. Will tem trinta e um anos e ainda sonha que tem futuro como repórter de guerra ou jogador de críquete profissional; nesse meio-tempo, está morando com Sally e Mike, e trabalhando na imobiliária Clink and Son. Oscar tem vinte e nove, fez dois cursos de pós-graduação intermináveis em relações internacionais e resolução de conflitos, atualmente mora em um apartamento em Forest Gate, fuma erva demais, o que está lhe causando crises de ansiedade aguda (embora ele negue isso), e espera que os pais complementem sua renda como entregador da Deliveroo. — Embora eu ache que ele já tenha perdido esse emprego.

Antonia é a mais estudiosa dos três. Ela se formou com boas notas em espanhol e história, e agora está no terceiro estágio (talvez seja o quarto), onde ela praticamente paga a uma agência de relações públicas para que eles deem uma oportunidade para explorá-la.

Após uma fase ruim durante o segundo ano da faculdade — provavelmente uma série de ataques de pânico, de acordo com Sally, embora ninguém tenha certeza —, Antonia está tomando antidepressivos (muito útil quando entraram em ação). Ela anunciou recentemente no Facebook que é bissexual, algo que Sally aceitou bem, exceto que não há sinais de que ela esteja transando com alguém, homem ou mulher, e sua mãe se preocupa com isso às três da manhã, quando as mães acordam e se perguntam se seus filhos são felizes.

— Sinceramente, Kate, às vezes eu acho que criei um trio de fracassados. — Sally faz uma careta. (Seu rosto fica mais animado à medida que ela me conhece melhor. Lembro quando a vi pela primeira vez no Grupo Feminino de Retorno.) — Eles realmente deviam ser independentes agora, não é? Não deviam me mandar mensagens todo dia dizendo: "Mãe, estou gripado".

Ela toma um gole de café e empurra o bolo de cenoura para mim.

— Ouvi muitos pais dizendo a mesma coisa. Onde foi que nós erramos? Metade dos colegas dos rapazes ainda está meio sem rumo, sem conseguir resolver nada. Nenhum deles casou. É como se estivéssemos na situação deles quando eles estavam crescendo, de uma forma que nossos pais nunca estiveram na nossa... eu nunca tive tempo ou disposição para estar na situação deles, na verdade. E então, quando tentamos sair desse impasse, eles ficam ansiosos, não conseguem lidar com a questão e acabamos nos ressentindo porque parte de nós está pensando: "Com licença, agora é a *minha* vez, meu jovem". Isso é muito egoísta da minha parte?

Empurro o bolo de volta para ela, não antes de aspirar o aroma divino que exala da cobertura.

— Claro que não é egoísmo. Você fez muito por eles, Sal. A vida parece ser mais difícil do que quando começamos. Sempre soubemos que poderíamos conseguir um emprego, não é? E um apartamento não custava vinte vezes o seu salário.

— Não me entenda mal, Kate — Sally fala —, eles são ótimos. — Ela me passa o celular. O protetor de tela é uma foto tirada em um recente casamento

da família. — Esse do meio é o Will, esse à esquerda é o Osky, e essa aqui é a Antonia. Olhe para ela, uma verdadeira tia em comparação aos meninos.
— Os dois irmãos, fortes e altos, feito dois remadores noruegueses, são tão parecidos que poderiam ser gêmeos.
— Ah, Sal, uau! Olhe para eles. Altos, loiros e bonitos. O Mike é loiro, não é?
Seu marido era loiro como os garotos, Sally confirma, mas agora está grisalho.
— E a Antonia, que linda! Ela é morena como você, Sal. Olhe essas sobrancelhas. A Emily passa horas pintando as sobrancelhas para deixá-las escuras assim. Ela é a cara daquela atriz... Ah, como é mesmo o nome dela? — (** *Roy, pode dar uma olhada em estrelas de cinema para mim, por favor? Atrizes morenas e esbeltas?*) — Você deve saber quem é. Ela está em muitos filmes daquele diretor, você sabe quem é. Eu adoro o trabalho deles. Você sabe... Como ela chama, mesmo?
— Algumas pessoas dizem que ela se parece um pouco com a Keira Knightley. É essa? — Sally pergunta.
— Não, ela é mais morena. A atriz que eu estou pensando é muito mais morena. Já, já eu lembro.

19h19: Lição de casa. Não, lição de casa, não — melhor dizer aquela guerra entre pais e filhos que faz nosso envolvimento no Iraque parecer um chazinho da tarde no Claridge's. Se eu ganhasse uma libra cada vez que tivesse que convencer, bajular, gritar e ameaçar as crianças até encontrar a *mochila* onde a lição de casa está escondida, eu não precisaria de um emprego em tempo integral. Infelizmente, não existe salário mínimo para monitor de lição de casa. Quando penso no salário da maternidade, vejo aquela jarra de vidro no parapeito da cozinha na casa da minha mãe, cheio de moedas de prata e cobre piscando — a pequena mudança de uma vida vivida para os outros. Mesmo quando não tinha quase nada, minha mãe sempre colocava moedas naquele pote para dar para a caridade.
Eu nunca quis essa vida. Vi o que isso fez com ela, totalmente dependente do meu pai, um bêbado temperamental. O que quer que acontecesse, sempre me certificaria de ter meu próprio dinheiro, não uma coisa chamada "economia doméstica", contada na mesa de fórmica azul numa sexta-feira à noite, antes

do meu pai ir para o bar. A gratidão da minha mãe, a pequena demonstração de gratidão quando ela ia pegar o dinheiro para colocar na bolsa, e ele, o Provedor Todo-Poderoso, dava um tapinha no traseiro dela.

Então, por mais de vinte anos, trabalhei, fui bem paga por esse trabalho e me mantive sozinha. Nunca pensei em como seria sentir as pernas arrancadas. As pessoas falam em desistir do trabalho como se fosse um feriado ou uma mudança de cena, mas na minha experiência foi mais como uma morte — uma pequena morte, mas uma perda profunda. Quando não se tem um salário, um mês parece muito diferente — sem contornos, vazio. Depois que, finalmente, deixei a Edwin Morgan Forster e nos mudamos para Yorkshire por causa do trabalho do Richard, o vigário me entregou um ficha de candidatura para ser tesoureira do Conselho da Igreja Paroquial. Primeira pergunta: "Qual foi sua renda no ano passado?" Hesitei — segundos, dias — antes de marcar a opção "Nenhuma".

Eu me despedi do vigário com um aceno e desci a rua para pegar Emily e Ben na escola, mas não conseguia enxergar em meio às lágrimas. Estacionei o carro e chorei lágrimas tão grossas como eu não havia chorado desde que meu avô morrera. Lágrimas que se acumularam no meu peito e escorreram até o meu sutiã. *Nenhuma.* Foi uma humilhação enorme marcar essa opção. Vê-la por escrito. Nenhuma. Como cheguei a esse ponto onde minha renda pessoal não era absolutamente nada?

Concentre-se, Kate. Você tem lição de casa para fazer. Esta noite, sou eu que resmungo. Entrevista amanhã para um trabalho humilde em uma empresa de fundos de investimento onde comecei há muitos anos. Não mencione esse detalhe, é claro, ou o fato de que o fundo vale cerca de duzentos milhões de libras a menos do que quando eu o administrei. Sou uma humilde suplicante com um currículo fantástico, ainda que fictício. Com uma pequena ajuda do Grupo Feminino de Retorno e de Candy, Debra e Sally, consegui aperfeiçoar uma boa desculpa para os seis anos e meio em que fiquei de fora. Além disso, tenho uma nova idade — curiosamente, a mesma que eu tinha quando saí daquele mesmo escritório. Não posso esquecer: tenho quarenta e dois anos. (*Roy, espero que você esteja entendendo; não podemos nos dar ao luxo de cometer deslizes, certo?*)

Além disso, tenho uma folha com uma cola de todas as novas siglas que foram criadas desde que deixei a empresa. Por exemplo:

SANE
Quais países: África do Sul, Argélia, Nigéria, Egito.
O que isso quer dizer: quais foram as usinas do continente africano que mais cresceram.

— O que é *SANE*? — Richard ri, de pé à mesa da sala de jantar, olhando por cima do meu ombro. — É bem insano o lugar onde você costumava trabalhar, querida. São todos loucos de carteirinha. Muitos deles estão buscando aconselhamento no momento. Grande área de crescimento, capitalistas esgotados.

— É a necessidade. — Sorrio e toco sua mão. É essencial evitar o argumento: "Como você está se tornando um terapeuta pago com feijões-azuqui, alguém precisa ganhar o suficiente para bancar a hipoteca, certo?" Não, essa noite, não.

— Emily, você pode por favor colocar a mesa e não incomodar a mamãe? Ela está estudando para a entrevista. — Richard, que está vestido com um avental listrado de açougueiro que comprei para o aniversário dele, disse que ia fazer o jantar para me dar tempo para me preparar. Um gesto típico e atencioso que dá mais trabalho do que se ele não fizesse nada.

Para você ver, quando Rich cozinha, ele não pode ser Delia nem Nigella; ele é Raymond Blanc — estoque de ossos comprados no açougue, molhos complicados com três estágios cada. Até as ervilhas congeladas devem ser feitas com cebola e pancetta. O resultado é sempre um jantar delicioso que leva dez minutos para comer e três dias para limpar. Eu realmente me esforço muito para não me ressentir disso.

21h35: Ben está de pijama e me testando. Ele faz qualquer coisa para evitar ir para a cama — exceto a lição de casa, é claro.

— Certo, o que é PIIGS, mãe?

— Hum, Portugal, Itália, Irlanda, Grécia e Espanha.

— Cer-to! — Meu filho balança o braço, me encorajando. — Por que eles são chamados de porcos? — ele pergunta, relacionando a sigla à palavra *pig*, que significa "porco" em inglês.

— Porque eles eram as economias mais fracas e mais endividadas da zona do euro quando tivemos uma crise financeira realmente ruim há alguns anos.

É muito difícil fazer uma moeda como o euro funcionar quando ela é usada por países fortes como a Alemanha e também por países muito mais pobres como os PIIGS.

— Nós somos PIIGS? — ele pergunta de um jeito ansioso.

— Não, amor, nós somos meio CÃES. Endividados, mas de modo geral temos uma boa estratégia para recuperação. *Au-au!!*

Ben late em resposta e se inclina para um abraço. Uma concessão rara nos dias de hoje. Ainda me lembro do menino que gritou de alegria quando eu lhe disse que estava deixando meu emprego na EMF.

— Você vai ser uma verdadeira mãe agora? — ele perguntou. Eu não tinha sido uma verdadeira mãe para ele enquanto trabalhava?

Beijo o topo de sua cabeça.

— Ei, agora cama, mocinho! Você sabe que, provavelmente, não vou conseguir esse emprego, não é?

— Vai, sim — ele diz, virando para eu não ver seu rosto. — Você é inteligente de verdade, mãe.

22h10: Coloco cuidadosamente as roupas que vou vestir amanhã em cima do cesto de roupa suja do banheiro. Meias sem fio puxado? Ok. Sapatos, um par, combinando. Ok. Jaqueta de veludo índigo nova e incrível da M & S. (Eu me permiti uma nova peça de roupa para elevar a moral.) Ok.

O espelho revela que o "Projeto de volta ao trabalho" já tirou um pouco de pele dos meus pneuzinhos e posso ver uma sombra de cintura, embora, infelizmente, não a que eu tinha em 2002. Uma melhoria, definitivamente, mas ainda preciso de ajuda extra. Corto o pacote com uma tesoura de unha e visto meu novo modelador. Parece uma peça macabra feita de carne humana morta por um serial killer em um filme de Hannibal Lecter. Custa cem libras, uma loucura, mas apresenta uma "opção de compactação zoneada". Não sei bem o que é isso, mas quero.

Enfio a cabeça em um saco elástico da cor da loção de calamina, mas é tão apertado que não consigo puxá-lo sobre os quadris. Parece que estou tentando rechear uma linguiça com carne demais. Não posso entrar aqui. Ou encontrar abertura para o braço. Começo a ficar em pânico.

Não entre em pânico, Kate! Você está no seu próprio banheiro e, portanto, perfeitamente segura. Preciso dos dois braços para puxar o modelador para baixo. Infelizmente, um braço está preso na minha lateral, pois não consigo encontrar a segunda cava. Onde ela está? Deve estar aqui, em algum lugar. Posso sentir o suor começando a deslizar dentro do modelador e empoçar onde a peça ficou presa no meu abdome, logo acima da cicatriz da cesariana. Será que a opção de compactação zoneada está muito compactada? Decido tirar a roupa e começar tudo de novo, mas não posso. Estou presa. Literalmente não posso me mexer. Estou pensando se devo pedir ajuda quando ouço a voz de Emily por perto, no banheiro. Ela deve estar bem ao meu lado.

— Ma-nhê? *Arrgh.* O que você está vestindo? Que bizarro. O que é isso? Onde você está?

— *Hernneuf...*

— Pai-ê, vem ver a mãe, ela está entalada numa camisa de força superestranha... Que hilário. Essa é a sua roupa de Halloween? Ah, onde está o meu celular? Preciso tirar uma foto disso.

Após um esforço de resgate conjunto do meu marido e filha, consegui me livrar do modelador. Não é fácil explicar para sua adolescente magrinha como um palito porque a mamãe gostaria de usar um espartilho que pertenceu a uma era menos emancipada. Mas preciso continuar no meu esforço de me espremer.

Consegui vestir o modelador na segunda tentativa, e o vestido azul Paule Ka e a jaqueta caem como uma luva. Só que está tão apertado que respirar é um item opcional. Imagino os prejuízos a longo prazo que esse negócio pode causar aos meus órgãos vitais por causa da minha vaidade e do meu medo. Além disso, como vou conseguir ir ao banheiro?

Mas nada disso importa. A única coisa que importa agora, neste momento decisivo da minha história pessoal, é que eu pareça estar em forma. Amanhã, Kate Reddy estará de volta, pronta para arrasar.

7
De volta para o futuro

Quinta-feira, 7h25: Cheguei cedo à estação. A entrevista é só às onze e meia. A viagem de trem até a Liverpool Street leva quarenta e oito minutos. Percurso estimado da Liverpool Street até os escritórios da EM Royal, aproximadamente seis minutos. Tempo permitido para chegada segura ao escritório, incluindo o colapso total da rede ferroviária, intempéries imprevisíveis, ataque terrorista, neve, fio puxado na meia-calça exigindo parada de emergência na M&S, além de qualquer outro desastre: quatro horas e cinco minutos. Isso deve ser suficiente.

Quando saio do trem, sou atingida por aqueles cheiros bastante conhecidos — aquela marca londrina de ambição e sujeira salpicada com notas de suor — e por aquela pressa igualmente característica — mesmo que o trem tenha parado, a capital continua avançando, insistindo que você pule ou seja atropelado pela multidão. Estou atordoada. É como se, depois de ter sido trancada em um porão onde vivi na escuridão até a meia-idade, agora de repente me soltaram em toda essa luz, barulho e agitação. Na tranquilidade do campo, eu xingo outros motoristas por brincarem, por ficarem sem saber o que fazer em um cruzamento, e aqui a vacilona sou eu. Por um segundo paralisante, acho que posso dar meia-volta e ir direto para casa, mas sou arrastada pela maré de passageiros, sem forças para me mover para a frente, em direção ao guichê. Meus olhos lacrimejam com o brilho abrasador desse mundo fora do porão. A adrenalina da cidade costumava percorrer minhas veias quando eu era jovem e ávida, mas será que minha alma pode ser assim novamente?

    Com mais de duas horas para matar até o horário da entrevista na EM Royal, vou até o café Michael's, no Petticoat Lane Market. Candy e eu costumávamos fugir para lá para turbinar nosso cérebro cansado com doses absurdas de café turco e flertar com os três filhos cipriotas do Michael, que tinham uma combinação nota dez de bíceps enormes e longos cílios femininos. O café fica longe o suficiente do escritório e é relativamente sujo para não ser frequentado por ninguém que possa me entrevistar. Caminho pela rua à procura dele. Eu poderia jurar que era capaz de encontrá-lo de olhos fechados, mas é difícil me orientar. O jornaleiro e o verdureiro da casa ao lado foram substituídos por uma Starbucks e uma daquelas lojas da moda que vendem comida vegana caseira — o que quer que seja isso. Raiz de nabo coberta de lama orgânica supostamente cozida ao sol.

    Roy, eu tenho o endereço certo? Tenho certeza de que o Michael's ficava aqui. Como eu posso ter esquecido? Você pode me lembrar, por favor?

    No meu íntimo, estou ansiosa para o velho Michael e os garotos me reconhecerem, dizendo que não mudei nada e pedindo: "um café expresso da casa para a bela dama!" Eles sempre faziam Candy e eu nos sentirmos como rainhas: uma paquera descarada dos garçons, o que não significava nada, mas seria bom ter aquela atenção especial nesta manhã. Roy sai da sala de mapas e diz que o café fica seis lojas adiante, ao lado do pub The Queen Victoria, na esquina do mercado. Foi o que eu pensei. Não estou ficando louca. Refaço meus passos e acabo do lado de fora das janelas de aço galvanizado do que parece o cenário de um mercado de pulgas em miniatura, cheio de curiosas bugigangas, estátuas antigas e gaiolas de pássaros. O letreiro sobre a janela diz "Pierrot le Food". Espio pelo vidro e vejo um balcão de mármore e uma máquina de café expresso.

    Ao entrar, percebo na mesma hora em que tipo de lugar estou: um misto de restaurante e antiquário organizado com esmero. Richard adoraria. Há uma pequena seleção de saladas da moda — couve, brócolis, sementes de romã, grão de bico —, todas feitas com ingredientes que antes eram fornecidos apenas para o gado, mas que, desde então, foram elevados à categoria de alimentos "felizes", recomendados pelos ricos e infelizes. No café da manhã, é possível você tomar um mingau sem glúten e sem lactose, enriquecido com sementes de chia — é apenas uma questão de tempo até eles aperfeiçoarem o primeiro mingau livre de mingau — e um copo de água de coco que custa seis libras. Bem exorbitante para um gole de sêmen gelado.

A água de coco e as sementes de chia da minha juventude eram Aloe vera e feijão-azuqui, mas isso foi há muito tempo, quando a gordura ainda era o inimigo, não o açúcar. Agora, você é incentivado a comer manteiga, mas não pode espalhá-la no pão, o que é meio que dizer que você pode abraçar o Ryan Gosling sem usar os braços.

Pergunto à garota de cabelos escuros atrás do balcão se ela pode chamar o Michael.

— Bobeira da minha parte, sei que é por aqui, só não consigo encontrar.

A garota dá de ombros e grita:

— Goran? — Por trás de uma exibição alta de vasos sanitários de porcelana e violetas africanas, um homem emerge e fala com a garota em uma língua estrangeira. Será letã? Esloveno?

— O Michael's era aqui, neste lugar, mas fecho-ou — ele me diz, transformando "fechou" em duas palavras. — Deve ter uns cinco anos. O dono morre-eu, talvez, não tenho certeza.

Isso é pior do que a senilidade que eu temia. O tempo trilhou minhas memórias e as apagou. Agradeço ao cara e me viro em direção à porta, quase derrubando um busto de poliestireno da Vênus de Milo. É deprimente demais ficar neste lugar exorbitante, onde se gastou tanto tentando confeccionar um atrativo que o dinheiro não pode comprar. O Michael's tinha isso de graça. Essa é a história da Londres do século XXI: estraga todos os lugares antigos que têm alma, depois paga um dinheirão para colocar tudo de volta. Bem, sou tão antiga que agora posso olhar para a fachada de uma loja e ver suas encarnações anteriores; sei o que o manuscrito original da história mostraria para este lugar, e o fato de eu ser uma das poucas que carregam esse conhecimento me enche de tristeza. Eu me afasto desse pensamento, atravesso a rua e volto para a Broadgate, onde estarei a apenas dois minutos do local da entrevista.

Por que você esperava que as coisas continuassem as mesmas, Kate? Você sabe muito bem que o distrito financeiro é uma grande loja pop-up; lugares e pessoas são exterminados cruelmente quando perdem a serventia ou quando param de ganhar dinheiro. Debaixo deste mesmo pavimento há uma vila romana onde mulheres ricas usando as melhores togas tinham um plano de alimentação saudável baseado em roedores cozidos até a próxima moda aparecer. Pobre Michael. Provavelmente foi obrigado a debandar para a periferia, onde até a área mais perigosa não está livre de se tornar desejável e um café da manhã inglês completo vem com um pedido implícito de ironia.

Ainda bem que o Broadgate Champagne Bar ainda está aberto, com um aviso em uma placa do lado de fora dizendo que eles servem café da manhã. Essa é nova. Talvez fosse bom comer alguma coisa para acalmar meu estômago agitado. Sou conduzida a uma mesa com vista para a pista de patinação que construíram para imitar a do Rockefeller Center e também para dar a ilusão de que as pessoas que trabalham por aqui poderiam se divertir. Assim que me sento, percebo que foi uma má ideia. Por que não pensei nisso antes? Será que deixei meu subconsciente agir?

A última vez que vi Jack, patinamos juntos aqui. A última vez. Essa memória é tão forte que não preciso da ajuda de Roy para buscá-la. Ela vem agitada, sem fôlego e rindo, assim como quando Jack apareceu no escritório com dois pares de patins e insistiu que eu o acompanhasse. Protestei, dizendo que não sabia patinar, enquanto ele dizia que patinava bem o suficiente por nós dois e tudo que eu tinha que fazer era confiar nele.

— Você não vai cair, Kate. Eu cuido de você. Relaxa.

Jack. Seis anos e nove meses desde a última vez que o vi. Quem está contando? Dizem que o tempo cura tudo, não é? Espero que isso seja verdade, mas temo que estejam mentindo. O garçom coloca uma cafeteira na minha frente, e eu pergunto se ele pode trazer leite frio, então me viro para olhar para a pista, onde um jovem casal apaixonado desliza, como nós um dia fizemos.

Eu estava determinada a odiar Jack Abelhammer à primeira vista. Não é assim que começam as melhores histórias de amor? Esse cliente americano tinha sido designado a mim pelo meu chefe, Rod Task, como uma espécie de prêmio idiota. Os outros líderes de equipe da EMF receberam prêmios naquele ano — prêmio que meu fundo altamente bem-sucedido pagou, devo dizer —, mas eu consegui Abelhammer no lugar do dinheiro. Eu fiquei furiosa. Como muitas mulheres, eu sempre entrava em negociações salariais cheia de determinação para ser devidamente recompensada pelo meu desempenho, e, de alguma forma, vinte minutos depois, saía da sala com o dobro de trabalho e sem dinheiro extra. Tem que haver uma palavra para isso, não tem? Além da expressão "que merda é essa", quero dizer.

De qualquer forma, meu contato inicial com Jack foi quase uma tragédia, ainda que engraçada, se é que isso é possível. Primeiro, ele gritou comigo pelo telefone logo depois do Natal porque algumas ações japonesas que compramos para ele tinham caído drasticamente. (E um Feliz Natal para você também, você é um workaholic grosseiro, idiota!)

Depois desse primeiro desastre, eu me referi a ele como o Terrível Abelhammer. Quando as ações japonesas se recuperaram algumas semanas depois, ele me enviou um e-mail educado, um tanto arrependido, mas, infelizmente, a Candy me mandou um e-mail no mesmo momento, sugerindo que tivéssemos uma noite de garotas para afogar nossas mágoas. "Não preciso ficar bêbada para ficar selvagem", respondi. Exceto que não era o e-mail da Candy que eu estava respondendo, não é? Tarde demais, eu já tinha pressionado "enviar". UPD. Um Puta Desastre. Naquela época, as crianças ainda eram pequenas e me acordavam duas ou três vezes por noite e os dias no trabalho eram longos e estressantes. Eu era quase uma morta-viva. Cometer erros bobos, como prometer acidentalmente a um cliente importante que você nunca conheceu uma noite selvagem e cheia de álcool, já era de se esperar.

Minha vida parecia um maldito absurdo depois disso. Então não foi uma grande surpresa, quando consegui conhecer o Terrível Abelhammer em seu enorme escritório de canto em Nova York, nossa babá me mandar uma mensagem durante a reunião para dizer que Emily e Ben estavam com piolho. Na mesma hora, comecei a me coçar e não consegui parar. Jantamos naquela noite, Jack e eu, em um restaurante de frutos do mar no East Village e tive visões dos piolhos descendo pelo meu cabelo — era comprido naquela época — para a sopa de Abelhammer. Eu realmente lembro o que ele comeu?

Eu lembro de tudo. Mesmo quando estiver velha, de cabelos brancos, cheia de sono e sentada em uma daquelas cadeiras de plástico de encosto alto em uma casa de repouso com uma TV berrando e o doce cheiro de urina, sei que cada momento que passei respirando o mesmo ar que Jack Abelhammer será vívido e brilhante, armazenado em alguma cápsula da memória impossível de ser esquecida pela passagem dos anos. A idade não vai apagar o que eu sentia por ele.

Naquela primeira noite, conversamos sobre tudo e mais alguma coisa — como Tom Hanks estava ótimo em *Apolo 13*; sobre um lugar na Provence que Jack amava por ter seu próprio clima, onde você pode sentar do lado de fora só de camiseta no inverno; sobre sua devoção inabalável ao horrível queijo industrializado americano, apesar de ter um paladar gourmet; sobre os vocais ofegantes e incomparáveis de Chet Baker e o misterioso fascínio de Alan Greenspan. Com seu terno de dois mil dólares e o cabelo curto e grisalho, Jack era o modelo perfeito para seus clássicos produtos da Harvard Business School. Conheci muitos deles e todos falavam a mesma língua econômica do dinheiro. Seus discursos eram como seções pré-fabricadas de um galinheiro, um clichê empresarial emendado no outro. Mas Jack era diferente. Irlandês por parte de mãe (sou irlandesa por parte de pai), ele tinha o dom hereditário de falar pelos cotovelos, comparando tudo que existia sob o sol, dos assuntos mais comuns aos mais intelectuais, citando falas de filmes e poesias, esperando que eu captasse as referências, coisa que eu particularmente soube fazer. Foi emocionante tentar acompanhar seu raciocínio; senti partes de mim que estavam dormentes desde a faculdade começarem a acordar, como bulbos que começam a murmurar e se agitar quando o sol bate na terra congelada. Quase tudo era assunto para a sagacidade maliciosa e sombria de Jack — fatos e números, tragédias pessoais e decepções, todos ajoelhados a serviço de qualquer risada que ele esperasse extrair no final de uma história. Ele me disse que sua mãe era a clássica e brilhante dona de casa americana. Uma habilidade que a levou primeiro ao tédio, depois a quantidades abundantes de bourbon à tarde, de modo que frequentemente ela estava embriagada quando Jack chegava da escola, aquecendo uma torta de carne para o jantar, que acabava sendo de maçã.

Até isso ele transformou em comédia, mas tenho uma teoria sobre homens que, quando garotinhos, testemunharam a angústia da mãe e foram incapazes de ajudá-la. Eles estão sempre com medo da emoção feminina, de se aproximarem demais dela, então se enclausuram dentro de um muro e puxam a ponte levadiça. Talvez isso explicasse por que não parecia haver uma sra. Abelhammer ou qualquer criança. Não investiguei a fundo, porque estava gostando da sensação intensa de estar com Jack e escolhi não mencionar meus próprios filhos naquela noite. Envergonhada, de certa forma, mas não me sentia tão poderosamente viva há muito tempo. Durante o café, Jack disse que tinha conseguido, sabia de quem eu o lembrava.

— Quem?

— Da Samantha, de *A feiticeira*.

De todas as heroínas do planeta, ele teve de escolher a minha. *A feiticeira* foi o primeiro programa americano, junto com *Scooby-Doo*, que assisti quando criança. Samantha era uma típica dona de casa americana que, por acaso, possuía poderes sobrenaturais, era inteligente, tinha o lar perfeito, cabelos loiros maravilhosos, um sorriso alegre e despreocupado e a capacidade de sempre conseguir o que queria. Embora seu marido, o desafortunado Darrin, achasse que ele estava no controle das coisas, os acontecimentos eram de fato manipulados por um toque de bruxaria, a um sinal do nariz de Samantha. Mas ela recorria a esse truque somente quando precisava, como uma oração a Ave-Maria, se sua esperteza, diplomacia e artimanhas femininas fossem insuficientes naquele momento. Olhando em retrospectiva, vejo como fui cativada por uma mulher que usava seus poderes subversivos e secretos para assumir o controle da sua vida de uma forma que minha mãe oprimida nunca havia feito. Tão grande e tão duradoura foi a influência de *A feiticeira* que eu realmente pensei em chamar minha menininha de Tabitha, como Samantha, mas Richard de cara vetou, dizendo que era o nome de um gato de rua.

— Mas eu *amava* a Samantha — exclamei, quando Jack perguntou ao garçom se ele podia trazer a conta.

— Como não amá-la? — ele perguntou.

Ele tinha um sorriso como o do George Clooney, de liberação lenta que alcançava seus olhos antes que a boca estivesse totalmente envolvida. Olhos que brilhavam com diversão enquanto conversávamos. Ele me fez sentir mais engraçada e bonita do que eu tinha o direito de me sentir. Enfeitiçada?

Temo que sim.

Eu não estava procurando ninguém. Nem de brincadeira. Eu era uma mãe que trabalhava e precisava de pelo menos vinte e sete horas por dia para realizar todas as tarefas e deveres, em vez das míseras e desumanas vinte e quatro. Richard e eu ainda transávamos naquela época, e quando acontecia era bom, mas não surpreendente o suficiente para eu não preferir uma hora a mais de sono. Eu tinha um trabalho louco e exigente, dois filhos que adorava, mas via muito pouco. Quando estava no trabalho, me sentia culpada pelas crianças e, quando estava em casa, me sentia culpada pelo trabalho. O tempo livre para mim parecia roubado, então eu raramente aproveitava. Como todas as outras mães do planeta, eu estava fazendo o quebra-cabeça da vida familiar na minha mente enquanto vivia com um marido que achava que buscar a roupa lavada a seco e levar sua prole ao parque aos domingos merecia uma medalha de honra ao mérito. Como Debra costumava brincar, a única coisa boa sobre a nossa situação era que estávamos muito cansadas para cometer adultério. Repito, a última coisa que eu precisava era de um interesse amoroso.

Mas qualquer faísca acesa naquela noite em Nova York não ia morrer. Quando voltei para Londres, Jack me mandou e-mails quase de hora em hora. Nunca fui viciada em nada na minha vida — ter um pai alcoólatra faz isso com você —, mas fiquei viciada em ver o nome Abelhammer na minha caixa de entrada. Na verdade, tinha sintomas de abstinência se não tivesse notícias dele por meio dia. (Dizem que a resposta da dopamina dispara no cérebro com o recebimento de e-mails ansiosamente esperados da mesma forma que faz com a heroína, e não estou surpresa.) Estranhamente, a falta de proximidade física serviu para nos aproximar mais do que se eu tivesse sido capaz de tocá-lo. Nós nos conhecemos através de um namoro epistolar antiquado, embora as letras fossem eletrônicas. Acho que fomos uns dos primeiros humanos na história a estabelecer essa intimidade instantânea enquanto estávamos há milhares de quilômetros de distância, e era sedutor — Deus, foi incrível, na verdade — como, com apenas algumas teclas, ele podia me fazer desejá-lo. E o fato de ele parecer me admirar e me desejar também me deu uma confiança que eu nunca tive antes, nem depois na verdade.

Certa manhã, na casa dos Hackney, acordei muito cedo e liguei o computador. Havia um e-mail muito breve de Jack. Assunto: "Nós". Dizia: "Houston, temos um problema". Ele não precisava explicar qual era esse problema. Nós nos apaixonamos e isso foi infernalmente difícil — tão despropositado e impossível quanto trazer uma espaçonave quebrada de volta à Terra, mesmo que Tom Hanks estivesse no controle.

Estávamos bem, Jack e eu, desde que existíssemos naquela atmosfera rarefeita onde os amantes vivem e o mundo desaparece. Mas eu era a mãe de crianças pequenas, responsável pela felicidade delas, casada com um homem adorável que eu não imaginava magoar. Nosso relacionamento, o de Jack e o meu, sucumbiria na vida real, eu tinha certeza disso; até mesmo nosso amor, invencível como era, não seria escudo contra toda dor e raiva que seriam desencadeadas se tentássemos ficar juntos. Acontece que eu não era egoísta nem corajosa o suficiente para obedecer às instruções angustiadas do meu coração.

Então deixei meu emprego na Edwin Morgan Forster, fiz um grande esforço para acertar as coisas com Richard, fui para o Norte, para longe da cidade para a qual eu havia dado a minha juventude, ah, e mudei meu endereço de e-mail, porque eu sabia que não teria a força de vontade necessária para resistir, se visse o nome dele na minha caixa de entrada. Você sabe, eu salvei o último e-mail de Jack, não pude excluí-lo — aquele depois que ele soube que tinha acabado, que eu tinha terminado pelo nosso bem. Eu meio que esperava que ele estivesse com raiva e soasse reprovador, mas, em vez disso, ele estava me encorajando, caramba. Disse que não podia acreditar que eu não voltaria a trabalhar um dia. E se permitiu uma piada amarga: "A coisa mais importante sobre o amor não correspondido, Kate, é que é o único tipo que dura".

Ele estava certo, de certa forma. A separação encerra um relacionamento, mas não um amor não correspondido, que continua na cabeça do amante que sobrevive, insistindo em perguntar: "E se?"

— Você não vai cair, Kate. Eu te seguro. Apenas relaxe. — Será que eu deveria? Poderia? Teria como? Sempre fui tão leal ao Richard, ao amor dele por mim e aos nossos filhos, àquela família que eu acreditava que estávamos criando juntos. Não pude ir embora, nem para aquela explosão rica em testosterona da primavera que era chamada Abelhammer. Nunca fomos além, mas ah, como eu desejei! Em vez disso, fiquei para colocar mais tijolos na fortaleza chamada "lar".

Muitas vezes, me vejo pensando que tenho colocado esses tijolos sozinha. Para um homem tão irrepreensivelmente hipócrita de ser "presente" o tempo todo, Richard ficou notavelmente ausente. Para onde ele vai? Quando ele está perto, parece distante, em sua bicicleta invisível pedalando para longe de mim. Eu apostei no conhecido, por todas os motivos certos, e talvez eu tenha perdido. E se? E se Jack patinasse até esta janela neste instante, batesse no vidro e me chamasse para ir com ele...

— Pode me ver a nota? — pergunto ao garçom. — Ah, desculpe. Pode me trazer a conta, por favor?

Ao atravessar a praça em direção ao meu antigo e — por favor, Deus, deixe ser — novo local de trabalho, uma voz dentro de mim continua repetindo: quarenta e dois, quarenta e dois, quarenta e dois. Devo me lembrar de ter exatamente a mesma idade que eu tinha seis anos e nove meses atrás, quando saí desta torre de vidro para o que eu achava que era a última vez. *Esqueça o tempo, Kate. Apague isso. Seja quem você era.*

Mais fácil falar do que fazer. Assim como estou lutando para voltar no tempo, outra voz, escondida e espontânea, vem em meu auxílio. Sei disso imediatamente, como um sussurro caloroso em meu ouvido. Jack.

— Vamos, Katharine. Quão difícil isso pode ser?

8
Velho e novo

12h41: Como foi a entrevista? Foi tranquila, obrigada. Melhor do que eu podia imaginar, embora estivesse tão nervosa que senti vontade de vomitar em um dos bonsais que eles têm em todos os lugares, plantados em vasos de granito preto. Geralmente não sou o tipo de pessoa que vomita (consegui passar por duas gestações sem quase sentir enjoo matinal), mas com tanta coisa acontecendo... Pensando nisso, o enjoo pode ter sido culpa do modelador que estava reduzindo meu abdome ao tamanho de uma amêndoa, ou talvez do adesivo de testosterona da Candy me colocando na fase de tomar um daqueles sucos específicos para homens. Colei um na noite anterior para dar sorte.

Havia quatro pessoas: três homens e uma mulher. Eles faziam uma pergunta, então os três homens olhavam para baixo e faziam anotações copiosas enquanto eu respondia. Isso significa que acabei falando com a coroa de três cabeças carecas, e com Claire, a diretora de RH no final, que parecia interessada — de verdade.

— Por que você acha que é a pessoa certa para esse cargo, Kate? — (Porque estou tão desesperada por um emprego na minha área, qualquer trabalho, que serei sua escrava pateticamente grata e trabalharei mais do que três caras mais jovens juntos?)

— Você pode nos contar sobre sua experiência até o momento? — (Bem, até certo ponto, eu posso. Por favor, leia meu currículo supercriativo.)

— Conte-nos sobre seus defeitos... — (Oh-oh, pergunta capciosa. Escolha cuidadosamente um "defeito" que será algo positivo na visão deles — "um pouco perfeccionista", "tendência a ser workaholic", "nunca ir embora antes de o trabalho terminar", "não aceitar um 'não' como resposta" etc.)

— Você tem algum problema com metas? (Você está brincando? Me dê uma meta e eu serei a tia psicopata do Jason Bourne.)

— Está em negociação com alguma outra empresa? — (Não, eu sou sua, só sua! É verdade, embora não por razões que eles achem reconfortantes.)

— Qual a sua opinião sobre os mercados esta manhã?

— Bom, estou de olho no petróleo. Vimos os preços caírem quase cinquenta por cento no segundo semestre deste ano, com o petróleo bruto do xisto norte-americano quebrando o mercado global. E essas quedas vêm depois de vários anos de relativa calma nos mercados mundiais, quando o aumento da produção na América ficou equilibrado pela crescente demanda de petróleo em todo o mundo. O problema principal agora para nós é onde está o comércio de petróleo? E qual o impacto que o seu declínio talvez tenha no mundo de modo geral? (Isso deve calá-los. Eu nem respirei. Por favor, note o uso malicioso de "nós", como se eu já fizesse parte da equipe. Metáforas bem-humoradas sempre ganham pontos positivos também.)

— Kate, como seria um dia típico para você?

— Hum, espero chegar no máximo às oito horas, a menos que eu tenha uma reunião no café da manhã. Buscar agressivamente novas lideranças, interagindo com contatos em escritórios de advocacia e contabilidade. Ligar para clientes para garantir que o dinheiro deles está mais seguro com a gente do que em qualquer outro lugar. — (Não acrescento: apesar do desempenho do fundo inexplicavelmente ruim.) — Almoçar aqui no escritório mesmo ou com os clientes. Buscar novos negócios à tarde. Jantar e participar de eventos como ópera/teatro/caridade, para construir relacionamentos, incentivar os investimentos e fazer os clientes se sentirem amados. Chegar em casa tarde para descobrir que ninguém passeou com o cachorro, abasteceu a máquina de lavar louça, comprou leite, limpou o cocô do Lenny da porta que dá para o quintal ou percebeu que a mamãe tinha um emprego. — (Obviamente deixei de fora essa última parte.)

Depois de um tempo, fiquei entediada com os três rostos masculinos desaparecendo toda vez que eu falava. Até que um deles perguntou:

— Você sabe o que está acontecendo por causa do impacto causado pelas últimas folhas de pagamento não agrícolas dos EUA? — Observei a cabeça deles baixarem de novo, com as canetas preparadas, aguardando ansiosamente minha resposta, e respondi:

— Não faço ideia.

As três cabeças carecas apareceram de repente, como naquele jogo de Splat, o Rato, e suas expressões registraram preocupação e descrença. ("A candidata acabou de dizer: 'Não faço ideia'"?)

Agora não tão confiante, falei, com o que eu esperava que fosse um sorriso envolvente:

— Brincadeira. — E de forma obediente dissertei sobre os fatos relevantes das folhas de pagamento não agrícolas dos EUA. Como devia fazer.

— Diga-nos, Kate, o que você vê como perspectivas para o PIIGS e o mercado europeu de títulos do governo após a crise da dívida grega? — A pergunta vem do homem do meio, com os olhos de peixe morto. Viva! O Ben me testou sobre PIIGS ontem à noite.

— Bem, é provável que haja algum grau de contágio que empurre o retorno das obrigações europeias a um nível mais alto e o euro a um nível mais baixo. Ironicamente, um euro mais fraco beneficiará as ações europeias a longo prazo, com exceção do setor bancário europeu. — Graças a Deus fiz o meu dever de casa.

— O que *eu* gostaria de saber, Kate — Claire disse, falando diretamente comigo pela primeira vez —, são os seus interesses fora do trabalho. É muito importante que possa conversar com os clientes, fazê-los querer passar mais tempo com você.

— Claro. Bem, naturalmente, eu tenho uma ampla gama de interesses, hummmm. — Tento desesperadamente ganhar tempo pensando em algo não relacionado a criança, cão, construtor polonês ou equipamento de ciclismo.

Naquele exato momento, por razões ainda desconhecidas, Roy chega triunfante, trazendo-me respostas em uma bandeja de prata.

— Bem, sim, sou apaixonada por teatro, com um interesse particular em Shakespeare. Estava lendo *Noite de reis* novamente ontem antes de dormir — (Bem, vi na cama da Emily) —, porque eu sei que o *The Globe* está fazendo uma nova produção, e nós temos uma associação lá. É muito importante apoiar as artes, não é? Já conduzi vários clientes para patrocínios de sucesso no passado. Também gosto de arquitetura, em especial a restauração de edifícios históricos que usam materiais autênticos. Gosto de acompanhar as tendências em jogos de computador; a natureza interativa disso é fascinante. E sou uma leitora atenta... Hilary Mantel, Julian Barnes e o ganhador do prêmio Booker deste ano. — (Dá um tempo. Está na minha mesinha de cabeceira, tá?) — Ultimamente, tentei até, hum, começar a escrever algo de ficção.

De: Debra Richards
Para: Kate Reddy
Assunto: Novo emprego?

E aí? Se juntou à Corrida dos Ratos? Estou ansiosa para saber. Mande notícias!.
   Bjos, D

De: Candy Stratton
Para: Kate Reddy
Assunto: Entrevista

Não me deixe curiosa, querida. Aposto que você arrebentou. Ainda é bom fazer piadas sobre sexo oral se você for a última mulher em Nova York que "se identifica como hétero"? Fico confusa. Se você não conseguir esse emprego, conseguirá o PRÓXIMO.
   Juro por Deus.
   BJOBJO C

Sally para Kate
Estive pensando em você o dia todo. Espero que tenha boas notícias e que o adesivo de testosterona (!) que sua amiga te deu tenha funcionado. Coco está com saudade de Lenny. Vamos marcar algo para sábado à tarde?
Bj, S

Richard para Kate
A que horas você volta? Piotr mudou o material da minha bicicleta de lugar para chegar na caixa de fusíveis e não consigo encontrar o cadeado e a trava. A Emily disse algo sobre a pasta de arte dela? Espero que a entrevista tenha sido boa.
Bjo, R

Terça-feira, 6h28: É a minha avaliação na academia e não estou de bom humor, mas Conor quer registrar meu progresso. Preciso voltar a tempo para levar Ben e a bateria dele para a escola para o ensaio do concerto de Natal. (Natal, já? Nem comecei a pensar nisso.) Enquanto me levanto da cama, posso sentir as tábuas de carvalho de trezentos anos de idade se afastando sob meus pés. Piotr diz que pode nivelar o chão se retirarmos as tábuas, substituirmos as vigas e depois as colocarmos de volta, mas essa notícia foi tão impactante que me deixou até tonta. Não posso pagar por isso agora, não enquanto o curso de Richard não terminar, afinal não sei quando — nem se — vou estar empregada novamente. (Ainda nenhuma resposta da EM Royal.) Chegar ao banheiro da minha suíte todas as noites é um pouco como estar a bordo de um cruzeiro durante um vendaval.

Richard diz que um piso moderno seria muito mais barato, que toda a mobília do quarto não precisaria ficar inclinada assim, nossa cama com as pernas apoiadas em tijolos para podermos dormir em uma superfície vagamente plana. Mas eu amo as tábuas. Quero protegê-las, proteger sua generosa largura, sua riqueza retorcida, os sulcos que o tempo lhes infligiu, a vida que está estampada nelas, as histórias que elas podem contar. Tudo bem, são antigas, estão tortas e são um pesadelo para manter, mas o meu assoalho pélvico também está nessas condições. E você não me vê substituindo isso por uma reforma nova e barata.

6h43: Ainda está escuro quando vou para a academia usando uma legging nova, dessas que na loja parecem esportivas e joviais. Com o espírito otimista da pessoa que me tornei, comprei o tamanho menor, que é minúsculo, de modo que a legging só chega até meus joelhos. Estou ridícula: como o Garibaldo, tirando a parte despreocupada. Para compensar, ponho minha camiseta mais comprida e um agasalho de lã. Conor está me esperando na iluminada sala de musculação. Uma TV enorme na parede está mostrando Ariana Grande (tamanho trinta e quatro e pernas finas como um palito) em uma bicicleta de spinning.

— Não se preocupe — Connor fala. A avaliação é só para saber o meu nível de motivação e compromisso com o exercício e a dieta. Ele vai usar pinças para medir minha gordura. Não se preocupe. O adipômetro aperta meu umbigo, mas não sinto dor quando a gordura subcutânea atua como uma camada protetora. ("Eu sou uma foca! Urf, urf.") Conor me pergunta quanto eu peso. Penso no pior cenário e diminuo uns dois quilos. Infelizmente, meu palpite está longe de ser alto o suficiente. Conor ajusta o escalão de peso na balança, longe das minhas ilusões. Vendo a minha decepção, ele pergunta de um jeito doce se eu gostaria de tirar algumas roupas, pois isso pode ajudar. Recuso, envolvendo-me de forma protetora no casaco coberto de pelos do Lenny. Deixe a minha vergonha ficar coberta.

Eu realmente não quero envergonhar esse gigante genial, mas eu poderia chorar de frustração. Durante anos, digo a Conor, meu peso ficava em torno de cinquenta e sete quilos. Então vieram dois bebês enormes e a rotina de limpar (tudo bem, comer) a comida de crianças. Engordei alguns quilos, mas estava tudo bem enquanto eu ainda estava me matando, trabalhando catorze horas por dia. Depois que saí do trabalho e sem precisar mais entrar nas roupas que usava no escritório, parei de observar o que comia. Desde a Perry — bem, ao longo do último ano —, pareço ter inflado sem motivo. Agora, depois de semanas de esforços extenuantes, com apenas um grama de açúcar passando pelos meus lábios, ainda pesava mais do que no meu pior pesadelo.

Conor diz que, na minha idade, o corpo leva mais tempo para responder. Não é realista comparar a Kate de hoje com a Kate de trinta anos.

— O seu corpo está mudando, Kate, só que a balança não está refletindo isso ainda. Músculo pesa mais que gordura, lembre-se. Tenha paciência.

Ele me leva até a bicicleta e lá vou eu, hipnotizada por Ariana Grande pedalando com maquiagem completa e extensões de cabelo voando. Uma coisa boa sobre ter quase cinquenta anos (*nota para Roy: por favor, me lembre que houve uma coisa boa em fazer cinquenta anos*) é que eu sei que, para mim, esse visual é inatingível. E não me importo. Que felicidade, finalmente, não se importar. Não posso deixar de me perguntar se a perfeição supermagrinha é o que garotas como Emily se sentem compelidas a alcançar, e como isso deve fazê-las se sentir. Em vai ver a Taylor Swift com Lizzy e as outras garotas no fim de semana. Achei que ela ficaria feliz com isso, mas ela está se fechando em seu quarto, gritando comigo se eu tento entrar. Quando fui dizer boa-noite ontem, vi um aviso de "NÃO PERTURBE" em sua porta.

7h56: Ben está resmungando na cozinha quando volto, reclamando que não temos cereais. Temos, sim. Só não temos um daqueles de chocolate ou seja lá o que for, o que eu proibi depois de assistir a um documentário sobre obesidade infantil. Ben herdou o físico magro do pai, mas parece que um certo tipo de gordura pode se acumular ao redor dos órgãos vitais. Gordura visceral. *Ha!* Não precisava de Roy para isso. Parece até um dardo venenoso. Provavelmente eu também tenha isso.

— Só não me fala que tem essa porcaria de granola — ele resmunga como um búfalo ferido.

— Por favor, Ben...

— Como vou achar alguma coisa nessa confusão?

— Vai estar lindo no Natal. Até lá, nosso bom Piotr já vai ter terminado nossa cozinha nova, não é, Piotr?

Levanto a voz para alcançar a forma inclinada do nosso construtor. Tudo o que é visível dele são as pernas cobertas pelo jeans saindo de baixo da pia, ou onde a pia estaria se tivéssemos uma. O botão da calça jeans está aberto e a camiseta preta subiu em seu abdome chapado, revelando uma faixa de pele clara e pelos escuros encaracolados sob os quais...

Não, Kate, não vá por aí. O que você está pensando?
A cabeça de Piotr sai do armário e ele nos dá um pequeno aceno alegre.
— Confie na mamãe, Ben, a mamãe Noel sempre acerta.

8h10: Levo Ben à escola enquanto faço exercícios de respiração. Expiro dez vezes. Estávamos adiantados, mas agora estamos atrasados, porque Ringo Starr esqueceu suas baquetas e tivemos que voltar para pegá-las e o trânsito está terrível. Ele está ao meu lado, no banco do carona, rabiscando em um bloco de papel pautado, aberto sobre os joelhos.
— Por favor, coloque o cinto, querido. Isso é a lição de casa?
— Ãhã.
— Você realmente precisa se dedicar agora, sabia? Deixar a lição de casa sempre para o último minuto não é mais tão bom assim.
Ben suspira com o cansaço infinito de um adolescente de catorze anos diante da imensa e insensata estupidez dos mais velhos.
— Sério, mãe, ninguém trabalha duro na minha idade. Só as crianças asiáticas.
Recuo.
— Que tipo de atitude é essa? Se as crianças asiáticas podem trabalhar, por que você não pode?
Imagino um futuro em que indianos e chineses administrem todas as multinacionais e o Reino Unido seja um centro de atendimento gigante ocupado por garotos brancos e preguiçosos — como o meu — com um péssimo inglês e meias sem par. Tudo muito plausível, infelizmente.
— Ninguém começa a trabalhar até o segundo ano do ensino médio, mãe.
— Bem, eu trabalhei duro na sua idade. Eu precisei. Ninguém me deu comida na boca e facilitou a minha vida. Tínhamos prova de verbos em francês toda segunda-feira de manhã e só Deus podia te ajudar se você não fizesse...
Dou uma olhada e vejo que Ben está tocando um minúsculo violino invisível, a lastimosa trilha sonora da história cruel da mãe que meus filhos adoram zombar.
— Pode parar com isso? Estou falando sério.
— Não desconta em mim porque você está estressada por não conseguir seu emprego, tá? Não é justo.

— Ainda não sabemos se eu não consegui o emprego — protesto, mas meu filho já saltou, pegou a bateria e a arrasta pelo corredor da escola. Nem se vira para me dar "tchau".

Odeio despedidas assim. Odeio de verdade.

Para: Candy Stratton
De: Kate Reddy
Assunto: Entrevista

Ainda não recebi nenhuma notícia da EM Royal. Para ser sincera, estou achando mto difícil. Vou esperar até amanhã, depois acho que não vai me restar outra saída a não ser queimar o manual das mulheres que voltam ao mercado e me lançar em uma carreira de mortos.

Mudando de assunto, desde que usei seus adesivos de testosterona, senti o primeiro frisson de desejo sexual em mais de um ano. Pelo meu construtor polonês.

Eu me livraria dele, mas preciso de uma cozinha no Natal. O que eu faço?

Bjo, K

De: Candy Stratton
Para: Kate Reddy
Assunto: Uhuu!

Fácil. Pole dancing! Sabia que você ainda tinha isso.

Não desista de ter esperança. Só se passaram três dias úteis.

Muitos beijos, C

Agora, segue-se um período ansioso de limbo enquanto espero para saber se consegui o emprego. Quero muito encontrar qualquer desculpa para afastar minha nova e desconcertante excitação ou tentação apresentada por Piotr, que está deitado de costas mexendo no meu encanamento. Desejo.

Decido que este é um bom momento para ir visitar Barbara e Donald, ver como estão e aplacar a cunhada detestável ao mesmo tempo. Ben programou meu telefone para a música da cena do chuveiro de *Psicose* tocar se a tia Cheryl ligar. (Garoto malvado, mas de alguma forma muito bom.) Richard diz que ainda não consegue ir. Tem algo urgente para fazer em um retiro de relaxamento. (Um retiro de relaxamento urgente não seria uma contradição?) Fico furiosa com o fato de Rich, que está estudando para ser terapeuta, ser tão cuidadoso com todo mundo, mas ficar feliz em abandonar os próprios pais. Tenho vontade de dizer a ele que não vou aceitar suas desculpas, mas, como as resposta do Donald ficam cada vez mais apologéticas, comecei a temer o pior. Posso combinar uma viagem para Wrothly com uma visita à minha mãe, que mora a oitenta quilômetros de lá.

Donald admitiu que o cobertor elétrico que compramos há alguns anos queimou, então entro na loja de departamentos da cidade para comprar um novo. A casa dos meus sogros é tão fria que um cobertor elétrico conta como uma necessidade e não como um item de luxo.

— Você gostaria de ter um dos nossos novos cartões? — o atendente da loja me pergunta. De fato, eu gostaria. Outras mulheres de meia-idade recorrem ao álcool, aos amantes jovens ou aos livros para colorir: John Lewis é a minha droga de escolha. Dizem que a heroína faz as preocupações do mundo desaparecerem. Isso é o que acontece comigo no setor de móveis da loja de departamentos John Lewis. Preencho o formulário e fico espantada e constrangida quando, alguns minutos depois, o homem retorna e diz que meu pedido de cartão da loja foi rejeitado. Ele diz que não pode me dar uma razão, mas, quando exijo ver o gerente, ele resmunga baixinho que tem algo a ver com a minha classificação de crédito.

Acesso a internet, verifico a classificação de crédito e descubro que ela é a mais baixa possível, a menos que eu tenha realmente morrido. Na verdade, um morto teria uma classificação de crédito melhor.

Roy, você consegue pensar em alguma conta pendente? Desculpe, Ben? O que o Ben tem a ver com a minha classificação de crédito?

14 horas: Estação de Leeds. Quando me aproximo, vejo que Donald está parado do outro lado do portão, esperando por mim. Não dava para não vê-lo. Para um homem de quase noventa anos, ele está notavelmente ereto, com aquela postura que as pessoas costumavam chamar de "porte militar". (O que nós temos em vez disso, um computador agachado?) Não tão alto quanto à época em que o conheci, mas pode-se ver como ele era um homem de ótima forma. Ele está usando o casaco de tweed, aquele com colarinho de camurça marrom — não é o tipo de casaco que se vê muito. Donald insiste em pegar a bolsa da minha mão e há um momento, um daqueles delicados momentos que geralmente acontecem com pessoas idosas, quando você hesita porque não tem certeza se deve insistir em carregar sua própria bolsa, já que está claro que você é mais capaz de fazer isso do que eles. Mas fazer isso seria privar Donald de seu papel natural de ser o cavalheiro. E não quero fazer isso, então agradeço e entrego a bolsa para sua mão trêmula.

 Na estrada sinuosa de Wrothly, as lembranças me pegam a cada esquina. Como a primeira vez que Richard me levou para casa para conhecer seus pais. Estávamos transando cerca de três vezes por dia naquela época. Só saíamos da cama para comer e trabalhar. Barbara sabia muito bem que morávamos juntos, em um minúsculo apartamento acima de uma lavanderia em Hackney, mas ela me mostrou um quartinho contendo uma única cama de solteiro com uma cabeceira de madeira marrom. (Era o quarto da casa onde todos os enfeites meio feios e as lâmpadas vagabundas acabavam, porque ninguém tinha coragem de jogá-los fora.) Rich seguiu pé ante pé pelo corredor quando pensou que todos estavam dormindo e havia muita alegria enquanto ele tentava transar comigo sem chacoalhar a cama, cujas molas eram os informantes gratuitos de Barbara. Eu posso estar errada, mas acho que rimos tanto que, no final, desistimos e só conversamos.

 Então, em dezembro trouxemos a bebê Emily para cá. Sei exatamente quando foi: em 1997, porque ela, logo mais, vai fazer dezessete. Havia neve nas colinas e parecia mágico trazer essa nova pessoa para conhecer os avós. À primeira visão do botão de rosa perfeito em seu gorro cor-de-rosa e sua jaqueta de couro combinando, Barbara se encheu de orgulho. Ela só tinha filhos, o que era difícil, desconfio, para uma mulher tão imensamente feminina. Embora ela nunca tenha sido muito carinhosa comigo, tem sido a defensora de Emily desde então e nunca falou uma palavra contra ela.

 — Estamos quase chegando. Não precisa se segurar no banco, Kate — Donald fala. Relaxo meu aperto e faço o máximo para não ficar assustada pelo fato de meu sogro dirigir não com uma mão, mas com um dedo no volante. Suponho que ele conheça essa estrada há mais tempo do que estou viva.

É um choque quando ele abre a porta dos fundos e entramos direto na cozinha da fazenda. O reino de Barbara, no qual ela governou sua família como uma boa rainha, agora parece uma república de estudantes. Cada canto está coberto com louças, panelas de molho, utensílios, latas de comida. Minhas narinas se contorcem com o fedor pungente de xixi. Olho para a cesta de cachorro em busca do culpado. A cesta ainda está lá, ao lado da grama, mas de repente me lembro que eles precisaram sacrificar Jem na primavera. O collie perdeu as patas traseiras.

— Olha quem eu trouxe para te ver, amor. A Kate veio nos visitar, não é maravilhoso?

Barbara está sentada em uma poltrona de espaldar alto que costumava ficar na sala de estar. Reconheço outros pedaços de mobília do resto da casa aqui. Parece um daqueles brechós de móveis.

— Ela está tendo um bom dia hoje, não é Barbara? — Donald fala em voz alta, em parte para mim, em parte para si mesmo, e também para conseguir uma resposta da velha senhora. Barbara está irreconhecível desde o verão, quando todos nós passamos uma semana juntos na Cornualha. A velocidade da sua piora é terrível. Seu cabelo, sempre imaculadamente enrolado após a visita semanal ao cabeleireiro, está grudado ao couro cabeludo.

— Diga "olá", Barbara. A coitada da Kate vai pensar que você não a conhece! Ela veio até aqui para nos ver.

Não sabendo mais o que fazer, me sento no banco próximo ao joelho dela e seguro suas mãos, entrelaçadas em si mesmas como garras. Ela me encara com uma expressão de curiosidade infantil, os olhos parecendo aquelas bolinhas de gude que eu cobiçava na escola.

— Vou fazer uma boa xícara de chá, certo? Barbara, estou dizendo para a Kate que vou fazer uma boa xícara de chá. Ou prefere café, Kate? Eu sei que o Richard costumava tomar café antes de começar a tomar todos aqueles chás diferentes. Camomila, é isso?

— Chá seria ótimo, Donald. Normal, obrigada. O Richard está realmente chateado por não poder vir, mas ele está em um curso. — Fico feliz que ele não tenha vindo. Vacilo ao pensar no que ele sentiria vendo seus pais em meio a toda essa decadência.

— Vi você olhando para a cesta do Jem, Kate. Eu devia jogar fora, mas é... bem, a Barbara às vezes pensa que o Jem ainda está com a gente, não é, amor? Nós o tivemos por dezesseis anos. Não podia existir companhia melhor. Sinto falta das caminhadas — ele diz. — Ter um cachorro faz a gente sair de casa. Mas não seria certo pegar outro animal. Não na nossa idade.

Pego minha xícara de chá das mãos de Donald e procuro um lugar vazio para colocá-la, mas não há. Outra lembrança: Barbara com um pano de prato, impiedosa como um limpador de para-brisa, sempre limpando a superfície da bancada, e ai de você se pusesse um prato de torrada ou uma taça de vinho sem porta-copos ali em cima. Ela não gostava de nada sobre a bancada. Isso tornava muito difícil trazer as crianças para cá quando elas eram pequenas. Tínhamos que limpar tudo no mesmo instante, porque o menor sinal de bagunça incomodava a vovó.

Donald percebe que procuro um lugar para colocar a caneca.

— Kate, achamos que como a Barbara nem sempre sabe mais onde ficam as coisas do armário, seria útil colocar tudo sobre a bancada para ela poder ver melhor. Se ela precisar de uma panela para a sopa, não precisa pensar em qual armário está, pois está bem aqui.

— Ah, que boa ideia — falo. — Que boa ideia, Barbara, colocar as coisas sobre a bancada para você saber onde elas estão. Isso te ajuda a encontrar o que você precisa? Eu podia fazer isso em nossa casa, como você.

— Margaret, a nova cuidadora, vai chegar aqui em um minuto — Donald diz. — Estou dizendo que a Margaret está vindo, Barbara, você gosta dela, não é? — A velha senhora sorri.

Donald me leva de lado. Não sei por que ele faz isso, uma vez que Barbara não pode nos ouvir — e, mesmo se pudesse, ela provavelmente não entenderia. Margaret, ele diz, é uma mulher muito legal. Melhor que Edna, a estrangeira, com quem Barbara não se dava bem.

— Erna?

— Sim. Ela era bastante dura. E fumava.

Barbara parece gostar de Margaret, se é que se pode dizer o que Barbara ainda gosta, e penso no diálogo acalorado que tive com a mulher do Wrothly

Social Services para pedir uma nova cuidadora. Pelo menos, tenho sido de uma pequena ajuda no que agora percebo ser uma situação terrível, muito pior do que Donald poderia dizer ao telefone.

É um alívio quando Margaret chega e cria uma agitação alegre, levando minha sogra para tomar um banho e instruindo Donald a ir buscar uma receita da farmácia. Eu gostaria de ligar para Richard para contar o que encontrei aqui, mas não há sinal de celular. Não consigo nem encontrar o telefone fixo. Então pego o aspirador de pó e um esfregão, encho um balde com água quente e começo a limpar furiosamente, assim como Barbara faria se estivesse aqui.

— Eles não podem continuar assim por muito mais tempo — Margaret diz enquanto coloca o casaco, prestes a sair. — O Donald é maravilhoso com ela, mas não é justo com ele. Se os dois venderem essa casa, terão o suficiente para ficar em algum lugar decente, onde receberão cuidados específicos. Será necessário anunciar a casa, mas antes ela vai precisar de uma ajeitada. Você pode dizer isso ao seu marido?

Na manhã seguinte, Donald insiste em me levar até a estação, embora eu não queira que ele se afaste de Barbara nem por alguns minutos. Ele coloca a bolsa no chão e planta um beijo molhado na minha bochecha.

— Não há muito a dizer sobre a velhice — ele fala em seu tom habitual, agora que não tem que repetir para Barbara também. — Nós provavelmente tivemos o suficiente, Barbara e eu. Aproveite ao máximo a juventude, Kate, querida — ele diz.

— Eu não sou mais jovem — protesto, mas o velho cavalheiro já se virou e caminha em direção ao estacionamento, a gola do casaco de tweed puxada para o alto contra o vento implacável. No trem que segue rumo às colinas próximas à casa de minha mãe, vejo um borrão verde passar pela janela e fico pensando que eu nunca poderia imaginar que um dia eu sentiria falta da Barbara condescendente comigo, apontando meus defeitos. Mas sinto falta dela. Vê-la como está, desvanecendo em seu próprio reino, é como ver o filme do fantasma do próximo Natal, e isso é assustador. Decido aproveitar ao máximo meu tempo com minha mãe, mesmo quando ela está me enlouquecendo com suas divagações sobre tapetes.

Essa é a coisa sobre pais, não é? Eles te deixam maluca durante anos com suas piadas chatas sobre o Dia da Marmota, sobre o Joy da agência postal, cujo cachorro bassê chamado Dookie está perdendo os pelos. "Eu já contei aquela história engraçada sobre o Michael Fish, o meteorologista?" "Sim, setecentas vezes, na verdade."

E então você pensa, *eu nem conheço o Joy da agência postal do Adam*. E talvez o Dookie, o bassê careca, tenha nos divertido e possa ir brincar na rua. E daí, um dia, algo acontece, algo que muda tudo. Uma queda, um derrame, uma minúscula engrenagem no cérebro que deixa de funcionar, e, de repente, você sente saudade daquelas histórias chatas e irritantes. Dos anos em que as coisas continuariam como sempre. Dos anos antes de você saber o que vai vir em seguida.

Um dos privilégios da juventude é que você não conhece as coisas. E assim deve ser, se quer saber, porque isso é triste à beça.

Não consegui ver meus e-mails desde que Donald me recebeu na estação ontem. O sinal está melhor agora. Olho para a caixa de entrada. Tem um e-mail da Candy. Dois da Debra (Assunto: Atire em mim!). Um da Emily exigindo saber onde eu coloquei suas botas pretas de camurça. (*Minhas* botas de camurça, madame!) Do Ben, perguntando se eu posso pegá-lo no futebol. (Ele ainda não percebeu que eu não estou lá?) Outro do Richard, dizendo que ele e seu irritante colega estão organizando um retiro de meditação em Anglesey em dezembro (O quê? Eles vão congelar lá.) De um fornecedor de alimentos hipoalergênicos para cachorros: "Sentimos sua falta!" Um sobre a minha terrível análise de crédito. Da companhia telefônica sobre "tarifas anormais de gastos". Quais tarifas anormais? (*Roy, eu não pedi para você ver isso?*) Outro que promete me ajudar a superar o "medo de expor os tríceps quando entramos na temporada de festas". Obrigada por isso. Ah, e finalmente, finalmente, um e-mail de Claire Ashley. Aquele que estive esperando. *Vá em frente, abra, Kate. Acabe logo com isso.*

De: Claire Ashley
Para: Kate Reddy
Assunto: Vaga EM Royal

Querida Kate, tenho o prazer de informá-la...

Ela tem o prazer? Imagine como *eu* me sinto. Obrigada, obrigada. Analiso rapidamente o resto: o salário é bom, melhor do que eu pensava. O trabalho inicialmente é para cobrir uma licença-maternidade por seis meses, com a possibilidade de efetivação se o meu desempenho for satisfatório. Data de início: imediatamente, se for conveniente.

Sim, sim, isso é mais do que conveniente.

De: Kate Reddy
Para: Candy Stratton
Cc: Debra Richards, Sally Carter
Assunto: Coroa em nova oportunidade de trabalho

Oooooooooooobbbbbbbbbbbbbbaaaaaaaaaaa!

Yentl. O Roy tem certeza de que esse é o filme em que a Barbra Streisand se veste de menino.

** *O Roy acha que a atriz que a filha da Sally me lembra é a Penélope Cruz.*

9
Falsos genuínos

Segunda-feira, 7h44: Como uma viajante do tempo, saio do elevador em meu antigo local de trabalho. Parece muito estranho e ao mesmo tempo familiar e confuso. Enquanto sigo Claire Ashley, passando pelas fileiras de escrivaninhas, tenho certeza de que todos no andar devem estar olhando para mim, lendo a ansiosa fita registradora que percorre meu cérebro. E me olhando de cima a baixo, pensando: *Uau, ela mudou, e não para melhor. Anos difíceis, hein?*

Por sorte, sei que isso não é verdade. Não há rostos familiares por aqui. Eles se foram, todos eles. Depois de mudar de mãos duas vezes desde que saí, a Edwin Morgan Forster não é mais tecnicamente nova — novos proprietários, novas marcas, novos nomes —, mas o fundo que montei ainda é o mesmo. Ironicamente, é para meu próprio fundo que vou trabalhar, embora meu novo chefe e sua equipe não façam a mínima ideia da ligação, e pretendo continuar assim. Consegui esse emprego sob falsos pretextos — a empresa acredita que tenho a mesma idade de quando saí daqui quase sete anos atrás (quem disse que você não pode parar o tempo?). Há um risco, muito pequeno, de alguém sair da toca e me identificar. Caramba, vou segurar meu nervosismo e PASP: Prosseguir Até Ser Pega.

Claire gesticula através da vasta parede de vidro para a praça, sete andares abaixo de nós. Muita coisa mudou, mas vejo a pista de patinação, o bar e os arcos vitorianos serrilhados da estação da Liverpool Street, onde meu trem entrou há mais de uma hora. Matei um tempo em um dos trinta cafés que surgiram desde que saí da empresa, como uma garota prestes a começar na nova escola, com frio na barriga. Certifiquei-me de que estava com minhas canetas, meu estojo, meu batom na bolsa Mulberry cor de amora — um mimo que Debra me trouxe das férias na Turquia no verão passado. Ela tirou uma foto orgulhosa do letreiro do lado de fora da lojinha: "Falsos Genuínos". Você nunca acharia que a bolsa não é original. Nem eu, espero.

Todos aqui parecem muito mais jovens do que me lembro; talvez seja o fato de que eu não seja mais jovem e não tenha me dado conta disso. Depois da crise financeira de 2008, eles demitiram a maioria dos caras mais velhos, e os outros, vendo o perigo iminente, pularam fora antes que fossem mandados embora. Alguns mudaram para empresas menores, bem longe do mau cheiro insistente de empréstimos arriscados, ou usaram o dinheiro da demissão para abrir startups em St. James, certificando-se de terem um escritório para onde ir, afinal eles não podiam ficar em casa (quem sabe o que podia acontecer em casa?).

É como se este lugar tivesse passado por uma grande guerra — na verdade, um grande desastre causado pelo homem — e uma geração inteira tivesse sido exterminada (e, com ela, trilhões de dólares). Os rostos que vejo são muito jovens para relembrar qualquer coisa. E para mim isso é ótimo. Curiosamente, eu me sinto como uma veterana da minha própria guerra voltando ao campo de batalha, espiando através da fumaça do tempo os fantasmas de pessoas com quem eu costumava trabalhar.

Claire faz uma pausa em um arranjo de mesas em forma de ferradura e começa a fazer as apresentações. Uma loira incrivelmente bonita, com cabelos compridos como uma princesa, talvez com vinte e poucos anos, Alice Alguma Coisa, é imediatamente simpática e receptiva. Ela me aponta uma cadeira ao lado da moça. Dois caras — Troy? Jamie? —, que estão estudando uma tela, acenam para mim e depois desviam o olhar. Outra coisa que brotou desde a última vez que estive aqui são os pelos faciais. Eu nunca teria previsto o Grande Revival da Barba nem em um milhão de anos. Todos os jovens têm barba ou longas costeletas esculpidas. Claire elogia um sujeito corpulento e de óculos com uma cabeleira encaracolada que está passando. Ela apresenta Gareth, o galês chefe de pesquisa, que tem a estrutura baixa e robusta de seus ancestrais de mineração de carvão.

— Você vai trabalhar ao lado do Gareth, é claro. Ah, e aqui está o Jay-B. Ele está ansioso para te conhecer, Kate.

Meu novo chefe é o oposto físico do galês, Gareth. Alto e magro, ele usa um topete igual ao do Tintin, que é tão preto e brilhante quanto sua barba e seus sapatos Prada muito pontudos. Reconheço o tipo imediatamente. Hipster de estilo próprio, metrossexual, gasta uma fortuna em produtos de limpeza de pele e no tratamento de olhos antifadiga da Tom Ford. Provavelmente tem uma cobertura em Clerkenwell — não, o bairro da moda é Shoreditch hoje em dia, não é? —, com um viveiro embutido onde ele mantém pequenos répteis exigentes como ele. Acho que Claire mencionou que Jay-B tem trinta anos, o que significa que ele nasceu no ano em que eu fui para a universidade. Isso não pode estar certo. Quer dizer, não é natural, é?

Percebo que fui vendida para Jay-B como uma loira que fala bem e que, apesar de ter quarenta e dois anos (*nota para Roy: não se esqueça de que temos quarenta e dois!*), ainda tem boa aparência e pode ser útil em marketing e desenvolvimento de negócios, vendendo para pessoas de alto poder aquisitivo e escritórios familiares particulares. Uma venda notoriamente difícil. São os jovens arrojados que ganham muito dinheiro. Vou bajular antigos antagonistas, famílias tradicionais e alguns emergentes desconfiados. Ainda assim, se eu trabalhar bem, é dinheiro decente e dinheiro é o que precisamos agora. Nossa família está passando por sua própria crise de liquidez. Penso no rosto de Emily quando ela disse que Lizzy ia com Bea e Izzy para o show da Taylor Swift. Depois que assinei aquele cheque de noventa libras para Cynthia Knowles pagar o ingresso da Em, minha filha me disse que *todo mundo* estava dando um vale-presente de trinta e cinco libras para a aniversariante.

— Sério? Trinta e cinco cada um? Além do preço do ingresso?

— Não se pode comprar algo na Topshop por menos do que isso — Emily retrucou, olhando para o chão e sem querer olhar para mim, sabendo que era demais, mas também me desafiando a consultar o preço para entrar no clube da Lizzy. Lembro de quando eu tinha a idade dela, como era viver a agonia da exclusão, a necessidade de pertencer a um grupo tão urgente quanto a necessidade de urinar. Julie e eu nunca tivemos as roupas ou os brinquedos certos quando estávamos crescendo. Certa vez, fui convidada para jogar tênis com três garotas da parte mais legal da cidade e tudo que eu tinha era a raquete que a minha mãe usava, que ganhou ao juntar os selos do Green Shield Stamps — praticamente um bastão de plástico. As raquetes das outras garotas fizeram um som gratificante quando golpearam a bola; a minha fez um som derrotado como uma guitarra de bluegrass quebrada. Não quero que a minha filha sinta que não é tão boa quanto qualquer outra pessoa.

— Bom, Kate, sente-se. — Jay-B me guia para seu escritório de canto, cercado por janelas do chão ao teto em ambos os lados. Estou imaginando isso? Não, não estou. Esse foi o covil do poderoso Rod Task. Meu antigo chefe. Ainda posso ouvir o ríspido australiano gritando para mim: "Saia daí e não perca tempo, Katie!" Ele era um pesadelo — sexista, racista, pense em qualquer coisa ruim que você possa mencionar, e era isso que o velho e querido Rod era. A última coisa que ouvi de Candy era que Rod havia voltado para Sydney e que esteve envolvido em um ataque de tubarões-touro na Grande Barreira de Corais. Perda de sangue significativa e mordidas fortíssimas, mas esperava-se que o pobre e atordoado tubarão se recuperasse.

Jay-B me vê olhar para fora.

— Linha do horizonte incrível. O Shard é o quarto edifício mais alto da Europa agora. Toda aquela área perto da London Bridge está simplesmente irreconhecível. Alguns dos grandes contadores se mudaram para lá. Ao lado do mercado de Borough. Ótimo lugar para comer.

De repente me lembro que uma raposa estava morando no alto do Shard quando ele estava sendo construído. Imagine o terror dele — ou dela —, vendo sua casa ficar cada vez mais alta. Espero que eles não tenham filhotes. Meu novo chefe olha para o que presumo serem anotações da entrevista.

— Muito bem, vejo que você construiu fortes relacionamentos com clientes no passado. Foi por isso que a trouxemos, Kate. Alguns membros da equipe são ótimos vendedores, mas nem sempre têm a experiência de vida que lhes permita lidar com alguns dos nossos... bem, nossos investidores mais maduros. Temos algumas viúvas alegres, por exemplo, que precisam ser guiadas pelas mãos.

— Ah, sou ótima com velhinhas — digo, pensando em Barbara em sua cadeira de espaldar alto segurando minha mão. E na minha mãe, ainda tentando escolher entre um tapete verde ou bege.

— Fantástico. Fantástico. E diz aqui que você tem dois filhos. — Jay-B levanta uma sobrancelha impecavelmente depilada, como se crianças fossem um tipo de perversão exótica. — Quantos anos eles têm?

— Ah, eles têm dezes...

NÃO! O que você está pensando? Lembre-se de que você tem quarenta e dois anos, pelo amor de Deus. A Emily não pode ter dezesseis, quase dezessete anos. Isso significa que você a teve quando estava com vinte e cinco. Por aqui isso te faz uma noiva criança.

Eu devia ter pensado nisso antes. Tento fazer uns cálculos rápidos, mas meu cérebro parece um queijo suíço. (*Me ajude, por favor, Roy. Quantos anos tem meus filhos?*)

— Bom, a Emily é a minha filha e ela tem onze anos. Sim, ela tem onze. E o Benjamin é o meu filho, ele, ele vai fazer oito — digo as idades a Jay-B com o que espero que seja um orgulhoso sorriso materno, em vez de um olhar de pânico cego. — É hora de voltar ao trabalho. Estou ansiosa para ter o que fazer.

Ufa! A mentira vem mais facilmente do que eu imaginava, quase tão facilmente quanto à época em que eu era uma mãe trabalhadora disfarçada neste escritório todos aqueles anos atrás, tentando agir como se eu não tivesse filhos.

Bem, você sabe o que aquela médica disse: "Use-o ou perca-o".

14h30: Primeiro encontro com toda a equipe. Hora de impressionar. Onze pessoas ao redor da mesa, todos lançando ideias e duas mulheres (eu e Alice). Com seu topete e a cabeça inclinada para um lado, Jay-B parece um cruzamento entre Tobey Maguire e um papagaio excêntrico.

— Sim, obrigado, Troy. Alguma coisa com que queira contribuir, Kate? Para o caso de alguns de vocês não saberem, esta é a Kate Reddy, nossa novata. A Kate vai cobrir a Arabella enquanto ela está de licença-maternidade. Desculpe, Kate, por favor, vá em frente.

O negócio é que entrei aqui com uma ideia muito boa que pensei que Jay-B pudesse gostar. Mas, no momento em que nos sentamos, minha mente mudou a estação para a frequência escolar, lembrando que eu não havia devolvido a droga do formulário para o intercambista alemão do Ben. Friedrich? (*Roy, você pode, por favor, encontrar o nome do garoto alemão que vai vir em março?*) E quando ela voltou para a frequência de trabalho, três segundos depois, a ideia desapareceu. *Puf!* Foi bem assim, sumiu.

Lá estou eu com doze pares de olhos sobre mim, e eu implorando silenciosamente a Roy.

Por favor, Roy, este é nosso primeiro dia de volta ao trabalho em quase sete anos. Por favor, vá e me traga aquela ideia brilhante que tive para impressionar o Garoto. Tem que estar aí em algum lugar. Esqueça o Friedrich. Meu Deus, essa pausa da memória da Perry está realmente me deixando desanimada. Preciso funcionar a todo vapor. *ROY?*

E eu só fico lá sentada como um peixe fora d'água, a boca abrindo e fechando. Pensando em Barbara, que acredita que Jem, o cachorro, ainda está vivo. Pensando no estudante de intercâmbio do Ben, aquele que eu tinha esquecido. (Cedric? Sim, Cedric, tenho certeza.) Pensando em Conor me dizendo que meu corpo está demorando mais para responder porque é mais velho. "Não se preocupe."

— O sábio! — A palavra simplesmente aparece, de um caos do chá para menopausa da Joely e dos tapetes da mamãe.

— Perdão? — Jay-B fala, sem soar nem um pouco como se estivesse se desculpando. — O que isso tem a ver com alguma coisa?

Respire fundo, lute contra o pânico. Então, de repente, Roy, Deus o abençoe, está de volta com o pensamento perdido, e eu sigo adiante:

— Ah, você sabe, Warren Buffett. O Sábio de Omaha. Buffett tem uma ótima ideia. Faça uma lista das suas vinte e cinco principais metas, depois passe por elas e circule as cinco primeiras e aja de acordo com elas. Elas serão os investimentos em que você realmente acredita.

— Gostei, Kate — o Garoto fala, tocando em seu telefone. — *Top five.* Joe, pode anotar isso? Cara top, Warren Buffett.

19h05: Alguém gostaria de perguntar à mamãe como foi seu primeiro dia de volta ao trabalho?

Não, tudo bem. Eu entendo que as pessoas têm coisas melhores para fazer do que reverenciar o ganha-pão. Richard só acenou para mim, correndo pela cozinha a caminho do chuveiro, depois de jogar uma blusa de lycra suada no chão da área de serviço. Emily gritou comigo quando coloquei a cabeça na porta do quarto dela. Parece que interrompi um tutorial de como passar o delineador, e ela fez uma risca preta na lateral do rosto. Ben está na sala jogando um game novo e horrível, que não reconheço e tenho certeza de que não paguei. (*Compramos esse jogo para ele, Roy?*) O único que fica feliz em me ver é o Lenny, que praticamente pulou nos meus braços quando entrei e ficou do meu lado desde então. Sally o chama de cachorro de velcro. Sou grata por inspirar essa adoração em pelo menos um membro da família. Mais tarde, preciso trabalhar um pouco, analisar o perfil dos clientes para eu poder estar por dentro das coisas, se o Garoto fizer alguma pergunta para mim amanhã. Primeiro, preciso fazer o jantar e depois é hora de relaxar.

20h39: Minha mãe liga no exato momento em que me sento para assistir a *Downton Abbey*, que gravei especialmente para relaxar depois do trabalho. Sabe, às vezes eu me pergunto se existe uma conspiração mundial para evitar que eu tenha um momento só para mim. Talvez meus pais, sogros e filhos estejam todos equipados com fones de ouvido, como a Carrie, em *Homeland*: "Ei, parece que ela se serviu de uma taça de vinho, está se sentando no sofá e assumindo uma posição de assistir à TV. Oh-oh. Você vai interrompê-la ou eu a interrompo? Agora!"

— O problema, Kath, é que eu não consigo decidir sobre as cortinas. Você acha que eu devia escolher a marrom-clara ou a verde?

Isso de novo, não.

— Não sei, mãe. O que você prefere?

— Bem, as duas são legais, mas a marrom-clara é um pouco desbotada. Mas marrom-claro combina com tudo, não é?

— Sim, mas verde dá uma sensação de frescor, beleza...

— Ah, eu não gosto de VERDE — minha mãe grita de repente, como se um intruso a tivesse assustado.

— Certo, mas você disse que essa era uma das opções, só isso.

— Não, eu não gosto de verde. Esse tom é enjoativo. Julie colocou uma cortina cor de aveia na sala da frente.

— Ah, isso é legal.

— É terrível. Parece que ela fez as cortinas da barrinha de cereal. O que você acha de marrom-claro então?

— Hum... adorável. Muito, hum, marrom.

Tomo um gole de vinho. Embora eu esteja na fase dos preparativos que antecedem a reunião da faculdade, estou me permitindo uma bebida esta noite para comemorar o primeiro dia de volta ao trabalho. Meus olhos piscam como disparadores em uma câmera. Eu os abro para ver a condessa viúva de Grantham fazendo aquela expressão que ela faz antes de lançar um dos seus gracejos inspirados em Oscar Wilde. A boca de Maggie Smith parece uma bolsa amarrada com cordão. É isso que querem dizer com os lábios franzidos? Lady Grantham, de *Downton Abbey*, é supostamente uma esnobe alucinada. Gosto muito mais dela do que da lady Mary, uma criatura de "maldade sem motivação". Quem disse isso? (**Roy? Roy? Preciso que você verifique uma citação. "Maldade sem motivação"? Macbeth, talvez.*)

Onde eu estava? Ah, sim, eu amo a lady Grantham. Ela me faz pensar que a velhice pode ser um prazer perverso, não apenas ficar caduca, destinada a um esquecimento cada vez mais assustador. Como a pobre Barbara com todas as coisas da cozinha na bancada. Além disso, ao contrário da minha mãe, a lady G não costuma castigar as pessoas com monólogos exaustivos sobre tapetes e cortinas.

De repente, ouço um grito vindo do telefone.

— Não quero que o Gordon Brown pegue o meu dinheiro — minha mãe fala.

— O Gordon Brown não é mais o primeiro-ministro, mãe.

— Não?

— Não. Ele foi há séculos. Você já tomou seus comprimidos hoje, mãe?

— Claro que tomei. Não estou demente ainda, você sabe.

— Sei que não está. — Quando digo isso, sinto uma angústia ao pensar em Barbara, que realmente está demente, sem comprimidos que possam resolver. — Você está se saindo brilhantemente. Mal posso acreditar em como você se recuperou bem após a cirurgia cardíaca. Você sabia que eu consegui um novo emprego, mãe? Aquele que te falei. É um pouco assustador voltar ao mercado depois de todos esses anos. Para ser sincera, eu me sinto velha e acabada.

— Não exagere, Kath — minha mãe fala. É sua resposta padrão, sempre foi. Não acho que ela realmente ouviu o que eu disse. Não tenho certeza se ela ainda pode considerar as minhas preocupações. Odeio pensar no que aconteceria se ela descobrisse sobre a belfie da Emily. Sua cabeça iria explodir. Droga, *a minha* está explodindo!

— Você sempre foi o tipo de pessoa que dá conta de tudo — minha mãe diz. — Você acha que as paredes em tons de verde ficariam melhores com o carpete novo?

Seguro o telefone levemente longe da orelha, apenas o suficiente para ouvir minha mãe falar sobre os diferentes tipos de verde da cartela de tintas. Verde básico. Verde-floresta. Verde-oliva. Verde-água. Por que me importar? Sei que ela vai acabar escolhendo a magnólia, a cor-padrão da imaginação inglesa.

Tomo outro gole de vinho e continuo assistindo a *Downton*. O que eu realmente preciso é de uma sra. Hughes para cuidar da casa, e Anna, aquela adorável empregada. Um Carson para bater um gongo e convocar crianças obstinadas para jantar também seria incrível. A maravilhosa sra. Hughes poderia supervisionar a louca mansão, e ela não se importaria nem um pouco com o fato de que Piotr removeu a pia da cozinha, então estamos tendo que tirar água da pequena pia do lavabo e a chaleira não cabe debaixo da torneira, então é preciso usar um copo para enchê-la. Enquanto isso, Anna poderia atualizar meu guarda-roupa de trabalho, costurando os botões que estão faltando, ajustando as costuras etc.

— Vai querer o vestido azul, milady, aquele que faz você parecer que poderia realmente ter quarenta e dois anos, mesmo que seu meio século esteja se aproximando como um trem? Ou prefere a jaqueta preta que comprou há nove anos que você não consegue mais abotoar nesse busto fabuloso e agora francamente flácido?

— Ah, Anna, seja boazinha e arrume meu espartilho.

— Sim, milady.

21h31: Richard entra com outra bebida verde edificante. Em vez de se juntar a mim no sofá, ele fica parado olhando para a tela da TV com um olhar de imensa dor.

— Não sei por que você assiste a esse lixo, Kate — ele diz. — É uma paródia ridícula de como era a sociedade nos anos 20. Você realmente acha que um conde perderia seu tempo aconselhando a cozinheira sobre um memorial para seu sobrinho desertor?

— Não quero ver um documentário sobre *O capital*, obrigada, Rich. Quero relaxar. Pode me servir outra taça, por favor?

Ele pega a taça de vinho vazia com evidente aversão e me entrega a caneca "Sou feminista" em troca.

— A Joely disse que o álcool pode acentuar os sintomas da menopausa.

— Como o quê?

— Bem, mudanças de humor.

— Ah, por favor. Me poupe do sermão de vida limpa. Imagino que a ideia de estresse da Joely seja descobrir qual sabor de Whiskas ela vai dar para os nove gatos dela. — Só estou tentando relaxar depois do meu primeiro dia no escritório, assunto pelo qual ninguém parece nem um pouco interessado.

— Ma-nhê?

— Sim, querida, o que houve? — Emily se aproxima, senta ao meu lado e começa a mexer no meu cabelo, enrolando uma mecha ao redor do dedo dela, como costumava fazer quando bebê enquanto tomava a mamadeira.

— Mãe, a Lizzy pode me dar a identidade falsa da Victoria, irmã dela, que tem o cabelo igual o meu? Somos muito parecidas, assim eu posso sair com eles na sexta à noite. Poooor favooooorrrrr, mãe.

Aqui vamos nós. Rodada doze da batalha: "Por que não posso usar uma identidade falsa?" Em está desesperada para entrar no grupo legal da escola, mas não vou deixá-la usar uma identidade falsa, logo, ela nunca vai poder entrar em danceterias ou no grupo legal. Portanto, eu sou uma bruxa má.

— Querida, quantas vezes tenho que repetir? Eu disse que "não", tudo bem? Ela se afasta, levando uma mecha do meu cabelo com ela.

— *Ahhhhh, por quê?*

— Porque não é certo, só por isso.

— Você nunca acha que *alguma coisa* é certa.

— E quanto a ser proibido? — Richard pergunta suavemente. — Sua mãe está certa, querida. Receio que menores de idade beberem seja proibido.

Richard agora assume seu papel tradicional de pacificador mãe-filha na fronteira Irã-Iraque. Isso parece uma situação e tanto: minha filha está de pé contra mim, meu marido está de pé ao meu favor e, o mais importante, os dois estão de pé na frente da droga da televisão.

— Todo mundo pode, por favor, sair da frente da TV para eu ver o sr. Carson? Tudo o que eu quero neste mundo é passar uma hora vendo uma casa funcionando bem em 1924.

22h33: Vou até o quarto de Emily pedir desculpas por manter meus princípios e não deixá-la usar uma identidade falsa para entrar em uma danceteria. Você pode pensar que deveria ser o contrário, que é a Emily quem deveria estar se desculpando, mas você estaria errado.

Sorte minha ser mãe em um momento em que os adolescentes são capazes de falar com seus pais de uma forma que nenhuma geração anterior da história permitiu. Lembro do meu pai me acusando de ser uma garota ingrata, e eu provavelmente era mesmo. Mas meus filhos têm muito mais a agradecer do que nós. Rich e eu estamos atentos às suas emoções mais profundas, nos esforçamos para reconhecê-los como pessoas, nos certificamos de que eles tenham uma dieta balanceada e muitas vezes quebramos o orçamento para entregar a maioria dos pedidos de Natal ao Papai Noel. Nunca batemos neles — bem, exceto aquela vez no aeroporto de Luton, quando Emily entrou na esteira de bagagens. Lemos para eles milhares de livros cuidadosamente selecionados e os levamos para Suffolk, Roma e a Disney de Paris, não os deixamos no banco de trás do carro com um pacote de salgadinhos de bacon — que foi o que aconteceu comigo e com a Julie enquanto nossos pais curtiam uma noitada no pub. (O teto de plástico creme do carro do meu pai havia se transformado num tom de açafrão por causa da nicotina do cigarro dele.) E adivinha só? A Em e o Ben se tornaram adolescentes muito mais hostis e muito menos agradecidos. Quer dizer, isso é justo?

Emily está deitada na cama, observando suas selfies, e não me olha.

— Querida, sinto muito pela coisa da identidade, mas não podemos deixar você infringir a lei, não é seguro.

— NÃO É A IDENTIDADE — ela lamenta. — É trabalho demais. Eu estraguei o meu francês. Não posso lidar com isso.

— Olhe para mim, Em. Olhe para mim. Você acabou de começar um curso novo e isso é estressante para qualquer um, entendeu? A mamãe acabou de começar num novo emprego e também estou preocupada que eu não dê conta de tudo.

— Você vai dar. — Em parou de chorar e posso dizer que ela está ouvindo.

— Vou. Claro que vou, querida. Tenho que provar a mim mesma perante todas essas pessoas novas, e não faço um trabalho assustador como esse há muito tempo, desde que você e o Ben eram pequenos. Sabe que eu sou a coroa do escritório?

— Você não é coroa — Emily contesta, meio sentada e com a mão no meu braço. — Você é muito jovem para uma mulher de meia-idade, mãe.

— Obrigada, querida. Espero que eu seja mesmo. Fez sua lição de casa, amor?

Emily nega. Pensei muito. A porta entre nós há pouco fechada está entreaberta e não devo perder tempo em entrar antes que ela feche novamente.

— Bem, podemos resolver isso.

— *Não* podemos, mãe.

— Sim, nós podemos. É uma peça de teatro?

— *Noite de reis*. O sr. Young estendeu meu prazo, mas não consigo fazer isso. Tenho até quarta-feira para apresentar ou vou receber uma advertência. É muita coisa. Eu não consigo. Não consssigooooo.

— Certo, que tal me enviar o que você fez até agora para eu dar uma olhada? Aposto que está muito bom. Assim pelo menos você entrega alguma coisa. Tudo vai parecer melhor quando você conseguir se organizar, prometo, querida. Agora vamos guardar esse celular, tá? Isso vai te manter acordada, meu amor, é ruim para o seu cérebro. Posso tirar o celular do quarto? Não. Certo, então vou colocar aqui. Você pode ver. Está só ali. Carregando. Não, não vou tirar daqui. Agora durma. Durma, meu anjo.

Meia-noite: Reviso alguns arquivos de clientes para tentar me atualizar. Brian, o barão da cervejaria, parece interessante. As anotações de Arabella dizem que Brian é "problemático": esse é o código da nossa área para predadores sexuais. Estou caindo de sono, mas antes de dormir preciso dar uma olhada em *Noite de reis*. Fiz a peça na escola, então espero que tudo volte. (*Roy, você pode pensar em comédias de Shakespeare para mim, por favor?*)

Nunca quis me tornar uma daquelas mães loucas e ambiciosas, do tipo que faz o trabalho de casa dos filhos enquanto eles estão em uma clínica de pacientes com problemas de anorexia.

Olhe para você, Kate.

Richard sempre diz que nossos pais não faziam ideia dos assuntos que estávamos estudando na escola. É verdade. Agora, parece que estamos praticamente fazendo os exames por eles. É por isso que todo mundo está tão estressado? Os pais estão estressando as crianças porque é possível tirar notas perfeitas se elas se comportarem como ratos de laboratório, negociarem o labirinto e abrirem as caixas corretas. As crianças estão estressando os pais porque eles se comportam como ratos de laboratório, que abrem as caixas corretas e acabam enlouquecendo e roendo os próprios pés. Ninguém se atreve a ser o primeiro a perguntar se a experiência vale a pena.

Sei que não devia fazer isso pela Emily, mas ela parece muito preocupada. Se eu terminar esse ensaio, ela vai se acertar. É só desta vez, não é?

00h25: — Então, supermulher do mercado financeiro, você acabou não me dizendo. Como foi seu primeiro dia?

Richard veio para a cama com uma calça de moletom cinza folgada. Suponho que seja de ioga. Deslizo a cópia da *Noite de reis* da Em para debaixo do edredom. Rich acredita que as crianças devem ser "resilientes"; acho que ele não aprovaria se me visse escrevendo um ensaio para ela. Além disso, não quero arriscar ter outra discussão. Ele não está usando nada na parte de cima, revelando um torso magro e quase sem pelos. Os cabelos da cabeça são cinzentos e finos. É assim que um homem superapto que percorreu vários milhares de quilômetros e evita todos os carboidratos refinados se parece; como uma ema que teve uma experiência ruim de quimioterapia. Obviamente, enterro esse pensamento indelicado assim que o tenho. (Richard olha para mim e pensa: *O que aconteceu com aquela loira perfeita com quem me casei?* Não o culparia se ele pensasse isso.)

Conto a ele que as coisas no escritório foram surpreendentemente bem.

— A maioria dos caras na mesa vai me confrontar até eu provar que estou lá para ficar, o que é bom. Tem uma moça boazinha chamada Alice. Meu chefe imediato é um pequeno e arrogante hipster. Jay-B. Mais ou menos da mesma idade que o Ben, com as mesmas habilidades sociais, mas, ao contrário do nosso filho, ele deve ter seu próprio pedicuro. Não preciso de ajuda com o material dos clientes, mas algumas das novas tecnologias são totalmente desconhecidas para mim. O que é um *dongle*?

— Ele não era do programa *Os Banana Splits*? — Rich pergunta.

Nós dois rimos. Incentivada por sua reação, e pensando que, para aproveitar ao máximo os adesivos de testosterona da Candy, eu devia pelo menos me esforçar, então me inclino para o lado do Rich da cama. Mas, com um único movimento, ele se vira e apaga a luz. Coloco a mão em seu ombro. Tão frio.

— Boa noite.

— Noite.

Quando estou convencida de que ele está dormindo, pego *Noite de reis* e recomeço a ler.

Ao longo de toda a nossa vida juntos, sempre fui capaz de alcançar Richard para restaurar a proximidade que eu disse a mim mesma que era nosso jeito próprio de nos relacionar. Não importa o quanto ficávamos irritados um com o outro ou o quanto a discussão fosse furiosa, bastava um olhar ou uma alusão a alguma história compartilhada que brilhava com a lembrança para fazermos as pazes. O modo como Rich pediu macarrão com tinta de lula na primeira vez que saímos juntos e ficou com os dentes escuros, fazendo-o parecer um mendigo, nunca deixava de nos arrancar sorrisos. Com o tempo, a desesperança dessa retomada de romance se tornou ela mesma romântica, parte da nossa mitologia como um casal. Esse armário de memórias, de sexo, da vida e da família que construímos sempre podia ser convocado nos tempos mais difíceis do nosso relacionamento. O mais breve dos beijos em sua nuca, sua mão descansando em minha cintura, e novamente nos pertencíamos: o Richard da Kate, a Kate do Richard. Tudo o que construímos juntos durante vinte anos estava lá como prova de que havíamos sido feitos para durar.

Eu não tinha percebido como eu contava com esse truque até que chegou o momento em que isso não aconteceu. Ficamos lado a lado na cama, como sempre havíamos feito, mas havia um abismo entre nós. Acordada, sem sono no escuro, com os olhos bem abertos e muitas vezes encharcados de suores noturnos, com Richard roncando ao meu lado, eu pensava cada vez mais em nós não como um casal, mas como gêmeos solidários. Juntos, mas ainda separados. Podíamos muito bem ficar em covas separadas. A solidão era muito mais aguda do que qualquer outra que eu recordasse sentir quando estava sozinha. Era fácil — tudo o que eu tinha que fazer era estender a mão e tocar suas costas, mas não consegui alcançar o abismo de cerca de vinte centímetros. A vontade estava lá, pelo menos algumas vezes, mas meu braço não obedecia à instrução. Eu não tinha mais certeza de quem eu estaria tocando. Sim, era isso. Não tivemos relações sexuais desde a véspera de Ano-Novo, depois da festa dos Campbell. E foi horrível — na verdade, parecia carpintaria. Quando, finalmente, seu pênis murcho endureceu o máximo que podia, ele o enfiou dentro de mim com a mão, e eu gritei porque lá embaixo estava seco e doeu. Ele estava bêbado e não esperou que eu ficasse molhada, mas por que esperar, já que nunca precisamos de um lubrificante? Ele nem me beijou. Beijar teria ajudado a liberar a excitação. Mas o beijo para em algum momento de um casamento, embora o sexo possa continuar por muito tempo depois.

    A cada estocada, eu podia sentir a vagina queimar, sendo rudemente esfregada, e minha mente se desviava para a gaveta de remédios do banheiro e que creme eu usaria pela manhã para não deixá-la dolorida. Havia um antigo sachê de Flogo-Rosa, desde quando fazíamos amor com frequência e eu sempre corria direto para o banheiro para fazer xixi para eliminar as bactérias. Enquanto meu marido se movia em cima de mim, eu podia imaginar aquele sachê amassado, enfiado em um bolso lateral da minha nécessaire Cath Kidston. Eu poderia ter dito para ele parar, tê-lo empurrado de cima de mim ou protestado pela falta de preliminares, mas era mais fácil fingir que meu choro de dor era prazer e gritar um pouco mais, então ele gozaria rapidamente e estaria tudo acabado.

* Roy diz que "maldade sem motivação" é, na verdade, uma descrição de Iago em Otelo, não de Macbeth, motivada por sua esposa. Lady Macbeth obviamente estava passando pela perimenopausa e, portanto, não podia se responsabilizar pelas violentas mudanças de humor, intimidação do marido, assassinato de crianças etc.

10

Renascimento de uma vendedora

Os primeiros dias de volta ao trabalho foram surpreendentemente tranquilos. Jay-B me deu muitos relatórios de clientes para fazer e fiquei grata pela monotonia e pela oportunidade que essa simples tarefa me proporcionou de observar meus novos colegas para saber quem poderia ser um aliado em potencial e quem poderia ser perigoso. Como freelancer, eu estava acostumada a trabalhar sozinha e esqueci como o escritório pode ser um ecossistema complexo e agitado. A última vez que me sentei aqui foi no papel de chefe e fazia muitos anos desde que eu estive em um nível tão baixo na cadeia alimentar. Eu era a Benjamin Button das carreiras; a idade e o status haviam voltado para trás. Definitivamente levava algum tempo para se acostumar.

Logo percebi que Jay-B, o senhor das moscas, como um ditador da República das Bananas, havia sido promovido. Quando eles demitiram os antigos, depois da crise, devem ter acelerado as promoções. Ele era bom, mas não tão bom quanto ele achava que fosse, o que é quase mais perigoso do que ser ruim. Em uma crise, a única coisa que Jay-B salvaria seria a própria pele e seus produtos para o cabelo; aquele topete certamente recebia uma séria manutenção.

Troy era extraoficialmente o número dois da equipe. Jay-B deveria ter empregado alguém mais velho para equilibrar sua falta de experiência e seriedade, mas acho que ele confiava na impetuosidade e na subserviência juvenil de Troy para fazê-lo parecer bom. Erro clássico. Sinceramente, quando vi o que aquele garoto tinha feito com o *meu fundo*, senti vontade de bater com a cabeça na mesa. Bater? Socar? Seja como for, isso me enfureceu, mas eu não estava lá para assumir ou apontar seus erros, apenas para receber meu salário. Decidi adotar uma estratégia de pedir ajuda a Troy quando eu não precisava, porque ele era o tipo de idiota que gostava de proteger as mulheres, e não me custava nada lhe dar uma satisfação tão simples. Para falar a verdade, Troy não poderia ter ficado mais animado com a sua nova companheira sem noção.

Por outro lado, não era interessante falar muito. Alice, na cadeira ao lado, conversava, mas eu me limitava a responder às perguntas com cuidado. Queria divulgar o mínimo de informações pessoais, até me acostumar a ter quarenta e dois anos e nunca ter trabalhado ali. Leva-se tempo para entrar em um personagem, pergunte a Dustin Hoffman. Depois de alguns dias difíceis, me perguntei se tinha sido necessário mentir sobre a minha idade, e então ouvi Claire Ashley conversando com Troy sobre Phil, um cara da tesouraria, que eles estavam pensando em dispensar.

— Ah, Deus, ele está um pouco passado — Troy gemeu. — Ele não vai ter garra e energia suficientes, não é?

— Ei, o Phil é dois anos mais novo que eu! — Claire disse, batendo de brincadeira no ombro de Troy.

Alice me disse que Claire tinha quarenta e um anos, então Phil podia ser descrito como "passado" aos trinta e nove anos. Como eu disse a Sally antes da minha entrevista, quarenta e dois anos era, praticamente, um daqueles andadores de metal para idosos, e cinquenta vinha com um aviso de "por favor, não ressuscite" gravado na testa.

Terça-feira, 13h01: As coisas são tão pouco exigentes em minha nova função que é fácil para mim alternar entre um relatório de cliente em uma tela e o ensaio de Emily de *Noite de reis*, que estou corrigindo e desenvolvendo, na outra. Houve apenas um momento difícil quando Troy apareceu atrás de mim e falou em voz alta:

— Mas quem é esse tal de sr. Toby Belch?

— Ah, obrigada, Troy — respondi com um grande sorriso de agradecimento. — Você achou um erro de digitação. É Toby Welch, na verdade. Um figurão na Feste Capital. Ramo de roupas. Achamos que devíamos tentar chegar até ele, se possível.

O sorriso de Troy expunha pequenos incisivos pontudos, pequenos demais para sua boca larga e quase feminina. Ele ficou contente por ter ensinado à nova garota outra lição. Uma vez que ele estava a uma distância segura, voltei à minha argumentação sobre como *Noite de reis* mostra que às vezes o engano é o único caminho a ser percorrido. O ensaio de Emily estava indo bem, para ser sincera.

A Lei de Murphy diz que Jay-B deveria então pedir para eu fazer minha primeira apresentação junto a um cliente esta tarde. Colocando de outra forma: Troy recebeu o lance de Jay-B e o jogou para mim, no que ele está fingindo ser um enorme favor pessoal, mas suspeito fortemente que seja um joguinho tóxico, tipo batata-quente. Por que as palavras "veneno" e "cálice" me vêm à mente? O prazo também é ridiculamente curto, mas não posso dizer "não". Eis uma chance de provar que não sou só um enfeite de meia-idade sobre a mesa, mas alguém que Jay-B pode mandar para o tiroteio, se necessário.

Pelo pouco que Troy me disse, tenho que apresentar os analistas de portfólio para uma família russa em Mayfair, levando comigo Gareth, da pesquisa, e Alice, minha colega de marketing, porque não há gerentes de investimentos disponíveis. Não está claro se algum dos membros da família russa estará presente, assim como com quem será a competição — quem mais vai defender esse duvidoso privilégio? Eles nos pediram para participar desse desfile de beleza no último minuto por razões que ninguém consegue explicar muito bem. Será que alguém desistiu, por não ter gostado muito da cara disso?

As palavras de Troy para mim foram exatamente estas:

— Temos esse russo, não é o ideal, mas o advogado diz que ele tem quarenta milhões para investir. O homem está trabalhando com ele há anos e dizem que está bem.

De qualquer forma, não adianta negar. Aqui está uma chance de ver se a coroa pode sair da aposentadoria e mostrar às crianças como se fazem as coisas. Temos meia hora para a apresentação, incluindo quinze minutos para as perguntas. Não há tempo para uma pesquisa completa sobre o cliente, muito menos para terceirizar um serviço para fazer a devida diligência e desenterrar qualquer possível sujeira. Oriento Alice que pesquise "Vladimir Velikovsky" e sua família no Google enquanto ligo para o advogado que nos avisou sobre essa "oportunidade". Ele saiu para almoçar. Pego o telefone para ligar para a empresa de gestão anticorrupção, que fica no prédio, e então me dou conta: sou nova aqui. É sempre melhor ver as pessoas pessoalmente, fazê-las se sentirem mais valorizadas. Além disso, eles não me conhecem nem confiam em mim ainda. Alice me diz que essa empresa fica no décimo quinto andar.

Os elevadores estão lotados levando as pessoas para almoçar, então subo pelas escadas. Dois passos de cada vez. (Conor ficaria orgulhoso de mim!) Na recepção, me apresento a Laura, gerente de conformidade, e faço minha expressão mais amigável e digna de confiança. Em seguida converso com ela sobre a situação com os russos. Laura franze o nariz, como se tivesse acabado de abrir uma gaveta e encontrado o sanduíche de atum de ontem. Ela diz que, como o cliente é "de uma jurisdição de risco mais alto" (tradução: provavelmente trapaça total), a empresa prefere fazer a auditoria jurídica.

— Quanto tempo temos? — ela pergunta. — Iniciando no próximo mês, certo?

— Temos cerca de vinte minutos até o táxi chegar.

Laura fica horrorizada. Diz que, dadas as circunstâncias, ela diria que está "ligeiramente insatisfeita" sobre eu participar da reunião.

Tudo bem, mas "ligeiramente insatisfeita" ainda não é um "não" definitivo, é?

As apresentações sempre foram meu forte; preciso agarrar essa oportunidade para provar a Jay-B que não sou uma pessoa adequada só para manter o lugar aquecido durante a licença-maternidade de Arabella. Digo com otimismo a Laura que duvido muito que vamos ganhar. E realmente não quero decepcionar o advogado que nos deu a dica. O homem disse que o sr. Velikovsky é "bom", o que é um pouco "ligeiramente infeliz" da parte dele, suponho. Embora a definição legal de "bom", nestas circunstâncias, possa significar "até agora não provou ter engordado seu tubarão de estimação com nenhum parceiro comercial".

14h03: No táxi, a caminho de Berkeley Square, Alice compartilha suas descobertas do Google comigo e com Gareth. Vladimir Velikovsky ganhou um valor avaliado em trezentos e cinquenta milhões de libras ou mais comprando gás a um preço diferenciado de alguns aliados de Vladimir Putin e depois vendeu o produto por um valor mais alto. Só existem duas fotografias dele em domínio público. Em uma, está posando na neve, com um rifle Kalashnikov pendurado no ombro, atrás de um urso enorme, preto, morto e um tanto zangado. Tudo o que posso ver dele — do caçador, não da presa — é um par de óculos de esqui espelhados e uma parca acolchoada e volumosa. A segunda imagem o mostra ao lado da sra. Velikovsky, Kristina, ex-miss Belarus, que parece ter vencido um grande jogo. Você poderia se cortar naquelas bochechas tão finas.

— Fico imaginando o que ela viu nele — Alice fala. — Ela é lindíssima.

— Vá em frente — Gareth ri —, adivinhe.

— Tenho certeza de que o sr. Velikovsky é bem charmoso — falo. — Eles têm filhos, Alice?

— Dois garotos e uma garota, até onde sei — Alice responde. — Acho que o mais velho deve ter uns onze anos. Ah, e ele gosta de pizza e vodca.

— O filho ou o pai?

— Muito provavelmente os dois.

Um cavalheiro de bom gosto, então, o sr. V. Não há muito para continuar, mas vai ter que servir. Quando saímos do táxi, e Gareth está pagando o motorista, sinto uma pontada aguda e dolorosa no estômago. Deve ser o nervosismo. *Vamos lá, bobinha, tudo vai voltar para você.*

Alice tem ibuprofeno à mão, e jogo duas cápsulas na boca enquanto seguranças de jaquetas de couro pretas e óculos escuros abrem a porta da frente. Tom Cruise teria entrado pelo telhado.

14h30: A reunião é em um salão de baile no primeiro andar de uma dessas casas georgianas londrinas de sete andares. Todas as características originais foram meticulosamente arrancadas e substituídas por escadarias industriais de alumínio, que parecem uma escada de incêndio de Nova York, e aquelas lareiras a gás que ficaram na moda por cerca de cinco semanas e agora parecem bobas e frias — o oposto do que você quer do fogo. A casa deve ser tombada na categoria dois*, senão na um. As pessoas do patrimônio histórico teriam problemas se vissem o que foi feito a ela, mas os proprietários não precisam se incomodar com coisas insignificantes como o consentimento de um imóvel tombado. Com esta riqueza, o mundo pede permissão a *você*, não o contrário.

É tudo muito calmo aqui. Os carros na praça lá embaixo parecem estar em um filme mudo. É o tipo de silêncio que cerca um mosteiro ou um túmulo que só vários bilhões podem comprar. Há uma mesa de reuniões com um tampo branco de mármore Carrara, e atrás da mesa está o trio dos nossos futuros clientes: sem falas, sem sorrisos e, a julgar por suas expressões, sem vida.

O trio é como se segue: grande, pequeno, czar. O da esquerda é um brutamontes — parece que passa as noites e os fins de semana provocando contusões. Se os russos jogassem rúgbi, isso seria ótimo, mas pergunte a esse cara se ele gostaria de ser um jogador ou um apoio e ele seria capaz de te bater. Ele se inclina para a frente, as sobrancelhas em uma única linha de pelos negros e espessos. No meio está uma figura magra, compacta e elegante, que parece ter saído de uma caixa. Abotoaduras chamativas, colarinho engomado, olhos redondos que brilham por trás da armação de metal. Provavelmente é o cara dos números. E em seguida vem o czar: porte nobre, barba bem aparada — digno de ostentar a Ordem do Sabre de Prata, Primeira Classe, em uma fita em volta do pescoço. Um terno da Savile Row que custa mais do que o meu carro. Pode muito bem ser um parente distante da família real britânica. Bem, para falar a verdade, poderia ser o príncipe Michael de Kent.

Então, qual deles é o temido Velikovsky, mestre dos concursos de beleza e matador de ursos? Aposto no príncipe Michael, embora meu dinheiro tenha tanto peso nessa sala quanto meu diploma de história. Nenhum dos três se levantou quando nos aproximamos ou fez qualquer sinal de saudação. Nenhum se apresentou ainda e, ao que parece, nem sentem vontade de fazê-lo. Talvez eles sejam uma trindade, como Deus. Contudo, é o Dia Nacional da Amizade.

Respiro profundamente. Quando estou prestes a começar a falar, dou duas checadas. Aquela tela na parede atrás deles, de uma odalisca descansando, com as calças de odalisca e os olhos amendoados — os mais preguiçosos do mundo — poderia ser quase um Matisse. As cores são deslumbrantes. Então me lembro onde estou. *Não seja grosseira, Kate. É claro que é um Matisse.*

— Boa tarde, senhores, é ótimo estar aqui e obrigada pela oportunidade de contarmos um pouco sobre a EM Royal. Para começar, permitam-me falar brevemente sobre nós. Na EMR, temos uma equipe de pesquisa excepcional. Gareth Bowen, nosso chefe de pesquisa, está aqui hoje para lhes dar uma visão de como fazemos as coisas. Minha colega, Alice Myers, vai falar com vocês sobre estratégias de investimento. Temos muito orgulho de nosso desempenho. E possuímos duzentos e cinquenta milhões de libras de ativos sob nossa gestão. Nossas taxas são muito competitivas e, acreditem, nosso serviço é inigualável.

Logo relaxo e começo a me divertir. E tudo volta. *Você é boa nisso, Kate, muito boa.* Comparada às apresentações que eu costumava fazer uma década atrás (uma, especialmente, de pé sobre uma mesa no centésimo quinto andar do World Trade Center, infelizmente), é uma coisa fácil. A memória muscular entra em ação.

— Senhores — falo —, por favor, olhem nossos fundos como um jogador de alto desempenho para acompanhar seus investimentos mais convencionais. Pensem em nós como o seu Cristiano Ronaldo. — Posso sentir Alice endurecendo um pouco ao meu lado. O trio em frente sorri de forma nervosa, se perguntando para onde esta comparação está indo. — Bem, Ronaldo sem as birras ou o short rosa-choque.

Eles ainda estão rindo quando sinto acontecer. Ah, Deus. Não só a dor da menstruação, não apenas o indício enganoso que ela desceu. Mais como uma geleira derretida em um daqueles filmes de lapso de tempo que mostram a história da Terra em cinco segundos. É como se uma massa de terra tivesse desmoronado no meu ventre e caído completamente. Algo catastrófico está acontecendo lá embaixo. Preciso ir ao banheiro imediatamente.

Por sorte, acabei de chegar a um ponto do meu discurso onde posso passar a bola para Gareth, então não me sinto uma fraude completa quando digo:

— Com licença, só um instante. Vou deixar vocês nas mãos capazes de Gareth, nosso lendário pesquisador supremo. Gareth e Alice responderão a todas as perguntas que vocês possam ter. Gareth, é com você.

Gareth e Alice me olham como se eu tivesse acabado de entregar a eles um pequeno dispositivo nuclear, mas não posso me preocupar com isso agora. Eu me levanto e sigo pela imensa sala como se tivesse uma espécie de patinha de caranguejo, tentando manter as coxas juntas, para o caso de alguma coisa cair no chão mais claro do que o piso claro de madeira dinamarquesa. Graças a Deus estou usando meia-calça preta, porque achei que seria só mais um dia de trabalho, não as meias finas sete-oitavos que costumo usar para parecer profissional em uma apresentação.

Tropeço ao passar pela pesada porta do banheiro feminino. É o mais bonito em que já estive. As paredes são cobertas com papel prateado em estilo chinês pintado à mão, com magnólias rosa-claras e beija-flores tão vivos que parece que um pássaro vai voar na minha mão a qualquer momento. A cuba é uma barcaça de cerâmica, quase maior do que o nosso banheiro inteiro em casa, e no parapeito da janela há um enorme cachepô de orquídeas brancas. Praticamente caio no banheiro. Sentada em segurança, com a calcinha e a meia-calça ao redor dos tornozelos, tenho a chance de avaliar o dano. É indescritível. Como é possível imaginar que pode sair tanto sangue de uma pessoa? E não é só sangue. Há coágulos semelhantes a um pedaço de fígado. Eu me sinto fraca só de olhar. Por um momento, me pergunto se estou tendo um aborto espontâneo. Então lembro que não faço sexo desde a véspera de Ano-Novo. Não posso estar grávida. Alívio momentâneo. Mas não dura muito tempo. Ah, Deus, por favor, me ajude, alguém me ajude. Eu me sinto febril e doente, mas não posso ficar aqui assim, não posso. Essa hemorragia não está em nosso material promocional, com certeza. *Vamos, Kate, VAMOS!* Hora de jogar aquele monstro do lago Ness no banheiro e me limpar.

Cuidadosamente, removo primeiro a meia e depois a calcinha, limpo o máximo que consigo da sujeira do matadouro e coloco uma grande quantidade de papel higiênico entre as pernas. Saio do banheiro com cuidado, coloco a meia e a calcinha na cuba, jogo água quente em uma torrente e bombeio o máximo de sabão que posso tirar do porta-sabonete de prata. Agito rapidamente e, em seguida, deixo de molho. Permito que o papel higiênico absorva a sujeira ensanguentada entre minhas coxas por alguns segundos e esfrego as peças. Repito o processo. Lavo novamente. Repito o processo cinco vezes até que o papel acaba. Procure um novo rolo. Não encontro nenhum e ainda posso sentir o sangue escorrendo de dentro de mim.

Verifico a bolsa, mesmo sabendo que não tenho nenhum absorvente. Droga. Há meses meus fluxos menstruais têm sido tão leves e pouco frequentes que não me incomodo com isso. Não que um absorvente interno fosse compatível com a maré vermelha. Desesperada, pego uma bela toalha de linho com o monograma VV bordado à mão em um canto, destinada a oligarcas que caçam ursos, e a dobro como um absorvente de emergência. Coloco isso entre minhas pernas em uma espécie de rede. Agora o que preciso é algo de plástico para servir como uma camada protetora, para evitar vazamentos — touca de banho, bolsa para descarte de produtos ou algo assim. Olho em todos os lugares, ao lado do vaso sanitário, embaixo da pia... Nada. Tudo que tem por aqui é sabonete líquido e cerca de trinta orquídeas gigantes. Bem, situações desesperadas exigem medidas desesperadas.

Pego a meia e a calcinha da pia, deixo a água escorrer e enxáguo de novo. Não posso dizer que estão limpas, mas vão ter que servir. Torço as peças para secarem o máximo possível, depois passo rapidamente de volta para a calcinha úmida. Agora pego a maior folha de orquídea que posso encontrar — sua superfície verde e brilhante é à prova d'água e, quando é acomodada, forma uma canoa perfeita — e a coloco na calça para que ela possa segurar a toalha de mão do sr. Velikovsky firmemente no lugar. Em seguida pego a meia que, surpreendentemente, está boa. Eu me ajoelho no chão e limpo os respingos de sangue com a escova de cabo dourado ornada com monograma. A sensação que tenho é que sou o assassino na cena do meu próprio crime.

Há quanto tempo estou aqui? Parecem horas, mas provavelmente só se passaram alguns minutos. *Vamos, Kate, junte tudo. Será que ainda dá tempo para retomar a apresentação?* Eu me olho no espelho de vidro veneziano, manchado pela idade, que paira sobre o lavatório.

Minhas bochechas estão muito coradas. Aplico rapidamente um pouco de pó compacto. Retoco o batom. A toalha parece volumosa entre as minhas pernas, como se eu estivesse usando uma fralda encharcada, mas acho que ninguém vai perceber. Rezo para ninguém perceber. Deixo o banheiro e volto para a sala de reunião. Posso ouvir o caloroso sotaque galês de Gareth e me sinto segura. Está tudo bem. Peço desculpas rapidamente a todos, em voz clara e brilhante menciono algo sobre frutos do mar para o almoço, então pego o ponto de onde parei, agradecendo a Alice e Gareth por suas contribuições. Há perplexidade nos olhos de Alice, mas o sorriso glorioso é fixado no lugar. Boa menina. Vejo os russos relaxarem. Debaixo da saia posso sentir a calcinha, desagradavelmente úmida e fria, e, debaixo dela, a folha de orquídea, cerosa e rígida, como um brinquedo sexual biodegradável. Não importa, contanto que o sangrento tsunami seja mantido à distância e nada vaze.

— Sra. Reddy? — o brutamontes fala. É como ouvir um misturador de cimento. — O sr. Velikovsky gostaria de lhe perguntar uma coisa.

— Sim, claro. Por favor, vá em frente.

— O sr. Velikovsky gostaria de saber se você pode colocar o filho dele no Colégio Eton. O Sergei gosta de matemática.

— Ah, bem, sr. Velikovsky — digo, encarando fixamente o Matisse, já que ainda não sei a quem devo me dirigir. — Podemos oferecer assistência aos clientes de várias maneiras. Temo que não seja possível simplesmente conseguir uma vaga no Eton tão rápido, pois há um processo de admissão bastante exigente, devido, é claro, à qualidade da escola. — (Não há mal nenhum em fazer um pouco de publicidade. Os Velikovsky deste mundo, que atualmente compram paróquias inteiras de Londres, não se cansam de tais tradições, o único problema é que nem tudo pode ser comprado. Isso os incomoda e os faz desejar ainda mais.). — Seu filho pode estar em condições de fazer esse teste, mas tenha em mente que existem muitas outras escolas excelentes que, tenho certeza, se mostrariam muito favoráveis para admitir o filho do sr. Velikovsky. — (Basicamente, escolha qualquer internato antigo que precise de um novo prédio de ciências e Vlad será seu patrono.). — Nem preciso dizer que eu ficaria mais do que feliz em aconselhar o sr. e a sra. Velikovsky sobre a questão dos serviços de tutoria personalizada para Sergei. Alguns deles estão disponíveis por apenas quinhentas libras por hora.

Dou um leve sorriso, que é devolvido pelo czar. Ele é o cara. Deve ser. Certamente ele entendeu a piada. (Ofereça a homens como ele, ou a seus parceiros, qualquer coisa que pareça uma verdadeira barganha, e eles ficarão horrorizados. De todas as pessoas, por que *eles* deveriam sonhar em economizar? Dê a eles um preço absolutamente ridículo, e eles vão se animar. Apenas o melhor satisfaz — seja um iate, uma esposa ou um graduado em Oxford com maneiras impecáveis para orientar Sergei muito pacientemente no futuro perfeito do verbo *avoir*. O futuro sempre pode ser perfeito, se você tiver dinheiro.)

Há uma pausa. Então o homem do meio se levanta, seguido apressadamente pelos outros dois. Ele vem ao redor da mesa e se aproxima de mim, os olhos me avaliando, passando das minhas sapatilhas aos meus brincos com uma espécie de franqueza desavergonhada, como se estivesse prestes a me comprar ou me colocar à venda. O cara dos números e o brutamontes pairam atrás dele, irradiando respeito. Se Napoleão tivesse abandonado a conquista da Europa e sido treinado para ser um grande capitalista, ele teria sido Vladimir Velikovsky.

— Sra. Reddy — ele diz, quase sem sotaque. A voz internacional, desprovida de fronteiras, está muito bem enraizada no First Class Lounge, em Heathrow, e em nenhum outro lugar. — Acredito que nos entendemos. Você concluiu, corretamente, que sou um admirador da Inglaterra. E, quando você admira algo, bem... — Ele se afasta, abre as mãos e sorri. As calotas de gelo podem estar derretendo no Ártico, mas o gelo do sorriso de Velikovsky permanece tão duro quanto uma pedra.

Ele dá outro passo em minha direção. Estranhamente, desafiando as leis da perspectiva, ele parece diminuir de tamanho quanto mais perto chega. Estimo que o topo de sua cabeça dá na altura dos meus mamilos, o que, provavelmente, combina muito bem com ele. O homem com centenas de milhões é quase um anão. Apenas por um instante, as paredes da mansão caem. Não estou mais participando de uma reunião de negócios em Mayfair. Estou na porcaria de *Game of Thrones*, versão sangue.

— Eu acho — o baixinho prossegue — que poderíamos fazer negócios juntos. Talvez, srta. Reddy, se você e seus... — ele olha para Gareth e Alice, como se estivesse lutando para reprimir a palavra "empregados", depois se vira para mim — e seus colegas pudessem ter a gentileza de examinar as particularidades dos seus investimentos propostos mais uma vez. Talvez até duas vezes. Por favor, me perdoe por estar sendo tão prudente, mas, com o passar dos anos, acho que é muito importante — pausa momentânea — tentar bastante. — Ele disse isso para aquele urso? Algo me diz que esse cara não se importou de tentar muito; aposto que ele também contribuiu com sua parcela.

Vinte minutos depois, saímos para a Berkeley Square. Um rouxinol deve estar cantando, pois temos um firme compromisso dos russos em investir. Peço desculpas aos meus colegas por deixá-los naquela situação.

— Kate, você foi incrível — Alice diz.

— O que é um serviço de tutoria personalizado se tutoria já é particular? — Gareth provoca, rindo.

— Sei lá. É algo como ajudar meus filhos com o trabalho de casa e cobrar uma pequena fortuna por isso. Não é uma má ideia, na verdade. Táxi! TÁXI!

Quando entro na parte de trás do táxi, uma onda de calor passa do meu peito para o meu rosto. Não sei dizer se é um rubor de calor ou de vergonha.

16h38: Vencemos o lance. Essa é a boa notícia. A má notícia é que, quando voltamos ao escritório, Troy, que claramente me preparou para o fracasso, não se preocupa em esconder como está irritado. A nova garota, a aprendiz bobinha de Troy, conseguiu fechar o acordo quando qualquer idiota podia ver que ela não tinha a menor chance. E foi por isso que ele resolveu lhe dar a oportunidade. Para *ela* se ferrar no lugar *dele*.

— O Velikovsky é um barão das drogas? Ele matou alguém? — Troy exige. — Nós realmente queremos ser associados a ele? Você confirmou isso com a auditoria anticorrupção, Kate? — Ele segue, como uma vespa irritante em um piquenique.

Jay-B sai do escritório e, para minha fúria silenciosa, parece estar do lado de Troy, dizendo que, se Velikovsky for o gângster que todo mundo pensa que é, o risco para o nosso negócio pode ser "reputacional", que o dinheiro russo é notoriamente esquisito etc. Mesmo que Velikovsky chegue a quarenta milhões, ele poderia sair um ano depois. (Catástrofe para a linha de fundo é o caramba. São os machos alfa que fecham as fileiras para atingir a beta feminina.)

Alice revira os olhos para mim e bebe uma lata de Coca Zero. Gareth diz que vai comer um sanduíche e pergunta se alguém quer alguma coisa. Agradeço a Troy por registrar essas preocupações fortes e perfeitamente válidas. Talvez fazê-las *antes* de irmos para o campo pudesse ter sido ainda mais útil, mas tudo bem.

Troy me encara. Como Vlad, sem os músculos. Ou o poder. Ele está fraco e ferido, por isso manuseie com cuidado.

— Bem — sorrio para Troy —, você pode estar certo. Vamos esperar pelo relatório investigativo sobre Velikovsky e depois ver o que o chefe do setor de risco tem a dizer. Concorda?

Sinto uma cólica repentina, como uma contração de parto, e tenho de agarrar o encosto de uma cadeira para me impedir de gritar. De novo, não. Aguardo um minuto e a dor passa. Digo a Alice que vou até a M&S comer sushi. Corro pela praça. Uma vez na loja, pego a escada rolante até a seção de peças íntimas femininas, compro um conjunto de três calcinhas confortáveis tamanho grande, além de uma meia-calça preta, e só me lembro do sushi quando estou saindo. No caminho de volta, paro na farmácia e observo as prateleiras de absorventes. Nunca precisei de nenhum absorvente especial, exceto quando trouxe os bebês para casa do hospital. Pego um pacote de absorventes de maternidade "para cuidados pós-parto" e me apresso.

Faça um pouco de barulho quando coloco o sushi na mesa e, em voz alta, ofereço a Alice um pouco para provar que não saí para escapar do trabalho, e então vou direto para o banheiro. No cubículo, removo a meia e a calcinha úmidas e coloco as duas na sacola da M&S. Surpreendentemente, a folha de orquídea fez o seu trabalho. Decido manter a toalha de mão com o monograma de Velikovsky, também conhecida como absorvente de emergência, que enrolo bastante, coloco no saco plástico da farmácia e depois na minha bolsa, como troféu de guerra. Eu me limpo com papel higiênico, pego uma calcinha nova, grande e limpa — ah, felizmente limpa —, coloco o absorvente e rapidamente me contorço nas meias pretas. Ouço a porta se abrir e uma voz chamar:

— Kate, você está bem? — É a Alice.

— Sim, tudo bem. Já estou saindo. Quer começar a pesquisar vodcas de boa qualidade?

Ela ri.

— Vou fazer isso.

Preciso voltar para a minha mesa e fazer as coisas direito com Troy. Não dá para mostrar sinais de fraqueza, não nesse momento. Estou deslizando o trinco da porta do cubículo quando sinto o cheiro de algo ruim: o cheiro enferrujado de sangue seco. Droga. Remexo na bolsa à procura de perfume e borrifo esguichos generosos de Mitsouko entre as pernas, por via das dúvidas, e um pouco na bolsa para melhorar o cheiro. Troy já cheira a sangue. Não há necessidade de lhe dar mais munição.

Kate, isso é loucura, o que você está fazendo?

Eu me sento novamente e me dou um momento, apoiada no assento do banheiro. Meu coração está acelerado. O que acabou de acontecer comigo? Lá atrás, no palácio oligárquico, com o vulcão vaginal de Velikovsky. Sinto... o que eu sinto? Uma combinação de vergonha e medo. Que meu corpo me decepcionou, me sacrificando no altar da meia-idade. De repente, fui levada de volta a um mundo primitivo de desamparo animal, que passamos toda a nossa vida adulta tentando deixar para trás. Meu corpo, uma vez tão leal, tão confiável. Medo e humilhação. *Por favor, não me decepcione. Agora não. Preciso que você trabalhe para eu poder trabalhar também.*

Devo marcar outra consulta na ginecologista e realmente ir lá dessa vez. (*Roy, você pode, por favor, me lembrar sobre o ginecologista que a Sally mencionou? Urgente!*)

Verifico o telefone. Donald deixou uma mensagem na caixa postal (deve ter acontecido algo ruim, porque ele nunca liga para o meu celular), Debra mandou um e-mail (Atire em mim!). E há uma mensagem de texto do Ben, que respondo rapidamente, do assento do banheiro.

    Ben para Kate
    Vem.

    Kate para Ben
    Esqueceu que eu estou no trabalho, querido? Se você quer que eu vá te buscar mais tarde na casa do Sam, você pode, pelo menos, perguntar com educação? "Vem" é uma ordem, não uma palavra para convencer sua mãe a entrar no carro e ir te buscar! Bjos.

    Ben para Kate
    K

    Kate para Ben
    O que é K? Isso não é nem mesmo uma palavra.

    Ben para Kate
    Ok.

    Kate para Ben
    A mamãe teve um dia muito difícil e...

Excluo isso. Macho adolescente autocentrado não quer saber sobre os problemas da mãe. Ele quer que ela seja equilibrada, forte, sorridente, cozinhe macarrão, dê a ilusão de que não sai para trabalhar e exista unicamente para tornar sua vida maravilhosa. Ele nunca deve se incomodar com o pensamento daquele terrível acidente no palácio do oligarca. Pensando em Ben, e no quanto estou me esforçando para dar a ele e a Emily uma vida boa, apesar de estar fazendo uma enorme confusão com tudo isso, a represa finalmente transborda.

Não. Desculpe. Seque as lágrimas. Já teve muitos fluidos para um dia só.

Kate para Ben
Eu te busco na casa do Sam. Divirta-se! Te amo. Bjkas.

Antes de sair do banheiro, deixo a sacola contendo o material sujo no lixo, me certificando de esconder ao máximo a folha de orquídea. Lavo bem as mãos, aplico o batom cuidadosamente e volto para a minha mesa.

Tudo bem, onde eu estava?

Que dia foi aquele?

Primeiro, eu estava dizendo que faria o ensaio da Emily de *Noite de reis* para ela amanhã. Foi quando pensei que não teria quase nada para fazer. Depois veio aquele banho de sangue no palácio russo. Então, quando estava em segurança de volta à minha mesa, tive uma conversa telefônica sussurrada com Donald, que disse que Barbara começou a limpar loucamente, assim como fazia antes de ficar doente, só que muito pior desta vez.

— O médico falou que é comum os pacientes com demência exibirem características exageradas da sua antiga personalidade. A Barbara está tentando deixar tudo arrumado. Ela escondeu minha dentadura e não consigo fazer com que ela me diga onde ela foi parar. O que você acha, Kate, amor?

— Não sei, Donald. Que tal olhar no bolso do roupão ou no casaco?

— O quê? Não consigo te ouvir. Pode repetir, Kate, amor? — (Não, não posso falar, porque estou no trabalho e eles pensam que estou falando com um cliente, não com um idoso em Yorkshire cuja esposa raptou sua dentadura.)

Depois que desliguei a chamada de Donald com a promessa de retornar a ligação quando chegasse em casa, ouvi uma mensagem curta de Julie. Dizia que a nossa mãe precisa de mais ajuda em casa, e nós temos que pagar, então o que vou fazer a respeito disso? A última vez que vi minha mãe, apenas algumas semanas atrás, ela parecia bem. É quase como se minha irmã estivesse forçando uma situação para me punir por eu ter me mudado e estar me saindo bem. Na verdade, é exatamente isso o que ela está fazendo, mas meu sentimento de culpa por ter me afastado é tal que não protesto nem tento demonstrar que estou me saindo bem. Renunciei ao moral elevado quando voltei para o sul, e Julie sabe disso.

Apesar de tudo, não foi um dia tão terrível — os russos morderam a isca —, foi apenas exaustivo. Meus recursos foram drenados, minhas defesas estavam baixas, minha resistência também. E não vamos esquecer a longa sombra em que eu estava vivendo, a sombra daquele aniversário em particular. Você sabe que é um fato cientificamente provado que as pessoas se comportam pior e de forma mais imprudente quando sua idade termina em nove — vinte e nove, trinta e nove, quarenta e nove, são todos anos perigosos? Talvez porque pensamos: "É agora ou nunca". E isso, é claro, tinha que ter acontecido agora.

19h21: Ainda estou no escritório, mesmo que prestes a sair. Preciso buscar Ben na casa de Sam. Mando para o meu e-mail particular as coisas que fiz para o ensaio de Em. Confiro a caixa de entrada do trabalho uma última vez para ver que novidade Jay-B reservou para mim no dia seguinte. E lá está. Um nome que nunca pensei que veria novamente. Que nunca quis ver de novo. (Assim que vi o nome, soube que era mentira.)

De: Jack Abelhammer
Para: Kate Reddy
Assunto: Olá novamente

Ah, Senhor, é ele. É realmente ele. Quem imaginaria que um nome seria capaz de provocar tanta emoção? Que horrível e incrível. Olá, Jack, meu amor.

11

Noite de reis
(ou o que você não quer)

Eu não queria pensar nele, mas não conseguia pensar em mais nada. Cheguei em casa, fui buscar o Ben na casa do Sam e, enquanto Hannah, a simpática mãe do menino, conversava comigo na porta, agi de forma perfeitamente adequada — pelo menos acho que agi. Não ouvi uma palavra do que ela disse. O nome dele batia em mim como código Morse. Jack. Jack. Jack.

Era quase como se, pelo fato de eu ter pensado nele no café da manhã, perto da pista de patinação, eu o tivesse invocado como o gênio da lâmpada. Esse capítulo da minha vida estava fechado há muito tempo e, assim que deixei o livro cair, Jack me mandou um e-mail. É possível saber que alguém está com saudade de você? E sentir que uma pessoa que te rejeitou está solitário e arrependido? Obviamente não, mas a vida tem a própria lógica estranha e a coincidência parece ser como deveria.

De qualquer forma, eu precisava tirar Abelhammer da cabeça e fazer o ensaio da Emily pela manhã. Richard estava fora (alguma oficina novamente), o que foi um grande alívio. Primeiro, porém, eu tinha roupas para lavar. Fervi água em uma chaleira e a levei para a área de serviço. Passei por cima da pilha de acessórios de bicicleta e cheguei ao tanque, que enchi com a água quente. Completei com água fria e mergulhei a toalha de mão de Velikovsky lá dentro. Um filete de sangue vermelho brilhante floresceu na água, que aumentou como uma nuvem atômica até a pia se transformar literalmente em um banho de sangue. Lavei a toalha várias vezes, antes de pendurá-la no varal. O VV em um canto era tão denso e ricamente bordado que parecia musgo ao toque.

Eu tinha passado pela provação no palácio do oligarca, Deus sabe como, mas tinha conseguido. Tudo o que restou foi terminar o ensaio de Emily. Ela já havia começado, então minha tarefa era completar o que faltava e desenvolver o assunto. Curiosamente, o tópico acabou ficando, bem, bastante atual.

De: Emily
Para: Kate Reddy
Assunto: Ajuda!!

Oi, mãe, foi isso o que escrevi até agora. Não sei se está bom, mas é mais ou menos o que eu gostaria de dizer. Queria ter tido mais tempo. Estou um pouco estressada. Por favor, pode mudar o que quiser ou incluir o que for preciso para melhorar.

Te amo, Bjobjobjo, Em

"Os personagens mais perspicazes dessa obra são os melhores em enganar uns aos outros." Até que ponto você concorda com essa afirmação?

A maioria dos protagonistas dessa peça engana as pessoas ou está sendo enganada. No final do primeiro ato, há um triângulo amoroso. O duque Orsino está apaixonado por Olívia. Viola (vestida como Cesário) está apaixonada pelo duque, e Olívia, por Cesário (que na verdade é Viola).

Muito bem, Em. Nunca consigo lembrar quem quer sair com quem. Normalmente, acabo fazendo um desenho com setas nessa parte.

Se isso significa que os personagens são perespicazes...

EMILY! ATENÇÃO À ESCRITA! E, SE PRECISAR ESCREVER UMA PALAVRA ERRADA, TENTE NÃO ESCOLHER UMA QUE APAREÇA CORRETAMENTE NO TÍTULO DO ENSAIO. Caramba. A ideia de que um filho meu, sangue do meu sangue, não consegue escrever corretamente, ou, pior ainda, nem se incomode com isso... Provavelmente ela diria que eu não sei escrever direito. Que escrevo dissertações em mensagens de texto quando se devem enviar cinco palavras no máximo, três delas abreviações e uma, emoji. E ela estaria certa.

... são perspicazes, no entanto, está aberto a questionamentos. Até mesmo Olívia, que não está desfarçada...

EMILY!!!

... não está disfarçada, se preocupa se está enganando a si mesma e deixando seus sentimentos ficarem fora de controle:

"Quero não sei o que, e tenho medo de descobrir
que o meu olhar possa ter incensado a minha mente."

Quanto a Viola, mesmo sendo especialista em fingir, critica a si mesma e a seu gênero...

Droga de gênero. Quando as pessoas pararam de chamar de sexo?

... por ser fraca, vulnerável e feita de boba:

"Disfarce meu, agora vejo que tu és uma perversidade,
por onde o coisa-ruim muito pode, grávido de imaginação como ele é.
Como é fácil, para um homem bonito e mentiroso,
imprimir suas formas na cera de que são feitos os corações femininos."

Isso é bastante sexista, na minha opinião, porque diz que as mulheres são como vítimas quando tanto homens quanto elas são levados para passear...

Esta obra é um clássico, querida, não um episódio de Holby City.

... são enganados. Na verdade, os homens são ainda mais idiotas na peça. Orsino tem um papel muito mais elevado na sociedade do que Malvólio, mas os dois são igualmente enganados.

Provavelmente a pessoa mais inteligente nessa obra é Maria, a criada de Olívia. Não passa pela cabeça dela tirar sarro da cara de...

Pelo amor de Deus. Por favor.

... Malvólio só por causa disso, mas (a) porque ele acabou com a diversão que ela estava tendo com sir Toby Belch e sir Andrew Aguecheek e (b) porque ela sabe exatamente como o atingir. Ela é inteligente e analisa a personalidade dele, além de dizer que ele é "um grande pretencioso" e acredita que "todos que o conhecem caem de amores por ele; é nesse vício dele que minha vingança vai encontrar terreno fértil onde trabalhar". É exatamente porque ela sabe onde Malvólio está que faz com que ele pareça um perdedor.

Não está ótimo, mas vou deixar passar. Não posso ficar acordada a noite toda. Tenho que trabalhar amanhã cedo.

A gente pode identificar isso nas outras pessoas espertas da peça. Viola reconhece que ela e o Palhaço são muito parecidos, porque os dois usaram o raciocínio deles para rir do dinheiro das outras pessoas. Esse talento, como toda inteligência, não corresponde ao status das pessoas na sociedade. Feste é chamado de Palhaço, mas não é um idiota total;

IDIOTA? Por favor. Nunca use essa palavra!

... Feste é chamado de Palhaço, mas na verdade é brilhante e uma pessoa estilosa (Viola) usa uma espécie de carmurflagem

Boa tentativa.

... uma espécie de camuflagem que superengana duas pessoas estilosas também (Orsino e Olívia). Realmente, embora tenha muitos personagens na peça, Viola é provavelmente a heroína, porque, desde o começo, logo depois que ela desembarca na Ilíada,

Espere um pouco. Ilíada? Ilíada? (*Roy? Ajuda!)

... em um país desconhecido, ela percebe que é só se tornando alguém que ela vai chegar a qualquer lugar na vida:

"Esconde de todos quem eu sou, e sê meu ajudante,
pois esse disfarce, se der certo,
vai tornar-se a própria forma de meu intento."

E aí o ensaio para. Caramba, Em. Nada mal, querida. Vários insights bem sacados para compensar a ortografia ruim. Emily realmente devia ter mais confiança em si, mas garotas como ela estabelecem padrões impossivelmente altos para que nunca se sintam bem o suficiente. O que foi que ela me disse outro dia? "Não sou a mais esperta, a mais bonita, a mais..." É o mal dos tempos. Como em um toque de mágica, queria torcer meu nariz, como a Samantha, em A feiticeira, *e fazê-la ver como a maioria das coisas que a preocupam não terá a menor importância daqui a alguns anos. Infelizmente, o único presente que você não pode dar ao seu filho é essa visão de futuro.*

Li o último parágrafo de Emily novamente. Minha filha sabe, ou pelo menos tem noção, que agora ela não está escrevendo sobre Shakespeare? Que ela está, de fato, escrevendo sobre as próprias tentativas desesperadas de se encaixar, que todos os adolescentes devem ser diferentes para estar entre a turma legal? O tutorial de maquiagem que Emily acompanha todos os dias no Instagram está lhe ensinando como fazer olhos de gato, como se disfarçar e disfarçar seu medo de não ser perfeita. E fazendo-a pensar que ser imperfeito não é, de certo modo, bom, mas algo que faz parte da condição humana. E o que os futuros historiadores vão fazer do fato de que, no início do século XXI, quando se pensava que o feminismo já tinha vencido essa questão, garotas como Emily tentaram se parecer com damas de uma época anterior, quando as mulheres não tinham quase nenhum poder, exceto sua aparência e a capacidade de atrair um homem de status? Que droga é essa, na verdade?

Não vamos nem mencionar sua mãe na menopausa, que, em nome de um emprego, em terreno novo e hostil, deve disfarçar sua idade como se fosse seu sexo, em um esforço para se tornar, se não um homem, pelo menos um dos garotos de quarenta e dois anos *para o seu próprio benefício?*

Com certeza.

O ensaio precisa de um final. Me deixe colocar na camurflargem da minha filha amada e, Deus (ou o professor, o sr. Young) me perdoe, enquanto eu incluo algo que Emily, provavelmente, não sabe.

Tudo isso deve ser definido no contexto de uma época em que as mulheres nem sequer podiam aparecer no palco. Então, todos os papéis foram interpretados por garotos. Isso significa que Cesário, que foi visto por espectadores em 1602, era, na verdade, um garoto fingindo ser uma mulher que fingia ser um homem. E Olívia, que se apaixonou por ele, era um ator interpretando uma mulher que se apaixonava por um homem que, na verdade, era mulher interpretada por outro homem. Talvez, *Noite de reis* ainda nos fale, quatrocentos anos depois de ter sido escrita, por que, de muitas maneiras, ainda não descobrimos o que as garotas podem ser, como devem parecer ou se a única maneira de elas serem levadas a sério é agirem como se fossem homens. Se isso parece confuso, talvez seja porque realmente é, e ainda nos sentimos assim no início do século XXI. Se William Shakespeare estivesse vivo hoje, acho que ele não ficaria chocado que tantos jovens dissessem em sua página no Facebook que se "identificam como bissexuais". Concluindo, é por isso que, como disse Ben Jonson, Shakespeare não era "de uma época, mas de todos os tempos".

1h12: Terminei. É incrivelmente tarde, mas pelo menos Emily terá algo para entregar amanhã. Hoje, na verdade. Ela não falou comigo quando cheguei do trabalho — até aí nenhuma novidade —, mas talvez fazer esse ensaio para ela possa ajudar. Se eu não posso dar à minha filha a confiança que ela não tem, então pelo menos posso salvá-la de uma nota ruim. O drama do período menstrual parece ter acabado, graças a Deus. Meu fluxo está fraco agora, embora eu deva falar com alguém sobre isso. (*Roy, o que aconteceu com o ginecologista? Já ligamos? Por favor, você pode me lembrar?*)

Esquento a água para o banho o máximo que posso suportar e, então, pego no armário embaixo da pia o óleo de limão, manjericão e mandarim da Jo Malone. Só um pouquinho restante no fundo do vidro. Estou guardando para uma ocasião especial, pois seu perfume glorioso me lembra de dias melhores e mais promissores, dias em que eu acreditava que tudo estivesse garantido, como um útero bem-comportado e ser capaz de comprar meu óleo de banho favorito. Quando entro na banheira, a água está tão quente que meu corpo momentaneamente a confunde com o frio. Eu me acomodo e começo a me ensaboar. Os pelos pubianos estão grudados em grumos emaranhados pelo sangue seco. Estou separando cada moita, trazendo à tona o resíduo enferrujado, separando os cachos individuais, quando um dedo pousa no meu clitóris. Tento um movimento circular experimental, depois pressiono com força, só para ver. Tem alguém aí? Me fazer gozar nunca foi um problema, particularmente se eu pensasse em um certo americano grande e forte. Havia uma música do Sinatra que Jack tocou para mim na jukebox naquela época. "The Very Thought of You." Como essa música é verdadeira. O mero pensamento nele era o suficiente para fazer meus mamilos enrijecerem, meu corpo estremecer. Como alguém pode fazer isso com você quando não está nem no mesmo continente? Penso no e-mail de Jack, esperando pacientemente na caixa de entrada. Não posso abri-lo. Não devo. Mesmo que ele pense que quer me ver, aquela mulher de quem ele cuidou, ela é um fantasma, e sua data de invisibilidade está se aproximando rapidamente. Quero que ele se lembre de mim como eu era.

"Como é fácil, para um homem bonito e mentiroso, imprimir suas formas na cera de que são feitos os corações femininos." *O amor é uma ilusão, Kate, esqueça.*

*Illyria. Depois de um bom tempo, Roy me revela a grafia correta.

12
Ardil-32

6h09: Black Friday. Soa como o aniversário de um ataque terrorista, mas não, é para ser feliz, feliz, feliz! "O dia em que o Natal realmente começa", segundo uma mulher terrivelmente alegre no rádio. Levanto cedo para fazer as compras online porque, infelizmente, não acredito mais no Papai Noel. Ele não existe. Tampouco existe uma equipe de elfos que embrulham os presentes, nem oito renas voadoras. Só existe a mim — uma mamãe Noel desiludida — e um Mastercard exausto. (*Roy, você descobriu o que aconteceu com a minha classificação de crédito? Urgente!*) A questão é que o Natal sempre parece estar longe, então, uma manhã, você acorda e ele está correndo em sua direção como um Nissan Sunny em uma perseguição policial em alta velocidade.

Isso é a Black Friday: uma chamada à guerra para as mães no Natal. E mesmo que meus filhos estejam maiores agora, e não passem mais o ano inteiro em uma contagem regressiva para o grande dia, o Natal sempre me leva de volta àquele sentimento de medo de que eu possa deixar meus filhos tristes. "Compre suas pechinchas agora, madame", dizem todos os anúncios do planeta, "ou você está fadada a fracassar em um inferno caro e sem presentes, e decepcionar seus filhos, que ainda querem acreditar em Papai Noel, mesmo que a única contribuição do pai deles seja perguntar às oito e vinte e sete da noite, do dia vinte e quatro de dezembro: "O que temos para a Emily?"

Graças a Deus, já encomendei o PlayStation 4 do Ben. Parece que está tão popular que é impossível conseguir um agora. Está totalmente esgotado. Pela primeira vez, estou à frente do jogo como uma mãe organizada. Ben me disse que é a única coisa que ele quer, porque oferece um controle sem fio dualshock. Eu também.

Sim, estou ciente de que não devo alimentar o hábito de eletrônicos do meu filho, mas acabei de receber meu primeiro pagamento em sete anos — aleluia! — e essa nova sensação de controle me fez comprar algo especial para Ben e Em para comemorar. Quando as crianças eram pequenas, e eu fazia muitas viagens de negócios, sempre levava um presente para casa para me aliviar da culpa. Emily acabou com as Barbies de traje típico de treze países diferentes, principalmente porque eu não tinha tempo de fazer compras e costumava pegar uma no aeroporto quando estava correndo para a área de embarque. Não muito tempo atrás, quando nos preparávamos para mudar de casa, doamos toda a coleção da Barbie para a loja de caridade, e Em disse que elas a faziam se sentir estranha, provavelmente porque ela sabia que cada uma significava que a mãe dela estava ausente. Confessei que eu sentia a mesma coisa: as bonecas eram símbolos da culpa da qual nunca consegui me livrar enquanto tentava viver duas vidas ao mesmo tempo. Olhando em retrospectiva, não sei como consegui: a mudança brusca entre voos internacionais e bebês carentes, o terninho escuro de trabalho evitando mãos pegajosas de homus. A pessoa que conseguiu tudo isso parece distante de mim agora, como uma atriz em um filme. Sinto tanta falta dela quanto me sinto aliviada por ter escapado por pouco.

— O Reino Unido está se preparando para sete dias de ofertas incríveis! — Uma mulher terrivelmente alegre fala. Desligo, afago Lenny, que está ansioso pelo seu café da manhã ("só um minuto, garoto"), abro uma lata de ração e coloco uma panela com água para ferver no fogão Aga quando ouço um som furioso no andar de cima. O que foi agora?

7h12: — Não vamos encontrar isso mais rápido se você gritar comigo desse jeito, meu jovem. DESCULPE, do que você me chamou?

O Zika vírus está fervilhando nas Américas, seremos mortos por pestes transmitidas no ar ou por barbudos fanáticos por jihadistas, mas o que importa, o que realmente importa, é que a chuteira esquerda do Ben sumiu. E a culpa disso é minha. Porque, no meu papel como mãe de adolescentes que eu adoraria assassinar, agora tudo é culpa minha, até coisas que nunca vi, nem ouvi falar ou simplesmente esqueci — o que, vamos encarar, é cada vez mais provável. (*Roy, você viu a chuteira do Ben?*)

— Eu coloquei aqui — Ben fala, gesticulando enlouquecidamente para o chão, ou onde o chão deveria estar se não estivesse coberto de coisas. Pelo jeito, meu filho está competindo com a irmã para ver qual quarto tem a área de tapete menos visível.

— Ben, eu arrumei e limpei aqui no domingo.

— *Argh!* Bom, é por isso que não consigo encontrar nada — ele protesta, dando de ombros e erguendo simultaneamente os braços esticados para o teto como Chandler, seu personagem favorito de *Friends*. (Meus dois filhos se recusam a aprender uma língua estrangeira, mas falam com fluência o idioma de um seriado americano, uma língua cheia de ironia contra a qual a mera razão de nada vale.)

— Por favor, não diga *argh* para mim, Benjamin. Estou tentando ajudar. Se você deixasse o seu quarto organi... — Meu sermão doméstico é interrompido por um berro mais furioso. Desta vez, vem do andar de baixo.

7h17: — PORRA, por que essa BOSTA de impressora nunca funciona?

— Emily, por favor, não xingue.

— Não estou xingando. Preciso imprimir meu trabalho de história. MERDA!

— Você não me ouviu? Falei para você não xingar.

Emily semicerra os olhos perigosamente.

— Você é uma hipócrita, mãe. Você xinga. Meu pai também.

— Ele, não.

Minha filha bufa com desdém. Se ela tivesse cascos, estariam arranhando o chão.

— Toda vez que o meu pai bate com a cabeça no batente da porta dos fundos, o que acontece literalmente umas sete vezes por dia, ele diz: "Foda-se essa droga de casa".

— EMILY!

— A Emily disse *foda-se!* A Emily disse *foda-se!* — Ben grita, já no andar de baixo, apenas para se divertir com a desgraça da irmã.

— Benjamin, o que é que você está jogando?

— *Mortal Kombat* — ele murmura.

— O que você disse?

— Não é violento, mãe — ele se apressa em dizer.

— *Mortal Kombat* não é violento? Você acha que eu sou burra ou algo assim? Saia dessa coisa *agora*. Me dê isto! Eu disse, me dê isto. Muito bem, garoto, todos os seus equipamentos eletrônicos estão suspensos por uma semana.

— Ela está lendo aquele livro de novo. — Emily sorri para o irmão.

— Sim. *Pais de adolescentes na era digital* — Ben responde com uma precisão indesejada.

Minhas crianças briguentas e detestáveis têm um raro momento de trégua, unidas alegremente contra o inimigo comum. Eu.

— Perdi algo engraçado? — Richard aparece na porta, carregando uma cesta de vime com o que parecem urtigas. Aí vem a porcaria da sra. Tiggy-Winkle.

— A mãe está perdendo a paciência por nada — Emily fala.

— Sim, ela precisa de ajuda — Ben acrescenta.

— Bom, sua mãe tem muita coisa para fazer com o novo trabalho — Richard diz suavemente, dando um beijinho na bochecha da nossa terrível filha boca-suja e bagunçando o cabelo de Ben. — Vou te dar uma carona para a escola e vamos deixar sua mãe pegar o trem dela, tá? — Aqui vamos nós de novo. O papai é o policial bonzinho. Na maioria das vezes, eu aceito isso, mas nesta manhã eu poderia jogar a máquina de café no Rich por ele não me apoiar.

Furiosa pela injustiça das crianças que me fazem de inimiga, quando era eu quem estava acordada de madrugada comprando o presente de Natal dos dois, eu os chamo de volta.

— Ei, tenho novidades para vocês dois. O Copérnico ligou. Ele falou que vocês não são o centro do universo.

Ben olha para a irmã.

— Quem é Copper Knickers?

Emily sai correndo pelo corredor até a cozinha, batendo a porta. Ouço a trava de latão cair no chão. De novo.

— EMILY? Emily, volte, por favor. Você deixou uma página na impressora.

7h43: Depois de alimentar Lenny e me lembrar de encher sua tigela de água, notei que havia mensagens de voz da minha mãe. Três no intervalo de treze minutos. Ah, aqui vamos nós de novo. Minha mãe já começou a se preocupar com os preparativos para o Natal. Enquanto ouço a primeira mensagem, meu coração se aperta.

— Devo reservar uma vaga no canil para o Dickie, Kath? Eu não quero levá-lo e ser um incômodo.

Sei que ela quer trazer seu cachorrinho, então, conversa após conversa, durante semanas, garanto a ela que tudo bem, que ela pode trazer o Dickie, que seria um *prazer* receber o bassê com dupla incontinência para nossas festas natalinas. ("Ah, acho que não, amor. Não quero que ele estrague seus tapetes.", "Sério, mãe, tudo bem, não temos nenhum tapete que ele possa estragar.") E assim por diante, perdendo horas que eu simplesmente não tenho. Minha mãe está muito feliz em falar sobre todas as alterações possíveis dos preparativos antes de mudar de ideia: e sua indecisão é definitiva. Quando uma pessoa está envelhecendo, como a minha mãe está, o mundo dela se encurta, então um fato que ainda vai demorar semanas para acontecer, como ficar com a família da filha no Natal, preenche todos os pensamentos dela. Para mim, é apenas mais um obstáculo no calendário; para a mamãe, é como escalar a K2, a segunda montanha mais alta do mundo. Os idosos exigem a mesma paciência que você dá às crianças pequenas — encorajamento gentil, repetição, tranquilidade infinita —, só que o que parece agradável nos mais jovens pode ser claramente irritante nos velhos. Com os dois para atender simultaneamente, você é o presunto esmagado no meio do sanduíche. Acho que é por isso que mantive o Roy tão ocupado nos últimos tempos, mandando-o caçar palavras que não consigo mais falar. Entre as batalhas campais com crianças xingando e a monótona conversa com idosos, luto para completar um pensamento por conta própria.

Decido ligar de volta para a minha mãe mais tarde. Piotr vai chegar daqui a pouco. Ultimamente, ele tem começado muito cedo, terminando tarde, e levando

Lenny para dar uma volta até eu conseguir encontrar um passeador de cachorros. O homem é um santo. Estou ansiosa para vê-lo porque significa que de fato teremos uma cozinha funcional para o Natal, do jeito que prometi a Richard.

Falando nisso, preciso pedir um peru em um açougue orgânico de luxo altamente recomendado pela Sally. (*Roy, pode me lembrar de encomendar um peru da marca KellyBronze, por favor?*)

Eu me sento diante do laptop e descubro que meu e-mail está repleto de lembretes da Black Friday. "Ofertas que você não vai querer perder!", "Quatro dias mágicos de ofertas", "Black Friday com até cinquenta por cento de desconto e entrega gratuita!"

"Para um Natal diferente, compre já suas velas e sua decoração natalina!" Velas selecionadas. Velas de dez horas. Lote de velas de luzes difusas. Velas do Sonho da Noite de Inverno. Como é que a humanidade conseguiu viver antes que a luz das velas surgisse para iluminar nossa vida e, a título de bônus, queimar metade das nossas casas?

Mais uma delícia inesperada da Black Friday é que todas as lojas em que fiz compras resolveram me enviar mensagens. É um rosário surreal, uma lista dos meus pecados mortais de consumo. De repente, vejo um e-mail do vendedor do PS4 do Ben. Começo a ler:

Bom dia, Kate,
Você encomendou em primeiro de novembro um PlayStation 4. Infelizmente, não foi possível processar seu pagamento devido a uma senha redefinida.

Grito para a tela, apesar de saber que não há ninguém para ouvir:
— NÃOOOO! Mas você *me disse* que eu tinha que redefinir a senha.

Não é permitido usar uma senha usada anteriormente.

— *O quê???* Isso nem é inglês. *Usada anterior?* Você disse que o sistema não reconheceu a minha senha, então como posso não ter permissão para usá-la? Do que você está falando?

O pedido foi cancelado. Por favor, entre em contato com o Atendimento ao Cliente para mais informações.

— Você só *pode* estar brincando comigo. *Por favor*, não faça isso. Eu preciso do presente do Ben.

— Desculpe, Kate, não é um bom momento?

Pulo e me viro para encontrar Piotr parado a poucos metros de mim. Eu me sinto humilhada por pensar nele me ouvindo falar em voz alta com uma vaca invisível da internet.

— Não, tudo bem. Entre. Desculpe, Piotr. É só que eu comprei o presente de Natal do Ben e agora aconteceu um desastre porque eles estão dizendo que cancelaram o meu pedido porque eu usei uma senha que já tinha usado antes, mas que eles disseram que não reconheceram, então eu achei que não teria problema em usá-la novamente, porque, se eu usasse uma nova, eu sabia que simplesmente esqueceria.

Isso não faz sentido nem para mim, mas Piotr balança a cabeça e sorri.

— Sim, Kate. A internet não gosta de vender para pessoas reais. Que tal tentar de novo? Deixe-me ajudar. Muita coisa aberta no laptop. Veja que podemos fechar aqui, aqui e aqui. Agora podemos começar de novo.

De perto, seus olhos têm o tom de verde de uma rocha na maré baixa. Preciso me arrumar para o trabalho.

— Obrigada, Piotr.

De: Candy Stratton
Para: Kate Reddy
Assunto: Você

Ei, que silêncio é esse? Fico preocupada quando você some, querida. Preciso de uma atualização completa sobre como está lidando com o trabalho para esse Garoto que está administrando o SEU fundo, aquele que você montou quando ele ainda usava fraldas. O que aconteceu com a foto do traseiro da Emily?

Novidade: acho que encontrei um bom espécime do sexo oposto em Nova York que não se identifica como pansexual, não me dá nojo e não faz parte de um Programa de Proteção a Testemunhas. Uhu!

Bjos, C

8h:27: Vou me atrasar para o trabalho. Muito. Chamei um táxi e fiz um desvio até a escola da Emily, onde deixei a página final do seu trabalho de história na recepção. Pulei de volta no táxi e fomos para a estação, mas, àquela altura, o trânsito realmente já estava a mil. Todos os semáforos ficaram vermelhos. Todos eles. Para minha sorte, hoje era o Red Nose Day, um evento para angariar fundos onde todos, incluindo celebridades, usam nariz de palhaço e fazem algo engraçado.

Finalmente estou no trem. Após travar uma pequena batalha, chego ao meu lugar preferido na janela e tiro o livro *Pais de adolescentes na era digital*, da dra. Rita Orland. O livro que as crianças acham muito divertido. A dra. Orland diz que você não deve considerar essa fase como aquela em que seu adorável filho se torna um monstro imprevisível.

— Seu filho não é bom apenas quando não está fazendo coisas ruins.

Fecho os olhos, pressiono a cabeça contra o assento e peço perdão à deusa da maternidade. Continuo perdendo o juízo com as crianças quando não quero. Ben disse que preciso de ajuda, não é? Talvez eu precise mesmo. A Perry está me transformando em uma maluca total. Com o pensamento longe, começo a chorar. Os dois passageiros sentados em frente me olham e logo desviam o olhar. Simpatizo. Há algo tão desprotegido sobre alguém chorar em público, não é? Todo esse estranho choro ao acaso: sou eu ou é a Perry, ou somos uma só agora? Preciso parar; isso está se tornando um hábito.

Penso na Emily lutando para imprimir seu trabalho de história. Tão ansiosa e estressada. Ela está certa, a impressora *é* uma merda. *Todas* as impressoras são ruins, cheias de símbolos confusos para indicar que estão sem tinta ou atolando papel sem nenhum motivo. Pensando sobre o que o dia escolar reserva para minha filha, eu me arrependo daquela briga idiota que acabamos de ter, especialmente da minha parte nela. Às vezes ajo, e sei que faço isso, como se meu amor dependesse de algumas condições — como ordem, bom comportamento e melhores notas —, mas não é o caso. Por mais que ela possa me irritar ou me aborrecer — e, caramba, a Emily sabe bem como fazer isso —, minha frustração com ela sempre tem a ver com amor.

Kate para Emily
Oi, querida, espero que você tenha chegado bem na escola. Você esqueceu uma página do seu trabalho em casa. Entreguei para a

Nicky, na recepção — ela sabe que você vai buscar. Espero que tenha um bom dia. Pfv, me diga se você quer ganhar alguma coisa especial de Natal. Te amo. Bjkas.

De: Kate Reddy
Para: Sally Carter
Assunto: Culpada em segredo

Oi, Sally, sinto muito por ter que cancelar a caminhada de novo. Estou me sentindo um pouco sobrecarregada com o novo trabalho, para ser sincera. Esqueci como isso pode ser cansativo. Estou despedaçada e cercada por todos esses garotos com metade da minha idade, então chego em casa e ainda tenho que lidar com meus próprios filhos!

Preciso de alguns conselhos de alguém que esteja um pouco mais adiantada na trilha da maternidade. Você ficaria horrorizada se eu te dissesse que ajudei a Emily a fazer um trabalho? Sei que é errado e eu não devia fazer isso, mas a Em não tem sido ela mesma desde aquele negócio terrível com a belfie que eu te contei. Estou preocupada que ela não esteja lidando bem com as coisas e pressões das mídias sociais. Pela primeira vez desde que ela era um bebezinho, sinto que não sei o que estou fazendo como mãe.

Por que chamam essa fase de "os doces dezesseis anos"? Em é mal-humorada e indiferente comigo a maior parte do tempo. Além disso, aquela reunião supercomentada da faculdade está chegando e planejei parecer incrível e bem-sucedida, o que agora parece improvável, porque:

a) Provavelmente vou perder o novo emprego, pois não consigo descobrir como trabalhar aquela coisa do "dongle" que o cara do TI me deu, mesmo que ele tenha explicado tudo por escrito.

b) Parece que estou ficando com bigode tipo o Robinson Crusoe enquanto meu cabelo está caindo aos punhados. Sério, que tipo de Deus misericordioso faria as mulheres de meia-idade ficarem barbadas e carecas?

Estou digitando isso no telefone em um trem lotado de passageiros. Espero que faça sentido. Por favor, podemos remarcar a caminhada dos cachorros para amanhã ou domingo à tarde? O Lenny nunca vai me perdoar!

Bjo, Kate.

De: Sally Carter
Para: Kate Reddy
Assunto: Culpada em segredo

Querida Kate, por favor, não se cobre tanto. Posso imaginar o quanto está sendo cansativo se estabelecer na nova rotina. Todas no Grupo de Retorno estão ansiosas para saber como você está indo. Você percebe que agora é a garota-propaganda para o emprego na meia-idade?!

Quer que eu marque uma consulta para você com o ginecologista da Harley Street que eu mencionei? Ele é um verdadeiro salva-vidas. Eu tinha um problema de tireoide, durante três anos me sentia exausta, tinha muito frio e meu cabelo caía demais. Agora tomo tiroxina todas as manhãs, mas ainda tenho que me agasalhar bastante, como você deve ter notado.

Quanto a se sentir culpada pelo trabalho da Emily, por favor, não se sinta assim. Muitos pais de classe média fazem os trabalhos escolares dos filhos, embora não digam para ninguém. De fato, fazer o trabalho sozinha é muito bom para você. O Oscar disse que a mãe do Dominic, a companheira dele, pagou uma pequena fortuna para um professor de inglês da UCL para fazer o trabalho do Dominic, já que ele é grosso como um tijolo, não como a Emily. Aparentemente, nenhum garoto russo da St Bede sonharia em fazer seu próprio trabalho. Eles têm um tutor diferente para cada assunto. É uma confusão total.

A Antonia começou a ser horrível comigo por volta dos catorze anos e não parou até os vinte e dois. Ela ainda tem seus momentos! A Emily vai voltar para você, basta esperar. Acredite, você não tem nada para se preocupar com a reunião da faculdade. Você alcançou muito mais que a maioria de nós. Na minha experiência, essas ocasiões sempre causam pânico, mas depois é só diversão.

Kate, eu realmente acho que você devia comemorar seu aniversário de cinquenta anos. Sei que você quer fingir que não está acontecendo, mas você pode se sentir infeliz e se arrepender se não fizer. Por favor, diga se eu posso organizar algo, por menor que seja. Tenho muito mais tempo do que você agora e eu gostaria mesmo de fazer isso. Eu era muito boa em organizar festas em outra encarnação.

O mundo está repleto de coisas negativas e acho que devemos celebrar o bem e o prazer sempre que pudermos.

A Coco mandou um au-au!

Beijos, Sally

11h:01: Graças a Deus que a Alice existe. Mandei uma mensagem para ela dizendo que estava atrasada, e ela deu uma desculpa na reunião matinal falando que eu estava tomando café da manhã com um contato muito promissor. Ela até me mandou uma mensagem com os detalhes da pessoa imaginária que eu não conheci. Aquela garota com certeza poderia se dar bem na vida.

Atraso à parte, tudo está saindo de acordo com o plano do projeto do quase cinquenta disfarçado. Exceto pelo calor que acabei de sentir no escritório do Jay-B. Fingi que tive uma reação alérgica ao difusor de capim-limão na mesa dele. Agora estou procurando refúgio no banheiro feminino, pressionando uma garrafa de água fria nas bochechas até o calor ir embora.

Saio do cubículo e encontro Alice retocando a maquiagem. Dou um abraço nela para lhe agradecer por me dar cobertura.

— Não tem problema, Kate. Normalmente sou eu que atraso — ela fala.

Alice está com o mesmo vestido roxo e a jaqueta cinza que usou ontem, então é certo que passou a noite com o namorado. Ela fica indo e voltando com o Max desde que estavam na escola, pelo que me contou. Ele é lindo, de família rica, trabalhou como modelo, mas ainda não se estabeleceu em nenhum emprego em especial, e costuma passar os feriados nas Maldivas e em Val d'Isère, com os pais. Quando ela me mostrou a foto dele no celular, eu sabia que era um convite para me curvar diante de sua perfeição divina, como Alice faz de forma transparente.

O que eu vi foi um daqueles garotos mimados, populares e inutilmente bonitos que não estão nem perto de se comprometer com algo, muito menos com a garota que o cultua desde os quinze anos.

Quantos anos Alice tem: vinte e oito? Trinta? Com seu longo cabelo loiro e seus suaves e penetrantes olhos azuis, ela é uma cópia de seu homônimo no País das Maravilhas. Uma das coisas mais difíceis sobre voltar ao trabalho é ver todas essas mulheres mais jovens que ainda me fazem pensar em mim. No entanto, quando vejo Alice no espelho, percebo com uma pontada de angústia que não sou ela, não mais. Sua pele aveludada não se incomoda com noites insones ou farras adolescentes, e seu corpo é tão esbelto quanto um bambu — como o meu já foi —, e isso sem precisar fazer nenhum esforço, nenhuma daquelas terríveis sessões de ginástica duas vezes por semana, e sem nenhuma restrição na dieta, o que significa pudim e queijo liberados. Sempre.

O que Alice vê quando me olha? Uma mulher mais velha (ela não sabe dizer ao certo quantos anos), mas "bem conservada", eu acho. Embora ela não tenha ideia de quanto custa manter tudo isso — e por que ela deveria ter? Eu nunca pensei nisso nem por um segundo sequer quando tinha um rosto e um corpo como os dela, achando que a juventude duraria para sempre. Por favor, por favor, não me deixe virar uma daquelas invejosas como a Celia Harmsworth, a chefe dos Recursos Humanos que fez da minha vida um inferno quando eu tinha a idade da Alice. Amigas, vamos nos colocar para cima! No entanto, existem algumas coisas que eu não invejo. Como o relacionamento dela com Narciso e seu espelho de aumento.

— Eu fiquei com o Max na noite passada — Alice admite com um sorriso triste, como se estivesse lendo meus pensamentos.

— Eu imaginei — digo baixinho, pegando meu batom. — Você não guarda uma muda de roupa na casa dele?

Ela dá de ombros.

— O Max é um pouco esquisito sobre eu deixar minhas coisas lá.

— Sério? — (*Oh oh*. Não gosto de como isso soa.)

— Sim. Normalmente ele fica na minha casa, mas ele tinha tênis hoje de manhã.

— Vocês já pensaram em morar juntos? Quer dizer, vocês estão juntos há muito tempo?

Alice revira os olhos.

— Ah, o Max é impossível mesmo. Diz que me ama, que não pode viver sem mim, blá-blá-blá, mas não está pronto para assumir um compromisso.

— Você sabe o que a Beyoncé diz? Se ele gostar, deve te dar uma aliança.

— Ah, Kate! — Alice faz uma careta. — Você parece a minha mãe. Os caras de hoje não são assim. Eles não têm necessidade de se comprometer.

— E quanto a você? Precisa pensar em si mesma, Alice. — Esse é o problema com as garotas da geração dela. Elas veem um anúncio no metrô sobre congelar seus óvulos e acham que a biologia venceu e a gravidez pode ser indefinidamente adiada. É um golpe e as clínicas de fertilidade estão cheias de vítimas assim, cobrando um dinheirão para recriar o que a Mãe Natureza dá de graça.

    Será que devo passar um sermão nela? Ah, que droga. Digo à minha jovem colega que já vi esse filme e ele não é nem um pouco reconfortante. Garota sai com o mesmo cara até seus vinte e tantos anos, fica esperando que ele passe para a próxima fase, mas o cara não se incomoda porque está transando regularmente e comendo de graça, e os homens não começam nada a menos que desejem sexo ou comida, ou que uma mulher insista para isso acontecer. Então, aos trinta e um anos, ele se apaixona por alguém mais jovem e muito mais deslumbrada por ele. Em sete meses, estão casados e esperando gêmeos — são sempre gêmeos —, e ele envia um e-mail para a antiga namorada dizendo que é muito grato por ela tê-lo ajudado a crescer e perceber o que ele realmente quer de um relacionamento. (Puxa, obrigada. Não foi nada!) E então a garota precisa encontrar um cara novo para ter um bebê.

— Mas isso não vai acontecer da noite para o dia, e ela precisa começar a tentar nos próximos dois anos, caso tenha dificuldades para engravidar. O problema é que os homens correm de mulheres que estão emitindo sinais de que querem ser mães — digo a Alice. — Então, basicamente, é Ardil-32.

Ela deixa cair a máscara de cílios na cuba, a boca congelada do jeito que as garotas fazem quando se concentram em aplicar maquiagem nos olhos.

— Achei que fosse *Ardil-22* — ela fala.

— Para os homens, talvez. Para as mulheres, é Ardil-32, a idade em que você realmente deveria ter agarrado o futuro pai dos seus filhos. Ou suas chances começam a diminuir mês a mês.

— Uau. Você está tentando me assustar, tia Kate? — Há zombaria nesses olhos azuis e talvez um lampejo de medo.

— De jeito nenhum, Alice. Só estou te dando a informação que você precisa para fazer boas escolhas, querida. Lembra do que eu disse sobre sempre analisar cuidadosamente para saber se alguém é uma aposta segura?

— Achei que isso fosse só para clientes, não para namorados...

— É o mesmo princípio. Homens e clientes devem ser avaliados quanto ao caráter, honestidade e viabilidade a longo prazo antes de você investir neles.

Certo, aqui termina a lição. Desculpe, Alice, é só que vi muitas namoradas sendo deixadas desamparadas que... esqueça o que eu falei. Tenho certeza de que o Max não é um desses caras. Vamos dar uma olhada na apresentação para o Brian, o barão da cervejaria Bolsover?

Alice não consegue me ouvir. Suas mãos estão mergulhadas na nova secadora Dyson, tão poderosa que move sua pele como água. Olho para minhas mãos; falta de elasticidade é um sinal de envelhecimento que é impossível esconder. Ah, mãos e pescoço fazem cair por terra qualquer fingimento verossímel.

Enquanto Alice pega a bolsa, diz que Jay-B mencionou na reunião anterior que ele quer que eu conquiste a Grant Hatch, uma megaconsultora financeira. Um grande negócio para nós, se fecharmos.

— A Hatch é um pesadelo. Acho que o Jay-B realmente confia em você — Alice diz com um sorriso.

Pela primeira vez, me permito pensar: talvez eu consiga fazer isso. Talvez tudo esteja bem.

De: Kate Reddy
Para: Candy Stratton
Assunto: Você

Oi, querida, o trabalho está indo bem. Acho que estou ganhando o Garoto aos poucos. Eles me deixaram fazer uma apresentação para o oligarca russo. Anão venenoso. Bem o seu tipo. Na metade do caminho meu mundo caiu, ou melhor, o mundo caiu nos meus fundilhos (é uma gíria britânica para vagina, por sinal). Pensei que estivesse morrendo ou, pelo menos, tendo um aborto espontâneo. Assustador. Devo mesmo marcar o ginecologista. Chamam ele de dr. Libido! Talvez ele possa me tornar humana novamente. Ainda existe esperança.

Boas notícias sobre o possível namorado não serial killer. Você está viva! Você sabe aquele vestido de cetim verde, o que eu usei no seu último casamento? Bem, pensei em usá-lo na reunião da faculdade. Está superapertado. Tenho me alimentado de iogurte e Coca Zero.

Está demorando muitooo para diminuir essa droga de peso. A menopausa é uma droga. Alguma sugestão que não envolva agulhas?

Bjkas, K
PS: Recebi um e-mail de Jack A.

De: Candy Stratton
Para: Kate Reddy
Assunto: JACK ESTÁ DE VOLTA!!

Katie, você está brincando comigo? O grande deus do amor ABELHAMMER, que pode te levar ao orgasmo discutindo os preços das commodities de Cleveland? Como você não ME CONTOU isso? O que ele disse?

Para entrar no vestido da reunião, você precisa fazer uma Vaser lipo para acabar com a gordura abdominal. Nada de mais. Faça isso na hora do almoço.

Sinto muito saber sobre a hemorragia no palácio do oligarca. Que nojo. Acontece. Quando contei ao Larry que estava na menopausa, ele disse: "Graças a Deus. Sem mais menstruação na cena do crime".

Obviamente me divorciei do cretino insensível.

Me escreva de volta AGORA. Preciso saber o que o Jack disse.

Bjos, C
PS: Fundilhos? Que merda é essa?

De: Kate Reddy
Para: Candy Stratton
Assunto: JACK ESTÁ DE VOLTA!!

Não abri o e-mail do Jack. É perigoso demais.

De: Candy Stratton
Para: Kate Reddy
Assunto: JACK ESTÁ DE VOLTA!!

Abra a caixa, Pandora! O que pode acontecer de ruim?

De: Kate Reddy
Para: Candy Stratton
Assunto: Um certo americano

Bem, eu poderia liberar os sentimentos que tenho conseguido reprimir por sete anos por um certo americano. Mas não quero sentir isso, porque então vou perceber o quão pouco sinto nos dias de hoje, o que seria insuportavelmente triste já que estou com quase cinquenta anos e tranquila com o fato de que ninguém nunca mais vai me desejar, beijar minha boca ou transar comigo, exceto no Ano-Novo e nos aniversários, o que é bom, na verdade. Não estou infeliz.
   Bjs, K

Enviei o e-mail. Eu sei, foi o que Emily chama de MI: muita informação. Mas pressionei "enviar" mesmo assim. Velhos amigos são uma das poucas coisas boas sobre envelhecer. Não se pode ter velhos amigos quando se é jovem, não é? Todos os amigos valem a pena, e você pode dizer praticamente qualquer coisa. A Candy me conhece quase tão bem quanto eu mesma. Mas ela estava errada sobre mim e o Jack. Aquela porta estava fechada. Abrir seria loucura. Como a esposa de Ló, não consegui olhar para trás.

De: Candy Stratton
Para: Kate Reddy
Assunto: Um certo americano

Objeção, meritíssimo. Não estar infeliz não é o mesmo que estar feliz. Abra o e-mail. E agende a lipo.
   Bjos, C

Absolutamente não. Aguenta firme. Abro a caixa de entrada e desço até encontrar o e-mail de Jack. Olho para ele por um tempo, perdida em pensamentos, o dedo pairando sobre a tecla "delete".

20h09: Gerenciei um dia inteiro de trabalho e só comi três pacotes de chicletes e uma maçã. A fome está me deixando doida. Não ajuda o fato de Richard decidir cozinhar um grande prato de massa integral para o jantar.

— Tem certeza de que não posso colocar para você, Kate? Você precisa se fortalecer, querida.

Por que os homens nunca entendem as dietas? É quase como se o Rich estivesse minando de propósito minha decisão de entrar no vestido verde.

— Fiz pudim de mel e baunilha — ele acrescenta, de forma traiçoeira.

— Hum — Ben murmura. — Por que a mãe não está comendo nada?

— Ela está de dieta para a reunião da faculdade — Emily responde, pegando a salada. — Precisa parecer gata porque vai ver todos aqueles caras que gostaram dela quando ela tinha dezenove anos.

— Mãe gata? Mãe gata? — Ben repete, experimentando esse estranho conceito.

— Sua mãe com certeza era gata — Richard fala. — Ainda é — ele acrescenta rapidamente. — Não quer uma broa integral para comer com a salada, Kate?

— Quantas vezes já disse? Não estou comendo carboidratos.

(*Roy, por favor, me lembre. Deve agendar a lipo na hora do almoço para caber no vestido verde. Assegurar o controle do corpo, da mente, dos sentimentos e da caixa de entrada.*)

Talvez eu pudesse dar uma olhada no e-mail do Jack. Que mal faria? NÃO, fragilidade, teu nome é mulher! *NÃO abra o e-mail do Jack.*

20h38: Estou procurando o laptop para fazer mais compras de Natal quando ouço uma voz familiar vinda da sala de estar. Não pode ser. Mãe?

Emily e Ben estão sentados no sofá, Lenny preso entre eles, falando no Skype com a minha mãe no meu computador.

Minha filha sorri e me chama.

— Mãe, vem falar "oi" para a vovó. O novo namorado da tia Julie mostrou para ela como usar o Skype.

— Ah, oi, mãe

— Olá, Kath, amor, VOCÊ PODE ME OUVIR?

— Sim, mãe, podemos ouvi-la. Não precisa gritar. Você está bem?

— Sim, meu amor. Deixei algumas mensagens no seu celular sobre o Natal. Acho que vou reservar uma vaga para o Dickie no canil. Estou gostando de te ver como se você estivesse na televisão.

— Ei, vó, quais as novidades na rua? O que está *rolando*?

Este é Ben, é claro, que enche o saco em vez de reverenciar a adorada avó, de um jeito que eu nunca teria sonhado quando criança. Irritantemente, ele sai impune. De forma ainda *mais* irritante, ela gosta de ser provocada.

— Minha rua está linda, obrigada, Ben. Plantei maconha, mexi bastante no jardim e...

— Plantou maconha, vó? Você pode pegar dois anos por isso. Mas podem te soltar se for sua primeira condenação.

Ben e Emily agora imitam os movimentos de um idoso educado, fumando um baseado — sobrancelhas para cima, lábios franzidos, polegar e indicador imitando um delicado O.

Emily ri como uma criança de dois anos. Aproveitando o momento, ela grita:

— Como está a internet, vovó?

Olho para ela, absolutamente sem reação.

— Ah, é maravilhoso. Posso ficar nisso o dia todo se não tiver cuidado.

— Doente — Ben fala.

— Quem está doente? Você está mal de novo? Lembra quando você não estava se sentindo bem, amor, e eu disse que devia ir ao médi...

— Estamos bem, vovó, todos nós — Emily responde, cortando minha mãe antes que ela possa se lançar no que é, contra a forte concorrência de Dickie, seu motivo favorito de preocupação. — Que tipo de coisa você tem visto na internet?

— Encontrei muitos sites sobre gatos e quem eles são. Foi muito bom. Mas já que estou com meus netos, e vocês são os especialistas em computação, como eu entro no Bookface?

Isso é mais do que meus filhos podem suportar. Eles se abraçam em uma alegria incontrolável e caem do sofá. Lenny começa a latir.

— Hum, mãe, na verdade é Facebook — decido ajudar.

— Esse mesmo. A Mavis, bem, o sobrinho dela, o Howard, falou que é maravilhoso, e agora ela está nisso também.

Nunca conheci a Mavis, mas, nos últimos dois anos, por algum motivo, ela se tornou um oráculo cuja palavra mais inofensiva é tomada por minha mãe como uma verdade universal. Se essa Mavis recomendasse viagens espaciais quando se encontrassem na Tesco, minha mãe enviaria imediatamente um envelope selado para a NASA solicitando mais informações e datas de partida.

— Não tenho certeza sobre isso, mãe.

— Não, é bem útil, amor. Esse negócio lembra datas de aniversários para você e eu preciso de algo para me lembrar na minha idade. Mas o que eu não sei é se você tem que colocar o seu rosto como ele é no computador.

— Você pode colocar qualquer parte do corpo, vó — Ben responde de forma perversa. Dou um soco nele, que se abaixa. Emily assobia e, quando suas mãos formam garras involuntárias, as mangas da camiseta sobem e revelam seus braços. O quê? Ela tem arranhões nos braços agora também? Isso é do acidente de bicicleta?

Ben parece triunfante, tendo conseguido ofender a todos. Então, como de costume, ele empurra sua sorte longe demais, acrescentando:

— Até o seu traseiro.

— Mãe, não é isso — digo, cortando Ben. — É só que, uma vez que você está lá, você pode, você sabe...

— Posso o quê, amor?

— Pode acabar vendo ou descobrindo coisas sobre as pessoas que não são muito legais. — Tento dar um sorriso fraco para Emily, que está olhando para o chão.

— Ah, eu sou mais forte do que pareço, amor. — O que é perfeitamente verdade. Gostaria de poder dizer o mesmo de mim. — Falando nisso — minha mãe continua: — Eu estava procurando os sintomas médicos, e tem muitos lugares que te dizem...

— Não faça isso, mãe. Quando as pessoas começam com isso, elas ficam em um estado terrível.

— Ah, eu sei. Val, a prima da Mavis, teve uma ferida. Ela pesquisou na internet e disse que talvez tenha contraído o GNV — minha mãe fala, confundindo HPV com a sigla do gás natural veicular.

— É o que eu quero dizer.

— Fez sexo desprotegido com um caminhão — Ben fala em voz alta.
— Ben! Estou te avisando.
— O que foi isso, garoto atrevido? — minha mãe ri.
— Só estou dizendo que espero que você não esteja doente, vó — ele diz, em um mimo de doçura obediente. Emily coloca dois dedos na garganta, bem na frente dele.
— Você está bem, Emily, amor? Parece um pouco agitada. Você não acha que ela parece pálida, Kath? Espero que você não esteja exagerando na escola, amor.
— Estou bem, vovó, não se preocupe — Em responde rapidamente.
— Ela está bem, mãe. A iluminação aqui não é muito boa. A parte elétrica ainda não terminou.
— Ainda é aquele polonês, Peter, quem está fazendo o trabalho?
— Sim, Piotr, isso mesmo. Ele já vai ter terminado quando você chegar aqui, no Natal.
— Ótimo. Não sei se levo o Dickie, Kath. Estou preocupada que ele estrague os seus tapetes.

Respire fundo, Kate.

— Ele não vai, mãe. Realmente, por favor, não se preocupe com isso. Apenas venha e se divirta.
— Tenho que ir agora, estou com um bolo de nozes no forno. É para o café da manhã de amanhã. O último arrecadou sessenta e quatro libras. Para ajudar os idosos — ela, que está com setenta e seis anos, diz.
— Que incrível, mãe. Se cuida, viu?
— Vocês também, amor. É ótimo ver todos vocês. Emily, Ben. A tecnologia não é maravilhosa? Boa noite e que Deus os abençoe.

Por um momento, enquanto o rosto da avó desaparece, Emily e Ben estão deitados ao meu lado, um sobre cada seio, como faziam quando eram pequenos. Eles estão pesados agora, muito, mas não peço para se mexerem. Ficamos um pouco ali, meio abraçados, próximos um do outro.

— O coração da vó está muito melhor — Ben fala, quebrando o silêncio.
— Ela está bem forte, não está, mãe? — Emily pergunta.
— Sim, claro que está — digo, orando fervorosamente para que seja verdade. — A sua avó é incrível.

Eles a amam na mesma intensidade que ela os ama. O amor mais doce e descomplicado de todos. Não quero pensar em como quase a perdemos, quando ela teve aquele enfarte, quatro anos atrás, ou como vamos nos sentir quando ela se for.

21h36: Depois de uma hora de batalha online um novo pedido foi feito com sucesso para o presente de Ben. E tem em estoque! Existe um Deus, se não um Papai Noel. O nosso Papai Noel de casa está em um seminário com a srta. Pateta Chá de Ervas.

22h20: Fico me olhando no espelho do banheiro. Após seis ou sete semanas de aplicação de adesivos de testosterona, os efeitos colaterais incluem:
   a. Manchas ásperas e grosseiras no rosto.
   b. Crescimento e fortalecimento alarmantes dos pelos existentes ao longo da linha do queixo e pescoço. Novo afloramento de pelos pretos e finos ao redor — ah, que horror! — dos mamilos.
   c. Ficar muito esperta e sujeita a atacar ao menor sinal de problema.
   d. Palavrões como um soldado.
   e. Pronta para fazer sexo com praticamente qualquer coisa — móveis, utensílios domésticos, construtor polonês.

Os homens se sentem assim o tempo todo? Em caso afirmativo, como é sensato deixá-los governar o mundo?

Meia-noite: Enquanto estou apagando a luz, chega um e-mail do fornecedor do presente de Natal do Ben.

> Boa noite, Kate.
> Pedimos desculpas pelo atraso no despacho, tivemos uma interrupção de fornecimento. Esperamos que o novo estoque do seu item chegue em vinte e nove de dezembro. Vamos despachar sua encomenda o mais rápido possível. Feliz Natal!

Nãooooooooooooooooooooo.

Emily para Kate
Mãe, dsclp ter sido grossa hoje. Obg por ter levado meu trab de história pra escola. Posso levar 70 pra festa de Natal em vez de 50? Te amo bjobjo

QUE FESTA DE NATAL? (*Roy, nós concordamos com uma festa de Natal?*)

13
Aquelas áreas teimosas

NOVEMBRO

O inferno não é tão furioso quanto uma mulher que está quatro quilos acima do peso, a menos de uma semana da reunião da faculdade. Eu simplesmente não estava pronta para encarar os namorados da minha juventude como uma cafona de meia-idade. Com um pouco de boa vontade, antigamente eu podia ser vista como a Nicole Kidman. Agora pareço mais a sra. Doubtfire, de *Uma babá quase perfeita*. Eu não tinha prometido a mim mesma que abordaria essa ocasião marcante como uma adulta madura, aceitando meu corpo e que estou com quarenta e nove anos, prestes a completar cinquenta? No auge da vida, uma sobrevivente orgulhosa, entregue ao fluxo do tempo, e não mais aquela garota jovem que parecia tão ansiosa na foto de caloura. Ela ainda tinha aquele corte horrível de pajem que o Denis, da Fringe Benefits, fazia nela, um pouco parecido com o da princesa Diana. Muito pouco parecido, para falar a verdade. O corte me deixava a cara de uma poeta medieval. Nunca confie em um cabeleireiro do norte da Inglaterra chamado Denis que pronuncia seu nome D'knee. Como na música da Blondie.

Bom, eu achei que estava pronta para a reunião. Para ver pessoas que não via há um quarto de século — meu Deus, são mais anos do que estivemos vivos quando nos conhecemos. Nessa frase hedionda, eu estava bem conservada. (Conservada como o quê? Como cebolas ou picles? Talvez uma lata de atum? A juventude pode, como os mirtilos, amadurecer e não apodrecer?) Eu tinha um novo emprego, uma casa antiga cheia de "potencial", dois filhos adolescentes que não estavam na prisão e felizmente casada. (Bem, casada. Quer dizer, quem é feliz estando casado?) Eu estava em um bom momento. Até que experimentei o vestido.

Você sabe o que é contar com um vestido para enfrentar uma situação da qual você morre de medo? Quando eu trabalhei pela primeira vez no mercado financeiro, gastei cada centavo que eu tinha com um terninho de grife na Fenwick's. Valeu a pena. Minha armadura da Armani. Eu o vestia pela manhã, como um cavaleiro que se prepara para um combate. O tecido azul-marinho, pensei, estava cedendo, mas tinha um corte perfeito, justo na cintura, mas proporcionando muita proteção tanto na frente quanto atrás. Eu me sentia invencível nesse processo, que foi muito bom, dado o fogo antiaéreo que recebi dos caras nos primeiros dias. Eu jamais suportaria jogar o terninho fora. Depois, uma instituição de caridade, a Dress for Success, pediu às executivas da empresa que doassem roupas para serem usadas por mulheres que estavam tentando voltar ao trabalho. Doei meu terno azul-marinho. Eu gostava de pensar que ele estava fazendo a sua mágica com outra garota assustada que precisava parecer sem medo.

Nunca me ocorreu então que, um dia, eu também seria uma mulher ansiosa tentando voltar ao mercado. É o ciclo da vida, não é?

As roupas podem fazer isso por você, e é por isso que escolhi minha roupa para a reunião da faculdade com tanto cuidado. Um vestido verde-esmeralda que usei no casamento mais recente de Candy, nos Hamptons. Richard de cara se recusou a comparecer. "Vou no próximo", ele falou. (Rich não se importa com a atitude mais é mais da Candy com relação à vida e aos maridos.)

Na minha idade, você precisa de ajuda para levantar e separar, sem falar em sustentar. O vestido verde-esmeralda era o Isambard Kingdom Brunel dos vestidos, um milagre da engenharia estrutural. Ele colocou meus seios e barriga de volta onde estavam há vinte e cinco anos.

Pelo menos dois ex-namorados que estariam na reunião me viram nua entre 1983 e 1986. Queria que meus seios estivessem no mesmo lugar em que os viram pela última vez.

Mandei lavar o vestido verde-esmeralda a seco na Five Star, em Islington. Ele cintilava em um tom de jade invejável em sua cobertura de polietileno, pendurado na porta do armário. Eu estava pronta para a reunião, ah, sim, eu estava! Até que experimentei o vestido.

O zíper cerrou os dentes e subiu um centímetro, mas se recusou a se mover sobre o quadril. Aquela bolsa marsupial que nunca mudou desde que engravidei pela segunda vez. Nenhuma quantidade de tecido diminuiria aquilo. Nem o modelador faria isso.

— Você tem muitos outros vestidos, querida — Richard disse, como se houvesse conforto nos números.

— Mas quero usar *esse* — retruquei, batendo a porta do banheiro e derrubando lágrimas quentes na frente do espelho. Tanto esforço para aceitar meu corpo aos quarenta e nove anos e meio. Eu ia entrar naquele vestido no sábado, nem que eu morresse.

E isso quase aconteceu.

Segunda-feira, 11h03: Caramba, mas que droga. Jay-B me chama em seu escritório, no momento em que estou planejando sair despercebida, entrar em um táxi e atravessar a cidade para o meu "procedimento" cuidadosamente agendado. Ele diz que meu encontro desta tarde com Grant Hatch é crucial.

— Sei que você gosta do fato de que o Hatch tem um dos maiores consultores financeiros, Kate. Cliente milionário e complicado, mas ele trabalhava aqui como trader anos atrás. Se pudermos colocar nosso fundo na plataforma dele, sabe, se os caras dele nos recomendarem aos seus clientes, vai ser demais.

— Entendi — falo. — Seria ótimo tê-lo como parceiro. Só estou me perguntando, por que eu? Quer dizer, estou lisonjeada, mas sou nova aqui e há pessoas mais experientes. — (Por favor, por favor, Jay-B, pode dar isso a alguém porque ainda vou estar me recuperando da lipo que vou fazer na hora do almoço?)

Jay-B faz uma careta. Ele não vai me deixar fora dessa.

— Bem, parece que você usou seus encantos com Velikovsky, Kate, e o Grant é um pouco mulherengo.

Ah, meu Deus. Uma das palavras mais sinistras da língua inglesa. *Mulherengo*.

— Coloque desta forma: acho que você tem o que é preciso para fazer o Grant feliz. Mas não vou mentir. Ele é um diamante bruto.

Ali estão outras duas piores palavras. Parece que tudo o que está faltando é falar que o cara é um serial killer.

Agradeço imensamente a Jay-B por essa oportunidade fantástica com o mulherengo diamante bruto, e saio apressada da sala, praticamente me curvando como uma das trinta e nove esposas do rei do Sião. Então, antes que ele tenha a chance de me ligar de volta, corro do prédio para o ponto de táxi.

11h33: No caminho para a Knightsbridge, recebo um e-mail de Debra. (Assunto: Atire em mim!) Ela estava passando uns dias com as crianças em Marrakesh quando mandou uma mensagem a um neurologista muito promissor que conheceu em algum site de namoro com: "Acabei de experimentar o melhor tagine do mundo".

Infelizmente, e sem o conhecimento da Deb, o texto previsto mudou "tagine" para "vagina". Ela diz que ficou perplexa quando o neurologista de repente ficou muito interessado e respondeu com vários textos excitados sobre querer provar a "tagine" dela. Agora ela está encrencada.

> Kate, eu realmente gostei dele. Ele pode ser o cara. Ele é bem-sucedido, saudável, solteiro, bom, divorciado duas vezes, sem filhos. Você sabe como é impossível encontrar alguém sem bagagem. Queria dizer ao Stephen que eu tinha comido um tagine maravilhoso, não uma vagina, mas agora ele acha que eu sou bissexual e, de repente, ele realmente gostou de mim. O que você acha que eu devo fazer?

Como é que eu deveria saber? Sinto uma onda de irritação com Deb e seus muitos desastres. Pareço ter me tornado a tia de plantão aflita desde que ela começou a "namorar" — uma importação americana estressante que entrou na moda depois que eu estava casada. De repente, é como se as mulheres da minha idade tivessem quinze anos de novo, usassem hot pants e passassem spray para deixar o cabelo armado, no estilo da Farrah Fawcett. "Você acha que eu devo mandar uma mensagem?" "Quanto tempo devo sair com ele antes de fazer isso?" Como se o amor fosse um algoritmo.

"Será que ele vai me odiar se não transarmos no primeiro encontro?" Trinta anos atrás, a pergunta era: "Será que ele vai achar que sou uma vadia se fizermos sexo cedo demais?" Sinceramente, está sendo difícil para mim ver essas coisas como progresso.

A busca do amor é cansativa e principalmente ridícula. Debra, mais uma vez, fez papel de boba. Enquanto isso, o e-mail não lido de Jack está aguardando na minha caixa de entrada. Não deletei como pretendia. Mas não olho para ele, eu me disciplinei para não olhar. Mesmo que ele me chame quando estou dormindo e logo que acordo. E a maioria dos minutos entre essas duas coisas. Não sei por quanto tempo vou conseguir resistir.

11h59: Posso ter abandonado todos os princípios feministas remanescentes e feito algo que jurei que nunca faria, mas pelo menos agora entendo como todas essas modelos e atrizes se recuperam depois da gravidez. Não é força de vontade sobre-humana, não é amamentação vinte e quatro horas por dia, sete dias por semana, não são sucos de espinafre ou sessões de Pilates, nem bons genes ou bronzeamento artificial. Não, é um procedimento. Entrei em pânico e marquei uma consulta em uma clínica sofisticada em uma rua de casas que pareciam estábulos em Hyde Park. Candy disse em seu e-mail que a "lipo do almoço" era uma coisa fácil. E é tudo o que eu preciso: uma cintura fina para eu conseguir usar o vestido verde-esmeralda na reunião.

O folheto da clínica, tão brilhante que serviria até para retocar o batom, promete eliminar sem dor o que ele chama, delicadamente, de "aquelas áreas teimosas". Enquanto subo a vertiginosa escadaria, que parece ter sido feita de barras de gelo, sei que não deveria estar aqui.

O que você está fazendo, Kate? O seu medo de parecer acabada na reunião é tão grande, a sua autoestima é tão baixa que você é capaz de pagar o preço de um fogão John Lewis para ter esse abdome sugado por uma coisa que aspira gordura?
Infelizmente, parece ser esse o caso.

As duas mulheres sentadas atrás da recepção são como aquelas recepcionistas de antigamente, quando voar fazia você se sentir uma passageira encantadora em vez de uma criada atolada em uma banheira que vende Pringles a preços excessivamente caros e sem espaço para respirar. Maquiagem irretocável, perfume inebriante. Tudo o que falta são aqueles chapeuzinhos com um logotipo, o que é uma pena. Elas me pedem para sentar e oferecem uma escolha estonteante de bebidas. Como estou nervosa, opto pelo que menos quero. Alcaçuz. Isso é realmente um chá? Penso em mudar meu pedido para cappuccino, o que seria reconfortante, mas, não, estou aqui para ter minhas áreas mais difíceis com um novo contorno. Provavelmente foi o café supercalórico que as deixou tão teimosas.

Há outras três pessoas sentadas na sala de espera e evitamos nos olhar. Apesar da decoração calmante e da música ambiente, estar aqui é constrangedor. Todo mundo quer ficar jovem, mas ninguém quer ser flagrado tentando fazer isso. Esse deve ser nosso segredo culpado, "indetectável" como o trabalho da clínica.

Quando uma das recepcionistas se aproxima para chamar o homem que se esconde atrás do jornal na minha frente, olho para um artigo sobre encurtar o dedão do pé (o da raiva, segundo dizem) e percebo que é um ator famoso. Bem, famoso nos anos 80, agora menos. O cabelo claro foi tingido, talvez para disfarçar o pouco que resta dele. Antes galante e bonito, o ator agora parece vulnerável, com seus olhos azuis insípidos. Ele percebe que eu o reconheci — sinto muito por isso — e dá um leve aceno com a cabeça antes de entrar em uma sala ao lado. Que trabalho faz um homem de sessenta e tantos anos tentar salvar sua aparência? Preciso perguntar para a Candy, porque ela sabe mais sobre preenchimentos do que a Mary Berry.

17h43: Acontece que a "lipo da hora do almoço", simples e indolor, não era simples, e também não era exatamente um procedimento para a hora do almoço. Quanto a ser indolor, diga isso a uma almofada de alfinetes.

Saí tonta, envolta em bandagens e equipada com uma roupa de compressão pós-cirúrgica, basicamente um modelador de grau militar.

Estou cambaleando na calçada do lado de fora da Harvey Nichols, tentando pegar um táxi, quando o telefone toca e eu atendo.

Sem nenhuma introdução, e continuando de onde parou, minha mãe diz:

— O problema, Kath, amor, é que, se eu levar o Dickie para o Natal, ele vai ter que vir no carro do Peter e da Cheryl, e você sabe como ela é cheia de manias. E se o Dickie se envolver em um acidente? Não, acho que não vou arriscar, amor. Melhor ficar em casa este ano. Vou ficar bem, posso ir para a casa da Julie...

Finjo que o sinal está ruim e desligo.

No táxi, penso em tomar os fortes analgésicos que a clínica me deu, mas fico com receio de eles me darem sono durante minha apresentação. O que era aquele antigo objeto de tortura, com aqueles pregos no lado de dentro? Uma virgem de ferro? Bem, essa sou eu depois da hora do almoço.

O trânsito está terrível. Resultado: estou atrasada para a reunião no Hotel Brown's com Grant Hatch, conhecido por seus contatos no setor varejista como Brands. *É claro*. Pior ainda, foi a minha firma que pediu a reunião, então me atrasar é um péssimo começo. Também não posso dar uma desculpa, já que pelo jeito o Grant é o cara — e quero dizer cara no sentido mais completo da palavra. Além disso, depois da minha sessão de perfuração, estou realmente sujeita a vazar. Tenho visões de chá Earl Grey saindo dos meus buracos da lipo na forma da Fontana di Trevi. Grant não gostaria de saber sobre isso.

Quando entro no bar, ele faz questão de olhar para o relógio, que é do tamanho de um globo de neve coberto de vários mostradores, com pelo menos quatro botões na lateral. Provavelmente poderia lançar um ataque nuclear em Pyongyang, mas será que ele consegue ver a hora?

Grant se levanta, flexionando os ombros como se quisesse lutar. Ele veste uma camisa polo preta que se esforça para conter o que está dentro dela, e jeans pretos excessivamente passados. É desajeitado e totalmente careca, como um buda que trocou a contemplação pelo capitalismo e nunca olhou para trás. Posso ver apenas o topo de uma tatuagem atrás do medalhão de ouro em sua garganta. Quando ele fala, é com um sotaque londrino tão pesado que você pode escrever seus medos nele.

— Kate. Finalmente — ele grita.

— Grant — digo —, por favor, me perdoe. Tive um problema no trabalho. Quando estava prestes a sair. Os mercados estavam...

— Ei — ele diz, mostrando um sorriso como alguém que saca uma faca. — Aposto que você é o tipo de garota que tem muito o que fazer.

Um devasso. Entendi. Jay-B me avisou que Hatch era mulherengo. Normalmente leva mais de dez segundos para perceber com quem se está lidando, mas desta vez o alarme soou antes mesmo de eu me sentar. Para este homem, sou uma garota, e não apenas uma garota: uma que gosta de ter seu tempo — e praticamente todo o resto — preenchido. De preferência pelos gostos e pela luxúria dele. Bem. Um desses. Lide com isso.

— Sim — falo. — Tempos agitados. — (Você não faz ideia, cara. Quando ficou acordado pela última vez se preocupando com a triste perda de memória da sua sogra, a ansiedade da sua filha e seu abdome cheio de buracos de lipo? Meu palpite seria nunca.)

— Então, Kate — ele diz. — O que é que posso fazer por você? Ou — semicerrando um pouco os olhos — você por mim? — Os olhos, pequenas contas pretas, poderiam muito bem ter sido emprestados de um tubarão.

Ele balança a cabeça enquanto fala, incapaz de ficar parado. Eu meio que espero que ele comece a correr a qualquer instante. Um daqueles homens que você não pode deixar de imaginar como garotinhos, sempre se metendo em confusões. Imagino sua mãe, exausta ao fim de cada dia, consumida por tanta devoção, envelhecida antes do tempo.

Nós nos acomodamos — uma poltrona para cada um, graças a Deus — de frente um para o outro, separados por uma mesa.

— Bebida — diz, dando instruções em vez de perguntar.

Faço uma pausa.

— Chá, por favor.

— Não. Peça uma bebida de verdade.

— O que você está bebendo?

— Malte. Feito por babacas elegantes na porra das Terras Altas. Ouro líquido, só que custa mais. Quer o mesmo?

— Isso seria ótimo, obrigada. — Provavelmente imprudente, mas preciso de algo forte para entorpecer minha lipo abdominal.

— Ótimo — Grant fala. — Ei, você.

— Eu?

— Não, você aí. — Ele estala os dedos, como se para começar um tango. Jesus. *Aconteça o que acontecer, Kate, você não vai dançar com esse homem.* Uma garçonete atrás de mim corre para atender ao seu chamado.

— Sim, pois não, posso ajudá-lo? — ela pergunta, sorrindo, ansiosa, educada e possivelmente dos Países Bálticos.

— Sim, mais dessa coisa. Para dois. Eu e ela. Compreende?

— Sim, senhor.

Grant a observa ir embora.

— Preciso demitir os dinamarqueses, assim como ela.

Grant era um consultor financeiro. Agora ele dirige um grupo — ou, como eu acho, um time de sucesso — de consultores financeiros, o que dá a ele acesso a uma ampla gama de clientes, indo de muito ricos a tão podres de ricos que seus cães têm chefes pessoais. A EM Royal planeja ser um dos fundos para os quais esses clientes recorram, e meu trabalho nada invejável é dizer isso a ele. Como você diz a um homem como esse que quer o negócio dele e que o negócio dele poderia realmente se beneficiar do que você tem a oferecer enquanto deixa claro que o desejo para por aí? Há muito tempo não encontro alguém que pensa com as calças.

— Grant, estou aqui para lhe dizer que a EM Royal é realmente boa...

— Claro que você é boa! — Ele faz um som entre um latido e uma risada.

— Eu não *taria* aqui com você se não fosse boa, amor.

Sorrio, como se estivesse saboreando o gracejo, antes de continuar.

— Sim, bem, nós percebemos que você tem um forte cenário de fundos de investimento em sua plataforma. Mas o nosso é bem diversificado por classes de ativos: uma boa distribuição geográfica, ampla exposição a outras moedas, bom mix de ações defensivas e empresas de crescimento, desempenho consistente em todos os pontos.

Onde aprendi a falar essa estranha linguagem do mercado financeiro, que soa como inglês, mas não é muito real? Jack costumava chamar isso de "desperanto", o que é perfeito, na verdade. Confio nele para expressar isso melhor do que ninguém. Estou impressionada comigo mesma, mas também um pouco assustada por voltar a essa linguagem tão suavemente, depois de tantos anos longe. Eu me sinto como alguém que se muda de volta para a França e na mesma hora começa a conversar com os moradores locais.

— E? — ele diz, gratificado por ser elogiado por sua força, mas ansioso para seguir em frente. Olha para o relógio de novo. Talvez esteja dizendo a um fogão Aga em Weybridge para esquentar seu jantar ou algo assim.

— Gostaríamos muito que a EM Royal fosse aprovada em sua plataforma. Achamos que será um encaixe natural. — *Droga. Vamos lá, Kate. Não dê ao cara uma frase de duplo sentido.*

— Aposto que sim. Encaixe natural é o que eu gosto. Bom e apertado. — *Tarde demais.* — Por quê?

— Por causa da força da nossa equipe de pesquisa e porque, francamente, achamos que somos o único fundo que seus clientes vão precisar.

— Boa tentativa.

— Não somos tão baratos quanto um fundo rastreador e planejamos continuar assim — respondo, com um aperto no coração. — Pense em nós como algo caro e reconfortante.

— Sim, está certo. Bem, Katie — ele continua, me chamando pelo apelido. Para falar a verdade, acho que ele faz isso com todo mundo. Se Grant tivesse esbarrado em César, ele teria se dirigido a ele como Julie. — Entendo. E, para ser sincero, já andei dando umas cutucadas. É assim que eu sou. — Ele me dá um momento para deixar a beleza desse pensamento de cutucar e então continua: — E acho que poderíamos estar bem interessados em colocar você...

— Colocar a EM Royal.

— Certo. Colocar você no nosso menu.

— Isso é ótimo. Posso lhe assegurar...

— Mas — ele se inclina para o espaço entre nós, para que eu possa ver melhor sua polo e sua tatuagem, que é de uma sereia muito peituda — acho que precisamos de uma reunião particular para examinar os detalhes, olhar as letras miúdas.

— Claro, Grant. Meus colegas ficarão felizes em...

— Quando eu digo *nós*, quero dizer eu e você, Katie. *Nós.* Nós precisamos nos encontrar. Em algum lugar tranquilo, só nós dois.

Aqueles olhos de tubarão. Eles abriram e fecharam. Posso sentir o enchimento da lipo enrolada na minha barriga. Quando Richard Dreyfuss desceu na água para encontrar o Tubarão, ele tinha uma gaiola para protegê-lo e um arpão para se defender. Tudo que tenho é uma mesa. E, graças a Deus, dois copos de uísque, que a garçonete pousa neste momento, criando assim outra barreira. Deus a abençoe.

— Algo mais? Posso fazer mais alguma coisa para ajudá-lo? — ela pergunta.

Grant acena para ela, e ela recua. Mais uma vez, ele olha enquanto ela se afasta.

— Um pouco de musculação e ela vai ficar bem. Perder a bunda. Andar de bicicleta. Saúde. Você se exercita, Kate?

Concordo.

— Tento, pelo menos duas vezes por semana.

— Sim, foi o que pensei. — Ele bate o copo contra o meu. Tomo um gole com cuidado, enquanto busco uma brecha. *Vamos Kate, aproveite o gancho. Seja clara.*

— Então, você é um cara que gosta de bicicleta, Grant?

— Se eu gosto? Gandalf é homo? Claro que sim. Cento e sessenta quilômetros todo fim de semana. Me cubro até o pescoço com aquela porra de lycra. Fico parecendo aqueles caramelos fluorescentes.

— Você devia conhecer meu marido. Trocar figurinhas.

Grant franze a testa. Não é que homens como ele se sintam desafiados por outros homens. Eles simplesmente não gostam da ideia de que outros homens existam. Como os touros, querem a arena só para si.

— O que ele tem? — (Que você não tem, você quer dizer?)

— O quê?

— Que bicicleta?

— Deus, não sei. Mas custou uma quantia ridícula, cinco mil e...

Grant ri tanto que o uísque sai pelo seu nariz. Ele pega um guardanapo e limpa a camisa, ainda rindo.

— Cinco mil coisa nenhuma. A minha custou dez mil antes das rodas. Pesa tanto quanto a porcaria de uma maçã. Você consegue levantá-la com seu mindinho. — Ele joga o resto do malte na garganta e fica assim, de cabeça baixa, por alguns segundos. (Eu deveria aplaudir?) Então ele abaixa o copo e olha para mim. — Então, Katie, que tal? Você e eu. Semana que vem, pode ser? Terça à tarde é um bom dia. Vá até o Dorchester ou o Claridge's, escolha o lugar. Realmente precisamos debater algumas dessas coisas, nos conhecer melhor, antes de passarmos para o próximo estágio, não é, querida?

Termino minha bebida, me levanto e estendo a mão.

— Na verdade, Grant, tenho que correr agora. Foi um imenso prazer. Estou muito contente por você considerar nossa oferta. E também ficarei feliz em enviar um pacote completo de informações sobre o nosso desempenho ano a ano, nossos protocolos e estratégias de investimento. Quanto a terça-feira, acho que não vou estar livre, mas tenho certeza de que meu colega Troy Taylor vai adorar me substituir e levar essa conversa adiante.

Grant considera a ideia, a malícia se infiltrando por todos os poros. Ele é bonito, bem-vestido e muito rico, mas naquele momento parece uma aberração feita de carne. A rejeição azeda o homem. Então ele fala, bem devagar, distribuindo as palavras:

— É. Sim, eu conheço o Troy. Foi ele quem me contou tudo a seu respeito. Disse que você era a nova garota na área, exceto que você era velha. Mas boa pra cacete no que faz. Foi o que o Troy disse. Imagino que você tenha mais experiência do que o restante de nós. Anos disso. Ele achou que poderíamos, você sabe, seguir em frente.

Ah. O devasso com o idiota nas costas. A história provoca náuseas.

— E nós *vamos*, Grant! Foi ótimo te conhecer. Te vejo em breve. Adeus.

Então saio. Atrás de mim, ouço um estalar de dedos. O último tango para Grant, mas, infelizmente, não o último que vou ouvir por um longo tempo.

20h39: O jantar de hoje é sopa, torta de cottage saudável com purê de batata-doce e feijão verde que peguei na M&S, na estação. Richard disse que ia cozinhar, mas acho que teve uma reunião de última hora com aquela mulher irritante que gosta de gatos, sobre algum retiro relaxante. Ele está inclinado sobre o iPad na mesa enquanto eu sirvo a sopa.

— Escuta isso, Kate. A primeira ministra sugeriu para os trabalhadores mais velhos que aqueles que têm o antigo ginásio devem fingir que fizemos o que eles chamam agora de ensino médio, para os empregadores não descobrirem que somos, de fato, pessoas mais velhas que estamos passando dos quarenta e três anos. — Rich vira o laptop para eu ver o artigo.

A primeira ministra diz que aqueles que possuem o que ela chama de "qualificações ao estilo antigo" — isso soa como algo escrito em sangue de touro em papiro, não é? — podem sofrer discriminação por causa da idade. Enquanto ela diz que não toleraria contar mentiras descaradas, também diz que "se você estiver enfrentando esse tipo de injustiça, então talvez seja necessário jogar o jogo".

— Jogar o jogo? — Richard grita, deixando a colher bater na tigela de sopa. — Sei. Por que essa mulher simplesmente não diz que, ao contrário do ensino médio, o antigo ginasial contava com excelentes qualificações e que, pelo menos, nós, idosos com esse tipo de qualificação, temos a garantia de poder ler, escrever e somar de cabeça sem a ajuda de vários dispositivos eletrônicos?

Ah, droga. De repente me lembro que, no currículo para o meu novo emprego, coloquei os resultados do ginásio, porém ao mesmo tempo afirmo que tenho quarenta e dois anos. Nem sequer me ocorreu que minha nova idade falsa significa que sou jovem demais para ter me formado no ginasial e que eu deveria ter colocado ensino médio no lugar. Droga de campo minado. Pelo menos ninguém na EM Royal parece ter notado ou pedido para ver nenhum diploma. Seja o que for que a primeira ministra diga aos trabalhadores mais velhos, essa trilha de mentiras é difícil. Você realmente precisa da memória de alguém muito mais jovem para fazer isso.

Ouço um repentino lamento de Emily, que está debruçada na cadeira, os joelhos até o queixo, toda vestida de preto e envolta em um lenço feito do que parece ser uma rede de pescador. Ela parece um pote de lagosta indo para um funeral.

— Isso é muito injusto, pai — ela grita. — Eu fiz as provas do ensino médio e elas são muito difíceis, tá? Você e a mãe sempre dizem que as coisas eram melhores quando vocês estavam na escola. Não é justo. Você acha que eu sou uma idiota e é muito estressante por causa dos cursos e das outras coisas, e eu só tenho sessenta e três por cento do meu trabalho de inglês pronto.

— Você *é* idiota — Ben diz, sem levantar os olhos do celular.

— Pare com isso, Ben. Saia já desse celular, por favor. Richard, desligue seu iPad também. Podemos ter um jantar normal, sem a família inteira estar online? Como assim, você só tem sessenta e três por cento do seu trabalho concluído, querida? — Agora é a minha vez de parecer aflita. — Eu te ajudei com aquele ensaio. Por que só tem sessenta e três por cento?

Sua cabeça se encolhe, como uma tartaruga, no capuz da rede.

— O sr. Young disse que estava muito bem escrito, com bastante conteúdo e tudo mais, mas não tinha palavras-chave suficientes, mãe. É preciso colocar palavras-chave para conseguir notas mais altas.

— Que *palavras-chave*?

— Espere aí — Richard interrompe —, o que você fez? Você fez o trabalho da Emily para ela?

— A mãe não fez, ela só estava checando algumas coisas — Emily se apressa em dizer para me proteger. — Não é culpa dela eu não ter tirado A.

Richard olha para Em, depois para mim, antes de dizer ironicamente:

— Não diga a sua mãe que ela não tirou um A em alguma coisa, Emily. Isso não acontece desde 1977.

Vejo o rosto de Ben se iluminar em um sorriso de satisfação, e aquele olhar que me faz lembrar daquele dia na escola quando, aos oito anos, ele decidiu libertar os hamsteres da turma, "porque eles queriam ficar do lado de fora".

— Os exames não deviam ser tão fáceis se a mãe não consegue tirar um A no trabalho da Emily — ressalta nosso lógico morador.

— Eu não disse que os exames são fáceis, Benjamin. São difíceis, mas não sei, de uma maneira sem sentido e sem criatividade. Não acho que isso seja educação. Agora vá e comece a fazer a sua lição de casa, por favor. Emily, querida?

Tarde demais. Minha filha fugiu para o andar de cima. E agora? Nem posso ir até a escola e reclamar com o sr. Young. O que eu vou dizer? "A Emily devia ter uma nota maior no ensaio dela porque eu escrevi a metade?" Isso não vai soar nada bem. Você sabe, seria bom eu não mentir pelo menos em um aspecto da minha vida.

— Mãe?

— O que foi, Ben?

— Pode fazer o meu trabalho de história. Eu não me importo com a nota que eu tirar.

21h43: Eu estava pretendendo contar ao Richard sobre a lipo. Sinceramente, eu estava, mas depois nos desviamos com a discussão do maldito ensaio. E depois daquele encontro com o Grant, não suporto mais nada desagradável.

O cara fez minha carne formigar, mas eu posso ter perdido vários milhões para a EM Royal, recusando-me em me tornar um de nossos excitantes incentivos. Quando saí do hotel, pensei que estou velha demais para aguentar essa besteira. Pura verdade. Mas também estou velha demais para conseguir outro emprego e, para ficar com o que tenho, alguma tolerância, por mais repugnante que seja, pode ser essencial.

Na verdade, pensando bem, o custo da lipo da hora do almoço é uma barganha total em comparação com o número de sessões de personal training que seriam necessárias para eliminar as áreas mais difíceis agora depositadas no saco de um aspirador no Hyde Park. Além disso, não há necessidade de comprar um vestido novo para a reunião da faculdade. Se você olhar dessa forma, é uma economia enorme. Além disso, agora estou ganhando meu próprio dinheiro, o que mantém toda a família à tona, e quase nunca gasto nada comigo, portanto não devo justificá-la para meu marido.

Também estou confiante de que posso fazer o Rich ver que a lipo não é uma coisa típica da crise de meia-idade, como ele pode pensar, mas uma manutenção em tempo e essencial de um ativo em queda. Eu. (Falando de ativos em queda, paguei com cheque para evitar problemas com o misterioso problema de crédito. *Roy, você chegou a alguma conclusão do motivo pelo qual a minha classificação de crédito está tão baixa?*)

Infelizmente, depois do jantar, quando as crianças simplesmente sumiram, Rich se divertiu com o vasto e inexpressivo deserto que é nossa conta-corrente. Ele disse "a sua reforma" na "sua casa" é a culpada, embora este seja o homem que decidiu renunciar ao capitalismo e estudar a um custo de três libras a hora. Ele está tão cego pela certeza do seu novo chamado que não consegue ver o efeito que isso teve em mim e nas crianças. O fato é que ele não vai começar a ganhar dinheiro por mais dois anos. *Dois anos!* Até lá, *eu* vou precisar de ajuda psiquiátrica.

Enquanto carrego a máquina de lavar louças na minha melhor forma passivo-agressiva, Rich continua fazendo sugestões úteis sobre maneiras de cortar gastos.

— As contas de energia estão enormes. Sei que você gosta dos seus banhos, Kate, mas temos que usar água quente às seis da manhã? Que tal ligar quando sabemos que vamos precisar?

Arrumo as facas, tentando não olhar para o meu marido, caso ele tenha — como sua última pergunta sugere — sido substituído pela proprietária de uma pensão em Bexhill em 1971. Logo ele vai colocar cartazinhos anunciando quando os membros da casa podem tomar banho. Estou me tornando pouco mais que uma inquilina aos olhos dele, e estou levemente insegura com isso. Mas tem mais.

— O carro. Sei o que você vai dizer, Kate — *(não, você não sabe)* —, mas analisando as coisas de modo geral, é realmente mais um luxo do que uma necessidade nos dias de hoje, e um luxo não muito defensável nesse momento.

— Agora o senhorio se transformou no porta-voz do Greenpeace. Querido Deus, por favor, não deixe que ele diga a palavra "planeta". — Sei que você acha que estou sendo chato, querida — *(é isso mesmo, amigão)* —, mas temos responsabilidades além das da nossa família imediata. É claro que precisamos nos locomover, mas estamos em colapso. — *(E estou prestes a ter um.)* — E, se você analisar com atenção quando *precisamos* do carro hoje em dia, ao contrário de quando o usamos só por que ele está lá...

Usamos só porque ele está lá? Fiz isso quando a minha mãe ficou no hospital por semanas após o ataque cardíaco? Quem teve que levar o Ben até aquele curso de jazz em Norfolk? Como é que o Lenny vai para o parque todos os dias sem carro? Richard continua falando...

— ... bem, o que eu estou dizendo é, se você se sente capaz de pedalar e combinar isso com o transporte público... — Ele está olhando acima da minha cabeça agora, como se um ideal maior estivesse preso ao teto. — Você sabe, isso tem elevado muito minha autoconfiança e realmente sinto que poderia fazer o mesmo por você. Sem mencionar os benefícios para a saúde. E, você sabe, pense no exemplo que estaríamos dando para as crianças.

— Que exemplo? Nós dois sendo atropelados por caminhonetes brancas no mesmo dia, deixando a casa cheia de órfãos?

— Não seja tão dramática, querida. Noções básicas rodoviárias e um capacete vão te manter perfeitamente segura. Não, só acho que seria ótimo se o Ben e a Emily começassem a perceber que têm deveres não apenas para conosco, mas para com o planeta...

— Chega. — Bato a porta da máquina de lavar louça e saio da cozinha.

Ele sempre foi tão impossível? Sinto como se tivesse me casado com Jeff Bridges e acabado com uma mistura de Al Gore e um abraçador de árvores. Pelo que eu sei sou eu que tive que voltar ao antigo cargo de forma humilhante, sendo patrocinada e atormentada por fetos do sexo masculino, enquanto o sr. Planeta me diz como posso economizar.

— Você perdeu peso, mãe — Emily diz, me inspecionando, quando entro na sala de estar. Ela coloca o braço ao redor da minha cintura.

Arghhhh. O anestésico definitivamente está perdendo o efeito.

— Ah, você acha, querida? — questiono. Não há remédio mais doce que a aprovação dos críticos mais severos, sua filha adolescente.

— Sim, aquela dieta funcionou bem rápido — ela diz. — É inacreditável.

É mesmo.

1h01: Não consigo dormir. Através da janela do banheiro, uma lua nova está pendurada em sua espreguiçadeira em um céu escuro e brilhante ao mesmo tempo. Quando o anestésico para de fazer efeito, meu abdome dói, mas não é a dor que me mantém acordada. Sei exatamente o que é. Ou quem.

De pé em frente ao espelho, tiro a camisola e me preparo para ver o dano. Posso ouvir Richard e sua sinfonia de porco através da parede, como o som de um tiroteio distante. Uma coisa boa sobre meu marido não me olhar mais é que pelo menos ele não vai notar que eu fiz lipo.

À luz fria da noite, meu corpo nu não parece tão ruim, não para algo com quase meio século. Pobre corpo. O abdome está cheio de manchas escuras, mas a boa notícia é que a cintura está fina. Ou deveria estar. O inchaço após a anestesia local torna difícil dizer. O mesmo acontece com a cinta que cobre as incisões. *Argh.* Sou basicamente uma peneira humana. Visto o modelador de compressão, em seguida pego o vestido que está pendurado na porta do box e o seguro na minha frente. Só mais uns dias e vai vestir perfeitamente. Esse zíper miserável vai ronronar para a posição.

Ah, caramba, decido tentar agora.

No minuto em que o vestido está no corpo, sei para quem fiz isso. A clínica, o segredo, a máquina sugando minhas áreas teimosas. Não para velhos amigos que não vejo há trinta anos, com certeza. É para outro velho amigo que quero parecer bem.

Um nome que nunca pensei que veria novamente. Nunca quis ver de novo. Isso é o que eu disse a mim mesma, mas assim que vi na minha caixa de entrada soube que era mentira. Quem imaginaria que um nome pudesse invocar tanta emoção? Sinto saudades de Jack todos os dias desde a última vez que o vi. Ele está sempre lá na minha visão periférica, me provocando, me incentivando, me fazendo querer ser a melhor versão de mim, só para ele. Quando Grant Hatch deu em cima de mim esta tarde, senti um desejo irresistível de que fosse o Jack que estivesse lá, ao meu lado, meu herói e protetor.

Você prometeu que não abriria o e-mail, Kate, você prometeu.

Lá embaixo, na cozinha, com Lenny deitado como um tapete em meus pés descalços, abro o laptop. Movo o cursor pela caixa de entrada, mas encontro rapidamente, sei exatamente onde está. Olhei tantas vezes para ele, mas nunca ousei abri-lo. Por outro lado, não o deletei. Estou impaciente para abrir agora, como uma criança que finalmente recebeu permissão para desembrulhar um presente.

De: Jack Abelhammer
Para: Kate Reddy
Assunto: Olá de novo.

Katharine, sei que temos um acordo de que não iríamos nos contatar, mas encontrei o ex da Candy Stratton, e ele ouviu dizer que você estava de volta ao mercado financeiro, trabalhando com marketing na EM Royal, é verdade? Estou curioso. Nunca imaginei que você pudesse ser uma "garota dos bastidores". Parece um pouco limitado para a Kate Reddy que eu conhecia.

    Estou planejando ir a Londres nas próximas semanas e me perguntei se eu poderia ter a sua opinião sobre uma coisa. Poderíamos, talvez, tomar um café, dependendo de como está sua agenda?
    Jack

Tanto para arder de antecipação. Tanto para a lipo na hora do almoço e um vestido verde-esmeralda. Tanto para uma "noite maravilhosa para uma dança ao luar". Tanto pelo meu amor há muito perdido. Ele *gostaria da minha opinião*. De *talvez tomar um café*. Talvez. Talvez? Quando você sente muito por um homem e ele desaparece da sua vida, você começa a pensar: *será que era só comigo? Foi só uma ilusão tola da minha parte e ele nunca me amou?* Obviamente ele nunca sentiu a mesma coisa. Você se partiu em um milhão de pedaços e a outra pessoa simplesmente se afastou.

Deus, sou muito idiota. Jack Abelhammer é um antigo contato comercial, não seu amante. Você tem quase cinquenta anos, mulher. Começo a chorar. A decepção é insuportável. Estou chorando tanto que quase perco o PS. Está bem abaixo, o que explica porque não vi no começo.

PS: Levei só cinco horas para escrever este pequeno e-mail. Nada mal, não é?
E nem uma única palavra do que eu realmente queria te dizer. Nenhuma. Bj, J

14

A reunião da faculdade

19h12: Como você se sente quando se aproxima da data de uma reunião da turma da faculdade? Quer dizer, você pode ter feito mechas no cabelo para esconder os fios brancos e aplicar corretivo com cuidado sob os olhos, onde ele penetra nas linhas finas como giz. Você pode vasculhar sua caixa de joias e encontrar um colar curto para usar. (E a conclusão é: "Não gosto deste pescoço e gostaria do antigo de volta, por favor".)

Se você está particularmente desesperada para caber em um determinado vestido, pode fazer uma dieta radical ou entrar em pânico e gastar uma quantia absurda de dinheiro com suas "áreas teimosas" sendo sugadas na hora do almoço. Você pode se depilar, fazer as sobrancelhas e comprar uma meia-calça arrastão por capricho, mas, quando o dia amanhecer, você se olhará no espelho, aquele com a dura luz fluorescente que você evita há algum tempo, e perceberá este fato inescapável: a mulher que você está levando hoje à noite para sua reunião na faculdade é mais de um quarto de século mais velha do que a que se formou.

Como isso aconteceu? O tempo muda tudo, exceto algo dentro de nós que sempre se surpreende com a mudança. Esqueci quem disse isso, mas estava certo, não é? Quando eu era adolescente e costumava ouvir os amigos da minha mãe dizerem: "Ainda me sinto com vinte e um por dentro", ficava intrigada e um pouco constrangida por eles. Vendo aqueles naufrágios antigos em nossa sala, pensei: *como eles ainda podiam sentir o que eu sentia?* Certamente, a mente e as emoções deles acompanharam a idade. Envelhecer era crescer e os adultos eram maduros. Mas isso não parece ser verdade. Nós perdemos nossos egos mais jovens como crisálidas ou eles vivem dentro de nós, arquivados, esperando pela hora de voltar?

Está chovendo e há um vento siberiano se debatendo contra as árvores quando estaciono na garagem aberta da universidade, do outro lado da rua. Com uma mão protegendo meu cabelo escovado, escolho um trajeto através da grama pantanosa, preocupada com as meias arrastão, uma das quais já está tentando escapar. Lembro vagamente de um aviso em uma revista sobre não vestir isso depois de um banho de espuma. Por que não coloquei uma meia-calça normal, própria para a minha idade?

O engraçado é que eu não tenho certeza de qual Kate vai para a recepção na Sala dos Veteranos. É a Kate de 1985, envolvida num angustiante triângulo amoroso e se deleitando com "Greatest Love of All", da Whitney, no walkman Sony, enquanto estava secretamente embriagada com seu poder de sedução sobre dois pretendentes? Ou a Kate de hoje, mãe de adolescentes, nenhuma libido, que vai completar cinquenta anos daqui a três meses?

Quem é essa Kate?

19h27: Combinei de encontrar Debra na entrada para podermos ir juntas. Dividimos um quarto em nosso terceiro ano (um namorado em nosso primeiro, Ted Traidor), e acho que, se estou tão terrivelmente mudada a ponto de ficar irreconhecível, então pelo menos as pessoas vão ver Debra Richards e saber que talvez seja Kate Reddy quem está ao lado dela. Não tenho medo de envelhecer, mas agora sei que estou com medo da reação das pessoas ao meu envelhecimento.

— Meu Deus, Kate, olhe para essas crianças — Deb grita, apontando para três sujeitos fortes do clube de remo que estão subindo as escadarias do bar. — Quantos anos eles têm, dezenove? Você pode imaginar, nós realmente transamos com crianças assim?

— Sim, mas lembre-se de que nós também tínhamos dezenove anos.

Mal posso ouvi-la, pois o vento está soprando muito forte. Ele nos leva em sua respiração feroz através da quadra para as portas enormes da sala de jantar, tão familiares que eu poderia vê-las até em sonho.

— Mas eles são *bebês*. — Deb ri, ainda apontando para os rapazes.

Sim, eles são, e é incrível como achávamos que éramos adultas quando tínhamos a idade deles. Os garotos olham para nós, duas mulheres de meia-idade, depois se viram. Agora, somos arquivadas na pasta "Mãe de Alguém".

19h41: Bebidas antes do jantar, e a turma se dividiu em grupos. Todos estão em turmas barulhentas de cinco ou seis pessoas que mantiveram contato com frequência. Para eles, essa é só mais uma reunião, ainda que com ternos e vestidos elegantes, e bebida melhor. Os grupos mais calados e desajeitados são compostos de homens malsucedidos e mulheres tímidas que olham para os demais enquanto tentam descobrir quem eram e quem são agora, e por que as duas versões parecem não se encaixar.

Meu grupo tem só quatro pessoas. Deb, eu, Fiona Jaggard e um homem que ninguém conhece. Ele é baixinho, elegante, quase do tamanho de uma criança, mas muito bem-vestido, com óculos ovais e um sorriso contagiante, que se volta para ouvir educadamente cada uma de nós enquanto conversamos. Penso que ele pode ser um robô criado em algum laboratório de ciência experimental que foi levado para sua primeira aparição em um evento social.

Fiona, por outro lado, é a exuberância em pessoa. Sempre foi. Lembro-me dela rindo tanto uma vez no meio de um jantar formal até o vinho sair pelo nariz. As pessoas olhavam para a mesa e achavam que ela estava brigando.

— Aquela garota parece um dos caras — um namorado meu certa vez me disse, e eu não consegui entender se ele estava impressionado ou assustado. Fiona cresceu com quatro irmãos, dois mais velhos e dois mais novos, e passava as férias jogando críquete e construindo casas na árvore com tábuas.

Quando uma vez o aquecedor da nossa moradia estudantil estragou, todos nós ficamos sujos e fedorentos durante quatro dias, mas a Fi acordava às sete, tomava banho gelado cantando Gilbert e Sullivan em um vigoroso contralto.

Agora ela está de pé aqui, não diminuída pelos anos, sorrindo indiferente e usando um vestido de veludo vermelho-escuro. Talvez ela queira fazer o vinho sair pelo nariz outra vez.

— Onde você mora, Fi?

— Piddletrenthide.

— Não, onde você mora de verdade?

— Piddletrenthide. Esse lugar existe. É uma porcaria de uma casa, mas se você consegue morar em algum lugar chamado Piddle, tem que aceitar, certo? — ela pergunta, rindo do homem-robô. É minha imaginação ou ele realmente se curvou na direção dela para reconhecer a piada? Será que os alunos da pós-graduação que o construíram ligaram o botão de recepção de humor pouco antes de deixá-lo sair à noite?

— Essa droga de vestido — Fi fala, tremendo de desconforto. — Muito justo. Devo ser uma idiota para ter colocado algo assim. Encontrei de segunda mão em Dorchester. — Ela passa o dedo pelo decote alto. — Muito apertado. Eu me sinto como um labrador.

— Você lembra daquela coisa azul que você usou no baile? — Deb pergunta. — Aquele em que você...

— Ah, meu DEUS — Fi diz, batendo no cotovelo de um homem que vem com uma garrafa de vinho para servir. Ele derrama um pouco em uma loira magra que parece que vai quebrar quando esbarra no grupo ao lado, recuando como se fosse água fervente. — Eu literalmente dei um perdido nele na pista de dança. O pobre Gareth Thingummy foi atingido na cabeça. O mais próximo que ele já chegou de mim, para ser sincera. Coisa improvável nos dias de hoje. Um seio se foi, há três meses. Daí a cicatriz no pescoço.

Deb e eu estendemos a mão para ela como se ela ou nós estivéssemos caindo, apoiando-nos nos braços dela.

— Fi, desculpe, eu não...

— Ah, tudo bem, descobri cedo e toda aquela maluquice. Tive sorte. O clínico geral foi certeiro. Senti um caroço do tamanho de uma avelã no chuveiro, seis semanas depois estavam colocando um implante. Uma certa melhoria para um peito caído, para falar a verdade. O Johnny foi um grosso. "Logo você vai retomar as rédeas", ele disse.

— Ah, homens — Deb fala, depois se contém e pede desculpas ao Homem-Robô, que inclina a cabeça exatamente em trinta graus para indicar aceitação.

— Não, ele estava certo — Fi responde. — Não adianta sentir pena de si mesma. E, de qualquer maneira, alguém tem que comandar o show. Ele não vai continuar sozinho.

— Show?

— Montaria para deficientes. Ótima sacada. Costumava ser só para os moradores de Piddle, então alguém me levou para o condado, e agora, Deus me ajude, eu sou a sra. Montaria para Deficientes para toda a nação. Crianças de todos os lugares. Alguns nunca viram um cavalo na vida, coitados. Quase nem estiveram em um gramado, muito menos em um paddock. — Ela termina a bebida, jogando a cabeça para trás como um homem batendo contra o cronômetro. — O mais estranho é que são os que acabam amando mais. Tolinhos.

— Então sua formação em teologia veio a calhar.

— Totalmente. Atingindo uma grande auréola — ela diz, estendendo a mão e raptando uma garrafa do garçom, que fica sem ação e boquiaberto. Nossos copos são reabastecidos até a borda, exceto o do pequeno Homem-Robô. Meio metro mais alta que ele, Fi tenta servi-lo de uma grande altura e ganha vinho espumante por todo o seu pulso esbelto e, fico feliz em ver, seu relógio de aparência cara com uma tira de metal. — Opa! — ela diz. Espero que o baixinho se derreta em uma chuva de faíscas.

— Sinceramente, foi incrível eles me pedirem para fazer alguma coisa. Teve uma época que eu não podia nem tomar banho.

— Isso não é verdade — digo, surpreendendo-me. Roy deve estar atrasado para a ocasião, fazendo hora extra para entregar memórias que eu tinha esquecido de arquivar. — Você foi para o Nepal para ajudar a reconstruir a escola, lembra, e todos nós tivemos que fazer uma minimaratona pela cidade para levantar fundos. Centenas de pessoas apareceram em uma manhã de domingo. Você que organizou tudo.

Deb coloca a mão na boca. Ela também tinha esquecido.

— Deus, aquela maratona.

— Mini.

— Mini é o caramba. Foi um pesadelo. Tive uma ressaca antes mesmo de começar. Precisei parar duas vezes para tomar uma xícara de chá com os paramédicos da St. John Ambulance. Vomitei todo o vinho. Aquilo quase me matou, Fi.

— Bom pra você, Deb. Quase morrer significa que está chegando a algum lugar. Eu deveria saber — ela diz. — Jesus, quando eles vão bater um gongo ou algo assim? Estou faminta. Este lugar vale zilhões e eles não dão nem uma tigela de amendoim.

— Senhoras e senhores, o jantar está servido! — alguém grita por perto, logo atrás do Homem-Robô, que deixa cair o guardanapo com o qual ainda tenta secar a mão. Não tenho certeza de que sua noite está indo bem. As chances de que alguém derrube a sopa em seu colo são, na minha opinião, cerca de três para um.

— Quem é esse? — sussurro para Deb, enquanto nos juntamos à debandada educada que segue em direção à sala de jantar.

— Quem?

— O carinha pequeno.

— Ah. Atualmente digno de uns míseros cento e sessenta milhões, se você acredita no FT. Foi por esse valor que ele vendeu a empresa, de qualquer forma, e era o bebê dele desde o começo. Nada mal, considerando.

— Considerando o quê?

— Considerando como ele era antes.

— Mas quem é ele?

— Hobbit. Tim Hobson, lembra? Tim Pequeno, aquele cabeludo do prédio perto do nosso?

— Aquele é o *Hobbit*? Mas ele era todo peludo. Quer dizer, muito peludo. A gente ficava até na dúvida se ele era homem ou mulher. Nunca sabia direito com que lado falar. Ele não era matemático?

— Entre outras coisas. Acabou ficando por aqui, fez doutorado, que só era de interesse para umas três pessoas. Exceto que acabou sendo perfeito para a criptografia, como a gente chama. Que então se tornou a especialidade dele. Daí ele conseguiu os fundos de pesquisa, começou o próprio negócio de software, cresceu e se transformou no homem pequenino que você viu hoje. Ele ainda mora por aqui.

À nossa frente, Hobbit está sacudindo o relógio e o segurando perto do ouvido. Ainda não consigo associá-lo com o Tim de antigamente. É como olhar para um gráfico que mostra a evolução do homem. Eu sabia por alto que ele era inteligente naquela época, e apaixonadamente marxista, mas achava que era o tipo de idealismo inteligente que significava que ele viveria na cama e beberia café de marca própria, participaria de manifestações e se sentaria na lavanderia, fazendo cálculos no verso dos bilhetes de apostas. Agora, os geeks herdaram a Terra. Tim provavelmente tem seu próprio jatinho.

— Como você acha que a Fi estava? — Deb pergunta. — A mesma de antes?
— A mesma. Ela é a Fi.
— Incrível como ela parece seguir em frente, ignorando as dificuldades.
— Sim.
— Acho que ela é a única pessoa realmente boa que eu conheço.
— E a única realmente feliz, também.

Nós duas ficamos quietas por um segundo, apesar do barulho à nossa volta. Sei que Deb e eu estamos nos fazendo a mesma pergunta: "alguém como a Fi é capaz de fazer o bem porque é feliz? Ou ela ficou feliz fazendo o bem?"

É o tipo de pergunta que o Roger Graham, aquele cara magro com o bigode de Omar Sharif, costumava fazer nos ensaios que ele escrevia quando estava aqui. Roger fez filosofia e uma vez me convidou para ir ao pub "trabalhar em minhas teorias de ética". Achei que simplesmente ele queria ir para a cama comigo. Certamente era o que parecia na época, e passou pela minha cabeça aceitar. Exceto que, quando chegamos no bar, ele pegou duas canecas de sidra e uma cópia de Aristóteles, e realmente *falou* sobre ética. Por uma hora e quarenta e cinco minutos. Comi três pacotes de batatas fritas só para manter a minha força, depois fui embora. Eu me pergunto se ele se lembra daquela noite.

Agora somos conduzidos à mesa, na expectativa de não ficarmos ao lado da pessoa de quem nos separamos há três décadas. Vejo meu nome ao lado de alguém chamado Marcus. *Marcus? Eu conheci algum Marcus? Foi ele que me emprestou um LP? Outlandos d'Amour*, eu acho, quando o The Police estava começando a ficar famoso. E se ele quiser o disco de volta? E se essa única perda, de alguma forma, desencadeou uma vida inteira de perdas mais profundas? Se ele é desses que não suporta perder...

— Kate Reddy! Eu já imaginava!

Giro, como alguém prestes a ser assaltado. Rosamund Pilger. Roy não hesitou em fornecer o nome. Típica Roz, até na minha memória, ela está na primeira fila. Roz, a condessa do aconselhamento de carreiras e a rainha das metáforas cruzadas, como agora.

— Roz! Que legal. Como você está?

— Formidável. Como você pode ver. E você? Ouvi dizer que teve que sair daquele seu trabalho.

— Sim, isso foi há um tempo. Foi...

— Bem, *entre nous*, você não perdeu muito, perdeu? — Roz sempre diz coisas como "entre nous" ou "isso é segredo", na voz de um treinador de hóquei repreendendo seus atacantes da lateral do campo.

— Na verdade, agora estou de volta ao escritório.

— Boa sorte! É que eu tenho a impressão de que, se você parar por um tempo, não tem mais como voltar.

— Bem, tenho alguma experiência...

— Águas passadas. — Roz, eu sei, ganhou muito dinheiro com *commodities*. Por outro lado, ela agora se parece com um sofá de crina de cavalo do avesso, então há alguma justiça no mundo. — Com quem você está sentada? Eu estou ao lado do capelão. O reverendo Jocelyn Qualquer Coisa. Afinal, ele é homem ou mulher? Só Deus sabe. Provavelmente é gay. Todos eles são.

— E me deixando com esse pensamento cristão, Rosamund Pilger se afasta, abrindo caminho para o seu lugar. Faço uma oração silenciosa pelo capelão, seja ele quem for.

20h19: Tendo sobrevivido à multidão mais ou menos intacta, agora estou sentada diante de uma doce mulher no jantar. Dá pra ver que ela me conhece, mas estou lutando para juntar um nome ao rosto.

A memória fabulosa que me colocou nessa universidade não existe mais. Fecho os olhos e faço um apelo exaltado e silencioso. (*Por favor, Roy, você pode me dar o nome da mulher sentada à minha frente? Acho que ela fez ciências naturais. Cabelo castanho encaracolado. Olhos amistosos. Muita maquiagem.*)

— Não está me reconhecendo, Kate? — a mulher pergunta.

— Claro que sim, digo com mais confiança do que sinto. — (*Depressa, Roy!*) — Você remava.

— Timoneiro. — Ela sorri. — Eu era o timoneiro no primeiro barco.

— Não — digo. — A Frances era a timoneiro no primeiro barco. *Roy, poooor favoooor, encontre o nome dela. Nunca mais vou te pedir nada.*

— Sim — ela concorda —, e eu era o timoneiro no barco dos homens.

— Não, isso é impossível. O Colin era o timoneiro no barco dos homens.

— Eu *sou* o Colin — ela diz. — Ou era até a transição, cinco anos atrás. Agora sou Carole.

Jesus. (*Roy, você pode parar de olhar.*)

— Uau, isso é maravilhoso, Colin. Quer dizer, Carole. Que bom para você. Eu ainda sou do mesmo sexo, mas essa é a única coisa que eu não mudei.

— Sim, Kate, já passamos por tantas coisas, não é?

Nem me fale.

22h35: Bem, passei pelo jantar. Ou o jantar passou por mim. O que eu não tinha pensado eram nas consequências do jejum que fiz para entrar no vestido verde. Isso significava que duas taças de champanhe caíram em um estômago que mal tinha visto um carboidrato por dois meses. Além disso, havia o vinho, que continuava vindo de uma fonte inesgotável, como em um conto de fadas. Eu devia ter imaginado, mas eu estava estranhamente nervosa e bebi da taça como uma criança com um copo de canudinho. Então descobri que a mulher sentada à minha frente no jantar, a que eu não conseguia me lembrar do nome, havia mudado de sexo.

Quer dizer, como isso é possível? A Carole parecia absolutamente adorável, e definitivamente uma grande melhoria no irônico Colin, que é quem ela era quando eu o vi pela última vez. Ela. Eles. Depois de trinta anos, já era difícil identificar pessoas que permaneceram com o mesmo sexo. Todos aqueles homens jovens estavam barrigudos como nobres aristocratas ou pareciam quase dolorosamente iguais, com o rosto levemente afundado e espiando por cima dos óculos como leiloeiros. Imediatamente tenho a impressão de que os homens estavam lidando de forma muito pior com a perda da juventude do que as mulheres. Não me pergunte por quê. Os garotos se lançam à vida como flechas de um arco, mas caem no chão de repente, a força toda gasta. Um deles se recarregou conforme o jantar terminou, bufando para cima de mim. Ele mais parecia um barril, que poderia estar careca, se não fossem os últimos tufos de cabelo cuidadosamente moldados em um ninho, como uma sobremesa com estrelas Michelin, sobre o topo do couro cabeludo.

— Kate, que ótimo ver você. Belo vestido. Como está?

Demoro alguns segundos para ver que é Adrian Casey. Diminuo vinte e cinco quilos e coloco o cabelo de volta, uma mecha de cabelo grosso e escuro que ele costumava pôr atrás da orelha e que combinava com seus olhos castanhos como um cocker spaniel, e aqui está ele.

— Ah, Adrian, há quanto tempo — falo, beijando sua bochecha. Adrian procura na carteira algumas fotos das crianças enquanto me atualiza. Ainda estava casado com Cathy. Continua rindo como uma buzina. Mora em Kent. Vai a Londres todos os dias. Três filhos. Meninas muito brilhantes, tiraram notas excelentes em todo o ensino fundamental. O garoto tem uma certa dificuldade de aprendizagem, mas Cathy está organizando um batalhão de tutores. Na esperança de levá-lo para x ou y. A antiga escola do compassivo Adrian é muito competitiva.

— Não acredito, Kate, os filhos dos fazendeiros costumavam ser agradáveis. — Adrian estava praticamente rugindo para se fazer ouvir no salão lotado. — Se algum deles fosse um menino mais velho, poderia ter um filho na escola sem problemas. Agora são todos russos e chineses, não é?

— É? — Penso em Vladimir Velikovsky e seu sonho de matricular seu filho, Sergei, na Eton.

— Sim, é o dinheiro, você sabe. Todos eles são traficantes de armas. Os diretores os veem chegando e é como se estivessem com uma caixa registradora. Ker-ching! Ou Ker-Chink, suponho que seja agora.

— O quê?

— Você sabe... Ker-Chink... Ha ha! Todos nós vamos ter que aprender essa porcaria de mandarim logo, logo. Melado?

— O quê?

— Vinho de sobremesa? Muito doce para mim, e parece xixi, mas é isso que os pássaros têm em vez do porto, não é?

Pássaros? Quem foi o último inglês a se referir às mulheres como "pássaros"? Provavelmente um DJ que agora está cumprindo sete anos sem liberdade condicional por passar a mão em periguetes menores de idade durante o governo de Wilson.

Decidi que precisava de um pouco de ar. Dei uma desculpa e saí. Uma das meias arrastão deslizou pela minha perna e tentei erguê-la e recolocar a parte aderente na coxa. Queria tanto parecer uma mulher de idade misteriosa, mas estava mais para Dona Florinda.

Lá fora a chuva havia parado e as paredes da faculdade cheiravam a tempo e tomilho. Respirei fundo, feliz por ter escapado do gorducho do Adrian. Vim aqui para escapar de tudo isso, para me lembrar de uma época anterior às conversas sobre escolas e notas e quantos pontos seus filhos tinham feito nas provas de avaliação da sétima série. Quando a vida se estendia diante de nós, havia um campo de infinitas possibilidades. A última vez que estive aqui, eu tinha vinte e um anos, e agora sou assaltada por um pensamento vertiginoso: o que a antiga Kate faria dessa Kate, se ela pudesse me ver agora? Por um momento, apenas um, gostaria de poder voltar e tentar novamente.

Meia-noite, mais ou menos: Um grupo de mulheres se reúne no bar da adega da faculdade, nos bancos de couro, onde costumávamos nos sentar naquela época, observando os caras jogarem pebolim e sinuca. Naquele canto, lembro que havia uma máquina Space Invaders, e qualquer conversa aqui embaixo era pontuada por bipes agressivos e outros sons.

— Você lembra daquela máquina Space Invaders? — Deb pergunta, lendo minha mente ou o que resta dela hoje à noite.

— Nós a achávamos incrível. — Anna ri. — Imagine mostrar para as crianças hoje em dia. Elas pensariam que era piada.

— Provavelmente um item de colecionador — Rachel diz.

— Todos nós não somos itens de colecionador? — Deb pergunta, virando uma garrafa de vinho tinto na minha taça vazia.

— Talvez sejamos, mas de uma safra realmente boa — digo, achando, para minha surpresa, que realmente estou falando sério. Penso em Emily e em como é mais difícil para as meninas crescerem agora com as mídias sociais.

Seus erros são ampliados, a solidão é transmitida para o mundo inteiro ver. Havia muito a dizer sobre viver uma vida desassistida.

    Sabe qual a melhor coisa sobre essa reunião? Ela colocou as escolhas que fizemos em perspectiva. Ou será que eram realmente escolhas? Sentadas à mesa do bar, estavam mulheres que haviam começado com qualificações semelhantes e acabado em lugares muito diferentes.

    Provavelmente, Rachel era a mais ambiciosa de nós. Chegou à faculdade já tendo devorado sua lista de leitura jurídica e com fome de mais. Enquanto estávamos lendo romances, Rachel carregava um livrinho chamado *Como fazer as coisas com regras*. Depois de tirar a maior nota do ano, ela se juntou a uma empresa de consultoria internacional, embora não antes de se casar com Simon em uma festa romântica (ele se parecia com Robert Redford) e de fato eficiente (ele era vizinho dela no terceiro ano). Tudo correu conforme o planejado, até que Rachel teve duas filhas, uma logo em seguida da outra. Eleanor, a segunda, quase arruinou a carreira da mãe, nascendo sete semanas antes do previsto, mas Rachel tinha tudo sob controle, pois contratou uma excelente babá e procurou uma casa próxima do escritório para poder pegar um táxi e amamentar o bebê na hora do almoço. Então, certa manhã, esqueceu alguns papéis e voltou para casa e viu as duas garotinhas com o rosto pressionado contra o vidro da janela, manchado de lágrimas. Ela foi até a cozinha e encontrou a babá no telefone. Ela havia prendido as crianças na sala da frente. Depois desse episódio, a confiança de Rachel nunca mais foi a mesma.

    — Eu não podia ser uma ótima profissional e uma ótima mãe, pois estava fracassando nos dois.

    Rachel pediu demissão e a família se mudou para Sussex, onde ela teve mais dois filhos. As quatro crianças fazem vinte e três atividades por semana. Eleanor tem dificuldades de aprendizagem como resultado do nascimento muito prematuro e Rachel a leva de um lado para o outro, em uma escola especial a cerca de sessenta quilômetros de distância. É difícil, embora não impossível, "desde que você tenha tudo bem organizado". O horário da família é codificado por cores e funciona como um relógio. A garota que escolheu como fazer as coisas com regras a exemplo de seu livro de cabeceira da época da escola garante isso. Em algum lugar ao longo do caminho, Simon se desviou do plano e fugiu com uma professora de ioga que Rachel chama de Bendy Wendy.

— Mas, sinceramente, o Simon era um inútil mesmo. Estamos melhor sem ele.

Resumindo, a minha amiga, que deveria ter sido juíza da Suprema Corte ou, no mínimo, primeira-ministra, se tornou uma daquelas mães superprotetoras que me reduziu a uma poça de incompetência no portão da escola. Isso foi uma escolha?

Linda e meio russa, Anna, cujo rosto eu imediatamente transpus para a heroína quando li *Anna Karenina*, é uma correspondente estrangeira no mundo dos homens. À noite muda, bebendo com os meninos, perseguindo a próxima história. Nunca lhe faltavam bons namorados; ela abandonava um e já havia outros na fila de espera. Aos trinta e poucos anos, um exame de rotina lhe mostrou algo no colo do útero. Ela fez rádio e quimioterapia. Por fim, retiraram seu útero. Os homens sumiram depois disso. Agora, mora com um "dono de restaurante chamado Gianni" (um garçom violento que a explora, de acordo com Deb). Ela adoraria adotar uma criança, mas o fato de ser alcoólatra torna isso difícil, ela diz, embora não seja impossível um dia. Aquele rosto maravilhoso, agora desleixado e rechonchudo, Anna ostenta com o cachecol colorido e envolvente que mulheres grandalhonas usam para proteger seus corpos de olhares e pensamentos indelicados. Alguma dessas coisas foi uma escolha?

Anna está sentada ao meu lado, tagarelando sobre as fotos de Emily no meu celular.

— Deus, ela é muito parecida com você, Kate. Que incrível.

— A Emily não pensa assim. Ela é muito autocrítica.

— Meninas nunca pensam assim.

— Certamente *você* pensava, Anna. Você era a mais sensata de todas nós.

Anna dá de ombros.

— Sim e não. Suponho que tomei as coisas como garantidas. Eu não agarrei a oportunidade na hora certa. Então ela se foi. Não é o seu caso, Kate. Você fez tudo de forma brilhante. Carreira, ótimo casamento, ótimas crianças.

— Parece assim olhando de fora — protesto, pensando sobre ter mentido a minha idade no trabalho. Em como me sinto uma empregada para garotos com quase metade da minha idade. Em não ter feito sexo desde a véspera do Ano-Novo. Pensando em um homem que não devo pensar, porque sou muito velha para contos de fadas e nós não vivemos felizes para sempre, nós apenas continuamos. Pensando, de repente, que a única coisa que eu não mudaria nesses últimos trinta anos são meus filhos maravilhosos.

1h44: Bêbada e descoordenada? Não exatamente. Não preciso estar bêbada para estar descoordenada, como uma vez que enviei um e-mail para alguém por engano. Mas sou os dois. Pelo menos acho que sou. Houve um tempo em que eu não teria trançado — trançado? — atravessado a quadra assim, sem um cavalheiro ou pelo menos um garoto para me acompanhar. Mas agora estou sozinha, desamparada. Imprópria, mas sem proposta. De repente, parece estranho. Solitário.

— Olá!

Tanto pela solidão. É o Ted Traidor, deitado em um canteiro de flores. Parece que ele caiu de uma janela.

— Oi, Ted. Como vai?

— Estou rejeitado, Kate. Muito rejeitado. Dexxxculpa. Você é linda, sabia? Por que a gente terminou? Estou bravo demais.

— Você estava saindo comigo e com a Debra, Ted.

— Mexxxxxmo?

— Sim.

— Debra Richajjjjssonson?

— Sim.

Há um momento em que Ted poderia pedir desculpas por sua traição juvenil. Em vez disso, com um sorriso sonhador, ele diz:

— Cretino sortuuuudoooo! Sexuooo a trêixxx!

Acho isso muito mais engraçado do que deveria.

— Nunca fizemos sexuoo a trêixxx, tente novamente... trio... Ted. A Debra está no bar. Por que você não sai desse canteiro e pede desculpas para ela?

Ele se levanta, tenta tirar a terra da calça, mas não consegue. Eu o viro, apontando para a entrada do bar. Mesmo em sua condição atual, Ted Traidor é uma visão mais sólida do que qualquer um dos pretendentes online da Deb.

— Olá! — Acabei de me livrar de Ted quando sou saudada pela segunda vez.
— Roz. Para onde você vai?

La Pilger está levando rapidamente uma pequena e cara mala em direção à saída. Ela parece completamente sóbria.

— Tenho um carro me esperando. Tenho que ir a Londres. Uma reunião às sete da manhã em Canary Wharf.

— Você tem muito a ganhar.

— Sinto muito — ela se aproxima, olhando para mim através da escuridão como se eu fosse uma exposição no zoológico. — De pilequinho, não é? Nove menos um?

— Oito.

— Um conselho, Kate. Se você está falando sério sobre ter voltado ao mercado financeiro, você precisa estar em forma. Aquela roda de hamster não para para nenhum homem, você sabe. Nem para nenhuma mulher.

— Obrigada, Roz.

— É verdade. É duro, mas é verdade. As pessoas acham que a embriaguez acompanha o trabalho, mas se você realmente quer o emprego, a bebida precisa parar.

— Parece ótimo. Muito sábio, obrigada.

— Tudo parte do serviço da Pilger. — Ela olha em volta para as paredes escuras, as entradas misteriosas para as escadas, o gramado incolor ao luar e tão suave quanto uma mesa de bilhar. Roz respira, espera e depois vai embora. Esta é a sua atribuição de trinta segundos de nostalgia, posso dizer.

— Velho lugar engraçado. Ainda assim, um baita trampolim. Tem que continuar com a vida, no entanto. Não pode ficar por aqui.

— Só estava pensando...

— Sim? — Ela está ficando impaciente agora, precisando encontrar seu motorista e seu carro.

— Estava pensando na época em que eu costumava fazer isso, e foi com um garoto. Você sabe, voltando para o meu quarto à noite, aquela sensação de excitação. — Por que estou dizendo isso a ela?

Roz rebate o fato diretamente para mim.

— Bem, graças a Deus que *isso* já acabou.

— O quê?

— Todas essas coisas sem noção. Garotos, sexo e todo esse absurdo. Diversão por um tempo, mas que *desperdício* de tempo, quando há tantas coisas melhores para fazer.

— Como o quê, Roz? O que é melhor do que fazer amor?

— Caramba, você *está* bêbada. Relembrando o passado e tudo mais? Esqueça isso, Kate. Pessoalmente, eu não poderia estar mais feliz que tudo isso está morto e enterrado.

— Você quer dizer...

— Todo esse departamento. Cama e tudo mais. Encerrei esse setor há tempos.

Quem ouvisse pensaria que estávamos discutindo sobre o varejo.

— Foi uma bênção, na minha opinião — ela continua. — Isso nunca foi interessante para mim. É mais a sua área do que a minha. Roger Graham estava dizendo no jantar que, entre mim e você, na cama, você era a garota mais safada com quem ele já dormiu. Randy, aquele cara safado. E indiscreto. Na idade dele também. De qualquer forma — ela fala, soltando um suspiro sensato —, não posso ficar aqui tagarelando. Bom te ver, Kate. Tenho que achar a porcaria do meu carro. Tchau, tchau. — Ela marcha, o som das rodinhas das bagagens rolando noite adentro.

Fico ali por um momento, ouvindo, tentando não rir e oscilando à beira das lágrimas. Roger está mentindo para todo mundo sobre ter transado comigo — por que não o faria? Talvez depois de certa idade o que queríamos e o que fizemos se mistura numa coisa só. Então me viro e atravesso o gramado — território proibido, naquela época e agora — para o quarto onde vou passar a noite.

Tiro os sapatos. Descolo o que sobrou da meia e jogo na cesta de lixo. Vou ao banheiro, acendo a luz, olho para o espelho, desligo a luz muito rápido. Escovo os dentes no escuro. Bebo três copos de água da torneira. Tiro a roupa, me aproximo da mala e abro o compartimento lateral. Computador portátil. Parece que estou agindo no automático agora, como o homem-robô. Abro, ligo. O falso luar da tela novamente, deslumbrante por um instante. Senha. Não estou muito bêbada para me lembrar disso, obrigada Roy. Pequenas misericórdias.

Caixa de entrada. Clique, clique, clique. Responder. Paro, prendendo a respiração. *Vamos, Kate. Diga para si mesma: não vou calar a boca. Vou ligar para o passado. Não posso viver na roda de hamster e no esmeril; eles se encaixam. Posso ser feliz, não posso? Isso me faz bem ou não? Droga, por que não me permitir algo bom? Por que não dar uma chance para a felicidade?*

De: Kate Reddy
Para: Jack Abelhammer
Assunto: Nós

Jack. Sou eu.
    P.S.: BEIJOS

15

Garota Calamidade

3h03: Estou bem acordada, olhando, preocupada, para a teia de aranha no teto. Se eu tivesse um superpoder, seria a Garota Calamidade, abençoada com a capacidade de prever desastres em cada esquina. Ou será que quero dizer "amaldiçoada"? Quando subo no trem todas as manhãs, a primeira coisa que faço é vasculhar o vagão em busca de bombardeiros antes de descobrir o caminho mais rápido para a saída. Qual a probabilidade de um terrorista estar às sete e doze da manhã na linha que vai de Royston a King's Cross? Isso não me impede de verificar, no entanto.

Sei que é irracional. Acredite em mim, eu sei. E essa é só uma das cem preocupações diferentes que passam pela tela do meu controlador de tráfego aéreo, enquanto estou sentada sozinha na torre de controle, tensa para evitar uma colisão ou notar qualquer pequeno desvio no plano de voo materno.

Apenas as coisas usuais. Coreia do Norte. As crianças. Como estão indo na escola. Eu os pressiono muito para darem duro nos estudos. Elas não dão duro o suficiente na escola para entrar em uma universidade do Grupo Russell. Meus filhos jamais vão conseguir um bom emprego se ficarem presos como estagiários até os quarenta e um anos. As crianças saindo de casa. Depois voltando para morar em casa e nunca mais saindo. A Emily trazendo um viciado em drogas para casa com dreadlocks loiros e um cachorro em uma corda. Nossas finanças. A saúde do Richard. A minha saúde. O meu trabalho. Não ter meu contrato temporário renovado. Vacina para gripe. Morte. Unhas dos pés do Ben. Natal. Festa da Emily. Eu me preocupo com o fato de que me preocupar tanto pode me deixar doente. Os médicos dizem que o estresse causa câncer, não é? Não ir à academia o suficiente para combater o estresse e liberar endorfinas. Que cancelei minha consulta com o dr. Libido, o ginecologista, duas vezes. Que meus períodos menstruais continuem sendo mais como banhos de sangue. Carboidratos. Envelhecimento. Que não estou perto o suficiente da minha mãe. Lee Harvey Oswald realmente agiu sozinho? O que estava acontecendo com essa colina gramada? Minha irmã está ressentida por eu não fazer minha parte com a nossa mãe. Falei em um tom errado no meu último telefonema com a Julie? (Tenho que ser mais cuidadosa.) Os pais de Richard. A Barbara pegando coisas como um corvo humano, tornando-se um perigo para si mesma. O Donald, seu guardião zeloso e desesperado. Esquecer de pedir os comprimidos para afastar a demência. Meu peso. Seguir bem com a dieta ao longo do dia para, em seguida, jogar tudo para o alto com a porcaria de um KitKat às oito e trinta e três da noite. Custos da obra da casa. Morte. Jack (*não, definitivamente Jack não, pare com isso!*).

 Estou queimando aqui, está mais quente que julho, a camisola está encharcada de suor. E ainda assim as preocupações não param. O que Jay-B quis dizer naquele e-mail quando falou "parece que você está deixando sua marca na equipe"? (Isso é bom?) Não tenho visto minhas amigas porque trabalho e família são tudo que posso administrar. O número de cartões de Natal diminuiu muito a ponto de parecerem apenas figuras, incluindo um de uma empresa de tratamento de gramados. Devo colocar os cartões de Natais anteriores para fazer parecer que temos mais amigos. (Que triste.) Deixo Sally magoada ao cancelar outro passeio com os cachorros. Penso que Emily parece oprimida, até mesmo derrotada, quando não está gritando comigo. (Ela caiu de novo? Vi um corte no braço dela.) Lenny está sentindo minha falta, agora que estou de volta ao trabalho, e fica me esperando na porta. Não sei por que minha classificação de crédito está inexplicavelmente baixa. Fazer uma lipo no queixo mudaria minha vida? Continuo me lembrando de Cedric, o estudante de intercâmbio alemão, mas imediatamente o esqueço novamente. Minha mãe precisa ir ao cardiologista fazer um checkup. Ela diz para eu não me preocupar. Mas eu me preocupo. Ela precisa parar de usar salto, para evitar cair. Preciso comprar aquele creme Magic Skin para ter uma aparência jovem, como a revista *Stella* noticiou. O Ben me disse que o Facebook da Emily informou que ela tinha noventa e nove confirmações para a festa dela. Mas ela me disse que só convidou setenta pessoas! Continuo tendo a sensação de que a vida da Emily é como um daqueles sets de Hollywood: tudo fachada para a câmera e nada dentro. Penso que isso é uma pandemia entre as meninas e não há absolutamente nada que possamos fazer a respeito. Que não posso esquecer de sempre levar absorventes na bolsa agora, por medida de segurança. Que a porta está se fechando nos meus anos férteis e isso me entristece e me deixa *desolada*. Mesmo sabendo que nunca teria outro bebê, eu perderia a *possibilidade* de tê-lo. Jack. (*Já falei que o JACK NÃO.*)

O sentimento constante e deprimente de um pavor sem nome. Vou fazer cinquenta anos. (Você é tão jovem quanto se sente. Não me sinto jovem, me sinto destruída.) Fiquei com muito medo de entrar na escada rolante do banco outro dia. Aterrorizada, na verdade. Recuei, não pude, sinto muito. Desculpe. De repente, não sei o que há de errado comigo. Tontura? *Apenas vá em frente.* Não se preocupe, Conor na academia. Não se preocupe, Kate. Você precisa dormir. Preciso dormir ou não vou conseguir lidar com o trabalho. Não consigo dormir. Pavor sem nome. (*Qual é o nome dele? ROY? Por favor, dê um nome para o meu pavor.*) Devo permanecer no controle. As crianças, sempre as crianças.

Isso é uma quantidade normal de ansiedade, não é? Toda mulher sente que está sozinha em uma torre de controle de tráfego aéreo? Quer dizer, tenho estado ansiosa desde que a Emily nasceu. Isso é normal, eu acho. O que são as crianças, além de partes do seu coração? Não é exatamente ideal ter seu coração indo a uma festa, depois indo dormir na casa de alguém e não enviar mensagens de texto para você porque "meu telefone morreu". Se você pudesse escolher alguém para carregar seu órgão mais vital, não seria um adolescente idiota que esquece de carregar o celular, seria? Ultimamente, porém, percebo que minhas preocupações realmente aumentaram. Foi a volta ao trabalho? Perry e a Menopausa estão sugando todos os hormônios felizes do meu ventre? É essa insônia crônica às três da manhã? É o grande aniversário que corre inexoravelmente em minha direção? *Argh*. Fui a uma adorável apresentação de canções natalinas no sábado e, durante "Away in a Manger", eu estava olhando em volta, tentando descobrir qual era a saída mais próxima para poder tirar as crianças se houvesse um ataque terrorista. As crianças não estavam nem comigo. Eu estava em uma *igreja*, pelo amor de Deus.

Eu não quero fazer muito disso. É só que, em alguns dias, o medo é quase incapacitante. Estou um pouquinho assustada que eu esteja perdendo a cabeça.

Quarta-feira, 6h26: — Sinceramente, você e sua diligência canina, Kate!

Sally está rindo de mim ou, mais especificamente, do meu hábito de examinar o caminho à frente de qualquer cachorro que represente um perigo claro e presente para Lenny e Coco. Eu me orgulho de ser capaz de dizer a partir de cento e cinquenta metros que cães podem morder ou começar uma briga. Geralmente, admito, isso é baseado em uma avaliação do dono, e não do animal.

— Ah, eu estava certa sobre esses dois Jack Russells, não estava?

— Estava mesmo — Sally diz. — Aquele homem era absolutamente horrível. Dizendo: "Meus cães só querem brincar", enquanto o grande prendeu a pobre Coco pela nuca até que você voou nele com suas galochas. Você foi tão corajosa.

É muito cedo e nós temos o parque inteiro só para nós. O céu tem um delicado tom rosa-gelo, o que significa chuva mais tarde, mas, por enquanto, é como uma prévia do céu. O portão ainda estava trancado, então estacionamos do outro lado da rua e encontramos uma abertura na cerca. Eu disse a Sally que continuo acordando suada e não consigo voltar a dormir. Uma colega insone, ela me disse para mandar mensagem para ela, a qualquer hora, e se ela estivesse acordada, responderia. Isso realmente ajuda. Estamos seguindo os dois cães pela trilha brilhante e gelada que corre paralela ao caminho principal, onde encontramos algumas amoras muito maduras crescendo na cerca. Nós as colocamos direto na boca. Menores e mais secas do que as das lojas, elas têm uma leve camada de gelo e um sabor parecido com um sorvete cítrico natural. Sally sugere que voltemos com um pote plástico para colher mais para o Natal. Nem quero pensar em toda a comida que tenho que preparar e comprar antes que os dois lados da família desçam sobre nós. O que eu realmente quero falar hoje não é sobre Jack Russells, mas sobre outro Jack. Não tenho notícias dele desde que enviei aquele e-mail bêbada na reunião da faculdade. Há cinco dias inteiros. Tentei não pensar em todas as reações possíveis que Jack poderia ter tido, boa, ruim ou indiferente, em um loop no meu cérebro. Nisso, fui apenas parcialmente bem-sucedida. Todos os minutos passam quando consigo pensar em outra coisa. Por que ele não respondeu? Quero compartilhar todas as minhas especulações febris com Sally. Ele recebeu meu e-mail? Ficou chateado por eu ter levado tanto tempo para responder? Está me dando o troco por causa disso? (Não, Jack não é infantil assim.) Eu devia ter dito outra coisa? Algo mais sério ou encorajador do que "Sou eu. PS Beijos"? Ah, Deus, por que eu respondi e me afundei nessa tortura de ansiedade?

A verdade é que não tenho certeza se conheço Sally o suficiente para compartilhar isso — o que é isso? Paquera idiota? Crise de meia-idade? Últimos pedidos no Passion Saloon? Nós duas conversamos sobre nossos casamentos, com Sally elogiando a boa natureza de Mike e especulando sobre as longas horas que ele passa sozinho em seu galpão enquanto eu dava um relato injusto, mas muito agradável, da obsessão pelo ciclismo de Richard e sua constante conversa sobre sua amiga ecológica Svengali Joely e seus horríveis chás de ervas. Acabamos chorando de tanto rir. Só mais tarde me perguntei o que era maior: a alegria ou as lágrimas.

Quando chegamos ao nosso banco no alto da colina e Sally está tirando o gelo com a luva antes de nos sentarmos, não consigo mais resistir. Menciono sobre o cliente americano que recentemente entrou em contato novamente, um homem por quem me senti atraída muitos anos atrás, quando eu ainda estava trabalhando. Eu tagarelo. Como ter filhos pequenos tornou impossivelmente egoísta e errado seguir com isso adiante (verdade), como não aconteceu nada entre mim e Jack (também é verdade, infelizmente). De qualquer forma, sei que a grama do vizinho nunca é mais verde, só parece assim para uma pessoa que está trilhando os caminhos da maternidade.

Sally não me pressiona para dar detalhes. Ela inclina a cabeça, escuta e aquiesce, e acho que a vejo corar sob o gorro de pele de caçador. O silêncio dela é gelado ou é só o clima? Sal é dez anos mais velha que eu, sempre me esqueço disso, e talvez ela tenha uma visão mais crítica e antiquada do que eu imaginava. Sinto-me tão feliz em sua companhia, tão segura de alguma forma, que o pensamento que ela poderia me recriminar faz minhas bochechas ficarem vermelhas como as dela. Quando Lenny chega, triunfante, com a bola de borracha de outro cachorro, parece que nós duas agradecemos pela interrupção. Não vou falar sobre Jack de novo.

No caminho de volta para o carro, discutimos sobre a festa da Emily, que é neste fim de semana. Sally sugere tirar qualquer enfeite ou foto e cobrir os sofás, só por precaução. Digo que isso não será necessário, pois vai ser uma reunião pequena e civilizada, embora eu esteja começando a ter minhas dúvidas. Os Carter vão fazer uma festa na véspera do Ano-Novo, quando vou conhecer o Mike, e a Sal vai conhecer o Richard. Digo a ela sobre a coisa que batizei de "medo sem nome". Menciono o que aconteceu no alto da escada rolante do banco outro dia. Não quero chamar isso de ataque de pânico, porque os ataques de pânico são para tipos metropolitanos febris, e não robustos trabalhadores do Norte, como eu. Por que ter vertigem agora?

— A minha mãe passou bem pela menopausa — digo. — Não entendo por que isso está me atingindo tanto.

— Acho que foi diferente para elas — Sally fala, entrelaçando seu braço ao meu quando chegamos à parte mais íngreme e larga do caminho. — Como temos nossas carreiras, começamos a formar nossas famílias mais tarde, então passamos pelo que as pessoas costumavam chamar de "a mudança" quando ainda temos filhos em casa. E nossos pais estão velhos e começam a ficar doentes ou a precisar de ajuda. Lembro que minha mãe estava fazendo quimioterapia quando o Oscar estava prestando o vestibular. Eu estava destruída. E olhe para você, visitando os pais do Richard e sua mãe alguns dias antes de começar no novo emprego. E dando uma festa para animar a Emily, quando tem de lidar com esses garotos horríveis no trabalho. É uma coisa reconhecida, você sabe.

— O quê?

— A geração sanduíche — Sally diz. — Está em todas as revistas. Veja, se tivéssemos nossos bebês quando a Mãe Natureza quisesse...

— Aos dezoito anos?

— Ou quinze até... Bem, seríamos avós, até mesmo bisavós quando chegássemos à menopausa, não é? Não estaríamos ainda tentando cuidar de todos, mantendo um trabalho como você está. Sinceramente, não é de admirar que você esteja ansiosa, Kate. Você precisa encontrar uma maneira de ser gentil consigo mesma.

Levanto Lenny e limpo as patas enlameadas com a toalha que guardo para isso na bota enquanto digo que adoraria não me cobrar tanto, mas isso não vai ser possível, não enquanto Richard não estiver trabalhando. Definitivamente posso ver a vantagem de ser uma anciã tribal reverenciada em vez de ser o recheio de um sanduíche maluco.

— Que recheio você acha que eu sou, Sal? Maionese de atum? Ovo e agrião?

Sally diz que não tem certeza.

— Mas seja o que for, querida, você está muito mal distribuída. Por favor, vá na consulta do dr. Libido, promete? — Depois que ela vai embora, verifico a caixa de entrada novamente. Vários e-mails novos, incluindo um de Jay-B, ameaçadoramente intitulado: "Grant Hatch". Ainda não é o que eu tanto quero. Onde *você está*? Por favor, fale comigo.

7h11: De volta em casa, sugiro gentilmente a Ben que talvez ele pudesse viver sem a coisa tridimensional do PlayStation no Natal. Depois do nefasto episódio da senha, as esperanças de que vou encontrar um a tempo são cada vez menores. Só de pensar em resolver esse problema enquanto lido com o que aquele hipster alucinado do Jay-B joga em cima de mim, ah, e de organizar roupas de cama e toalhas para doze convidados, me faz querer entrar em uma daquelas celas brancas e acolchoadas e gritar por várias horas. Pergunto a Ben de forma casual se há algo mais que ele gostaria de ganhar como principal presente do Papai Noel, além do PlayStation, que é impossível de encontrar e está esgotado.

— Que tal uma bicicleta nova, amor?

Ele deixa a colher bater na tigela do cereal, espalhando leite pela mesa, e sua boca forma aquele grande e silencioso o como no quadro *O grito* — o rosto que sempre indicava que ele estava prestes a desencadear uma birra vulcânica quando ele era pequeno. Ao contrário da irmã, meu filho ainda é emocionalmente transparente. Ele não tem a capacidade de enganar. Posso lê-lo como a linha superior da tabela do oftalmologista. Isso derrete meu coração.

— Nãoooo — Ben implora. — O 3D é tão legal, mãe. Dá enxaqueca e tudo mais.

— Parece saudável — Richard diz, olhando por cima do celular. — Falando em saúde, Kate, estava pensando que talvez pudéssemos fazer mudanças no cardápio do Natal.

Oh-oh. Acabou de buzinar *o homem que se interessa pelo Natal*. Endureço e em seguida digo com doçura:

— O que você tem em mente, Rich? O jantar de Natal costuma ser bastante tradicional.

— Bem, a Joely, que tem anos de experiência com esse tipo de coisa, estava me contando sobre Tofurky. É uma opção muito mais leve.

— Toe Furkie? Isso soa como um fetiche por pés.

— Tofur-key, na verdade — Richard separa as sílabas, dando de ombros e empurrando os óculos na ponte do nariz. — Soja e quinoa não geneticamente modificadas. Muito saboroso e nenhum açúcar cai no sangue depois.

— Parece bom, pai — Emily, que está sentada perto da janela, pintando as unhas dos pés de preto, fala. Ela me lança um sorriso conspiratório, e eu penso: *Ah, bom, somos amigas de novo porque eu disse que ela podia ter uma festa e o papai negou.*

— A Emily está certa, Rich. Você não está sugerindo seriamente que seus pais comam isso no Natal, não é? Lembra aquela vez que servimos *batata-doce* para a Barbara e ela disse que era o que eles usavam para alimentar os porcos durante a guerra?

Rich dá de ombros e aperta o cinto amarelo-neon por cima do agasalho.

— O Natal não precisa ser gravado em pedra, não é? Precisamos nos abrir para a possibilidade de mudança, Kate. Na verdade, a Joely falou...

Ela de novo, não. Estou começando a não gostar dessa mulher-gato robusta, saudável e especialista em menopausa, sem me dar ao trabalho de conhecê-la primeiro. O evangelho segundo a santa Joely se tornou cansativo. Rich encontrou algum tipo de mãe substituta ou algo assim? Mudo de assunto e sugiro brilhantemente que Rich deixe seu passeio de bicicleta pela primeira vez, pegue a decoração de Natal no sótão e depois me acompanhe até o supermercado para comprar tudo o que é preciso para a festa da Em. Rich responde que está se preparando para uma grande corrida em maio e não pode perder um único dia.

— Não é passeio de bicicleta, Kate, é treino.

Depois que ele se foi, Ben se aproxima e descansa a cabeça no meu braço.

— Mãe, podemos comer salsichas com bacon e batatas assadas no jantar de Natal?

— Claro que podemos, querido.

— Quero que seja tudo igual — ele deixa escapar em uma voz muito baixa para o seu corpo. Ele deve ter crescido sete centímetros desde o verão. Há estrias fantasmagóricas nas costas, a pele estriada como uma bétula prateada. — Mãe, onde vamos colocar a árvore na nossa nova casa? Eu gostava da nossa casa antiga.

— Eu também, meu amor, mas você sabe que nós tivemos que nos mudar para o papai poder fazer o curso dele e a mamãe trabalhar em Londres. Tudo vai ser exatamente igual, prometo. Nossa nova casa logo, logo estará linda. Nosso bom Piotr terá terminado a nossa cozinha, não é, Piotr?

— *Yrrnrsczr* — De um espaço sob as tábuas do assoalho, vem o som abafado da afirmação polonesa.

10h17: "O clima de Natal já está no ar", derramando-se como chocolate quente em cada fachada de loja a caminho do meu local de trabalho esta manhã. Fale por si mesmo, Michael Bublé. Estou lutando para entender como as crianças vão conseguir se separar da escola na próxima semana. O clima é tão ameno e, mentalmente, ainda estou em algum lugar no final de outubro. Esqueci como é difícil organizar um Natal em família mantendo um emprego em tempo integral. Vamos encarar, o Natal é um trabalho de tempo integral, e não ouso mostrar nenhum sinal de faltar em um escritório onde ainda estou em período de experiência.

A notícia é que não fechei nenhum acordo com Grant Hatch — muito pelo contrário, na verdade. Jay-B me enviou um e-mail conciso, pedindo um relatório completo da reunião com "soluções prováveis de que o acordo com Grant vai prosseguir". A primeira coisa que me vem à cabeça é castração química. Eu realmente preciso de alguns negócios novos para ganhar o meu sustento por aqui. Nenhuma palavra ainda sobre o acordo com o russo. A proposta foi para a chefia da área de risco e depois para a diretoria, que vai dar a aprovação final se todas as checagens parecerem boas e se eles decidirem que o sr. Velikovsky dificilmente será desmascarado como um vilão de Bond obcecado com a dominação mundial. Não pelos próximos três anos, de qualquer maneira.

Ontem, Troy se aproximou e sentou na minha mesa, com as pernas abertas como o babuíno inconsciente que ele é, e me disse que a empresa fica nervosa com o dinheiro da Europa Oriental.

— Dinheiro russo não é muito duradouro — explicou. — Tende a sair muito rápido, o que é uma porcaria no resultado final.

A demonstração de ajuda de Troy não engana ninguém. Sei muito bem que ele estaria abrindo o champanhe se meu primeiro grande sucesso fosse arrancado de mim. Se eu trouxesse Velikovsky, seria como se a granada de mão que Troy me deu tivesse se transformado em cem rosas vermelhas.

Eu nunca tive muito tempo para esse tipo de babaca de escritório acenando com o pinto quando estava construindo uma carreira aqui, quando tinha uns trinta anos. Não ter um pinto para acenar ajudou: não se pode acenar com uma vagina, não é? Tenho menos tempo agora e estou ganhando dinheiro simplesmente para pagar Piotr para reformar minha cozinha e colocar comida na mesa — bem, Doritos para a festa da Emily, de qualquer forma. Se Troy quiser me patrocinar, a mulher que, em outra vida, montou o fundo em que ele trabalha, então o babacão pode ir em frente. O que importa é que eu impressione Jay-B, e é por isso que vou ser legal com a viúva de um rock star, Bella Baring, que meu chefe diz que é "louca como um saco de gatos". Eu devia realmente estudar sobre essa maluca antes do nosso encontro, mas o Natal me chama.

Faço o que for preciso para me apossar de um PlayStation para o Ben. Eu prometi. Decido chamar a vaca da internet, aquela malvada sem rosto, para desafiá-la pessoalmente. "Se a raiva falhar, você pode dar uma de coitada", sugere Ben como o pequeno Tiny Tim do século XXI, que sem dúvida é capaz de morrer se não ganhar seu presente de última geração.

11h28: O escritório está praticamente vazio e não há sinal de Jay-B ou Troy, então disco rapidamente o número de contato e recebo uma mensagem gravada: "Se quiser falar com um consultor de atendimento ao cliente, escolha uma das seguintes opções: tecle 1 para vendas, 2 para rastrear, 3 para colapso nervoso total, 4 se quiser matar um membro da nossa equipe e exibir a cabeça dele decepada na Tower Hill, e 5 para ouvir essas opções novamente.

— Que saco. Por que nunca é possível falar com um ser humano real?

— Você está bem, Kate?

— Ah, desculpe, Alice, eu disse isso em voz alta? Só estou sendo levada silenciosamente pelas alegrias das compras de Natal.

— Nem me fale. — Ela suspira. — Este ano tenho que comprar presente para minha mãe, meu pai, meu irmão *e* o Max. Que pesadelo.

Olho para Alice e tento me lembrar de como era quando eu era solteira e no Natal eu precisava comprar presentes só para quatro pessoas, aparecer na véspera de Natal na casa dos meus pais e só esperar a festa começar. Não adianta descrever o que está envolvido na criação do Natal perfeito para os filhos, a família do marido e o marido, especialmente a cunhada, a nova versão da secretária de Educação, que leva seu olhar crítico a canapés, guardanapos e enfeites de mesa. Coloque desta forma: a Cheryl tem um purificador de ar com fragrância de pudim de Natal com canela em cada um dos seus três banheiros. Atualmente eu tenho um banheiro em obras com o que Richard chamaria de "questões em torno do saneamento" e um pacote cheio de guardanapos de Papai Noel.

Não menciono nada disso para Alice. Seria como tentar explicar a teoria neoclássica do crescimento endógeno ao Lenny. Não há necessidade de assustar a pobrezinha. Logo ela vai descobrir, se esse parasita do Max fizer o pedido. Alice diz que está animada com a festa no escritório, que vai acontecer em algum pub de Shoreditch, pelo que eu ouvi. Faço meu melhor semblante diante da ansiosa expectativa, estremeço por dentro e acrescento isso como parte da minha lista de tarefas de Natal, que atualmente é mais longa que o *Finnegans Wake*. Certamente a presença não será obrigatória. Ou será?

— Você tem que vir — Alice fala. — Você faz parte do time agora e todos os chefões estarão lá, então você precisa aparecer. Ah, e Kate, não esqueça de tomar sua vacina contra a gripe. Hora do almoço. É no décimo primeiro andar, lembra?

— Ah, sim, obrigada — (*Roy, você pode me lembrar sobre a vacina contra a gripe, por favor?*)

Disco o número do fornecedor do PlayStation novamente e, desta vez, milagrosamente, sou atendida. Estou tão surpresa de falar com uma pessoa real que deixo escapar toda aquela ladainha de desculpas: como comprei o item, mas redefini a senha conforme as instruções e, irritantemente, cancelei o pedido. Então comprei de novo, usando a senha certa, o que foi ótimo até que recebi um e-mail da empresa dizendo que a entrega seria depois de vinte e nove de dezembro.

— Isso está correto, sim — a voz diz.

— Mas, obviamente, é um presente de Natal. Um presente de *Natal*. E o *Natal* acontece no vigésimo quinto dia, então o dia vinte e nove não é muito útil para mim e meu filho realmente quer esse PlayStation que já paguei há semanas.

— Não será possível. Fora de estoque.

— Bem, como eu não causei esse problema e vou ter um garoto muito desapontado no dia de Natal, acho que o mínimo que você pode fazer é...

— Senhora, tenho o direito de encerrar esta conversa, pois sinto que a senhora está ficando agressiva — a voz diz.

— O que você quer dizer com EU ESTOU FICANDO AGRESSIVA? Estou sendo incrivelmente educada considerando o quanto sua empresa tem sido decepcionante. — Ah, droga. Vejo Jay-B saindo do elevador e rapidamente abaixo o telefone.

13h10: Na hora do almoço, ligo para todos os possíveis fornecedores de PlayStation em um raio de trinta e dois quilômetros do escritório. Nada. Busco "Tofurky" no Google em vez disso. Infelizmente, não se trata de um fetiche por pés da classe alta, mas uma coisa real: um substituto vegano para o peru. "Nesse período de festas, enquanto outros estão à mesa comendo cadáveres, encha seu prato (e sua barriga!) com essas carnes saborosas, livres de qualquer crueldade."

Desculpe, apesar do que a santa Joely diz, não vamos ter isso em casa no dia de Natal. Sei exatamente onde Richard pode enfiar seu Tofurky.

O que é isso, Roy? Tenho que me lembrar de algo. Certo, você pode ver o que é, por favor? Eu realmente não tenho ideia do que você está falando. Nunca conheci essa tal de Joely.

Nesse momento, Jay-B se aproxima. Ele quer me informar sobre Bella, a viúva do astro do rock. Ele explica que os filhos de Fozzy Baring têm fundos fiduciários. Há três filhos legítimos, mas deve ter uns nove no total, já que desde que Fozzy morreu, mais mulheres continuam saindo da toca e exigindo testes de DNA. Bella, que era a esposa, tem três filhos, mas prefere cavalos. Não posso culpá-la. O menino mais velho esteve no mosteiro. Depressão induzida pelo fumo excessivo. Seu básico garoto do rock, que mais parece um desastre. Bella também é um pouco maluca. Não tem a menor ideia sobre investimentos.

— Seu trabalho, Kate, é explicar as coisas sem confundi-la e tranquilizá-la para o fato de que as coisas estão indo bem. O contador do Fozzy está sempre tentando fazer com que a Bella transfira o dinheiro para outro lugar, para ele conseguir uma fatia maior. Cretino ganancioso. Isso não deve acontecer. Cuide disso, sim?

— Ah, sim, absolutamente, sem problema. Tenho lido a autobiografia do Fozzy.

— *VACINA PARA GRIPE* — Roy grita, me fazendo pular.

— O quê?

— Sinto muito, Jay-B, acabei de lembrar que preciso ser espetada lá em cima. Volto em um minuto.

Roy, você devia ter me lembrado da minha vacina contra a gripe!

Mas eu lembrei.

Sim, mas muito tarde. Olha as horas.

Uma enfermeira está sentada atrás de uma mesa na entrada do décimo primeiro andar. Só uma pessoa permanece na fila. Está claro que estão prestes a terminar.

— Me desculpe, estou atrasada — digo. — Será que ainda posso tomar? — A enfermeira dá um sorriso gentil e indica uma lista onde tenho que preencher meu nome e — ah, socorro — minha data de nascimento. Faço uma varredura em todos os aniversários dos meus colegas. Alguns deles nasceram em 1989. Eu poderia literalmente ser a mãe deles. O Malcolm, do financeiro, que é universalmente considerado "velho", praticamente maia, nasceu em abril de 1966, um ano depois de mim. Felizmente, e só porque esqueci meu compromisso, ninguém no escritório vai ver que eu sou, de fato, a pessoa mais velha de todo o prédio. Apenas a enfermeira vai saber meu segredo culpado.

A caneta hesita um segundo acima do formulário antes de eu decidir escrever a alarmante verdade: 11 de março de 1965.

18h20: Estou pronta para encerrar o dia. Saio do escritório segurando meu casaco debaixo do braço, em vez de vesti-lo. Dessa forma, as pessoas podem pensar que estou voltando. Não que a maioria delas se preocupe em olhar para cima da tela de seus computadores. Eu poderia passar por elas montada em um burro.

Chego até a porta principal, que se abre com um gemido. Junte-se ao clube. Então, para o ar do inverno e a liberdade...

— Kate.

Bem, isso não durou muito.

— Alice. O que está fazendo aqui?

— Te esperando.

— Mas eu estava no escritório. E você também. Te vi lá dez minutos atrás.

— Eu sei, mas eu não queria, quer dizer, eu não consegui falar lá.

— Coisas particulares.

— Bem, coisa do escritório, na verdade, mas um assunto privado também.

— Quanto mistério, querida. Vá em frente, fale logo, não precisa ficar tão preocupada.

Olho para seu rosto jovem e luminoso, que, para meu espanto e desalento, começa a se desfazer.

— Meu Deus, Alice. O que aconteceu? O que fizeram com você? — Coloco uma mão em seu braço como forma de apoiá-la.

— Comigo, nada. — Ela olha para cima. — É com você.

— Comigo? Não aconteceu nada comigo. Quer dizer, nada pior que o normal. Mais um dia comum cheio de pressão, mas consegui passar bem por ele.

— Eu sei, mas... é que...

— O quê?

— O Troy. — Então é isso. O homem é um vírus de terno.

— O que ele fez agora?

— Bem, eu estava em uma das nossas salas de reunião, você sabe, aquelas que ficam uma ao lado da outra. Eu tinha ido pegar uma caneta bacana na sala vizinha. A porta estava um pouco aberta e o Troy estava na outra sala, ao telefone. Pude ouvir cada palavra. Ele obviamente não sabia que eu estava lá e...

— E ele estava falando de mim.

— No começo eu não tinha certeza. Mas ele continuou dizendo: "ela". Tipo, "Ela está bem" e "vai aprender". Mas então... — Alice morde o lábio inferior.

— Continue, sou uma garota crescida. Posso aguentar.

— Bem, isso começou a ficar realmente desagradável. Tipo, "Nós poderíamos dar um golpe nela" e "Ela está pronta para isso, ela simplesmente não sabe", e então muitas coisas horríveis sobre, não sei, como se eles estivessem fazendo uma aposta a seu respeito.

— Quando você soube que eles estavam falando de mim?

— Quando o Troy disse algo sobre como parecia que você tinha arrancado o acordo do Velikovsky. E então, é claro, eles ficaram brincando sobre arrancar e todas essas coisas. Quer dizer, quantos anos eles têm?

— Quase onze, na maior parte do tempo. Você sabe com quem o Troy estava falando?

— Não tenho certeza, mas em um ponto ele disse: "Ei, sr. Hatchman", ou algo assim.

— Grant. Eu devia ter adivinhado.

— O safado de alguns dias atrás?

— Ele mesmo. Então foi apenas, você sabe, brincadeiras bobas ou...

— Bem, é isso. Se eles só estivessem bancando os bobos, eu não teria mencionado isso, mas parecia que eles estavam realmente inventando alguma coisa. Tipo, "tudo bem, cara, vou ver se posso chegar onde você não pôde. Ensiná-la a parar de te recusar. Ninguém faz isso com o Hatchman". E o Troy usou aquela palavra que começa com "c" e tudo mais. Foi horrível.

— Alice... — Tento sorrir, mas meu sorriso não sai nem reconfortante nem convincente. — Tudo bem, sério. Já ouvi coisa pior, acredite em mim. Estou nesse ramo um pouco mais do que você, vi mais do que você, e...

— Essa é a outra coisa. O Troy continuou falando sobre a sua idade. Tipo como você, não sei, se beneficiaria de um cara jovem te dando um...

— Esqueça isso.

— Quer dizer, você tem o quê, quarenta e poucos? Isso não é nada. Fiquei muito feliz quando você veio trabalhar aqui, Kate, porque pareceu ser uma força, sabe, um empoderamento feminino.

— Especialmente com Troys em todos os lugares.

— Sim. E eu realmente nem pensei na coisa da idade. — A coisa da idade. Não sou eu, é o meu tempo. Casca de noz. — Sinceramente — Alice continua, em uma tentativa de me animar —, não é como se você tivesse — ela tenta dar um exemplo extremo — cinquenta e poucos.

Eu lhe dou um forte abraço.

— Não — eu digo. — Não é.

16

Socorro!

13h07: O consultório do dr. Libido fica em uma imponente quadra de casas georgianas, na esquina da Harley com a Wigmore Street. Ele tem uma lista de espera de seis meses: todas aquelas mulheres desesperadas como eu que ouviram um boato de que ele pode devolver quem éramos antes. Consegui um cancelamento.

Achei que não devia adiar mais. Chegou a hora de procurar ajuda. Hoje mais cedo, eu estava sentada na fria e ampla recepção de mármore de um possível cliente em potencial, me derretendo tanto com o calor que tirei o casaco e fiquei só de camiseta, exausta por ter acordado às três da manhã, inchada e levemente fedida. Você compraria um fundo com essa mulher? A reunião foi um fiasco. A cliente olhou para mim como se eu estivesse maluca, o que foi justo depois de eu tê-la chamado de David. Para ser sincera, aquele negócio com Grant Hatch deve ter me atingido mais do que imaginei, com ele usando minha idade como arma contra mim. Desgraçado. E também fiquei muito chateada com o Jack. Qualquer esperança de que ele voltaria para mim estava diminuindo cada vez mais. Na reunião da faculdade, me permiti estender a mão para ele, deixar o cinismo de lado e dar uma chance à felicidade. Com tudo o mais que estava acontecendo, eu queria que uma coisa boa desse certo. Quando saí da reunião, pensei: *Vou pular debaixo de um ônibus se não começar a me sentir melhor logo.*

Foi então que Roy, que Deus o abençoe, me lembrou do dr. Libido. Liguei para lá da rua e a recepcionista dele me informou:

— Ah, se você for rápida, pode vir agora. — Um milagre. Jay-B tinha me convocado por mensagem para uma reunião urgente, mas pulei em um táxi e fui na direção oposta.

Emily para Kate
Oi, mãe, pode ser que mais algumas pessoas venham para a festa. :D A Lizzy convidou alguns amigos de Londres. PFV arranje mais comida e bebida! Te amo. Bjos

Kate para Emily
Quantos EXATAMENTE? Não queremos tumulto! Bjokas

13h14: A enfermeira do dr. Libido parece uma Meryl Streep jovem, vestindo avental e calça brancos. Ela me entrega um formulário e me pede para preencher. Começo a ler e realmente não sei se devo rir ou chorar. O questionário é como o menu do café da manhã do inferno, só que em vez de ovos mexidos há cérebros fritos.

Você já sofreu de alguma das seguintes situações:

Sentimentos de ansiedade — se preocupa com coisas que estão além do seu controle? *Ticado*

Sono agitado e interrompido? *Ticado*

Ganho de peso inexplicável que você simplesmente não consegue perder? *Ticado Ticado*

Confusão mental, dificuldade em encontrar coisas? *Sim, é por isso que tenho o que chamo de Roy.*

Secura vaginal? *Bem, já faz um tempo desde que a dama do jardim teve algum cavalheiro, mas certamente há desconforto e coceira lá embaixo. Essa é uma das razões pelas quais não quero pedalar. Sentar no selim seria doloroso.*

Mau humor? *Fundo do poço, obrigada.*

Períodos menstruais irregulares ou intensos? *E como. Ainda tenho a toalha de mão do Velikovsky para provar isso.*

Fragilidade emocional, crises de choro? *Claro que é perfeitamente normal começar a chorar pelo menos duas vezes por dia, não é?*

Cansaço à tarde, particularmente das duas a cinco? *Sim.*

Aumento da irritabilidade e/ou da agressividade? *QUEM VOCÊ ESTÁ CHAMANDO DE IRRITADA, SENHOR? Não foi isso que o vendedor da PlayStation disse, que eu soava agressiva? Ticado com sangue.*

Dificuldade de concentração? *Não, sim. Sim. Não.*

Baixa libido e você não sabe o motivo? *Nenhum tesão, até receber o e-
-mail do Jack.*

O melhor desse questionário é que ele me fez perceber que não estou enlouquecendo. Lá estão eles, todos os horrores que tenho experimentado há meses, escritos em preto e branco. Sintomas médicos reais, não algum terror imaginário, que é como as coisas estão agora. A Garota Calamidade que sempre antecipa o pior cenário não é quem eu realmente sou; a culpa é da droga da biologia ou da química.

Peço desculpas à enfermeira por começar a chorar quando ela tira um pouco de sangue e abre aquele sorriso lindíssimo, sereno, mas de aço, e diz:

— Não se preocupe. Muitas mulheres chegam aqui rastejando, em um estado muito pior do que o seu.

Em termos de design de interiores, pela minha experiência, consultórios particulares apontam em uma de duas direções: o consultório repleto de livros de uma casa de campo pré-guerra ou a ponte de uma nave espacial pós-humana flutuando perto de Xarquon 9. Vou diretamente para o primeiro. O princípio básico parece ser: quanto mais você paga ao médico, mais generosamente você será levado a crer que a pessoa que você veio ver não é um desses profissionais. Quer dizer, olhe só para este lugar. Grandes janelas para contemplar um mundo que transborda de doenças caras. O brilho presunçoso dos móveis de nogueira. Papel de parede que até William Morris teria pensado ser um pouco demais. Tudo, exceto um brasão real. Nenhum equipamento médico real à vista, nem mesmo um estetoscópio, muito menos — que horror! — qualquer coisa tão vulgar quanto uma seringa. Há uma cadeira de exame, mas está escondida discretamente atrás de um biombo dobrável de marchetaria, que obviamente não foi projetado para esconder mulheres deprimidas de meia-idade dos tempos modernos, mas permitir que cortesãs francesas de 1880 brincassem de esconde-esconde com suas roupas descartadas, uma a uma. O lugar de destaque vai para a escrivaninha, tão larga quanto uma mesa de bilhar, coberta por uma camada de couro antigo em vez de feltro felpudo. E, sentado atrás da mesa, o próprio dr. Libido. Seu nome verdadeiro é Farquhar, embora Sally tenha me assegurado que todo mundo, longe dos seus ouvidos, se refira a ele como dr. Fodão. É um nome antigo e imponente para o homem bonito, bronzeado e satisfeito consigo mesmo à minha frente. Você pode vê-lo como a resposta da ginecologia a Tony Blair, a esperança brilhante de um movimento político — "a festa da mamãe consegue seu charme de volta". Meu palpite é de que todas as suas pacientes votariam nele.

O Fodão não perde tempo em me dizer que vê várias mulheres por dia que se queixam de ansiedade, depressão, alterações de humor, raiva e ataques de pânico. Muitas vezes, os médicos da clínica geral as diagnosticam erroneamente como um problema de saúde mental. Cerca de setenta por cento prescreve antidepressivos. Os problemas dessas mulheres, diz o dr. Libido, podem ser facilmente resolvidos por hormônios sintéticos, que vão estabilizar tudo e elevar a nuvem sob a qual elas estão vivendo. Ele também acha que tenho hipotireoidismo. (A Sally também tem. Mais uma coisa para nos unir.) Ah, sim, isso pode explica minha facilidade de cochilar de pé encostada em um armário, como uma tábua de passar. O exame de sangue vai confirmar ou não isso.

— E quanto a toda a pesquisa que liga a reposição hormonal ao aumento do risco de câncer? — pergunto, sentindo que devia pelo menos tentar agir com responsabilidade, basicamente preparando a injeção de heroína no local, se isso me impedir de me sentir tão sanguinária.

— Informações imprecisas, receio, com base em estudos falhos. — Seu sorriso mostra um número assustador de dentes brilhantes, de repente me fazendo pensar em Liberace e seu piano. — Muitas mulheres se sentem infelizes, mas, se fizerem uso do tipo certo de reposição, todos esses sintomas podem ser evitados.

A verdade é que se o dr. Libido tivesse, naquele momento, me dado uma receita para drogas classe A e a polícia estivesse esperando do lado de fora da porta, com cassetetes e algemas preparadas, eu ainda a teria roubado de suas mãos. Estou desesperada. Desculpe, não posso mais fazer isso sozinha. É como tentar reiniciar um laptop deixado na chuva. Tenho que parar de gritar com as crianças, preciso ter energia para o meu trabalho, para a festa de Emily, para a festa do escritório. Tenho que sobreviver ao Natal sem assassinar Richard, Cheryl, o incontinente Dickie ou todos os três. Também seria bom ter apenas um pouquinho de mim mesma de volta.

Conto ao dr. Libido sobre os adesivos de testosterona de Candy, que desisti de usar por medo de pular no pobre Piotr. Ele diz que são proibidos no Reino Unido, mas se eu quiser pegar mais pesado na farra, ele vai me dar um pouco de testosterona em um pequeno tubo. Apenas um toque na minha coxa será o suficiente. Ele também prescreve progesterona noturna que — ah, que alegria! — vai me ajudar a dormir.

Sinceramente, é difícil deixar a consulta sem beijá-lo. Tenho certeza de que não sou a única paciente do sexo feminino que teve esse impulso. Quando levo a receita na farmácia da esquina, a santíssima trindade da sexualidade feminina — progesterona, estrogênio e testosterona —, mal posso esperar. Saio e abro a caixa de estrogênio com a mesma ansiedade que na minha infância teria desembrulhado um Kinder Ovo, mal esperando para ver que brinquedo eu ia encontrar dentro dele. Os anos passam e o que eu anseio sempre muda, mas a força desse desejo — a necessidade de ter, ouvir, saborear, melhorar — permanece a mesma.

Esfrego um pouco do precioso gel restaurador da juventude no braço e faço uma pequena oração, bem ali na Wigmore Street, em meio ao trânsito.

— Por favor, me dê forças para lidar com o que a vida me der. Isso é tudo que eu peço. Ah, e um táxi agora também seria legal. Táxi! Amém.

Então, a festa de Natal. Notícias de conforto e alegria! Em um momento de fraqueza — quando é que tenho um momento de força? — disse a Emily que ela poderia ter uma festa de Natal/pré-aniversário. Onde é que eu estava com a cabeça quando propus isso?

Ao que parece, tudo começou com aquela belfie. Minha filha nunca fora tão difícil desde que seu traseiro viralizou na internet. Algumas de nossas brigas foram tão furiosas que dias depois eu ainda ressoava como um gongo. Estremeço com o que Emily desperta em mim. Ela está de mau humor. Invariavelmente, sou aquela que tem que intermediar a paz, quebrar o silêncio, a menos que Em queira dinheiro ou uma carona — geralmente os dois.

Ultimamente tenho pensado muito sobre as palavras sábias e misteriosas da minha falecida amiga Jill Cooper-Clark: "Quando se tem filhos, Kate, o importante é lembrar que *você* é a adulta".

Quando Jill disse isso para mim, há mais de uma década, eu literalmente não tinha ideia do que ela estava falando. Quer dizer, *claro*, quando eu me tornasse mãe, eu seria adulta e as crianças seriam crianças. Agora, com meus próprios filhos, sei exatamente o que ela quis dizer. Não importa o que Emily atire contra mim, o quanto sua ingratidão seja horrível, não posso atacá-la infantilmente. Pois eu sou a adulta. Não sou? (Uma confissão: em certos dias, ou pelo menos em alguns momentos de loucura, quando sinto que estou tendo uma recaída na direção daqueles sentimentos revoltosos próprios da adolescência, eu me pareço com a Em. *Não pense no passado, Kate. Volte para o presente.*)

Entretanto, em vez de melhorar, as coisas pioraram.

Descobri que a atitude imponderável de Emily se espalhou para a escola. Seu orientador enviou um e-mail me pedindo para ligar, o que eu fiz do escritório, em um sussurro. (Eu até consegui que Alice ficasse de guarda por perto, no caso de Troy ou Jay-B me pegarem no ato de ser mãe; por um momento, novamente, fui eu que me senti como a garota malcriada, fumando rapidinho enquanto alguém vigiava os professores.)

O sr. Baker disse que a Emily parecia arredia e um pouco isolada ultimamente. Eu estava ciente de algum problema em particular?

— O que você quer dizer, além de se tratar de uma garota de dezesseis anos que enfrenta essa pressão horrível imposta pelas mídias sociais, que tem que passar por essas dificuldades idiotas nos exames e acha que nunca poderá ser boa o suficiente? — Isso saiu tão raivoso. Até aquele momento eu não tinha percebido como eu estava preocupada. Eu disse o que quis dizer sem querer dizer isso.

— Bem, hum... — o sr. Baker disse. Presumivelmente estava se remexendo na cadeira, segurando o telefone o mais longe possível e desejando ardentemente que tivesse se resumido ao envio do e-mail. Houve uma pausa, depois ele se recompôs bravamente e continuou. Dê uma medalha a esse homem. Ele me disse que a situação de Emily não era incomum. Absolutamente. Ele calculava que pelo menos um terço dos jovens do mesmo ano que ela estavam deprimidos ou agressivos. (Como se eu fosse me tranquilizar com isso. Segurança em números? E o perigo deles?)

— A Emily não está deprimida — me opus. Seus hormônios estavam à flor da pele, assim como os meus estavam retrocedendo, e nós duas estávamos presas naquela perigosa correnteza. Mas depressão? Isso não.

— Uma das melhores amigas da Emily no grupo de orientação, a Izzy, que sofria de anorexia, foi internada recentemente em uma unidade psiquiátrica, você sabia? — o sr. Baker continuou.

Não, eu não sabia.

— Por favor, não se esqueça de ficar de olho e me avisar, tudo bem?

Sim, eu faria exatamente isso.

Depois que ele desligou, soltei um gemido, como um coelho preso numa armadilha. Alice fez *sshhh*, fazendo sinal para eu me acalmar. O grito fez Troy e outro homem no outro lado do escritório pararem a conversa, girarem e olharem. Instintivamente, fingi ter batido a perna na mesa e pulado de dor.

— Ai, ai, que droga. — É melhor parecer uma palhaça desajeitada do que uma mulher pega em flagrante numa crise de angústia materna. "Arredia e um pouco isolada". Minha filha? Emily?

Quase imediatamente, senti vergonha da minha reação. Não era hora de me preocupar com o que alguns colegas homens pensavam sobre mim. Dane-se. É claro que lamentei depois de sentir um sopro de medo mortal pela minha filha. Porque eu sou mortal, uma mera mortal, e isso não é fraqueza. Se você me machucar, eu não sangro? Todos nós sangramos quando estamos feridos, uma humanidade comum que é negligenciada no mundo corporativo. Olhei para os dois homens, desafiando-os a dizer alguma coisa. Eu sabia que naquele momento eu era capaz de usar de violência.

Emily ainda estava na aula. Se eu me apressasse, poderia estar lá a tempo de buscá-la no portão, onde eu a abraçaria e lhe diria que tudo bem, que sua mãe está ali para protegê-la. Com toda a calma que pude reunir, pedi a Alice para cobrir minha ausência, após eu lhe explicar sobre o telefonema da escola, me informando que minha filha estava brigando e que eu tinha que ir até lá.

— Coitadinha, ela só tem onze anos — Alice falou, e eu não sabia o que ela queria dizer. Nesse exato momento, lembrei que eu estava mentindo sobre a idade da Emily e a minha. Peguei a jaqueta e o celular. Se eu corresse para a Liverpool Street, poderia pegar o próximo trem.

Na entrada da estação, do lado de fora da loja de conserto de sapatos, uma mulher estava sentada no chão, implorando, com um braço estendido. Ela parecia velha, fosse por causa da fome ou da crueldade da vida, era difícil dizer, mas ela não podia ser tão velha assim porque havia um bebê em seu peito, se contorcendo sob um xale. Eu passei por ela, depois parei, me virei e peguei a carteira. Não tive tempo de lutar pelas moedas no compartimento do zíper, então coloquei uma nota de vinte libras na mão ossuda da mulher antes de pular os degraus em direção à plataforma. Embarquei no trem no exato momento em que o apito do guarda soou e caí, ofegante, em um assento num vagão vazio. Ninguém mais voltava para casa a essa hora do dia. Quando o acinzentado de Londres gradualmente deu lugar aos verdes e marrons, pensei em Emily e no bebê nos braços da mendiga — as duas se tornando um único pensamento. Aquele bebê não sabia que a mãe estava implorando por dinheiro nas ruas de alguma cidade estrangeira, passageiros passando por sua forma maltratada, suas roupas sujas. Para o bebê, a pobre e miserável mulher era um lugar de segurança e conforto; não queria outra mãe e nunca o faria. Esse pensamento me matou. Simplesmente me matou.

De volta a casa, coloquei Lenny no carro e fui direto para a escola. Parei em frente e esperei até as crianças saírem. Reconheci Emily e sua turma. Eu estava imaginando ou ela estava colada no fim do grupo de Lizzy Knowles como uma pessoa se afogando se apega a um bote salva-vidas, ou ela só estava a poucos metros atrás delas?

Emily levou um susto quando a chamei, e, por um momento, eu não soube com certeza se ela atravessaria a rua e viria até mim. Ela parecia em dúvida entre me ignorar ou não, mas Lenny a reconheceu e latiu, animado, pela janela traseira. Ela poderia me evitar, mas nunca desapontaria Lenny. Assim que Em entrou no carro, fui direto para o parque. Minha filha acha que parques são para perdedores, velhos ou criminosos malucos, mas naquela tarde ela me permitiu entrelaçar meu braço ao dela e caminharmos um pouco. Sally e eu sempre seguíamos pelo lado da colina. Fiz Em vestir o agasalho que eu usava para levar o cachorro para passear, enquanto eu tremia um pouco em minhas roupas de trabalho. Então nos sentamos no mesmo banco onde Sally e eu costumamos nos sentar.

— Por que você me pegou na escola, mãe? Eu não tenho mais sete anos — ela disse.

— Eu queria te ver, querida. O sr. Baker ligou, um pouco preocupado que você não estivesse, você sabe, no seu estado habitual.

— Eu estou bem — ela disse categoricamente.

— Nós nunca tivemos uma conversa séria sobre aquele negócio da belfie, amor.

— Ma-nhê, quantas vezes? Não é nada de mais, tudo bem. Você não entende? Isso acontece o tempo todo.

— Ainda assim, não existe nada de bom que as pessoas vejam o seu...

— Não consegui muitas curtidas de qualquer maneira.

— Não conseguiu o quê?

— A hashtag #BumbumBandeira. Não recebi muitas curtidas.

Eu não sabia o que dizer. Demorou alguns segundos para processar. A principal preocupação da Emily com a belfie não foi o fato de que seu traseiro foi visto por milhares de pessoas, mas que não foi um sucesso grande o suficiente. Ou não conseguiu cliques, curtidas ou o que quer que seja, suficientes. Não pela primeira vez, senti como se tivesse acordado em um universo paralelo onde todos os valores em que fui criada para acreditar, como modéstia e decência, foram invertidos, não, pervertidos, é isso, pervertidos.

— Está frio, querida, você está bem agasalhada? — perguntei, agora tendo uma desculpa para puxá-la para perto de mim. Ela se inclinou e descansou a cabeça no meu ombro, e eu desejei que todo o calor e toda a força que eu tinha no meu corpo passassem para o dela.

— Você não gostaria de conversar com um terapeuta, querida? — Silêncio. — O que você acha, hein?

— Acho que sim.

— Ótimo, podemos resolver isso. Às vezes é bom trocar ideias com alguém.

— Mas não um terapeuta tipo o papai — ela disse rapidamente. — Ele só se preocupa com as bicicletas dele.

— Isso não é verdade, Em, você sabe que o seu pai te ama muito. Ele só... — Ele só o quê? Realmente me esforço para encontrar uma palavra para o que Richard está neste momento, além de ausente. — Certo, então vou encontrar uma pessoa realmente boa com quem você possa conversar. — *Alguém que entenda isso melhor do que eu, porque estou completamente perdida pela primeira vez desde que você nasceu,* pensei, mas não disse.

Na caminhada de volta ao estacionamento, com Lenny à frente, Emily diz:

— A Lizzy vai fazer uma festa de Ano-Novo, mãe, ela é superpopular.

Lizzy de novo. Quanto tempo será preciso para Emily ver sua "melhor amiga" pelo que ela é?

Então, a revelação completa: foi por isso que concordei com a festa. Pensei que seria uma chance para Emily não ficar retraída e isolada, estar próxima de alguns amigos, ou, se ela não tivesse amigos, para conseguir fazer alguns. Para reforçar sua posição no grupo do ano. Para ser mais do que aquela perdedora triste, enganada por Lizzy Knowles para mostrar seu traseiro nu. Para entrar no círculo encantado do popular, o santo graal de todo adolescente. Eu queria, na verdade, cada hora desde aquele dia mágico quando meu primeiro bebê surgiu no mundo. Queria que ela fosse feliz. Tão desesperadamente feliz quanto possível.

Richard não tinha tanta certeza.

— Ainda não consigo acreditar que você disse que a Emily podia dar uma festa, Kate — ele falou, examinando sua nova trava de bicicleta (o quê, outra?). — Não quero uma casa cheia de adolescentes bêbados, usando drogas e tentando transar. Uma festa, na verdade, é o que eu menos quero no mundo.

Isso foi estranho. Rich sempre costumava ser o pai descontraído, enquanto eu era a disciplinadora relutante. Quando mudamos de lado?

— Eles não vão ficar bêbados. — Sorri de forma encorajadora. — Vamos servir vinho quente sem álcool, e ninguém vai usar drogas ou transar. A Emily tem bons amigos. Eles não são como aqueles garotos que invadem uma festa que viram no Facebook e destroem a casa das pessoas. Sério, você precisa acreditar mais na geração mais jovem, Rich.

Eu queria dizer a ele o verdadeiro motivo da festa, queria mesmo. Mas as mentiras, ou o fato de eu não ser sincera, haviam sido complicados demais até então. A verdade é que não contei mais nada a ele. Richard tinha ido para a floresta em sua própria jornada de autodescoberta, como as pessoas fazem na nossa idade, mas se esqueceu de deixar um rastro de migalhas para eu segui-lo. Eu não tinha ideia de onde ele estava e parei de tentar descobrir, principalmente porque ele não parecia notar ou se importar que eu não estivesse mais procurando. Na maior parte do tempo, eu me sentia como uma mãe solteira.

Outra confissão. Pensei que uma festa poderia ser uma boa ideia, não só para a Emily. Qualquer coisa que oferecesse alguma distração do tormento diário de me perguntar por que Jack ainda não havia me respondido.

De qualquer forma, com a falta de organização de Em e com tantas coisas para resolver ao mesmo tempo, eu não sabia se a festa iria mesmo rolar.

Mas a festa rolou.

Sábado, 19h17: A Noite da Perdição começa com um toque na campainha. Abro a porta e dois rapazes corpulentos, de camiseta preta e jeans de cintura baixa, carregam braçadas de caixas e cabos.

— Onde você quer os alto-falantes? — grunhe um.

— Você é a mãe da Emily? — grunhe o outro.

Sem esperar por uma resposta, eles correm para a cozinha, e eu os sigo, agitada.

Há um prato de minissalsichas cozidas sobre a mesa. Os garotos o pegam e o colocam ao lado da pia, cada um aproveitando a oportunidade para comer um punhado delas enquanto trabalham. Ouço a voz da minha mãe na minha cabeça, estridente e rápida, exclamando: "Você viu, eles nem disseram *por favor*! O que aconteceu com as boas maneiras?" Concordo com ela mais do que eu gostaria de admitir, mesmo que isso me faça sentir uma eduardiana de outra época, mas eu não sonharia em dizer isso em voz alta. Em vez disso, minha aprovação sai como um único e severo *tsk*. Mais que um *tsk*: um *argh*. Se estou me transformando em uma mãe galinha às sete e meia, bagunçando as penas com desaprovação, como é que vou estar à meia-noite? Os garotos olham ao som do *argh*, depois um para o outro e dão um sorriso malicioso. Que ótimo.

19h49: Campainha. Os primeiros convidados: três elfos. Correção: três elfos na nova versão fluida, vagamente reconhecíveis como colegas de turma da Emily, embora, pelo que eu saiba, não sejam basicamente seus amigos.

— Oi! — eles falam em coro, passando por mim, cada um com um short verde-floresta minúsculo, um top vermelho do Rudolph, a rena, e um chapéu pendurado com um sininho piscante. Não posso deixar de pensar que os embrulhos para presente no polo norte devem ter atrasado consideravelmente se todos os embaladores resolveram usar saltos de dez centímetros, como fizeram esses três. Enquanto eles se movem em direção à sala de estar, já gritando com a alegria coletiva, noto que a parte de trás dos tops, quando estão em fila, forma uma mensagem temática: "Papai Noel", "Pequenos", "Ajudantes".

20h13: Paro de atender a campainha e deixo a porta aberta. Qual é a parábola da bíblia, a que aprendi na escola dominical, sobre o anfitrião que abre sua casa para um número enorme de convidados? "Saí para as estradas e sebes e pedi que venham..." Algo assim. Uma ideia adorável e sem dúvida tão cristã quanto você pode ser, mas eu sempre pensei, em silêncio, que isso era pedir para ter problemas. Quer dizer, o que aconteceu quando o anfitrião ficou sem guardanapos? Estaria ele preparado para o súbito aumento dos números? Bem, agora eu sou ele. Só que sem a caridade.

21h14: Finbar e Zig, ou possivelmente Zag, se instalaram na cozinha. Ou, para ser exata, a cozinha abriu caminho para eles. Na mesa está um par do que, ainda lamento dizer, é chamado de aparelho de som. Um rapaz grande e mal-humorado está de pé sobre ele, com fones de ouvido como uma toranja cortada pela metade, acenando com a cabeça para a batida da música. Um tipo de amplificador está apoiado onde o micro-ondas normalmente fica, o que levanta a questão de onde ele foi parar. Presumivelmente tomou o lugar da fossa do banheiro, que se mudou para onde o aquário costumava ficar, o que significa que o aquário é agora o novo aparelho de som. Fios saem da porta em direção à sala de estar, onde alto-falantes do tamanho de um mausoléu são colocados contra cada parede. Na verdade, toda a casa foi transformada em um grande alto-falante. As portas sacodem com a batida, e uma grande rachadura, em forma de raio, apareceu na janela, no meio da escada. Esse era o vidro antigo do século XVIII que havíamos consertado com um velho vidraceiro, que o levou para recuperá-lo nas fornalhas da Montanha da Perdição, ou onde quer que fosse, e o devolveu miraculosamente perfeito por meras quatrocentas libras. Ele não vai gostar da rachadura.

De repente, Richard está ao meu lado, ouvindo a música com atenção, que no momento soa como um esquadrão de naves demolindo um quilômetro de asfalto.

— Assim como você disse, querida. Canções natalinas em volta da lareira. Ah, e olhe só, eles estão gostando muito do seu vinho quente.

— Obrigada pela ironia!

Em um canto do sofá, um garoto está segurando um copo de plástico cheio de vinho. Uma menina de tranças brancas, uma versão da gêmea malvada da Heidi, enfiou a mão na bolsa, tirou meia garrafa de vodca barata e o encheu. Sua taça transborda, com uma espécie de veneno rosa-pálido. Na verdade, ela passa por cima do meu sofá, que até duas horas atrás era de um bege sutil, mas agora nunca mais será sutil de novo.

— Por que é sempre vodca? — pergunto. — Vodca é horrível. Não tem gosto de nada. E por que são sempre as garotas que levam isso hoje em dia? Os rapazes sempre pulam fora nessa hora? Eu costumava pensar que ousar fosse tomar Bacardi com Coca-Cola quando eu tinha dezessete anos.

— Ah, as garotas trazem porque querem ser como um deles — Richard diz, estranhamente instruído. — E eles não querem se esforçar, querem só aproveitar. E eles gostam de vodca exatamente *porque* não tem gosto de nada. Hoje em dia, Kate, o único objetivo na vida deles, a única razão de ser deles, é ficarem bêbados, e a vodca proporciona isso mais rápido para você, sem nenhum gosto ou sabor para atrapalhar. Afogando suas tristezas e tudo mais.

Olho em volta para os convidados de Emily. A maioria deles tem dezesseis anos. Alguns, dezessete. Eles realmente não devem ter passado por tristezas suficientes para precisar afogá-las, mas estão se tornando a geração mais infeliz. Eu me pergunto: ao lhes dar um vocabulário de mágoa e tristeza, aliviamos o sofrimento deles ou os encorajamos a pensar que o sofrimento é a norma? Eles são tão influenciáveis nessa idade.

Richard olha em volta, examinando seu domínio. Então gesticula em direção à escada, onde vários casais estão fervilhando sem culpa, como extras em um filme de zumbi.

— Lá vão eles! — ele diz alegremente. — Jogar uma partida tranquila e agradável de um jogo de tabuleiro, como você disse que fariam.

Percebo que meu marido está verdadeiramente dividido. Por um lado, ele mantém toda a situação em uma espécie de desprezo desesperado; nesse instante, nossa casa e todos os que estão nela estão tão longe da sua vida ideal quanto possível. Não há chacras suficientes. Por outro, ele está saboreando a deliciosa satisfação de ter provado suas desastrosas previsões. Nenhuma emoção é muito boa. Qualquer ideia de que essas crianças idiotas e inconsequentes possam realmente estar se divertindo — ou simplesmente sendo jovens, pelo amor de Deus — está perdida dentro dele. Ele é, no verdadeiro sentido da palavra, um desmancha-prazeres. Certamente fez um ótimo trabalho em matar minha alegria ultimamente. Assim que o pensamento incendeia, eu o afasto, mas ele continua lá.

21h33: Quando deixo o pobre e desconcertado Lenny no quintal, descubro, entre outras coisas, uma cópia de *Razão e sensibilidade*. O livro normalmente fica na pequena estante do banheiro do andar de baixo. Por um momento emocionante, eu me pergunto se alguém recuou para uma dose de paz e tranquilidade e começou a ler; me lembro de fazer isso eu mesma décadas atrás, sempre que uma festa era demais. Por outro lado, se alguém estava lendo o livro no banheiro, o que está acontecendo aqui?

Eu o pego. Estão faltando algumas páginas. Capítulos inteiros, na verdade, rasgados no que parece ser um ímpeto. Marianne ainda pode estar em algum lugar, mas Elinor é um caso perdido. Então o cheiro de alguma coisa estranha adocicada passa por mim. Eu inalo. Cheiro de maconha. Sigo o bafo e encontro três garotos de aparência séria e uma garota, sentados na grama fria, rolando juntos. E sim, eles estão usando Jane Austen como papel. Devo aplaudir seu gosto literário ou gritar diante de tamanha destruição? "Bem, senhores, que belo senso de decência, hein? Agir assim, na companhia de uma dama!" Isso é o que eu deveria dizer. Mas não digo. Só peço para eles pararem e eles riem.

22h10: Richard agora está de guarda na porta da frente, determinado a confiscar o álcool e só admitir aqueles que têm convites. Como ninguém tem, esta é uma experiência de teste. Além disso, todo mundo está vestido com fantasias de Natal, o que dificilmente vai resolver o processo de identificação. E é nesse momento que ele se envolve em uma disputa acalorada com um boneco de neve.

22h43: Olho pela janela da cozinha e vejo vários Papais Noéis descerem pela lateral da casa e entrarem pelo jardim dos fundos, calorosamente conduzidos por um conjunto de renas com macacões de pele falsa. Donner parece tentar montar Blitzen, formando o que temo ser uma dupla festiva.

22h51: Minha filha circula pela casa. Com o mar ofegante de estranhos, eu tinha esquecido que ela estava aqui.
— Oi, mãe, tá gostando da música?
— Bastante. Na verdade, Em, eu não sabia que você ia montar uma discoteca aqui em casa.
— Não é uma *discoteca*, mãe — Emily diz, revirando os olhos. — Ninguém mais monta discoteca.
Minha filha se transformou em um corpo diáfano, cor de carne, com glitter sobre os mamilos. Mais uma calça prata com as palavras "Feliz Ano Rebolando" escritas em vermelho na parte de trás. Ela está usando meias arrastão cor de carne, mas ainda consigo ver algumas cicatrizes em suas coxas, de quando ela caiu da bicicleta.
— Querida, o que você está vestindo?
— Relaxa, mãe, eu sou o especial de Natal da Miley Cyrus. — Seu braço está entrelaçado ao braço de... bem, eu nunca... sua inimiga, Lizzy Knowles, a satanás da belfie em pessoa. Ah, bem, se não pode vencê-los, convide-os para

a sua festa. Lizzy está usando meias vermelhas até os joelhos e uma camiseta que diz: "Ah, venha, fiel".

Controle-se, Kate. Lembre-se, você está fazendo tudo isso para a Emily não se sentir excluída. Lembre-se, não seria mais fácil simplesmente deixar para lá?

— Oi, Kate — Lizzy diz —, isso é incrível. Tipo, tão natalino. — Não, sua bruxinha horrível, natalino é o Andy Williams com um suéter de rena. Natalino é confeitar chocolates com um garfo, para fazer a cobertura parecer uma árvore. Natalino são anjos e arcanjos. Isso é que é natalino, penso comigo mesma, mas mantenho minha boca fechada, o que é mais do que posso dizer para os convidados, que gritam, jogam latinhas ou se colam, aparentemente ao acaso, em outras bocas. Minha casa está mais ou menos tão quieta quanto uma corrida de Fórmula-1.

Meia-noite: Richard está em pé sozinho na área de serviço guardando seus equipamentos de ciclismo, pensativo, mastigando uma cenoura. Arqueio uma sobrancelha.

— Nariz do boneco de neve — ele explica. — Ele estava sendo um mala. Então estendi a mão e arranquei o nariz dele. Agora ele não pode respirar.

Estou um pouco preocupada em como a noite vai acabar.

0h20: Alguém grita que há um problema com o banheiro do andar de baixo. Vou até lá e vejo uma grande poça de vômito e o boneco de neve cheirando neve através de um canudo. Estar sem o nariz claramente não minou seu vício em drogas. Ele poderia cheirar o pacote de glacê que comprei para o bolo de Natal, mas temo que não. Digo para ele ir embora ou vou chamar a polícia. Ele me olha com seus pequenos olhos de carvão, e eu recuo.

1h11: Sitiado, Richard está racionando o acesso ao banheiro afetado. É como a Batalha do Pequeno Bighorn. Somente aqueles que estão realmente precisando podem usar o banheiro.

— Número um ou número dois? — meu marido questiona a qualquer um que tenta entrar. — Se é só número um, faça no jardim!

Uma Emily histérica me vê coletando garrafas de Bacardi Breezer descartadas debaixo da mesa de centro.

— Mãe, que relaxo o pai ficar perguntando para as pessoas se elas precisam fazer cocô ou xixi. Por favor, pede para ele dar um tempo!

1h30: Subo para a minha suíte, aquela com o pequeno banheiro inacabado e a grande placa impressa e laminada que diz "Não entre" presa na porta. Para minha surpresa e alívio, não há ninguém lá dentro. Surpreendentemente, as crianças obedeceram às instruções. Acho estranhamente tocante. Depois de todo o caos e do surgimento do inferno, pelo menos eles respeitam os limites. Pelo menos eles sabem que os pais também precisam do seu próprio espaço. Pelo menos eles...

— Oh...

Dois jovens entraram na minha suíte e estão transando. Eles ignoraram a placa na porta do quarto. Quer dizer, eles não entraram, entraram... A moça está sentada ao lado da pia, sobre o que passará a ser conhecida daqui por diante, em homenagem a esta noite memorável, como o "cantinho da sacanagem". Dada sua localização atual, imagino que ela esteja sentada em cima da minha pasta de dentes. Suas pernas estão enroladas em alguém, seus olhos estão fechados, e eu não a reconheço. O garoto eu também não reconheço, principalmente porque sua parte inferior é a única realmente visível. Ele não para os movimentos; provavelmente não me ouviu entrar.

Por talvez uns quatro segundos, fico em pé, assistindo. Não porque eu seja uma voyeur tristonha ou porque estou indignada demais para falar (embora eu esteja), mas porque o que eles estão fazendo, e o entusiasmo com que estão fazendo, parece uma visão de muito tempo atrás. É como ligar a TV e ver um filme de faroeste. Faz realmente tanto tempo assim? Quando foi meu último oeste selvagem?

A garota abre os olhos e me vê. Reconhece sua anfitriã. Ela me dá o sorriso mais educado e gentil que vi a noite toda e sussurra:

— Quase acabando.

Eu me viro e saio do meu espaço seguro e entro na minha zona de perigo. No quarto do Ben, misericordiosamente vazio, porque ele fez uma festa do pijama na casa do Sam esta noite, ligo o computador e navego pelo ciberespaço em busca de qualquer sinal do sr. Fruto Proibido. Nada do Jack. Nada ainda.

Você sabe como ver outras pessoas felizes, se beijando e fazendo amor, pode te fazer ficar mal por causa disso? Pois é assim que me sinto.

2h25: No que, pelos seus padrões, conta como uma notável iniciativa, meu marido encontrou uma maneira de se livrar dos convidados. Houve um momento em que parecia que todos eles — sessenta, oitenta, noventa? — ficariam presos aqui até de manhã. O lugar inteiro ainda estava reverberando, até que Richard entrou na despensa, estendeu a mão e desligou o fusível que estava escrito "tomadas da cozinha". Os alto-falantes pararam. Os aparelhos de som resmungaram e morreram. Então Richard saiu da despensa, carregando ostensivamente um pote de café.

— Peguei — ele disse.

Esse foi um bom começo, mas ainda há uma multidão se movendo incansavelmente, almejando ainda mais o caos.

— Como podemos expulsar o rebanho? — pergunto.

Richard olha para mim e então, para o meu espanto, me beija na bochecha.

— Brilhante — ele diz.

— Brilhante o quê?

— Você. O verbo. Você está certa, não devemos expulsá-los, mas guiá-los. Pelo amor de Deus, metade deles está vestida como rena mesmo. Eles merecem ser tratados como um rebanho.

Então o que Rich faz? Ele só entra no carro e os fica rodeando, não é? Às vezes, ele pode usar seus poderes de estraga-prazeres para o bem e não para o mal. Ele realmente senta lá, engata a primeira, acende os faróis e, enquanto eu os levo para fora da casa, ele acelera o carro e lentamente avança em direção a eles, que, de má vontade, andam para longe. Para onde vão, só Deus sabe, mas agora não é problema nosso.

O último a sair de casa é um jovem vestindo calça de veludo cotelê e suéter de cashmere, claramente sóbrio, que aperta minha mão e, em seguida, a de Richard, e diz:

— Muito obrigado pela festa deliciosa. Desculpe deixar vocês com toda essa bagunça. Adoraria vir e ajudar a arrumar tudo de manhã, mas infelizmente tenho que estar no trabalho às oito. Mas obrigado novamente, e, se eu não voltar a vê-los, tenham um lindo Natal. — Então ele pega uma bicicleta e sai pedalando.

Richard e eu observamos, admirados, enquanto ele se afasta.

— Quem era esse? — Richard pergunta.

— Não tenho certeza, mas *acho* que era o menino Jesus.

3h07: Finalmente. Richard e eu estamos na cama. A festa acabou. Ninguém morreu. Nessa medida, e apenas nessa medida, foi uma vitória. Emily e os nove Papais Noéis em coma alcoólico, que caíram no chão da sala de estar, podem perfeitamente limpar tudo pela manhã. Emily parecia transformada esta noite, contente e brilhando em sua própria pele. Ela realmente se aproximou, me puxou para a pista de dança e cantamos "Jingle Bell Rock" a plenos pulmões. Quando me viro para o lado e começo a pegar no sono, esse pensamento me deixa muito feliz.

3h26: Peço a Rich que pare de roncar.

— Não estou roncando — ele diz. Nós dois nos sentamos e ouvimos. Os roncos suínos vêm do guarda-roupa. Richard sai da cama e abre a porta. Uma rena, sem a metade inferior do seu traje, está caída ao lado de um anjo, que está sem a parte de cima da roupa. Eles estão deitados no meu amado casaco de pele de carneiro da Joseph. A rena abre os olhos.

— Ah, oi — ele diz. — Vocês devem ser os pais da Emily, não é? Ótima festa. Impressionante.

Consequências da festa da Emily:

Número de ligações de vizinhos para a polícia: 4

Número de cartas recebidas de vizinhos, dizendo: "Vocês são uma vergonha absoluta para a vizinhança": 1

Tempo estimado de limpeza: 13 horas

Número de garrafas vazias efetivamente recolhidas: 87

Número de garrafas meio vazias encontradas em prateleiras, roupeiros, sob a pia da cozinha, atrás dos vasos sanitários etc.: 59

Número de latas de cerveja Carlsberg descobertas até agora em canteiros de flores: 124

Data em que se pode razoavelmente esperar que o jardim seja uma zona livre de Carlsberg: entre 2089 e o início do século XXII

Número de anos que Richard será capaz de cantar, "eu avisei": 35 ou até que a morte nos separe

Estimativa para redecorar o hall e a sala de estar, substituir a vidraça e a cisterna do banheiro: 713 libras e 97 centavos

Apesar de tudo isso, ainda acho que foi uma boa ideia. Eu gastaria de bom grado até o último centavo e deixaria minha casa ser destruída, se isso impedisse que minha filha se sentisse solitária.

— Todo mundo diz que foi a festa mais legal de todos os tempos, mãe — Emily comentou durante o café da manhã, dois dias depois. — Sei que o papai achou que foi um pesadelo, mas geralmente são muito piores. Na festa da Jess, deram ice para as galinhas e todas elas morreram.

17
A viúva do rock

Segunda-feira, 13h46: Barbara foi presa por comprar uma motosserra com um cartão de crédito roubado. Desculpe, *o quê?* Demoro um momento para processar o que Donald está me dizendo ao telefone. O trem entra em outro túnel e a ligação é interrompida. Meu corpo e minha pasta estão a caminho de West Sussex para conhecer a Viúva do Rock, mas minha mente está em Yorkshire, com meu pobre sogro.

Eu ligo de volta e ele continua a história.

— Você sabe que a Barbara começou a arrumar tudo do lado de fora dos armários por causa da demência, Kate?

— Sim, eu sei.

— Bem, a Margaret...

— A cuidadora?

— Sim, bem, a Margaret geralmente deixa a bolsa por perto e a Bárbara encontrou e a pegou. Não roubou, estava só arrumando. Ela não sabia que não devia. Então, esta manhã, eu a deixei sozinha por dez minutos enquanto fui até a loja comprar o jornal e um pouco de leite, e ela escapou pela porta do banheiro e saiu. Entrou em um daqueles ônibus gratuitos no final da nossa rua e acabou na B&Q, você conhece... aquela loja de material de construção, perto da Asda...

— Sim, continue.

— Bem, a Barbara estava na loja e tinha algumas coisas no carrinho, mas a moça do caixa ficou desconfiada por causa da motosserra.

— Posso imaginar.

— Uma grande motosserra a gasolina de cinquenta e oito cilindradas, o que provocou algum comentário. A Bárbara tentou pagar com o cartão de crédito da Margaret, mas ela não sabia a senha, é claro, e a garota ligou para o gerente, que ligou para a polícia. Por sorte, encontraram nosso endereço no cartão da biblioteca da Barbara, que estava no bolso dela.

— Ah, Donald, sinto muito. A Barbara está muito nervosa?

— Não, amor, ela está feliz à beça. Se encantou com o sargento da polícia que a trouxe para casa. Ryan, o sargento Protheroe, como é chamado.

— Ah, isso é legal.

— Nem tanto, Kate, amor. Receio que a Bárbara tenha pensado que o sargento Protheroe era eu, porque estava de uniforme. Bem, eu há mais de sessenta anos. E ela tentou beijá-lo e fazer carinho nele, você sabe. Foi bem embaraçoso.

Estremeço ao imaginar minha sogra de oitenta e cinco anos agarrando Deus sabe o quê do policial, porque ela estava com a impressão de que ele era seu jovem e vigoroso oficial da força aérea real. É um pensamento engraçado e ao mesmo tempo incrivelmente triste. Barbara, trinta e cinco anos mais velha, cuja mente está tão desatenta quanto meu corpo, ainda é capaz de acreditar que é aquela linda jovem sedutora que pulou em Donald, um parente de Justin Trudeau, que acabara de voltar de uma missão da Alemanha. O pensamento da fome animal solta de Barbara enquanto ela perseguia o Fantasma da Escapada do Sexo do Passado é mortificante.

Sinto uma pontada momentânea de solidariedade. Eu também não fui humilhada quando olhei com desejo para o sósia do Roger Federer no metrô e ele me ofereceu seu lugar? Nossos corpos continuam nos fazendo de tolas à medida que envelhecemos. A luxúria não morre para poupar a sensibilidade das jovens desprezadas que preferem não pensar em uniões enrugadas, e — isso é realmente cruel — os sentimentos carnais estão entre os últimos a serem verificados.

— Não entendi, Donald, a polícia prendeu a Barbara?

— No começo, sim, mas foi um jovem policial que fez isso. O sargento Protheroe, bem, quando ele apareceu, viu que a Barbara estava muito confusa, então eles não registraram as acusações. Foi um pouco trágico o que tivemos aqui, Kate. Espero que você não se importe com o fato de eu ligar. A Cheryl e o Peter estão na Itália, sabe.

Posso ouvir a tentativa extenuante de esclarecer isso em sua voz. Ele deve ter ficado aterrorizado quando sua esposa sumiu e ficou mortificado por ela tentar sair com o sargento Protheroe.

— Donald, acho que devemos morar mais próximos. Poderíamos começar a procurar...

Ele me interrompe antes que eu possa ir mais longe.

— A Barbara não quer deixar o jardim dela, Kate, amor. Bem, nenhum de nós quer. A magnólia, bem, nós sabemos que é primavera quando ela floresce.

— Eu sei, eu sei, mas... tudo bem, olhe, vamos conversar sobre isso quando estivermos todos juntos no Natal. Não falta muito tempo agora. Vocês vão ficar bem até lá?

— Ah, sim, não se preocupe conosco, Kate, amor. E se cuide.

No carro de aluguel, a caminho da casa de campo da Viúva do Rock, verifico os lares de idosos na área de Leeds no Google. Encontro o que parece mais acolhedor e que aceita animais de estimação, e disco o número.

— Olá, sim, estou ligando em nome de meus sogros, Donald e Barbara Shattock. Gostaria de saber se poderíamos marcar uma visita para conhecer a Hillside View.

14h30 — Laylah. Belsazzar. E Mikk.

— E, desculpe, quantos anos eles têm?

— Hum, o Belly acabou de completar vinte e um. Lembro de ter dado a data de nascimento à polícia no dia seguinte à festa e um deles disse: "Parabéns por ontem", o que achei que não era muito bom.

— Não, claro que não. E, perdão, só preciso esclarecer: seu falecido marido teve, creio eu, outros filhos, além desses três. Havia outro...

— Um monte deles. — Bella Baring dá uma tragada em seu cigarro elétrico (os jovens estavam fumando um da mesma marca na festa da Emily) e solta uma delicada coluna de fumaça. — Sabemos de nove com certeza, incluindo os três meus. Eram seis até a morte do Fozzy e depois mais três saíram da toca. Tem uma coincidência para você. Uma vez que ficou claro quanto dinheiro ele tinha deixado, eles de repente pensaram, "ah, será que ele poderia ser o pai deles?" Mel?

Olho ao redor, mas ninguém entrou na sala. Ela está se dirigindo a mim?

— Perdão?

— Mel no seu chá? Faz a medicação descer e tudo isso.

— Ah, não, obrigada, está bem assim. Delicioso.

Meu chá não está delicioso. Está fraco demais e amargo, com o que parece ser gravetos de cercas-vivas flutuando no topo. No fundo, um pó lento, possivelmente sacudido de uma bota Wellington. Mas é o que me foi oferecido por Bella quando cheguei, e, como diz o estatuto da empresa, você deve "aderir sempre que possível às demandas do cliente". Então me sentei e estou beberiando um gole do líquido amargo e tentando não fazer cara feia.

— As pessoas sempre pensam que eu tenho potes dessas coisas. Elas acham que sou uma verdadeira Baring. Como se o pobre e velho Fozzy tivesse durado um dia em um banco.

Em apenas cinco minutos, e isso já parece uma das mais estranhas reuniões de clientes de todos os tempos. Jay-B insistiu muito para eu vir até aqui para "segurar a mão" da famosa Viúva do Rock. Após a confusão com Grant Hatch, devo me redimir. Isso tem que dar certo. Jay-B ouviu rumores de que Bella pudesse investir seu dinheiro em outra instituição, o que seria um desastre. Consultando o arquivo no trem, antes de Donald dar a notícia sobre Barbara e a motosserra, descobri o seguinte: Philip Rodney Baring, nascido em Stockton-on-Tees em 1947 e falecido em 2013, adorado por milhões, estava permanentemente surdo, era conhecido como Fozzy. Suas cinzas foram espalhadas em Glastonbury e prontamente pisoteadas na lama. Bella, sua viúva, está à frente tanto de suas aplicações financeiras, grande parte das quais está investida na EM Royal, quanto de seus imóveis, que se estendem por muitos hectares verdes em todas as direções.

— Na verdade, Bella, uma das coisas pelas quais estou aqui é para te dizer que, em nome da EM Royal, você pode ficar totalmente despreocupada quanto aos seus recursos.

— Foi o que Fozzy me disse em 1983, quando ele me viu de biquíni. — E com isso a veterana loira explode em uma combinação de gargalhadas e tosse, ofegante e acenando a mão para indicar que ela não está, apesar das aparências, prestes a seguir seu marido até o túmulo. Quando a risada diminui, eu prossigo:

— Como investidora, é natural que você se preocupe, acima de tudo, com sua alocação de ativos. Posso lhe assegurar que a amplitude da sua carteira, que montamos a seu pedido, e cujas flutuações monitoramos diariamente, é projetada para garantir uma minimização do risco, de modo que, por exemplo, se...

Bella me interrompe com a palma da mão levantada, como um guarda de trânsito.

— Sim, Tereza?

Uma empregada aparece, possivelmente de um alçapão no tapete.

— Srta. Bella, a lhama está no oi-oi.

— Ah, Deus, de novo não. — Ela se vira para mim. — É o Phil. Eles são muito leais, você sabe, e quando o Don morreu na primavera, foi simplesmente horrível. Pararam de comer por semanas. Nos disseram que eram irmãos quando Fozzy os recebeu, mas agora achamos que eles devem ser gays. Já ouviu falar de amor entre lhamas do mesmo sexo antes?

— Bem, até agora não...

— E agora ele foi levado para o ha-ha e ficou lá o dia todo. Ou ele está deprimido ou quer fugir. Ver o grande mundo. Desculpe, volto em um minuto. Vamos, Tereza. — Ela se afasta da poltrona desbotada da Kilim, se alonga, diz "velhos ossos" em voz alta, acende um charuto e segue a empregada porta afora.

Olho pela janela para o parque ensopado. A chuva não poupou Dullerton Hall hoje, ou, a julgar pela situação, em nenhum dia deste ano. O cenário mais parece uma aquarela que um lugar real. Uma grande mancha cinza, um pouco além do terraço, marca o local onde o heliponto costumava estar. Ervas daninhas têm surgido nas rachaduras. Por que Bella fica aqui? Por que não vende, deposita o dinheiro conosco e vai para algum lugar quente e seco?

— Eu deveria me mudar, eu sei — ela diz, entrando pela porta para responder à minha pergunta mental. Pelo amor de Deus. Não me diga que ela é uma leitora de mentes, assim como uma viúva rica. Talvez décadas fumando maconha tenha lhe dado poderes extrassensoriais.

— Mas o Mikk ainda não terminou a escola. Ele está no quarto ano, pobrezinho. Até a escola Bedales exigiu o suficiente dele no final, o que é dizer alguma coisa. De qualquer forma, o novo colégio em Devon combina muito bem com ele, embora você não o encontre nas tabelas de classificação. Acho que eles são muito injustos, não é?

— Verdade.

— E eu odiaria se ele não tivesse nenhum lugar para vir com seus amigos nos feriados. Eles são jovens muito interessantes. Muito fluidos.

— Bella, no que diz respeito às crianças, seus filhos, isto é, novamente, posso te deixar descansada. O rendimento dos fundos fiduciários do Fozzy é grande o suficiente para...

— É a *Chuckup* que realmente me incomoda.

— Sinto muito, Chuck...

— A ucraniana. Não consigo me lembrar do nome completo dela, mais parece um trava-línguas, mas tem Chuck em algum lugar, então a chamamos assim. Peitos grandes como balões de ar quente. O rosto parece uma faca. Foi por quem o Fozzy se apaixonou no final. Ou achava que tinha se apaixonado. Ele estava usando tantas drogas nos últimos meses... você sabe, drogas médicas ao invés de drogas... que ele seria capaz de cair na mesa de cabeceira. Ou na tigela do cachorro.

— Pelo que entendi, a srta. Chuck... não tem direito legal a nada.

— Claro que não. Mas ela tem todas aquelas mensagens de texto medonhas que ele enviou, dizendo, "meu amor, minha Chuckup, você significa o mundo para mim, tudo que eu tenho é seu, blá-blá-blá. E os jornais não se cansam desse tipo de coisa.

— Sinceramente, Bella, parece terrível, e eu sei como deve ser perturbador para todos vocês, mas eu realmente não consigo ver isso, hum, que essa jovem ucraniana...

— Jovem mesmo. Vinte e dois anos. Não é uma dama, não mesmo.

— ... represente qualquer ameaça à integridade de suas propriedades. É claro que, quando eu voltar a Londres, vou pedir ao nosso departamento jurídico que verifique novamente o status de...

— Duas coisas. — Bella fica em pé. Subitamente, ela parece alguém que está falando de negócios, em vez de uma bruxa muito cansada. Um brilho de propósito brilha em seus olhos delineados com kohl.

— Posso ser franca com você, Kate?

— Claro.

— É o Belly. Ele é um garoto brilhante, sempre tão charmoso quando quer, mas não tem motivação. Não é como o Fozzy. Não faz nada o dia inteiro. E eu sinto que, se ele pudesse apenas colocar um pé no degrau, em algo sólido, você sabe... mas no momento não sei nem se ele sabe que existe um degrau.

Ah, então é isso. O grito que sobe por toda a Inglaterra, enquanto os pais dos privilegiados correm de cabeça na parede de tijolos da vida comum. O dinheiro facilitou o caminho dos seus filhos na escola e na faculdade e lhes comprou professores de cada matéria com notas A para combinar, e agora a mamata acabou. E acontece que as crianças, depois de tudo isso, não se tornaram especialmente brilhantes, ou não são muito capazes de se levantar de manhã, ir trabalhar e fazer o que lhes é mandado, ou simplesmente não são muito boas em ser outra coisa, senão crianças. Nesse ponto, os pais entram em pânico e começam a pedir favores. Não que eu fosse dizer isso a Bella, mesmo que nós duas saibamos disso.

— Bella, deixe-me ser honesta com você. É extremamente difícil aparecerem vagas de estágio hoje em dia, e, apesar de não remunerados, são tão competitivos quanto os demais empregos, mas, claro, vou ver o que posso fazer. Tenho certeza de que o Belshazzar — (*não dê risada, Kate*) — tem muito a contribuir e, bem, se a EM Royal puder ajudá-lo a encontrar seu caminho, então seria um privilégio ajudar um cliente que é de grande valor para nós.

Isso é mentira. Pelo que ouvi falar do Belly, ele não é capaz sequer de encontrar as próprias calças. Não muito tempo atrás, o *Mail* publicou uma foto granulada dele e de um amigo tentando alimentar um dos leões da Trafalgar Square com um Big Mac às três da manhã, "porque ele estava com fome". O pensamento de ter aquele drogado idiota no escritório como meu assistente... ainda assim, posso ter que tomar conta do Belly para manter o cliente no jogo.

— Obrigada, você é uma querida. — Bella está radiante de alívio. Penso na Garota Calamidade, nos problemas que tenho com Emily e Ben, mantendo-os fora de perigo, ensinando-lhes que não existe almoço grátis e, curiosamente, essa lição parece ainda mais difícil aqui, na Terra da Abundância. Penso em Will e Oscar, filhos da Sally, ainda à deriva em seus vinte e tantos anos, e na adorável Antonia, mudando de um estágio para outro, perseguindo o santo graal de um emprego permanente. As pessoas não são muito diferentes, na verdade.

— Você tem filhos, Kate? — Bella quer saber.

Hesito um pouco antes de decidir contar a verdade.

— Tenho, sim. A Emily acabou de completar dezesseis. Teve um ano bem difícil, para falar a verdade. A pressão dos exames, de ter que fotografar a cada cinco minutos para mostrar a várias centenas de supostos amigos que vida incrível ela tem, além de ter uma mãe chata que não a deixa usar uma carteira de identidade falsa para entrar nas baladas. Ela tem muito mais do que eu tinha na idade dela, Bella, mas isso não parece fazê-la feliz.

— Você está me descrevendo. — Ela suspira. — Eu cresci em um orfanato, em Catford. E você também tem um menino?

— Sim. O Ben é um típico adolescente. De vez em quando olha por cima de uma tela para pedir carona ou dinheiro.

Ela ri, aquela risada rouca dos fumantes.

— Você disse que havia algo mais, Bella?

— Gostaria de dar uma volta?

Por um segundo acho que estou sendo convidada para minha primeira orgia. Caramba, uma devassa do rock, em uma casa de campo, com tapetes de pele de tigre, velas derretidas e carreiras de cocaína no aparador do século XVIII. Veja bem, fico espantada por atualmente ela se incomodar, já que Fozzy não está por perto.

— Passeio?

— No Samson. Você vai amá-lo Ele é sempre tão gentil.

— Bem...

— Não se preocupe, também fiquei um pouco assustada na primeira vez. Ele é enorme. — (*Socorro!*) — Vem, eu te empresto o equipamento.

E assim acontece que, vinte minutos depois, estou sendo conduzida muito lentamente ao redor de um piquete na garupa do maior cavalo que já vi em carne e osso. Olhando adiante para sua imponente cabeça e me virando para examinar seu traseiro distante, fico com a clara impressão de que Samson vai ficar parado para sempre. É como estar sentada no convés de um porta-aviões peludo. Então ele se move de forma altiva e digna, sem um solavanco sequer. Eu não cairia nem se tentasse.

Bella anda ao meu lado, segurando as rédeas. À nossa volta, a chuva se reduziu a uma garoa. Enquanto reflito que, de todas as coisas, isso não estava na descrição do trabalho, Bella me diz:

— Kate.

— Ainda estou aqui, surpreendentemente.

— Você passou.

Olho para ela, de longe. Samson deve ter uns dezoito palmos de altura; eu poderia muito bem estar me escondendo em uma casa na árvore.

— Passei no quê? Isso é um teste?

— Eu não ia te falar isso, mas pensei em transferir as aplicações do Fozzy para outro lugar.

Ah, então aqui vem. Sem querer, puramente por reflexo, puxo as rédeas. Samson para de repente.

— Para onde?

— Gonzago Pierce.

— O quê? Por que eles?

Relaxe, Kate. Você está presa em um animal, mas ainda está no trabalho.

— Perdão, Bella, quer dizer, é claro que vamos respeitar qualquer decisão que um cliente opte por tomar, mas neste caso eu deveria alertá-la, para o seu próprio bem, para um investimento que nós garantimos em seu nome por muitos...

— O que há de errado com Thingummy Pierce?

— Caubóis.

— Olha só quem fala, sentada em um cavalo.

Eu rio, e Samson pega a leve sacudida em minhas mãos e sai novamente.

— De qualquer forma — Bella fala —, está tudo cancelado.

— Com quem?

— Com os caubóis. Um deles veio na semana passada, assim como você, exceto que ele era um engomadinho de terno, cheio de lábia, mas nos demos muito bem até que mencionei uma volta no Samson, então ele começou a dar várias desculpas. Daí eu o arrastei até aqui, e ele deu uma longa olhada nesta linda criatura e se mandou. Literalmente correu de volta para sua Mercedes e foi embora. E eu pensei, se é assim que ele fica diante de um cavalo, o que é que ele faria em uma crise? Todos aqueles ursos e touros que você leu no *Financial Times*, eu te pergunto.

Não tenho certeza, mas acho que Bella acredita que os mercados de urso e touro apresentam animais reais. Melhor não dizer nada.

— Como ele pôde entrar em pânico? — pergunto. — Samson é o céu. Eu me sinto mais calma aqui do que em semanas. Por mim, ficaria aqui um tempão.

— Exatamente. Essa é a resposta certa. Então, graças a você, fico com a EM Royal. Tudo bem com você?

— Muito, muito bem. Obrigada, Bella. Vamos pagar sua confiança, posso te prometer isso.

— Não faça isso, irmã. Vocês são um banco terrível, não pagam nada. *Humpf!*

E assim, com um único incentivo de sua dona, Samson começa a trotar e eu começo a saltar.

— Socorro!

— *Ha*. Espere até tentarmos um galope.

Meia hora depois, estou em pé no pátio do estábulo, formigando em todas as partes interessantes. Uma vez que sua vida sexual tenha acabado, talvez grandes garanhões negros sejam a solução, não? Bella está de volta na casa. Samson, seguro em sua baia, mastiga e bebe suavemente. Ele já ganhou uma cenoura da minha mão, como agradecimento. Acho que ele é o melhor novo amigo que já fiz em anos. Desculpe, Sally.

18h27: Volto para o escritório corada de triunfo, tanto pelo meu passeio em Samson quanto pelo fato de saber que havia acabado de salvar a EMR de perder um cliente. Verifico meu e-mail, como fiz praticamente de hora em hora, desde que respondi ao e-mail de Jack. Não consigo decidir com quem estou mais furiosa: com ele, por ser tão cretino e nem ligar para minha mensagem, ou comigo, por ser tão tola e me importar tanto. Encorajada pelo meu sucesso com Bella, não aguento esperar mais. Começo um novo e-mail para ele. "Oi

Jack, só estou me perguntando se você tem o meu..." Não, muito falso casual. "Oi, sei que e-mails podem demorar, mas..." Muito irônico. "Ei, você ainda está vivo?" Muito desesperado. Decido não enviar nada. E se ele não respondesse de novo? Eu me sentiria pior ainda. *Onde está sua autoestima, mulher?*

Olho pelo escritório. Nenhum sinal de Jay-B, então lhe envio rapidamente um relatório sobre Bella, a exemplo de Troy, certificando-me de apontar o meu papel heroico em salvar o dia. Não posso me dar ao luxo de ser modesta, não depois de irritar Grant Hatch. Não se eu quiser manter um emprego depois que Arabella voltar da licença-maternidade. O tempo vai acabar antes que eu perceba.

Observo meus colegas de trinta e poucos anos, todos compenetrados em suas estações de trabalho, e sou obrigada a reprimir um riso amargo. Uma mulher da minha idade, que parou por sete anos sua carreira, não é bem-vinda aqui, mas é justamente por conhecer como funciona uma família e filhos que consegui vencer Bella Baring hoje. Acredito nisso. Claro que sei como lidar com uma crise financeira, mas também entendo como se sente um cliente ao se casar, perder um pai, abortar, se divorciar, brigar com os filhos e temer pelos pais por eles. Até os ricos têm medo dos filhos, e eles têm muito o que se assustar. Clientes como Bella estão preocupados com o desempenho do nosso fundo, é claro que estão, mas uma vez que eles sabem que seu dinheiro está seguro, o que eles realmente querem é falar sobre os problemas que atingem suas vidas e serem ouvidos. Eu levaria mil anos para ensinar Troy a fazer isso. Por acaso, a London Business School oferece um curso de empatia e intuição feminina? Não mesmo.

Os problemas da Viúva do Rock são minimizados pelo dinheiro, mas nunca solucionados. Penso com tristeza nos meus próprios problemas, sobre como encontrar uma casa de repouso decente a duzentos e cinquenta quilômetros de distância, um PlayStation em falta no estoque da loja e em me preparar para uma festa do escritório amanhã à noite, que eu realmente pagaria para não ir porque o único rosto que quero ver não vai estar lá, ah, e assistir ao concerto de cânticos do Ben à tarde, fechar alguns contratos novos e... o que a Sally chamou mesmo? Antes de voltar para casa, vou para "minhas preferências" e me preparo para alterar a senha de Impostora42. Digito a nova duas vezes. Mulhersanduiche50.

18

A festa do escritório

7h08: Engraçado, não é? Você passa os primeiros cinco anos da vida de uma criança rezando para ela dormir e não acordar. Quando elas se tornam adolescentes, você passa todas as manhãs tentando acordá-las. Hoje, começa como a maioria dos dias, com uma batalha para tirar Ben da cama.

— Num quero. Vai embora!

— Ben, por favor. Não estou fazendo isso por mim. Lembre-se, você tem o concerto de Natal esta tarde. — Abro as cortinas, o que só provoca novos gemidos.

— Vai embora.

— Pendurei uma camisa limpa na porta do seu guarda-roupa, querido, e tem um belo suéter limpo aqui. Precisa parecer brilhante, entendeu? Use os sapatos pretos, não os de treinar. Você vai estar em um palco. — Com grande relutância, ele se arrasta da horizontal.

— Não precisa ir, mãe.

— É claro que eu vou, querido. Eu não perderia a sua apresentação.

— Você vai estar em Londres. Não é nada de especial. Não vale a pena vir para cá de novo.

— É especial para mim, Ben. Ai, meu Deus, olha essas unhas dos pés. Onde está a minha tesoura?

— Sai fora! Mãe, me deixaaaa.

Depois de cortar pelo menos um centímetro dos cascos de camelo de Ben, vou até o quarto da Emily, que está um caos. A persiana da janela está quebrada e ficou pendurada, meio fechada. Roupas espalhadas, bolsas e sapatos largados pelo chão. O abajur está meio caído, a mesinha de cabeceira, repleta de latas de Coca Zero. Posso ver alguns dos seus livros escolares, cobertos de pó, debaixo da cama. Se um lugar lhe dá uma pista sobre o estado mental de uma pessoa, então minha filha está com problemas. Ver isso me incomoda terrivelmente, mas qualquer tentativa de arrumar é vista como crítica, não como ajuda.

Pelo menos, desde a festa, as coisas estavam melhores entre nós. Ainda sinto que estou pisando em casca de ovos, com medo de que, com minha preocupação sufocante sobre seu estado emocional, ela me ignore se eu fizer ou disser algo errado. Debra diz que Ruby é exatamente igual, então tento não levar para o lado pessoal. Emily se agita na cama, se embola, mas não acorda. Por um tempo, seus traços eram muito grandes para o seu rosto, e eu pensei que ela tinha perdido sua beleza, mas ultimamente ela cresceu e eles estão proporcionais novamente. Quando ela reclamou que o nariz dela era muito grande — ela queria um nariz como o da Lizzy —, eu disse a ela que as garotas com as características mais legais muitas vezes parecem sem graça e sem personalidade quando são mais velhas. Ela não acreditou em mim, mas é verdade.

Meu prazer secreto é entrar e olhar minha filha quando ela está dormindo; em momentos assim posso ver minha menininha de cinco anos novamente.

7h27: Piotr levantou todas as tábuas do chão da cozinha. Está pior do que eu temia. Os tubos de cobre são tão antigos que se transformaram em um pó azul-turquesa.

— Oh, que ótimo. Outra porcaria de despesa em seu maravilhoso período de pechinchas, Kate. Quanto isso vai custar?

Richard se dirige a Piotr e a mim com o que parece uma desagradável reação de antipatia.

— Talvez não seja caro — Piotr diz com cautela. — Tenho um amigo que trabalha com boiler...

— Tenho certeza que sim — Richard diz de forma rude. — Vou chegar tarde, Kate.

— Querido, lembra que eu te falei que tenho a festa do escritório hoje à noite e a apresentação do Ben é esta tarde? Te vejo lá. Você pode ficar com as crianças hoje à noite porque eu posso chegar tarde? Por favor?

Rich aperta o capacete e diz:

— Por que você vai nessa festa? Um bando de garotos do mercado financeiro perdendo a cabeça com indicadores técnicos do mercado financeiro. Não consigo pensar em nada pior.

Que tal não poder pagar nossa hipoteca ou nossas contas, que é o que vai acontecer se eu perder o meu emprego — isso não é pior, Richard? Penso na resposta, mas não falo. Em vez disso, abro meu melhor sorriso profissional:

— Você sabe, eu realmente prefiro não ir, querido, mas é importante eu estar presente. O presidente e toda a chefia vão estar lá. Preciso construir relacionamentos. — Quando digo isso, percebo que é realmente verdade. Ao longo dos anos, vi muitas mulheres fazendo um trabalho brilhante, muitas vezes ofuscando e superando seus colegas, mas, na época das vacas gordas, elas são sempre as primeiras a sair porque não se deram ao trabalho de construir alianças com homens de quem elas não gostavam. Essa foi a minha atitude no passado, mas não posso me dar ao luxo de ser exigente agora.

— Bem, está certo — Richard admite, como se estivesse me fazendo um enorme favor —, mas a Emily e o Ben podem se virar com o jantar. Vou tentar voltar às nove.

— Mas vou te ver na apresentação, não é?

— Ah, sim.

Piotr e eu o observamos montar sua bicicleta e pedalar portão afora, já ganhando velocidade.

— Eu acho que o Richard é uma vespa — Piotr fala.

— Não, vespa não, Piotr. Abelha. Em inglês, dizemos que estamos ocupados como uma abelha.

— Não, Kate — ele fala, semicerrando os olhos. — É isso mesmo. Eu acho que o Richard é uma vespa.

11h07: Se a Monica Bellucci pode ser uma Bond Girl aos cinquenta anos, então não tenho motivos para temer ir à festa do escritório hoje à noite com quarenta e nove anos e meio, certo? Está em todos os noticiários. Em meio ao espanto geral de que uma mulher tão velha pudesse ser vista ao lado do 007, noto que ninguém aponta que a atriz é totalmente adequada à idade para Daniel Craig, que tem quarenta e sete. Acho que, de acordo com os princípios de Debra sobre encontros pela internet, uma estrela de cinema masculina de quarenta e sete anos nunca pode se apaixonar por alguém com mais de trinta e cinco. Monica Bellucci deve se considerar sortuda por interpretar a sogra com artrite de Bond.

Passo a manhã em minha mesa fazendo "pesquisas para clientes" enquanto estudo obsessivamente fotos de sites e comparo a Monica de hoje com a jovem Monica em suas primeiras fotos de modelo. Trinta e dois anos atrás, sua beleza deslumbrante dos dezoito anos lutou para se tornar conhecida através de camadas de maquiagem e um penteado que era parte poodle, parte Jennifer Beals, em *Flashdance*. De alguma forma, é muito reconfortante saber que até mesmo Monica Bellucci tinha permanente nos anos 80. A maioria das garotas do meu ano na faculdade também fizeram uma, seguindo a moda estilo ovelha. Grande erro. O permanente daquela época era parecido com pelos pubianos com esteroides.

Que amarga ironia ser uma mulher nº 569: quando se é jovem e bonita — porque, vamos encarar, juventude é beleza —, quase nunca você sabe como fazer o melhor de si. (Olhe para a Emily, um tamanho quarenta se escondendo em um suéter cinza enorme, sem nunca mostrar as pernas a menos que você conte os terríveis jeans rasgados. Desculpa, "vintage repaginado".) No momento em que você descobre o que funciona, a juventude pega seu casaco e corre porta afora, e você gasta seu tempo e seu dinheiro em encontrar loções, poções e procedimentos que farão de tudo para recriar o efeito que a Mãe Natureza lhe ofereceu de graça. Aquele que você tomou totalmente por garantido. Por exemplo, meu armário do banheiro em casa é um santuário para a deusa do antienvelhecimento. Vamos chamá-la de Dewy. Vidros e frascos de cremes e hidratantes, todos prometendo voltar o relógio para o ano em que a minha "receita de beleza" consistia em loção de limpeza profunda da Anne French no frasco branco com tampa azul, com a qual eu costumava limpar a oleosidade da pele. A mesma que agora devo guardar para me impedir de me tornar uma velha ameixa seca.

— Que merda é essa? Não acredito que escolheram uma vovó para ser a Bond Girl.

Giro a cadeira e meu nariz quase acaba na virilha risca de giz de Jay-B. Ele está bem perto, olhando por cima do meu ombro para a tela e dando à divina Monica um olhar grosseiro e avaliador.

— Nada mau para um pássaro velho — admite com certa relutância.

— Eu pegava — Troy resmunga.

A propósito, desde quando todos os garotos da British City tinham que ter nomes de jogadores de basquete americanos? Sabemos que eles são realmente alunos de faculdades públicas, casados com Henriettas e Clemmies, que pegam os 6.44 do Sevenoaks.

— Pegava o quê? — pergunto inocentemente, provocando o jovem macaco a ir mais longe.

O rosto de Troy se contorce em um sorriso malicioso, ele se inclina para trás em sua cadeira com as mãos atrás da cabeça e os sapatos brilhantes em cima da mesa.

— Pegava, você sabe. Dava uma nela.

Existe aquele momento, você deve saber, quando os homens pesam uma mulher como um pedaço de carne, e outra mulher, que está presente, tem que decidir se deve conspirar com eles ou manter um silêncio cúmplice e dar apenas um sorriso levemente dolorido. Na minha experiência, fingir que você é um deles em tais ocasiões é a estratégia mais segura. Caso contrário, você corre o risco de ser rotulada como mal-humorada ou feminista — provavelmente os dois. Mas não estou de bom humor. Não hoje, quando minha lista de Natal é mais longa que o Tratado de Versalhes, a apresentação de Ben é esta tarde, e uma mulher com quase exatamente a mesma idade que Monica Bellucci está nesta mesma sala, fingindo estar com quarenta e dois anos. Garotos ignorantes.

— Quanta gentileza da sua parte, Troy — digo. — Tenho certeza de que a Monica Bellucci, sem dúvida a atriz mais linda do mundo, ficaria feliz em saber que você estaria preparado para lhe fazer um grande favor transando com ela.

Troy não sabe direito como reagir. Um rubor se espalha pelo seu rosto pálido até a pele ao redor das costeletas cor de gengibre brilhar, vermelha e espinhenta. Ele olha para Jay-B para ver qual deveria ser a reação dele. Instantaneamente, percebo que o assunto pode tomar outro rumo. Bem que eu poderia ser outra pessoa nesse momento. Então Jay-B diz, não de forma desagradável:

— Faltam poucos anos para você encarar o grande cinco ponto zero, não é, Kate? Fico feliz em ver que você tem tempo para navegar em sites de celebridades.

Pense, Kate, pense.

— Estou pesquisando — digo rapidamente. — Antienvelhecimento. Pode ser uma área muito boa para nós. Você sabia que o desejo das mulheres americanas de mascarar os sinais da idade avançada com cremes e outros produtos de beleza deve aumentar no mercado para cento e catorze bilhões de dólares no ano que vem? Isso era de oitenta bilhões, três anos atrás. Surpreendente, na verdade. Mesmo no período de crise, os produtos de beleza de prestígio, os cremes sofisticados que você compra nas lojas de departamento, aumentaram em onze por cento, segundo a Nasdaq. Então, o petróleo está caindo, a Sony Pictures está em baixa, mas o hidratante é o novo ouro.

— Uau — Jay-B fala, soltando um assobio baixo. — Cem bilhões em óleo de serpente? Por que as mulheres desperdiçam tanto dinheiro?

— Porque caras como você acreditam que trinta e cinco anos é a idade em que as mulheres ficam velhas. Porque as mulheres da minha idade sobreviveram à nossa gostosura, nossa capacidade de agradar a vocês e, portanto, por alguma avaliação grosseira, nossa relevância e nosso status na sociedade são diminuídos, por isso fingimos que somos jovens o máximo que podemos. Mesmo que isso signifique que acabemos parecendo conservadas em formol. Porque é por isso que estou esfregando estrogênio no meu braço todas as manhãs e tomando um comprimido de progesterona toda noite, e de vez em quando colocando uma ervilha de testosterona na parte interna da coxa, que é chamada de TRH, mas nada menos do que terapia de recuperação da juventude. Ah, e algumas de nós são tão desesperadas e loucas que até fingimos que somos sete anos mais novas para podermos entrar em um mercado de trabalho que nos trata como um fardo.

Eu tive coragem de dizer isso em voz alta? Infelizmente, não.

— A propósito, bom trabalho com a viúva do Fozzy, Kate. Fale sobre o poder do cavalo. Vejo você mais tarde na festa? — Jay-B pergunta com o que espero que não seja uma piscadela. — Vestida para impressionar.

Sempre me visto assim.

Para: Kate Reddy
De: Candy Stratton
Assunto: Pânico da Festa!

Katie, não faça, repito, NÃO FAÇA aplicação de Botox pela primeira vez no dia da festa do escritório. Você não pode arriscar. Pode acabar com um olho fechado. Não é uma boa aparência, a menos que você seja um pirata. As coisas de que falei custam mais de mil dólares por aplicação. É para elevar e restaurar a plenitude que perdemos à medida que nos tornamos velhas bruxas envelhecidas. O objetivo é o visual de maçãs do rosto elevadas, não de constipação.

Também tem a coisa legal e nova de esculpir, onde você congela os caroços de gordura e eles desaparecem. Não tenho certeza de como.

Basta arrumar o cabelo para a festa, investir na melhor cinta modeladora da Agent Provocateur e não ficar sob a luz direta. Você parece bem incrível para quarenta e dois!!

Beijos, C

De: Debra Richards
Para: Kate Reddy
Assunto: Atire em mim!

Oi, como vai o seu período de festas? Com as comemorações do escritório, você pode se comportar com dignidade, ficar bêbada e transar nos banheiros com algum gerente júnior da Canvey Island. Com marcas nas costas. Argh.

Não tem prêmios para adivinhar para qual opção a sua amiga muito velha e desesperada escolheu.

Entre outras coisas, o Felix foi suspenso. A escola disse que ele foi pego compartilhando pornografia de uma prostituta alemã gorda! O mais preocupante é que ele recebeu uma cobrança de mil e oitocentas libras, porque a companhia telefônica cobra meu pagamento mensal por débito automático, mas agora eles afirmam que não precisam me informar de nenhum outro pagamento feito nesse cartão. Sou advogada e nem sei se isso é legal. Não tenho tempo para passar o dia todo no telefone gritando com eles.

O Felix está fodido. Sua mãe está fodida. Pelo Kyle Marcado na Canvey Island. As crianças vão passar o Natal em Hong Kong com o pai e a Esposa Perfeita número dois. Odeio. Odeio.

A propósito, o que vamos fazer nos nossos cinquenta? Estou achando tudo isso muito assustador, pois estou a caminho de virar o cabo da boa esperança sem nenhum homem à vista. Você disse que o divino Abelhammer estava de volta à cena? Me conte todos os seus segredos culpados. Preciso me animar.

Estou te enviando um cartão de Natal virtual e precisamos de uma grande atualização em breve.

Amor, amor. Bjos, Deb

De: Kate Reddy
Para: Debra Richards
Assunto: Atire em mim!

Por favor, por favor, venha para o Natal, querida. Posso te oferecer uma excitante seleção de parentes idosos dementes, um marido praticamente vegano que é mais careca do que qualquer uma de nós, dois adolescentes mudos e uma vadia total como cunhada. Você me faria um grande favor se viesse e elogiasse todo mundo. Por favor, diga "sim". Kyle Marcado seria muito bem-vindo também se ele não tiver uma oferta melhor.

Sinto muito sobre o Felix. Todos os garotos estão assistindo a essas coisas? Depois da belfie da Emily, nada mais me surpreende.

Não vou DEFINITIVAMENTE fazer nada no meu aniversário de cinquenta anos. Não quero anunciar o meu calendário, muito obrigada. A EM Royal acha que eu tenho quarenta e dois e eles não podem descobrir minha idade real ou vou perder meu emprego. Tenho que manter isso em segredo.

Nada a declarar sobre Abelhammer. Estupidamente, respondi ao e-mail dele e não tive resposta. Provavelmente ele está vasculhando todas as mulheres do seu passado. Odeio, odeio!

Por favor, vamos fazer algo divertido para o seu aniversário? Vou reservar o bombeiro stripper.

Abraço enorme. Bjos, K

PS Prostitutas Gordas Alemãs — isso é realmente uma coisa?

16h23: A apresentação do Ben acabou e foi um sucesso. Pensar que eu estava realmente ressentida com o tempo que levaria para pegar o trem de volta para casa para a apresentação da escola, depois voltar e ir direto para Londres para a festa do escritório. Nove dias até o Natal e acho que tenho cerca de quinze dias de tarefas para fazer. Seria realmente doloroso perder o concerto de Natal só desta vez? Richard estaria lá para ver o Ben, não é?

Vamos lá, quem eu estava tentando enganar? A Emily ainda se lembra do recital de balé, o único que perdi no verão de 2004, quando ela fazia o papel de um vegetal dançante. Está inscrito em tinta indelével no Registro Materno de Negligência e, sem dúvida, será levantado no Dia do Juízo Final.

Também fui à apresentação porque o Richard não apareceu. Ele me mandou uma mensagem dizendo que tinha esquecido que tinha uma reunião importante sobre manter o foco. Que tal se concentrar na droga do compromisso do seu próprio filho? A faculdade do Rich fica literalmente a dez minutos da escola do Ben, ao contrário do meu local de trabalho, que fica a pelo menos uma hora e vinte minutos de distância, mas, de alguma forma, eu consegui, e ele não.

Uma mudança para melhor desde a última vez que trabalhei em tempo integral é que os pais são autorizados, quase incentivados, a deixar o escritório para participar de eventos especiais para crianças. Pelo menos as empresas tentam parecer flexíveis e amigáveis para a família agora, porque, se você for marcado como uma empresa da Idade da Pedra, não vai atrair os chefes mais brilhantes. O livre mercado, como disse Milton Friedman, de vez em quando funciona mesmo em favor da decência e da compaixão. Embora eu não perceba que ninguém na EM Royal se atreva a trabalhar em tempo parcial.

Quando contei a Jay-B que estava indo ao concerto de Natal do meu filho, pensei em todas as vezes em que menti para Rod Task para estar em uma reunião da escola ou em uma peça de Natal. Sempre chegando com uma "desculpa masculina" sobre o trânsito ou algo assim. Ser mãe trabalhadora naquela época era ser agente dupla: você mentia para viver. Um colega que dizia que estava de saída para uma partida de rúgbi do filho era um herói; uma mulher que fazia exatamente a mesma coisa era uma irresponsável. A qualquer momento, ela poderia ser desviada para a Trilha da Múmia, o caminho da carreira para os clipes de papel e a irrelevância. Lutei contra esse rebaixamento com cada fibra do meu ser. Eu não gostaria que fosse ser mãe que me tornaria pior no meu trabalho. Eu era ótima no que fazia, de verdade. No final, o que me fez desistir da EMF foi pensar que meus filhos estavam sofrendo das grandes, desnecessárias, estúpidas e desumanas horas que passei longe deles. Eles precisavam de mim, sim, mas acabei precisando deles também. E nossa família estava correndo no vazio e a única pessoa que poderia preencher esse vazio era eu.

Uma lembrança tão vívida, de repente. (*Parabéns, Roy!*) Eu estava no parquinho da St Bede's; era uma noite de reunião de pais e professores, e eu estava esperando pelo Richard. Inverno. Deve ter sido, porque todos os pais que se deslocavam, que tinham vindo direto da estação, estavam correndo com seus casacos escuros e suas pastas. Todos eles pararam para me perguntar onde poderiam encontrar a sala de aula dos seus filhos. Eles sabiam o nome dos filhos — ei, verdade seja dita! —, mas, geralmente, esse era o limite de seu conhecimento. Eles não sabiam quem era a professora das crianças, às vezes nem sabiam em qual ano elas estavam. Eles não tinham ideia de onde os pequenos casacos e bolsas estavam pendurados, ou o que havia dentro daquelas mochilas. E eu fiquei lá, naquele playground frio e escuro, pensando como isso podia ser justo. Como uma mulher podia competir quando se permitia que os homens fossem tão *alheios*? Um pai que não sabia quem era o professor do seu filho, o que havia na lancheira dele, que criança da turma tinha alergia a nozes, onde estava a bolsa de educação física ou quais meias fedorentas precisavam ser lavadas. Certo, um dos pais pode ser indiferente. Mas não os dois. Um deles tem que carregar o quebra-cabeça da vida familiar na mente e, vamos encarar, isso ainda é a mãe quem faz. Profissionalmente, naquela época, eu estava competindo com homens cujas mentes eram claras sobre todas as coisas que as crianças pequenas traziam. Eu costumava invejá-los; agora sinto apenas pena.

De qualquer forma, foi definitivamente o convite certo para ir ao concerto, e Richard realmente ficou de fora. No meio de "Jingle Bells", o nosso menino fez um solo incrível na percussão que ele havia esquecido de mencionar. Muito típico dele. Sabe aqueles momentos em que você vê seu filho sob uma nova ótica? Bem, esse foi um deles. Aquela criatura mal-humorada e com capuz que grunhia se transformou em um jovem e brilhante músico, movendo-se habilmente de tambores para címbalos enquanto se divertia. Seus sinos de trenó sincopados quase derrubaram a casa.

Agora, estamos tomando chá e comendo tortas no corredor.

— Você está linda, mãe — Ben fala, separando-se dos amigos do grupo de jazz e chegando para me dar um "oi".

— Cabelo novo.

Eu até recebo um abraço, bem, mais parece uma colisão do que um abraço, mas não reclamo.

— Ah, olá, Kate. — Eu me viro para ver a figura opressivamente elegante de Cynthia Knowles, que está segurando uma caixa de tortinhas. — É bom doar essas tortinhas, Kate — Cynthia diz, com uma risada tilintante. — Ninguém se importa que você não tenha feito mais a sua. Você lembra daquela mulher maluca que lemos a respeito, que comprou as tortas no supermercado para levar em um concerto natalino da escola e fingiu que foi ela mesma quem fez?

Ah, sim, acho que me lembro vagamente dela. *(Roy?)*

21h29: A festa do escritório é em Shoreditch. Claro que é. Qualquer distrito de Londres que tomei cuidado para evitar quando vim pela primeira vez aqui, aos vinte e dois anos, é agora, por definição, o lugar certo para estar. Como um lugar afastado assim se torna um lugar da moda? Primeiro, é preciso mencionar o preço dos imóveis, bem mais acessível quanto mais distantes eles ficam do centro. Depois, as pessoas criam um eixo próprio e aguardam que as indústrias de serviços sigam o exemplo. Mais fácil hoje em dia, é claro, já que você não pega um armazém antigo e o desmancha. Você mal pega tudo. Você o varre, arruma e joga fora todo o lixo, mas mantém as paredes de tijolos e a tubulação aparente. Ventiladores estão muito na moda. Daí você instala Wi-fi e uma máquina de café do tamanho de um estande de feira. Então você compra um monte de mesas de fórmica, bancos de madeira esburacados e cadeiras de metal de uma escola que acabou de fechar. Por fim, você contrata um bando de garotos chamados Thaddeus e Jó com barbas que sugerem, erroneamente, uma carreira longa e distinta na marinha mercante. E *voilà*, você tem um café.

A festa fica em um lugar chamado The Place. Ou, para ser precisa, #thepl@ce. Era o que dizia no e-mail. Seria em algum lugar ainda mais brutal pelo nome de Number Forty7, que, desnecessário dizer, está localizado no número cento e três, em alguma rua lateral encharcada, até que um dos diretores da empresa olhou para ele e viu as palavras "Grime crews". O que, mais uma vez, parece ter algo a ver com a marinha mercante, mas aparentemente se refere ao tipo de música que faz seu cérebro sacudir o crânio como uma ervilha em um apito. Então isso acabou.

Entro no #thepl@ce tentando não me sentir uma total #idiot@. A iluminação é daquela penumbra invernal que faria minha mãe andar pela sala, acendendo todas as lâmpadas e resmungando: "Alguém morreu por aqui?" Pessoalmente, culpo todos aqueles filmes de suspense nórdicos da TV. Nenhum detetive sonharia em usar qualquer coisa mais brilhante que uma tocha para inspecionar o cadáver mais recente. E onde mais qualquer assassino em série que se preze se esconde, se não em uma faixa de sombra? Sinto que devia estar usando um suéter de tricô feito em casa, o cabelo preso para trás e um par de luvas de borracha para colher pistas cruciais. Em vez disso, estou usando meu lindo vestido Dolce & Gabbana de cetim preto, de dez anos e ainda na moda. Ressalta os lugares certos e disfarça os lugares errados: trabalho feito. Completamente desperdiçado aqui, claro, dado esse clima de melancolia neofinlandesa. De quase dois metros de distância, eu bem que poderia estar vestida com um sanito. Monica Bellucci poderia andar com nada além do que sua menor calcinha que quase ninguém notaria. Ela seria pouco mais que um borrão perfumado.

Eu realmente não quero estar aqui — todo esse fingimento de ser alguém que não sou só para me tornar aceitável para essas pessoas. Quando você ultrapassou certa idade, você não quer ficar do lado de fora de uma festa, ganhando coragem para entrar. Preciso de uma bebida. Um garçom passa, completamente careca na cabeça, no queixo, no lábio superior, nas sobrancelhas, e, estremeço, em qualquer outro lugar. Mas ele tem uma bandeja na mão.

— Ei...
— Sim — ele diz, girando e olhando na minha direção.
— Sinto muito, com licença, mas seria possível ter um desses? — Um encontro muito moderno este: a ansiosa coroa de classe média se desculpando com a nova era robótica por não ter feito nada de errado. Ele franze a testa, ainda irritado com a interrupção. Um garçom que não quer esperar. Sua bandeja é triangular.

— Castro ou Gangnam — ele diz.

Não sei o que responder. Não conheço nenhum dos dois. *Vamos, Kate, pelo menos tente.*

— Ah! O que há no Gangnam?
— Glencarraghieclaghanbrae. Garam masala. Forte.
— Acho que vou tentar um Castro, por favor.

O homem-máquina me entrega a bebida e sai, mal conseguindo conter sua ira. Meu coquetel está em um copo de geleia, obviamente. Muito mais inovador do que um copo de coquetel, embora seja difícil para sua boca conseguir qualquer gole no aro de rosca, e a probabilidade de ter um trinco no vidro é assustadoramente alta. Eu o seguro e sinto um enorme desejo de fugir e coletar girinos com uma rede. Ou uma nuvem pontilhada de ovos de sapos, para você poder vê-los nascer.

— Kate.

Agora é minha vez de virar.

— Jay-B! Olá.
— Kate, quero te apresentar nosso presidente, Harvey Boothby-Moore. Harvey, esta é a nossa nova recruta, Kate Reddy, do marketing.

O presidente se aproxima, chegando cada vez mais perto. Ou ele está tentando me medir no crepúsculo profundo, ou eu o peguei no meio de um jogo de esconde-esconde. Posso vê-lo pensando: *Mais quente. Mais quente...*

Finalmente ele para. Seu olhar me observa de cima a baixo, como se eu estivesse em uma exibição de cavalos em Ascot. Muito tempo desde que tive meus atributos inspecionados. Pelo menos minhas curvas estão ótimas depois de fazer nove mil agachamentos com Conor.

— É bom ter você a bordo, mocinha — ele diz. — Ouvimos grandes coisas sobre você. Continue fazendo um bom trabalho!

Mocinha, é? Tudo bem, está escuro aqui, mas eu aceito o elogio.

— Com certeza, obrigada. — Tomo um gole do meu Castro. Se alguém destilasse aqueles blocos que se penduram na borda do vaso sanitário, seria esse o gosto.

Harvey se afasta, pronto para seguir em frente, depois faz uma pausa.

— Bom trabalho com os russos — ele fala. — Esses caras estão rolando no material, mas nem sempre é fácil fazê-los nos acompanhar. O problema é que eles conhecem seu próprio saldo bancário, mas não a própria cabeça. Se eles têm alguma, *hrump-a-hrump*. — Não posso jurar, mas acho que essa foi a ideia de Boothby-Moore de rir. Como um sapo tentando e contendo um arroto.

— Bem, na verdade, eu os achei surpreendentemente receptivos às nossas ideias — digo, entrando com facilidade no fluente blá-blá-blá corporativo. Outro drinque de limpador de banheiro para ter coragem. *Argh*. Droga de copo de geleia. — Especialmente se alguém os envolver em um nível pessoal.

Harvey sorri.

— Aposto que sim. *Hrump*. Não está certo, Roy?

— Troy, senhor.

— *Toy*, que rima com *boy* em inglês?

— Troy.

Não notei que Troy havia se juntado ao nosso grupo, saindo da escuridão e pairando com expectativa logo atrás do meu ombro esquerdo.

— Como a guerra de Troia — Harvey conclui. — *Hrumpa*. Você não concorda, jovem Troy? Que a Kate fez um bom trabalho com nossos amigos russos?

— Claro. Foi o que eu disse na época — Troy responde. Ele não disse nada do tipo, o babaca. Fez o que podia para estragar tudo. Será que ainda está determinado a se vingar?

— De qualquer forma — Harvey diz, resumindo, como os machos dominantes gostam de fazer, com um único aplauso sonoro das mãos. — Ótimo trabalho, o seu. Feliz Natal e tudo mais. Não beba demais, se puder evitar.

Precisa manter o ano-novo em movimento. *Hrump-a-hrump.* — Ele segue em frente, ao lado de Jay-B, circulando pela festa, parando aqui e ali para conversar.

— Champagne? — Troy me oferece uma taça.

— Deus, uma bebida de verdade em uma taça de verdade. Obrigada. Existe algum lugar onde eu possa colocar isso?

Ele pega meu pote de geleia e coloca na tampa de um piano de cauda fechado. Isso não vai terminar bem.

— O que você tem aí? — pergunto. Ele está segurando algo marrom e pegajoso, em um frasco químico.

— Gangnam. Meu quarto. Faz o trabalho.

— Tenho certeza que sim. — Há uma pausa.

— Saúde, Kate. Feliz Natal!

— Saúde.

Bebemos em silêncio, enquanto a música cantarola em volta, sobreposta pela trompa do riso humano.

— Adorei esse vestido — Troy fala.

— Meu velho e fiel Dolce & Gabbana.

— Esses italianos sabem como aproveitar ao máximo a figura de uma mulher. Não que você precise de muita ajuda nesse departamento, Kate.

Jesus. O cretino acabou de ligar o botão de flertar. Cuidado. Operação trepar com a coroa, aquela que ele planejou com Hatch Devasso, está claramente em andamento. Obrigada, querida Alice, por me dar a dica.

— Para ser bem sincero com você, notei a primeira vez que você entrou no escritório.

— Muito gentil da sua parte, Troy. Eu estava um pouco nervosa por estar de volta ao trabalho depois de um tempo. Que bom que você achou que eu estava bem.

Troy se aproxima. Perto o suficiente para eu sentir sua respiração tocar meu pescoço. Ele semicerra os olhos e umedece os lábios.

O que ele faz em seguida eu ainda não consigo acreditar. Larga o copo, abaixa a cabeça na minha direção, como se quisesse contar um segredo, e murmura:

— Você sabe que horas são?

— Desculpe, não.

— É a hora em que, dez anos atrás, você sabe para onde estaria sendo levada. — Demoro alguns segundos para compreender. Ah, agora eu entendo. Esse diabinho estaria me levando para a cama agora, se eu fosse dez anos mais jovem e ainda fosse digna de ser desejada. O golpe do cálculo da minha idade é claramente pensado para me ferir, e, caramba, me feriu mesmo. É isso que mais me irrita: não o insulto em si, mas o fato de que ele conseguiu o que queria. Sinto uma faca entrando nas minhas costas. Não que eu vá lhe dar a satisfação de ver como isso é mortificante.

— Nos seus sonhos, Toy — digo, tentando me manter o mais fria e equilibrada possível. — Ou seria Boy?

Com isso, despejo cuidadosamente o resto do meu champanhe no seu Gangnam, não perdendo nem uma gota. Ele fica lá, insensível e mudo, uma rica espuma de mogno subindo no copo e transbordando pela borda. Então posiciono cuidadosamente um salto em cima do seu sapato, seguido por todo o peso do meu corpo. Troy solta um grito extremamente satisfatório.

— Mande minhas lembranças ao Grant — falo, e o grito para. Então me viro, não muito rápido, e vou embora. Hora de sair.

— Kate? — Eu paro. Não há escapatória. Nunca há escapatória.

— Alice, oi — falo. Ela está usando um vestido vermelho de um comprimento incrivelmente elegante para o Natal de 1922. Parece impressionante nela. — Uau. Você. Nisso. Uau! — Meus poderes de fala ainda precisam se recuperar da cruel zombaria de Troy.

— Eu estava meio preocupada se estava parecendo um presente debaixo da árvore. — Suas maçãs do rosto brilham quando ela pega a pouca luz que existe.

— O que há de errado com isso? Quem não quer um presente?

— O Max. Pelo menos não essa noite.

— O quê?

— Ele disse que viria aqui comigo, conhecer você e todos os outros. Então deu para trás no último minuto. Me mandou uma mensagem dizendo que tinha alguma coisa no trabalho. Mas ele não tem emprego. Tem uma garçonete que ele gosta no clube de tênis. — Ela inclina a cabeça para trás. — Eu me sinto uma melindrosa. — Lágrimas estão se aproximando, e ela não quer que elas transbordem e estraguem sua maquiagem.

Não consigo pensar muito para lhe dizer, então seguro sua mão.

— Homens — digo finalmente.

— Eu sei. — Ela funga e ri ao mesmo tempo, em uma pequena explosão: uma fungada? Procuro um lenço na bolsa. Socorro. Usei o último pacote quando o Lenny voltou dos fundos do jardim, tendo rolado em algo indizível. Cocô de raposa, provavelmente. Ah, achei um aqui perdido, estranhamente sem uso.

— Obrigada — ela diz. — Kate, você pode ficar aqui um minuto ou dois? Só preciso ir ao banheiro, volto assim que puder, prometo. Não saia daqui. Quero falar só com você. Não com os caras. Se você vir o garçom com champanhe ou qualquer outra coisa, pega uma taça para nós?

— Tudo bem. — Tudo que quero fazer é ir para casa, tirar esse vestido idiota, assaltar a geladeira, fazer uma bebida quente, dar um abraço no Lenny e ver algo meio pornô na TV. — Não vou sair daqui.

Olho em volta. Harvey, o *Hrump* está em um canto distante, batendo palmas, Jay-B balançando ao seu lado. Troy, embora mancando, está dançando com a única mulher negra da firma, inclinando-se para falar com ela em rugidos íntimos, ao som da música. O que ele pode estar dizendo a ela que não seja algo totalmente embaraçoso? Eu não passaria por ele para parabenizá-la por seu ritmo natural, no caso de ela dar um passo para trás e um tapinha nas costas dele. Vai, garota.

Subitamente me sinto perdida nesse lugar escuro, apinhado de pessoas mais jovens do que eu, com o corpo não corroído pelos anos, a energia lá em cima, a memória muito vívida, a esperança tão ridiculamente alta. Volta logo, Alice, onde você está? Quanto tempo leva para fazer xixi e secar as lágrimas?

— Kate? — Ah, Deus, outro não. Por favor, posso ficar sozinha? Só desta vez? — Kate. — Um toque no meu braço. Cansada, eu me viro. Você?

E, com isso, querido leitor, faço algo bastante expressivo. Algo que eu não me lembro de fazer desde que estava esperando para tomar vacina na escola, aos nove anos, e Karen Milburn tomou primeiro, depois minha melhor amiga, Susan, depois a garota depois da Susan, depois eu, Carol Dunster, e assim por diante, como uma trilha de dominós.

Eu desmaio. É isso mesmo, um desmaio verdadeiro, repleto de névoa como de uma princesa da Disney. Só que desta vez não acordo no chão do ginásio, com o sr. Plender, o professor de educação física, inclinado sobre mim em um agasalho, parecendo irritado. Acordo ainda de pé, ou quase de pé, gentilmente segura na curva do braço de um homem que achei que nunca mais veria neste mundo ou em outro. E a primeira coisa que digo, Deus me ajude, é:

— Quanto tempo eu apaguei?

Jack Abelhammer considera.

— Cerca de sete anos, eu acho. Algumas semanas a mais ou a menos. Mais ou menos uma semana.

— Não, bobo, agora. Por quanto tempo eu apaguei?

— Segundos. Não se preocupe, boba, eu te segurei. Ninguém notou. Você está bem. Você está bem?

— Parece que esse tipo de coisa acontece com você o tempo todo. Mulheres desmaiando nos seus braços.

— É verdade. Elas caem enquanto eu ando na rua.

— Eu te odeio.

— É ótimo te ver também.

Por um momento, fico ali, sem querer me mexer.

— Por favor, me solta.

— É o que o Elvis disse na música. Você aguenta?

— Acho que sim. — Lentamente, vou me afastando do seu alcance e volto a ficar de pé. A sala ainda gira um pouco.

— Beba isso. — Ele me oferece uma taça. Cheiro. Bebida forte. Lá vai.

— *Aaah.*

— Melhor agora?

Recuo, balançando um pouco, e olho para ele. Maldito homem, por que o tempo foi tão generoso com *ele* e acabou com o resto de nós?

— Muito melhor, obrigada. — Tento parecer cerimoniosa, mas não funciona. — Jack, lamento muito, não quero ser intrometida, mas o que exatamente você está fazendo aqui? Na minha festa de Natal?

— Ah, é sua festa, é? Você quer que eu vá embora?

— Não — digo, olhando para baixo. — Quero que você fique.

— Bem, eu fui ao seu escritório e...

— Você o quê?

— Ao seu escritório. O lugar onde você trabalha. Vamos, até você deve ir lá *às vezes.*

— Mas ninguém me disse.

— Você não estava lá. Você estava com um cliente. Então fiz perguntas, e a moça muito simpática da recepção disse...

— Dolores. No térreo.

— Dolores. Uma joia.

— Um machado de batalha. Como você conseguiu alguma coisa dela?

— Tenho meus métodos, Watson. Então eu disse que era o seu acompanhante para a festa de Natal, e tinha esquecido...

— Como você ficou sabendo da festa de Natal?

— A Dolores me disse.

— Meu acompanhante? Depois de sete anos, você aparece e é o meu *acompanhante*? Por que não respondeu à droga do meu e-mail?

— Achei que o que eu precisava te dizer devia ser dito pessoalmente.

— Kate. — Outra voz. Ah, meu Deus.

— Alice. Como foi o...

— O banheiro feminino? Bem, obrigada. Como um banheiro feminino. Olá — ela diz, virando-se para Jack e estendendo uma mão com um lenço de papel. — Sou Alice.

— Alice. Eu sou Jack. — Ele a cumprimenta com as duas mãos. Eu simplesmente desmaiei, mas ela derrete, como se estivesse ao lado de uma chama.

— Então, como vocês se conhecem? — ela pergunta. O que ela quer dizer não é "como", mas "quanto".

Tento disfarçar.

— Ah, você sabe, nos encontramos algumas vezes, há alguns anos, quer dizer, algumas vezes. — Pelo amor de Deus, Jack, me acuda. Tire a aflição da donzela.

— Eu era um cliente em potencial de um banco onde a Kate costumava trabalhar — ele explica. — Ela foi muito persuasiva.

— Eu sei — Alice diz. — A Kate pode conversar com qualquer pessoa em qualquer situação.

— Então mantivemos contato de vez em quando — (*não, não mantivemos*) —, e por acaso eu estava na cidade e pensei em passar para dizer "olá". Ver como o novo trabalho está indo.

— Ceeeerto. — Alice olha para Jack, depois para mim, depois de novo para Jack. — E vocês dois viveram felizes para sempre.

Enterro o nariz na taça vazia, respirando a fumaça prolongada como se fosse uma brisa do oceano. Ao meu lado, Jack é um mar calmo. Quero muito agarrá-lo. Ou flutuar com ele — os dois seria bom.

— Sim, praticamente — ele diz por fim.

— Começando quando? — Alice pergunta.

Jack acena com a cabeça, pesando as coisas, olha para mim, para ela, e em seguida responde:

— Começando agora. — Ele pega a mão dela novamente. E quanto à *minha* mão? — Foi um prazer conhecê-la, Alice. Vestido bonito. Excelente festa. Você nos desculpa? Kate, você vem? Kate.

Olho para Alice, que arqueia as sobrancelhas.

— Alice, eu, eu...

— Kate, vá agora. Antes que você desista de ir.

— Mas...

— Nada de mas. — Ela olha por cima do meu ombro. — Jay-B está voltando com Hrump. Segunda escolha. Vá *agora*.

Por fim, eu pego a mão de Jack, e não o contrário, e nos assustamos, como crianças de doze anos pegas em flagrante fumando atrás do galpão de bicicletas. Eu me viro para Alice enquanto saímos.

— Te vejo no trabalho!

— Espero que não.

E a jovem, que teme não ser amada e pode continuar assim, observa uma mulher mais velha, que teme a mesma coisa: agarrar a felicidade.

Alice pensa, *não sei como ela faz isso.* Mas eu sei por quê.

19

Coito interrompido

23h59: Sexo. Não se preocupe, Kate, você vai lembrar como é. Não é terrivelmente complicado. É como andar de bicicleta. Não, eu não quero pensar em bicicletas ou na do Richard, na área de serviço. Quando subimos no elevador até o décimo andar do hotel, a frase de um livro flutua na minha cabeça. "A parte constrangedora era o fazer-se conhecer: toda aquela verbalização encabulada regada por uma quantidade excessiva de drinques, e depois os corpos revelados com suas marcas e pelancas escondidas como presentes de Natal decepcionantes." (*Roy, quem escreveu isso?*)

    A única pessoa, além de Roy, que posso praticamente garantir que será capaz de me dizer de onde vem essa frase, está de pé no elevador comigo, com o rosto pressionado no meu pescoço, seus braços me segurando com força. Não posso perguntar ao Jack se ele reconhece a citação porque então ele saberá que estou nervosa. Nervosa pelo fato de que me despir quebre o clima, de que serei um presente de Natal decepcionante, de que esperamos tanto tempo por este momento e de que somos apenas duas pessoas de meia-idade.

Os amantes que imaginei que fôssemos, de pele lisa e carne firme, atacando um ao outro com fome, alegria e confiança, parecem impossíveis de evocar nesses segundos ansiosos enquanto o elevador sobe.

A primeira vez que vi Jack, em Nova York, olhei para ele do outro lado da mesa e pensei: *Como será sentir toda essa energia dentro de mim?* A ideia me fez corar só de pensar. Ele me viu corar e riu. Ele sabia, aposto que sabia. Eu nunca tinha experimentado nada parecido antes. Eu mal havia conhecido o homem por quarenta minutos e meu corpo já estava superando minha consciência ou qualquer outra dúvida. Acho que foi a única vez na vida que fui abatida pelo desejo — quer dizer, fiquei de quatro com isso. Gosto de pensar que sou uma criatura equilibrada, mas Jack falou diretamente ao meu corpo, sem consultar o centro racional do cérebro, aquele geralmente encarregado de comandar o navio. "Ei, capitão? Meu capitão?"

Estamos na porta do quarto dele agora e Jack está passando o cartão, tentando fazer com que a pequena luz fique verde e nos deixe entrar. Não está funcionando. Ele tenta novamente. Esfrega o cartão na manga do casaco. De novo. Nada. Amavelmente, enquanto me segura, Jack chuta a porta e, com certa ferocidade agora, chuta de novo.

Ele beija o topo da minha cabeça e segura meu rosto.

— Ah, droga. Se eu descer para a recepção para pegar outro cartão-chave, você não vai estar aqui quando eu voltar, não é?

— Vou, sim. Claro que vou.

— Não, você não vai. Eu te conheço, Katharine. Você vai achar que é um sinal.

— Talvez seja, Jack.

— Não é a droga de um sinal. Estou dizendo a você. O cartão não funciona. As forças do universo não estão conspirando contra nós. É um pedaço idiota de plástico, não um deus do Antigo Testamento tentando nos dizer para não fazer amor.

Depois de outro beijo, ele me deixa, corre pelo corredor até o elevador, virando de um jeito atrevido por meio segundo para piscar para mim, e vai para substituir a chave. Eu me viro e ando para o outro lado.

É um sinal.

Jack para Kate
"Se tivéssemos um mundo e um tempo suficientes, essa timidez, lady, não seria crime." Acabo de ser deixado no quarto do hotel com duas taças de champanhe e um enorme anticlímax. Onde você foi? Deixe-me adivinhar: reunião urgente com a sua parte que acha que você tem que continuar fazendo tudo para todo mundo e não a porcaria de uma coisa para você? Baixe a estaca queimada, Joana, e dê um tempo para um cara. J. Beijos.

Pela primeira vez desde que nos conhecemos, Jack parece zangado ou, pelo menos, muito chateado. Eu não o culpo. Quando ele apareceu na festa do escritório, eu não poderia ficar mais animada. Selvagem novamente, uma criança novamente. Enquanto caminhávamos em direção a Old Street à procura de um táxi, nossa respiração combinada fazendo balões no ar gelado, eu estava bêbada de felicidade. Mas, uma vez que estávamos no hotel, todas as dúvidas começaram a chegar à frente da fila. Eu estava muito velha, muito sobrecarregada, muito em dívida, muito ocupada. Eu tinha responsabilidades, promessas a manter, um cachorro para levar para passear. Moralidade à parte, não senti que poderia sujeitar essa bela aparição ao meu corpo sem biquíni. Precisava de algumas semanas para diminuir a barriga e desmatar as pernas e a área de baixo. Sei o suficiente sobre as recentes tendências em pelos pubianos para adivinhar que Jack não tinha visto um bosque retrô de 1980 desde essa época. A fachada que eu estava colocando, apoiada na cinta modeladora e no vestido D&G, era só isso, uma linda fachada. Eu não estava pronta para deixar Jack entrar nos bastidores.

Kate para Jack
Sinto muito. Por favor, não fique com raiva. Estou sobrecarregada. Muitas coisas na minha família estão acontecendo nesse momento. Não sei quem eu sou. Por favor, saiba que eu te queria, te quis desde o primeiro momento em que nos conhecemos, e não posso imaginar nunca te querer. K. Bjs.

VÉSPERA DE NATAL

10h: "Glória a Deus nas alturas e paz na terra aos homens de boa vontade." Assim canta o exército celestial, o que significa um coro de anjos, não um sujeito esculpido em uma jaqueta de veludo segurando uma garrafa de champanhe. Embora eu pudesse lidar com uma anfitriã celestial nesta cozinha agora mesmo, mas não com um marido rabugento usando lycra. Observe que não há menção de boa vontade em relação às mulheres. Engraçado isso. Acho que estamos muito ocupadas lidando com as rajadas de mal-estar causadas por cada membro da família cutucando nosso estoque pessoal de fita adesiva, então não há nada a encontrar quando nos sentamos para embrulhar os presentes. E há também os múltiplos lembretes — que alegria! — no nosso tempo limitado. Como carregar o peru da Nigella em salmoura em um balde enorme até o jardim dos fundos. Nesta época do ano, é "bom" deixar o peru marinando em um local frio, segundo a receita. Checado! No entanto, se você o colocar no jardim, verifique se o peru está bem coberto para protegê-lo da "investida da raposa". Dupla checagem! Não vou arriscar, com doze pessoas para almoçar.

Mais enrolado que o menino Jesus, uma assadeira e uma caçarola de ferro fundido para pesar, o peru da Nigella está em seu balde na mesa do jardim, para eu poder observar da janela da cozinha. Isso me dá uma imensa satisfação, e sinto que não só me adiantei ao jogo, como também vou servir aos meus sogros uma ave muito superior a qualquer coisa produzida pela minha cunhada. Ah, Cheryl, que combina a experiência culinária do chef Escoffier com as habilidades sociais do Tiranossauro Rex.

Cheryl é casada com Peter, o irmão de Richard que é contador, e eles têm três filhos perfeitos. Em algum ponto do caminho, perdi a conta das conquistas e prêmios de meus sobrinhos, mas, por sorte, Cheryl sempre nos mantém atualizados por meio do seu útil resumo no cartão de Natal escrito à mão sobre a família. Os dois garotos mais velhos receberam dez notas A cada em seus exames plus Grade 8 Suzuki sodding em harpa, lira ou algo assim — acho que foi Edwin. Barnaby logo se juntou a ele na Orquestra Nacional da Juventude, a mais nova criança não asiática a ser admitida, o que é simplesmente incrível, realmente, como Cheryl com certeza vai mencionar isso enquanto folheia o livro de piano de grau três com arrebatadora condescendência.

— Ah, *olha*, Barney! O Ben está fazendo aquela adorável dança escocesa que você fez quando estava no jardim de infância. — Só para você ter uma ideia.

Edwin agora está em Harvard — "Agora não é mais Oxford, certo?" — e com certeza vai descobrir a cura do câncer se eles puderem lhe dar uma folga do time olímpico de remo. Ele não vai se juntar a nós no Natal. Provavelmente vai estar em uma missão espacial. Tudo que posso suportar sem ter que ir parar no hospital, é que as crianças da Cheryl — esperem por isso — vestem o casaco na hora de sair. Sem que ninguém as mande. Quer dizer, como é possível treinar um garoto para fazer isso? Eu nunca consegui. A ideia do Ben de se agasalhar é, depois de muita reclamação e muitos palavrões, pôr um moletom em cima do outro. Particularmente, acho que nossos filhos são mais bonitos que os da Cheryl — acho que isso é superficial, mas preciso de algo em que me apegar.

11h15: — Kate, você tem certeza que colocou o peru para marinar? — Richard pergunta.

Minha mãe e seu cachorro, o Dickie duplamente incontinente, já chegaram; Debra está na frente da televisão com um copo de Baileys assistindo a *Simplesmente amor*; os outros estão prestes a aparecer, e estou me certificando de que há guardanapos e talheres limpos o suficiente para todos.

— Claro que sim, Rich — respondo. Tudo bem, não respondo. Solto um rugido. Além da sugestão revoltante de Tofurky, esse é o primeiro sinal de interesse que ele expressou na provisão de alimentos para toda a sua família (três refeições por dia durante os próximos quatro dias!), e soa como uma crítica, quando, francamente, gratidão de joelhos com uma rosa entre os dentes é o que se pede.

— O peru da Nigella — digo rispidamente — está marinando no balde com laranjas e canela em pau, o que vai deixá-lo incrivelmente macio e fácil de rechear. Emily, pode desligar o telefone e me ajudar, por favor? Preciso que você passe os guardanapos.

— *Passar os guardanapos?* — Emily repete, soando como lady Bracknell quando diz "Bolsaaa de mão". — Ninguém quer guardanapos passados, mãe. Não estamos em *Downtown Abbey*. É um Natal familiar. Relaxa, tá?

— É fácil me dizer para relaxar, mocinha, quando você não fez absolutamente nada para o Natal. Vamos nos arrumar hoje?

— Deixe que eu passo os guardanapos, Kath, amor — minha mãe, que é sempre rápida em desviar minha ira de sua amada neta, fala. Ela teria me dito para levantar meu traseiro e fazer isso logo se eu estivesse tão ociosa quanto Emily aos dezesseis anos, mas minha mãe amadureceu com o passar dos anos e agora é de uma indulgência afetuosa. Por alguma razão, acho isso enlouquecedor a ponto de querer matar alguém. Ah, e você não pode dizer que uma criança é preguiçosa ou ociosa, mesmo quando ela *é*; eles são "carentes de motivação".

— Mãe, você pode deixar o Dickie sair, por favor? Ele fez xixi na geladeira.

— Ah, não acho que foi o Dickie, amor. Provavelmente foi o Lenny. Ele nunca faz isso em casa, não é, Dickie? Vamos no jardim, esse é um bom menino.

Enquanto minha mãe e seu cão mijão saem, Rich está em pacientes negociações com o primitivo fogão Aga.

— Por que não podemos usar guardanapos de papel? — ele pergunta.

Aff! Por que os homens fazem isso? Quer dizer, com certeza eles sabem que estão pisando em casca de gelo — eles podem ouvir os gemidos enquanto a água congelada mexe e racha sob seus pés — e ainda assim continuam, sem se importar com a placa de neon piscando "Cuidado, para trás!", acima da cabeça da esposa.

Respondo a ele de forma direta:

— Não podemos usar guardanapos de papel, querido, porque, desde que nos casamos, sua mãe me considera o tipo da mulher desordeira que cresceu em uma casa tão comum que provavelmente usamos a palavra *serviette*. O que usamos, na verdade. E a Cheryl faz seu próprio panetone e provavelmente faz sexo oral no Papai Noel para ele lhe trazer seus brincos da Monica Vinader. É por isso que vamos usar guardanapos de linho no jantar do Natal. Para manter a tradição. Próxima pergunta?

Estressada? Não, estou bem, sério. Muito melhor desde que o dr. Libido me receitou a reposição hormonal. É como se eu fosse um mar agitado e os hormônios me acalmassem. Acho até que minha memória melhorou um pouco. (*Roy, você acha que estamos nos lembrando de mais coisas?*)

Como as crianças estão na cozinha cuidando dos rolinhos de salsicha que eu estava economizando para o Boxing Day, escolho o momento para dizer a eles que teremos um intervalo tecnológico (soa melhor do que banimento) nos próximos dias. Sem mensagens, Facebook ou acesso à internet. Se eu os informasse que cortaria um membro de cada um para cozinhar com cravo e presunto, não seria pior.

— Você só pode estar brincando — Ben fala, no meio do ato de desligar um fone de ouvido e substituí-lo por um segundo conjunto, pendurado no pescoço.

— Mãe, você é uma hipócrita — Emily reclama, carrancuda. — Você olha seu celular o tempo todo.

— Não olho, não! — Ela está certa. Olho mesmo. Sou viciada nas mensagens do Jack e quase enlouqueço se demora muito para chegar a próxima. Com medo de que depois do que aconteceu — ou do que não aconteceu — ele desista de mim para sempre. — Olha, vocês dois, estou falando sério. Acho que vai ser muito bom se todos pudermos nos concentrar em nossa família por alguns dias. As pessoas com quem vocês estão fisicamente merecem prioridade sobre aquelas com quem vocês não estão. Não quero celulares na hora das refeições. Vocês quase não veem seus avós. E se pudermos, por favor, assistir à mesma coisa juntos na TV, quando estivermos na mesma sala...

Ding! Sem pensar, checo meu telefone e as crianças começam a rir. Mensagem do Jack. Aperto o botão para fazer seu amado nome sumir. Não posso lidar com dois mundos opostos, hoje não.

Jack está passando o Natal com alguns amigos no sul da França. Mesmo que eu o tenha abandonado no hotel, ele apareceu no escritório dois dias depois, quando eu estava saindo para o feriado, carregando um grande presente.

— Não é para você — ele disse quando protestei. Abri e era um PlayStation 4. Em meu estado intoxicado (pelo homem, não pelo álcool), mencionei que não conseguiria um a tempo para o Ben, e Jack resolveu consertar a situação. — Achei que você provavelmente gostaria disso no Natal mais do que qualquer coisa que eu comprasse.

Você juraria que o homem estava tentando me fazer amá-lo ou algo assim.

— Emily, aonde você está indo, querida?

— Vou sair.

— Posso ver que você vai sair, mas a vovó, o vovô, a tia Cheryl e o tio Peter estão para chegar. A que horas você volta?

— Tarde — ela diz, puxando meu casaco de pele de carneiro.

— Você não pode chegar tarde, querida.

— Todo mundo chega tarde. É Natal.

— Certamente as pessoas estão com a família delas — digo com cuidado. Estou tentando evitar uma grande explosão aqui. Ainda estou andando na ponta dos pés por um campo minado com minha filha. Preciso apresentar a cena de harmonia e alegria festiva quando o pessoal do Norte chegar, em vez de uma Emily zangada e agressiva.

— Ainda tenho algumas coisas para embrulhar para os seus primos. Você pode me ajudar, amor, por favor? Você sabe embrulhar presentes melhor do qualquer um de nós.

— Num quero. — Ela está parada na porta dos fundos, com os braços cruzados, como se estivesse se abraçando. Parece estranhamente vulnerável para alguém que quer sair e fazer uma intensa socialização de Natal.

— Você não quer? Tudo bem, então se eu te der uma lista, você pode pegar algumas coisas no centro para mim e comprar algo para a vovó Barbara? Você sabe que ela está muito esquecida, então talvez algum perfume ou talco que ela possa reconhecer seria um ótimo presente. Ela adora aromas florais. Ou doces. Doce turco, algo macio que não seja muito difícil de mastigar...

— Tudo bem — Emily fala, relaxando agora que eu disse que ela pode escapar.

— Só vou pegar minha bolsa, querida.

Quando me viro para pegar o dinheiro, Em abre a porta dos fundos e, do lado de fora, está uma mulher que não reconheço. Eu digo mulher, mas é mais como uma criança grande. Talvez um dos elfos do Papai Noel tenha caído do trenó. Cabelos ruivos ondulados na altura dos ombros, nariz pontudo e sardas. Ela está usando botas de duende, uma boina marrom e um vestido de linho marrom em cima de uma camiseta floral. Presumivelmente a vencedora da nossa competição local de Pippi Meialonga. Pode muito bem viver no céu.

— Olá, sinto muito incomodá-la na véspera de Natal. O Richard está? — o elfo pergunta com uma voz estridente. Sotaque escocês meloso. Embora ela esteja perfeitamente imóvel, tenho a nítida impressão de que sua forma favorita de movimento seja pular.

— Hum, ele estava aqui, mas acabou de sair para pegar lenha, eu acho. Posso ajudar?'

— Sou a Joely — o elfo diz. — Eu trabalho com o Richard.

Duas olhadas. *Isso* é a Joely, a grande fornecedora de chás repugnantes e conselhos sobre menopausa?

— Ah, sim, claro! Joely. Joely. Sim. Olá. Do centro de aconselhamento. O Rich falou muito sobre você. Entre, por favor, entre e espere.

Joely parece relutante em entrar pela porta enquanto Emily está ansiosa para sair. Tendo a mesma altura e constituição, elas ficam lá, bloqueando a passagem, incapazes de se mover.

— Emily, essa é a Joely, colega do papai no, hum, trabalho. — Estou lutando para conciliar esse duende com a mulher que Richard mencionou. A julgar pelo olhar no rosto da minha filha, Emily também não está impressionada. Tento de novo. — Bem, a Joely faz ioga, meditação e muitas coisas saudáveis. Joely, esta é a Emily, nossa filha, e eu sou Kate. Por favor, entre. Está frio. O Rich logo deve estar de volta.

— Tudo bem — ela fala, afastando-se da casa, como se de repente ficasse com os pés frios. Não sei por que, eu fui bem simpática. Posso ver a bicicleta vermelha dela encostada na cerca. — Não se preocupe. Isso pode esperar. Desculpe incomodá-la — ela diz.

— De jeito nenhum. Eu direi ao Richard. É um prazer... — Mas ela desaparece tão de repente quanto apareceu. Emily também foi embora.

— Quem é essa garota? — minha mãe pergunta, em dúvida. — Ela não está vestida para o clima.

— Ah, é uma colega do Richard. Mãe, por favor, você pode procurar naquele armário, ao lado do fogão, a tigela grande de vidro?

Quanto tempo levaria para eu ver? Não estou me referindo a olhar (eu estava procurando o tempo todo), mas quanto tempo levaria para eu *ver*? Para ver o que a legendária Joely estava fazendo na nossa porta, sem ser anunciada, na véspera de Natal; para ver o que se escondia por trás daquele doce avental amarronzado? É incrível o que não notamos se não nos importamos em notar ou, sejamos honestos, se simplesmente não nos importamos.

Estou muito ocupada e preocupada, suponho. Tem muito no meu prato agora, ou melhor, muito para colocar nos pratos, começando com salmão defumado e blinis.

Eu lembrei de comprar creme azedo, Roy? Onde eu coloquei? Normalmente eu me orgulho de ser rápida, mas é Natal, e Roy parece estar de folga do trabalho. Tento de novo.

Roy, tem algo que eu deveria saber sobre a colega fada do Rich, Joely, que dorme em um botão de ouro? Roy? ROY? Nenhuma resposta. De quando em quando, Roy reaparece em minha mente enquanto mexo o creme para não perder tempo, esperando-o engrossar (se ferver, pode jogar fora basicamente seis gemas). Eu me concentro.

— *Estou com um grande número de chamadas* — Roy fala. — *Sua paciência seria apreciada nesse momento atribulado.*

— *Com licença, Roy, você é o que passa pela minha memória desde que meu cérebro se tornou uma peneira. Não faça isso comigo. Roy, volte aqui, por favor. Você não pode tirar folga no Natal só porque tomei duas taças de vinho quente e minha cabeça está uma bagunça e não consigo pensar em mais nada a não ser no Jack.*

—*Abelhammer está arquivado na pasta "Experiências felizes/dolorosas da vida". Não abrir este arquivo até 2029.*

— *Estou bem ciente disso, Roy. É só que ele apareceu de novo e eu não sei o que fazer... e agora outra pessoa apareceu, não apenas na minha vida, mas na porcaria da minha porta dos fundos, e mal consigo encaixá-la. E o que ela faz, afinal, a pequena Joely, além de se sentar em seu cogumelo e praticar a flexão do dedão até tocar a orelha esquerda? Você sabe de uma coisa, Roy? Esqueça. Esqueça o que eu perguntei. Esqueça tudo. Agora, eu só preciso passar pelas próximas quarenta e oito horas sem um ato de homicídio doméstico. E que o Richard me ajude a trazer a lenha e pegar o visco.*

— Kath, onde posso encontrar o descascador de batatas?

Às vezes, a ajuda da minha mãe é mais do que posso suportar.

— Mãe, por favor vá se sentar, tudo bem? Ainda é cedo para preparar as batatas.

— Mas e as pastinacas? Por que não adiantamos as coisas? Mais vale prevenir do que remediar, você sabe.

Minha mãe deve ser a última pessoa na Grã-Bretanha que realmente acredita em todos os antigos ditados e provérbios e vive a vida dela de acordo. Ela come uma maçã por dia, por exemplo, acreditando que isso previna todas as doenças. Nunca a vi ensinar o padre a rezar uma missa, mas aposto que ela conseguiria. Se tivéssemos um ganso no Natal, ela insistiria em fazer um molho para o ganso também. O suficiente é tão bom quanto uma festa, embora isso não valha para o Natal na nossa casa, que mais parece feito para alimentar um batalhão de cinco mil pessoas. Sempre compro um exagero de legumes e os vejo na garagem em março, apodrecendo em sopas primitivas. O que é muito tocante é que a minha mãe é genuinamente mais feliz por manter a fé nos tempos antigos e com todas as velhas esposas que vieram antes dela e contaram as histórias. Mais feliz que o restante de nós, certamente, cuja ideia de sabedoria coletiva é uma série de comentários irreverentes no TripAdvisor.

Então, sei exatamente como concordar com ela, como um palhaço em um espetáculo de Vaudeville.

— Belas palavras, mãe.

— Belas palavras não movem moinhos, Kath. — E ela pisca de verdade, Deus a abençoe. — Mas quero ser útil.

— Bem, se você *realmente* quer ajudar, que tal cortar pequenas cruzes na base de cada couve de Bruxelas?

É como um tiro de largada. Ela quase inicia uma corrida maluca para alcançar a gaveta de legumes e começar a cortar. Pobres brotos inocentes. Sem chance de misericórdia.

Todo ano, minha mãe nos faz um bolo de Natal. Não gosto de nenhum bolo de Natal, exceto o dela. Tem o equilíbrio certo de frutas, massa e conhaque. Ocorreu-me que, um dia, talvez não daqui a muitos anos, terei de fazer o bolo porque minha mãe já não vai estar aqui para isso. Enterro esse pensamento do mesmo jeito que Lenny enterra seu osso no jardim, mas minha mente continua voltando para ele, como se para me preparar. Depois de perder um dos pais, você sabe o que está por vir. Perder meu pai foi diferente; principalmente porque ele era um buraco onde um pai deveria estar. Mas minha mãe é a terra que sustenta meus pés.

— Natal não seria Natal sem o seu bolo, mãe — falo em voz alta quando ela está perto da pia, começando a cortar os brotos.

Ela balança um pouco a cabeça.

— Não tenho certeza se ficou tão bom como nos outros anos, amor.

Eu não acho que já disse a ela o que o bolo significa, o que a resposta dela quer realmente dizer. Ela nunca foi do tipo de dizer "eu te amo", como seus netos e amigos fazem a cada cinco minutos. De uma geração diferente, minha mãe deixa o bolo dizer "eu te amo" por ela.

— Mãe, você pode ensinar a Emily a fazer o seu bolo?

16h27: Os cânticos de Natal do King's no rádio proporcionam um clima natalino incomparável, sagrado e esperançoso. Peter e Cheryl levaram Donald e Barbara até nós, então todos estão aqui em segurança. Bem, mais ou menos. Barbara não para de rondar pela cozinha e a vejo colocar dois bolinhos de salmão defumado e um espremedor de limão no bolso.

Para ser justa com Cheryl, ela espera oito minutos antes de nos contar que o pobre Barnaby está tendo sérios problemas para decidir entre Princeton e Cambridge. Rich acena com simpatia pela situação do sobrinho. Eu estrago uma romã. Debra, que está fazendo salada de repolho para mim e que, até onde eu sei, já bebeu uma garrafa de Baileys, diz:

— Ah, coitadinho. Deve ser terrivelmente difícil decidir entre duas dessas grandes universidades. Parece o meu filho, Felix, que está em dúvida entre ser estoquista do supermercado Tesco ou da prisão de Pentonville.

Minha cunhada ignora o comentário. Ela circula pela casa, arrulhando:

— Ah, Kate, esta casa tem muito potencial.

Não me importo. Piotr construiu uma cozinha maravilhosa para nós. Louvado ele seja. Eu lhe dei um bônus de Natal dentro de um cartão, e ele disse que talvez não nos visse por um tempo porque seu pai estava à beira da morte na Polônia.

— Ele só tem cinquenta e nove anos, Kate. Isso não está certo, não é, perder o pai assim?

Não, isso realmente não está certo. Dei um beijo no rosto de Piotr e o abracei. Ele tem sido um grande conforto para mim desde que nos mudamos para cá, e meus olhos se encheram de lágrimas quando nos despedimos — parece que as lágrimas são meu sistema meteorológico pessoal nos últimos meses. Houve mais inundações por aqui do que no condado de Somerset.

Mamãe terminou de preparar os brotos. Agora ela está dormindo na cadeira, ao lado do fogão. Milagrosamente, não há sinal de um presente do Dickie no tapete recém-lavado. Ben e seus primos estão jogando Banco Imobiliário na mesa — sem dispositivos eletrônicos à vista. *Uhu!* Até a Emily concordou em tirar aquelas calças, que mais se parecem uma tatuagem, e colocou algo bonito para seus avós; é verdade que o que ela está vestindo está mais para um baby-doll de noite de núpcias do que para um vestido de verdade, mas mesmo assim houve um esforço. Donald levou Barbara ao salão para arrumar o cabelo antes da viagem para cá, e ela está usando um elegante vestido vermelho Jaeger com botões dourados que me lembro de festas anteriores. Atualmente ele dança em seu frágil corpo sustentado por ossos muito gastos, em vez de envolvê-lo. Todos nós sabemos, porém, que Barbara ficaria feliz em saber que ela se esforçara. Eu costumava estremecer todo Natal, quando Barbara contava a Richard, como sempre fazia, que ele não devia ter tido tanto trabalho, quando tudo o que ele tinha feito havia sido comprar um presente, às quatro horas do dia 24 (para mim), além de um queijo Camembert muito fedorento e um pouco de vinho tinto. Como eu sinto falta daquela Barbara agora. Ela não diz quase nada. Será que também não pensa em nada ou sua mente está fervilhando com pensamentos que ela não consegue expressar?

Então, nesta véspera de Natal, ela se senta ali, com um meio sorriso, perto da lareira, segurando a mão de Emily. As duas parecem uma aquarela vitoriana de uma tranquila sala de estar, embora poucas moças vitorianas usassem sapatos de pedrarias reluzentes sob o vestido de festa. Ou, falando nisso, revelassem a suas queridas mamães que as fotos de seus traseiros haviam sido repassadas para grande parte da população de modo geral, como uma pequena lembrança. Graças a Deus, esse terrível assunto da belfie está terminado.

— Aqui, vovó, comprei sabonete para você. É mais ou menos um presente de Natal antecipado. Você pode usar hoje à noite, se quiser. É de lírio-do--vale. Cheirei todos eles na Boots e este era o mais cheiroso. Como você. Quer dizer, como você gosta.

E, com essa observação elegante, Emily entrega o presente a Barbara. Três sabonetes em uma caixa mal embrulhada, mas ainda assim. Neste caso, é verdadeiramente a intenção que conta. (Olho para Cheryl, que está sentada no sofá ao lado do marido. Ao ver a caixa, ela o cutuca nas costelas — um golpe rápido no cotovelo, mas o suficiente para indicar sua satisfação com a humildade do presente. Precisamente o que ela esperaria desta casa. Vaca.)

Para nossa surpresa, Barbara leva a caixa ao rosto e inala profundamente. Um olhar confuso, que desaparece muito lentamente, como o levantar de um nevoeiro. Então, para nossa surpresa ainda maior, ela diz:

— Eu usei isso no outro dia, amor.

— Não se preocupe, vovó, tenho certeza que posso trocar.

— Na França.

— Na França?

— Nós estávamos naquele lugar adorável no campo. — Ela se vira para Donald. — Você dirigiu até lá, amor!

Donald olha para ela e depois para as próprias mãos.

— Havia um banheiro, tínhamos que dividir, era um corredor, mas sempre muito limpo. E eu tomei um banho com um sabonete de lírio-do-vale. Você disse depois que eu estava cheirosa. Foi na semana passada. Que coincidência! E agora ganhei isso. Obrigada, Kate.

— Emily.

Há um longo silêncio, durante o qual Richard coloca um pedaço de lenha na lareira e o empurra com a ponta do sapato. Os olhos de Barbara se fecham lentamente.

— Nossas primeiras férias no exterior — Donald diz, quase sussurrando. — Junho de 1959. A Barbara está certa, fomos até lá de carro. Em nosso Austin Cambridge. Quebrou em Calais. "Bem-vindos à Europa", ela disse, e ficamos ali, rindo. — Os olhos dele estão úmidos. — E havia este pequeno lugar, no meio do nada, estávamos cansados de tanto viajar. Com aqueles rolinhos que eles têm no lugar de travesseiros.

— Travesseiro de corpo.

— Isso mesmo. E o bidê, que era diferente, ela não podia nem olhar para a coisa sem rir. E todas as comidas no cardápio que não conseguíamos entender. — Ele sorri e olha para Emily. — Às vezes, sabe, é engraçado, às vezes eu a invejo. Sua avó. Pensando que tudo aconteceu na semana passada assim. — Ele aperta os punhos com força, como uma criança pequena fazendo um pedido. — Se fosse mesmo, não é?

Paz e boa vontade. Formando lembranças para as crianças, passando receitas de bolo, para que elas, por sua vez, construam lembranças para seus filhos. E talvez em um Natal daqui a quarenta anos, Emily se lembre do sabonete de lírio do vale que, por alguns preciosos minutos, ela trouxe para a avó que tanto a amava, ali, ao seu lado.

Os únicos sons são aqueles do crepitar do fogo, a harmonia crescente das canções natalinas e um delicado descendente de roncos. Os coristas do King's estão pegando pesado no meio dos "Anjos dos Reinos da Glória" — um daqueles infinitos Glo-o-o-ooo-rias —, quando Cheryl solta um grito.

— Meu Deus, Kate, aquilo lá no seu jardim é um cachorro, com um pássaro enorme na boca?

De: Candy Stratton
Para: Kate Reddy
Assunto: O cão comeu o meu peru

Querida, você está brincando, não é? Essa é a melhor história de desastre de Natal. Por favor, me diga que você matou o diabo do cachorro! Que tal matar a sua cunhada também?

O que você deu a todos para comer? Feijão Heinz? Confie em mim, um dia você vai rir de tudo isso.

A propósito, quantos pontos com Abelhammer? Bjkas, C

De: Kate Reddy
Para: Candy Stratton
Assunto: O cão realmente comeu o meu peru

Quando vou rir de tudo isso? Daqui a uns trinta anos, se tiver sorte. O Rich correu atrás do Dickie pelo jardim e conseguiu tirar o peru da boca dele. Parece que meu marido foi ver o peru e não colocou a tampa de volta corretamente. Típico dele: se meter, "tentando ser útil" e causando o caos. Cortei a coxa do peru e pensei que podia salvar o resto.

Então olhei para o balde e cheirei a marinada. Estava fedendo. Acho que é assim que um cadáver cheira depois de morto num campo de batalha. A Cheryl disse que estava "quente demais para dezembro" e que era tudo culpa minha, porque a marinada precisava ficar na geladeira. Muito obrigada, sua vaca. Desculpa não ter uma geladeira do tamanho de um aeroporto, como você e o Peter.

E eu não podia culpar o Dickie porque minha mãe o ama mais do que os próprios filhos, então eu disse que seria ótimo mudar e comer presunto e legumes assados na ceia de Natal.

Isso acontece com a Nigella?

Não se preocupe em responder.

Bjs, **K**

PS: Abelhammer apareceu na festa do escritório e eu estou desesperadamente apaixonada por ele; nós quase fizemos aquilo, allefodaaleluia, mas na hora a chave do quarto emperrou, e a coisa toda é impossível porque meu sanduíche não pode receber outro recheio. E agora ele provavelmente me odeia. Estou superconfusa.

23h59: * *Seis horas atrasado, Roy. Ainda estou embrulhando as meias, mesmo que ninguém acredite no Papai Noel e todos já tenham ido dormir.* Roy diz: "Disfarce meu, agora vejo que tu és uma perversidade, por onde o coisa-ruim muito pode, grávido de imaginação como ele é". *Sobre o que ele está falando? Isso foi o ensaio de* Noite de reis *da Emily, Roy. Memória errada! Você realmente precisa se controlar.*

VÉSPERA DE ANO-NOVO

Drinques com Sally e sua família. Os drinques começam em um momento civilizado, graças a Deus, não uma farra de madrugada a partir das dez da noite até as quatro da manhã. Houve um tempo em que eu ficaria contente em cantar "Auld Lang Syne" em volta do piano e ser apalpada por completos estranhos, com base no fato de que todos os interessados haviam passado por mais um ano na Terra, mas, francamente, estou passada demais para isso. Tudo bem se você estiver ao lado do Tâmisa e assistir ao prefeito gastar metade de seu orçamento anual — com toda a razão, na minha opinião — em uma exibição de fogos de artifício, mas não quando você está presa no campo, com as estradas transformadas em pista de patinação até a meia-noite.

Então, às sete e meia em ponto, ou tão em ponto quanto possível quando adolescentes estão juntos, entramos no carro, com vários graus de relutância (prêmio pelos resmungos mais implacáveis para: meu filho), e chegamos à casa de Sally. Minha primeira visita ao que ela chama de seu QG; até agora, Sal e eu sempre nos encontramos em território neutro — o melhor e único lugar, por incrível que pareça, para partilhar confidências e revelar algumas verdades ocultas. O lar, por algum motivo, morde nossa língua.

— Você deve ser a Kate. Finalmente nos encontramos. Entre!

— E você deve ser o Mike? — Um Mike de pleno direito, por qualquer padrão. Baixinho, radiante e um pouco inconveniente, vestido com um cardigã castanho-avermelhado que, acredito, foi tricotado por hábeis bordadeiras das Ilhas Hébridas.

— Richard, oi. Mike. Ben, olá. Brilhante. Emily, caramba, você é como a sua mãe. — Chamas saem dos olhos de Emily, mas Mike segue em frente. — Quer dizer, adorável, Deus, entrem todos, deixem os casacos lá, peguem as bebidas aqui, a Sally está em algum lugar por perto, excelente. Sejam todos bem-vindos.

Apertos de mão que balançam seu pulso antes mesmo de você passar pela porta. Se isso fosse Dickens, haveria um ponche. Entro na sala de estar e ouço um zumbindo de vozes. Ah, veja. Tem um ponche.

É um sinal de meia-idade ou isso só piorou — esse desejo repentino, ao entrar em uma sala e ver um monte de desconhecidos ou conhecidos que você não se lembrava mais acenando para você, e você recuar e tentar a sorte em outro lugar, ou, na falta disso, se esconder atrás do sofá até alguém explodir tudo? Deixa para lá. Não é um hábito sadio para passar para as crianças, certamente, então vamos para a multidão, procurando desesperadamente um rosto amigável.

— Kate, você veio!

— Sally. — Nós nos abraçamos.

— Feliz Natal atrasado. Feliz Ano-Novo. Feliz alguma coisa, de qualquer maneira. Como foi tudo?

— Um cachorro comeu o meu peru de Natal. Não, foi muito bom, depois eu explico. Sally, este é o Richard. E esses são o Ben e a Em, espere, a Emily *estava* aqui; ela sumiu.

Revelação. Tivemos uma crise de última hora com Emily. Desastre total. Ela não deveria vir com a gente esta noite, sendo oficialmente muito velha e legal demais para passar a véspera de Ano-Novo com sua família chata. Então, esta tarde, eu a encontrei enrolada como uma concha na cama. Depois de um pouco de persuasão, ela admitiu que Lizzy Knowles estava fazendo uma grande festa de Ano-Novo, e apenas duas garotas de todo o ano não foram convidadas: Emily e Bea. A Emily ficou arrasada. Ela havia combinado de ficar na casa da Ellie. A garota foi convidada para a festa, então ela mandou uma mensagem para a Lizzy, perguntando: " A Emily pode ir? Porque ela vai ficar na minha casa..." Mas mesmo assim a Lizzy disse que "não".

Eu estava cuspindo de raiva, mas nem um pouco surpresa. A Em disse que a Lizzy começou a ficar estranha com ela depois que a festa da Emily foi um sucesso total.

— Sério, que tipo de criança faz algo tão maldoso? — Richard perguntou, quando Em estava no andar de cima, tomando banho.

— Ah, uma abelha-rainha que não gosta que um dos seus zangões roube seus holofotes — falei. Minha filha ganhou um gelo da sua suposta melhor amiga. Esta foi a vingança servida gelada. Era tarde demais para fazer outros planos, então Rich e eu conseguimos persuadir nossa filha a ir para a casa dos Carter. Eu disse a ela que tinha certeza de que haveria muitas garotas por lá — eu não tinha certeza, mas estava com um mau pressentimento sobre deixar a Em sozinha em casa.

Então, graças a Deus, agora estamos aqui, e parece que a Em viu uma garota chamada Jess no outro lado da sala de quem ela é amiga no Facebook, mas nunca se encontrou pessoalmente, mas que é realmente muito legal e talvez a sua pessoa favorita. Então isso é um alívio. Um porto em uma tempestade de sociabilidade adulta. Gritos de prazer incontestáveis enquanto Em e a menina se cumprimentam como irmãs há muito perdidas, e rezo para que seja um pequeno bálsamo para seu orgulho ferido após o desprezo cruel de Lizzy.

Enquanto isso, Sally está desesperada para me apresentar a sua família. Sou apresentada a Will, depois a Oscar e Antonia, que são obrigados a conhecer Richard, depois Ben e, em algum momento, Emily, se ela puder se separar da companhia de Jess. Essa é a desvantagem de colocar um clã em contato com outro: no momento que todos foram apresentados, é praticamente hora de ir para casa. Ben divaga, para em uma mesa ao lado e se agacha com tristeza sobre uma tigela de salgadinhos. (Mais tarde, ele será encontrado jogando videogames, muito alegremente, com um grupo de garotos em outra sala. Perguntado quem eles eram, no carro a caminho de casa, ele diz que não sabe o nome deles. Eles sabiam mexer no jogo que estava sobre o console e isso era o suficiente. Esses são os cartões de apresentação da juventude do século XXI.)

Enfim, é estranho encontrar Will e Oscar de verdade, depois de tê-los visto apenas em fotos; e especialmente estranho encontrá-los no inverno. Algo sobre sua beleza loira sugere que eles só devem ser abordados no verão, em uniformes brancos de críquete, levemente sujos com manchas de grama.

— Will, você lembrou de tirar as salsichas do forno, não é? — Sally pergunta.

— Ah, droga, desculpa mãe, eu estava prestes a...

— Eu te pedi três vezes. Até coloquei um post-it na testa do Oscar há uma hora.

— Sim, certo, estou indo.

Um lamento fino e alto vem da cozinha.

— Alarme de incêndio — Sally diz. — Tarde demais. — Ela nem parece incomodada. Esse tipo de coisa obviamente acontece com tanta frequência que se tornou um ritual. No final, você se desespera de desespero. Eu sei porque acontece comigo.

— Mãe — Oscar chama, aparecendo ao lado dela —, posso pegar seu cartão emprestado?

— Por quê?

— Para aqueles ingressos. São para fevereiro, que está a séculos de distância, mas agora você pode reservar pela internet...

— Para quê?

— É só uma banda. Acho que você não conhece.

— Oscar, os ingressos não vão sair de lá nas próximas duas horas. Me pergunte mais tarde.

— Mas o problema é esse. Eles podem...

— Como estamos indo? — Mike aparece para o resgate, acariciando seu filho na lateral de forma efusiva, e, pela sua carranca, muito incomodado por algo. — Caramba, Richard, isso é um copo vazio. Não é algo que aguentamos nesta casa. *Mea* maldita *culpa*. Rápido, alguém, todas as mãos para cima, deem uma bebida a este homem! Aqui, tenho uma ideia melhor, venha comigo. — E meu marido, meio protestando, é arrastado pela multidão como se fosse um encrenqueiro em vez de um convidado.

— Então esse é o Richard — Sally fala.

— Então esse é o Mike — repito.

Sally abraça minha cintura e se inclina para perto.

— Graças a Deus por nós, é o que eu digo.

— Graças a Deus. — E eu quero dizer isso.

Antonia passa com um garoto bobo e apaixonado a reboque.

— Namorado?

— Ele quer — Sally diz. — Acho que eu quero também. Ela ainda está meio curiosa ou confusa; não sei ao certo. Ela concordou em ir ao cinema com o Jake pouco antes do Natal, e ele meio que se molhou.

— Posso ver por quê. Ela é maravilhosa.

— Se ela fosse um pouco menos linda e um pouco mais confiante, pobrezinha...Aquele velho clichê de que a beleza é um fardo acaba sendo verdade. Quem poderia imaginar?

— É verdade. A garota mais linda da minha turma na faculdade nunca se casou, acabou virando alcoólatra, como se não pudesse suportar. Parece tão errado. Tudo o que você sempre quer é que as crianças sejam felizes. Não acredito que estou dizendo isso, mas isso é mais importante do que um A em geografia no vestibular.

Sally suspira.

— Não acredito que você está dizendo isso. Estou verdadeiramente chocada. Quer dizer, sem A em geografia, quem é você, Kate? Como você pode esperar ter sucesso na vida em qualquer coisa? O que Churchill teria feito sem sua droga de A em geografia? Ou Gandhi?

Bebemos juntas, taças erguidas.

— *Penélope Cruz.* — Eu quis dizer a Sally que Roy encontrou o nome da atriz que a filha dela me faz lembrar.

— Desculpe, não, eu sou a Sally.

— Não, a Antonia. É quem ela me lembra. Eu sabia que era alguém incrível. É a Penélope Cruz. Sorte a dela. — Termino a bebida do meu copo. —

Deve ser uma avó espanhola ou algo assim, escondida na árvore genealógica. Castanholas e tudo o mais.

O sorriso desaparece do rosto de Sally como a respiração contra um espelho. Sem hesitar, ela passa por mim e puxa um casal para a conversa.

— Phyllida, Guy, vocês conhecem a Kate? Kate, esta é a Phyllida e o Guy, moram a três casas daqui. Queria muito que você os conhecesse. A Kate é minha amiga do Grupo Feminino de Retorno e nossos cães são melhores amigos. Se me dão licença, tenho que ir até a cozinha e ver se aquele garoto nos deixou algo para comer. — E com isso ela se foi.

Quatro minutos para a meia-noite: Quando o ambiente se acalma, parecendo tomar um fôlego comum diante dos sinos do Big Ben, uma lembrança aguda percorre o que os últimos doze meses foram para mim e para Richard. Agora completamos um ano inteiro sem sexo. Ah, Deus, como isso aconteceu? Nós somos realmente tão velhos assim? Eu sei que, desde a Perry, meu corpo parece o cenário de uma batalha campal, e eu não queria mais que ninguém o invadisse, mas me pergunto se Rich está tendo sua própria menopausa. Quem sabe, ele pode estar se sentindo tão mal quanto eu. Receber o Ano-Novo nunca foi mais carregado de incertezas ou mais solitário. Quando todos enchem seus copos, instintivamente olho em volta, procurando meu marido.

— O pai está no telefone, na cozinha — Emily fala, de repente ao meu lado. — Ele está tão estranho.

— Provavelmente falando com o vovô — digo.

— Acho que não, ele está com um olhar superconfuso.

Tenho de enfrentar quase cinquenta anos de idade e, até Jack aparecer na festa do escritório, a coisa mais excitante e sensual da minha vida foi descobrir um novo pano de prato hiperabsorvente em oferta especial na Co-op. Dois por três libras. Acha que estou brincando? Tenho que fazer algo em relação a isso. O que "isso" é não sei bem, mas preciso fazer alguma coisa.

Emily me abraça e eu descanso a cabeça no ombro dela, esquecendo que ela é mais alta que eu, meu bebê, particularmente nesses saltos.

— Você está bem, querida?

Ela sorri, mas seu lábio inferior está tremendo, e eu a abraço forte.

— Este vai ser um ótimo ano para você, eu prometo. Vamos arrumar tudo, ok? Diga: "Sim, eu acredito em você".

— Sim, eu acredito em você, mãe.

— Ótimo. Sabe o quanto estou orgulhosa de você? Bem, você deveria. Tenho a melhor garota do mundo. Sorte a minha. Onde está seu irmão? Você acha que conseguiríamos desligá-lo por alguns minutos do videogame para comemorar o Ano-Novo?

À meia-noite precisamente, enquanto a sala explode em uma canção a plenos pulmões, meu celular apita, anunciando uma mensagem:

> Jack para Kate
> Na outra noite, você me disse que este seria o Ano da Invisibilidade da Kate. Mas sempre vou te ver. Só vejo você. Mtos bjos, J

RESOLUÇÕES PARA O ANO-NOVO

1. Me preparar emocional e fisicamente para meu quinquagésimo aniversário. Aplicar estrogênio diariamente para evitar ansiedade e sinais de envelhecimento. Tomar glucosamina para as articulações, vitamina D3 para o humor, curcumina para afastar o Alzheimer e ajudar o Roy com os esquecimentos.
2. Fazer um esforço para passar mais tempo com a minha mãe e impedir que minha irmã me odeie.
3. Acomodar Barbara e Donald em um lar de idosos.
4. Me inscrever no curso "É difícil ser pais de adolescentes". Desmamar as crianças de toda parafernália tecnológica e incentivá-las a passar mais tempo na vida real.
5. Arranjar coragem para dizer no trabalho que você não tem realmente quarenta e dois anos (talvez DEPOIS que eles tenham estendido meu contrato).
6. JACK ???

20
A simples ideia de você

JANEIRO

15h12: Então aqui estou eu, deitada na cama com meu amante. O que não é algo que eu esperava dizer novamente. Não nesta vida, de qualquer maneira. É uma tarde típica de Londres no começo do ano — chuva no ar, pessoas se esbarrando umas nas outras na calçada, pedestres andando pela cidade, trens atrasados, vidas indo a lugar nenhum, a escuridão a caminho — e a melhor coisa é que não me importo. Vou ser demitida por ter saído cedo do trabalho? Sem suor. Ben e Emily não têm nada para comer e vão acabar indo para o McDonald's? Por mim, tudo bem. Jesus desce mais uma vez em glória, com querubins flamejantes e toda a hoste celestial? Eles podem esperar. Estou deitada na cama com meu amante. É isso que importa.

    Temos até guarnições. O balde de gelo contendo uma garrafa vazia de vinho. A naturalidade de roupas espalhadas pela sala, que nenhum decorador seria capaz de fazer melhor. A placa do lado de fora dizendo "Não perturbe", ao que fui dissuadida de acrescentar, a caneta, "Até o próximo Natal. E o Natal seguinte.

Obrigada", como se eu tivesse vinte anos ou algo assim. Como se os últimos oito anos, desde que conheci Jack, fossem simplesmente guardados e deixados de lado. Penso em todo o tempo que perdemos sem fazer isso, todas as horas, minutos e segundos que poderíamos ter feito isso. Tudo, como sempre, volta ao tempo.

— Quando você comeu pela última vez? — Jack pergunta, enquanto nos esparramamos e descansamos.

Quando se esparramar se tornar um esporte olímpico, estarei pronta para competir.

— Há cerca de vinte minutos. Quer dizer que você não percebeu?

— Agora, quem poderia imaginar que uma garota legal como você pudesse ter uma mente assim? É uma coisa inglesa? Vou perguntar de novo: quando você comeu pela última vez? Pense antes de responder.

— Desculpe, é proibido pensar. Pelo menos hoje. Estou tendo uma quinta-feira sem pensar. Nada de listas. Somente atitudes e sentimentos.

— Certo, gostaria de chamar o serviço de quarto?

— Mas isso significaria ter que me levantar, ir até o banheiro e passar por todo o processo de colocar um roupão. E então — digo, me virando e olhando para ele, para aquele rosto maravilhoso —, tem todo aquele negócio de segurar o garfo e comer, e eu simplesmente não tenho energia. Ou tenho, mas quero conservar para outra coisa. Posso comer a qualquer hora.

— Então, isso é um "não".

— Então isso é tudo. Ou *belê*, como meus filhos diriam. Eles não têm energia para seis letras inteiras. Acho que estou pegando a mania deles.

— Como eles estão?

— Olha, Jack. Típico de você perguntar, e, se você realmente quer uma resposta para essa pergunta, vou te dar. Mas estamos em janeiro e tenho uma reunião que realmente preciso participar em meados de março. E eu precisaria pelo menos de agora até julho para falar sobre a Emily. Isto é, antes de eu começar com o Ben. E... olha, quero falar com você sobre eles, quero mesmo, mas não neste momento, ok?

— Tudo bem — ele diz e sinto sua mão em mim. Mãos. — E o seu casamento?

O som que faço não existe em nenhum dicionário. Você precisaria de uma palavra que combinasse suspirar, bufar, rir e gemer, com uma sugestão de risada fulminante.

— Ah, isso é muito mais fácil. Poderíamos pedir o serviço de quarto agora, e eu te falaria dos meus problemas conjugais antes que o Gianfranco aparecesse com meu cheeseburger morno e minhas batatas fritas moles.

— Este é um hotel cinco estrelas, caso você não saiba.

— Desculpe, mas qualquer batata frita servida em qualquer hotel, em qualquer lugar do mundo, assim que vão para o quarto, ficam frias e moles. Ao contrário das pessoas — digo, usando minhas mãos em retribuição.

— O não estar mole é uma homenagem a você.

Ele se alonga. Tudo de bom para me divertir. Tanto desenrolar necessário para nós dois desde que a vida nos feriu e nos separou. Não estou dando nenhuma desculpa para estar aqui. Jack estava me esperando do lado de fora do escritório. Ele disse que íamos almoçar, mas, quando chegamos ao Claridge's, ele me acompanhou até a escadaria principal e, quando chegamos ao quarto, dessa vez o cartão-chave funcionou.

— É um sinal — ele disse. Não discuti. Estava farta de lutar comigo mesma.
Então ele diz, como se estivesse falando do clima que fez ontem:
— Eu me casei.

Fico paralisada. Mãos, braços, boca, tudo. Eu me sento.

— Eu não sabia. Obrigada por me dizer.

— Se eu tivesse dito antes, estaríamos aqui agora? — ele pergunta.

— Eu... — Pausa. *Cuidado com o que vai falar.* — A questão não é essa.

— Então, qual é?

— A questão é que você é casado.

— Eu era. Eu era casado. Agora não sou mais.

— Você se divorciou ou apenas se separou? — Estou achando difícil aceitar isso. Jack se casou desde a última vez que o vi?

— Eu me divorciei, não se preocupe.

— Desde quando?

— Desde cerca de um ano e dois meses depois que me casei com ela. Que foi há cinco anos, mais ou menos. Acho que podemos afirmar com segurança que foi tudo um erro.

— Ela diria isso?

— Sim. Ainda mais que eu. Sem ressentimentos.

— Todos os sentimentos são difíceis, você sabe disso.

— Humm, falando de qual...
— Não, Jack, vamos lá. — Eu me sento na cama, o lençol sobre os seios, os joelhos próximos ao queixo. — O que aconteceu?
— Não deu certo.
— É isso?
— É isso aí.
— Jura?
— Quero morrer se não for verdade.
— Por favor, não. Onde ela está agora?
— Não faço ideia.
— E — preciso fazer isso — como ela era?
— É, não era. Espero. Bem, ela está na faixa dos quarenta anos, é inglesa, casada, mas não é feliz, tem duas crianças maravilhosas, trabalha com finanças, é inteligente pra caramba, engraçada pra cacete, muito dura consigo mesma, muito educada e bem-comportada daquele jeito britânico até você conseguir o quarto 286, quando você percebe que ela é, basicamente, uma gata selvagem. Meu tipo.
— Jack.
— Vamos, não é um interrogatório. Ela me lembrou muito de uma mulher por quem eu estava apaixonado. Achei que era um bom começo. Ela tinha vinte e nove anos quando nos conhecemos.
— Por que você está me contando a idade dela? Por que a idade dela é o que importa? Por que é sempre a idade? Idade da pedra, idade do bronze, idade certa, idade errada, vinte e nove, quarenta e nove...
— A idade dela era um problema.
— Por quê?
— Porque ela nunca tinha visto *A feiticeira*.
Nem eu posso segurar o sorriso.
— Ah, bem, *nesse* caso...
— Certo. Se você é jovem demais para ter visto Samantha fazendo Darrin fazer exatamente o que ela quer, mesmo que ela o ame e pareça a perfeita esposa americana...
— Que Darrin?

— Certo novamente. Está vendo, essa é a resposta correta. Qual Dick? York ou Sargent?

— York, obviamente.

— Claro. Mas Sargent era um bom sujeito. Gay, você sabe.

— Interessante.

— Não é? Ele era um grande marechal em uma parada do orgulho gay em Los Angeles. E você sabe quem mais estava lá com ele? Samantha.

— Não! Sério?

— Em pessoa. A divina miss M. Se você quiser escolher um desfile, é a escolha perfeita.

— Com licença, mas não estamos nos afastando da questão?

— Com licença eu, mas não. — Jack olha para mim. — Esse é o problema. O que importa não é com quem você vai para a cama, mas com quem você pode conversar depois, quer dizer, conversar de verdade.

— Como agora.

— Bem, agora está bom.

— Ei, obrigada.

— Mas o depois tem que continuar um pouco mais se você quiser ter certeza.

— Quanto tempo mais?

Ele pega uma mecha de cabelo úmido no meu rosto e o coloca atrás da minha orelha.

— Ah, você sabe, para todo o sempre, até a eternidade. Não mais que isso.

Há um momento de reflexão. Pouso a mão no rosto dele.

— Você ainda sente falta dela? Liga para ela? Resposta direta, por favor.

— Não e não. Muito direto.

— Você a amava?

— Kate, eu me casei com ela.

— Não é a mesma coisa.

— O que houve... o que eu sentia pela Morgan era...

— *Morgan*? Você se casou com uma mulher chamada *Morgan*? Espere, tem certeza de que ela *era* mulher? Será que o problema era esse? Tem certeza de que ela não era uma jogadora de rúgbi galesa? Ou um carro esportivo?

— Ou uma biblioteca.

— Bem, isso seria ótimo, mas, sinceramente, Morgan?

— Eu sei. Enfim, como posso te explicar? Senti o mesmo que se pode sentir por alguém que não sabia quem era o parceiro de duplas do McEnroe. Ou até mesmo se importar.

— Peter Fleming. Quantos torneios Grand Slams de tênis? Estou falando sério.

— Sete. Casa comigo.

— Você não pode estar falando SÉRIO. A bola estava FORA.

— Casa comigo. Kate. Por favor. Estou falando sério.

— Eu não posso. Já sou casada.

— As pessoas podem ficar solteiras. Ou divorciadas.

— Porque a pessoa com quem elas se casaram não sabe o nome do parceiro de duplas do McEnroe?

— Bem, isso principalmente — Jack diz, dando de ombros. — Mas tem todas as razões menores. Como, você sabe, o pensamento de ser feliz pelo resto da sua vida porque está fazendo a outra pessoa feliz. Dando uma chance de provar que ela pode fazer o mesmo por você. Paz na Terra. Justiça para todos. Pequenas coisas assim.

— Como você sabe que pode me fazer feliz?

— Eu não sei. Mas devo contar agora, tenho muito dinheiro nisso. Em probabilidades extremamente favoráveis.

— Ah, eu sou só uma aposta para você?

— Claro. Só estou jogando nos mercados. Como em qualquer outro dia.

— Ele dá a volta e passa por cima de mim.

Digo:

— Ah, entendi. Espalhando as apostas.

E isso o faz rir, e a risada o faz tremer, e eu digo a ele para parar. Ele parece surpreso.

— Terminou? — ele pergunta.

— Não, desculpe, estou só começando. Me observe.

— Não, você terminou o interrogatório? Por agora?

Eu me aproximo e o puxo para perto, sussurrando em seu ouvido:

— Sem mais perguntas, meritíssimo.

16h44: Eu tinha que voltar para o escritório, mas ele insistiu que tomássemos o chá da tarde primeiro, sob um lustre tão grande que parecia a estalactite mais firme do mundo. Havia um pianista no piano de cauda no canto, tocando o refrão do *The Great American Songbook*. Eu disse que não queria nada para comer, só chá estaria bom, mas agora estou limpando todos os pequenos sanduíches crocantes que o garçom trouxe. Ovo e agrião empilhados no presunto com mel, empilhados no pepino, no salmão defumado e no cream cheese. A mulher-sanduíche não pode viver apenas de paixão.

Jack fica lá, observando divertidamente a mulher voraz diante dele, enquanto me faz perguntas sobre o trabalho. Quero lhe contar tudo porque não há ninguém em quem confiar mais para me orientar, ninguém capaz de me aconselhar tão bem quanto ele. Mas se eu lhe disser que menti sobre a minha idade para conseguir um emprego, ele saberá que me sinto vulnerável com relação a isso e que sou mais velha, talvez até mais velha do que ele pensa, e então me sentirei diminuída aos olhos dele também, o que será insuportável.

— Eu menti sobre a minha idade.

— Você fez o quê?

— Para conseguir um emprego. Um headhunter disse que não me indicaria a uma diretoria não executiva porque, segundo ele, eu estava "me aproximando rapidamente do perfil menos buscado de candidatos". Que é o código para ser quase... — *Fale, Kate.* — Basicamente, vou fazer cinquenta anos em março e, aparentemente, isso me tornará inapta para o mercado de trabalho, bem, no mercado financeiro.

Jack me passa os scones.

— Você está brincando comigo, não é? Você pode fazer um trabalho melhor do que cinco caras juntos.

— Obrigada. Mas o fato é que eu tirei um tempo para cuidar da minha mãe e dos meus filhos enquanto prestava serviços de consultoria financeira aqui e ali, e isso não pega muito bem em um currículo. Então, tirei sete anos da minha idade, porque achei que poderia passar por mais jovem e conseguir esse emprego no meu antigo fundo.

— Aquele que você veio vender para mim?

— Sim, esse mesmo. Nem é um trabalho tão bom, mas paga as contas, que é o que eu preciso agora, porque meu marido voltou a estudar e sou eu que estou sustentando a casa. E o cara que gerencia o fundo, Jay-B, tem trinta anos.

Jack me entrega o creme de leite.

— Deixe-me adivinhar. Um idiota que não sabe quem foi o parceiro de duplas do McEnroe?

— Você pode achar engraçado, Jack, mas eu preciso do emprego, realmente preciso. E é difícil fingir que tenho filhos de onze e oito ou dez e sete, ou seja lá o que for, porque eu continuo cometendo erros, e um dia eu realmente vou cometer um erro, e o Garoto que é o meu chefe vai descobrir e eu vou ser demitida e...

— Escute. — Ele coloca um dedo nos lábios, indicando que eu devo me calar.

— O quê?

— Escute, Kate — Jack aponta para o piano.

Ele planejou isso? Eu reconheço imediatamente e começo a cantar baixinho. "O pensamento de você e eu esquecermos de fazer as pe-que-nas coisas que todos deveriam fazer."

Durante uma tarde perfeita, estavam tocando a nossa música.

Isso não poderia durar.

21
Madonna e minha mãe

10h35: Até começar a tentar esconder sua idade, você não tem ideia de quantas maneiras existem de ser pega no flagra. Ídolos adolescentes, pop stars, restaurantes da moda, partidas de futebol famosas, Olimpíadas, pousos na lua, programas de TV infantis, conhecimento histórico, tendo assistido a qualquer filme feito antes de *Pulp Fiction*, todos e cada um deles é uma armadilha potencial para uma mulher que finge ser sete anos mais jovem.

Desde que voltei ao trabalho, eu me saí muito bem evitando a questão de quantos anos eu tenho. Por exemplo, aprendi a não ligar para consultórios médicos da minha mesa para marcar uma consulta porque sempre pedem a data de nascimento, e essa é a única coisa que nunca devo falar em voz alta. Quando meus jovens colegas ficaram entusiasmados com o retorno ao vivo de Kate Bush, tive o cuidado de não revelar o quanto eu amava "Wuthering Heights", o single de estreia dela, quando saiu nas névoas pré-históricas de 1978. Quase fui pega em flagrante, quando Alice viu o livro *Pais de adolescentes na era digital* na minha bolsa.

— Mas seus filhos nem chegaram na adolescência, Kate — ela disse.

— Esteja preparada é o meu lema — falei, abaixando-me sob a mesa para colocar algo no lixo e esconder minha tristeza. Eu me sinto particularmente mal enganando Alice, que, suspeito, me vê como uma espécie de exemplo. Se ela soubesse...

Na reunião desta manhã, no entanto, o tema da idade foi inevitável. Madonna levou um tombo durante um show na noite passada. A maioria das pessoas teria ficado lá caída, chorando de dor e vergonha; sei que eu teria. Mas Madonna se levantou e retomou uma rotina de dança incrivelmente atlética. Em vez de receber o espanto universal e os aplausos que lhe eram devidos, as piadas sobre velhinhas logo surgiram na mídia social. Com certeza, em nossa primeira reunião do dia, Jay-B me disse para investigar empresas que fabricavam escadas rolantes.

— A Madonna vai precisar de uma agora, então isso indica que o preço das ações vai *lá pra cima* — ele disse com alegria, esfregando as mãos. Como a maioria dos garotos da sua geração, Jay-B fala como um traficante de drogas de Baltimore em vez de um garoto bem-educado do Colégio Sagrado Coração, em Bushey. (Nome verdadeiro: Jonathan Baxter, por favor.) Isso me faz querer (a) dar um tapa no pulso dele que ostenta aquele Rolex e (b) dizer a ele para parar de falar assim e pronunciar os finais das palavras corretamente, mas, como sua subalterna (em status, não em anos), isso é impossível.

— A Madonna não é uma velha só porque ela caiu — Alice objetou, me olhando em busca de apoio moral. — Foi uma dançarina idiota que a puxou. Foi bem ridículo da Radio 1 dizer que não tocariam a nova música dela porque ela é muito velha. Quantos anos o Mick Jagger tem, pelo amor de Deus? Ninguém diz que os Rolling Stones são velhos idiotas e tristes, e eles são absolutamente idosos.

— A Madonna *é* muito velha — Jay-B falou, girando um de seus ridículos sapatos pontudos na minha direção. — Quantos anos ela tem, Kate? Uns sessenta ou algo assim?

Cuidado, Kate.

— Ah, ela deve estar na casa dos cinquenta — falei vagamente, como se estar com cinquenta e poucos anos fosse tão distante de mim quanto a Nova Escócia ou as ilhas Malvinas. — É difícil saber a idade dela — acrescentei, de repente envergonhada da minha covardia anormal. — Afinal, ela é a rainha da reinvenção.

— Está mais para rainha da *reencarnação* — Troy gargalhou. — Truta velha. Me dê a Taylor Swift qualquer dia. Ela é gostosa.

— Alguém pegou o contato interno do HSBC? — Jay-B perguntou, seguindo em frente.

Eu sei a idade dela. *Claro* que sei. Cinquenta e seis. Sempre fui grata a Madonna. Não apenas por me fazer passar pelo fim da faculdade com "Into the Groove" — as obras de Jane Austen ficarão confusas para sempre, pelo menos em uma mente, com *Procura-se Susan desesperadamente* —, mas por ela ser mais velha que eu. Não importa quantos anos eu tenho, a Madonna sempre vai ser seis anos mais velha. Há um certo conforto nisso. Se ela pode andar pelo tapete vermelho com uma roupa maluca de toureiro com renda preta com a bunda branca atrevida aparecendo, como uma menininha que saiu do banheiro com o vestido enfiado na calcinha, então eu não posso ser tão velha assim, não é? Essa é uma das razões pelas quais ainda sinto falta da princesa de Gales. Nunca vamos saber como Diana teria lidado com a meia-idade e como seria fascinante ver isso. Contamos com mulheres mais velhas para percorrer o campo minado à nossa frente, para sabermos onde é seguro pisar ou não. Gosto do fato de a Madonna se recusar a ver onde ela coloca o pé. Se, às vezes, ela leva um tombo, e daí?

Quando eu era criança, uma pessoa de cinquenta era considerada velha. Vovó Nelson, mãe da minha mãe que tinha um pulmão de ferro quando menina e mancou pelo resto da vida, tinha seu uniforme de velhinha escolhido quando tinha a minha idade. Um vestido estampado floral usado sobre um cardigã comprido e confortável da M&S em um tom pastel, meias tão grossas que pareciam uma massa de bolo, botas de pele de carneiro que ela usava como chinelos e para ir lá fora buscar o carvão que eles guardavam em uma casinha de tijolos. E ela nunca tingiu seus cabelos grisalhos; tingir o cabelo era para mulheres frívolas e devassas, Jezebéis que roubavam maridos e se tocavam lá embaixo.

Ninguém esperava que uma mulher de cinquenta anos fizesse sexo selvagem e criativo, ou se depilasse para colocar um biquíni, mantivesse um emprego exigente em tempo integral, dominasse o Snapchat ou fizesse uma lipo em sua hora de almoço. Você comprou uma cinta modeladora Playtex para ocasiões especiais, usou um pouco de um creme da Pond's, um pouco de batom, borrifou Blue Grass, da Elizabeth Arden, e foi isso. A vovó Nelson passou pela menopausa sentada em uma cadeira de espaldar alto, ao lado de uma janela aberta, tomando copos de Lemon Barley Water e assistindo a *Crown Court* na televisão. Mas isso foi há uma eternidade, quando a vovó ainda era uma pessoa idosa, não um pão indiano. Não vou mentir. Há dias em que a menopausa me faz querer me enrolar e morrer, mas a receita de reposição hormonal do dr. Libido está definitivamente começando a fazer a diferença. As articulações não doem, a pele não está mais seca, os fluidos estão reaparecendo, me fazendo sentir que posso administrar as coisas de novo, clareando os céus sobre o controle de tráfego aéreo. Minha tarde com Abelhammer sugere que minha libido está razoavelmente em ordem, e mal posso esperar para tentar novamente, só para ter certeza. O dr. L. também me deu um pouco de tiroxina, o que significa que não tenho que lutar para não cochilar todas as tardes. Enrolar-me não é uma opção, nem morrer. Nem ter cinquenta anos ou deixar meu cabelo ficar da cor natural, o que quer que seja. Não vou me deixar levar por isso. Não posso.

Ainda assim, fiquei aliviada por termos conseguido passar pela conversa da Madonna com a minha própria reportagem de capa intacta. No que dizia respeito a Jay-B, Kate tinha apenas quarenta e dois anos e era uma funcionária viável, não uma truta velha, como a rainha do pop. Foi então que a porta da sala de reuniões se abriu e Rosita entrou, empurrando um carrinho.

— Ah, olá, Kate! — A mulher que trouxe nosso café estava radiante, claramente encantada em me ver.

Meu sangue gelou. Rosita trabalhava na cantina quando eu estava lá, em 2008. Nós nos aproximamos quando insistiram em tirar fotos de Rosita sentada atrás de uma mesa porque queriam mostrar alguns funcionários que não eram brancos no folder da empresa para provar como a EMF estava comprometida com a "diversidade" (falsa, insultante e possivelmente ilegal, mas fizeram isso mesmo assim). Tem havido uma tal rotatividade de funcionários nesse meio-tempo que não vi uma única alma que eu conhecia desde que comecei aqui em outubro. Nenhuma. Não achava que havia alguém que pudesse me reconhecer e me fazer desistir do jogo.

— Estou tão feliz em te ver, Katie — Rosita falou. — O que está fazendo aqui?

— Ah. Olá. Hummm...

— A Kate trabalha aqui — Jay-B retrucou, irritado. — Vocês duas se conhecem?

Você acredita em intervenção divina? Não tenho certeza, mas, nesse exato momento, a Claire, dos Recursos Humanos, apareceu na porta, atrás de Rosita.

— Sinto muito interromper, Jay-B — ela disse. — Kate, temo que seja sua mãe. Ela levou um tombo. A sua irmã ligou para a central de atendimento.

> Kate para Richard
> A mamãe levou um tombo. Acho que quebrou o quadril. A Julie está com ela no hospital. Peguei um trem. Por favor, não diga nada para as crianças até eu saber o que está acontecendo. Tem lasanha e feijão verde para o jantar na geladeira. A comida do Lenny está na despensa. Dê a ele meio úmida e encha sua tigela de água. Estou esperando uma entrega de telhas amanhã para o nosso banheiro. Por favor, assine o recibo. A Emily precisa continuar com a revisão dela. Você pode lembrá-la? Seja gentil com ela, sim? Bjs, K

16h43: Hospital Beesley Cottage: Da última vez que visitei minha mãe, confisquei os saltos altos e os escondi no fundo do armário. A maioria das mulheres na faixa dos setenta anos não precisa ser informada de que sapatos baixos são a opção mais sensata. Elas passam a calçar tênis sem protestar; de bom grado, aceitam que cambalear em salto agulha não é mais uma atitude sábia. Mas não a minha mãe. Quando ela veio para o Natal, eu a levei a uma pequena sapataria do bairro, e, quando a menina trouxe uma seleção de calçados robustos e adequados à idade dela, minha mãe levantou um par e praticamente gritou:

— Eles parecem pastéis de borracha da Cornualha.

— Achamos que nossas clientes mais idosas gostam da estabilidade que esse tipo de sapato proporciona — suavizou o assistente de vendas.

— Eu não sou idosa — minha mãe objetou.

Agora aqui está ela, deitada em uma cama em uma ala lateral, muito mais pálida do que os lençóis, tendo caído alguns degraus enquanto usava o que ela chama de "meus bons sapatos do dia a dia". Ela encontrou os que eu escondi. Os de verniz preto com fivela dourada. Um sapato com o salto de cinco centímetros está abandonado em uma cadeira, ao lado de suas roupas.

Ela está dormindo. Beijo sua bochecha e seguro sua mão, sua mão enrugada, agora com artrite, provavelmente de todos aqueles legumes que descascou e daqueles pratos que lavou. Mesmo no Natal, ela se ocupava fazendo as coisas, sempre perguntando: "O que eu posso fazer agora?" Nunca feliz de se sentar. Posso sentir os ossos pontudos sob a pele flácida. A primeira mão que segurou a minha.

— Você não precisava vir até aqui, amor. — Seus olhos estão abertos agora, uma capa leitosa surgindo no esquerdo.

— Ouvi dizer que você estava dançando de novo.

Ela sorri.

— É terça-feira?

— Não, mãe, é quinta.

— *É?* — Ela ainda está confusa depois da operação, a enfermeira disse.

— Como estão a Emily e o Ben?

— Estão bem. Muito bem.

— Lindas crianças. Lindas mesmo. A enfermeira disse que eu caí.

— Sim, você quebrou o quadril. Mas está bem agora, graças a Deus. Eu e a Julie vamos cuidar de você.

— É terça-feira? — Ela está agitada agora. Chateada.

— Sim. Sim. É terça-feira, mãe. Não se preocupe.

— Você vai ficar, amor?

— Claro que vou. Estarei bem aqui. Onde mais iria estar, boba?

Isso parece acalmá-la. Ela fecha os olhos e permite que o sono a leve. Minha mãe parece tão pequena e encolhida em seu traje hospitalar. Julie foi para casa pegar uma camisola e artigos de higiene pessoal para ela. Como eu sabia que ela faria, minha irmã já está usando o acidente para redobrar sua campanha para eu "fazer uma contribuição maior". Nós brigamos. No estacionamento, logo depois que cheguei ao hospital. Rancores antigos não cicatrizados. Julie foi embora, seu tiro de despedida pairando no ar como uma arma de fogo:

— Se a mamãe for para casa, não vai ser você quem cuidará dela, não é, Kate?

Estou sentada aqui, ao lado da cama, querendo que minha mãe melhore, que volte a ser como ela é de novo, e isso porque eu quero que ela esteja bem, mais do que qualquer coisa, mas também porque Julie está certa. Não posso ficar com ela, não por muito mais tempo. Ouço a mensagem que Jay-B deixou na minha caixa postal. É a segunda vez que ouço isso. Ele diz que é "extremamente simpático à sua situação, Kate, mas nos mantenha informados".

Tradução: você tem mais dois dias fora do escritório antes de começarmos a procurar outra pessoa. Seria um pouco diferente se eu tivesse um bom emprego, mas estou só cobrindo uma licença-maternidade. A última coisa que a EM Royal quer é encontrar alguém para cobrir uma licença de alguém que já está cobrindo outra. Minha posição lá é tão precária quanto minha mãe em seus saltos altos.

Puxo a cadeira para mais perto da cama e desligo meu telefone. Com o tempo, comecei a seguir o conselho do livro *Pais de adolescentes na era digital*. Não quero mensagens do trabalho ou de qualquer outra pessoa. Quero dar toda a minha atenção a minha mãe. Eu a ouço respirar, a camisola do hospital subindo e descendo suavemente.

Apesar da queda, o rosto da minha mãe ainda dá sinais de estar cuidadosamente arrumado: base, pó, o cabelo limpo e enrolado esta manhã, antes de sair para "fazer suas coisas". "Se apresentem da melhor forma possível" — ela sempre dizia para Julie e para mim. Era o mantra dela. Como ela odiava quando eu chegava da faculdade naquela época com um macacão verde desbotado. ("O que, em nome de Deus, você acha que está vestindo, mocinha?")

O papel das mulheres da geração da minha mãe era doméstico, maternal e ornamental. Feminilidade e vaidade eram vitais, uma questão de sobrevivência porque, se você não pudesse atrair um parceiro e se agarrar a ele, a sociedade teria pouco uso para você. Não admira que ela sempre tenha julgado duramente minha aparência. Eu vejo isso claramente agora. Ela não estava me colocando para baixo, estava me armando para a batalha da única maneira que ela sabia.

Não admira que minha vida — uma vida não vivida exclusivamente por e para um homem — pareça tão confusa para ela. Não sou culpada de algo parecido com a Emily? Tenho o cuidado de não comentar sobre o peso dela, claro que tenho, mas eu odeio praticamente todas as suas roupas, exceto as que eu comprei; existe alguma coisa estranha que faz você repreender sua filha se ela não parece apresentável o suficiente para atrair o sexo oposto? Todas as mães são secretamente como a sra. Bennet em *Orgulho e preconceito*, preocupadas com a possibilidade de casamento das meninas? Os tempos mudam, mas não o imperativo de transmitir seus genes.

— Jooo — minha mãe fala enquanto dorme. — Jooo. — Por um momento, acho que está chamando meu pai. Eu me inclino e pouso a mão em seu rosto.

— Tudo bem, você está bem, não há nada para se preocupar.

Ela o amava, apesar de tudo — nunca conseguia se conter. Para mim e Julie, papai era uma ferida aberta, um constrangimento que só aparecia em nossas vidas quando ele precisava de um empréstimo. ("Você pode depositar até sábado, amor?") Ele até apareceu em meu escritório uma vez, pedindo dinheiro para um de seus projetos malucos. O segurança pensou que ele era um vagabundo. Nunca senti tão intensamente a diferença entre o lugar de onde vim e o lugar aonde cheguei quanto nesse dia. Pelo menos meus filhos têm um pai amoroso no qual podem confiar, mesmo que Rich tenha sido meio ausente ultimamente.

Lembro-me da noite em que meu primeiro namorado, David Kerney, juntou dois e dois e descobriu que ele e meu pai pertenciam ao mesmo clube de tênis de mesa.

— Ah, o seu velho é o cara certo — ele disse. — Ele tem a Elaine e a Christine a caminho.

Eu devia ter catorze anos — a idade do Ben — e foi um choque perceber que o mundo tinha uma visão sobre meus pais que não era necessariamente favorável. Aquele arrepio de vergonha ficou comigo; posso sentir isso agora.

Para minha mãe era diferente; meu pai foi o primeiro e, imagino, seu único amante. Dificilmente podemos compreender o que isso significaria para uma pessoa agora, aqueles de nós que podem contar nossos parceiros sexuais em duas mãos ou mais, e podem até ter esquecido alguns deles completamente. Quanto à geração de Emily, que faz sexo virtual em um celular com pessoas que nunca encontraram, o que isso significa para a intimidade e o compromisso humanos?

Minha mãe se agita novamente e me pego pensando: *o que ela faria com o Jack?* Bem, ela reconheceria o charme irresistível, é claro. Mas não. Balanço a cabeça para afastar a ideia. Jack não pertence à vida real. É impossível imaginá-lo conhecendo minha mãe, Julie, vendo minha cidade natal. Eu não tenho vergonha disso — eu tinha quando era jovem e insegura —, mas, ainda assim, seria como levar Cary Grant ao KFC. Com essa imagem disparatada na mente, deito a cabeça na cama, ao lado da mão da minha mãe, e divago.

Quando ligo o telefone duas horas depois, há um e-mail de Debra. (Assunto: Atire em mim!) Não me incomodo em abrir para saber a respeito de outro pervertido do Tinder. Há uma mensagem de texto da Emily que, felizmente, não é grosseira. Diz que ela vai encontrar os amigos pessoalmente, em vez de online. E uma de Abelhammer — a visão do seu nome, como sempre, causando uma sensação de profundo deleite, desejo, beirando o desamparo, mais forte do que nunca desde o nosso chá gelado. Eu me pergunto o que deu em mim que comecei a pendurar meu coração ao redor do pescoço de Jack com tal abandono. Nunca tive um momento imprudente na vida até agora, com esse homem...

Jack para Kate
Quando vou te ver de novo? Quando vamos compartilhar momentos preciosos? Podemos, pelo menos, tomar o chá da tarde? Vou estar em Londres amanhã. Continuo sendo seu servo dedicado. Bjs, J

Kate para Jack
Você está realmente reduzido a citar o The Three Degrees para mim? Costumava ser Shakespeare. Minha mãe levou um tombo e estou no hospital com ela. Não vou voltar para o sul por alguns dias. Talvez amanhã. Saudades. Bjs, K

Jack para Kate
Realmente sinto muito pela sua mãe. Posso ajudar? Basta dizer algo que pulo de um edifício de dez andares em um único salto. Eu sabia que você estaria familiarizada com o próximo verso da

letra da música, só isso. (*Roy, a letra do grupo The Three Degrees, por favor). Beijos.

Minha mãe parece muito mais animada depois que dormiu. Ela me pede para procurar seus óculos de leitura na bolsa. Percebo que junto com seu extrato bancário tem um maço de notas. Que estranho. Deve ter pelo menos duzentas libras. A minha mãe não tem costume de andar com muito dinheiro. Deixo o extrato cair no lado onde tem as informações e vejo uma quantidade de retiradas recentes. Mil e setecentas, duas mil e seiscentas, três mil e trezentas, novecentos e cinquenta, duas mil e cem libras. Caramba!
— Você fez uma farrinha, mãe?
— Do que está falando, amor?
— Sei que você queria um tapete novo, mas não sabia que ele era de ouro.
— Ah, não foi para o tapete, amor. — Ela sorri, tirando os óculos da minha mão. — Nossa Julie falou que é preciso transferir dinheiro para os filhos enquanto se é jovem o suficiente ou o governo vai tirar isso de você mais tarde. É isso mesmo, não é? — Há uma súbita nota de dúvida em sua voz.
Aguenta firme, Kate, aguenta firme.
— Sim, sim, é isso mesmo. Você pode dar o valor como um presente, mãe, a cada ano. É muito gentil da sua parte.
— A Julie falou que você e as crianças também podem receber um pouco.
— Estamos bem, mãe, não se preocupe. Continue com seu pé de meia. — Nesse momento, noto minha irmã parada na porta. Já vi esse olhar no rosto dela antes. Quarenta anos atrás. Quando as moedas que eu estava deixando de molho no vinagre para limpar para os Brownie desapareceram e Julie jurou que não as tinha visto.

Não trocamos uma única palavra no caminho de volta até a casa de Julie. Minha irmã mora atrás da escola onde minha mãe trabalhava como faxineira, a dez minutos a pé da casa de nossa mãe. Não venho aqui há bastante tempo e foram feitas algumas coisas para melhorar a região. Algumas casas exibem novas janelas, algumas fachadas foram consertadas. Um lugar que havia sido fechado, depois que uma família problemática foi transferida, está sendo reconstruído. O ano ainda está no começo e o vento é cruel, mas o sol saiu para a ocasião.

Julie não diz nada enquanto pega as chaves da porta da frente na bolsa, nos deixa entrar, me leva para a cozinha e põe a chaleira no fogo. Então fica de costas para o balcão, ainda de casaco, e me enfrenta.

— Vá em frente, fale — ela diz.

— O quê? Diga você... Que está se aproveitando da poupança da nossa mãe, dizendo a ela que precisa dar o dinheiro dela para você, porque se ela não fizer isso o governo vai botar a mão nele?

— Você é que é a garota prodígio das finanças.

— Julie.

— Tudo bem, tudo bem. O nosso Steven se meteu em problemas online. Tenho tentado falar sobre isso, mas você está sempre ocupada.

— Que tipo de problema? — Steven está com vinte e poucos anos, ainda mora com a mãe, está à procura de emprego, apesar de nunca parecer muito longe do sofá, pelo que eu sei. Seu pai partiu há anos, e minha irmã tem morado com alguns namorados desde então, nenhum deles bom o suficiente para ela.

— Algo a ver com apostas — Julie fala, pegando o pano de prato do gancho perto da pia e apertando-o com força. — Tudo o que sei é que ele achava que não parava de ganhar e a coisa toda ficou fora de controle.

— Quanto?

— Vinte e quatro mil.

— Jesus.

— Sim, mas o que eu não sabia é que ele achava que podia pedir emprestado para pagar. Um daqueles day alguma coisa.

— Empréstimos payday.

— Esse mesmo. Bem, eles vieram até aqui e ele ficou se cagando...

— Você tem o contrato?

— Tenho o quê?

— O Steven deve ter assinado algo para o empréstimo.

— Não sei, vou ter que perguntar. Ele provavelmente perdeu. Ele perde tudo, aquele menino.

— Parece o Ben. Não consegue encontrar as próprias meias quando estão nos pés dele. — Tento me aproximar, acalmar o momento, encontrar um espaço comum. Não funciona. Minha irmã voa de volta para mim.

— Se esse rapaz não consegue encontrar a droga de uma meia é porque você o estragou, o mimou e...

— Julie, por favor...

— Por favor, nada, você leva os seus filhos para viagens extravagantes nos feriados, onde foi este ano? E, "mamãe, compra um PlayStation novo para mim, por favor, o antigo está desatualizado". E "mamãe, eu estou preocupada com quantas drogas de estrelas vou passar nos meus exames... Por favor, você pode contratar um professor particular para me ajudar, como todos os outros garotos ricos?" Enquanto isso, a pobre tia Julie, pobre *de verdade*, que mora no Norte, em uma casa do tamanho da sua cozinha, está bem, ela pode cuidar da vovó, certo? Quer dizer, não é que ela tem algo melhor para fazer.

— Isso não é...

— E ah, "a mamãe adoraria ajudar a tia Julie, mas ela está sempre tão ocupada ajudando aqueles ricaços a ganhar cada vez mais dinheiro, você sabe, para o caso de eles ficarem sem helicópteros, porque nunca se sabe, não é?" Como se você quisesse chegar urgente à droga de Abi Dabi, e o dinheiro pode comprar tudo, certo, especialmente com a mamãe no seu caso. Quer dizer, o dinheiro realmente pode comprar seu amor, não pode, Kath?

— Não, não pode. — Fico olhando para o chão.

— Bem, vamos descobrir, não é? Vamos torcer para uma parte desse lindo dinheiro cair da porra do céu, como é que eles chamam isso, essa "distribuição"? Pegue tudo o que há nos bolsos do Steven, então os homens não vão bater aqui na porta às seis e meia da manhã. Eles disseram que da próxima vez trariam um cachorro. Bem, eu amo aquele rapaz, ele é um idiota, mas eu o amo, ele é meu. Ele não tem nenhuma nota A ou a droga de um professor particular, obrigada, nenhum pai para conversar, ele tem dívidas até as orelhas e está assustado, e se eu tiver que pedir dinheiro emprestado à mamãe, à nossa mãe, para terminar com isso, então eu vou fazer isso, sim. Porque o dinheiro não pode comprar amor, mas pode impedir alguém de ir até seu filho e quebrar o braço dele, e é isso que eu quero evitar. Esse é o amor de onde eu venho. De onde você vem, caso tenha esquecido.

Minha irmã para para respirar, o peito arfante, como um corredor de maratona. Não respondo, mas pego o pote de café do armário e o leite da geladeira.

Faço duas canecas grandes, coloco-as na mesa e me sento. Julie fica onde está. Então ela pega uma lata de biscoitos e a coloca entre nós.

— Não é do tipo que você gosta — ela fala.

— Graças a Deus. Odeio biscoitos extravagantes.

— Você está mentindo.

— Não, não estou. Assim como odeio chocolates chiques.

— Nunca os comi.

— Não perdeu muita coisa. O cliente me deu uma caixa que ele trouxe da Suíça, se enrolou todo para explicar o que tinham de especial. Me disse para guardá-los na geladeira porque tinha creme fresco neles.

— Isso é nojento.

— É verdade. Comi um e era gorduroso. Como um condicionador. Arrumei o restante deles na caixa, me virei e dei para outra pessoa do trabalho, como presente de aniversário. Depois peguei a maior barra de frutas e nozes que encontrei e a comi inteira.

Julie põe as mãos em volta da caneca para se aquecer.

— Então, nós não te perdemos completamente? — ela pergunta.

— Me perderam?

— Para os ricaços.

— Vocês nunca vão me perder, amor. Não se preocupe. — Estendo a mão e pego um biscoito de nata. Quando dou a primeira mordida, vejo o rosto de Richard estremecendo. Carboidratos não refinados! Ele provavelmente proibiria o comércio desses biscoitos.

— Julie?

— Ainda estou aqui.

— Então, se pegarmos emprestado um pouco da mamãe agora e eu der algum... desculpe, não tenho essa quantidade de dinheiro sobrando com o Richard sem trabalhar... o Steven vai ficar bem? Ou tem alguma cláusula que o deixe endividado para sempre?

— Não sei. Só tenho um pressentimento ruim de que ele será arrastado de volta.

— Isso não vai acontecer. Mas, escute, uma coisa sobre esses trapaceiros. Quer dizer, os que trabalham comigo. Eles sabem sobre empréstimos. É o que eles fazem.

— Sim, mas esses são para milhões e milhões. O Steven está desempregado.

— Funciona do mesmo jeito. Eu te dou quinhentas libras ou quinhentos milhões de libras, não importa. Concordamos com os termos, e então você me paga de volta. É por isso que, se tiver um pedaço de papel a respeito do empréstimo do Steven ou até mesmo um e-mail, seria de grande ajuda. Daí eu posso mostrar esse documento a um amigo no escritório e a gente resolve isso. Vai ficar tudo bem.

— Você acha?

— Sim. A única coisa que realmente me preocupa nisso tudo é a mamãe.

— Eu sei. Sinto muito.

— Quer dizer, você sabe como ela é. Ela nos daria as roupas do corpo se pedíssemos...

— Ou mesmo se não pedíssemos.

— Exatamente. Mas isso é mais uma razão para não tirar proveito dela desse jeito, sem dizer nada.

— Mas se eu dissesse o verdadeiro motivo pelo qual eu precisava do dinheiro, você sabe que isso a mataria. O Steven pegou uma gripe no ano passado e ela ligava de dez em dez minutos, dizendo que não conseguiria dormir de preocupação. Imagine se eu dissesse que esses grandalhões estavam aqui, na porta de casa, o ameaçando. Ela morreria.

— Eu sei, você está certa. — Suspiro e tomo meu café. — Não são as mentiras brancas, Jesus, olhe para mim. Não dizer a verdade é como a minha dieta básica.

— Pensei que eram frutas e nozes.

— Chocolates e mentiras. Soa como um filme.

— Que mentiras você está dizendo, então?

— Bem, para começar, todo mundo no trabalho pensa que eu tenho quarenta e dois anos. — Com isso, minha irmã ri; o primeiro som feliz que ela fez o dia todo. *Continue com isso, Kate, enquanto durar.*

— Por quê?

— Eu não conseguiria um emprego se contasse que estava com cinquenta.

— Você está brincando — minha irmã objeta de repente, ao meu lado de novo. — O que isso tem a ver? Eles acham que seu cérebro seca com seu útero ou o quê?

— Acho que é mais ou menos isso.

— Besteira. Você sempre foi a mais brilhante. Não como eu. Você sempre via as coisas antes dos outros. Nosso Steven, ele é como você com números. Basta ver uma coluna de figuras para ele já saber a resposta. Mas o bobo pensou que podia bater as probabilidades, e ninguém faz isso, não é?

— Julie, quero fazer uma contribuição para os cuidados da nossa mãe. Você faz muito, está à disposição dela todos os dias, o dia inteiro.

— Não vou aceitar seu dinheiro. Não preciso ser paga para cuidar da nossa mãe.

Aqui está o ponto central da questão. O dinheiro pode não ser a raiz de todo o mal, mas basta raspar um pouco a terra e aí está a semente da maioria dos ressentimentos familiares.

— Escuta, se você não estivesse aqui, a mamãe estaria sozinha e nós teríamos que pagar alguém para vir, não é? Lembra da minha amiga Debra? Bem, a mãe dela tem Alzheimer e elas pagam mil e duzentas libras por semana por algum lugar na costa sul. Assalto à luz do dia. Você vai fazer um trabalho muito melhor do que qualquer profissional de saúde e vai precisar de muita ajuda quando ela sair. Como temos você por perto, estamos economizando todo esse dinheiro. Faz sentido se eu te der alguma coisa todo mês.

Vejo que colocar as coisas dessa forma é bom para o orgulho de Julie. Isso não deve parecer caridade.

— Bem — ela diz com cautela —, se você acha que valho a pena. Não vou mentir, isso vai ser de grande ajuda. — Minha irmã estende as mãos sobre a mesa e pega as minhas.

— Kath, me desculpe pelo que eu disse...

— Não, você está certa. A minha vida é uma bagunça. É uma bagunça com dinheiro e uma boa casa, mas ainda é uma bagunça.

— Tente uma bagunça sem dinheiro algum dia.

— Pode acontecer, Julie. Posso ter que vender o helicóptero. Bem, o de reserva, de qualquer maneira, aquele que fica no jardim dos fundos. Quer dizer, que desastre.

— Como o pequeno Ben iria para a escola na hora?

— Pobrezinho.

— Com uma meia só.

— Agora você vai me fazer chorar. — Por um minuto, temos doze e catorze anos novamente, rindo em nossas camas ao falar sobre meninos. Algumas coisas nunca mudam. Não muito, apenas um pouco, mas o suficiente.

Sexta-feira, 7h21, estacionamento do Beesley Cottage Hospital: Como se para provar que sua tia Julie estava certa, meu principezinho mimado acordou esta manhã, notou que sua empregada pessoal estava ausente e não ficou impressionado.

Ben para Kate
Onde tem calção de futebol?

Kate para Ben
Você já viu na gaveta de baixo da cômoda onde as coisas de esportes ficam? Bjkas.

Ben para Kate
Não está lá.

Kate para Ben
Você pode fazer melhor que isso, querido. Olhe na cômoda novamente e depois peça para o seu pai te ajudar. O Sam pediu emprestado depois da festa do pijama? Tenho que falar com a enfermeira da vovó, mas entro em contato com você em dez minutos.

Ben para Kate
Não é minha responçabilidade. Quando vc volta

Kate para Ben
Responsabilidade é com "S", senhor! E é da sua responsabilidade já que você é um menino crescido agora. A vovó está muito melhor e estarei em casa hoje à noite. Lembre-se de tomar o café da ma-

nhã e tomar dois comprimidos de vitaminas — estão em um vidro laranja, ao lado do pote de pão. Lembre-se de usar seu capacete de bicicleta, tá? E confira se seu telefone está carregado, mas não como da última vez! Saudades. Bjkas.

Kate para Richard
Por favor, você pode parar de meditar ou o que quer que você esteja fazendo e ajudar o Ben a encontrar as coisas dele do futebol? A minha mãe está bem, caso você esteja se perguntando. K

Corrigir a ortografia do Ben de "responsabilidade" pode ser visto como "desestimulante" e "hipercrítico", coisas que são especificamente proibidas no *Pais de adolescentes na era digital*. O livro diz que preciso "aperfeiçoar" minhas habilidades de pai e mãe para "acompanhar o jovem adulto em desenvolvimento". Aparentemente, isso significa "reforçar a adesão das crianças por meio do reforço positivo".

Isso é uma droga. A Julie está certa. Preciso parar de mimar o Benjamin e ajudá-lo a crescer.

Richard para Kate
Calma, por favor. Estou absorvendo muita energia negativa. Isso é superdestrutivo. Tudo está absolutamente bem por aqui. Por favor, diga a Jean que eu a amo.

9h44: A enfermeira chefe me convida para sentar em seu escritório, uma sala agradável com janelas francesas que dão para um espaço verde — não se poderia chamar isso de jardim exatamente —, com árvores jovens recém-plantadas: bétula, eu acho. A mamãe saberia, a Sally também. Na parede atrás da enfermeira Clark, tem um daqueles painéis anuais; está repleto de adesivos coloridos e lembretes de medicamentos a serem dados.

Assim que ela acaba de me entregar uma pilha de formulários sobre "necessidades de cuidados contínuos", uma ligação de Jay-B faz meu celular tocar. A mais recente brincadeira do Ben é dar à sua mãe tecnofóbica o toque de um telefone de 1973, quando minha mãe ainda costumava entrar no corredor gelado, pegar o fone e chamar alguém. Aquele mundo de centrais telefônicas e operadoras que falavam com as consoantes recortadas da Celia Johnson parece impossivelmente distante.

Desde a queda da minha mãe, o passado e o presente se confundem na mente dela. Um minuto, ela está aqui comigo nos dias de hoje, no seguinte, ela está segurando minha mão e levando a Julie e a mim em nossos vestidos combinados de avental, para a escola dominical. Mamãe fazia esses vestidos de moldes que ela pegava da revista *Simplicity*; lembro-me dela ajoelhada no chão, segurando alfinetes nos dentes, enquanto colocava cuidadosamente o papel no tecido. Não importava quão pouco dinheiro tivéssemos, ela sempre quis que suas filhas parecessem espertas. Eu herdei isso dela.

— Os formulários são complicados — a enfermeira diz.

Não gosto dela. Senti isso no minuto em que nos conhecemos. Não gosto de sua dureza disfarçada de jovialidade. Ela é cruel, eu acho. Nem gosto do jeito que ela fala sobre a minha mãe como se ela não estivesse ali, ou adota a voz cantante que se usa para falar com uma criança pequena. Mas, por favor, veja como sou atenciosa com essa mulher! Meu rosto dói de usar todas as reservas de charme que possuo. Eu a trato como meu cliente mais importante e difícil. Preciso que ela goste de mim porque estou prestes a deixar minha mãe nas mãos dela e temo que, se eu a irritar por alguma razão ou se ela pensar que eu sou uma vaca sulista, ela pode descontar tudo na minha mãe.

— Sim — falo, olhando para o celular —, mas quero ter o melhor tratamento que puder para a minha mãe. — Uma segunda mensagem de voz de Jay-B. Ah, droga. Eu praticamente posso ouvir suas unhas bem cuidadas batucando em sua mesa. Preciso voltar.

— Não é uma má notícia, espero? — a enfermeira pergunta, ansiosa. — Agora, por favor, não se preocupe com sua mãe, Kate. Ela é nossa responsabilidade e vamos garantir que ela esteja bem até que esteja boa o suficiente para ir para casa.

— Muito obrigada, você é muito gentil. A minha irmã, Julie, virá esta tarde. Você pode mandar um beijo para a minha mãe por mim, quando ela acordar?

— Claro que sim. Seu táxi chegou.

Ao sair, olho para minha mãe, que está dormindo profundamente. O tubo em sua mão esquerda criou uma veia azul pulsante, que parece dolorosa. Toda vez que eu a deixo, desde o ataque cardíaco, surge o mesmo pensamento: *será a última vez que vou te ver?* Queria poder ficar. Mas não posso. O dever me chama. Mas o dever também diz que é aqui onde eu deveria estar. Depois de todos esses anos, ainda estou servindo a dois mestres: ao amor e ao trabalho.

*Roy, me confirme os próximos versos da canção do grupo The Three Degrees que o Jack citou: "Estamos apaixonados ou somos apenas amigos?/ Esse é meu começo/ Ou é o fim?" Boa pergunta. Qual é a resposta certa, Roy? Obrigada por todas as sugestões.

22
Nunca posso dizer adeus

Segunda-feira, 14h30: Através da chama da vela, sobre a toalha de mesa de linho branco como a neve, a taça de vinho vermelho-escuro na mão, Jack Abelhammer olha para mim. Garçons passam silenciosamente. O fio duplo de pérolas em volta do meu pescoço, seu último presente, desliza na sombra entre meus seios. Ele estende a mão para mim. Os dedos roçam um no outro.

De qualquer forma, foi como eu imaginei a cena. O que só prova que imaginar, que é o que as mulheres gastam metade das suas vidas fazendo (bem, eu pelo menos), é um desperdício total de energia. Pois aqui estamos — cara a cara, é verdade — no Gino's, um café localizado bem no centro de Aldgate East. O Gino's é muito parecido com o Michael's (onde a Candy e eu íamos muito), embora as colheres de chá sejam de plástico e não de metal. Na mesa ao lado, três pedreiros estão sentados, mexendo seus cafés da manhã montanhosos às duas e meia da tarde. ("Por que você pediu bolhas em vez de chips?" "Tem repolho nisso aqui. Tem fibras. Mantém você regular." "Que se dane. Se você é tão regular, cara, por que apareceu às oito e meia da manhã, em vez de quinze para as oito, como ele disse?") Estou ficando gripada. Não *é possível* ver a sombra entre meus seios, mas dá para ver a mancha dolorida debaixo do meu nariz de todas as fungadas e espirros, então essa é a imperfeição de Ingrid Bergman.

— Sinto muito pelo almoço hoje, Jack. E pelo jantar na noite anterior. E essa coisa do final de semana, sobre a qual falamos, acho que não vou conseguir ir também. Não com a minha mãe do jeito que está. Preciso voltar quando ela tiver alta. E as coisas também estão um pouco complicadas com a minha irmã.

— Ah, complicadas como?

— Você não vai querer saber.

— Na verdade, quero saber tudo a seu respeito, se você não se importar.

— É terrivelmente complicado.

— Faça um teste comigo. Fiz uma disciplina na faculdade chamada teoria aplicada do caos e da complexidade.

— Perfeito. Parece a minha vida. — A verdade é que estou relutante em dividir a intimidade sórdida do clã Reddy com o Jack. Não sei se o meu namorado incrível e engraçado pode suportar muita realidade. Nosso relacionamento nunca foi testado contra o estresse do mundo real de adolescentes megaespertos, pais doentes e sobrinhos viciados em jogos de azar, e nunca será.

Jack deve ter lido minha mente, porque pergunta:

— Vamos lá, Kate, você realmente acha que pode me chocar?

— Não. É que, bem, quando eu estava no hospital, vi que um dinheiro tinha sido sacado da conta da minha mãe.

— Da conta-corrente dela?

— Mais ou menos. Da conta-poupança. Quer dizer, quantias muito pequenas para... bem, o dinheiro do táxi para você, Jack, mas muito para a minha mãe. E acontece que a minha irmã conseguiu que ela desse o dinheiro porque o filho da Julie, que é meu sobrinho, Steven, estava jogando pela internet. A situação saiu totalmente de controle, então o idiota achou que tinha encontrado uma forma de pagar de volta.

— Deixe-me adivinhar. Um tubarão chamado Duane pronto para emprestar com uma taxa muito razoável de mil, duzentos e noventa e um por cento anual?

Apesar de tudo, ele me faz rir.

— Ah, vejo que você já conhece o sr. Duane, o Robin Hood da região de Redcar.

— Claro que sim. Boa pontuação de crédito não é necessário. O dinheiro estará em sua mão em dez minutos, seu pobre ingênuo.

— Como você sabe tanto? Você nunca foi ingênuo nem pobre.

— Vamos apenas dizer que recebi algumas informações valiosas depois que a minha mãe entrou em um relacionamento abusivo com um cassino.

— Ela costumava apostar?

— Uma bêbada feliz. Ela achava que a roleta era sua nova melhor amiga. Se afundou, ficou com medo que meu pai descobrisse e tentou esconder suas perdas. Tivemos alguns cavalheiros muito interessantes em casa quando eu estava na oitava série.

— Isso é terrível. O que você fez?

— Criei uma estratégia inteligente para amortizar os empréstimos.

— Mas você era só uma criança.

— Tecnicamente, sim, mas você pode se tornar adulto rapidamente, se for preciso. Agora, Katharine, por favor, você pode me explicar a relação entre gritos e bolhas?

— Jack, me desculpe, realmente não temos muito tempo.

— Não se preocupe, Kate. Temos tempo de sobra.

— Até você voar de volta para Nova York na próxima semana.

— Sim, e tem uma coisa incrível que você pode fazer hoje em dia. Meu amigo estava me contando sobre isso. Aparentemente, você pode voar de volta na outra direção também. Acontece que não tenho que ficar nos Estados Unidos para o resto da minha vida. Posso voltar de novo. Para te ver.

— E depois?

— Depois nós voltamos aqui. No Gino's. Vou vir aqui várias vezes até alguém me dizer o que é uma bolha. O que for preciso.

— E o seu trabalho?

— Eu dirijo a empresa, Kate. Não tenho que me submeter a ninguém. Sou dono de mim mesmo. E meu trabalho é uma boa desculpa para vir aqui te ver. Até que, você sabe.

— Até que o quê? Até que você tenha o suficiente?

— Até que você me possua — Jack fala.

— Oferta hostil de aquisição.

— Exatamente. Fusão agressiva. Lembre-se de que tenho ações em você.

Olho para o meu copo. Pedi um latte, mas o que chegou é mais como uma piscina de pedra em uma costa poluída. Mexo uma vez com a colher de plástico, duas, dez vezes, como se mexesse meus pensamentos. Tenho que dizer a ele.

— Não posso mais me encontrar com você, Jack. Por favor, não fique com raiva. Eu realmente sinto muito. Eu tentei antes. Mas tentei e falhei. Lembra. Anos atrás, quando nos conhecemos, e pensei, como uma princesa da Disney, que todos os meus sonhos tinham se realizado. Meu príncipe tinha surgido.

— Minha dama...

— Por favor, escute. E você *era* o meu príncipe. Eu tenho certeza. Você ainda é. Em um mundo ideal, teríamos um ótimo reino, o melhor, e eu adoraria morar lá com você, realmente amaria. Mas...

— Eu sabia que teria um "mas". Sempre tem.

— Mas o mundo não é ideal. Nunca foi, nunca será. Ideais são para pessoas que são livres, que podem agir por si mesmas. Eu não posso, tenho que pensar em outras pessoas. Muitas delas dependem de mim. A coisa com ideais é que eles não inspiram. Eles te magoam, te deixam triste, sempre pendurados ali, fora do seu alcance.

— Só um aviso, Katharine, você está falando com um americano. Nós temos ideais como vocês, ingleses, têm a chuva. É o que nos faz levantar os olhos para o céu todos os dias.

— Você mesmo disse. Nós temos a chuva. E eu tenho quase cinquenta anos, Jack, e sinto que está chovendo à beça. Eu me preocupo o tempo todo com meus filhos, especialmente a minha filha; com a minha mãe, minha irmã, os pais do meu marido, a minha melhor amiga, que é basicamente uma alcoólatra, o meu cão, o meu trabalho, a minha saúde, que, sinceramente, está mais para lá do que para cá. Eu sei que parece patético, mas é demais. Não posso me libertar, simplesmente não posso. Você é maravilhoso, mas você é... estar com você é como ver o céu. É divino, mas não me leva a lugar nenhum. Ainda estou aqui.

É a vez de Jack falar.

— Bem, eu detesto trazer isso à tona — ele diz. — Mas e quanto àquela palavra que começa com A?

— Que palavra?

— A... Vocês não têm isso aqui?

— Temos. É um similar para Akita. A única garantia de apoio emocional que todos neste país podem confiar. Os Beatles já disseram isso: "Tudo o que você precisa é de um Akita. *Da-da-da-da-dah*".

— Bem, lá vem você. As pessoas vão pensar que estamos apaixonados. E estariam certos. Estamos mesmo. E, quando as pessoas estão apaixonadas, geralmente elas concordam que, só de estarem juntas, isso lhes dá forças para fazer algo a respeito. Para fazer dar certo.

— Mas você não vê, força é a única coisa que eu não...

— Por favor — ele diz, sorrindo. Aquele sorriso. Nunca falha. — É a sua vez de ouvir agora, tudo bem? Entendo completamente sobre a chuva. Você não pode fechá-la, pois ela não está saindo de uma torneira. Essas coisas, todas essas preocupações, são reais. Mas nós também somos. Olhe para nós. Somos tão reais quanto, eu não sei...

— Como o cabelo flutuando no seu cappuccino.

— Exatamente. O especial do dia. Você é *tão* romântica, Kate, querida, você sabia?

Primeira vez que ele me chama assim. Parece bom. Posso suportar muito amor de Jack.

— Acho que sou mais romântico do que você. O que estou falando é, Jesus, por que não tentar andar na chuva? Não é se molhar que está te matando, Kate, é se molhar e não fazer nada. Assim que começarmos a fazer alguma coisa, nada mais vai parecer tão ruim e impossível como agora.

Atravesso a toalha de mesa branca, as velas e o cristal de vidro lapidado, a garrafa vermelha do Sarson's, e seguro sua mão.

— Ah, Jack, por que você tem tantas esperanças?

— Sou americano, senhora. Culpado como acusado.

— Para ser sincera, não vejo como as coisas podem mudar.

Ele se inclina sobre a mesa e me beija.

— Tudo bem, vou passar um tempo na França antes de voltar para os Estados Unidos e você tem todos os meus contatos. Você pode me enviar um e-mail, uma mensagem ou me ligar a qualquer momento, e o terceiro álbum dos Jackson Five. Kate?

Só me dê um segundo.

— "I'll Be There"? A música? Eu estarei lá?

— Você entendeu. Agora, o que posso fazer para você no seu aniversário?

— Nada, sinceramente, não há nada para comemorar.

Nós nos levantamos e nos beijamos novamente. Ele deve ter pego meu resfriado agora, mas assim é o amor. Jack coloca uma nota de vinte libras debaixo da xícara de café para comemorar a ocasião.

— Ah, Deus, agora vamos ter que voltar — falo. — O Gino vai estar esperando por nós, como Tristan.

— A qualquer momento — Jack fala. Mais um beijo, e acho que esse pode ser o último, o último beijo. Quando saímos, a voz de um pedreiro, como um anjo cantando alegremente, soa em nossos ouvidos.

— Dê um nela por mim, companheiro.

Sempre teremos o Gino's.

Lá fora está chovendo, e eu o vejo se afastar de mim.

De novo. Você o mandou embora de novo.

15h39: Eu me sinto totalmente entorpecida no caminho de volta ao escritório, mas as notícias são boas. Alice me cumprimenta com um abraço. Gareth trouxe meia garrafa de vinho branco e copos de plástico da cantina. Troy não está por ali, e logo descubro por quê. O conselho aprovou Vladimir Velikovsky como um bom cliente.

— Eles tinham algumas ressalvas sobre "possíveis saídas futuras" etc. — Jay-B fala, enquanto Gareth serve todos os quatro. — Seria horrível para os fundos de investimentos se ele saísse em doze meses, como os russos tendem a fazer quando não recebem retorno de trinta por cento.

— Bem, esse é o *meu* trabalho, não é? Me certificar de que o cliente esteja feliz. Estou confiante de que podemos fazer isso. Não podemos, Alice?

— De qualquer forma, bom trabalho, Kate. Saúde!

— Saúde, pessoal! Precisamos começar a procurar um colégio que precise de um novo bloco de ciências que ficará feliz em ter Sergei Velikovsky como aluno.

— Você está brincando — Jay-B fala.

— Ela não está, não. A Kate é a especialista da EM Royal em serviços de tutoria sob medida — Gareth fala, piscando para mim.

— Tudo parte do serviço. Alice, você pode dar uma olhada na relação? Veja todas as velhas escolas que poderiam aproveitar uma grana russa.

— Vou fazer isso. — Ela tem estado um pouco deprimida desde que voltou depois do Natal. Max passou a temporada de festas em Barbados, com os pais. Depois de cinco dias, quando ela não ouviu nada dele, Alice não aguentou e mandou uma mensagem: "Está sentindo a minha falta?", e Max respondeu: "Tô".

Ela me mostrou a mensagem dele. Nenhum beijo, nem usou a palavra "estou" por inteiro, nem mesmo um ponto-final, pelo amor de Deus. O cara é um idiota. Um idiota que não sabe escrever.

— Não é ótimo, Kate? — ela perguntou.

— Bem, devo admitir que vi declarações mais entusiasmadas de carinho. Escute, Alice, você merece mais do que isso, querida. Você conhece aquele ditado que diz: "Não ponha todos os seus ovos em um cretino"?

Ela sorri, apesar de não estar feliz.

— Quem falou isso?

— Bem, eu estou falando. E todas as mulheres de vinte e poucos anos que gostam de si mesmas. Você sabe o que eu penso em relação a isso.

Ela concorda com a cabeça.

— Sim, eu sei. Eu tentei seguir em frente, sinceramente, eu tentei, mas eu o amo. Não consigo evitar. E, aproveitando que estamos falando de amor, gostei do seu Jack.

— Ele não é meu Jack — digo, escolhendo as palavras com cuidado. Agora sei que ele é, mas eu simplesmente não posso ser dele, só isso.

— É claro que ele é seu Jack — Alice fala, decidida. — Nunca vi ninguém que fosse mais de alguém em toda a minha vida.

Todos da equipe — percebo que estou começando a pensar em Gareth e Alice como minha equipe — voltam para suas mesas, e me sento lá para saborear o que é verdadeiramente um momento doce e ácido ao mesmo tempo: a vitória de Velikovsky misturada à dolorosa derrota de dizer adeus a Jack. Não consigo imaginar a vida sem ele, como um mundo sem música ou luz do sol. Pelo menos o acordo VV significa que a EMR provavelmente vai estender meu contrato quando Arabella voltar da licença-maternidade. Se assim for, posso começar a planejar o futuro. Não devo me estressar muito. Talvez a Garota Calamidade possa seguir adiante com mais facilidade, sair da torre de controle de tráfego aéreo de vez em quando, ver a casa pronta, firmar o navio. Tudo é perfeitamente administrável. Pego o celular e vejo um e-mail de alguém da escola da Emily. Ah, não. Por favor, não.

De: Jane Ebert
Para: Kate Reddy
Assunto: Emily

Cara sra. Reddy,
    Tentei entrar em contato várias vezes por telefone, sem sucesso. Será que o número que temos aqui está incorreto? Sou coordenadora do setor de Proteção Infantil aqui na escola. Foi trazido à nossa atenção recentemente que uma foto pornográfica da sua filha, Emily, foi compartilhada tanto dentro da turma dela como, em seguida, de forma mais ampla. Dois alunos, um rapaz e uma garota, foram suspensos por causa disso.
    Tratamos casos desse tipo com a máxima seriedade. Gostaria de convidá-la a vir até a escola para discutir a situação da Emily e lidar com quaisquer questões decorrentes dela.
    Jane Ebert
Chefe interina do ensino médio

Pego minha bolsa e o casaco e vou para o elevador, dando instruções por cima dos ombros.

— Alice, me desculpe, tenho que correr. Uma emergência em casa. Você pode cobrir com Jay-B para mim?

— Tudo bem. Kate?

Eu me viro e vejo seu rosto jovem e ansioso.

— Sim?

— Foi um dia brilhante. Parabéns.

23
Quem vai pagar pela belfie

Segunda-feira, 19h03: Acabei de voltar da escola. A sra. Ebert me contou o que estava acontecendo com Emily e a belfie. Eu achei que isso era página virada, depois que Josh Reynolds destruiu qualquer futura circulação na mídia social do bumbum da Em, mas a imagem foi salva no celular de alguns jovens. Lizzy Knowles e seu namorado, Joe Clay, basicamente se certificaram de que o ensino médio inteiro o tivesse visto, e Joe, incitado por Lizzy Macbeth, desde então torturava Emily com ameaças de enviá-la para membros da família, via Facebook. Tudo isso só veio à tona, a sra. Ebert explicou, porque, há alguns dias, um membro da equipe confiscou o telefone de Joe quando pegou o garoto vendo pornografia durante uma aula. Como o celular estava desbloqueado, o professor não só foi capaz de ver as fotos de Joe, algumas das quais eram bastante pesadas, mas também viu a #BumbumBandeira com o nome da Emily ao lado e muitos comentários obscenos embaixo. A escola suspendeu Joe e Lizzy imediatamente, embora, quando Emily foi chamada, ela implorou que não fizessem isso.

— A Emily disse que não queria mais nenhum problema — a sra. Ebert suspirou. — É muito difícil saber como responder. Sabemos que há uma quantidade enorme de compartilhamento de imagens sexuais entre adolescentes, sra. Reddy, e queremos reprimir isso. Mas estamos em território desconhecido e receio dizer que muitos pais ainda negam. A mãe da Lizzy Knowles, na verdade, argumentou que violamos os direitos humanos da filha à privacidade, pedindo para olhar para o telefone dela e ameaçando tomar medidas legais contra a escola.

Cynthia? Aposto que ela fez isso. Nunca balance a gaiola dourada de uma mãe tigre. Olhei para a sra. Ebert enquanto ela esfregava a testa vigorosamente com o nó dos dedos. Provavelmente tinha a mesma idade que eu, mas com mais rugas de preocupação. Imagine tentar lidar com pais como Cynthia Knowles, que sempre toma o lado do seu filho terrível, não o do pobre professor. Essa é outra grande mudança desde que eu era criança. O que aconteceu com o apoio da autoridade? Os pais não conseguem mais disciplinar seus filhos — seja por serem muito ocupados ou tímidos demais —, e então ficam irados quando alguém tem que fazer o trabalho por eles. Devem fazer a vida da sra. Ebert um inferno.

— O que eu não entendo — falo — é por que isso está aparecendo agora, quando tudo aconteceu no começo do último semestre. A Emily cometeu um erro inocente enviando uma foto de suas marquinhas de verão para a Lizzy. Ela não estava compartilhando imagens pornográficas, sra. Ebert, posso lhe assegurar. Eu não sabia que isso iria...

— Voltar para assombrá-la?

— Infelizmente.

Nós duas rimos, aquela pobre mulher atormentada e eu — o riso sarcástico e desesperado de dois adultos que lidam com algo que ninguém na história da humanidade teve de enfrentar antes.

— Veja, sra. Reddy.

— Kate, por favor, me chame de Kate.

— Escute, Kate, não vou mentir para você. Não pegamos a belfie da Emily rápido o suficiente, porque simplesmente não temos recursos. Sou professora e não detetive do esquadrão pornográfico. Se eu passasse todas as horas que esse problema merece conectada, eu nunca entraria na sala de aula. No entanto, temos a opção de envolver a polícia.

Falei à sra. Ebert que se a Emily não queria que Lizzy e Joe Clay fossem expulsos, então o Richard e eu a apoiaríamos. Não queríamos prestar queixa. Por mais tentadora que fosse a perspectiva de estragar qualquer futuro pedido de Lizzy para Oxbridge.

— O que eles fizeram foi absolutamente revoltante — falei. — Mas duas crianças não podem ser responsabilizadas por uma epidemia global. A Emily não é menor de idade, então acho que envolver a polícia é muito radical. Esses jovens têm a vida inteira pela frente. Espero que isso tenha servido de lição para eles.

Pensei no Felix, filho da Debra, aquele menino perdido e inseguro que foi expulso da escola por ver prostitutas alemãs gordas online. Pensei no Ben e no que ele poderia estar fazendo em um de seus muitos dispositivos eletrônicos. Enquanto a tentação estava lá, nenhuma criança estava a salvo. Você estava enganando a si mesmo se achava que não poderia ser seu filho ou sua filha.

A sra. Ebert disse que Emily estava frequentando algumas sessões com o psicólogo da escola, que eu providenciara depois que o professor dela me ligou. Os detalhes eram estritamente confidenciais, é claro, mas os professores de Em achavam que ela estava muito melhor e que ela parecia ter se afastado de lady Macbeth e encontrado um grupo novo de amigos.

— A Emily é uma garota adorável — a sra. Ebert falou, e eu só pude assentir vigorosamente enquanto apertava sua mão. Eu estava muito chateada para responder.

>Kate para Emily
>Querida, precisamos conversar. ONDE você está? Bjkas.

>Emily para Kate
>Estou na casa da Jess fazendo trabalho de história. Estou bem.
>PFV não se preocupe comigo! Bjo

Kate para Emily
Te amo. Bjkas.

Emily para Kate
♡ também. Bjs.

20h30: A casa está quieta. O Ben está na casa do Sam, a Emily ainda na Jess. Liguei para ela, que disse que estavam se divertindo muito e perguntou se poderia ficar um pouco mais. Mais tarde vou falar com ela sobre o que a sra. Ebert me disse. Não suporto pensar que ela estava carregando todas aquelas coisas odiosas sozinha. Estou amassando a comida hipoalérgica do Lenny com um garfo quando ele começa a rosnar. Isso significa que Richard está chegando. Isso é novo, esse rosnado para o Richard — parece que ele quer me proteger. Tenho me empenhado para contar ao Rich sobre a Emily e a belfie, e agora é a hora. Eu nunca deveria ter escondido isso, embora ela tenha me feito prometer não contar nada a ele. Como a sra. Ebert disse, a belfie sempre voltaria à tona de um jeito ou de outro.

Então, estou me sentindo culpada e nervosa quando Rich entra e coloca o capacete no balcão. Mas percebo que ele parece ainda pior do que eu. Ele parece aterrorizado, como se tivéssemos sido assaltados ou algo assim. Vejo a maneira assustada como ele olha para mim e penso: *meu Deus, minha mãe morreu. Ou minha sogra. Ou algo ruim aconteceu com o nosso filho.*

— O que aconteceu? Está tudo bem?

— Preciso te contar uma coisa — ele diz.

— Preciso te contar uma coisa — eu digo.

— Não, Kate, eu *realmente* tenho que te contar uma coisa. Sinto, bem, tenho sentido há algum tempo que estou muito preso e preciso direcionar minha energia para onde ela quer estar.

— A sua energia é direcionada principalmente para a sua bicicleta, Rich. Eu concordo que poderia ser melhor se fosse direcionada para seus filhos, por exemplo. Olha, eu preciso te dizer, a Emily está com problemas na escola. Acabei de ver a diretora do ensino médio. A Em tirou uma foto do traseiro para comparar as marcas do biquíni com outras garotas depois das férias de verão e uma garota terrível, Lizzy Knowles, você sabe quem é, bem, ela postou uma foto do bumbum da Emily nas mídias sociais, e essa foto viralizou.

Richard estremece, o mesmo olhar de dor que ele dá quando me pega vendo *Downton*.

— Por que a Emily faria algo tão idiota?

— Bem, porque ela é uma adolescente que vive em uma cultura de *Big Brother* que os incentiva a se exibir nas redes sociais. Eles ficam viciados nas curtidas como se fossem objetos, não pessoas, e ninguém tem nenhum senso de privacidade, e a coisa toda é muito fodida, para dizer o mínimo. Me desculpe, eu ia te contar antes — falo.

— Me desculpe, eu ia te contar antes — Rich fala.

— *O quê?*

— O quê? Tenho tentado encontrar um bom momento para mencionar a gravidez.

— A EMILY ESTÁ GRÁVIDA?

— A Joely.

O quê?

— A Joely está grávida.

— Aquela garota que veio aqui no Natal? A Joely do Tofurky?

— Sim. Ela achou que poderia estar perdendo os bebês.

— Bebês. No plural? Gêmeos? Seus?

Ele não olha para mim. Meu Deus, ele está falando sério.

— Isso é parte do seu desenvolvimento espiritual, Richard? Transar com a Joely enquanto eu trabalho duro para manter esta casa?

— Kate, escuta, eu espero e acredito que a gente pode sentar e discutir isso de uma maneira construtiva e civilizada.

— É mesmo? Civilizada? Você acha? O que aconteceu com "sinto muito, não podemos ter o bebê número três porque não temos dinheiro, Kate. Porque nos mudamos para uma nova fase das nossas vidas, Kate. Porque não queremos voltar a passar noites e noites em claro, Kate"? O bebê que você decidiu que eu não poderia ter?

— Sei como isso parece — ele fala — e eu sinto muito, muito mesmo. Ficou complicado, nós dois paramos de conversar, e eu devia, eu não usei...

— Preservativo? Ou a Joely prefere calcular o período fértil dela pelos ciclos da porcaria da lua?

Richard não responde imediatamente. Em vez disso, fica olhando para seus tênis de ciclismo e pergunta educadamente se deve arrumar uma mala, como se estivesse indo embora para um longo fim de semana, não abrindo mão de um relacionamento com mais de um quarto de século. Olho em volta da cozinha, deste cômodo que venho reformando, junto com o restante da casa, para fazer uma casa incrível, uma fortaleza familiar contra o pior que a vida poderia nos causar.

E é aí que as coisas começam a sair do controle. Toda raiva e ressentimento que vêm se acumulando no Banco da Revolta. O egoísmo de Richard em colocar seu desejo de fazer algo significativo e voltar a estudar para ser terapeuta antes da nossa segurança financeira.

— Quantos homens poderiam se dar ao luxo de fazer isso? Não é de admirar que todas as outras pessoas no seu curso são mulheres. Mulheres com maridos ricos que podem mantê-las enquanto elas tiram dois anos de licença sem ganhar nenhum dinheiro para conseguir uma qualificação, pagando também pela terapia extorsiva.

Um golpe baixo, admito, mas eu estava no ápice da minha revolta, profundamente perturbada com a Emily, dividida ao meio, tendo mandado Jack embora para que eu pudesse ficar com a família que o Richard agora estava trocando por uma fadinha grávida.

— Quantos anos a Joely tem, doze?

— Na verdade, ela tem vinte e seis.

— Meu Deus, ela tem metade da sua idade. Que clichê. — Quantas mulheres concordariam com a escolha que Richard havia feito? Quantas esposas teriam um emprego estressante em tempo integral quando estivessem no meio da porcaria da menopausa, se sentindo como a morte para que seu marido pudesse "gostar de viver no aqui e agora" e pousar seu traseiro ossudo em uma esteira de meditação? E quanto às suas ausências cada vez mais frequentes? Faltando na apresentação do Ben porque tinha que meditar com a Joely. Deixando que eu me preocupasse com seus pais, minha mãe, nossos filhos. Gastando todo o nosso dinheiro — *o meu dinheiro* — em equipamentos para aquela droga de bicicleta dele.

— Com o que exatamente você contribuiu, Richard?

— Isso não é justo, Kate — ele fala, literalmente cambaleando para trás do ataque verbal e caindo na cadeira ao lado do fogão. — Eu vendi minha outra bicicleta para pagar a terapia.

— Você vendeu a sua bicicleta? Quando você a vendeu?

— No verão, para o Andy, do clube. Ele me deu quatro mil por ela.

O Richard vendeu sua outra bicicleta?

Roy, tem algo muito errado aqui. O que devo me lembrar sobre a bicicleta do Richard? Aconteceu alguma coisa com ela. Por favor, encontre isso, Roy. Não sei o que é, mas sei que é realmente importante.

Lenny começa a latir furiosamente e enfia suas presas em Richard. Eu me sento no chão e o pego no colo.

— Nós nunca devíamos ter adotado essa porcaria de cachorro — Richard fala. Se alguma coisa selou a morte do nosso casamento, foi esse comentário.

Não me preocupo em responder. Em vez disso, acaricio meu amado amigo, que começa a lamber meu rosto.

Sabe, a coisa mais estranha é que eu nem desconfiava. Sobre a Joely. Os gêmeos. (Gêmeos? Eu disse a Alice que os homens que vão embora sempre acabam tendo gêmeos. Nunca pensei que isso aconteceria comigo.) Eu estava chocada, sim, e perturbada com o casamento que tivemos, mas, mesmo naquela primeira explosão de dor e indignação, eu sabia que não estava destruída. A verdade é que eu moro sozinha há muito tempo. Será que não foi por isso que deixei de juntar dois e dois sobre o que estava acontecendo com Joely? Deus sabe que Richard falava muito dela, talvez ele estivesse até disposto a me fazer notar, mas eu já não prestava atenção nele. Eu me senti tão desesperadamente sozinha que comecei a pensar no Jack, desejando que ele voltasse a entrar em contato comigo. E agora eu o mandei embora de novo, para sempre.

Sim, Roy, o que é? Uma vaga lembrança. Algo importante, vitalmente importante. Algo que tenho lutado para juntar, colocar em palavras. Algo sobre a bicicleta do Richard. Meu velho e fiel bibliotecário está trazendo para mim, posso ouvir a batida dos seus chinelos quando ele se aproxima, os passos na memória. Ele está quase aqui agora. — *Vamos lá, Roy, você consegue. Algo sobre a bicicleta.*

— Ah, Deus, como pude ser tão cega.

— Você não tinha como saber sobre a Joely — Richard fala.

E então começo a chorar, e isso não é por nós.

— Eu não dou a mínima para a Joely. Você não percebe? É a Emily. A Emily disse que caiu da sua bicicleta.

— Caiu da minha bicicleta?

— Ela disse que sim. Mas ela não poderia ter caído porque não havia uma bicicleta, não é? Você a vendeu. A Emily mentiu para mim. As pernas dela. Os cortes nas pernas dela. — Fecho os olhos e os vejo agora: regulares, quase como uma linha contínua, um corte após o outro, em uma demonstração de força e penetração. *Idiota, idiota. Claro que ela não caiu da droga da bicicleta. O que há de errado comigo?*

— Kate?

— Ela não se cortou porque caiu da bicicleta, não é? O sr. Baker disse que um terço das meninas da classe da Emily estão deprimidas e se automutilam. Ele me *disse*, mas eu não *ouvi*. Nunca pensei que a Em se cortaria, nem em um milhão de anos.

— Eu não estou entendendo. — Richard vem em minha direção, estendendo o braço, claramente perturbado com Emily, mas ele tem medo de me tocar, como se eu estivesse em chamas.

Lágrimas escorrem pelo meu rosto. Não estou chorando por mim e pelos meus problemas na menopausa, nem por mentir no trabalho, fingindo ter quarenta e dois anos quando sinto que tenho noventa e seis, nem mesmo por minha mãe, que levou um tombo com seus sapatos de salto, nem por Barbara, que pode lembrar as palavras em latim para "arbustos", mas não os nomes dos próprios filhos, não por Julie, preocupada com a dívida de jogo do Steven e com vergonha de me contar, nem por dizer a Jack que não posso violar a santidade do meu casamento e estar com ele quando, esse tempo todo, Richard tem estado com outra pessoa. Não, estou chorando pela minha filha que estava tão terrivelmente triste e desesperada a ponto de fazer isso consigo mesma. E eu vi, mas estava cega, a ouvi chorar, mas estava surda.

E agora ouço um sino tocando ao longe. Não pergunte quem vai pagar pela belfie.

— O que é esse barulho?

— Alguém na porta — Richard responde.
— O quê?
— A campainha.

No piloto automático, ando pela cozinha e viro a maçaneta. Um garoto da idade do Ben está de pé na soleira, segurando uma pequena mala e uma grande caixa de marzipãs de chocolate do Mozart.

— Boa noite — o menino diz. — Eu sou o Cedric, de Hamburgo. Muito prazer em conhecê-la.

24

Ferida profunda

11h20: Você sabe que, se algum cretino malvado que odeia mulheres decidisse fazer algo para as garotas se sentirem um verdadeiro lixo, algo que abalaria todas as suas certezas e acabaria com todo o seu senso de atuação no mundo, então ele não poderia inventar nada melhor que a mídia social, não é?

Quer dizer, isso é quase diabolicamente adequado para o propósito. Convidar uma jovem a fotografar e a se analisar repetidamente antes de oferecer uma imagem dela para o mundo inteiro comentar. Ah, e você pode fazer o Photoshop da foto para a cintura dela parecer mais fina, seus seios maiores e seus lábios mais carnudos, e depois ela nunca mais vai ousar ser vista como na vida real, porque a imagem dela online é tão perfeita que a normal está condenada a decepcionar. Isso realmente ajudará com todos aqueles sentimentos adolescentes de autoaversão e inutilidade.

Apenas um dos pensamentos confusos, irritados e solitários que tive nas horas em que me sentei aqui, nos bancos de plástico laranja da Clínica SHo — que é a Unidade de Pacientes Ambulatoriais de Automutilação do nosso hospital local. Eu nunca havia notado o prédio verde de um andar, escondido atrás da maternidade. De forma um pouco macabra, a clínica acabou por ser completamente o cenário social. A primeira vez que Emily e eu viemos para cá, nos disseram para nos sentarmos na sala de espera, onde encontramos outras três meninas da mesma série que ela na escola, também acompanhadas por seus pais chocados. As meninas meio que sorriram uma para a outra, mas depois desviaram o olhar. Ninguém sabia como agir naquele clube estranho a que pertenciam. Richard deveria estar com a gente, mas ele teve que acompanhar Joely para uma ultrassonografia naquela mesma tarde. Eu estava preocupada que Em veria isso como outra traição, mas ela apenas suspirou e disse:

— Sinceramente, mãe, meu pai é um babaca.

Uma das surpresas que recebi depois de dar a notícia de que Richard e eu estávamos nos separando foi que, embora as duas crianças amassem profundamente o pai, elas não tinham uma opinião especialmente boa sobre ele. Ao saber que ele tinha uma namorada que estava grávida, Ben disse: "Eca. Que nojo". Emily foi mais emocional, mas, desde o início, eu estava determinada a fazer algo de positivo com esse evento sísmico em nossa vida familiar. Se eu exagerasse nos "pingos de chuva nas rosas e bigodes nos gatinhos" na rotina de Julie Andrews, bem, ficar alegre para o bem das crianças me ajudava a me manter bem. Uma vez que Richard se mudou, Ben cresceu três centímetros e anunciou que ia "fazer uma conta no Tinder para encontrar um namorado para você, mãe. Mas só se eu e a Em pudermos vetar qualquer cara esquisito, tá?"

Não mencionei o Jack. O que havia para dizer? Eu o mandei embora e ele só me enviou uma mensagem desde então — algo friamente descompromissado sobre Provence ser adorável nessa época do ano. Depois do jeito que eu o tratei, não senti que tinha o direito de rastejar de volta e implorar uma segunda chance. Além disso, a última coisa que as crianças precisavam era de outro estranho que entrasse na vida delas enquanto o próprio pai ficava na estrada com Pippi Meialonga.

Praticamente consegui manter o trabalho enquanto passava por esse período, embora tenha sido uma luta. Eu não queria deixar Emily fora da minha vista. Estava atormentada pelo fato de ela estar se cortando sem que eu percebesse. Quando me ligou naquela vez, no escritório, o sr. Baker me disse que um grande número de crianças da classe dela se machucavam, mas por alguma razão eu estava obscena e irracionalmente confiante de que minha filha nunca faria uma coisa dessas. Não a Emily. Como eu pude ser tão alheia? Que escuridão havia penetrado na terna alma da minha filha, que a faria cortar sua própria carne com algo afiado, repetidamente, de propósito? As marcas nas coxas dela eram como uma cruz raivosa, como se ela tivesse raspado dezenas de arbustos, repetidamente. Eu não conseguia vê-las sem sentir uma dor estranha no estômago.

Quando Emily tinha algumas semanas, aparei suas unhas com uma tesoura de ponta redonda e, acidentalmente, cortei sua pele. Seu grito, aquela primeira acusação de traição, voltou para mim mil vezes quando vi as marcas em suas pernas. Todos esses erros que você comete como mãe se acumulam — será que existe um aparelho que totaliza todas essas falhas? —, então você se sente duplamente machucada quando eles se ferem à medida que envelhecem. Talvez porque agora você não pode fazer muito para consertar as coisas para eles.

O terapeuta aqui na clínica disse que Emily não estava mais se cortando: a traição da Lizzy no Ano-Novo a chocou tanto a ponto de ela deixar o grupo tóxico ao qual havia se agarrado tão desesperadamente. Era um sinal muito bom, ele falou, que Emily agora estava confortável o suficiente para andar pela casa com as pernas nuas. Era quando elas ainda estavam escondidas que você tinha que se preocupar.

Eu me culpei, claro que sim. Eu não havia alimentado bem a autoconfiança da minha filha? Todas as nossas brigas idiotas sobre roupas, dietas com sucos e quartos bagunçados a fizeram sentir que ela não podia confiar em mim? Eu estava tão ansiosa que ela tirasse notas tão boas quanto seus colegas que não consegui protegê-la dessa ansiedade? Em suma, eu esperava que ela fosse a louca viciada em trabalho que eu tinha sido a maior parte da minha vida? Culpada.

Quando Emily chegou da casa de Jess, na mesma noite em que Richard me contou sobre Joely, e Cedric, o intercambista alemão apareceu na nossa porta, ela olhou para o meu rosto e, instantaneamente, soube que eu sabia. De braços dados, subimos, sentamos na minha cama e choramos.

— Sinto muito. Sinto muito. Sinto muito — nós duas dissemos ao mesmo tempo.

— Sinto muito, eu não sabia, meu amor.

— Sinto muito por não ter contado, mãe.

Era uma agonia para ela me mostrar e uma agonia para eu olhar, mas a angústia de Emily era maior. Eu poderia ter adivinhado que o veneno começou com Lizzy Knowles. Depois que um garoto idiota deixou uma boyband, foi ideia da Lizzy que o grupo dela se juntasse ao culto #Cut4 para provar a profundidade do seu pesar e da sua devoção. Emily me disse que isso era uma tendência no Twitter. Havia diagramas reais de como fazer os cortes, e as meninas ao redor do mundo compartilhavam imagens se machucando. *Argh.* O terapeuta disse que Emily era particularmente vulnerável, porque a farsa viral a tornava constrangida e ansiosa de que seus amigos não gostassem dela. Para alguém da minha geração, tudo isso era difícil de entender, ainda mais o fato de que tudo se tornara comum. Olhe para todas elas, sentadas à minha volta nesta sala de espera — moças adoráveis que procuram controlar a dor emocional, infligindo-a em seus corpos inocentes.

— Olá, Kate.

Olho para cima. Cynthia Knowles. (*Obrigada, Roy, eu a reconheço. Em um terno Chanel rosa, dificilmente poderia ser outra pessoa.*)

— Lugar engraçado para nos encontrarmos — Cynthia fala. — Quer dizer, que momento estranho estamos vivemos. — Risada nervosa. — A Lizzy está numa fase complicada. E a Emily também, imagino. Meio que um momento ruim.

— O quê?

— As provas finais vão chegar daqui a algumas semanas. Espero que possamos deixar tudo isso para trás. Só as marcas das provas que vão afetar as notas do nível A, você sabe. Procurei ganhar um tempo extra para a Lizzy nos exames, mas a autoagressão não conta como uma deficiência ainda, eu verifiquei. Não vamos deixar que esse negócio — com uma mão cheia de anéis, Cynthia gesticula para a sala cheia de garotas profundamente infelizes — atrapalhe o objetivo delas.

Há aquele momento, quando toda a raiva contida dentro de você encontra o seu alvo perfeito. Cynthia é esse alvo.

— Meu único objetivo para a Emily — falo — é que ela se sinta feliz e amada, e que ela perceba que nada mais importa muito no grande esquema das coisas. Não preciso ver os resultados dos exames da minha filha para elevar a minha autoestima porque tenho um emprego. Ah, aí vem ela.

Emily me dá um aceno tímido quando sai de uma sala em frente.

— Oi, mãe.

— Oi, meu amor, vamos? — Ela segura minha mão e, quando nos viramos para ir embora, eu digo: — Ah, Cynthia, só mais uma coisa.

— Sim, Kate.

— Nesse caso, você pode se foder a partir de agora.

— Mãe, você xingou a mãe da Lizzy — Emily fala durante o trajeto até o carro.

— Foi mesmo, querida? Isso foi péssimo da minha parte. Agora, quem quer dividir um milkshake de baunilha na Five Guys?

> Julie para Kate
> Olá, só para dizer que nossa mãe está se recuperando muito bem aqui em casa. Não se preocupe com esse negócio do Steven. Está tudo resolvido. Estou me sentindo muito mais feliz. Me avise se precisar de apoio moral com o divórcio. Sou a maior especialista do mundo nesse assunto! Bjs, J

De: Kate Reddy
Para: Candy Stratton
Assunto: 50

Oi, querida,

Não, não há absolutamente nada que eu queira para o meu grande e terrível aniversário. Sabe que quase me esqueci disso em meio a esse caos, e eu definitivamente não quero uma festa. Estou planejando ficar por aqui, quietinha, com as crianças e o cachorro.

Não sei como te dizer isso, mas descobri que a Emily estava se cortando. Sua adorável professora me disse que é uma atitude extremamente comum. Aparentemente, todos estão fazendo isso, tanto meninos quanto meninas. Pesquisei alguns sites no Google e é horripilante.

É muito estranho para mim. Eu sabia que tinha que tomar cuidado com a anorexia, mas ISSO? Eu não conheci ninguém que se cortou quando eu tinha dezesseis anos, e você?

De qualquer jeito, a Em está muito melhor, graças a Deus. Ela está se consultando com um terapeuta que ela ama e ele prescreveu alguns medicamentos, só para controlar a ansiedade. Fizemos algumas sessões de terapia familiar em uma clínica de automutilação e tenho que admitir que o Richard foi realmente ótimo e deu a maior força. Finalmente, todo o estudo dele para ser terapeuta valeu a pena.

Ainda é um trabalho em andamento e levará um tempo, mas a Em parou de se cortar e não está mais escondendo as cicatrizes, o que todos dizem que é um bom sinal. Ela está dormindo na minha cama, assim como quando era pequena, e eu sinto um desejo instintivo de abraçá-la e lhe dar conforto. A propósito, prefiro muito mais dormir com a Emily do que com o pai dela!

É bem típico de você dizer que o Richard merece viver infeliz para sempre com o elfo do bem-estar. Eu meio que concordo, mas, quando paro de sentir raiva, acho que o Rich estava realmente muito infeliz e nosso tempo de vida pode ser brutal, então a merda acontece. Particularmente quando uma ninfa de vinte e seis anos se oferece para ficar com você, de livre e espontânea vontade.

Estou tentando manter tudo o mais tranquilo possível. Ser muito positiva com as crianças e dizer que mudanças são boas, como a madame Jekyll disse à sra. Hyde. Precisamos encontrar uma maneira de fazer isso funcionar para nós. Estou chegando ao final do meu contrato com a EMR em algumas semanas. Realmente preciso que eles o renovem ou não sei como vamos tocar tudo, porque provavelmente vou acabar apoiando os gêmeos. Reze por mim!

Em resposta à sua pergunta, o Jack voltou à cena, brevemente, como meu amante. As coisas se encaixaram perfeitamente, como esperávamos. Além disso, o cara me comprou um chá com creme muito perfeito. Mas eu o mandei embora. A vida já é muito complicada. Além disso, sou uma garota crescida, com aquela idade quase imensurável, e posso me cuidar sozinha. Por todas essas razões, não estou exatamente no topo da minha lista de tarefas no momento.

Ainda estou de pé. Te amo. Bjs, K

25
Resgate

12h20: Acabei de sair de uma reunião com um cliente em potencial na Threadneedle Street quando vejo Jay-B tentando entrar em contato comigo. Três mensagens de voz, duas de texto, um e-mail. Caramba, deve ser importante.

De: Jay-B
Para: Kate Reddy
Assunto: A porra de um desastre!

Kate, grande ameaça de resgate de investimentos de Geoffrey Palfreyman, nosso maior cliente privado. Disse que está insatisfeito com o desempenho medíocre. Está pensando em trocar de investimentos ou aumentar outras classes de ativos às nossas custas. Vinte e cinco milhões de libras jogadas no lixo. Falei com ele. Não quer mais ver vendedores, está farto da conversa de vendas, quer ver o gerente de investimentos. Não tenho certeza se deveria ser eu. Palfreyman é um patriarca do Norte, agressivo e autodidata, basicamente. Venha para cá o mais depressa possível. Precisamos pensar em uma estratégia ou estamos fodidos.

Examino a rua em busca de um carro amarelo. Esqueça isso. O táxi vai bem devagar a esta hora do dia. Corro para a estação Bank. Merda. Quantas vezes eu disse ao Jay-B que, quando o fundo tem um desempenho menor do que o estelar, é hora de sair e segurar a mão do cliente? Mesmo que o desempenho seja terrível ao longo de muitos anos, eles geralmente ficarão com você se eles se sentirem leais ao seu orientador. Quem está cuidando de Palfreyman? Algum idiota da Faculdade de Economia de Londres sem nenhum conhecimento sobre a natureza humana.

Atravesso a porta giratória quando, de repente, me lembro. Oh, Deus. Banco. A escada rolante. *Tudo bem, Kate. Se você se aproximar desse grupo de pessoas, tudo o que vai precisar fazer é pisar. Não precisa olhar para baixo. Não precisa ver o desenho aterrorizante de Escher, movendo escadas com dentes de aço embaixo dos seus pés.* O caminho é longo. Meu coração bate acelerado. Quase a minha vez de pisar. Não, não posso. Desculpe, preciso me afastar. Desculpe. O homem atrás de mim está furioso. "Vá se tratar sua maluca!"

Ele me empurra para liberar a passagem. Vejo um cara de uniforme me observando.

— Com licença — digo. — Há escadas por aqui?

— Vai ter que subir cento e vinte e oito degraus, senhorita. — Ele sorri, se desculpando. — Venha, moça, vou te levar. — Ele segura meu cotovelo e me conduz de volta para a escada rolante. — Não olhe para baixo, continue olhando para mim, sim? — Que rosto adorável ele tem, muito gentil. — Aí está.

Ele solta meu cotovelo e estou lá em cima! A escada rolante me balança, mas eu me estabilizo. Meu coração desacelera. Não se preocupe. Pense no Conor: "Você está fazendo graça, Kite". Pense nas crianças, estou mantendo meu trabalho por elas, agora sou mãe solteira. Era estranho que Palfreyman se retirasse agora. Os investidores costumam ser mais propensos a desistir depois de três anos de desempenho ruim, não um, o que sugere que ele teve problemas com o cara que estava cuidando dele. Há anos, Rod Task me dava todos os clientes que estavam reclamando ou prestes a sair. Eu costumava me desafiar não apenas para reavê-los, mas para torná-los ainda mais lucrativos e ficarem conosco por mais tempo. Geralmente, só era necessário ouvir, mostrar empatia e encontrar interesses mútuos. Depois que eu recuperasse a confiança deles, poderia recomendar alguém novo para assumir o relacionamento. Quase sempre, eu recomendava uma mulher.

13h01: Toda a equipe está reunida no escritório de Jay-B. Há um silêncio desconfortável quando entro e me sento ao lado de Alice. Nosso chefe parece tão pálido quanto uma folha de papel, o topete arrogante caindo na testa. Não teve tempo de usar produtos para estilizar os cabelos esta manhã, não é? As coisas devem estar ruins.

— Bem — Jay-B começa —, agora que a Kate está aqui, precisamos descobrir o que aconteceu com Palfreyman.

— Ele foi embora, droga! — Gareth murmura do meu outro lado, enquanto desenha um homenzinho diante de uma forca em um bloco de papel à nossa frente.

— O que temos que resolver, pessoal, é se isso é uma falha de processo ou uma falha humana. Troy, você estava lidando com esse cliente. Qual a sua explicação para essa porra de confusão?

Ah, ótimo. Troy está na linha de fogo. Não poderia acontecer com um cara mais legal. Alice me cutuca e nos viramos para olhar o garanhão do escritório cujo rosto está vermelho na ponta de suas costeletas cor de gengibre.

— Estava tudo bem da última vez que falei com ele. Não notei nenhum problema — Troy diz.

— Você foi até Yorkshire para explicar ao Palfreyman quando os resultados trimestrais chegaram? — Sou eu que falo agora.

Troy se contorce.

— Não vi necessidade. Expliquei por telefone que as coisas estavam boas.

— Boas? — Gareth questiona, incrédulo. Vejo que ele adicionou uma corda em seu desenho. — Como um retorno de apenas dois por cento parece bom nesses mercados?

— Ele, o Palfreyman, bem, ele ficou um pouco chateado por termos vendido o Rolls-Royce, disse que não teria feito nada tão idiota ou antipatriótico... — Troy resmunga.

— Ele disse mais alguma coisa? — pergunto.

— Bem, ele estava gritando a respeito do e-mail sobre o desempenho em comparação com três de nossos concorrentes — Troy admite, miseravelmente.

Ah, estamos chegando ao cerne da questão.

— E você retornou para ele e disse que nosso desempenho é tão bom quanto o dos outros, mas só parece mais fraco por causa dos honorários tomados pela controladora? Além disso, ele precisa olhar as escalas de tempo iguais... estar fora mesmo por um mês ou um trimestre pode fazer uma grande diferença. Nosso desempenho não está muito bom agora, mas, na verdade, é melhor que o desses concorrentes. É uma questão de fazê-lo confiar que sabemos o que estamos fazendo. Já passamos por uma fase ruim, 1998 foi muito pior, 2002 foi terrível, e o fundo sempre se recuperou de forma brilhante. É só uma questão de registro histórico.

Jesus, como essas *crianças* são idiotas.

— Kate, como você sabe o que aconteceu aqui em 1998? — Jay-B está parado perto da janela, com as mãos cruzadas de forma protetora sobre a virilha. À luz do sol deslumbrante, parece que o distante Shard está emergindo do topo da cabeça do nosso chefe que ainda não saiu das fraldas.

— Eu...

Pense um minuto, Kate. Pense no seu aniversário que está chegando. Pense sobre o que significa perder este emprego e ter que voltar para o Grupo Feminino de Retorno e começar tudo de novo. Pense no Richard te deixando. No quanto precisamos do dinheiro. Pense no fato de que você será dona da sua verdadeira idade se contar a verdade agora.

—Bem, Jay-B, o fato é que eu administrava esse fundo em 1998 e, devo dizer, estava fazendo um trabalho muito melhor do que você, meu jovem.

Alice agarra meu pulso como se estivéssemos em uma montanha-russa gigantesca, prestes a gritar. Gareth fecha a boca em uma tentativa de cortar uma gargalhada e acaba fazendo um som de peido estridente como uma almofada de ruídos.

— Você administrou esse fundo? — Jay-B repete, como um robô.

— Sim, administrei. Na verdade, eu diria que o criei e fiz isso surpreendentemente bem nas condições hostis daquela época. E, sim, pessoal, isso me torna assustadoramente velha. Quarenta e nove anos, quase cinquenta, devo dizer.

    Penso em quando fui lançar o fundo para Jack em Nova York na primeira vez (eu realmente tive lêndeas?). Ele amou. Não, ele me amou. E eu o amei. Afinal, a gente não sabe quando vibra na mesma frequência de outra pessoa? Eu percebi isso assim que o vi; aquela explosão de pura felicidade. Só muito raramente é possível notar isso, uma ou duas vezes na vida, se você tiver sorte. E Jack e eu tivemos sorte. Entre vários bilhões de pessoas no planeta, nós nos encontramos. Isso não é maravilhoso?

    Foi um presente, e eu o devolvi. E agora aqui estou eu, com meus quase cinquenta anos. Na melhor das hipóteses, cinquenta é o meio do caminho, não é? E a necessidade de se sentir vivo, de saber que alguém ainda está vivo, não apenas conduzindo os filhos para viverem a própria vida, é repentinamente intensa.

— Isso é inacreditável. Não sei o que dizer — Jay-B fala.

— Não importa, não temos tempo para conversar, de qualquer maneira. Precisamos levar alguém até Palfreyman o mais rápido possível. Alice, veja se consegue um helicóptero no aeroporto. Tem que ser rápido, por favor, e desenterre o máximo de informações que puder a respeito de Palfreyman: esposas, filhos, antecedentes, hobbies. Gareth, preciso que você mostre tudo o que temos sobre os ativos do cliente, os retornos e nosso desempenho em relação aos os concorrentes nos últimos vinte anos.

— Helicóptero? — Troy está boquiaberto como uma carpa.

— Sim, sir Geoffrey precisa se sentir importante. Precisamos mostrar a ele o quanto ele é importante para a EM Royal. E se pousarmos um helicóptero no gramado dele e rastejarmos de joelhos antes que ele consiga sacar muito do nosso fundo, talvez ele tenha a ideia certa. Ah, e Troy?

— Sim.

— Vista a camisa, garoto.

15h10: Nunca estive em um helicóptero antes. Não é uma grande fantasia minha, para ser sincera, e agora, tendo feito isso, acho que eu estava certa. É verdade que há uma excitação passageira à medida que você decola e sobe — não vai para a frente como um avião, mas só para cima, como em um elevador —, Londres ficando pequenina pouco a pouco. Depois, no entanto, é apenas barulho. Barulho e oscilação, com um imperativo de medo mortal. Algumas pessoas podem ter ideias de Tomb Raider de saltar de seu helicóptero dos sonhos para uma selva, em uma missão secreta, mas, acredite, nem por um segundo eu me senti como Lara Croft. Eu me senti como uma caneca em uma máquina de lavar louça. Além disso, eu não estava entrando em uma zona de combate. Estava pousando em Yorkshire, para a tristeza de algumas ovelhas.

Ainda assim, nos abaixamos quando desembarcamos, como o costume exige. (Quem já foi alto o suficiente para ser decapitado por um helicóptero? Além de jogadores de basquete?) E funcionou. Não para nós — Alice, Gareth e eu, o esquadrão de resgate despachado pela EM Royal, ou pelo menos o único trio que estava em uma missão impossível —, mas para o nosso alvo. Geoffrey Palfreyman. Eu podia vê-lo, de pé em suas janelas francesas, as pernas firmemente separadas, as mãos nos quadris. A avaliação começou antes mesmo de chegarmos ao chão.

— Então, vocês se juntaram ao Rotory Club — ele fala, enquanto nos sentamos em sua sala de estar. Quase posso distinguir a parede mais distante, embora binóculos ajudassem. — Como foi isso?

— Incrível — Alice fala.

— Muito suave — eu digo.

Gareth não diz nada, porque ele não está aqui. Ainda está no banheiro de sir Geoffrey, vomitando, impotente.

— Obrigado por virem — nosso anfitrião diz com um sotaque de Yorkshire tão denso que você poderia cortá-lo como um bolo de frutas. — Sinto muito pela viagem desperdiçada.

— Bem, é por isso que estamos aqui...

— Uma droga de desperdício de tempo. Vi os relatórios, dei uma olhada por aí e, francamente, eu poderia fazer melhor em outro lugar. Então estou mudando tudo, a porcaria toda, para um dos seus concorrentes. Com quem vocês não podem competir, então não finjam o contrário. Deveriam manter o helicóptero funcionando, queridas.

Daí a falta de hospitalidade: nada de chá, café, biscoitos, água ou, no caso de Gareth, um São Bernardo com um pequeno barril de conhaque sob o pescoço. Sir Geoffrey não gosta de sutilezas, e conversa fiada só impediria o processo. A discussão estava destinada a ser longa.

Alice toma a iniciativa.

— Na verdade, senhor Palf...

— Bem, *sir* Geoffrey — corrijo, lançando um olhar mortal para Alice. Se há um homem na Inglaterra que deseje usar seu título em todas as ocasiões, a qualquer hora do dia ou da noite, é o cidadão firme que está diante de nós, em frente a sua lareira, tostando seu traseiro em labaredas de um metro e meio. Ele e alguns atores querem se sentir como amigos pessoais de Falstaff. *Pode* ser que lady Palfreyman murmure "Geoff" em suas orelhas peludas, durante a temporada de cio, mas eu não apostaria nisso.

— Tenho os números para lhe mostrar aqui, sir Geoffrey — digo, pegando um maço de papéis da minha pasta —, e espero que o senhor perceba que eles não correspondem necessariamente aos números que seu time chegou. Não vou incomodá-lo agora com todos os detalhes, mas o resumo está na página de abertura. Depois que considerar as taxas, acho que verá que esse desempenho, ao contrário do que está propondo...

— Você está dizendo que estou errado, benzinho? — ele pergunta. Sua mandíbula se projeta para mim, mais do que parece anatomicamente possível. Isso é o que Sigourney Weaver deve ter sentido no clímax dos filmes *Alien*.

— Não, estou dizendo que seus assessores não levaram em conta o quadro completo. — Bata de volta na rede, como os professores costumavam dizer quando nos preparávamos para os debates nas escolas. Quanto mais forte o tiro que vem em sua direção, mais forte será seu retorno.

— Os meus conselheiros, devo lhe dizer...

— Nós, da EM Royal, definitivamente fomos culpados, admito, mas a falha não é estatística.

Isso o detém. Agora ele mostra curiosidade.

— É o quê, então?

Ah, você se assustou, benzinho?

— Por não deixar bem claro, em toda a empresa, que o senhor é o principal investidor privado que já contratou nossos serviços. — Não é verdade, não é bem assim, mas ele não sabe disso. E não gostaria de saber. — E isso é uma grande responsabilidade. E um privilégio.

— Para quem?
— Para nós.
— Por que eu deveria me importar com vocês?
— É uma boa pergunta.
— Então responda.
— Porque somos capazes de lhe oferecer retornos sobre esses investimentos, ano a ano, que rivalizam com qualquer coisa oferecida pela concorrência. Somos também os guardiões mais fiéis do seu patrimônio, não só por agora, mas também pelas próximas gerações. Para seus filhos, os filhos dos seus clientes e os filhos deles. Como esses documentos demonstram. E também — ele abre a boca para responder, mas eu não o deixo — que estamos atentos para suas necessidades e preocupações particulares.
— Que droga de necessidades? Olhe em volta, benzinho. Você vê alguma coisa de que eu precise?

Olho em volta. Além de um Gainsborough muito grande, o único objeto de interesse é Gareth, vagando nas margens da ação. Seu rosto está mortalmente pálido. Talvez ele tenha morrido no banheiro e voltado para nos assombrar.

— Bem, dando uma olhada em seu arquivo nos últimos dias — (na verdade, folheando em um táxi a caminho do Aeroporto da Cidade de Londres) —, me impressionou o fato de que, em comparação com alguns de nossos outros grandes clientes, o seu envolvimento com filantropia não recebeu a devida atenção.

— Está me chamando de cretino malvado?

— Pelo contrário. Registramos que o senhor comprou um novo scanner de ressonância magnética para o hospital de North Yorkshire, depois que sua filha mais nova, Katherine...

— Kate. Como você. — Então ele se deu ao trabalho de gravar o meu nome. Bom. — Depois que a Kate foi levada, extremamente doente na adolescência, pelo que entendi. Ela se recuperou completamente, graças a Deus, e o senhor estava admiravelmente ansioso para mostrar sua gratidão, mas optou por manter uma doação particular.

— Isso é problema meu.

— Exatamente. É por isso que queremos fazer todos os esforços para ajudá-lo a administrar esse negócio. Seus registros indicam que, além dessa doação ao hospital, o senhor fez uma doação realmente muito generosa para várias sociedades musicais no condado e além, e para a Opera North...

— Foi a Jeannie. Ela ama suas apresentações. Sempre amou.

— Maravilhoso. Mas seu nome e de lady Palfreyman apareceram apenas em letras miúdas na parte de trás do programa, por exemplo, para a recente produção de *A flauta mágica*. — Alice descobriu isso em um telefonema de cinco minutos.

— E aonde você quer chegar?

— O que estou querendo dizer é que se o senhor estivesse nos Estados Unidos, por exemplo, o seu envolvimento nesse tipo de obra de caridade não seria uma atividade secundária em sua atividade de investimento. Elas seriam parte integrante disso. Sua doação não seria um segredo. Seria uma maneira de sinalizar, não apenas para a comunidade financeira, mas muito além dela, que o senhor é um grande investidor. A Grã-Bretanha bate bem acima do seu peso em muitos aspectos, mas tem consistentemente reduzido seu peso em termos filantrópicos. Nós nos orgulhamos das boas obras e do trabalho voluntário no nível micro, tenho certeza que o senhor vê isso em todas as regiões daqui, mas nunca fomos bons em um quadro maior. A tradição está lá, mas tem sido irregular. É preciso olhar para trás, para os grandes industriais dos séculos XVIII e XIX, para vê-la em ação. As maravilhosas bibliotecas, museus e salas de concerto. Muitos filantropos visionários também eram desta parte do mundo, não daqueles caras do sul. Agora, eles *são* realmente cretinos malvados.

Uma pequena ingestão de ar de Alice. Um largo sorriso de Palfreyman.

— Então, o que você está dizendo é...

— O que eu estou dizendo é: recomece a coisa toda. A tradição. Lance a ideia. Defina uma tendência. Faça com que outras famílias ricas pensem: "Caramba, aqueles Palfreyman estão indo bem. A nova sala de concertos (talvez nomeada por Kathleen Ferrier) acabou de ser inaugurada em Leeds com o nome Palfreyman na pedra fundamental. Por que não estou fazendo algo assim?"

— Kathleen Ferrier? A favorita de minha mãe — sir Geoffrey fala.

— Da minha também. Cresci ouvindo "Blow the Wind Southerly". Minha mãe a ouviu tocar em Leeds.

— A minha mãe também! Pode ter sido no mesmo concerto, não é? Ela ainda mora por aqui?

— Sim. Uns trinta quilômetros adiante. — Gesticulo para o outro lado do lago. — Então, repor algo na vida cultural da região que o fez. E, enquanto isso, o senhor pode ter certeza de que seus investimentos, os fundos que irão alimentar esse tipo de empreendimento, estarão seguros em nossas mãos.

— Vamos derrubar esses babacas.

— É isso aí.

— Por que você não volta para cá se gosta tanto do lugar?

Olho para ele. *Diga a verdade uma vez.*

— Tenho que levar as crianças para a escola e a universidade. Pagar essa parte primeiro. Meu marido acabou de me deixar, por isso preciso colocar as coisas de volta nos trilhos. As casas são muito mais caras aqui. Acho que da próxima vez vou pegar o trem. Aquele helicóptero não é muito a minha praia, para dizer a verdade.

— Um pouco assustador, não é? Primeira vez?

— Sim.

— Então por que pegou?

— Caso urgente. Precisava muito vir te ver.

— Não deixe a Jeannie te ouvir dizendo isso. — Ele faz uma pausa, depois caminha até um armário. — Vamos beber um pouco. Acalmar o estômago de vocês. É um pouco tarde para o garotão ali, ele é uma causa perdida, mas vocês, garotas, podem tomar uma comigo.

E assim ficamos, dois minutos depois, os quatro, cada um com um copo de uísque na mão. Nada mais estava em oferta. Ao meu lado, Gareth oscila como uma cana ao vento.

— Saúde.

— Saúde. Um brinde. À EM Royal — sir Geoffrey fala — e, já que estamos no assunto, à sua Majestade, a rainha.

— À rainha — digo em voz alta e fervorosa, e bebo todo o conteúdo do meu copo. Imediatamente me sinto mais desperta. — Hum, me perdoe, sir Geoffrey, eu entendo que...

— Isso significa que você me fez mudar de ideia, moça, algo que só aconteceu comigo em uma pista de corridas cerca de vinte e cinco anos atrás.

Meu amigo me convenceu a apostar em um cavalo diferente do que eu tinha imaginado.

— E a escolha dele ganhou?

— De fato, foi o que aconteceu. Maid of Honour, 11 a 4. Ganhei duzentas libras naquele dia.

— Gosto de pensar que podemos lhe oferecer um retorno melhor do que isso.

— Espero que sim. Enfim, eu disse que vou ficar e ficarei. Sou um homem de palavra. Saúde. Mas quero você no caso, não aquele idiota maluco.

— Claro — Alice e eu dizemos juntas. Gareth sai da sala, presumivelmente para ligar para Londres e dar as boas notícias para o pessoal do escritório. Ou então vomitar seu uísque.

Sir Geoffrey está de volta à frente da lareira agora. Ele me encara, imóvel, os olhos tão duros quanto diamantes, e diz:

— Sou um velho idiota, sabia? Não posso negar nada a uma Kate.

Acertei em cheio.

18h01: No voo de volta com uma Alice animada — Gareth decidiu ficar em York e pegar o trem pela manhã —, recebo uma mensagem de texto de Emily: "Mãe, tudo bem se o Luke vier aqui para jantar? Não tenha muitas esperanças, ele não é como um namorado de verdade, só alguém com quem estou saindo. Por favor, não faz a gente passar vergonha, tá? Te amo. Beijos".

> Kate para Emily
> Como eu poderia te envergonhar, querida? Também te amo. Bjkas.

Cochilo alguns minutos, exausta após dar tudo o que tinha para ganhar o round com sir Geoffrey. Quando acordo, vejo que Alice usou sua pashmina como travesseiro para minha cabeça.

— Não é de admirar que você esteja cansada — ela fala.

— Cansada de um jeito bom — digo. — O melhor tipo de cansaço.

Estamos prestes a pousar quando meu telefone toca. Um número que não reconheço.

— Alice, você pode chamar nosso motorista? É melhor eu atender.

— Olá, sra. Reddy?

— É ela.

— Olá, esta é apenas uma ligação de cortesia para alertá-la sobre uma grande quantidade de gastos com seu cartão Viva e cinco pagamentos em aberto. Temos certeza de que a senhora está ciente, mas queremos chamar sua atenção para isso.

— O quê?

— Levamos muito a sério cinco pagamentos em aberto.

— Não deixei de fazer nenhum pagamento.

— Os gastos são na Play Again. Várias compras repetidas.

— O quê?

— Notificamos a senhora por correio.

— Não tenho verificado minha caixa de correio. — Quem tem tempo para isso?

— O montante da dívida é de seiscentos e noventa e oito libras. Pedimos que a senhora liquide isso imediatamente, pois não há débito direto estabelecido.

Se você pensar demais, seu cérebro realmente pode dar branco? Estou tentando pensar, mas minha cabeça parece um prédio abandonado. (*Roy? Roy, me ajude aqui!*)

— Sra. Reddy?

— Sim, desculpe, estou ouvindo. Sim, obviamente, isso é inaceitável, não deveria estar acontecendo; vou verificar, desculpe, quer dizer, vou tomar uma providência para garantir que isso... pare de acontecer.

Sorte que não vou apresentar os serviços da empresa para sir Geoffrey. Parece que estou traduzindo de Marte.

— Queremos alertá-la, caso haja qualquer suspeita de fraude. Nesse caso, aconselhamos a senhora a cancelar imediatamente essas compras.

— Ben. O Roy acha que poderia ser o Ben.

— O quê? Quem é Roy?

— Desculpe, Roy é meu... assistente. — Alice me lança um olhar divertido. — Desculpe, acho que descobri qual é o problema. Preciso checar isso imediatamente. Tchau.

Benjamin! Puta merda. Não é de admirar que minha classificação de crédito esteja tão ruim. Parece que Ben usou o meu cartão e o registrou na droga do jogo na Play Again. Roy tentou me avisar. O que é maior, o choque da revelação ou a surpresa com a matemática? Provavelmente a última. Pelos meus cálculos, a equação é a seguinte: Se X passa Y horas jogando *Zombie Road Rage* ou o que quer que seja em seu telefone, então o número de mortos-vivos espalhados pelo asfalto, multiplicado por Pi, será igual ao número de horas-homens ou horas-mulheres, que a mãe de X — vamos chamá-la de K — precisará trabalhar, além de seu emprego regular, para pagar pela diversão de X.

A piada é que Ben acharia tudo isso perfeitamente razoável. Eu devia ligar para ele agora mesmo para resolver essa bagunça e gritar para fazê-lo passar algum tipo de vergonha, mas: 1) Não me resta nem um pingo de força hoje; 2) Em comparação com a belfie, este é um abuso bastante modesto para minha família tecnológica; e 3) Ben nunca atende o telefone. Porque, é claro, conversar com outro ser humano é a única coisa que os adolescentes se recusam a fazer, apesar de terem um telefone praticamente enxertado na palma da mão deles. Além disso, porque ele está muito ocupado jogando *Zombie Road Rage*, *FIFA* ou *Bubonic Babies* para conversar.

> Kate para Ben
> Oi, querido, precisamos falar sobre a conta de todos esses extras para seus jogos? Não tenho débito direto no cartão e você quase me fez ir presa. Bjs.

> Ben para Kate
> Foi mal, rsrs. Bjs.

Falando sobre pais helicópteros.

26
Segredo culpado

3 horas: Quando eu decidi sobre o que eu tive que fazer? Demorei um pouco, mas não foi por acaso que uma amiga me mostrou o caminho. Emily estava dormindo profundamente na cama comigo, no que eu ainda pensava ser o lado do Richard, embora a querida Joely fosse bem-vinda à Sinfônica Hog. Minha filha tinha pego todo o edredom, como sempre, quando me vi de olhos abertos às três da manhã, a hora em que as mães acordam e se perguntam se seus filhos são felizes. Pela primeira vez, não foi Perry e a droga da menopausa. Graças ao dr. Libido e aos hormônios diários, os suores noturnos cessaram e o cansaço mental se dissipou. Se eu não fosse minha antiga eu, pelo menos a nova não temia mais o futuro. Meu telefone se iluminou no escuro com um e-mail, então eu li.

De: Sally Carter
Para: Kate Reddy
Assunto: Segredo Culpado

Querida Kate, estou querendo escrever para você há algum tempo, desde que tivemos aquela conversa antes do Natal. Na verdade, desde quando você tentou me contar sobre seus sentimentos por aquele cara americano. Sei que você estava procurando uma resposta, até mesmo um apoio da minha parte, e sei que te desapontei, deixei você mal quando não falei nada. Eu queria muito, mas achava impossível por motivos que não consegui explicar. Mas gostaria de tentar dessa vez. Agora que você se separou do Richard, você deve estar lutando com algumas escolhas sobre o seu próprio futuro. Você disse que as crianças são o que importam agora, elas são a sua prioridade, mas é importante que a mãe delas também seja feliz.

Você lembra que eu te mostrei aquelas fotos minhas no Líbano? E você disse que eu parecia uma Audrey Hepburn incrivelmente feliz? Bem, você estava certa. Eu estava incrivelmente feliz. O homem por trás da câmera se chamava Antonio Fernandez. Ele era meu colega, mas, mais do que isso, ele era meu amante. O banco o designou para mim como um tipo de colega/acompanhante quando me mandaram para o Oriente Médio; nós dois ficamos irritados no começo — eu, porque não precisava dos cuidados de um espanhol arrogante, e ele, porque achava que ia se arrastar por aí atrás de uma inglesa que estava abaixo dele. Olhando para trás, imagino que éramos como aqueles casais que se unem em uma comédia maluca e passam a se amar, apesar de tudo. Com a gente foi assim.

Nós dois éramos casados. Eu tinha o Mike e os dois meninos. O Antonio tinha uma esposa relativamente nova e não tinha filhos. Nenhum de nós estava procurando mais ninguém, e fiquei horrorizada quando me descobri superatraída por aquele homem incrível e envolvente. Tanto profissional como pessoalmente, a coisa toda era impossível. Eu amava a minha família e nunca faria nada para magoá-los. Mas o Antonio eliminou toda essa certeza. Moralidade, lealdade, tudo isso não significava nada comparado ao desejo irresistível que eu sentia por ele.

Só de pensar no Antonio agora — seus olhos, seu corpo, seu jeito brincalhão, a maneira como ele dizia meu nome —, eu sinto uma eletricidade percorrer todo o meu corpo.

Ficamos juntos por quase cinco anos, felizes e encantados, antes que tivéssemos que retornar de vez para nossas respectivas casas. Em 1991, o banco ofereceu para o Antonio uma vaga sênior em Madri e me chamou de volta a Londres. Conversamos sobre como organizar uma vida juntos. Ele disse que desistiria de tudo e se mudaria para a Inglaterra em caráter definitivo para eu poder cuidar do Will e do Oscar, e nós seríamos uma família. Ele fez tudo soar tão plausível, mas sempre que estava longe dele, eu perdia a confiança. Nesses momentos eu só conseguia pensar no caos que seria me separar do Mike — a minha mãe nunca me perdoaria — e que eu não podia ser tão egoísta. Fui criada em uma família católica e o divórcio era algo vergonhoso e repugnante.

Eu sabia o quanto me custaria terminar com o Antonio — bem, eu achava que sim —, mas sentia que era melhor suportar essa tristeza sozinha do que infligir isso a meus filhos inocentes e ao bom homem com quem me casei.

Alguns meses depois que vi o Antonio pela última vez, em Beirute, percebi que minha menstruação havia parado de descer, mas deixei isso de lado pelo choque de tê-lo perdido. Eu era um zumbi, executava automaticamente minhas tarefas, alimentava os meninos, colocava-os na cama, mas secretamente eu estava muito deprimida. Quando percebi o que havia acontecido, eu já estava grávida de cinco meses. Tarde demais para fazer um aborto, mesmo que eu quisesse, o que eu não queria.

Eu disse a mim mesma que talvez o bebê fosse do Mike, mas na verdade eu acho que sabia. Quando ela nasceu, tinha cabelos escuros e incríveis olhos negros como carvão. Para mim não havia dúvida sobre quem era o pai. Eu brinquei muito sobre ter ciganos na família — verdade, do lado do meu pai, muito tempo atrás —, e era bom que ela fosse uma menina, então o fato de ela não se parecer com os dois garotos não era tão gritante.

Eu a chamei de Antonia por causa dele. Foi a única coisa que me permiti fazer. Ele nunca saberia a respeito dela, porque eu me convenci de que isso era injusto. Isso poderia prejudicar a vida do Antonio com a esposa e com qualquer criança que eles tivessem, então era melhor que eu não contasse nada a ele. Mike a amaria como se fosse sua, e assim ela teria um pai incrível, o que ele tem feito de todas as maneiras possíveis.

Se o Mike suspeita? Acho que ele sabe e não sabe. A Antonia é tão diferente dos meninos, brilhante em idiomas e foi naturalmente atraída para o espanhol, o que foi maravilhoso, mas também me deixou muito triste. Talvez seja possível não saber o que nos convém não saber?

Você é a primeira pessoa a quem estou contando esse meu segredo, embora eu quisesse dizer ao meu pai quando ele estava morrendo, mas não tive coragem.

Estou te contando agora porque eu gostaria de dizer que não há problema você ficar com o que tem para não virar a mesa e ignorar o chamado do grande amor e da paixão. Você diz a si mesma que essas coisas não passam de ilusões e outras coisas são mais importantes. Mas isso seria uma mentira. Para mim, de qualquer forma. Tive uma vida boa e abençoada, Kate, mas tenho sentido falta do Antonio todos os dias durante vinte e quatro anos, e vê-lo no rosto e no jeito de ser da minha linda filha é tanto meu maior prazer quanto minha mais pura agonia.

Às vezes eu me pergunto se os ataques de pânico e a depressão da Antonia estão ligados ao meu engano. Se ela tem uma sensação de que está faltando algo. Se eu deveria dizer a verdade ou não. Outra coisa com que me torturo!

Vi que você notou algo na véspera de Ano-Novo, quando a conheceu e disse que ela era como a Penélope Cruz. Você é tão esperta, Kate, apenas uma das razões pelas quais me sinto grata por te chamar de minha amiga.

É muito tarde para mim, mas, como sua amiga, quero lhe dizer que fiz a escolha errada todos esses anos atrás. Que poeta escreveu sobre a escolha errada? Se eu tivesse mais tempo, eu escolheria a vida e o amor, não o dever e as convenções. Só você pode decidir o que é certo para você, é claro, mas quero que saiba que você terá todo o meu apoio se escolher fazer uma vida com o Jack. É o Jack, não é?

Espero que isso não seja muito chocante e não te aborreça. Estou chorando enquanto digito, então pode estar um pouco confuso! Era importante que eu te dissesse tudo isso.

Com todo o meu amor. Bjs, Sally

27

Onze de março

O dia da invisibilidade

Tempo. Tudo se resume ao tempo, no fim das contas. Os jovens querem envelhecer, os velhos querem ficar mais jovens. Em algum lugar no meio, na metade do caminho, aqui estou eu, como Jano, olhando para o futuro e para o passado. Jano, o deus romano das chegadas e despedidas, das mudanças e transições.

    O engraçado é que eu nunca me preocupei em envelhecer. Não de verdade. A juventude não foi tão gentil comigo que eu me importasse com a perda dela. Achei que as mulheres que mentiam sobre a idade eram superficiais e iludidas, mas depois eu me juntei a elas, não é? Eu tinha que fazer isso, se eu quisesse um emprego. Não tinha alternativa. Mulheres da minha idade são passado, você não sabe disso? É um fato triste, mas mulheres como eu estão começando a ter doenças tipicamente masculinas: os enfartes, os derrames, o câncer de estômago. Mas os homens não estão sofrendo com as doenças das mulheres. Nós nos transformamos em homens para ter sucesso em um mundo projetado por eles e para eles, mas eles nunca aprenderam a ser como nós, e talvez nunca aprendam.

Isso é força, não fraqueza. Agora sei disso. Você adquire muita sabedoria quando vive tudo o que eu vivi.

Houve uma salva de palmas quando voltei ao escritório, tendo salvado o dia com Geoffrey Palfreyman? Houve. E assim deveria ter sido, francamente. Não consegui apesar de ter quase cinquenta anos. Consegui porque tinha cinco décadas de vida, de amargas experiências, de trabalho duro, de andar nas corredeiras da vida familiar, na saúde e na doença. Você não pode fingir isso.

Por um golpe extra de boa sorte, o presidente estava lá naquele dia e foi informado dos meus notáveis feitos no Norte.

— A Kate pode ficar até chegar aos cem anos se continuar fazendo negócios assim. Olhe para mim — Harvey murmurou —, sou dono da empresa e me levanto para fazer xixi quatro vezes durante a noite.

O que aconteceu depois? Sim, meu aniversário. Quase esqueci. Sally e eu tínhamos combinado passear com os cachorros no dia. Passar em silêncio. Sem confusões. Queria que isso fosse o menos doloroso possível. Apenas o de sempre, depois jantar com as crianças. Emily havia preparado um cardápio com todos os meus pratos favoritos e comprou os ingredientes. Ben disse que compraria chocolate com menta, como parte do plano de pagamento de suas dívidas de jogo.

11h35: A vista do topo da nossa colina está particularmente gloriosa hoje. A primavera está acelerando — adoro que o primeiro tremor que se recebe de um bebê no útero seja chamado de aceleração — e parece que todas as plantas e criaturas sabem que sua hora chegou novamente. O espinheiro-alvar está em flor e, em todos os lugares que você olha, as sebes são buquês de noiva da natureza.

— Não, são espinhos negros — Sally fala, curvando-se para tirar um do focinho de Coco. — Os espinhos negros sempre chegam primeiro, o espinheiro-alvar vem depois.

— O que eu faria sem você, David Attenborough?

— Tenho minha serventia, você sabe. — Ela pega meu braço quando, pela primeira vez, escolhemos o caminho largo que margeia a colina. Eu a conheço há apenas seis meses, mas Sal já se tornou uma daquelas pessoas de valor inestimável que pegam o bastão quando as forças da nossa mãe estão diminuindo e criam um novo tipo de família. Agradeço a Sally por seu e--mail. Digo que nunca recebi um melhor na vida, mas que não posso seguir meu coração como ela sugeriu.

— Com tudo o que aconteceu, Sal, eu simplesmente não posso. E o Jack nem está mais por perto.

— Vamos ver — ela fala. — Ah, fique parada, Kate. Quieta. Muito quieta.

A cerca de seis metros de nós, um pequeno pássaro emerge da grama e sobe até o céu. Não pode ser, mas parece que o pássaro é impulsionado pela força do seu próprio canto, que tem uma doçura e uma intensidade como eu nunca ouvi antes. Se o perfume mais adorável do mundo pudesse cantar, faria aquele som.

— Sabe o que é isso, Kate? — Sally pergunta baixinho. Curiosamente, acho que sei.

— É uma cotovia, não é?

Observamos, extasiadas, enquanto o pássaro gira e sobe, pleno de energia, num êxtase de notas líquidas.

— É um sinal — Sally fala. — Só vi uma cotovia uma vez na vida, no dia em que meu pai morreu. Ela está cantando para você, Kate.

— Não é um sinal — digo, e meu coração meio que se aperta.

Não é a porcaria de um sinal. Estou te dizendo, Roy joga na minha cara.

Ei, quem pediu para você meter o bedelho, seu velho arquivista bobo? Fique quieto, por favor.

As forças do universo não estão dispostas contra nós. É um pedaço idiota de plástico, não um Deus do Antigo Testamento tentando nos dizer para não fazer amor.

Sim, Roy, eu me lembro do que o Jack disse, obrigada.

Lenny e Coco correm em direção ao portão do estacionamento, mas Sally, de repente, diz que se sente um pouco tonta e precisa de algo para comer, então voltamos e entramos no café. Abro a porta e vejo Emily primeiro. (Emily!) Depois Debra. (Deb!) Então Julie. (Julie!) Em seguida Ben, que está me filmando com seu celular, obviamente. Então — ah, eu não posso acreditar — Candy Stratton, com um sorriso maior que a ponte do Brooklyn.

Sou assediada como uma pop star. Todos me abraçam e me beijam.

— Feliz aniversário, mãe.

— Obrigada, querida, olha quem está aqui. Olha quem está aqui! Ah, meu Deus, que surpresa maravilhosa. Todo mundo tirou folga para ficar comigo!

Candy recua um pouco, aguardando sua vez até que, finalmente, ficamos ali, com o rosto radiante.

— O que é que você está fazendo aqui, Stratton? — pergunto.

— Eu não perderia você ficando mais velha do que eu por nada neste mundo, Reddy. Ei, o que é essa roupa de raposa que você está usando?

— É chamado de lã.

— Querida, você sabe que eu te amo, mas você não vai transar usando uma ovelha.

Os proprietários fizeram um bolo e há champanhe rosé, tudo organizado por Sally. Eu apago as velas — cinco delas, muito diplomático, muito obrigada — e todo mundo canta "Parabéns". Em seguida, Emily e Ben fazem um discurso conjunto em que destacam que, embora sua mãe seja do passado e sempre será, ela é realmente muito legal.

— A mamãe é uma ótima mãe — Ben fala com a voz embargada, e sinto que ele está pensando, naquele momento, em Richard também. Nós tínhamos sido uma unidade para eles por muitos anos, mamãe e papai, e aprender a nos amar separadamente seria difícil. Nós vamos chegar lá, mas vai levar um tempo.

De volta à nossa casa, enquanto as crianças mostram o lugar para Candy e Julie, Sally me entrega um grande envelope marrom.

— O que é isso? Não é outra surpresa.

— Se você abrir o cartão — ela diz —, acredito que terá a resposta. — Ele tem uma pintura na frente. É a montanha Sainte-Victoire, pintada em azuis e roxos muito vívidos e verdes muito suaves. Cézanne, embora me faça pensar no Matisse que vi no palácio de Vladimir Velikovsky. As mesmas cores suntuosas. A mensagem do cartão está em uma caligrafia familiar.

Quando você estiver velha, grisalha e cheia de SONO,
E acenando com a cabeça para a lareira, pegue este livro,
E lentamente leia, e sonhe com o olhar suave que
Seus olhos tiveram uma vez, e de suas sombras profundas;

Quantos amaram seus momentos de graça contente,
E amou sua beleza com amor falso ou verdadeiro,
Mas um homem amou a alma peregrina em você,
E amou as tristezas do seu rosto em mudança.

Embaixo, Jack escreveu: "Enquanto esperamos que você fique velha e grisalha, aqui está uma passagem de avião. Totalmente transferível, no guichê dos ônibus. A Sally me deu os detalhes do seu passaporte. A propósito, uma mulher sensacional. Aproveite o resto do dia com as crianças. Te vejo na Provence. Venha a qualquer hora. Estarei te esperando. Venha logo. Muitos beijos, J".

— Eu não posso ir me encontrar com ele. É impossível. As crianças e o cachorro.

— Isso é fácil de resolver — Sally se apressa em dizer. — Eu conheci o seu Jack. Ele parece uma excelente pessoa. Pena que é tão pobre.

— Agora não é um bom momento.

— Se não agora, quando? Certo, onde encontro os talheres?

Depois do jantar, enquanto Emily, Ben e Candy assistem a *Game of Thrones*, Julie e eu falamos no Skype com nossa mãe, que parece animada.

— Não posso acreditar que faz meio século desde que eu tive você, amor.

— Não me lembre disso, mãe.

— Você sempre será meu bebê.

Então, Julie e eu levamos nossas bebidas para o jardim, embrulhadas em casacos, para ela fumar.

— Estou tão feliz por você estar aqui — digo.

— É claro que eu viria. Para onde vão os anos, Kath? Não faz muito tempo que deixamos nossos dentes embaixo do travesseiro para a fada os levar. Agora faltam apenas alguns anos até colocarmos nossos dentes em um copo, na mesinha de cabeceira.

— Que pensamento mais alegre... A propósito, como está o Steven?
Ela sorri.

— Ah, está ótimo, sem problemas desde que seu amigo americano o ajudou.

— Que amigo americano?

— Jack. Ele disse ao nosso Steven que a cidade de Londres está cheia de jogadores, você só tem que aprender a jogar as probabilidades. E ele era o homem certo para ensiná-lo. Ele poderia abrir algumas portas se o Steven estivesse disposto a melhorar seu desempenho. Bem, o Steven é tão bom com números quanto a sua tia Kath, então o Jack conseguiu um emprego para ele como trader júnior. Desde que o Jack apareceu, não tivemos mais agiotas na porta, nem nada do tipo.

Estou sem palavras.

— Vou levar uma chamada por te contar. Ele disse para não mencionar isso. Juramos segredo. Ele é incrível, não é? A mamãe o achou demais.

— Ela conheceu o Jack?

— Sim. Ele disse que pagaria o que o Steven deve na forma de um empréstimo, e o Steven tem que pagar um pouco todos os meses. Graças a Deus ele está empregado.

— Como ele te encontrou?

— Ele ligou para todos os Reddy da cidade. Disse que sempre quis visitar Yorkshire. Estava interessado em ver "onde você cresceu", foi o que ele disse. "Onde você cresceu". Linda maneira de falar, não é? É seu namorado?

— Deus, não.

— Bem, eu o seguraria rápido se fosse você, amor — Julie diz com uma gargalhada safada. — Você tem cinquenta anos agora, né? Não são muitos caras lindos de morrer e ricos que vão formar fila.

— Obrigada, mana. Vou lembrar disso. Mais vinho?

Depois que todos foram dormir, deixo Lenny no jardim para uma última refeição. A lua cheia lança um lago de luz no jardim e a sombra do cachorro passa por ele. Respiro profundamente. Então, esse foi o meu quinquagésimo aniversário. Nada para temer, muito para ser feliz, nada a ver com a guerra instransponível que a Garota Calamidade estava temendo tanto. Ainda estou impressionada com o que Julie me contou. É bem típico do Jack fazer tudo isso para ajudar o Steven e não querer nenhum crédito por isso também. A Julie disse que ele jurou segredo. Ainda assim, meu coração sussurra que ele fez isso por mim.

Algumas semanas depois do meu aniversário, quando as duas crianças dormiam com os amigos e Lenny estava no paraíso das férias caninas com Coco e Sally, peguei aquela passagem de avião que estava no envelope marrom e reservei o voo para Marselha. Mandei uma mensagem para dizer que estava chegando no fim de semana.

    Jack para Kate
    O que te segurou?

No voo, tenho tempo para pensar. Que luxo! Pela primeira vez, sou só eu e meus pensamentos, e Roy, é claro, para me ajudar a rever as voltas e reviravoltas que minha vida levou nos meses desde a belfie.

Meu casamento desmoronou, mas, milagrosamente, meu espírito não. Penso na minha festa-surpresa no café, quase todos os meus amores reunidos em um só lugar, a alegria de ver Candy na vida real em vez de online. Alimento para minha alma. Emily e Ben no meu jantar de aniversário (lasanha, batatas fritas, salada, sorvete, chocolate com menta) tão crescidos, tão satisfeitos que estavam cozinhando para *mim* para variar. Olhando para Emily, encantada com um vestido de seda vermelha (*meu* vestido, madame!), pensei: *Provavelmente vou levar anos para me recuperar do que ela fez consigo mesma. Nós, mães, nunca nos libertamos das pessoas que criamos.* Sentirei a dor de Emily no corpo de onde ela veio, para sempre, até o dia em que esse corpo não existirá mais, mas as crianças serão mais resistentes do que nós. Já a minha filha está deixando isso para trás, começando a buscar universidades, pensando em seu futuro. Luke está ajudando. Depois que ele entrou em cena, as selfies pararam quase da noite para o dia. Nada como ver sua imagem refletida nos olhos de um garoto apaixonado para lembrá-la de que você é desejável e digna de ser amada. Quando alguém ama você, realmente ama você, a opinião do mundo não tem o menor significado.

Emily e Ben agora veem Richard regularmente e aos poucos estão superando a aversão instintiva que tinham em relação a Joely. Afinal, ela está carregando o irmão e a irmã deles no ventre. Eu fui uma boa esposa para o Rich, espero, mas estava alheia a maior parte do tempo, embalada naquele estado de sonambulismo conjugal bem comum entre casais. Você continua fazendo o que faz, tentando ocupar o menor espaço possível em sua própria vida para dar espaço aos demais.

Não ser infeliz não é a mesma coisa que ser feliz. (*Obrigada pela lembrança, Roy. Foi a Sally quem disse isso?*)

Candy, na verdade. Ah, claro que foi. Bem, isso é a cara da Candy, sempre insistindo, dessa maneira americana, em se permitir ser feliz ou algo assim. Por chorar em voz alta, sou britânica. Peço desculpas se alguém esbarrar em mim. Eu realmente pensei que, na minha idade, o não ser infeliz poderia funcionar.

Afastei Jack, porque achei que ele era uma ameaça à minha vida quando, o tempo todo, ele era a minha melhor chance de ter uma vida feliz. Penso nele naquela tarde no hotel, tudo que sempre quis em um homem, mais sanduíches de pepino sem as cascas. E o trabalho. Indo muito bem, finalmente. Ao me encontrar com o presidente outro dia, ele disse que Troy foi demitido por ter estragado as coisas com Palfreyman, Jay-B estava sendo transferido, e será que eu poderia considerar assumir a liderança temporária do fundo enquanto eles avaliavam a situação? Eu disse que ficaria muito feliz em assumir meu antigo emprego, mas não em caráter temporário. (Esse é o tipo de coisa que uma mulher desesperada e com baixa autoestima concordaria, mas não essa fênix, não essa nova pessoa que renasceu das cinzas.) O presidente disse que me daria um retorno. Sabe, achei que não havia caminho de volta para a pessoa que eu era. Pensei que estivesse tudo acabado para mim.

Não para você, Kate. Não acabou para você.

Oh, Roy, essa foi a Sally, não foi?

A primeira vez que nos falamos. Imagine se eu não tivesse ido ao Grupo Feminino de Retorno e conhecido a Sal. Tão indispensável para mim agora. E a carta dela sobre o Antonio, o grande amor que ela perdeu: uma das razões, talvez a principal, pela qual estou agora neste avião. Talvez a coisa com Jack não seja tão impossível, não é? Ele nos Estados Unidos, eu acompanhando as crianças até a última fase da escola e da universidade; nós nos encontrando, fazendo as crianças se acostumarem devagar com a ideia dele. Quando o avião começa a aterrissar, o pensamento ainda não está bem formado. Algo como, se tenho que salvar todos os outros, preciso começar a me salvar primeiro. O quanto isso pode ser difícil?

Eu estava esperando que Jack me encontrasse no aeroporto, mas, em vez disso, há um motorista segurando um cartaz com o meu nome. Vamos para o norte, em direção a Aix, depois viramos para leste, onde a terra se ergue, verde e espessa. O maciço cume de calcário — eu reconheço a montanha do meu cartão de aniversário — é nosso constante companheiro. É tão quente aqui em comparação com a minha casa — como um verão inglês. *Sim, o que é, Roy?*

Um lugar na Provence com seu próprio clima, onde você pode sentar do lado de fora só de camiseta no inverno. Jack falou sobre isso na primeira noite que vocês jantaram. É verdade.

Paramos diante de velhos portões de ferro, uma casa com um telhado em ruínas. Um *mas*, é assim que se chama? Ainda não há sinal de Jack. Um jardim murado. Meu Deus, olhe para isso. Quantos anos tem esse lugar? A quem pertence? Hera na pedra secular. Velhas armações empoeiradas de lavanda pelo caminho. Um verdadeiro pessegueiro. (Durante os primeiros treze anos da minha vida, eu não sabia que os pêssegos cresciam em árvores. Eu achava que eles cresciam em latas.) Minha única preocupação é que, sem querer, uma imagem pisca em minha mente: a de assistir ao filme *A bela e a fera*, a versão da Disney, com Emily aos três anos, não mais que, ah, catorze vezes, quando ela teve catapora. Preparada para isso, tenho um receio genuíno de que não seja bem recebida por um cavalheiro americano de olhos bondosos, mas por algo irado com casaco de pele, patas e presas saindo dos lábios. Bem, não se pode ter tudo. Rachaduras nas janelas, tijolos se desmanchando: este lugar precisa de uma reforma. Alguém devia comprá-lo e revitalizá-lo. Não é exatamente o que eu tinha em mente para um fim de semana romântico.

Uma porta se abre para o frescor de uma cozinha. Tiro os sapatos e sinto o chão gasto e irregular sob meus pés. Na mesa, há um envelope apoiado em um pote de geleia com caules de lavanda. Inalo. Endereçado a Kate Reddy. Dentro, um cartão, que diz: "Feliz cinquenta anos atrasado, joia do período necessitando de reparação". Ah, muito engraçado.

— Olá.

Corro para ele, absolutamente confiante quando beijo o seu rosto, que dessa vez sei que quero. Nunca quis nada ou mais ninguém. Nunca vou querer.

Posso dizer que ele está surpreso com essa nova certeza em mim, mas não oferece resistência.

— Ei, feliz aniversário atrasado há seis semanas e dois dias.

— Obrigada. — Longa pausa, longa olhada em volta. — Bom lugar, um pouco esquecido.

— Sim, achei o mesmo.

— Eu estava esperando um bule que fala.

— Seja minha convidada.

— Então você assiste a desenhos animados infantis. Eu sabia.

— Meu segredo. Culpado.

— Eu sei bem. Você devia ver o meu.

— Mal posso esperar.

— A Julie me contou. O que você fez pelo Steven.

— Não fiz isso por ele. Foi por uma causa puramente egoísta. Era uma grande preocupação nas suas costas, e te ajudando a resolver, você teria mais tempo para mim.

— Se você diz, mas o que você fez foi uma coisa maravilhosa. Muito obrigada. Nunca vou poder te agradecer o suficiente. — Vou até a pia embaixo da janela, bem, o lugar onde a janela ficaria se houvesse vidro nas vidraças. Jack me segue, me abraça por trás, e eu me inclino contra ele, aproveitando a sensação de estar presa.

— Aquela montanha, é a que está no meu cartão de aniversário.

— *Vraiment*.

Abro a torneira, que faz um ruído e sacode. A água sai fraca, meio enferrujada. Coloco as mãos e pulsos sob o fluxo. *Calma, Kate*. Meu coração bate forte.

— Não beba — Jack fala. — Tem água mineral na geladeira. Também tenho vinho. Só um pouco: o suficiente por mais cem anos.

— Parece bom. Quanto tempo vamos ficar aqui? Ou vamos ficar em algum lugar com um teto? Você sabia que eu fiz as malas para o Four Seasons? Sapato alto, vestido de seda. Gostaria que você tivesse me dito que íamos acampar. Eu teria trazido meu casaco de lã.

— *Mais non, madame*, nós vamos ficar no Four Seasons, com certeza. — Ele faz uma brincadeira com o nome do hotel, que significa "quatro estações"

— Há primavera lá fora, *voilà!*, verão no jardim de inverno, folhas de outono entupindo cada ralo, e é inverno durante todo o ano em quartos que congelam.

— Gênio. Quem é o dono deste lugar, afinal?

— Ah, meio que pertence a um casal que eu conheço.

— Eles devem estar malucos.

— Sim, eles são meio malucos mesmo. Ela é louca por reformar casas antigas. Ou talvez ela seja toda louca. Sim, talvez seja isso. Completamente louca. Ouvi dizer que ela monta cavalos com viúvas de roqueiros que já morreram. E mente sobre a idade dela e trapaceia com torta de frutas.

Sacudo a água da minha mão e me viro.

— Jack, não.

— Não o quê?

— Por favor, me diga que você não fez o que eu acho que fez.

— Eu não fiz nada. Ainda. Ia comprar um cachecol para você, mas então eu vi isso no Natal, quando estava dirigindo, e pensei que nós, você e eu, *nós*, poderíamos talvez ficar com ela. Trabalhar nisso juntos. É linda, velha e enorme, com ossos terríveis, só precisa de alguns cuidados e atenção para trazê-la de volta à vida. Um projeto. Algo para nós investirmos. Não sou bom em consertar coisas, mas posso receber instruções de uma mulher que é.

— Você não pode estar falando sério. Quando vou encontrar tempo para viver em uma casa praticamente em ruínas na França e fazer isso voltar à vida?

— Ei, se você não gostar da ideia, posso ligar para o corretor, dizer que não estamos interessados e comprar o cachecol.

Posso sentir meus olhos vagando ao redor, vendo o que poderia ser feito aqui. Se abrisse a parte dos fundos da casa e colocasse janelões, a vista da montanha seria espetacular. Piotr poderia vir para cá e ajudar. Pintar as persianas em um perfeito tom azul-acinzentado que eu amo. De repente, Roy está de volta, trazendo algo que ele quer que eu me lembre. — *Agora, não, Roy. Você não consegue ver que estou ocupada?* — Mas ele me entrega a lembrança mesmo assim — um pedaço de sabedoria penetrante da minha querida amiga Sally: "Se eu tivesse mais tempo, eu escolheria a vida e o amor, não o dever e as convenções. Só você pode decidir o que é certo para você, é claro, mas quero que saiba que terá todo o meu apoio se escolher fazer uma vida com o Jack".

— Jack?

— Sim, senhora?

— Você não vai pagar por isso, você sabe, não é? Vai ser meio a meio. Mas só se eu conseguir minha promoção.

— Isso é um *sim*.

— Não, não é um *sim*. Mas também não é um não.

— *Não é um não* é o equivalente britânico para *sim*. Posso trabalhar com isso. Kate, querida, no seu aniversário eu queria que tivesse uma espécie de presente conjunto, para nós dois.

— Muito atencioso, sr. Abelhammer. Deixe-me adivinhar, uma bicicleta para dois? Uma gangorra? Uma quadra de tênis? Um jogo de cartas?

— Bem, as cartas entram aí. Muitas cartas. Cartas combinando repetidas vezes.

— Então, o que é esse presente-surpresa para nós dois? Jack?

Ele pega minhas mãos úmidas, chega mais perto, depois para mais perto ainda e me diz:

— Tempo.

28

Depois de tudo

Um ano e quatro meses depois

Barbara faleceu no fim do verão. Estávamos comemorando os resultados dos exames da Emily em uma pizzaria quando Donald me ligou, dizendo que a avó das crianças havia partido. A última vez que os visitei em Yorkshire ele ficou chateado, porque Barbara estava participando de uma tarde musical no lar dos idosos.

— É bom que eles façam atividades aqui — eu o tranquilizei.

— Mas a Barbara não queria tocar pandeiro — Donald disse, gesticulando impotente para a esposa enquanto ela levantava e abaixava o instrumento sem mostrar nenhum sinal de que sabia o que estava fazendo ou estava feliz com isso. — Você sabe que ela teria odiado, Kate, amor.

Ele estava certo. Barbara teria odiado aquele pandeiro idiota. Ela teria considerado que estava abaixo da sua dignidade — aquela imensa e vitalícia elegância que o Alzheimer cruelmente lhe roubara.

Fiquei desesperadamente triste ao ver Emily e Ben absorverem a notícia — a primeira perda deles —, mas também feliz por minha sogra ter ido para um lugar longe da humilhação, perfeitamente segura das pessoas que simplesmente não estavam à altura dela. Esta manhã, antes do funeral, as crianças subiram na cerca dos fundos da antiga casa da família para cortar algumas das flores para Barbara. Há uma placa de "vendido" na frente, mas os novos proprietários ainda não se mudaram. O que poderia ser melhor para colocar ao lado da sua sepultura do que os bispos de Llandaff: pétalas em tons vivos de escarlate em hastes pretas, escolhidas por seus amados Emily e Ben?

Não fume nos bispos de Llandaff!, Roy me lembrou e, apesar de tudo, sorri. Barbara tinha altos padrões, mesmo para as dálias.

A pobre Em está em lágrimas, segurando minha mão enquanto as últimas palavras do serviço funerário são entoadas. Do meu outro lado está Ben, muito mais alto agora, de um jeito engraçado, como se todo dia fosse primavera e ele estivesse brotando. Neste momento, porém, ele carrega o ar perdido e perplexo de um menino muito menor.

Estou aliviada por eles ainda estarem de férias e não precisarmos nos apressar. Estou com uma licença da EM Royal por causa disso, e Alice tem instruções estritas de que nenhuma ligação ou mensagem de texto deve ser enviada para mim hoje. Espero que elas recomecem à meia-noite.

Do outro lado do túmulo, estão Richard e Joely, com Alder e Ash. (Eu sei. Eu tentei. "É a nossa árvore favorita, Kate. Ela tem uma ressonância na mitologia também." "Richard, é o que cai da extremidade de um cigarro. Ou dos restos de uma fogueira". Não adiantou.) Para minha imensa satisfação, Richard parece que não penteia o cabelo há seis meses e seus olhos quase sumiram em sombras escuras. Ele tem uma barriga pequena, mas definida. Em suma, é pai de gêmeos. Coloque isso no seu cachimbo e fume. Por outro lado, depois de uma série de conversas telefônicas torturantes e deixando de lado todos os sentimentos doloridos, ele perguntou se eu gostaria de acompanhar as crianças ao funeral de sua mãe. "Escute, eu sei o quanto fui idiota com você", ele me disse. "Não pense que eu não sei; me desculpe. Você não imagina como eu lamento isso. Desde que a minha mãe morreu, percebo que você ainda é minha família, Kate, e o meu pai, ele realmente te ama. Não consigo parar de dizer para mim mesmo como fui idiota por fugir com essa vadiazinha."

Nós dois rimos, e dei ao meu ex-marido o perdão que ele tanto desejava.

— O Donald vai se aproximar da Joely, você vai ver, Rich. Ele é apaixonado pelos gêmeos. Eles são adoráveis.

Dando crédito onde é devido, Joely desafiou as baixas expectativas que todos nós tínhamos dela. Fazendo bom uso de suas dádivas da Nova Era, ela se tornou um abençoado apoio para Barbara, dando à velha senhora uma bebida à base de ervas para ajudar na memória e ministrando-lhe massagens de aromaterapia, uma das poucas coisas que pareciam acalmá-la em seus últimos meses de vida. (Quem sabe o aroma dos óleos fosse capaz de envolver as células cerebrais ressecadas e fazê-la viajar para um lugar onde alguma parte essencial dela ainda vivesse? Espero que tenha sido assim.) Joely ainda está amamentando os gêmeos, que dormem na cama com ela, e ela anunciou sua intenção de continuar fazendo isso até eles entrarem na escola. Acho que Richard vai ter que esperar quatro anos para poder fazer sexo novamente.

Ao lado da segunda família do Richard, há um grupo de amigos da Barbara. Todos estão impecáveis em seus trajes de luto e, sendo da última grande geração da Escola Dominical, proferem palavras perfeitas na liturgia. Todos enxugam os olhos com lenços de renda educadamente guardados nas mangas. E todos foram orientados a não trazer nada para o chá depois do enterro, que está sendo realizado na casa de Cheryl e Peter, para o qual Cheryl criou uma planilha. Tenho certeza de que todos vão desobedecer à ordem. E todos seguirão minha sogra em sua jornada final, nos próximos dez, quinze anos no máximo. Como será esta terra quando todas essas mulheres boas e incrivelmente fortes da geração de guerra se forem? Bem, minha turma terá que ocupar nossos lugares na primeira fila, isso é tudo, e nossas filhas estarão lá, atrás de nós, e as meninas delas atrás delas antes de sabermos. Netas e — pensamento vertiginoso — bisnetas. As mulheres-sanduíche vão continuar, mantendo-se unidas para as próximas gerações. Isso é o que realmente importa, não é? O amor nunca morre, apenas assume formas diferentes.

Punhados de terra são levemente jogados no túmulo. Emily não suporta e enterra o rosto em meu ombro. Uma última bênção e então, quando uma nuvem passa tristonha por cima de nós, viramo-nos e caminhamos de volta pelo caminho de cascalho, entre as sepulturas mais antigas, em direção à igreja. Meu coração está abarrotado demais para quaisquer palavras, e minhas pernas parecem um pouco instáveis no chão esburacado. No entanto, conhecendo-me bem e preservando seu próprio e sábio silêncio, Jack me oferece seu braço, e depois todo o seu corpo para eu me apoiar, antes de se virar para oferecer a Emily sua outra mão.

    Acho que um final está fora de questão. As pontas soltas de uma história ficam amarradas apenas para que outro lado se solte. Depois que Barbara nos deixou, tive certeza de que Donald a seguiria logo. Em vez disso, tendo finalmente vendido a casa, ele se mudou para uma casa de repouso por vontade própria. Um lugar pequeno e surpreendentemente mágico, que permitia que os moradores plantassem e mantivessem animais de estimação. Donald formou um vínculo com um cão pastor que chamou de Alf, preenchendo a vaga deixada por Jem, que cresceu sem medo nas mãos do homem idoso. Toda semana, alunos de uma escola primária nas proximidades vinham ler e fazer atividades artísticas com os moradores. Donald contou às crianças histórias sobre estar na Força Aérea Real durante a guerra enquanto elas faziam um esquadrão de bombardeiros Airfix Lancaster de kits que ele comprou; o antigo navegador emitia as instruções enquanto mãos jovens e ágeis colavam pedaços com cola. Os aviões foram exibidos na biblioteca da cidade, com a narrativa das memórias juvenis de guerra de Donald. Ele foi um grande sucesso no noticiário da TV local quando ignorou uma questão paternalista e aproveitou a oportunidade para criticar os cortes nas Forças Armadas.

    — O preço da paz é a eterna vigilância, e não vamos nos esquecer disso — ele falou. Donald pretende viver até seu centésimo aniversário, quando promete que virá a Londres e me levará ao Savoy Grill para comermos carne assada e — o que mais? — pudim de Yorkshire.

    Donald não estava sozinho na missão de conseguir uma nova vida. Após a cirurgia no quadril, minha mãe não só ficou de pé, como começou a dançar novamente. Contrariamente às minhas instruções, ela comprou um novo par de sapatos de saltos pretos de verniz.

— Você não vai conseguir mudá-la agora — Julie riu. — Acho que a mamãe pode até estar namorando e tudo mais. Por que ela consegue um namorado, e eu não? — Minha irmã ficou muito mais feliz depois que Steven começou a trabalhar como operador júnior no mercado financeiro, e ele foi morar comigo e com as crianças até que tivesse dinheiro para alugar uma casa. Esse trabalho extremamente estressante pode arruinar os nervos de um brilhante universitário, mas não do meu sobrinho, que deu de ombros e disse que o ambiente hostil era como a escola.

— Só aposto se um produto está subindo ou descendo, tia Kath.

— Se você não se importa, Steven, no mercado financeiro, gostamos de chamar isso de "tomar uma posição", não de apostar.

— Tanto faz. Cinquenta mil por ano mais bônus. Incrível, hein?

Sim, incrível. Quando Steven levou Julie para a Flórida para o aniversário dela na Páscoa, Emily se ofereceu para ficar na casa da tia.

— Posso estudar em paz e ficar de olho na vovó, ajudá-la com as compras, não posso? — Esta foi a primeira vez. Minha filha me aliviando de uma preocupação. Eu mal podia acreditar que Emily era madura o suficiente para fazer uma coisa dessas, mas era.

Quanto ao irmão, meu garoto caótico recentemente voltou para casa com uma deusa ruiva que responde pelo nome de Isabella. Ben — uma namorada? Como diabos isso aconteceu? Quando Isabella está sentada à nossa mesa da cozinha, com sua conversa encantadora e maneiras adoráveis, eu penso: *será que ela sabe que eu ainda corto as unhas do namorado dela?* Você devia ver o jeito que Ben olha para ela. Exatamente como ele olhava para mim quando se levantava da cama depois de um cochilo. (A mãe de um menino de um ano é uma estrela de cinema em um mundo sem críticas.) Eu não sou ciumenta, pelo menos espero que não seja, mas essa outra mulher na vida do meu garoto traz consigo uma premonição de perda. Não estou pronta para perdê-lo ainda.

O trabalho continuou melhorando. Depois que me vi como uma funcionária idosa, em anos de serviço financeiro, de qualquer forma, toda a energia que gastei mentindo a minha idade poderia ser canalizada de forma mais produtiva. Confirmada em uma posição sênior permanente, eu tinha muito a provar. Jurei à minha equipe — *minha equipe!* — que recuperaríamos o fundo tal como ele estava quando deixei meu emprego todos esses anos atrás. Consegui convencer sir Geoffrey Palfreyman a criar um banco comunitário em nosso condado com concessões de empréstimos a famílias em dificuldades com taxas de juros muito baixas. Sir Geoffrey ficou encantado com seu novo papel de célebre filantropo, mas não tão satisfeito quanto eu em derrubar os tubarões do empréstimo dos infernos que quase destruíram o Steven.

Minha querida Alice ficou ao meu lado, crescendo em confiança e, finalmente, abandonando o descompromissado Max pouco antes do aniversário dela.

— Ardil-32 — ela disse, certa manhã.

— O quê?

— Kate, você disse que é a idade que você devia estar quando encontrasse o futuro pai dos seus filhos. Então eu me dei um ano para encontrá-lo. Espero que seja o suficiente.

Logo depois, Belshazzar Baring veio para uma reunião de trabalho e imediatamente se apaixonou por Alice, oferecendo-lhe uma vida de facilidade estupenda como a esposa de um jovem astro do rock. Felizmente, Alice era esperta demais para se apaixonar por isso e, enquanto escrevo, sua esperança continua.

Quanto ao meu querido Jack, como as crianças haviam passado por tantas mudanças, eu quis introduzir o conceito do namorado da mamãe muito devagar. Jack voou para os Estados Unidos por um tempo e nos encontramos alguns fins de semana na casa em Provence, onde comemos pão com patê em velhos pratos de ágata na cozinha e fizemos um amor faminto na cama de dossel decorada com teias de aranha. Então, em um sábado, eu estava preocupada sobre como apresentá-lo para as crianças, quando, a caminho do supermercado, Emily disse casualmente: "Seu cara americano parece incrível".

Eu praticamente fiz uma parada de emergência, antes de entrar no acostamento.

— Como você sabe sobre ele? — perguntei, entregando o jogo.

— Pelo Steven. Ele contou para mim e para o Ben como o Jack o ajudou a sair de uma encrenca e arrumou um emprego para ele. O Steven disse que ele é muito legal.

— Bem, sim, acho que é. — Como eu poderia começar a explicar para essa pessoa que eu amava o que a outra pessoa que eu amava significava para mim? Eu estava nervosa, então optei por fatos simples. — Querida, eu conheci o Jack por causa do trabalho, quando enviei um e-mail atrevido e insolente para ele que na verdade era para a Candy.

— Poderia ter sido pior, mãe — Emily disse, colocando a mão sobre a minha. — Você poderia ter enviado uma foto do seu traseiro por engano. — Nós duas rimos. Então dei a partida no carro e segui em frente.

Agradecimentos

Nunca tenho certeza sobre sequências. Em *Não sei como ela dá conta*, pensei em dizer tudo o que queria sobre combinar trabalho e maternidade. Então fiquei mais velha. Minha família passou para uma nova fase da vida, assim como meu corpo, e me perguntei: "Como é que a Kate está lidando com isso?" Eu pensei que ela poderia me ajudar a rir de toda a loucura da meia-idade, então escrevi.

Isso não teria acontecido sem Sharon Dizenhuz, sábia e hilária de Scarsdale, e a engraçada Candy para a minha hesitante Kate. Nem sem o apoio moral mais incrível de Louise Swarbrick. Agradeço também à minha equipe de consultores financeiros, Miranda Richards, Penny Lovell e Sasha Speed, que garantiram que a coisa do trabalho estivesse certa, especialmente o garanhão negro.

Sou incrivelmente abençoada com minha agente, Caroline Michel, que tem otimismo suficiente por nós duas, mesmo que ela continue insistindo que eu escrevo romances. Obrigada à minha brilhante editora, Hope Dellon, da St Martin's Press, que atua com uma vigilância feroz e gentil. Não posso lhe agradecer o suficiente, nem a Kate Elton e Charlotte Cray, da HarperCollins

UK, que fizeram sugestões tão valiosas. E Sara Kinsella, a editora de texto mais atenta, e minha extraordinária relações-públicas, Ann Bissell.

Poucos romances falam sobre a menopausa, embora metade da raça humana passe por isso. Com a ajuda da dra. Louise Newson, tentei contar a porcaria da verdade. Especialista em terapia de reposição hormonal, a dra. Newson acredita que nenhuma mulher deveria sofrer os sintomas debilitantes de Kate. Concordo. Vamos quebrar esse tabu para sempre.

Minha gratidão aos meus primeiros leitores, Ysenda Maxtone Graham, Sally Richardson, Amanda Craig, Kathlen Lloyd, Hilary Rosen, Sophie Hannah, Amanda de Lisle, Gillian Stern, Anne Garvey, Claire Vane, Angela Young e Janelle Andrew. O encorajamento e os bons conselhos de vocês me mantiveram no caminho certo. Obrigada a Emma Robarts por sugerir o Grupo de Retorno Feminino e por anos de sábios conselhos e adoráveis passeios de cães (biggles, descansem em paz). Um agradecimento especial a Michael Maxtone-Smith, o primeiro porquinho-da-índia a ser exposto neste livro e a clamar que o amem. Ele deve ficar bem de novo em alguns anos.

Os primeiros episódios de *Sandwich Woman* foram publicados no *Daily Telegraph*, onde Fiona Hardcastle era a melhor parteira que uma garota poderia desejar. Obrigada aos meus editores maravilhosos, Jane Bruton, Victoria Harper e Paul Clements. O apoio de vocês significa o mundo para mim.

Um livro que fala tanto sobre mães e filhas deve muito a Ruchi Sinnatamby e Jane McCann, que perderam suas mães enquanto ele estava sendo escrito. Lembrando sempre de Selvi Sinnatamby e Janet Marsh, ambas mães e avós maravilhosas. Suas netas adoráveis, Charlotte Petter e Chloe McCann, são a próxima camada do sanduíche. E, desse modo, o amor nunca morrerá.

Acima de tudo, agradeço à minha família. Evie Rose Lane e Tom Lane são incrivelmente pacientes com a mãe e com suas perguntas idiotas sobre qual botão você aperta e "O que é um pau de selfie?". Sim, meus amores, eu sou "do passado", mas o futuro é de vocês. Tenho muita sorte em tê-los.

Sem Anthony Lane não haveria livros nem a autora deles também. Obrigada pela incomparável crítica literária, pelas refeições em uma bandeja e pelos bebês de gelatina intravenosa enquanto cambaleei em direção à linha de chegada. Se você for dormir todas as noites com um homem que lê P. G.

Wodehouse, esses ritmos cômicos e felizes vão entrar na sua cabeça. Por alguma razão, ele gosta de ler em voz alta a história da romancista. "A mulher de Adams nos contou por uma hora como ela veio escrever seu livro horroroso quando um simples pedido de desculpas já era o suficiente."

Desculpe, querido.

Junho de 2017

Impresso no Brasil pelo Sistema Cameron da Divisão Gráfica da
DISTRIBUIDORA RECORD DE SERVIÇOS DE IMPRENSA S.A.